11 *Autohaus, Drogeriemarkt Stipsits*

12 *Berneck Versicherungen, Balf Realitäten*

13 *Bauen & Wohnen Zierbusch*

14 *Schule*

15 *altes Stipsits-Haus*

16 *Villa Rosmarin*

17 *Geflickter Schurl und Familie*

18 *Antal Grün, Greißler*

19 *Biohof Malnitz*

20 *Weingut Heuraffl*

EVA MENASSE
DUNKELBLUM

EVA MENASSE
DUNKELBLUM

Roman

Kiepenheuer
& Witsch

Die Arbeit an diesem Roman wurde vom
Deutschen Literaturfonds e.V. gefördert.

für Laszlo

I.

*Die Österreicher sind ein Volk,
das mit Zuversicht
in die Vergangenheit blickt.*

Redensart

1.

In Dunkelblum haben die Mauern Ohren, die Blüten in den Gärten haben Augen, sie drehen ihre Köpfchen hierhin und dorthin, damit ihnen nichts entgeht, und das Gras registriert mit seinen Schnurrhaaren jeden Schritt. Die Menschen haben immerzu *ein Gespür*. Die Vorhänge im Ort bewegen sich wie von leisem Atem getrieben, ein und aus, lebensnotwendig. Jedes Mal, wenn Gott von oben in diese Häuser schaut, als hätten sie gar keine Dächer, wenn er hineinblickt in die Puppenhäuser seines Modellstädtchens, das er zusammen mit dem Teufel gebaut hat zur Mahnung an alle, dann sieht er in fast jedem Haus welche, die an den Fenstern hinter ihren Vorhängen stehen und hinausspähen. Manchmal, oft, stehen auch zwei oder sogar drei im selben Haus an den Fenstern, in verschiedenen Räumen und voreinander verborgen. Man wünschte Gott, dass er nur in die Häuser sehen könnte und nicht in die Herzen.

In Dunkelblum wissen die Einheimischen alles voneinander, und die paar Winzigkeiten, die sie nicht wissen, die sie nicht hinzuerfinden können und auch nicht einfach weglassen, die sind nicht egal, sondern spielen die allergrößte Rolle: Das, was nicht allseits bekannt ist, regiert wie ein Fluch. Die anderen, die Zugezogenen und die Eingeheirateten, wissen nicht viel. Sie wissen, dass das Schloss abgebrannt ist, dass die Nachkommen der Grafen jetzt in verschiedenen, weit entfernten Ländern leben, zum Heiraten und zum Taufen aber üblicherweise zurückkommen, woraufhin es große Feste gibt für den ganzen Ort. Die Kinder holen aus den Bauerngärten Blumen und winden Girlanden, die alten Frauen kramen ihre hundertjährigen Trachten heraus, und alle stellen sich entlang der Herrengasse auf und winken. Mit nadelspitzem Lächeln nehmen die ausländischen Bräute wahr, dass hier, trotz der vor Langem erfolgten republikanischen Übernahme, noch auf die Untertanen Verlass ist, zumindest alle heiligen Zeiten einmal.

Begraben lassen sich die Grafen allerdings schon lange nicht mehr hier. Die Gruft kann besichtigt werden, doch sie wird nicht mehr belegt. Zwar hat man die Grafen zwanzig Jahre nach dem Krieg erst unter Hinweis auf die undichte Familiengruft überhaupt wieder nach Dunkelblum gelockt. Unmittelbar nach dem Krieg dagegen hatte man sie – wer genau, ist unbekannt – mit erstaunlicher diplomatischer Kunst ferngehalten: Die Nachrichten, die man zum Zustand der Brandruine übermittelte, waren stark übertrieben. Abreißen, leider, alles abreißen, lautete der mit Tränen und Erschütterung vorgetragene Befund, und die kurz zuvor verwitwete Gräfin im Exil glaubte ihren ehemaligen Verwaltern und Pächtern und Sekretärinnen und Zofen oder wer immer dahintersteckte oder wer immer weitertrug, was er vom Hörensagen wusste oder zu sagen gezwungen worden war. Vielleicht wollte die Gräfin es glauben. Für einen Lokalaugenschein war sie zu faul oder zu feige, für ein Gutachten zu wenig flüssig. Und so wurde das Schloss abgerissen und eine gigantische Menge an bestem Baugrund wurde frei, in einer vormals unerreichbaren, zentralen Lage. Irgendjemand musste damals davon profitiert haben, denn jemand profitiert immer. Seither ist der Ortskern von Dunkelblum baulich und atmosphärisch zweigeteilt: in die jahrhundertealte, bäuerlich-verwinkelte Hälfte, weiß gekalkt und mit blauen oder grünen Fensterläden, und in die andere, schauerlich zweckmäßige, Blech und Silikon, praktisch und abwaschbar, so wie man damals, zur Zeit des Wiederaufbaus, auch innerlich gern gewesen wäre.

Zurück auf Stippvisite kam also, zwanzig Jahre später, der leutselige älteste Sohn der Gräfin, dem man vieles nachsagen konnte, nur nicht, dass er sentimental gewesen wäre. Die Vorfahren safteln!, trompetete er, ließ die Gruft öffnen und abdichten, was dort abzudichten war. Dann segnete der Herr Pfarrer alles mit Nachdruck für die Ewigkeit ein, und die Gruft wurde wieder geschlossen. Damals soll es noch Dunkelblumerinnen gegeben haben, die *Durchlaucht* nach der Zeremonie die Hand küssten, knicksend. Der Ferbenz hingegen hat genau zur gleichen Zeit einen allgemeinen Frühschoppen im Café Posauner plakatieren lassen. Aber diesem Spaltungsversuch war kein Erfolg beschieden: Wenn der Graf und der Pfarrer riefen, wussten die meisten, was sich gehörte, auch wenn man ansonsten mehrheitlich der Meinung vom Ferbenz war. Der Graf ging vor. Er war ja so selten da. Und so saß der Ferbenz mit dem harten Kern seiner Getreuen im Café Posauner und sie tranken sich die Nasen rot, und obwohl es aussah wie eine Niederlage, wusste jeder von ihnen, dass sie alle sich für immer merken würden, wer da gewesen, und vor allem, wer nicht da gewesen war; und wer von den Anwesenden einen Stiernacken hatte – das waren die meisten –, dem rötete er sich bereits vor Vorfreude, weil mit der Abreise des Grafen die Machtverhältnisse in Dunkelblum schon bald wiederhergestellt sein würden.

Seit die Grafen ihre Gruft ver- und damit ihren Exodus besiegelt hatten, war die Zeit im Grunde stehengeblieben. Zwar wechselten die Jahreszeiten und Rocklängen, und die Fernsehprogramme wurden bunter und mehr. Die Dunkelblumer alterten regulär vor sich hin, aber weil sie reichlich tranken, bemerkte man ihr Altern lange kaum, die Äuglein blitzend, die Wangen rosenrot, bis Freund Flüssigmut und -trost schließlich schnell und erbarmungslos zuschlug. Er war ein Profikiller: Der, den er sich aussuchte, begann morgens beim Aufstehen bloß ein bisschen zu husten, beim Frühstück spuckte er die erste von den vielen, immer schneller aufeinanderfolgenden Portionen Blut und nach höchstens einer Viertelstunde und einer beeindruckenden Sauerei, die den Hinterbliebenen zwar hinterblieb, aber so gut wie nie zur Mahnung gereichte, war die Angelegenheit auch schon vorüber. Fritz, der Dodl, der sich über jeden Auftrag freute wie ein Kind, wurde verständigt und nahm am selben Tag in seiner Werkstatt Maß an den schönen Eichenbrettern, um das sogenannte Holzpyjama zu tischlern. Dazu pfiff er einen Ragtime.

Die Trinker, denen das bisher noch nicht passiert war, hielten es daher auch nicht für wahrscheinlich. Seit Jahrzehnten saß Ferbenz mit den Heuraffl-Brüdern, mit Berneck, dem geflickten Schurl und dem jungen Graun entweder im Café Posauner oder in der mit Bauernkeramik und geflochtenem Stroh verschandelten Jugendstilbar des einst so eleganten Hotel Tüffer, erklärte seinen Mittrinkern Welt und Geschichte und intrigierte so lange gegen den jeweiligen Bürgermeister, den Sparkassendirektor oder den Fremdverkehrsobmann, bis einer davon zur Tür hereinkam, zwei Runden zahlte und Ferbenz' unumschränkter Unterstützung versichert wurde. Dabei trank Ferbenz selbst wenig, tat aber mit großem Geschick als ob. Er wusste in jeder Lebenslage, wie man unbeschadet davonkam.

Nur zwei Ecken vom *Tüffer* entfernt, in der Tempelgasse 4, räumte Antal Grün unermüdlich wie eine Ameise in seinem Greißlerladen herum. Er war Nichttrinker und hielt aus Erfahrung vieles für möglich, obwohl er nie darüber sprach. Drei sehr fadenscheinige Grausträhnen von der rechten Schläfe quer über den Kugelkopf bis übers Ohr gekämmt und in seinem blauen Arbeitsmantel, packte er frische Ware aus und abgelaufene Ware wieder ein, zerrte Kartons und Kisten von da nach dort, belegte Semmeln für das Dutzend Schulkinder, deren Eltern sich solchen Luxus leisten konnten und aus Angeberei auch leisten wollten, las älteren Damen zuvorkommend das Kleingedruckte auf den Bauchbinden der Wollknäuel vor *(20 Prozent Dralon, 80 Prozent Polyacryl, nein, meine Werteste, das scheint ganz ohne Baumwolle zu sein)* und zog besonders gern eine neue Papierrolle in seine Registrierkassa ein. Jedes Mal staunte er, dass es wieder klappte. Jedes Mal stellte er sich besorgt vor, dass der Mechanismus versagen und das Papier sich kräuseln, es nicht aufgenommen, sondern abgewiesen, ja ausgespien werden könnte. Diese Vorstellung jagte ihm kaltes Unbehagen ein. Wenn er sich darein verbohrte, musste er sich zur Ablenkung ausführlich die Hände waschen gehen. Und erst, wenn wirklich gar nichts mehr zu tun war, wenn die Papierrolle dick und neu, jedes Regal gefüllt, der Steinfußboden gekehrt war, dann erst drehte er nachdenklich an dem neumodischen Metallständer mit den Zeitungen und Postkarten, den er sich kürzlich von einem dubiosen Vertreter mit ausländischem Akzent aufschwatzen hatte lassen und in dem nun, irgendwie merkwürdig, sogar historische Fotografien des Dunkelblumer Schlosses angeboten wurden, nachkoloriert.

Der praktische Arzt Doktor Sterkowitz dagegen trank schon, aber mäßig, und auch nur, weil man das hier so machte. Woanders hätte er Kautabak gekaut oder Zuckerbällchen gegessen, er legte auf ein harmonisches Miteinander mehr Wert als in Dunkelblum üblich. Sterkowitz saß fast immer im Auto, derzeit einem protzorangenen japanischen Modell, und machte Hausbesuche. Er beharrte darauf, dass Hausbesuche ihm selbst mehr Flexibilität schenkten, weil er die, die ohnehin nicht sehr krank oder überwiegend hypochondrisch waren, einfach auslassen konnte, falls er bei den Bettlägerigen länger brauchte. Die Sprechstunden, die er trotz seines Hausbesuch-Services drei Vormittage lang abzuhalten gezwungen war, verliefen daher noch chaotischer, als sie es schon mit regulärer Zeiteinteilung gewesen wären. Impfkinder plärrten, fiebrige Alte kollabierten und mehr als einmal fing er eine beidseitige Lungenentzündung im letzten Moment mit einem antibiotischen Breitbandcocktail ab, weil selbst nach Jahrzehnten nicht alle wussten, dass Doktor Sterkowitz grundsätzlich und nicht bloß im Notfall ins Haus kam, oder weil sie lieber selbst kamen, als vor ihren halbfertigen Bungalows oder ihren abgetakelten Bauernhöfen das protzige Gefährt vorfahren zu sehen. Sterkowitz ließ sich von seinem Servicekonzept nicht abbringen. Die Wahrheit war, dass er einfach gern unterwegs war. Vielleicht fuhr er auch so gern Auto, weil er sich besonders ungern in geschlossenen Räumen aufhielt, wer weiß. Wo er hinkam, riss er die Fenster auf. Ihr müsst atmen, schimpfte er, die Kranken brauchen frische Luft, man erstickt schneller, als dass man erfriert. Aber hier bei uns scheinen alle am liebsten in ihrem Mief zu brodeln!

Doktor Sterkowitz war inzwischen etliche Jährchen über das reguläre Pensionsalter hinaus, aber bisher war das kein Problem gewesen. Er fühlte sich fit, seine Werte waren ordentlich, und die entsprechenden paar Jährchen zuvor war ja der orangene Honda erst neu geliefert worden. Das wäre schade gewesen. Wohin hätte er damit fahren sollen als zu seinen Patienten? Doch langsam begann er zu warten, auf den sogenannten Lebensabend und die Ablöse, die ihm von der Krankenkasse versprochen worden war. Und nun fiel ihm gelegentlich sein Vorgänger ein, wie der damals auf ihn gewartet haben mochte.

Die stehengebliebene Zeit: Weil die Menschen, anders als die Tiere, immer etwas tun müssen, und sei es, an ihren Behausungen herumzubauen, verschaffen sie sich das offenbar lebenswichtige Gefühl, mit der Zeit zu gehen. Das glaubten naturgemäß auch die Dunkelblumer. In Wahrheit aber wurden sie endlich einmal in Frieden gelassen, abgehängt und an den Rand gedrängt, wie sie waren. Ihre lokale Schicksalsbestie, die, wenn sie sich zu bewegen begann, Tod und Verderben brachte, die nicht nur die Menschen, sondern auch die Moral vernichtete auf Jahrzehnte – sie lag schon so lange im Dornröschenschlaf, dass man sie langsam zu vergessen begann. Sie schien für immer erledigt. Sie war nun tatsächlich mit Näglein bestcckt, mit solchen aus Metall, nicht mit den Gewürznelkchen aus dem schönen alten Lied. Unbeweglich lag der mörderische Lindwurm in einem Bett aus Beton und Stacheldraht, und das Welttheater fand woanders statt. Das letzte Mal, als man den tödlichen Wurm gespürt hatte, war es im Grunde ein langes Seufzen gewesen, ein tiefes, kummervolles Ausatmen wie in einem schweren Traum.

So schien es jedenfalls im Rückblick, aber damals, bei diesem einen, bisher letzten Mal, hatte eine Dunkelblumerin einen spektakulären Zusammenbruch erlitten. Nachdem Agnes Kalmar Anfang November 1956 im Radio die Nachrichten gehört hatte, raffte sie schreiend und weinend eine Decke und ein paar Lebensmittel zusammen und lief mit diesem Bündel bloßfüßig durch den ganzen Ort und in den Wald Richtung Kalsching hinein. Viele hatten sie vorbeirennen sehen, niemand hatte die richtigen Schlüsse gezogen. Manche vermuteten, ihrem Sohn, dem Fritz, sei wieder etwas zugestoßen – beim sogenannten Endkampf um Dunkelblum hatte das Kleinkind einen Kopfschuss bekommen und galt seither als Dodl –, aber der Vierzehnjährige war damals schon beim Tischler in der Lehre und erwähnte das Fehlen seiner Mutter erst am nächsten Tag. Es dauerte weitere zwei Tage, bis Agnes gefunden wurde. Unterkühlt, zerrauft, hexenhaft mit blauen Lippen und Zähnen von den Heidelbeeren zerrte man sie aus dem Wald, sie schrie und wehrte sich und kam in eine weit entfernte Klinik, wo sie blieb, bis wieder Ruhe eingekehrt war. Damals lernte Fritz, sich mehr schlecht als recht selbst zu versorgen, und alle, die ihn kannten, waren darüber erleichtert. Gerade damals, ohne seine Mutter und trotz der Unruhe im Ort, offenbarte sich zum ersten Mal sein freundliches, hilfsbereites Wesen. Nach Feierabend tauchte er in der alten Volksschule auf, die provisorisch zum Bettenlager für die Flüchtlinge umgewandelt worden war, und ging jeden Abend dem Doktor Sterkowitz und Antal Grün zur Hand, als Laufbursche, Träger oder indem er kleine Reparaturen durchführte. Ohne sich abgesprochen, ja eigentlich ohne sich die eigene Entscheidung je bewusst gemacht zu haben, übernahmen der Arzt und der Greißler die ganze Organisation.

Sie schufteten bis an den Rand ihrer Kräfte. Fritz war fast immer dabei. Er brachte ihnen spätnachts einen Topf Suppe, den man ihm für die beiden aufgenötigt hatte, er holte Zigaretten und schenkte den Menschen auf den Matratzen bitteren Thermoskannen-Kaffee aus. Das ging wochenlang. Aber als er im Jänner von seinem Lehrherrn, dem Tischler, zum ersten Mal gezeigt bekam, wie man einen Sarg baut, schien Fritz den Zusammenhang zu der erfrorenen jungen Frau gar nicht herzustellen, die er selbst in der Nacht zuvor auf einer Bahre bergen hatte helfen.

Das war, wie gesagt, das letzte Mal, dass sich das schlangenförmige Untier geregt hatte, traumverloren seufzend, dieses Monster mit den vielen Namen, határ, meja, hranica, die alle zu harmlos sind, weil keiner das Feuer und das Gift anklingen lässt, die fatale Mischung aus vergangenen Verbrechen, Vorahnungen, Zukunftsängsten, Hysterie. Nur eines ist sicher: Etwas Gutes ist noch nie von ihr gekommen, von der Grenze.

2.

Zweiunddreißig Jahre und ein paar Monate, nachdem Fritz geholfen hatte, die tote Frau aus einer Schneewehe zu tragen, nahm ein Mann den Postbus nach Dunkelblum. Es war ein heißer Tag Anfang August. Dieser Mann wollte ankommen wie ein Fremder, er wünschte sich den unvoreingenommenen Blick. Doch Dunkelblum ist gut darin, jeden mit Tachteln auf den Hinterkopf gleich so zu bearbeiten, dass er in die alten Rinnen fällt, bäuchlings in die Pfützen der eigenen schlammigen Vorurteile. Und so jubelte ein boshafter Zufall dem Mann die Regionalausgabe einer Tageszeitung unter, die er gelangweilt durchblätterte, eine Tätigkeit, die den Fingern mehr abverlangte als dem Kopf. Draußen Felder bis zum Horizont, regelmäßige farbige Querstreifen, grün-goldgrün-gold-grün-blau, bis auf die Pappelalleen am Bildrand alles schnürlgerade, Kinderbuchästhetik. Topographisch würde es abwechslungsreicher werden, sobald Kirschenstein passiert war. Dass sich die Landschaft erhob, sich zumindest vom Bauch auf die Knie rappelte, würde erst ganz zuletzt geschehen. Erst kurz vor Dunkelblum hat sich die Erdkruste ein bisschen aufgeschoppt, vor unvordenklichen Zeiten. Sie hat damals etwas gebildet, was die Dunkelblumer hochgemut *Berg* nennen. Die Feldfarben draußen wechselten sich regelmäßig ab, der Himmelsstreifen blieb unbefleckt blau, ohne jedes bisschen Wolkenweiß. Der Reisende wurde schläfrig.

Ein Hitlergruß im Urlaub ist ein Reisemangel, der zur Preisminderung berechtigt, ein entferntes Badetuch aber nicht.

Was? Wie bitte? Gestatten, wie meinen? Ein Schreck, als wäre er dem Sturz in eine Schlucht gerade noch entgangen – dabei war es nur der schwere Kopf, der vornüberkippen wollte und vom letzten Rest Bewusstsein zurückgerissen wurde wie von einem wütenden Kutscher.

Der Postbus holperte über die Fugen der Fertigbetonteile, die eine Zeitlang so beliebt im Straßenbau waren und leider noch nicht gänzlich ausgetauscht werden konnten, genauso wenig wie die Asbestfasern, die noch überall drinstecken, genauso wenig wie die alten Nazis.

Der Abstand dieser Betonschwellen jedenfalls, in Verbindung mit der gemächlichen, der sprichwörtlich postbusmäßigen Geschwindigkeit, hatte in dem Reisenden einen hypnotisierenden Ohrwurmtakt erzeugt: Hitlergruß ist Reisemangel, Hitlergruß ist Reisemangel, hol-ter, hol-ter, holter-pol-ter ... so etwas soll es geben, wenn man seinen Kopf nicht jederzeit unter Kontrolle behält.

Was zum Teufel ist ein Hitlergruß im Urlaub? Die Zeitung war ihm beim Einschlafen vom Schoß gerutscht. Ringsum hatten sie schon ihre Bananen und Extrawurstsemmeln aus dem weiß marmorierten Butterbrotpapier, dem sprichwörtlichen Extrawurstpapier, zu wickeln begonnen. Wenigstens war bisher noch kein hartes Ei geschält worden und verbreitete seinen mephistophelischen Geruch.

Er nahm die Zeitung und blätterte sie durch. Den Hitlergruß hatte er sich bestimmt nicht eingebildet, der musste irgendwo dadrinnen sein. Aber jetzt versteckte er sich vor ihm, vermutlich, um ihn an seinem Verstand zweifeln zu lassen. Dabei wusste er schon lange: Zweifeln am Verstand ist überflüssiger Kraftaufwand. Das Zweifeln ebenso wie der feste Glauben daran. Keine Anstrengungen im Umgang mit dem Verstand, war seine Devise. Einfach ignorieren, das ist natürlicher Umgang.

Aber wo war er denn jetzt, der Hitlergruß? Nicht in der Politik, die aus kaum eineinhalb Doppelseiten bestand, nicht im Lokalteil – Feuerwehrfest in Kalsching, abgebrannter Stadel im benachbarten Ehrenfeld ... ein merkwürdiger, von der Zeitung selbst weder hergestellter noch kommentierter Zusammenhang. Da hat die freiwillige Feuerwehr wohl zu viel gefeiert, aber *auch Spaß muss sein,* und die jungen Leute, *die Tag für Tag mutig ihr Leben riskieren,* wie die Bildunterschrift den Burschen mit den souveränen Säufernasen Hohn sprach, die haben bei ihrem *verdienten Vergnügen,* wie es im Festartikel hieß, nachts halt den Stadel geopfert, ein Lob auf die Alliteration und ein Scheiß auf den Stadel, soll er brennen, wer braucht ihn denn, wir sicher nicht. Schon folgte der Sport, fast üppiger als die Politik, dazwischen Werbung und Kleinanzeigen, Dragica bietet *inspirierende Massage*, als ob sie nicht wüsste, dass dabei etwas aus dem Körper rauswill und nichts in den Geist rein, Ilonka bietet *gepflegten* Begleitservice, richtet der sich an Flegel, oder streicht der Druckfehler Erfahrungswerte hervor? Beim Unterrainerbauer beginnt am Sonntag der Ab-Hof-Verkauf, in der Sternsingergasse ein Kinderflohmarkt. Außerdem: der Heuraffl, der Graun und der Malnitz haben ausg'steckt, alles wie immer. Aber da, in der Rubrik *Aus aller Welt:* Hitlergruß im Urlaub ist Reisemangel; Unterzeile: Entfernen der Auflage einer Sonnenliege aber nicht. Ein Urlauber war mit seinem Urlaub nicht zufrieden gewesen, er hat ihn zwar tapfer bis zum Ende abgedient, die Sonne und das Buffet konsumiert, vermutlich unter bereits die Klage formulierendem innerem Protest. Innerer Protest gleich innere Emigration, nachher immer schwer zu beweisen. Aber von seinem guten Geld wollte er doch etwas zurück, uns schenkt ja aa kaner wos, net woahr, und welcher Trumpf sticht besser als politische Empfindlichkeit? Dass man ihm sein im Morgengrauen ausgebreitetes Handtuch weggeräumt und durch spießiges Frühaufstehen geglücktes *Reservieren* einer Sonnenliege in der ersten Reihe nicht anerkannt hat, ließen die Richter nicht gelten. Ließ die Richter sozusagen sonnenliegenkalt. Im Gegenteil: Da er angegeben hatte, erst nach dreißigminütiger Diskussion seine Sonnenliegenauflage zurückbekommen zu haben, bot sich den Richtern die Gelegenheit, mit einem Satz zu kontern, der den Zeitungsleser in gesundes Gelächter ausbrechen ließ, in eine Art sommerhellen

Postbusjubel: *Soweit der Kläger einen Mangel darin sieht, dass die Wegnahme der Auflage zu einer dreißigminütigen Diskussion geführt habe, ist zu berücksichtigen, dass eine Diskussion mindestens zwei Personen erfordert.*

Die Köpfe der Bananenesser und Butterbrotpapierraschler drehten sich dem Mann zu und wieder von ihm weg, ruckartig. Kein Blick streifte ihn. Das Kopfrucklen war kritisch gemeint. Niemand von diesen alten Echsen wollte wissen, warum er lachte. Schon gar nicht wollten sie mitlachen. Zum Mitlachen haben sie keine Zeit. Nicht mit ihm. Das Kopfruckeln sollte heißen, dass sein Lachen bemerkt und missbilligt worden war. Was bei den Echsen fast das Gleiche bedeutet: Sobald sie etwas bemerken, missbilligen sie es. Aber damit hätten sie ruhig einmal früher anfangen sollen, sagen wir vor fünfzig Jahren …

Da hat er also Pech gehabt, unser Kläger. Jedoch, der Hitlergruß! Hier hat er seinen Stich gemacht. Von Klubanimateuren wurden kabarettistisch die typischen Begrüßungen der Nationen vorgeführt. Beim Beispiel Deutschland befleißigten sich die Animateure eines harten Stechschritts, rissen die Arme hoch und brüllten *Heil!* Da fühlt man sich als zahlender deutschsprachiger Gast nicht geschätzt und willkommen, das sah das Gericht genauso. Und gewährte dem Kläger eine Entschädigung in einer Höhe, für die er sich immerhin zwei bis drei gute Mittagessen in einem soliden Wirtshaus dieser Gegend leisten könnte, zu zweit, versteht sich, für sich und seine ebenfalls geschädigte Frau. Eine Entschädigung, die also keine spürbare Minderung des Preises darstellte, jedoch eine Anerkennung seiner gekränkten Gefühle.

Hätte der Besucher nur nicht weitergelesen! Hätte die kleine Meldung doch hier geendet! Er wäre amüsiert und besänftigt bis an sein Ziel geschaukelt, ein wenig verschwitzt von den Kunstledersitzen, Trotteln gibt's überall, Hit-ler-gruß-ist-Rei-se-man-gel, er wäre vielleicht doch noch eingeschlafen, er hätte den Bananenessern Mitgefühl und den Butterbrotraschlern ein Lächeln geschenkt. Der junge Tag hätte sich harmlos und friedlich gestellt, aber genau das, seien wir ehrlich, sind die Tage eben nie, keiner von ihnen, also sollten wir es uns auch nicht vorgaukeln lassen. Die letzten Sätze der Meldung stachen aus dem trockenen Agenturduktus heraus, der Redakteur hatte sie selbst hinzugefügt. Die letzten Sätze lüfteten nicht nur unerwartet die Anonymität des Klägers, sondern lieferten dem Ortskundigen einen Schwall Subtext mit, wie eine Schlammlawine. *Im Exklusivinterview mit unserer Zeitung drückte Dr. Alois F. seine Zufriedenheit über das ergangene Urteil aus. Um die Höhe der Rückzahlung sei es ihm nie gegangen, sondern darum, die Geschmacklosigkeiten der ägyptischen Animateure im Sinne zukünftiger Gäste zu unterbinden. Im Übrigen werde Dr. F. nach dieser Erfahrung in Zukunft auf kostspielige Fernreisen verzichten. Die Heimat sei schön genug.*

Der Reisende knüllte eine Ecke der Zeitung in der Faust zusammen und sah sich aufgebracht um. Da wusste man wieder, wo man war. Auf dem Weg wohin. Wie zur Bestätigung kauten die anderen, stierten und raschelten. Ihm taten mit einem Mal die Knochen weh. Er unternahm keine Vergnügungsfahrt, sondern saß im fade schweißelnden Postbusdunst in eine Richtung, die er seit Jahrzehnten gemieden hatte. Demnächst würde der Bus in Kirschenstein halten, danach in Tellian, in Ehrenfeld, zuletzt in Zwick, das schon ein Ortsteil von Dunkelblum war. Und der Kläger in diesem Fall war kein hobbyjuristelnder, wegen seiner jahrelangen Zuckerkrankheit schwer gereizter Rentner aus Landshut oder Amstetten – auch bei einem solchen wäre es interessant zu wissen, was ihn an dem Hitlergruß gestört hätte! –, es war auch kein durch und durch bewältigt habender, friedensbewegter Familienvater aus der Achtundsechziger-Generation – der hätte peinvoll genickt und gemurmelt, recht geschieht uns –, nein, es war der notorische Doktor F. aus Dunkelblum. Er war es zweifellos, man hätte ihn gar nicht verschämt abkürzen müssen. Der war wohl noch stolz darauf, auf seinen symbolischen Sieg am weit entfernten *Gerichtsstand München*. Und den störte natürlich nicht der Hitlergruß an sich, sondern der Umstand, dass er von *ägyptischen Animateuren* ausgeübt worden war, in der Welt des Alois F. ein Synonym mindestens für *schwule Falotten*. Dem Redakteur aus der Lokalredaktion war das gewiss bewusst, das wusste hier jeder, bis an die nahegelegenen Landesgrenzen. Der Herr Doktor F., der war bekannt. Dagegen würde ein unbedarfter Leser aus der Hauptstadt oder aus einem anderen Bundesland gar nichts bemerken. Die Unbedarften wären gerührt zu hören, dass F., darauf jede Wette, die fast vierhundert Schilling Entschädigung einer frisch verwitweten jungen Mutter oder einem Rollstuhlfahrer, dessen *fahrbarer Untersatz* einer kostspieligen Reparatur bedurfte, gespendet hatte. Denn auch für seine Wohltätigkeit ist der *Dokter Alois* weit über Dunkelblum hinaus bekannt.

Der Hauptplatz, die Endstation, war menschenleer. Die Sonne stand direkt über der Pestsäule. Seit zweihundert Jahren streckte eine halbnackte Bettlerin aus Kalkstein den Ankömmlingen anklagend ihren Becher entgegen. Auch ohne das überscharfe Sonnenlicht glaubte man ihr, dass sie am Verdursten war. Die beiden Heiligen zu ihrer Seite, Rochus und Sebastian, denen Wind und Wetter die empfindlichen Nasen abgeschmirgelt hatten, sodass sie dreinsahen wie beleidigte Sphingen, gaben ihr seit über zweihundert Jahren nichts zu trinken. Noch lange, nachdem der Bus gewendet und sich davongemacht hatte, zurück in die belebtere, normale Welt oder in eine geheimnisvolle Remise, wo er Kräfte sammelte, um je wieder wegzukommen, stand der Besucher hier im Sonnenlicht, eine kompakte Ledertasche zu seinen Füßen. Die anderen Fahrgäste waren schnell und geräuschlos verschwunden wie Mäuse in ihre Löcher. Er sah sich alles in Ruhe an, um sich zu vergewissern, dass er wirklich wieder da war: Der Turm, der als Einziger von der alten Schlosspracht übrig geblieben war, schaute mit missmutig zusammengekniffenen Fensterschlitzen zurück. Dort hinten beginnt Asien, sagten die Dunkelblumer gern mit pathetischem Schaudern in Richtung Grenze, wir sind die letzten Ausläufer. Der Verlust des Schlosses hatte bewirkt, dass in fast jedem Haus eine Aufnahme davon aufgestellt worden war, gerahmt, an prominenter Stelle. Und immer noch wurden Ansichtskarten verkauft. Das wusste er, denn er hatte kürzlich eine erhalten – nachkoloriert! Jetzt vermissten sie es. Damals, als sie es abrissen, hatten sie das Wort Tourismus noch nicht buchstabieren können, da sagte man *Fremdenzimmer*, die waren eine Art Gnade. Den Begriff historischer Ortskern hatte es auch nicht gegeben. Kerne waren etwas, das man ausspuckte.

Links und rechts war dem Schlossturm kurz nach dem Krieg ein Mäuerchen im alten, weiß gekalkten Stil angebaut worden, als sei er ein grotesk aufgeblähtes Schmuckelement innerhalb einer Park- oder Friedhofsmauer. So stand er seither da, als Riese mit winzigen, verstümmelten Flügelchen, die ihm die angrenzenden zweckmäßigen Neubauten nur unzureichend vom Leib hielten.

Direkt gegenüber lag das Hotel Tüffer. Es war schon lange nicht mehr im Besitz der Gründerfamilie, sondern von den Reschens übernommen worden, die immerhin verständig genug gewesen waren, ihrer Trophäe nicht nur den Namen, sondern auch den eleganten rosafarbenen Schriftzug aus den Zwanzigerjahren zu lassen. Sie hatten insgesamt wenig verändert. Die dumpfe Ahnung, dass der Geschmack der ursprünglichen Besitzer den Erwartungen weitgereister Gäste besser entsprach, war in diesem Fall mit zwänglerischem Bauerngeiz eine glücklich-konservatorische Verbindung eingegangen. Der Besucher stieß die Tür auf und atmete vorsichtig ein. Der Geruch der Räume – Patschuli, Kölnischwasser, Bohnerwachs und Kerzen – ließ ihn für ein paar sehnsüchtige Sekunden zurückkreisen, er war wieder jung, kaum achtzehn, Damen jeden Alters lächelten ihn an. Es war der Duft von vor dem Wahnsinn, der zu Ende gehenden besseren Zeit, elegant, schwebend. Dieses harmonische Gebäude mit seinen dunklen Holztäfelungen, den Messinglampen und grünen Glasschirmen passte nicht mehr in die Zeit und schon gar nicht in die Gesellschaft. Wenn es dafür eines Beweises bedurft hätte, stand er in Gestalt der Haustochter Zenzi im Billigdirndl hinter der Art-déco-Rezeption und starrte einem trampelhaft entgegen.

Ein Zimmer, sagte er, für ein paar Tage oder mehr.

Sie hielt ihm zwei Schlüssel hin: Der klobige Anhänger, der in allen Hotels der Welt daran erinnern soll, das fremde Eigentum niemals mit vor die Tür zu nehmen, sondern es schon aus Gewichtsgründen allzeit an der Rezeption abzugeben, hatte sinnigerweise die Form eines riesigen, verschnörkelten Bartschlüssels. Mit einem solchen Ungetüm war früher wahrscheinlich das Schlosstor geöffnet worden.

Ist das auch ein schönes Zimmer, fragte er.

Sie zögerte, legte den ersten weg und gab ihm einen anderen: Des scheenste, des wos i Ihna geben kann.

Ich werd das genau überprüfen, sagte der Reisende, beinahe gerührt von dem verdoppelten Relativpronomen, dann zwinkerte er ihr zu, weil sie ihm leidtat und weil er sie später vielleicht noch brauchen konnte. Dass er aus der Gegend stammte, hatte sie offenbar nicht gehört.

3.

Wie sich später herausstellte, war der seltsame Gast etwa zur gleichen Zeit in Dunkelblum eingetroffen wie Lowetz, an dessen Vornamen sich niemand erinnern konnte, da er ihn selbst nicht zu brauchen schien. Er wollte den Sommer nutzen, um sich darüber klar zu werden, was mit seinem Elternhaus geschehen sollte. Seine Mutter war ein paar Wochen zuvor gestorben. Weder war sie krank noch besonders alt gewesen, und trotzdem, wie es ihr untröstlicher Nachbar Fritz mit einiger Anstrengung als unfreiwilliges Bonmot herausgebracht hatte – wegen seiner Verletzung im Kleinkindalter war er schlecht zu verstehen, aber die Familie Lowetz war auf sein gutturales Stammeln eingehört: Trotzdem ist sie in der Früh aufgewacht und war tot.

Lowetz war nicht in Dunkelblum geboren, jedoch sein Vater. Seine Mutter war von drüben, aber das hatte sie über die Jahrzehnte geschickt vergessen gemacht. Ein Sprachtalent, vor allem eine Nachahmungskünstlerin. Dass es schwer sei an der Grenze – diese Arie sang sie gemeinsam mit den Dunkelblumerinnen ihrer Generation im blütenreinen Jammersopran. Lernen Sie Geschichte, junge Frau, hatte ihr Sohn sie einmal angeschnauzt, aber in solch seltenen Momenten der Disharmonie zwischen ihnen (oder früher zwischen ihr und seinem Vater) lief etwas über ihr Gesicht ... als zöge eine winzige Hand sorgfältig einen Vorhang vor, und sie schaute ins ferne Innen.

Lowetz setzte sich ab, sobald er konnte. Er hatte vorgehabt, nie mehr zurückzukommen. Er hatte gelernt zu reden wie die Hauptstädter, er sagte zum Beispiel nicht mehr *z'sammen*, weil es dort *z'samm* heißt. *Rufma uns z'samm*. Und dann *setzma uns z'samm*. *Z'sammen* vermeiden, das genügte beinahe als Camouflage. Er war das Paradiesgeschrei der Unwissenden leid, all der glattrasierten Hauptstadtakteure und ihrer schmalhüftigen Mädchen, die Dunkelblum und Umgebung als perfekte, weil schnell erreichbare Provinz ansahen, von der sie per Befehl erwarteten, dass sie provinziell bliebe – für den höchst unwahrscheinlichen Fall, dass sie einmal einen Rückzugsort brauchten. Ruhe, Weite, Leere und eine unberührte Natur! Als ob es so etwas gäbe. Ruhe, Weite, Leere im Kopf und ein unberührtes Gewissen – da kämen wir eher zusammen. Da kamaten mir eher z'samm. Und sogar z'sammen.

Die Dunkelblumer dagegen strebten seit jeher danach, in ihrem Maßstab Hauptort zu sein, das heißt, sich zumindest über die umliegenden Bauerndörfer zu erheben. Und es gelang ihnen, was aber nicht ihr Verdienst, sondern der mittelalterlichen Entscheidung des inzwischen emigrierten Grafengeschlechts geschuldet war. Eine Kreuzung von

Handelswegen, der Rundblick von der zum Berglein aufgeschoppten Platte – weiß Gott, was der Grund gewesen war für die Grundsteinlegung. Ein Graf begann, ein erstes Stück Schloss zu bauen, dieses wuchs gemächlich und nährte an seiner Schlossnabelschnur den Ort. Dabei hätte es ebenso gut Zwick treffen können oder Kalsching, aber diese Vorstellung war für die Dunkelblumer ganz aus der Welt, sie hätten darüber so sehr gelacht, dass man ihre rosigen Gaumenzäpfchen sah. Damit, mit dieser Wahrnehmung ihres kümmerlichen Möglichkeitssinns, hätte Lowetz eigentlich schon das Wichtigste über sie wissen können.

Die Dunkelblumer lebten ungeniert weiter im Stand einer zufälligen Bevorzugung. Das Schicksal ihres Schlosses und der Grafen hatte sie keinen Deut nachdenklich gemacht, sie taten, als wäre das gänzlich abgetrennt von ihnen – was konnten sie denn schon dafür?

Man hat immer so viel zum Tun g'habt, man hat sich nicht kümmern können.

Sie machten einfach weiter nach dem Krieg, wie alle, jedenfalls wie die meisten. Wie alle, denen das Weitermachen nicht verwehrt war, zum Beispiel, weil sie schon tot waren.

Eines Tages verlangte es die Dunkelblumer nach der ersten asphaltierten Straße, und sie bekamen sie. Bald gierten sie nach einem Supermarkt, dann nach einem zweiten, wegen dem Wettbewerb, schließlich nach einem Drogeriemarkt. Und seit sie sogar einen Baumarkt hatten, standen dessen elektrische Glasschiebetüren allen Geschmacksdelikten offen, samstags sogar bis siebzehn Uhr. Den Bahnhof hatten sie in den letzten hundert Jahren gleich dreimal niedergerissen und neu gebaut, jedes Mal schlimmer. Derzeit hatte er Glasbausteine, Alufenster und die Farbe von Erbrochenem im Zwielicht. Aber kaum war er fertig gewesen, wurde er aus dem Verkehr gezogen – ausnahmsweise stimmte die gern missbrauchte Floskel. Die Auslastung war zu gering, niemand nahm mehr den Zug, seit sich jeder Kleinhüttler und -häusler einen Personenkraftwagen leisten konnte. Leisten *konnte* war dabei falsch gesagt: einfach leistete, ohne Modalverb. Dafür wurde woanders eingespart, wo, das musste jeder schon selber wissen. Die armen und die reicheren Leute in Dunkelblum hatten eines gemeinsam: jeder ein dickes Auto. Nur Lowetz' Mutter fuhr fast bis zuletzt einen alten spinatgrünen Corsa, was man als höflichen Akt des Widerstands ansehen konnte. Kurz vor ihrem Tod hatte sie ihn an ein junges Mädchen weitergegeben, das sie mochte und das ihr, wie sie ihrem Sohn am Telefon erzählte, gelegentlich zur Hand ging.

Das Lowetz-Haus lag am Ende einer Sackgasse, im alten Teil von Dunkelblum. Ohne großen Dekorationsaufwand hätte man hier Filme drehen können, die die lang vergangenen Zeiten zeigten. Als jüdische Händler verkleidete Komparsen könnte man hier durch die Gassen huschen lassen, mit ihren Körben voller Posamentierwaren, Stoffen, Bändern, Knöpfen, und einen prägnanten, unbedingt schnurrbärtigen Schauspieler in der Rolle des Eisen-Edi mit seinem Rucksack voller Wetzsteine. Er war vom fahrenden Volk der Lovara, im Frühling und Herbst zog er durch die Lande und schliff die Messer und Scheren. Er machte das so gut, dass damals viele überzeugt waren, er verfüge über Zauberkräfte. Der Vater der aktuellen Heuraffls, der jähzornig und eifersüchtig war, verbot seiner Frau eines Tages, ihre Messer und Scheren dem Edi zu geben. Er kündigte an, sie selbst zu schleifen. Doch es gelang ihm nicht recht, obwohl er sich in der ganzen Umgebung, bis hinüber zu den Drüberen, bei allen erkundigte, die etwas mit Metallen und Klingen zu tun hatten. Er bekam seine Messer einfach nicht so scharf, und sie wurden auch viel schneller wieder stumpf. Das steigerte seinen Zorn auf den Edi, der sich jedoch das übliche halbe Jahr nicht blicken ließ. Die Frau Heuraffl, damals eine frische, fest gebaute Blondine, musste sich zum Schlachten Messer bei den Nachbarn ausborgen. Das Städtchen erwartete gespannt die Ankunft des Scherenschleifers. Die Vorhänge bewegten sich. Man hatte so ein Gespür. Als Edi endlich eintraf, warnte ihn keiner. Man wartete ab, hinter den spaltbreit offenen Fenstern. Ohne Begrüßung wurde Edi in den Heuraffl-Hof hineingezerrt und zusammengeschlagen. Als der alte Heuraffl von ihm abließ, brüllte er ihm die Frage ins blutige Gesicht, warum die Messer eigentlich genau ein halbes Jahr scharf blieben, so lange, bis Edi wiederkäme. Warum ein Zauberer wie er die Messer nicht entweder länger scharf machen könne oder vielleicht sogar kürzer, dann könne er öfter kommen und noch mehr verdienen, du dreckiges Stück, deine Preise sind ja auch nicht geschenkt! Edi, der die Nase gebrochen, zwei Zähne verloren hatte und sich, ohne seinen Peiniger anzusehen, vom Boden aufrappelte, murmelte in seinem komischen Dialekt, dass sie einfach nicht hielten.

Sie halten nicht länger, es geht nicht.

Das murmelte er immer wieder, auch noch, als er sich wegschleppte, um die restlichen Kunden zu besuchen. Viele wollten diese Begründung damals gehört haben: Es hält nicht länger, es geht einfach nicht. Und natürlich haben die Abergläubischen an diesen Satz gedacht, als der alte Heuraffl, der damals ja erst um die vierzig war, ein paar Wochen später im oberen Weingarten von der Leiter fiel und tot war. Doktor Bernstein wurde geholt, der Vorgänger von Sterkowitz. Bei manchen hält das Herz nicht länger, sagte der Doktor, der von der Affäre mit dem Messerschleifer nichts zu wissen schien: Da kann man nichts machen, und man kann es leider auch nicht vorhersehen. Aber die Zigeuner, die sehen in die Zukunft, murmelten die Abergläubischen, die lesen in den Händen, die Zigeuner wissen, was hält und was nicht. Das sagten sie nicht dem Doktor Bernstein, sondern zueinander. Aber selbst wenn die damaligen anderen Heuraffls, die Brüder des Alten, die wilden Onkel der aktuellen Heuraffls, über eine Racheaktion gegen den Eisen-Edi nachgedacht haben sollten, fiel diese dem Trubel nach der Ankunft des Führers zum Opfer. Da hatten sie alle miteinander anderes zu tun, sehr viel hatten sie nämlich zu tun und zu schaffen und zu verändern, sie wollten damals zum Beispiel unbedingt so schnell wie möglich die weißen Flaggen hissen und befürchteten, dass Kirschenstein ihnen zuvorkommen könnte. Und so ist es gar nicht sicher, ob der Edi überhaupt noch einmal nach Dunkelblum gekommen ist. Und wer danach eigentlich die Messer und Scheren schliff.

So jedenfalls sah es im schönen, behaglichen Teil von Dunkelblum aus: unebene Kopfsteine, die Lowetz' Mutter früher, als sie die Sprache noch nicht so gut beherrschte, *Schachbrettsteine* genannt hatte. Verwinkelte Gassen, kaum mehr als fuhrwerksbreit. Langgestreckte niedrige Häuschen, geduckt wie furchtsame Schulkinder, außen weiß gekalkt. Farbige Fensterrahmen und dazu passende Fensterläden, meistens in Blau oder Grün, aber es gab auch die gehobene Version mit einer Art Senfgelb, das in ein schwer beschreibbares Rot eingefasst war. Es war kein richtiges Weinrot, ging zwar in Richtung Rubinrot, bog aber kurz davor woandershin ab, wurde dennoch kein Toskanarot und natürlich schon gar nicht das der Feuerwehr. Es war wohl einfach Dunkelblumrot, besonders stattlich in Kombination mit dem Gelb, und war auf den besseren, den etwas größeren alten Häusern zu finden. Überall gab es Blumen, Geranien, Vergissmeinnicht, Wein, der die Mauern emporkletterte, und Töpfe voller Kräuter, die in den Hauseingängen auf dem Boden standen. Der alte Teil von Dunkelblum war eine Welt für sich, unübersichtlich, labyrinthisch, im Sommer lauschig und kühl. Man konnte ihn als unheimlich empfinden, wie einen traumschönen Irrgarten, imstande, einen zu verschlingen, aber ebenso sehr als Zuflucht, wo einen niemand finden konnte, der nicht von hier war. Diese beiden Möglichkeiten lagen nebeneinander wie Karten, die der Zufall ausgab.

Als Lowetz um die Ecke bog, den Blick hob und sein Elternhaus ihm gegenüberstand wie eine Erscheinung, sah er es sich an, als wäre es ihm neu. Nachbar Fritz hatte den Garten und die Blumenkästen an den Fenstern regelmäßig gegossen. Davon abgesehen wuchs alles, wie es wollte, und so wirkte es beinahe verwunschen. Der Apfelbaum senkte seine vollbehangenen Äste über den rissigen Holzzaun, als bäte er höflich um Hilfe. Im Haus war es ein bisschen staubig, lockerer, dekorativer Staub, der sich seit dem Tod der Mutter aus der Luft herabgesenkt hatte wie ein Zeitmesser. Nun erst, da sie nicht mehr da war, erkannte Lowetz ihren ungewöhnlichen Geschmack, eigentlich den beider Eltern. Sie hatten keine Moden mitgemacht, sie ließen sich von sich selbst anleiten.

Sie besaßen nur wenige alte, aber herzlich geliebte Möbel, die sie teilweise geschenkt bekommen hatten, wenn Nachbarn modernisierten. Am Eiskasten hing ein Schwarz-Weiß-Foto von Lowetz als Kind, zirka acht Jahre alt, daneben die Ansichtskarte vom Schloss, die neuerdings wieder auf dem Markt war. Immerhin gab es seit einigen Jahren einen Geschirrspüler, einen kleinen. Dass der kleine teurer war als ein großer, hatte ihm seine Mutter nicht geglaubt. Sie hatte auf dem kleinen bestanden, für eine kleine Küche, ein kleines Haus. Ein kleines Leben?

Das Grün vor den Fenstern schuf eine Stimmung wie unter Wasser, wie auf dem Grund eines nicht allzu tiefen Meeres. Überrascht fühlte sich Lowetz zu Hause. Rundherum befand sich Dunkelblum, das war nicht zu leugnen – am Weg hierher hatte er den geflickten Schurl mit seinem grausam vernarbten Gesicht gesehen, wie er mühsam die Tür zum *Tüffer* aufdrückte, und er hatte sich den Rest der Gesellschaft drinnen vorstellen können, mit den roten Nasen und blutigen Witzen. Aber dieses Haus war eine Insel. Er setzte sich und ließ die Arme hängen. Etwas war anders gewesen bei ihnen, aber er konnte nicht genau sagen, was. Seine Eltern hatten alles mitgemacht, den Kirchgang am Sonntag, den Faschingsumzug, das Schützenfest. Beim Kameradschaftsbund war Lowetz' Vater nicht gewesen, auch nicht beim von den *Kameraden* dominierten Frühschoppen. Aber da waren bei Weitem nicht alle dabei, nur die Lauten und die Feigen. Was wirklich nicht in jedem Fall dasselbe war. Ob das, für seinen Vater, schwer oder leicht gewesen war? Nicht dabei zu sein? Er fragte sich das zum ersten Mal. Von den alten Familien, deren Namen auf dem Friedhof viel öfter vorkamen als andere, fielen ihm noch die Malnitz ein.

Mit dem Malnitz-Toni und dessen Vater, dem alten Malnitz, waren alle böse, warum, das wusste er nicht. Das war schon immer so. Sein Vater dagegen war eher neutral gewesen, so würde er meinen. Aber was wusste er schon. Er selbst war abgehaut, sobald er konnte. Hätte man in dem Kaff wenigstens Sprachen lernen können, hatte er früher manchmal geschimpft, dann hätte man noch weiter weggehen können als bloß in die Hauptstadt! Du kannst alles machen, hatte die Mutter gesagt, verschieb nichts auf später, was du wirklich willst. Auf die Idee, die Sprache seiner Mutter zu lernen, war er nie gekommen.

Nun schien es ihm, als hätte es schon seine ganze Kraft gekostet, das Städtchen zu meiden. Zu mehr war er nicht in der Lage gewesen. Er war einfach fortgerannt, aber er hatte sich nicht anderswo verankert. Und deshalb war er zurück, Dunkelblum brauchte nur an der Schnur zu zupfen. Er saß in der fast leeren Stube auf einem Bugholzstuhl der mütterlichen Großeltern, die er gar nicht gekannt hatte. Das hatte mit den anderen, den Dunkelblumer Großeltern ein Theater gegeben, vom dem sogar er als Kind noch gehört hatte. Erst bringt er eine von drüben, dann passen ihr unsere Sessel nicht!

Eine verirrte Hummel taumelte durch den Raum, Geräusch wie früher Mutters Handmixer. Die Sonne streckte ein paar Lichtfinger durch Gebüsch und Fenster herein, über den rohen Holzboden. Hier ist der Schatz versteckt, schien sie zu sagen, genau hier. Lowetz ahnte, dass er das Haus nicht gleich verkaufen konnte. Er liebte es so sehr, wie er den Ort drumherum hasste. Er musste es noch behalten, er musste sich zumindest mit dem Haus versöhnen, sonst war ja niemand mehr da.

4.

Der ältere Herr, der seit einigen Tagen im Hotel Tüffer logierte, war freundlich und neugierig, in einer Weise, wie man es hier weder kannte noch eigentlich schätzte. Er schlenderte aufmerksam durch den Ort wie der Inbegriff eines Touristen. Mit denen war Dunkelblum bisher nicht gesegnet, allen Versprechen der Landespolitiker zum Trotz. Die Radfahrer und Wanderer, die an den Wochenenden bei Schönwetter auf ein paar Stunden einsickerten, brachten den Heurigen und Wirtshäusern kaum zusätzlichen Umsatz, und dass das *Tüffer* nicht Bankrott machte, hing nicht an den selten belegten Zimmern, sondern an der täglich geöffneten Bar, dem günstigen Mittagstisch und der Selbstausbeutung der alten Frau Reschen. Für kunsthistorisch Interessierte bot das Städtchen nichts weiter außer der Pestsäule und einem im Krieg halb verbrannten, unzureichend restaurierten Altarbild, auf dem hinter und neben den Aposteln mehrere Teufel zu sehen waren, kleine gefiederte und ein großer mit Pferdefuß. Der Schlossturm war wegen Baufälligkeit nicht zugänglich, für die gräfliche Gruft brauchte man eine Anmeldung.

Pläne für ein Heimatmuseum wurden zwar seit langer Zeit diskutiert, konnten aber nicht umgesetzt werden, weil sich im Gemeinderat zwei kompromisslose Fraktionen gebildet hatten. Die einen, angeführt vom Reisebüroinhaber Rehberg, hatten eine Art gräflichen Themenpark im Sinn, wo Ahnentafeln, Wappen, Tapisserien, Perücken, Rüstungen sowie die berühmte goldene Passion Christi (gehämmert, zwei mal drei Meter) derer von Dunkelblum gezeigt werden sollten, obwohl niemand die Grafen gefragt hatte, ob sie all das überhaupt zur Verfügung stellten. Die anderen beharrten auf einem Bekenntnis zur bäuerlichen Kultur, einem Handwerks- und Weinbauernmuseum, das mindestens mit einer historischen Traubenpresse ausgestattet sein müsse.

Auf dem alten jüdischen Friedhof waren seit Anfang des Sommers irgendwelche langhaarigen Studenten am Werk, sie mähten und jäteten, verbrannten Unkraut und stellten umgefallene Grabsteine wieder auf, aber zum Herzeigen war da natürlich auch nichts. Beinahe hätte man die Existenz dieses Friedhofs vergessen gehabt, hinter seiner hohen Mauer war er unsichtbar gewesen. Dass die Tore nun, außer am Samstag, offen standen, berührte eigenartig. Niemand verstand, was das Ganze sollte. Wer kein Grab zu pflegen hatte, ging ja nicht freiwillig auf einem Friedhof spazieren, und selbst wenn jemand das gewollt hätte, waren der katholische und der evangelische schön genug. Dort hatte die Sparkasse vor Jahren sogar Bänke gespendet, acht am katholischen, drei am evangelischen, Bänke von der Bank.

Aber diese jungen Leute hatten ein Papier aus der Hauptstadt vorgezeigt, und so sollten sie halt Holunder umschneiden, wenn sie nichts Besseres zu tun hatten. Das war die Ansicht des unfreiwilligen und überforderten Bürgermeisters Koreny. Er hatte sich nie zur Wahl gestellt. Er war nur aus Gutmütigkeit Vizebürgermeister geworden, als treuer Anhänger des energischen Heinz Balf, aber Balf, ein Immobilienmakler und Hobbymarathonläufer, war letztens von Doktor Sterkowitz persönlich in die Hauptstadt chauffiert worden, mit Schwellungen in den Achselhöhlen. Es hieß, er würde lange nicht zurückkommen, wenn überhaupt. Und so war der dickliche, rotblonde Koreny Bürgermeister geworden, zu seinem eigenen tiefen Entsetzen.

Und Koreny hatte diese Sache eben genehmigt, und je öfter sich misstrauische Bürger erkundigten, desto nachdrücklicher machte er seinen Standpunkt klar. Immerhin kam das von oben. Aber seine Leute hier, die waren ja gegen alles, weil sie einfach nichts von Politik verstanden. Die Langhaarigen hatten ein rechtmäßiges Papier aus der Stadt, und es besagte, dass die israelitische Kultusgemeinde den Auftrag gegeben hat, den Friedhof zu sanieren. Sie bezahlen das auch, und basta. Nein, uns kostet das gar nichts. Ja, natürlich ist es richtig, dass das Bedenkjahr endlich vorbei ist. Aber der Herr Bundeskanzler hat ja damals auch gesagt, dass man nicht nur am, wie sagt man, Stichtag sich erinnern soll, sondern dass die Erinnerung etwas sein sollte, das länger dauert. Auch der Kardinal hat das gesagt. Oder sogar der Bundespräsident?

Am Ende der letzten Gemeinderatssitzung vor der Sommerpause gab es einen kleinen Zwischenfall, winzig, letztlich unbedeutend. Die unsinnige Bemerkung einer jungen Frau brachte zutage, wie schlecht des Bürgermeisters Nerven waren. Flocke, die jüngste Tochter von Malnitz und seiner Frau Leonore, wollte ihren Vater abholen und hatte offenbar schon eine Weile in der halb offenen Tür zugehört. Gerade war Rehberg vom Reisebüro mit seinem Vortrag in Sachen Heimatmuseum zum Ende gekommen. Rehberg hatte Pfarrer werden wollen und war Touristikkaufmann geworden. Ohne dass es ihm bewusst war, erwartete er seither von der Welt Rücksichtnahme auf die Enttäuschung seiner Ambitionen, er versuchte, sich als Leuchtturm von Bildung, Manieren und strategischer Übersicht zu gerieren. Es gelang ihm selten.

Bis auf Ferbenz waren ihm die meisten rhetorisch unterlegen, aber das kümmerte sie nicht. Sie hörten ihm gar nicht zu, sie überstimmten ihn oder schrien ihn nieder. Rehberg, dessen Stimme wie ein ausgeleierter Keilriemen klang, hatte noch einmal beschworen, welche Besuchermassen andernorts in Ausstellungen wie *Die Schätze der Kuenringer*, *Die Frauen der Babenberger* und *Die Schlösser der Habsburger* geströmt seien, weil Adel und Aristokratie einfach die Attraktionen der Zukunft seien. Die Menschen sehnten sich nach der guten alten Zeit. Auf diesem speziellen Gebiet, Tourismus, Fremdenverkehr, fühlte sich Rehberg noch kompetenter. Die Weinbauern und Handwerker, die aus unklaren Gründen in diesem Landstrich meistens sozialistisch wählten, hatten ihren Unmut durch Zwischenrufe wie *Kerzlschlicker* und Unfreundlicheres geäußert, aber ihn wenigstens ausreden lassen. Bürgermeister Koreny wollte die Sitzung schließen und den Tagesordnungspunkt vertagen oder umgekehrt und zog sich davor zur Beruhigung und zum Zeitgewinn noch einmal das Taschentuch über die nasse Stirn. Und da krähte die freche kleine Malnitz von der Tür her etwas von einem Grenzmuseum, etwas Besonderem, das außer uns niemand hat. Wir zusammen mit den Drüberen, alles zweisprachig, da gibt's Verbindungen, die müsste man nur wieder ausgraben, das wäre einmal ein Alleinstellungsmerkmal. Mit dem sperrigen Wort schien sie Rehberg nachzuäffen, der es wahrscheinlich gerade verwendet hatte. Das wäre ihm zuzutrauen, solche Wörter, als wäre er ein G'studierter.

Das reicht jetzt, schrie Koreny und seine sommersprossige Faust sauste wie von selbst auf die Tischplatte vor ihm. Für einen Moment blickten alle auf, sogar der Doktor Ferbenz, der aus Altersgründen nur noch bescheidener Schriftführer war, schweigend, dienend, sich heraushaltend, aber natürlich immer dabei, niemals entging ihm ein gesprochenes und schon gar kein unterdrücktes Wort. Die Sitzung is g'schlossen, brüllte Koreny und fühlte sich beim Laufenlassen der Affekte überraschend erfrischt, i bin müd, es is haaß, der nächste Termin wird ausg'hängt zu gegebener Zeit.

Und sogar davon erfuhr der neugierige ältere Herr, der im *Tüffer* logierte. Er schlenderte durch den Ort und plauderte an Gartenzäunen und in Hofeinfahrten. Er besuchte die Heurigen und verkostete den Wein. Er stand so lange bewundernd vor Rehbergs Reisen, bis dieser herauskam. Jahreszeitbedingt war das Schaufenster mit einem Sandhaufen, einer Topfpalme und einem ledernen Kamel dekoriert. Weil der Herr so interessiert und aufmerksam war, fasste Rehberg Vertrauen und berichtete, dass er von einem Reiseanbieter einen prächtigen aufblasbaren Dampfer bekommen habe, als Werbung für dessen Kreuzfahrten. Doch zögerte er, ihn ins Schaufenster zu stellen. Er kannte seine Klientel. Kreuzfahrten ließen sich hier beim besten Willen nicht verkaufen, das stabilste Geschäft machte er mit den Arrangements für die Adria: Postbus nach Kirschenstein, Eisenbahn nach Graz, dort erreichte man den Bäderbus, der hielt in allen adriatischen Badeorten, lud die Touristen vor der Tür jedes noch so kleinen Hotels ab, wenn sie vorbestellt hatten. Rehbergs intelligente Zusatzleistung bestand darin, dass er in Graz einen Studenten bezahlte, der mit einer Namensliste und einer gelb-roten Dunkelblum-Fahne die Gäste vom Bahnsteig abholte und zur Abfahrtshaltestelle des Bäderbusses begleitete. Sie lag nur zweimal um die Ecke, aber die Menschen wurden sofort unsicher, sobald sie die vertraute Umgebung verließen. Auf solche Einfälle war er stolz. Sie kamen aus der ganzen

Umgebung, noch von hinter Kirschenstein. Bevor sie in eine der lauten, verwirrenden Städte fuhren, kamen sie lieber zu ihm. Deshalb blieb Rehberg optimistisch. Die Reisebranche wuchs, überall, sie würde auch in Dunkelblum wachsen. Dem Herrn Dokter Alois hatte er schon einen Badeurlaub in Ägypten verkauft, auch wenn der mit ein paar Kleinigkeiten nicht zufrieden gewesen war – er war halt ein verwöhnter Herr. Rehberg hatte Hoffnung, insgesamt. Aber der wunderschöne Dampfer? Mit seinen liebevoll aufgedruckten Luken und den winkenden Menschlein am Oberdeck? War das nicht – größenwahnsinnig?

Der Fremde, nachdem er sich alles angehört hatte, gab Rehberg einen Rat, der ihn sofort überzeugte. Er persönlich sei der Ansicht, sagte der Gast, dass in den Schaufenstern das Unerreichbare zu hängen habe, damit der Kunde träumen kann. Man betritt ein Geschäft, weil und obwohl viel mehr darin ist, als man sich leisten kann. Man will ein Stück vom Paradies, nicht gleich das Paradies selbst. Selbst der Markttandler habe samstags neben den Türmen frisch geschnittener Extrawurst eine Trüffelsalami liegen, wenn auch nur eine winzig kleine. Summa: Man müsse Rehberg zutrauen, selbst die luxuriöseste Kreuzfahrt auf dem prachtvollsten Schiff planen und organisieren zu können, dann würde man vertrauensvoll eine kleine Reise bei ihm buchen. Der Mensch will sich strecken und nicht zusammenducken, sagte der freundliche Herr, der im Hotel Tüffer abgestiegen war, da sind wir alle gleich. Und Rehberg war so dankbar, dass er den Fremden in sein Geschäft bat, ihm, bevor er den Dampfer aufblies, ein Stamperl kredenzte und sich bei dieser Gelegenheit seine unmaßgeblichen Ansichten zu den ganz alten, den wirklich hässlichen Geschichten Dunkelblums entlocken ließ – der Herr schien ihm der richtige Adressat. Am Ende dieses denkwürdigen Zusammentreffens sah man die beiden hinter der Glasscheibe herumklettern, den Sandhaufen mit einer Kehrschaufel verschieben, die Palme verrücken und den wirklich herzanrührenden, riesigen, bildschönen weißen Dampfer mit all den lachenden Gesichtern auf eine lange, geschwungene Bahn blaues Packpapier setzen, sodass man meinen konnte, die Donau führe direkt zu den Pyramiden. Oder sollte das der Nil sein? Der war doch bestimmt nicht so blau. Das Lederkamel stand für den Rest des Sommers vorne rechts und staunte.

Nach einigen Tagen des Spazierens und Besichtigens hatte der Gast aus dem *Tüffer* eine Mitfahrgelegenheit gefunden. Bei heruntergekurbelten Fenstern sah man ihn gut gelaunt auf dem Beifahrersitz von Flockes verbeultem spinatgrünen Auto sitzen und den Kopf hin und her wenden. Wie er auf Flocke gestoßen war? Man weiß es nicht. Möglich, dass Rehberg das Geschrei im Gemeinderat erwähnt hatte, aber wahrscheinlich war es viel einfacher. Rehberg war nicht an allem schuld, was in Dunkelblum schiefging, auch wenn sich der Berneck, der geflickte Schurl und die Heuraffl-Zwillinge seit Jahren einen Spaß daraus machten, ihm genau das einzureden.

Na, Rehberg, was hast jetzt wieder ang'stellt, fragten sie etwa und hakten ihn von beiden Seiten unter, wenn er das Pech hatte, ihnen abends, nach ihrem ausführlichen Wirtshausbesuch, vor die Füße zu geraten. Er antwortete nie, verteidigte sich nicht. Er versuchte, den Kopf abzuwenden, was schlecht ging, da er von ihnen umringt war. Er versuchte, sich ihrem Griff zu entwinden, nicht heftig, sondern schwach und greinend. Er zappelte wie ein Kind. Loslassen, jammerte er mit seiner bedauernswerten Stimme, lassts mich los, ich hab nichts gemacht. Sie stießen ihn zum Spaß ein bisschen herum, Fäuste gegen die Oberarme, und johlten: Der Rehberg ist unschuldig, der Rehberg hat nichts gemacht, und was er gemacht hat, hat er nicht gewollt und nicht einmal bemerkt, dass er es gemacht hat, hahaha!

Einmal, vor vielen Jahren, als sie noch jung und ungestüm waren, hatten sie ihn ein paarmal in den Hintern getreten, einfach, weil sie es ausprobieren wollten. Da stürzte er so unglücklich, dass er liegen blieb, irgendetwas mit dem Knie oder Knöchel, nicht gebrochen, sondern gerissen. Lowetz' Mutter fand ihn da, Ecke Tempel- und Sternsingergasse, er war ganz still, aber bei Bewusstsein. Er hatte sich nicht rufen trauen, aus Angst, dass die Burschen zurückkämen, aber der Frau Lowetz erzählte er, er müsse wohl einen Moment das Bewusstsein verloren haben. Auch dem Doktor Sterkowitz versicherte er, gestolpert zu sein, im Dunkeln, vielleicht über ein Tier, Herr Dokter, es gibt jetzt Waschbären! Sterkowitz ahnte die Wahrheit. Ich muss das anzeigen, sagte er probehalber, aber da warf Rehberg sich in die Brust, sah ihn fest an und fragte: Derf ma' nimma stolpern? Wird man schon dafür angezeigt, dass man sich den Haxen bricht? Was ist denn das eigentlich für eine Welt?

Sterkowitz bemerkte den hochfrequenten Tremor der Hände und Beine, verabreichte ein leichtes Beruhigungsmittel, fixierte das Bein und kam auf die Anzeige nicht mehr zurück. Doch machte er später eine Bemerkung zum Ferbenz, und dieser machte eine Bemerkung zu seinen Burschen, die manchmal einfach ein bisserl übermütig waren, net woahr, und seither schubsten sie ihn nur herum, brachten ihm ein paar blaue Flecken bei, zogen an seinem Sakko und manchmal auch an seinen Ohren. Nichts Schlimmes, mir wer'n doch noch an Spaß verstehen? Mehr war auch gar nicht nötig.

Rehberg war wahrlich nicht an allem schuld, nicht einmal an seiner Stimme, nur an seinen Schaufenstern. Es sind also viele Gelegenheiten denkbar, bei denen der Herr aus dem *Tüffer* und Flocke zufällig ins Gespräch gekommen sein konnten, möglicherweise einfach, als er den Heurigen ihrer Eltern besuchte. Flocke verbrachte die Sommerferien zu Hause. Und auch sie wanderte gern herum, besuchte regelmäßig den Dodl Fritz und den Greißler Antal Grün. Ihm half sie, Inventur zu machen, aus irgendeinem Grund machte ihn das so nervös, dass er es allein nicht schaffte. Den Studenten auf dem verwilderten Friedhof brachte sie Most und Wurstsemmeln vorbei. Flocke Malnitz hatte ihren eigenen Kopf, aber einen eigenen Kopf zu haben, das lag ein bisschen in der Familie. Immerhin schienen die Dunkelblumer Unterschiede zwischen den einzelnen eigenen Köpfen zu machen, denn das Mädchen bezeichnete man als *Hippie*. Das wäre zu ihrem Vater niemandem eingefallen.

Und nun sah man sie, wie sie den Fremden in ihrem Auto mitnahm. Sie fuhren hinauf auf die Zugspitze, wie viele den sogenannten Hausberg scherzhaft nannten, denn er hieß Hazug, mit einem Drüberen-Namen, er hatte keinen deutschen. Die meisten Dunkelblumer sagten deshalb einfach: *der Berg*. Flocke und der Besucher blickten von dort hinunter ins Land, in die beiden Länder. Eine schöne Aussicht, wie das alles dalag, gewellt, gefleckt, bunt und einladend. Die Grenzanlagen waren zu erkennen, aber von oben wirkten sie wie aus Draht und Zahnstochern gebastelt. Hier wie dort fuhren winzige Traktoren fleißig durch die Felder, die kleinen, spitzigen Kirchtürme zeigten stramm in Richtung Gott, und die Weingärten sahen aus wie Verzierungen, gekräuselte Samtbänder zwischen den glatten Vierecken. Die Ortschaften dazwischen wie hingeschüttet, ausfransend. Die Bausünden der Nachkriegszeit spielten von oben gesehen kaum eine Rolle, nur ein bisschen Grellorange oder Himmelblau blitzte in manchen Zwischenräumen auf. Aber dass es ungeheuer dicht war im Zentrum von Dunkelblum, das konnte man von oben gut erkennen. Wie fester gepackt, geschnürt, zusammengedrückt, wie am tiefsten Punkt einer Kiste, wo alles von oben doppelt und dreifach lastet. In Dunkelblum lastete es von unten. Aber das Dichte kann ja auch schön sein, warm und hochenergetisch. *Früher hat man einfach nicht so viel Platz gebraucht.*

Der Gast aus dem *Tüffer* schlug vor, nach Ehrenfeld zu fahren, dort habe er vor Urzeiten Freunde gehabt. Überhaupt sei ihm das kleinere Ehrenfeld harmonischer erschienen, friedlicher.

Na, ich weiß nicht, sagte Flocke zweifelnd.

Der Gast sagte, er habe in der Zeitung gelesen, dass letztens ein Stadel abgebrannt sei. Ob sie davon gehört habe?

Gehört, fragte Flocke zurück, lachte, schob die Unterlippe vor und blies ihre Stirnfransen in die Höhe, was ein Tick von ihr war. Das war unser Stadel, also aus dem Erbe meiner Mutter. Und die Feuerwehr hat am selben Abend in Kalsching gesoffen. Wenn das kein Zufall ist!

5.

Die Besitzerin des abgebrannten Stadels, Leonore Malnitz, war die Königin von Dunkelblum. Sie eine *Landschönheit* zu nennen, wäre eine Untertreibung gewesen. In ihrer Jugend hatte sie oft genug gehört, sie müsse unbedingt an einer Misswahl teilnehmen, aber da schnaubte sie nur. Als die Misswahlen Ende der Fünfzigerjahre wieder begannen, war sie verheiratet und ihre ersten beiden Kinder waren geboren. Und als es noch ein paar Jahre später üblich wurde, dass die männlichen Dunkelblumer in der Bar des *Tüffer* saßen und den Bildschirm angrölten, über den die Bikinimädchen mit ihren Nummerntafeln liefen, verursachte sie eine Schlägerei.

Widerlich und frauenfeindlich, rief sie laut, als sie mit einem Lieferschein mitten durch den Fernsehraum schritt, weil die Reschens damals noch Malnitz-Wein ausschenkten: Denkt einer von euch Fleischbeschauern eigentlich an die eigenen Töchter?

Die Männer grölten, einige versuchten, ihr auf den Hintern zu klatschen, sie drehte sich um und wischte dem Nächstbesten eine, mit einem theatralischen Knall. Leider stand dieser Nächstbeste sofort auf, packte sie am Arm und zog sie an sein rotes Gesicht heran. Leonore lehnte sich so weit wie möglich zurück, weniger aus Angst als aus Ekel.

Berneck, hör auf, schrie die Wirtin Resi Reschen, aber es war zu spät. Der junge Graun, der damals höchstens zwanzig Jahre alt war, warf dem Berneck zu dessen Überraschung von hinten den Arm um den Hals und drückte unter Ausnutzung des Ellbogenhebels zu. Leonore stolperte und riss sich los. Frau Reschen zog sie hinter die Schank, schob sie von dort in die Küche und beim Lieferanteneingang hinaus. Vor der Tür prüfte Leonore, ob beide Ohrringe dran waren, bedankte sich und riet der Frau Reschen, die *Viecher* samt und sonders rauszuschmeißen. Das aber kam bei der Reschen nicht gut an, die den Malnitz'schen Wichtigtuern immer schon gern gesagt hätte, was sie von ihnen hielt – wenn sie über die richtigen Worte verfügt hätte.

Je älter Leonore wurde, desto weniger schien sie nach Dunkelblum zu passen. Das bemerkte sie durchaus selbst. Es war eine Sache, ein paar unbeschwerte Jahre lang ein fesches, schlagfertiges Mädchen zu sein. Aber unverändert gut auszusehen, schlank und sportlich zu bleiben und sich mit Geschmack zu kleiden, war in dieser Gegend genetisch gar nicht vorgesehen. Außer ihr gab es keine Damen weit und breit, nur alte oder uralte Frauen. Leonore wurde trotz der vier Kinder nicht breit und fleischig, auch ihre kleinen Brüste, die sie in der Jugend noch gestört hatten, als ein anderes Ideal galt, blieben in Form. Und sie pflegte die Kultur, die sie, Tochter eines Kirschensteiner Lehrers, von zu Hause mitgebracht hatte, besonders Musik und Literatur. Anständigen Wein zu machen heißt ja nicht, dass man ein Trottel sein muss, lautete einer der Standardsätze, mit denen sie ihre Töchter großzog.

Toni und sie kannten bald Leute in der Hauptstadt und noch weiter weg. Einmal war Leonore sogar dem Grafen aufgefallen. Als zwanzig Jahre nach Kriegsende die Renovierung der gräflichen Gruft gefeiert wurde, trug sie zwar ein Dirndl, aber sie küsste ihm wahrlich nicht die Hand, das wäre ja noch schöner gewesen. Doch als man sich nach der Kirche auf dem Hauptplatz versammelte, begannen die beiden ein langes Gespräch, das von vielen verstohlen beobachtet wurde.

In der Hauptstadt hatte Leonore nicht dieselbe Wirkung, das wusste sie. Ihr Dialekt war zu stark. Anders als bei den Männern störte das. Und genauso spürte sie, dass es für die Großstadt andere Codes brauchte, andere Eigenschaften, um sich durchzusetzen und oben zu bleiben. Die ließen sich nicht einfach aneignen. In der Stadt, in die sie sich manchmal öfter, manchmal weniger oft flüchtete, klebte ein Rest Unsicherheit an ihr, untilgbar wie der provinzielle Drall in ihrer Sprache. Das ärgerte sie genauso wie die Ereignislosigkeit von Dunkelblum. Sie hätte dringend ebenbürtige Freundinnen gebraucht. Und so war es nicht verwunderlich, dass sie auf die Idee kam, jene nach Dunkelblum zu locken, die ihr so sehr fehlten, Künstler, Geistes- und Kreativmenschen, wilde Hunde und verrückte Nudeln.

Leonores Ehe mit Malnitz, obwohl sie seit Jahrzehnten hielt, war enorm schwierig. Sie waren beide hochfahrende Dickköpfe, deshalb hatten sie sich damals auch so unbedingt ineinander verliebt. Sie konnten beide reden, hatten beide Träume, und zumindest in seiner Familie war Toni der erste Fisch gewesen, der unbedingt an Land kriechen, vielleicht sogar fliegen wollte. Wahrscheinlich freite er deshalb so entschlossen nach oben, wenigstens diese halbe Stufe hinauf in die Kirschensteiner Bürgerlichkeit. In Leonores Elternhaus stand ein Bösendorfer Flügel, der kam mit nach Dunkelblum.

Sie wären ein perfektes Paar gewesen, neugierig, durchschlagskräftig, erfinderisch, wenn es ein paar mehr von ihrer Sorte gegeben hätte. Da es keine gab, brauchten sie einander auch als Gegner. Zu streiten lohnte sich einfach nur miteinander. Mit den kurz hintereinander geborenen ersten drei Kindern und den konservativen Schwiegereltern im selben Betrieb wurde es bald sehr hitzig. Wenn die Träume groß sind, werden es auch die Enttäuschungen. Leonore verfluchte wortgewandt das elende Kaff an der Grenze, voller Nazis, Lügner, Mostschädeln, in das sie sich hatte schleppen lassen. Toni stand auf und ging, türenknallend. Ab und zu zertrümmerte er vor seinem Abgang ein paar Schüsseln oder Vasen. Dunkelblum lauschte schadenfroh. Aber das war vielleicht der Klebstoff, der sie beisammenhielt: Diese Freude würden sie den Mostschädeln nicht machen. Dazu kamen die gescheiten, selbstbewussten Töchter, der prosperierende Betrieb. Toni begann sich als einer der Ersten für biologische Landwirtschaft zu interessieren, weniger Schädlingsbekämpfung, alte Sorten, kleinere, aber bessere Ernten. Er konzentrierte sich auf das Hochpreissegment. Er stellte den Export von minderwertigen Verschnitten ins Ausland ein, was zum damaligen Zeitpunkt wirkte wie die größte denkbare Dummheit. Alle verdienten am gezuckerten Wein, den sie nach Deutschland verkauften, und machten sich darüber hinaus keine Mühe mehr. Nur Toni ging anderer Wege. Als sein eigener Vertreter bereiste er die langsam erwachende gehobene Gastronomie im ganzen Land, er begann, mit Sekt und edlen Schnäpsen zu experimentieren. Darüber zerstritt er sich so mit seinen Eltern, dass sie – maximale Eskalation – zu ihrem jüngeren Sohn nach Zwick zogen, einem Weinbauern vom alten Schlag.

Sobald die Schwiegereltern weg waren, räumte Leonore deren schönes altes Haus aus und ließ es renovieren. Sie ließ eine Sauna einbauen und die Bäder exotisch fliesen, sie stellte französische Metallbetten und Antiquitäten in die Zimmer. Sie kaufte junge Kunst und hängte sie an die Wände. Gleich im Eingang baumelte eine weiche braune Puppe von der Decke, wie ein gehenktes Baby. Am meisten Gesprächsstoff bot den Dunkelblumern, dass in manchen Zimmern angeblich Badewannen frei standen, in Sichtweite der Betten. Das hatte einer der Installateurslehrlinge seinem Onkel, dem geflickten Schurl, erzählt, der es munter weitertrug.

Resi Reschen vom Hotel Tüffer lachte erst, als sie von den Übernachtungspreisen hörte, die die spinnerte Malnitz sich zu verlangen traute. Aber als in der Volksschule eine Malnitz-Tochter einen Reschen-Enkel fragte, ob er überhaupt wisse, wie viele Buchstaben das Wort *Qualität* vom Wort *Quantität* unterschieden, der Reschen-Enkel *zwei* sagte, die Malnitz-Tochter dagegen *drei* für die richtige Lösung hielt und sich die Kinder daraufhin schlugen, als Resi überdies erfuhr, dass Leonores Phantasiepreise wirklich bezahlt wurden, da schenkte sie keinen Malnitz-Wein mehr aus.

Leonore aber freundete sich mit einem dauerrauschigen Schriftsteller aus der Hauptstadt an, der sich sommers mit wechselnden Freundinnen einmietete und andere Kulturschickeria nachzog. Es dauerte nicht lang, bis der Biohof Malnitz als Geheimtipp galt, *in der paradiesischen, unberührten Grenzregion, voller Wein und Geschichte,* wie in einer Illustrierten stand. An manchen heißen Sommerwochenenden füllten die Trabanten des Schriftstellers sogar das *Tüffer*. Leonore, beschwipst von Tonis Jahrgangssekt, nannte es inzwischen *das Milbenhauptquartier*. Dort mussten Gäste, die sie nicht mehr unterbringen konnte, allerdings selbst hintelefonieren, hier fand ihr Service seine natürliche Grenze.

Dann erschütterte der Weinskandal das Land und der

jüngere Malnitz-Bruder ging bankrott. Toni hingegen hätte seinen Jahrgang mehrmals verkaufen können. Mit einem Kredit und seinen letzten Ersparnissen erwarb der alte Malnitz für den jüngeren Sohn die Tankstelle, und da rochen sie in Zwick nach Erdöl statt nach Traubensaft und hassten leicht entflammbar herüber. Toni brachte ihnen jede Woche eine Kiste Wein, stellte sie aber kommentarlos in die Einfahrt.

Mit Anfang dreißig, nach der Misswahl-Schlägerei im *Tüffer* und noch bevor ihr der Graf vor aller Augen die Hand küsste, erlaubte sich Leonore einen Fehltritt. Die Schwiegereltern lebten noch mit ihnen zusammen, der Betrieb war im Umbau und das Geld knapp, und manchmal wusste sie nicht mehr, mit wem sie sich zuletzt gestritten und mit wem schon wieder versöhnt hatte. Die älteste Tochter, die aussah wie ein kleiner grantiger Toni mit Zöpfen, hatte ihr beim Mittagessen mitgeteilt, dass sie sie hasse, weil sie immer mit dem Papa schimpfe, die Jüngste hing krank und heulend an ihr und verschmierte den Rotz auf ihrer Bluse. Nur die Mittlere war angenehm, sie trieb sich den ganzen Tag draußen herum und ging niemandem auf die Nerven. Leonore brachte die jüngste Tochter zur Schwiegermutter hinüber ins alte Haus, rang sich ein Bitte, ein Danke und ein Lächeln ab und stieg ins Auto. Sie fuhr zu ihren Eltern nach Kirschenstein, floh aber bereits nach dem Kaffee, weil ihr müder, kranker Vater mit ihr nichts anderes besprechen wollte als sein Testament.

An der Ausfallstraße Richtung Süden stand der junge Graun und hielt den Daumen hoch. Seit er sich im Wirtshaus für sie geschlagen hatte, schien sie ihm dauernd zu begegnen. Er war mindestens zehn Jahre jünger als sie, kaum mehr als ein Kind, und sah sie jedes Mal an, als hinge sein Überleben von ihr ab. Sie fuhr an den Rand und nahm ihn mit. Sie machte den Umweg nach Ehrenfeld, um sich ein Grundstück anzuschauen, das ihrem Vater gehörte. Es lag in Hanglage am Ortsrand, dahinter fiel das Land spektakulär ab. Die Chancen, dass es zum Baugrund umgewidmet würde, standen ihrem Vater zufolge gut.

Was meinst du, könnte man hier ein Hotel bauen, fragte sie den bebenden jungen Graun, als sie miteinander durchs hohe Gras stapften.

Er hob die Schultern. Wer will in ein Hotel, das fast schon auf der Grenze steht, fragte er.

Es hat einen schönen Blick, sagte sie, so weit nach Drüben hinein.

Leonore rüttelte am Tor der alten Scheune. Wo willst du denn hin, fragte sie ihn, ein wenig zweideutig.

Aufs Konservatorium, sagte er.

Sie drehte sich um. Was spielst du denn?

Geige, sagte er.

Schön, sagte sie, dann wirst du also gar kein Weinbauer?

Er schüttelte heftig den Kopf.

Innen neben dem Scheunentor, das er schließlich für sie aufbrachte, lehnte im Dämmerlicht ein breiter Rechen, in dessen rostige Zinken sie trat, da der junge Graun ihr mit einer Handbewegung den Vortritt gelassen hatte. Sie schrie auf und stürzte, fiel allerdings weich auf altes Stroh. Dünnes hellrotes Blut lief über ihre Wade. Da kniete er schon vor ihr und küsste es weg. Er war ein schöner Bub damals, mit etwas zu langen, wirren Haaren, bevor ihn der Ferbenz in seine Klauen bekam. Am Ende dieses überraschenden Nachmittags konnte sie sich nicht zurückhalten und belehrte ihn, dass man Damen nur in bekannten Räumen den Vortritt lasse, nicht in unbekannten. Ins Unbekannte gehen immer die Männer vor, neckte sie und lachte, aber woher sollst du denn das wissen, du Tschopperl. Als sie zum vierten Mal schwanger wurde, beendete sie abrupt, was sie später, nur bei sich, die *romantische kleine Scheunengeschichte* nannte.

Kurz vor der Ankunft des neugierigen Gastes im Hotel Tüffer, kurz nachdem sich die hochmögenden Herren Außenminister ganz in der Nähe getroffen hatten, um mit großen, aber unzureichend scharfen Papageienzangen den Grenzzaun durchzuzwicken – wie man hörte, war er ohnehin schon überall fast weggerostet –, beschloss Leonore, einen zweiten Mops zu kaufen. Sie verdächtigte sich selbst, den ersten als Kind-Ersatz angeschafft zu haben, obwohl es Toni und ihr an arbeitsintensiven Enkelkindern nicht fehlte. Ihre älteste Tochter Andrea hatte ihr schon den ersten Mops übel genommen, aber sie war das widerborstigste von allen Kindern gewesen. Man könnte meinen, du kaufst dieses Viech, damit du einen Grund hast, dich nicht um deine Enkel zu kümmern, sagte sie auf diese schmallippige, zur Seite gesprochene Art, die einem zumindest den Ausweg ließ, es gar nicht gehört zu haben.

Sie sind sehr kinderfreundlich, die Möpse, erwiderte Leonore tapfer, sobald die Kinder größer sind, werden sie eine Riesenhetz mit ihm haben.

In Wahrheit fand es Leonore weniger auffällig, auf ihren vielen Wegen mit dem Mops zu sprechen als bloß mit sich selbst. Ihre Einsamkeit war nicht kleiner geworden mit den Jahren, obwohl der Weinbetrieb und der Landgasthof florierten und sie dauernd Menschen um sich hatte, die etwas von ihr wollten. Und vielleicht tat ihr deshalb der einzelne Mops von Herzen leid, der ihr auf Schritt und Tritt hinterhechelte und vor Freude fast erstickte, wenn sie sich auf den Boden kniete und so tat, als würde sie mit ihm um einen Tennisball raufen.

Es war eine lange Fahrt bis in die westliche Steiermark. Sie nahm sich fest vor, keinen zweiten Hund zu kaufen, falls ihr keiner richtig gefiel. Auf der Rückbank schnaufte Koloman. Sie hatte ihn nach dem Märtyrer benannt, sie fand das originell. Leonore fragte sich, ob Koloman die Rückkehr an seinen Geburtsort traurig stimmen würde oder ob auch das eine Last war, die nur Menschen trugen. Ihr Elternhaus in Kirschenstein stand seit Jahren leer, aber noch hoffte sie, dass eine der Töchter etwas damit anfangen wollte.

Zu ihrer Überraschung war der aktuelle Wurf schwarz, nicht beige mit schwarzen Masken, wie Koloman. Der Züchter lobte Kolomans schlanke Figur. Leonore war erschöpft und fühlte sich überfordert. Da saß sie, mit einer Tasse bitteren Kaffees, und um sie herum purzelten die Hündchen durcheinander wie kleine schwarze Teufel. Sie hätte Flocke mitnehmen wollen, aber das Mädchen war wieder irgendwo unterwegs. Koloman drückte sich an ihren Fuß und tat, als ginge ihn das alles wenig an. Die schwarzen Welpen kletterten übereinander, als wollten sie sich zu einer Pyramide formieren, wie chinesische Artisten. Aber sie rutschten dauernd ab und versuchten es wieder, es sah aus wie ein Kunststück, das einfach nicht gelingen wollte.

Wissen Sie, ich wollte eigentlich keinen schwarzen, sagte sie zum Züchter, der sich plötzlich auf den Boden kniete und in dem Mopshaufen wühlte.

Wenn Sie demnächst wieder die anderen haben, komme

ich noch einmal mit meiner Tochter, fügte sie hinzu und stand auf, aber der Züchter achtete gar nicht auf sie.

Du liebe Zeit, sagte sie, als er die schwarzen Fellkugeln auseinandergeklaubt hatte. Unter allen anderen lag, flach und still und mit geschlossenen Augen, der allerkleinste Welpe. Der Züchter hob ihn vorsichtig auf.

Ist er tot, fragte Leonore. Aber nein, sagte der Züchter. Der Hund öffnete die Augen und begann in der Luft zu laufen wie eine Comicfigur. Der Züchter setzte ihn auf den Boden. Er taumelte ein paar Schritte, machte sein Lackerl und fiel mitten hinein.

Kann man den schon mitnehmen oder ist er noch zu klein, fragte Leonore.

Ich kann Ihnen den aber nicht billiger geben, sagte der Züchter widerstrebend, Zucht ist Zucht.

Nein, nein, das wollt ich gar nicht ..., sagte Leonore, aber ... ist er anfällig? Wird er bald sterben?

Es ist eine Hündin, sagte der Züchter, und wenn Sie sie hier aus der Konkurrenz befreien, wird sie schon in Ordnung sein. Eine Schönheit ist sie halt nicht.

Sie meinen, sie wird keine Miss-Mops-Wahl gewinnen, fragte Leonore amüsiert.

Bestimmt nicht, sagte der Züchter, schauen Sie sich das an: ein Krispindel.

Kennen Sie weibliche Märtyrer, fragte Leonore.

Der Züchter überlegte. Hildegard von Bingen, fragte er.

Leonore lachte. Na gut, sagte sie, macht nichts.

6.

Du musst nicht alles machen, was der Dokter Alois sagt, zischte die Frau vom jungen Graun, als er vom Frühstück aufstand.

Was weißt denn du, dachte er, sagte aber wie gewöhnlich nichts, presste nur die Lippen zusammen und zog die Tür hinter sich zu. Auf der langen Fahrt – er lieferte meistens selbst aus – hatte er Zeit genug, sich zu fragen, ob alle Männer derart von ihren Frauen unter Druck gesetzt wurden. Oder ob er es besonders schlecht erwischt hatte. Immer fanden sie etwas zu raunzen, wollten sie alles anders haben als man selbst und keppelten, wenn man sich widersetzte. Er hegte den Verdacht, dass es nicht um die Sache, sondern ums Prinzip ging. Also letztendlich um Macht. Mit Frauen gibt es keine Meinungsfreiheit. Davon nahm er, und auch nur teilweise, seine Mutter aus, denn dass diese, A, weichgesoffen war und, B, seit jeher etwas gegen den Dokter Alois hatte, musste andere Gründe haben, wahrscheinlich persönliche. Die er nicht kannte, die ihn überhaupt nicht interessierten, die aber lang zurückreichten, garantiert bis in die Kriegszeit. Der junge Graun wusste nur zu gut, was über den Dokter Alois im Ort geflüstert wurde. Aber daran, am Politischen, konnte es schwerlich liegen. Denn seine Mutter, und gerade auch sein Vater, die waren ja damals genauso …

Er drehte am Knopf des Radios und geriet in eine Gesprächssendung. Er musste den Knopf loslassen, weil er im Augenwinkel etwas sah, das … eine schwarze Welle, haushoch.

Ein riesiger, breiter Lastwagen kam viel zu mittig auf ihn zu. Mit beiden Handflächen, mit der Wucht seines ganzen Oberkörpers, warf er sich auf die Hupe. Der Lastwagen verriss hinüber auf seine Seite, der hohe Wagen schwankte, der junge Graun schrie: *Arschloch!*, als sie einander passierten. Für den Bruchteil einer Sekunde: die aufgerissenen Augen eines blassen Gesichts hinter der anderen Scheibe, gut einen halben Meter über ihm. Wahrscheinlich wieder so ein Jugo, der den Führerschein im Lotto gewonnen hat, Herrschaftszeiten …

Er brauchte ein paar Atemzüge, um sich zu beruhigen. Draußen zogen die Strommasten so aufrecht und ungerührt vorbei wie die Flaschen in der Abfüllanlage. Er aber wäre ums Haar in Scherben gegangen, Zacken, Splitter, Blut und Schluss.

Es sind die Frauen, die sich den Partner wählen, sagte eine weibliche, von sich selbst auf impertinente Weise überzeugte Stimme, es sind die Frauen, die sich für oder gegen einen Mann entscheiden. Sie entscheiden auch in weit über achtzig Prozent der von uns untersuchten Fälle – und wir haben klarerweise durch alle Einkommensschichten gefragt –, wie sich das Paar einrichtet, sie bestimmen nicht nur die einzelnen Möbel, sondern den ganzen Stil, ob man sich eher klassisch, modern oder rustikal einrichtet. Aber die weitreichendsten Entscheidungen sind natürlich jene, die die Partnerschaft betreffen. Inzwischen gehen ja zunehmend die Frauen. Die von Frauen eingereichten Scheidungen steigen kontinuierlich seit Jahren an. Frauen haben weniger Angst, allein zu sein, das hat heutzutage natürlich auch etwas mit den veränderten Einkommensbedingungen zu tun, aber im Vergleich zu den Männern ist es so, dass sie – und da spreche ich jetzt auch von älteren Frauen – selbst nach jahrzehntelanger Ehe viel weniger Angst ...

Der junge Graun drehte ab. Das fiel ihm in letzter Zeit auf: dass das Radio manchmal fast direkt auf seine Gedanken antwortete. Das geschah nur im Lieferwagen, im privaten Pkw passierte es nicht. Vielleicht, weil nur er allein den Lieferwagen fuhr. Dorthin also hatte das Feld eine Leitung gelegt.

Er schaute auf die Uhr. Er war eine gute halbe Stunde unterwegs, der Tag hatte erst begonnen. Aber dass daheim die Karin schon bei der Mutter gewesen war und alles erzählt hatte, darauf hätte er wetten können. Am Vormittag konnte man mit der Mutter meistens sprechen, da war sie manchmal noch voll auf der Höhe, als Finanzgenie. Die wenigen Male, wo er in den letzten Jahren wirklich nicht weitergewusst, weil man ihn auf der Bank und in der Steuerberatungskanzlei mit Tabellen und Verlaufskurven schwindlig geredet hatte, war sie die letzte Rettung gewesen. Einen guten Vormittag aussuchen. Darauf kam es an. Das konnte der Dienstag- oder Mittwochvormittag sein. Montag hatte sie vom Wochenendrausch noch so viel im System, dass nicht viel mehr dazu passte. Also sank der Spiegel bis Dienstag ein wenig, und es durfte nichts Ärgerliches passieren, kein Zusammenstoß mit ihm oder Karin, mit den Kindern oder mit Jugendlichen, die ihr auf der Straße Beleidigungen nachschrien. Sie in Gesellschaft halten, weil sie sich in Gesellschaft zumindest ein bisschen zusammenriss. Freundlich sein. Keinen ihrer tobsüchtigen Abgänge provozieren. Wenn der Dienstag gut verlief, konnte man sie am Abend vorsichtig ablenken, mit dem Tierfilm, der im Hauptabendprogramm lief, und einer ersten Weinverkostung des neuen Jahrgangs, das nur, damit der Schnaps hinausgezögert wurde. Aber auch keine Blicke, keine Gesten, gar Bemerkungen, wenn sie sich am Ende hochstemmte, in ihr Zimmer schlurfte und mit einer der unetikettierten Flaschen wiederkehrte. Wenn sie ihnen einen anbot, war es in Ordnung, war es gut gelaufen. Der Mittwoch würde ein guter, der richtige Vormittag sein. Es war ein Tanz auf Zehenspitzen, bei dem die ganze Familie mitwirken musste. Aber wenn es gelang, war sie immer noch erstaunlich: ein zusammengekniffener Blick auf die vielen verwirrenden Zettel der Finanzleute, ein Fingerschnippen nach Taschenrechner, Schmierzettel, Bleistift. Wenn es komplizierter war, verlangte sie einen starken Kaffee mit Schuss. Aber jedes Mal entschied sie am Ende so selbstbewusst wie ein Richter oder Auktionator, wenn er mit dem Hammer klopft. Zum Beispiel: Ja, Umschulden ist richtig, aber sicher nicht mit diesem Angebot. Du verlangst diese Bedingungen – und sie reichte ihm einen Zettel mit Prozentsätzen und Laufzeiten und wandte sich bereits ab.

Aber wenn … hatte er beim allerersten Mal gezweifelt. Sie hatte sich noch einmal umgedreht und ihn so verächtlich angeschaut wie seit je. Als Kind hatte er ihre Enttäuschung gespürt, jedes Mal, weil da nur er war und nicht mehr sein Vater. *Was? Nur du, kleines Würschtel? Und machst so einen Lärm?* Jedes Mal wurde er unglaublich wütend davon, als würden seine Ränder brennen, aber er konnte nichts dagegen tun, dass er sich gleichzeitig zusammenschrumpfen fühlte zu einem schmutzigen Häufchen, ein kleiner Dreck, selbst wenn dieser Dreck gloste.

Wenn was, fragte sie und begann rostig zu lachen, dass man befürchten musste, sie würde gleich Teer und Schleim spucken: Wenn sie dir das nicht geben? Da hätten sie selbst am meisten Pech gehabt, oder? Die andere Bank gibt's dir eh. Aber zu der gehen wir ja nicht.

– Nein, zu der gehen wir nicht.

Der junge Graun konnte sich nicht damit trösten, dass seine Mutter den Unterschied von Dur und Moll nicht kannte und *Dominantseptakkord*, wenn überhaupt für ein Wort, höchstens für eins in der Sprache der Drüberen gehalten hätte. Manchmal spielte er das, wenn er allein im Auto fuhr: *Dominantseptakkord* so auszusprechen, als wäre es Drüberisch. Man musste nur die As und Os in die jeweils andere Richtung öffnen, also die As abdunkeln und die Os öffnen, aber nicht ganz, nur ein bisschen. Wichtig war, das E in *sept* wie ein sehr langes Äh zu dehnen und das Wort auszusprechen, als würde man dazu im Bierzelt zu einer schmalzigen Melodie schunkeln. Mit viel Zeit und auf und ab. Er dachte gern darüber nach, was der Sprachrhythmus einzelner Sprachen mit der landestypischen Musik zu tun hatte. Ob man Etüden – und für jeweils welches Instrument? – schreiben könnte, die klängen wie Englisch, Französisch, Spanisch. Er selbst konnte keine anderen Sprachen außer dem bisschen Italienisch der Musiksprache, aber gerade deshalb glaubte er zu spüren und zu hören, wie die fremden Sprachen tönten. Gerade das Drüberische. Es war einprägsam, er hätte es überall wiedererkannt. Ein vokalbesoffenes Schunkeln, das ins Geknatter von Maschinengewehren übergehen konnte. Holz- und Blechbläser zusammen und ordentlich Tritonus. Das, was als Zigeunermusik bezeichnet wurde, klang allerdings anders, vergnügter.

Mit dieser Überlegung hatte er den Dokter Alois einmal sehr amüsiert: dass die Drüberen doch ursprünglich eine andere Musik gehabt haben müssten, eine, die ihrer Sprache mehr ähnelte. Da hast du recht, hatte der Dokter Alois gerufen und laut gelacht, siehst du, so geht das, wenn man das eigene kulturelle Erbe nicht pflegt! Dann dudeln sich die Neger und die Zigeuner nach vorn! Der junge Graun hatte versucht, ihm die besondere Musikalität der Zigeuner zu erklären, jedenfalls der paar, die er kennengelernt hatte, wie die nämlich, ohne überhaupt Noten lesen zu können … Aber da war mit dem Dokter nicht zu reden, da steckte er fest in seinem eigenen alten Scheiß.

Ein Volk, das diesen Namen verdient, braucht andere Primärbegabungen, hatte er verkündet, und dabei zitterte ihm das Kinn, wie jedes Mal, wenn er sich in den alten Heldentaten verlor. Und der junge Graun gab es auf, es ließ sich doch nichts ändern an den Menschen. Nicht am Dokter Alois und nicht an der Karin, an ihrer tiefen Abneigung gegen den Dokter. Vielleicht war Abneigung nicht das richtige Wort. Aber Angst wäre wahrscheinlich zu viel gesagt.

Er hätte ihr das mit dem Grundstück gar nicht erzählen dürfen. Und was interessierte es sie, warum der Dokter das Grundstück haben wollte! Ihn interessierte es nicht. Er wollte es halt, offenbar dringend. Aber dass der Malnitz nicht an den Dokter verkaufen würde, das war jedem klar. Die sprachen ja gar nicht miteinander. Angeblich, sagte der Dokter, gehörte es ja ihr, der Frau Malnitz. Der schönen Leonore. Das hätte der junge Graun bestätigen können. Und wie. Umgekehrt konnte er dem Dokter nicht sagen, warum es ihm unangenehm war, die Frau Malnitz zu fragen, ob sie es ihm verkaufe. Der Dokter schien nämlich anzunehmen, dass er gut mit der Frau Malnitz stand. Nun ja, er grüßte sie, man begegnete sich regelmäßig, das war in der Nachbarschaft gar nicht zu vermeiden. In Wahrheit hatte er seit über zwanzig Jahren nicht mit ihr gesprochen. Und diese geheime alte Geschichte war wahrscheinlich der Grund, warum er Karin davon erzählt hatte. Sein eigenes Unbehagen an der Sache hatte es ihn ausplaudern lassen. Als hätte er um den Widerspruch gebettelt.

Du musst nicht alles machen, was der Dokter Alois sagt!

Nein, musste er nicht. Aber er sollte. Und er wollte! Er fühlte sich verpflichtet, auch wenn er wirklich nicht in allem seiner Meinung war. Nur weil er mit ihm am Stammtisch saß – musste man da in jedem Detail einer Meinung sein? Politik interessierte den jungen Graun sowieso nicht. Die lügen doch alle. Soll der Alte vor sich hin reden, mit seinem zitternden Kinn. Aber was er für ihn getan hatte, das würde er ihm nie vergessen. Ohne den Dokter Alois wäre er damals vor Gericht gekommen, vielleicht sogar ins Gefängnis, er hätte weder die Karin geheiratet noch den Hof übernommen, es gäbe die Kinder nicht, die lauten, herzigen Rotzpipn ...

Der Dokter Alois wollte jetzt halt, verdammt noch mal, dieses Grundstück haben, und er brauchte dazu ihn als Strohmann. Strohmann? Er grinste. Ja, da war noch Stroh auf dem Grundstück, in der Hütte ...

Aber bitte, warum auch nicht? Warum sollte er nicht helfen? Was war schon dabei? Natürlich war es ein bisschen kompliziert. Wie im Ort jeder wusste, hatte er nicht nur kein Geld, sondern war darüber hinaus verschuldet. Aber es gab Möglichkeiten. Der Dokter hatte sich schon etwas überlegt, Darlehen, Bürgschaften, eine Firma, der er angehören und die das abwickeln würde ... Nur die Leonore, die musste er täuschen. Die würde sehr böse sein, wenn ihr Grundstück am Ende beim Dokter Alois landete ... Andererseits: Soll sie halt böse sein. Immerhin wäre er wegen ihr damals fast ...

Und hätte jetzt nicht ... Vielleicht wäre das schön, stellte er sich vor: Er begegnet der Leonore mit dem lächerlichen Schoßhund, den sie seit einiger Zeit hatte, sie macht ihm eine Szene – die er sich nicht so genau vorstellen konnte, denn sie war immer sanft und ironisch gewesen, nur am Ende ganz kühl –, für die Vorstellung der Szene setzte er als Platzhalter Karin ein. Und dann steht er da, wartet, bis sie zu Ende gekeppelt hat, und dann sagt er ihr ins Gesicht, er sagt ihr ins Gesicht – er wusste nicht, was er ihr sagte. Es fiel ihm nichts Passendes ein. Er würde die Autoschlüssel nehmen und gehen, wie immer. Stattdessen murmelte er noch einmal *Dominantseptakkord*, als wäre er einer von drüben. Er hatte endlich die Autobahnauffahrt erreicht und fand im Radio einen Klassiksender.

Am späten Nachmittag war alles ausgeliefert und der junge Graun spürte seinen Rücken. Der Tafelwein, die Doppelliter, der Traubensaft. Hier fünf Kisten, dort eine Palette. Das flüssige Klein-Klein, das ihn überhaupt nicht interessierte. Er beschäftigte keinen Kellermeister wie der Malnitz, er lud keine Sommeliers ein (zu ihm wären auch keine gekommen), er baute nicht in Barrique aus. Das war ihm alles viel zu aufwendig, außerdem hatte er nie Geld gehabt, um zu investieren. Also belieferte er die kleinen Wirtshäuser und die Cafés in der Provinz und sogar die Standln in den Schwimmbädern und auf den Sportplätzen. Sie kamen irgendwie durch. Vielleicht würde die Karin weniger keppeln, wenn das Geschäft besser ginge. Da fiel ihm der Streit vom Frühstück wieder ein, gerade als er durch Kalsching fuhr. Als Nächstes kam Ehrenfeld. Vielleicht sollte er stehenbleiben und sich das Grundstück noch einmal anschauen. Vielleicht käme er drauf, was der Dokter Alois damit wollte. In seinem Alter würde er doch nichts mehr bauen?

Der Zaun rundum war in Ordnung, wahrscheinlich ausgebessert, das Grundstück ansonsten verwildert. Der junge Graun schaute sich um und überstieg den Zaun. Ein Trampelpfad lief durch Unkraut und Gestrüpp auf den Stadel zu. Jemand, mehrere, schienen hier kürzlich gewesen zu sein. Wahrscheinlich Jugendliche. Hoffentlich passten die auf, wenn sie im Stadel rauchten. Die Frau Malnitz sollte das wirklich einmal mähen lassen, in ein paar Stunden wäre das erledigt.

Der Stadel sah genauso aus wie damals, als er sich das letzte Mal mit ihr getroffen hatte. Das Tor war nur angelehnt, und sein Körper erinnerte sich plötzlich an das Herzklopfen, jedes Mal, wenn er ihn betrat. Seither war in seinem Leben alles nur schlechter geworden. War das ihr Trampelpfad? Benutzte sie den Stadel noch, um sich mit Männern zu treffen? Tschopperl, schalt er sich selbst. Die hat heut ganz andere Möglichkeiten. Die kann heut mit ihren Liebhabern nach Venedig fahren. Wie er auf Venedig kam? Wahrscheinlich, weil im Reisebüro seit Wochen der Bäderbusfahrplan ausgehängt war, neben dem depperten Kamel und dem Sandhaufen. Und weil die Karin so gern einmal an die Adria wollte. Vielleicht könnten sie es sich in ein, zwei Jahren leisten.

Das Dach des Stadels war dicht, aber durch Ritzen in den Seitenwänden fiel die Sonne in schmalen Streifen herein. Alles war unauffällig, kein Mist, keine Tschick, keine Bierflaschen, das sprach gegen einen Jugendtreffpunkt. Selbst die Jugendlichen hatten heut andere Möglichkeiten.

Aber dieser Stadel könnte ihm gehören, nicht richtig, aber zumindest für ein paar Wochen und auf dem Papier. Das

Grundstück interessierte ihn nicht, nur der schöne alte Stadel. Er bekam Lust, sich auf den Boden zu legen, die Arme auszubreiten und zu pfeifen. Als er lag, sah er, dass oben alles voller Vogelnester war. In der Mitte des Raums, direkt über ihm, schwebte eine Lichtsäule, darin tanzte der Staub.

Was machen Sie hier, fragte es scharf. Sie erschien im Torbogen, für ihn war sie deshalb schwarz wie ein Scherenschnitt. Sie stand da, als hätte sie ein Baby im Arm. Das verwirrte ihn für einen Moment, katapultierte ihn zurück in die Zeit seiner größten Verzweiflung. Sie hatte ihn weiterhin gegrüßt, wie immer, damals, als sie bald danach wieder einen Kinderwagen schob. Aber ihre Augen hatten ihn nicht mehr gesehen, die Pupillen wie draufgeklebt.

Leo, ich bin's, sagte er, nachdem er sich geräuspert hatte. Er rappelte sich auf.

Duuu, fragte sie zurück, die Stimme schon abgerüstet.

Es war wieder still, sie zögerten beide.

Was machst du hier, fragte sie noch einmal.

Ich hab gesehen, dass gemäht gehört, sagte er. Da wollte ich's mir genauer anschauen.

Gemäht, wiederholte sie, als wäre das schwer zu verstehen. Aber sie kam ein paar Schritte näher.

Was hast du da, fragte er.

Sie lachte. Darf ich vorstellen: Hilde! Ein Krispindl, wie du damals.

Im Arm hielt sie einen hässlichen kleinen Hund von der Art, wie man sie bei ihm zu Hause sofort ertränkt hätte. Seine Mutter hatte ihm das früh beigebracht – bloß keine Sentimentalitäten. Fliegen, Gelsen, schiaches Katzel, zernepfter Welpe oder aber ein fettes, gut gemästetes Hendl oder Schweindl – sie wurden getötet, auf verschiedene Weisen und aus verschiedenen Gründen, weil man sie brauchte oder weil man sie eben für gar nichts brauchen konnte.

Ich könnt's dir mähen, hatte der junge Graun sagen wollen, aber stattdessen sagte er: Ich könnt's dir derschlagen.

Was, fragte sie. Bist du wahnsinnig?

Entschuldige, sagte er, entschuldige, das wollt ich gar nicht sagen, ich wollt vielmehr ...

Sie ging rückwärts aus der Scheune, hinaus ins Sonnenlicht. Komm hier raus, befahl sie, ich will dich sehen!

Da stand er vor ihr wie ein armer Sünder, der sich den Blick nicht zu heben traut. Es tut mir leid, sagte er, ich hab wirklich nicht ... Er deutete mit dem Kinn auf das Hundebündel, das sie im Arm hielt. Das da, das schaut halt aus, als ob's ...

Sie sah ihn an und schüttelte den Kopf. Ihr seids alle solche Bauern, sagte sie.

Aber Leo, fing er noch einmal an, das Grundstück, warum lasst du's nicht mähen, ich könnt's dir machen, und du kannst es gut verkaufen ...

Gut verkaufen, fragte sie zurück. Die geben uns ja die Baubewilligung nicht und nicht, und so ist es gar nichts wert. Da steckt garantiert der Ferbenz dahinter, dass das seit so vielen Jahren nicht klappt. Es wär ja ein schönes Grundstück, nicht wahr?

Für ein Hotel, fragte er wagemutig. Er traute sich nicht, sie direkt anzuschauen, sondern schaute auf ihren Hals, dorthin, wo die feine Narbe zu sehen war. Damals, vor fünfundzwanzig Jahren, war sie frisch gewesen, rötlich, er hatte sie nie berührt. Er durfte nur, was sie gestattete. Sie wies ihm alle Wege. Eigene durfte er nicht nehmen.

Sie hatte früher immer ein Halstuch getragen, aber das tat

sie schon lange nicht mehr. Man sah die Narbe inzwischen kaum. Aber damals im Stadel war das Halstuch oft genug verrutscht oder gleich aufgegangen, und er hatte die Narbe gesehen. Und nur deshalb war ihm, in dem feinen Geschäft in der Stadt, wohin er den Wein für ein Firmenjubiläum geliefert hatte, dieses schwarze Samtband aufgefallen, das die elegante Schaufensterpuppe genau an der Stelle von Leos Narbe trug. Dass auf das Bandl Schmuck genäht war, kleine Steinchen, hatte er wohl bemerkt, das war ja das Hübsche daran. Aber dass es teuer war, eine Kostbarkeit, das hatte er nicht verstanden, als er es in einem geeigneten Moment einsteckte. Dass da Saphire und Perlen drauf waren und weiß Gott noch was. Und dass der Moment viel weniger geeignet war, als er dachte. Er war halt ein Tschopperl, nein, er war mehr, ein ausgewachsener Trottel.

Als er den Blick hob, bemerkte er, wie sie ihn musterte, von oben bis unten. Seit einiger Zeit fielen ihm die Haare aus. Er ahnte, dass sie das sah. Da war inzwischen nicht mehr so viel, auf seinem Hinterkopf. Es war ja nirgends mehr viel, also insgesamt, im Vergleich zu früher … Trotzdem durfte sie ihn nicht so abfällig anschauen. Ihm wurde heiß, und an seinen Rändern begann es zu brennen. Die Narbe war wie eine Markierung für die Stelle, an der man sie würgen müsste. Eine Ziellinie, wie die schwarzen Kreise auf den Rümpfen der Pappfiguren im Schützenverein. Nur viel unauffälliger. Wenn du sie würgen willst, dann am besten hier, schien diese vorwitzige Narbe zu sagen.

Der Hundekrüppel wimmerte. Leo blickte ihn zärtlich an und wiegte ihn wie ein Kind. Gar nicht gewusst, dass ein Graun sentimental ist, sagte sie. Und jetzt runter von meinem Grundstück!

7.

Und nur wenige Tage später war dieser Ehrenfelder Stadel in Flammen aufgegangen, und Berneck, dessen schwere, rotnackige Gestalt allein den regionalen Versicherungsstützpunkt verkörperte, wartete gelangweilt auf die Erkenntnisse der Gutachter. Da trafen eines Vormittags Lowetz und der Gast, der im Hotel Tüffer wohnte, beim Greißler zusammen.

Wie gesagt, gab es seit Jahren Supermärkte in Dunkelblum. Es waren noch nicht die hellerleuchteten, klimatisierten UFO-artigen Hallen von später, aber schon damals lagen sie – kleiner, enger, grauer – inmitten perfekt planierter Asphaltfelder, wo man sein aktuelles Vorzeigefahrzeug zur allgemeinen Bewunderung abstellen konnte. Dort frönten die ersten Generationen Dunkelblumer, die in körperschonende Angestelltenexistenzen aufgestiegen waren, dem kleinen Konsumentenglück.

Aber jeder, dem ein paar Zwiebeln oder Reißnägel fehlten, der von einem Augenblick auf den anderen eine Mausefalle, eine Wäscheleine, Kreuzworträtsel, Briefmarken oder Kernseife brauchte, besorgte diese Kleinigkeiten beim Greißler Antal Grün. Nach dem Krieg war das Geschäft eine Weile woanders gewesen, nur ein paar Schritte weiter, in einem anderen Haus. Aber seit fast fünfundzwanzig Jahren fand man es wieder an der ursprünglichen Stelle, Tempelgasse 4. Darin Antal Grün, lange Zeit gemeinsam mit seiner Mutter Gisella. Davor deren Eltern, Josef und Mathilde Wohlmut. Davor Josefs Eltern. Und so weiter und so fort … wahrscheinlich bis zurück ins späte siebzehnte Jahrhundert, als Kaiser Leopold, angetrieben von seiner Gattin, die Juden aus Wien hinauswarf. Margarita Theresa von Spanien, sehr katholisch, hatte den Verlust ihres Erstgeborenen zu betrauern, und ihr Schmerz war so schneidend, dass nur ein handfester Sündenbock Linderung versprach, ein Grund für die Sinnlosigkeit, jemand, den man erst beschuldigen, dann beseitigen konnte. Eine Reaktion, die einem die Autorität des Handelns zurückgab, nachdem man hilflos schreiend vor dem Kinderbettchen gekniet war. Wären die Juden erst weg, würden die folgenden Kinder am Leben bleiben. Anders als man inzwischen anzunehmen gelernt hat, ging es damals halbwegs gesittet zu. Die Juden bekamen eine Frist von acht Monaten gesetzt. Acht Monate, das ist ausreichend, das ist gar nicht wenig. Hitler war nur zehnmal länger da. Die fünfzig reichsten Wiener Familien erhielten eine kurfürstliche Einladung aus dem fast unvorstellbar fernen Berlin. Die anderen schlüpften viel näher, im Südosten, unter die Fittiche von Fürsten und Grafen, denen der Pegelstand ihrer Schatzkisten näher am Herzen lag als der Aberglauben ihrer Pfarrer und Gattinnen. Hier, im Südosten, blieben die Juden über zweihundertfünfzig Jahre geschützt und unbehelligt, sie lebten so heimelig und sicher, dass sie besonders überrascht waren, als diese Zeit vorbei war. Dass sie ganz besonders naiv und wehrlos waren.

Ein Familienbetrieb, eine Institution. Nicht *der Grün*, das nicht, das wäre zu viel Vertraulichkeit gewesen, aber *der Greißler*. Unvorstellbar, dass es ihn nicht mehr gäbe. Längst hatte er sich der A&O-Genossenschaft angeschlossen. Außer dem aufs Schaufenster geklebten Schriftzug und den einheitlichen Plastiksackerln hatte sich dadurch wenig verändert. Wahrscheinlich konnte Grün dank dieses Vertrags auf ein größeres, moderneres Sortiment zurückgreifen. Und möglicherweise half das A&O-Banner dabei, dass auch Ortsfremde die vollgestopfte Höhle als das erkannten, was sie war.

Als Lowetz die Tür aufmachte, blickte Grün ihn von hinten im Dämmerlicht an wie den Erlöser. Er wieselte hinter seiner Budel hervor – Lowetz schien es später, er habe sich davor geradezu mit dem Rücken ins Regal gedrückt, weg von dem fremden Mann, der auf ihn einredete –, kam auf ihn zu und schüttelte ihm ausführlich die Hand. Lowetz fand keine Zeit, sich zu wundern, da überfiel Grün ihn schon mit einem Redeschwall, das Haus betreffend, den Garten, die wunderbare, arme Frau Mama, die alle so vermissten. Lowetz fühlte sich, als müsste er einen Hagel aus süßen und weichen Geschossen parieren. Dabei fühlte er sich Grün herzlich verbunden, war schon als Kind in seinem Geschäft gewesen, er hatte für seine Mutter Sachen abgeholt und oft genug anschreiben lassen. Er hatte Schlecker zugesteckt bekommen und als Jugendlicher bei der Inventur geholfen. Denn der Greißler geriet manchmal durcheinander, konnte nicht mehr weiterzählen. Er konnte in solchen Momenten nicht mehr schreiben, kaum atmen, knüllte das Formular zusammen, Lowetz erinnerte sich an eine Szene, wo die Mutter ihm das Klemmbrett mit den Listen vorsichtig aus den Händen genommen hatte. Von diesen Aussetzern hatte er sich immer schnell erholt, es genügte, dass er sich hinsetzte, ein Glas Wasser trank und dass jemand anderer das Zählen und Aufschreiben übernahm. Doch nun schien der gute Grün ein bisschen seltsam geworden zu sein. Er redete auf Lowetz ein, als bekäme er dafür bezahlt. Der Mann im Hintergrund schob sich langsam näher, als gehöre er dazu. Er lächelte, sah freundlich und einnehmend aus, suchte offensichtlich nach einer Gesprächspause, um etwas zu sagen.

Noch einen Schritt tat der Fremde, nun stand er neben ihnen beiden, schon bildeten sie eine Dreiergruppe. Da brach Antal Grün ab, beinahe mitten im Satz, deutete mit wedelnden Handbewegungen auf den Fremden und murmelte etwas von einem Geschichtsforscher, aus der Gegend, oder in der Gegend?, aber er könne leider wirklich nicht helfen, das möge ihm bitte geglaubt werden, er sei doch in der fraglichen Zeit gar nicht da gewesen.

Der Herr, der dunkle, ernste Augen hatte, obwohl der Rest des Gesichts immerzu lächelte, gab Lowetz die Hand und stellte sich vor. Wie oft bei solchen Gelegenheiten verstand Lowetz den Namen nicht genau, war aber zu langsam, zu scheu oder auch zu wenig interessiert, um nachzufragen.

Und worum geht es, fragte Lowetz, um die Gräber, antwortete der Herr mit seinem verbindlichen Lächeln, die Gräber, wiederholte Lowetz, ohne zu verstehen, ja sogar ohne zu erschrecken, er musste spontan wohl an Mumien oder Kelten oder die Frühsteinzeit gedacht haben, denn fand man nicht regelmäßig und sogar halbwegs in der Nähe Faustkeile und Feuersteine, Metallmünzen und zerbrochene Keramik? Aber Antal Grün schüttelte den Kopf, hin und her, mit geschlossenen Augen der Missbilligung oder der Verzweiflung oder des Schmerzes, er schüttelte den Kopf, hin und her, her und hin.

Nein, Lowetz hatte davon noch nie gehört, obwohl er hier aufgewachsen war. Ich bitt Sie, ich bin Jahrgang vierundfünfzig, sagte Lowetz und schnaubte ein bisschen, und dass hier eine Menge los war im Krieg, das weiß ich natürlich. Wie überall an der Grenze, nicht wahr?

Ja, leider, bestätigte der fremde Herr, wie überall: Aber in Tellian und Kirschenstein und auch drüben in Mandl und Löwingen haben wir sie längst gefunden.

Sie standen alle und schauten vor sich auf den Boden. Grün strich mit den Handflächen über die Vorderseite seines Arbeitsmantels, als wollte er sich abstauben. Lowetz hatte das Gefühl, dass er etwas fragen sollte, aber er kam nicht darauf, was. Das ist keine schöne Arbeit, sagte er nach einigem Überlegen.

Eigentlich schon, entgegnete der Fremde. Sobald man sie gefunden hat, können sie bestattet werden und haben die ewige Ruhe.

Tot ist tot, sollte man meinen, sagte Lowetz.

Grün sagte: Geh, Bua, heast.

Entschuldigung, sagte Lowetz.

Nach einer längeren Pause sagte der Geschichtsforscher: Du, Tolli, ich komm einfach ein anderes Mal vorbei. Mit mehr Ruhe. Jetzt würde ich nur gern noch ein paar Postkarten haben …

Er wandte sich dem neuen Drehständer zu. In den unteren Abteilungen war er voller Zeitungen, Illustrierter und Geschenkpapier, oben hatte er kleinere Drahtkörbchen für Briefkuverts, Glückwunschkarten, Postkarten. Er ließ ihn ein paarmal kreisen, als würde er den gut geschmierten Lauf bewundern, und hielt ihn schließlich bei den Schlosspostkarten an. Er zog eine davon heraus, hielt sie in die Höhe und fragte: Wer macht das eigentlich? Wer lässt diese Karten drucken? Die hat es doch früher nicht gegeben?

Grün strich mit den Handflächen über die Vorderseite

seines Arbeitsmantels. Sind mit den anderen mitgekommen, sagte er, mit den neuen von der Pestsäule und denen mit der Luftansicht. Auch die Luftansicht ist sehr beliebt, nimm auf jeden Fall eine Luftansicht mit.

Lowetz nahm eine Pestsäulenkarte in die Hand. Die Säule war im Hochformat vor blauem Himmel fotografiert worden und wirkte überscharf, alle Details waren deutlich zu sehen, auch, dass den beiden Heiligen die Nasen abgebröckelt waren.

Als Kind habe ich meine Mutter gefragt, ob das die alte Frau Graun ist, sagte Lowetz und deutete auf die schauerliche Bettlerin, die ihren Becher von sich streckte. Da aber lachten sie laut auf, Grün und der Fremde, ganz einvernehmlich.

Lowetz betrachtete die Karte, er hatte sich die Pestsäule seit vielen Jahren nicht mehr richtig angesehen. Das Gesicht der Figur war verzerrt, die Hand umkrampfte den Becher, und die Lumpen, die sie trug, drohten über die Brüste herabzurutschen. Zum Glück waren Brüste und Lumpen aus Sandstein. Es erschien Lowetz plötzlich unstatthaft, jemanden so darzustellen, selbst wenn die Figur kein Vorbild gehabt haben sollte oder eines, das seit zweihundert Jahren tot und vergessen war. Denn etwas an der Bettlerin wirkte so echt, dass man meinte, ihr lebendes Vorbild käme gleich zur Tür herein, heulend und wehklagend. Lag es nur an dem expressiven Moment, an der wie eingefrorenen Verzweiflung?

Die alte Frau Graun dagegen ist nicht aus Stein und deshalb muss sie so elend viel trinken, dachte Lowetz.

Der Besucher schien Gedanken lesen zu können. Ich frage mich, sagte er, ob es der Tod ihres Mannes allein war oder ob es noch einen anderen Grund hat?

Ich wüsst nicht, welchen, sagte Lowetz und zuckte die

Schultern, ich würde meinen, es reicht, wenn eine junge Frau plötzlich mit Kind und Hof allein dasteht.

So gesehen, setzte der andere fort, hat sie es aber fabelhaft gemacht: das Kind großgezogen und sich und den Hof lange genug durchgefrettet, bis der Sohn übernehmen konnte. Und danach hat sie sich abgemeldet … War es so?

Könnt man so sagen, sagte Lowetz, aber sie sauft doch schon immer. Trotzdem haben Sie natürlich recht. Sie hat es geschafft, aber man wundert sich, wie.

Lowetz steckte die Karte wieder in ihr Körbchen, der Fremde dagegen griff sich den ganzen Packen Schlosspostkarten und legte ihn neben die Kasse. Antal Grün zählte die Karten ab und schob sie in ein kleines Papiersackerl. Marken dazu, fragte er.

Nur vier, fürs Erste, bat der Mann. Aber sag mir, Tolli, eine Frage noch: Wann hast du das Geschäft eigentlich zurückbekommen?

Wie der Horka weg ist, sagte Antal Grün widerstrebend, eines Tages war er auf einmal verschwunden, und seine Frau hat es mir dann gleich verkauft. Sie scheint gewusst zu haben, dass er nicht mehr zurückkommt.

Und die Frau, fragte der Besucher.

Zur Familie gezogen, in die Steiermark, sagte Antal Grün. Keiner mehr da von denen.

Und wann war das, fragte Lowetz, der kaum begriff, worum es ging, obwohl der Name Horka etwas in ihm anstieß, das er vergessen hatte.

Fünfundsechzig, sagte Grün, im selben Jahr, wie der Graf die Gruft abgedichtet hat. Du warst ein Bub und hast mir beim Umzug geholfen. Weißt du das auch nicht mehr?

Keine Ahnung, sagte Lowetz und schüttelte den Kopf.

Nachdem sich der Fremde verabschiedet hatte, rauschte eine kleine Welle von Kundschaft durch den Laden. Frau Koreny brauchte Küchenspagat, Bauchspeck und Hundefutter, ein paar fremde junge Menschen, vermutlich vom Friedhof, kauften Wurstsemmeln und Getränke, und schließlich holte die Zenzi aus dem *Tüffer* einen großen Karton mit vorbestellten Waren ab, den sie auf dem Untergestell eines alten Kinderwagens abtransportierte. Als wieder Ruhe eingekehrt war, setzten sich Lowetz und Grün auf die steinernen Stufen vor dem Eingang und rauchten.

Den hast nicht mögen vorhin, stellte Lowetz fest.

Antal Grün stellte sich dumm: Wen?

Na den, der die ganzen Karten vom Schloss gekauft hat, sagte Lowetz.

Aber nein, gar nicht, wehrte Antal Grün ab, ich kann da nur wirklich nicht helfen, ich war ja gar nicht ... ich weiß das einfach nicht.

Dann muss er halt wen andern fragen, sagte Lowetz.

Sicher, sagte Antal Grün, ich könnt mir nur vorstellen, das hat er schon versucht.

Aber der Horka, sagte Lowetz ein paar Minuten später, der ist mir erst heute wieder eingefallen. Mit dem haben sie uns früher gedroht, wie wir Kinder waren.

Das glaub ich, sagte Antal Grün.

Der Horka war der Schwarze Mann von Dunkelblum, sagte Lowetz und lachte. Und dem Widerling hast du das Haus abgekauft? Ich kann mich gar nicht an dein altes erinnern.

Geh heast, sagte Antal Grün, ich war doch direkt neben euch, da, wo jetzt der Fritz die Tischlerei hat. Du bist als kleiner Bub dauernd hin und her g'laufen, bis dir die Eszter einmal ang'schafft hat, du sollst nur noch durch'n Garten gehen.

Damit's nicht dauernd läutet, sagte Lowetz, dem dieser Satz aus denselben Tiefen emporstieg, in denen er vorhin schon auf den bedrohlichen, aber vorläufig gesichtslosen Horka gestoßen war.

Damit's nicht dauernd läutet, bestätigte Antal Grün.

Aber jetzt hast du gar keine Glocke mehr in der Tür, fragte Lowetz.

Kaputtgegangen. Aber ich bin eh meistens vorn. Wenn nicht, rufen die Leut.

Ich schau mir das einmal an, sagte Lowetz und stand auf.

Lass gehen, wehrte Antal Grün ab, ich brauch das gar net, aber Lowetz war schon im Geschäft, trug die Leiter vor die Tür und sah sich die Ladenklingel aus der Nähe an. Er leuchtete mit seinem Feuerzeug hinein. Da steckt nur was drin, rief er von oben, gib mir g'schwind ein Messer oder einen Schraubenzieher herauf.

Lowetz löste vorsichtig einen kleinen gräulich-weißen Klumpen aus der Türklingel, den er zuerst für einen großen getrockneten Kaugummi hielt. Doch hatte der Klumpen einen harten Kern, und als er anschließend draußen auf den Stufen noch eine Zigarette rauchte, schabte er mit dem Daumennagel daran herum. Im Inneren steckte ein poröses Steinchen, ein winziger, unsymmetrischer, etwas taillierter Kegel mit einem runden Köpfchen, ungefähr von der Form einer *Mensch-ärgere-Dich-nicht*-Figur.

Er wollte es Grün zeigen, aber der war dabei, die Papierrolle an seiner Registrierkassa auszutauschen. Wie Lowetz bemerkte, war die alte noch gar nicht leer. Zur Strafe schloss er die Tür und riss sie gleich wieder auf. Es bimmelte durchdringend, Grün fuhr zusammen.

Das hast doch du selber gemacht, neckte ihn Lowetz, während er ihm das Steinchen hinhielt, das kann auf keinen Fall von allein da hinaufgekommen sein. Jetzt einmal ehrlich, Onkel Grün: Du wolltest die Glocke ausschalten, oder?

Aber nein, nein, antwortete der und versuchte angestrengt, den gerade geschnittenen Papierrollenanfang einzufädeln: Ich sag dir doch, eines Tages ist sie einfach nicht mehr gegangen.

Lowetz rollte das Steinchen in seiner Handfläche herum. Das schaut fast aus wie ein Stück Knochen, sagte er. Dass dir jemand so was in die Glocke gepickt haben soll?

Antal Grün drückte auf einen Knopf, die Kassa machte ein schnarrendes Geräusch, die Rolle, die das Papier abspulte, setzte sich in Bewegung, aber das vordere Ende ging nicht durch den Schlitz, es staute sich, es kräuselte und ballte sich, drückte sich erst verzweifelt und angstvoll in der Maschine zusammen und wölbte sich dann als Papiersalat nach oben.

Neinneinneinnein, jammerte Antal, jetzt schau, was du gemacht hast …

Ich, fragte Lowetz, was hab denn ich damit zu tun?

Aber Antal Grün starrte so hilflos auf seine ratternde, die Rolle auffressende Registrierkassa, dass Lowetz auf den Knopf drücken und das Gerät abschalten musste. Er griff sich eine Schere, zog das Zerknitterte heraus und schnitt es ab. Er schnitt zwei weitere Ecken ab, steil, im stumpfen Winkel zu den Außenkanten, sodass der Papieranfang aussah wie ein Pfeil oder eine spitze Zunge. Im Biohof Malnitz machten sie das angeblich mit dem Toilettenpapier, aber Lowetz wusste gar nicht mehr, wer ihm das erzählt hatte – *die falten dort sogar das Klopapier, aber die Gäste von denen scheißen ja wahrscheinlich auch Maiglöckchen und Primeln!* Er drückte wieder auf den Knopf, die Apparatur setzte sich in Bewegung, er führte den Papierpfeil auf den Schlitz zu, der Pfeil schlüpfte hinein und hindurch, so ungerührt, wie ein dressierter Löwe durch den flammenden Reifen springt. Lowetz drückte die Abdeckung der Kassa zu und schnitt den überflüssigen Spitz ab. Antal Grün strich sich mit durchgestreckten Fingern über Brust und Bauch. Schau, Onkel Grün, sagte Lowetz, es ist manchmal nur eine Frage der Technik.

8.

Die Frage, ob es das Böse wirklich gibt, in einer reinen, sich selbst nährenden Form, ist altmodisch, quasireligiös und gewiss zu gar nichts gut. Man kann alles erklären, mit der Kindheit, mit der Armut, vor allem mit erlittener Gewalt, die sich ja wirklich, wie schon die Bibel wusste, fort- und fortzeugt. Jedenfalls ist zu akzeptieren, dass in seltenen Fällen ungünstige Umstände mit ausgeprägt schlechten Neigungen so zusammentreffen, dass ein Mensch entsteht wie eine scharfe Waffe. Wo später auch bei genauester Betrachtung gar kein Abzweig im Lebenslauf zu erkennen ist, kein Innehalten, keine Weggabelung, die, wenn schon nicht in die Tugend, doch in etwas harmlosere Gefilde geführt hätte.

So einer war Horka, Vorname Georg, geboren am Ende der ersten Dekade des Jahrhunderts, in einer Hütte am Rande von Zwick. Der Horka-Schorsch. Geschlagen von dem Trunkenbold, der ihn zweifellos gezeugt hatte, geschlagen, getreten, gewürgt und Ärgeres von den Brüdern, die in der Kleinhäusler-Kate übereinanderkletterten im Kampf um Sauerstoff, Aufmerksamkeit, Nahrung. Unvorstellbare hygienische Bedingungen. Unvorstellbare soziale, psychische, sexuelle Bedingungen. Töchter gab es keine, oder es waren gnädigerweise die Töchter, die allesamt früh verstarben, denn auch tote Kinder hatten sie in dieser Siedlung mehr als genug. Horka war der Jüngste. Nach seiner Geburt gab die Mutter auf, obwohl sich dieses Aufgeben über ein paar Jahre erstreckte. Der jüngste Horka aber kam irgendwie durch, und das war, was er besser konnte als viele andere: durchkommen, gegen jede Wahrscheinlichkeit.

Sogar die Horka-Kinder sahen ein paar Jahre lang eine Schule von innen. Das hatte in der Monarchie seit Maria Theresia gute Tradition, und darauf wurde auch vom Kollektiv geachtet. Mochten sie sich zu Hause gegenseitig vergewaltigen oder halb totschlagen, in die Schule wurde gegangen. Schreiben und Lesen wurde halbwegs gelernt. Unterricht wurde übrigens auf Drüberisch, da man in Horkas erstem Lebensjahrzehnt noch zu Drüben gehörte. An hohen Feiertagen gab es Ausspeisung für die Armen, das hatte ein hungriges Kind wie der Horka-Schorsch schon mit sechs Jahren begriffen. Auch dass man am Vormittag des 24. Dezembers bei der Fabrikantin Thea Rosmarin, hinten an ihrer Gartenpforte, warme Kleidung, manchmal sogar Stiefel bekam. Bei besonderer Förderungswürdigkeit. Die Horka beinahe jedes Jahr unter Beweis zu stellen verstand, sobald er die Anforderungen begriffen hatte.

Der jüngste Horka war keineswegs dumm. Er war sogar der Schlaueste von seinen Brüdern, bis auf einen, den Ältesten, mit dem aber genau genommen der Vergleich fehlt. Dieser hatte nicht nur die Kate, nicht nur die Gegend, sondern auch Land und Kontinent so bald wie möglich verlassen und darüber hinaus den Namen gewechselt. Es ist zwar unwahrscheinlich, aber denkbar, dass einer der späten Nachfahren dieses ausgewanderten Bruders, ein pausbackiges Mädchen aus Litchfield/Ohio oder ein weißblonder Junge aus Irving/Arizona, dort, am anderen Ende der Welt, Geschichte studiert, den Fall Dunkelblum entdeckt und einen privilegierten Augenblick lang vor moralischer Abscheu gezittert hat.

Horkas Intelligenz war von einer besonderen Art. Wie ein fester, maßgeschneiderter Mantel hielt sie seine anderen Eigenschaften zusammen, die körperliche Kraft und Wendigkeit, die Lust, zu quälen und zu demütigen, und den Jähzorn, der ihn in wahre Bluträusche treiben konnte. Horka war aber auch, erstaunlich genug, zum Triebaufschub fähig. Das war der Anteil der Intelligenz, die das Kommando übernahm, sobald es dem eigenen Fortkommen zu sehr geschadet hätte. Spätestens seit der Pubertät beherrschte er das. Er beherrschte sich. Und dennoch reichte seine Intelligenz darüber nicht hinaus, über die Anforderung, die Kampfmaschine Horka umsichtig einzusetzen. Sie war gerade nicht um dieses entscheidende, um das verschwenderische Stückchen größer, das ihm zum Beispiel eine Ahnung davon vermittelt hätte, dass es etwas anderes gab, als sich im wahrsten, dem physischen Sinn durchs Leben zu schlagen.

Am ersten Schultag wurde er neben Alois Ferbenz gesetzt. Von dessen penibel gezogenem Scheitel und dem sauberen Hemd fühlte er sich sofort provoziert. Bei erster Gelegenheit, in der Pause, die die Kinder einfach auf einer G'stettn neben der Schule verbrachten, sprang er ihn von hinten an. Er umklammerte den Hals des anderen und ließ schon kleine braune Zähnchen sehen in der Absicht, dem Mitschüler mindestens ein Ohrläppchen abzubeißen, da wurde er wie von Zauberkräften weggerissen und auf den Boden geschleudert. Es war wie zu Hause, wo die großen Brüder aus Langeweile ihn einander manchmal wie einen Ball zuwarfen, einen Ball, den man nicht unbedingt zu fangen brauchte. Horka lag auf dem Boden, mehrere Buben saßen auf ihm drauf, einer würgte ihn, aber fast wie nebenbei, die Augen auf den Anführer geheftet. Alois Ferbenz richtete sich mit blasierter Miene das Hemd. Als Horkas Gesicht von Dunkelrot zu Violett wechselte, befahl er mit einer Handbewegung, von ihm abzulassen. Den Rest des Schultags umstanden seine Getreuen Ferbenz mit misstrauischen Blicken. Horka hielt sich fern und sann auf Rache. Wenn er einige seiner Brüder gewinnen könnte, müsste es gelingen. Er würde ihn umbringen. Nicht gleich, aber irgendwann. Er würde warten. Doch nach der Schule gab Ferbenz, wieder mit wenig mehr als einer Handbewegung, zu erkennen, dass Horka es sei, der ihm ab nun die Tasche nach Hause tragen dürfe. Ein anderer Vasall gab den blanken Lederranzen widerwillig ab. Ferbenz war der Sohn des Schusters, und da er direkt aus Dunkelblum stammte und nicht aus der Siedlung des Abschaums, war er bereits mit einer Hausmacht in die Schule gekommen. Das war sein herausragendes Talent. Für den Rest seines Lebens würde das so bleiben: Immer hatte er welche um sich herum, die sich ihm willig unterwarfen. Von Anfang an war Ferbenz ein kleiner Fürst und Horka sein ergebener Soldat. Horka gliederte sich ein, denn es gefiel ihm, dazuzugehören. Ferbenz war klug genug, ihn ein winziges bisschen zu bevorzugen. So konnte sich Horka einreden, dass er seine bedrohliche Kraft freiwillig zur Verfügung stellte, nur einem, nämlich dem Besten.

Und Ferbenz hielt jahrzehntelang die Hand über ihn. Er kannte Horkas Neigungen und wusste, dass man ihm mit manchen schmutzigen Aufgaben sogar einen Gefallen tat. Ferbenz sorgte dafür, dass er selbst in solchen Fällen weit weg war. Nur zur Sicherheit, nur wegen den Leuten, wegen dem unvermeidlichen Gerede. Dabei wusste er, dass Horka ihn nie verraten würde. Lust am Verrat war eine Regung, für die Horka gewissermaßen zu wenig feinsinnig war. Schlagen, Quälen, Morden, Lügen, Betrügen, das schon, gern und jederzeit. Aber kein Verrat und keine Intrige. Horka wusste, wer der Chef war. In seinen Affekten war er schnurgerade, nicht krumm. Das Krumme überließ er Ferbenz, der sich dank Horka die Hände niemals schmutzig machen musste. So wusch eine Hand die andere; die krumme und die blutige Hand wuschen einander in treuherziger, treudeutscher Unschuld.

Denn die Zeitläufte kamen Menschen wie Horka und Ferbenz ja erst einmal sehr entgegen, sie wurden hochgehoben wie vom Wasser im folgenden Bild Stefan Zweigs: *Immer, wenn die Zeit rasch vorwärtsstürzt und sich überstürzt, gewinnen Naturen, die es verstehen, ohne jedes Zögern sich in die Welle zu werfen, den Vorsprung.*

Für den Ersten Weltkrieg noch zu jung, standen sie für alles Folgende perfekt im Saft. Zum Beispiel im Wettstreit um die weißen Fahnen, da hat Horka zum ersten Mal gezeigt, was organisatorisch in ihm steckte. Und auch dafür, fürs Organisieren, muss man ja über ein Mindestmaß an

Intelligenz verfügen. In diesen entscheidenden Tagen war er überall gleichzeitig, er packte überall mit an, und wahrscheinlich war es überhaupt nur seinem unermüdlichen Einsatz zu verdanken, dass Dunkelblum die weißen Fahnen um ein paar Stunden früher als Kirschenstein hissen konnte und Tage früher als Tellian, früher als Löwingen, früher als fast alle.

Kurz nach diesem gloriosen Tag, aber vor Kriegsbeginn, hat Horka den ersten umgebracht. Anders als anschließend so beharrlich behauptet wurde, war das Opfer kein Zigeuner (das hätte schon gar niemanden gestört), sondern ein Wanderarbeiter namens Miklos Jobbagy. Er fuhr mit einem Fahrrad von Dorf zu Dorf und bot seine Dienste an, beim Stallausmisten, beim Heuen, beim Ernten oder wenn ein Zaun oder ein Stadel gebaut werden musste. Leider hörte er schlecht, vielleicht war er auch nicht der Hellste, wahrscheinlich wurde ihm beides zum Verhängnis.

Horka wollte sein neues Haus ausgemalt haben. Wer plötzlich ein Haus hat, ohne dafür bezahlt zu haben, der möchte es wohl gleich verändern, zu seinem eigenen machen. Man kennt diese Geschichten: die Töpfe der Vorbesitzer, noch warm auf dem Herd. Aber vielleicht war Horkas neues Haus auch wirklich lange nicht gestrichen worden, wer weiß. Jedenfalls hielt er den Miklos auf der Straße an und teilte ihm mit, dass er Arbeit für ihn habe. Das geschah nicht vor dem neuen Haus in Dunkelblum, Tempelgasse 4 – wo Miklos vielleicht besser verstanden hätte, was man von ihm wollte –, sondern am Ortsrand von Zwick, wo Horka offenbar etwas in der Nähe seines Elternhauses zu tun gehabt hatte, wenn man die windschiefe Kate so bezeichnen will. Der trottelige Miklos Jobbagy jedenfalls verstand den

Namen nicht richtig, oder er ordnete Horka weiterhin der Siedlung zu, halb falsch, halb richtig.

Wie haaßen Se – Horváth, fragte er und hielt sich die Hand hinter die große Ohrmuschel, aus der wie grauer Draht ein dickes Haarbüschel spross: Für an Zigeiner soll i's Haus ausweißeln? Des waaß i net, ob des no geht.

Da schlug Horka zu, mit voller Kraft auf die Schläfe. Dass man ihn Horváth nannte! Es war ein jäher Tod. Horka ließ alles liegen, wie es war. Er spuckte aus, wandte sich um und ging seiner Wege. Er brauchte schließlich weiterhin einen Maler und Anstreicher, und wenn das inzwischen so schwierig sein sollte, machte er sich lieber gleich auf die Suche.

Als nach einer Weile die Gendarmen kamen und mit ihnen der Doktor Bernstein, hatte sich das Fahrrad bereits von selbst entfernt. Der tote Wanderarbeiter lag ganz allein im Dreck. Weil Doktor Bernstein sein Berufsethos trotz der widrigen Umstände hochhielt und überdies noch immer so viel Autorität genoss, dass man sich in seine Berichte nicht einmischte, erwähnte er im Totenschein auch den Schädelbruch, den er ertastet hatte. Es war nicht so, dass schon alles egal war, es gab durchaus eine Ermittlung. Es gab sogar eine Einvernahme. Allerdings gab es auch einen Anruf aus dem Umkreis von Ferbenz, der zu dieser Zeit bereits weit weg und auf dem Gipfel seiner Karriere angelangt war. Ferbenz, inzwischen ein Doktor, ausgerechnet der Rechte, und vor allem Gauleiter-Stellvertreter, ließ auf dem Dunkelblumer Gendarmerieposten anrufen, ließ Horka ans Telefon holen und sprach danach erst selbst mit ihm. Horka hörte eine Weile zu und sagte nur: *Verstanden,* bevor er auflegte. Im abschließenden Protokoll hieß es, Horka habe in Notwehr gehandelt, gegen einen aggressiven Zigeuner, der sich seiner Umsiedlung offenbar widerrechtlich entzogen hatte. Die sterblichen Überreste des Miklos Jobbagy, dessen Angehörige, so er welche hatte, nicht aufgespürt werden konnten, wurden auf dem katholischen Friedhof beigesetzt und nicht etwa auf dem Schindanger bei den Heiden, Ungetauften und Selbstmördern. Im Nachhinein sieht es beinahe so aus, als hätte jemand ein schlechtes Gewissen gehabt. Wer das gewesen sein könnte, ist unbekannt. Und vielleicht war es ja auch bloß ein Irrtum, geschuldet den bewegten Zeiten, in denen es sogar manchmal vorkam, dass in winzigen Details etwas besser ausging.

9.

Ein großer Teil des schaurigen Rufes, den Horka später als Aura und Schutzschild mit sich herumtrug, verdankte sich seinem Einsatz bei der Verteidigung von Dunkelblum in den letzten Kriegstagen. In den Monaten davor hatte er ein Zwangsarbeiterlager befehligt. Sieben Jahre lang war Dunkelblum *judenrein* gewesen, aber dann, als wirklich schon alles durcheinanderging, schickten sie aus Budapest waggonweise halb verhungerte, abgerissene Gestalten, die gemeinsam mit allem, was in der Gegend noch stehen, gehen und eine Schaufel halten konnte – neben den etwas besser gestellten *Fremdarbeitern* hauptsächlich einheimische Frauen und ältere Kinder –, den sogenannten Südostwall bauen sollten. Dieser Wall war eine der letzten grandiosen Ideen, die aus dem Berliner Führerbunker drangen. Zur Abwehr der Roten Armee wollte man ein Stellungssystem erbauen, wie es die Welt noch nicht gesehen hatte; die Chinesische Mauer, der römische Limes und knapp dahinter gleich der Südostwall, so ungefähr. Die eigenen Armeen standen noch jenseits davon, aber falls sie zurückgedrängt werden sollten – und das wurden sie, jeder, der eine Karte lesen konnte und den Wehrmachtsberichten folgte, wusste das –, dann sollten sie bei ihrem Rückzug eine fabelhafte Verteidigungslinie vorfinden, in deren Kugelbunker und Geschützstellungen sie einschlüpfen könnten wie die Hand in den bereitgelegten, vorgewärmten Handschuh. Sie sollten das Tausendjährige Reich von hier aus weiter verteidigen. Der Führer hat bereits an alles gedacht. Deshalb gruben und schaufelten dreißigtausend, vierzigtausend Menschen von den Weißen Karpaten bis an die Drau, es würde ein gewaltiges Bauwerk werden, unüberwindlich, unbesiegbar. So klirrte jedenfalls die Propaganda, die immer besonders schrill ist, wenn die Tatsachen ihr besonders wenig entsprechen. Ja, die Anzahl der Verbrechen, die entlang dieser Linie verübt, die Anzahl der sinnlosen und brutalen Tode, die ihretwegen gestorben wurde – sie war rekordreif. Aber die schiere Wirkung des Bauwerks? Vor Dunkelblum sah sie so aus: Ein erster sowjetischer Panzer fuhr vorsichtig in den Graben ein, ein zweiter fuhr auf ihn drauf. Und über die beiden Panzer legten sie dicke Balken, fertig war die provisorische Brücke. An anderen Stellen soll der Wall besser funktioniert haben, aber das half ja den Dunkelblumern nicht.

So waren sie also da, die Sowjets, und der Volkssturmmann, der sie von hinter dem Kriegerdenkmal mit einer Panzerfaust begrüßte, freute sich wie narrisch, als er sah, dass er ihren ersten T-34 erledigt hatte. Vielleicht hat er sich schon mit einem Orden auf der Brust imaginiert, oder vielleicht war im Gegenteil das Adrenalin zu hoch für solche süßen Träume – *wer nicht dabei war, hat ja keine Ahnung* –, jedenfalls haben Freude und Stolz höchstens zwei Minuten angehalten, bis nämlich der nachfolgende russische Panzer ihm, dem Kriegerdenkmal und einem Teil des Eckhauses hin zur Karnergasse ein Ende machte.

Die achtundvierzig Stunden, nachdem die Sowjets Dunkelblum eingenommen hatten – zum ersten Mal eingenommen hatten –, haben Horka und der alte Graun auf dem Dachboden des Stipsits-Hauses verbracht. Dieser Dachboden verfügte über eine Besonderheit: An der Schmalseite gab es eine doppelte Wand, die vom Rest des Raumes einen Streifen abtrennte, nur etwas über einen Meter breit. Diese Wand sah genauso aus wie die anderen, gelblich gekalkt und rissig. Davor stand, fast über die Hälfte der Seitenwand, ein mächtiger alter Holzschrank, kein schönes Stück mit Bauernmalerei und Schnitzkunst, nur ein wurmstichiger, schwerer Kasten mit drei Türen. Das aber war der Eingang. Im linken Flügel gab es ab der halben Höhe fünf Regalbretter, die blau gestrichene Rückwand dahinter war gut zu sehen. Aber darunter fehlte sie. Wer hineinstieg und sich unter das tiefste Brett bückte, fiel beinahe in den verborgenen Raum. Das Arrangement war uralt und außerhalb des Stipsits-Hauses niemandem bekannt. Ein Stipsits-Urahn hatte in diesem Versteck entweder Schätze gehortet oder war dort anderen Heimlichkeiten nachgegangen, wer weiß, welchen.

Entdeckt hatte es, noch als Schüler, der alte Graun, und damals war es leer bis auf Staub und Mäusedreck. Eine Weile lang hatte es in der Dunkelblumer Volksschule einen Aushilfslehrer namens Jenő Goldman gegeben. Goldman war jung, mochte Kinder und hatte moderne Ideen. Dazu gehörte, mit den Kindern manchmal aus der Schule hinauszugehen und sie im Freien zeichnen zu lassen. Nachdem er das ein-, zweimal gemacht hatte, wurde ihm bedeutet, es lieber zu lassen. Damals hat es noch Dunkelblumer gegeben, die gar nicht einsahen, warum ihre Kinder, statt bei der Landarbeit zu helfen, in die Schule gehen mussten, wenn sie doch nur im Ort spazieren geführt wurden. Aber in einer der zwei, höchstens drei Freiluftstunden hieß Jenő Goldman die Klasse, sich auf die Stufen der Pestsäule oder daneben zu setzen und einen von ihnen selbst gewählten Ausschnitt des Hauptplatzes zu zeichnen. Viele Kinder wählten das Schloss mit seinem imposanten Turm, aber der Schüler Graun, der besonders gut zeichnen konnte, nahm sich den ihm zugewandten Anfang der Reitschulgasse vor, die Zeile, die dem Hotel Tüffer schräg gegenübersteht. Das erste Haus war die Schule, das zweite das Stipsits-Haus, das dritte ein Kontor mit dicken Mauern, das der Industriellenfamilie Rosmarin gehörte. Die Rosmarin-Villa selbst, Reitschulgasse Nummer 8, mit ihrem schmiedeeisernen Gartenzaun und den beiden steinernen Säulen, die das schmiedeeiserne Tor säumten, war von der Pestsäule aus nicht mehr ganz zu sehen, weshalb sich Graun entschloss, sein Bild seitlich mit dem nur angedeuteten Eisenzaun enden zu lassen. Aber auf die Fenster, die Türen und die Dachschindeln der anderen drei Häuser verwandte er viel Mühe, er radierte und schraffierte, und er verwischte mit dem angefeuchteten Zeigefinger seine Schraffuren, um möglichst viele verschiedene Oberflächen darzustellen. Jenő Goldman lobte ihn. Du hast einen sehr guten Blick, sagte er, aber Graun verzog nur ein wenig den Mund. Er wusste, dass man diesen Lehrer für einen Idioten hielt, also würde er sich nicht mit ihm gemeinmachen. Obwohl ihm die Zeichenstunden gefielen. Auch das sagte er nicht. Man tat, wie einem geheißen wurde, und schwieg, so war das damals. Und später war es auch so. Aber während jener Stunde, als er am Fuße der Pestsäule zeichnete, erfasste der aufmerksame Schüler Graun sehr genau die Proportionen der von ihm abgebildeten Häuser. Und als er zufällig nur wenige Tage später im Stipsits-Haus etwas abgeben musste und von der Frau Stipsits gebeten wurde, ihr einen schweren Korb nach oben auf den Boden zu tragen, bemerkte er fast sofort, dass im Raum eine Dachluke fehlte, die von außen zu sehen war.

Dieses Rätsel ging ihm nicht aus dem Sinn. Am Abend der Sommersonnwend, als ganz Dunkelblum auf den Beinen war, schien die Gelegenheit gut, es weiter zu untersuchen. Er schlich sich unauffällig von den Sonnwendfeuern weg, stieg die Stiegen bis zum Stipsits'schen Dachboden hinauf und sah sich um. Er öffnete die Luke links nur einen Spaltbreit, aus Angst, dass ihn jemand von außen bemerken könnte. Aber ein schräger Blick reichte, um zu sehen, dass direkt daneben das Kontor anschloss. Also musste es die andere Schmalseite sein. An der stand alles Mögliche, auch der riesige Kasten. Graun öffnete die linke Tür. Er war damals höchstens einen Meter fünfzig groß, daher konnte er mit einer nur kleinen Beuge unter das tiefste Regalbrett sehen. Zumindest roch oder ahnte er, dass hier war, was er suchte. Und er stieg gleich hinein, entdeckte die geheime Kammer dahinter. Er sah sich geschwind um – nur Mäusedreck und Staub – und wollte sich schnell wieder davonmachen, darüber nachdenken, was mit diesem neuen Wissen anzustellen war. Doch draußen vor dem Kasten stand grinsend Horka, der ihm wieder einmal nachgeschlichen war. Und so wussten sie es beide; und beide erinnerten sich mehr als fünfundzwanzig Jahre später im lebensnotwendigen Moment daran.

Zuerst schien es ja wie eine Falle: zu zweit in eine Kammer gesperrt, vor deren Fenstern sich die Invasoren sammelten. Wann auch immer sie herauskämen – dass sie beide keine unschuldigen Zivilisten waren, wäre so logisch wie die einzig mögliche Folge, nämlich sofort erschossen zu werden. Beide hatten Sicht- und Hörkontakt zu den anderen Verteidigern verloren, stattdessen hörten sie auf einmal die gegnerischen Panzer. Im ersten Moment waren sie so entsetzt wie alle, denn an die Schutzwirkung des Walls hatten sie fest geglaubt, deshalb womöglich mit Soldaten gerechnet, aber nicht mit der Schlange von Panzern, die die Erde beben ließ. Unabhängig voneinander hatten sie es in letzter Sekunde in das Stipsits-Haus geschafft. Immerhin hatte zuvor jemand – Graun? – ein paar Vorräte durch die Öffnung geworfen, und sie hatten ausreichend Munition, dazu jeder eine Panzerfaust 30. Da waren sie nun. Es war groß genug, dass sie mit ausgestreckten Beinen nebeneinandersitzen konnten oder mit angezogenen Beinen quer und versetzt unter dem Fenster. So verbrachten sie achtundvierzig Stunden, redend, schweigend, rauchend, lauschend. Die verborgene Kammer wurde zum strategisch besten Ort überhaupt. In den Morgenstunden des Karfreitags gab es wieder Geschützlärm. Die kommen uns befreien, zischte Horka, der schon die ganze Zeit mit seinem Messer den Putz an der Wand zur Straßenseite abgekratzt hatte, in der Hoffnung, einen Ziegel lösen und nach innen ziehen zu können. Durch die Dachluke zu schauen, wagten sie tagsüber nicht. Und nachts war wenig zu sehen gewesen, ab und zu Taschenlampen und schlecht abgeschirmte glühende Zigaretten, in die sie beide nur zu gern hineingeschossen hätten.

Dunkelblum war eine Geisterstadt, obwohl nicht alle Bewohner geflüchtet waren. Einige waren geblieben, aus Angst um Haus und Besitz oder weil sie sich von einer unbestimmten Zeit in den Winterwäldern noch weniger Überlebenschancen ausrechneten. Alte, Kranke, Frauen und Kinder versteckten sich in Kleiderkästen und Kohlenkellern, in Ställen und auf Heuböden, sie warteten dort auf ein Ende, das sich keiner recht vorstellen konnte. Würde Österreich kommunistisch? Während man darin schwimmt, sind Zeit und Ereignisse flüssig, aber daran denkt man selten, wenn man Jahre oder Jahrzehnte später Worte wie *Kriegsende* sagt. Dann hält man das für eine klare Begrenzung im Strom, befestigt und gut erkennbar, etwas Stabiles wie, nur zum Beispiel, ein Wellenbrecher.

Dunkelblum ist das beste Beispiel dafür. Da schien doch schon alles vorbei zu sein, der Südostwall wie im Schlaf überwunden, die Russen standen mit ihren Panzern auf dem Hauptplatz und in den umliegenden Straßen und Gassen. Ihren wichtigsten Beobachtungsposten richteten sie oben auf dem Schlossturm ein, das hätte jeder so gemacht. Achtundvierzig Stunden lang wollte sich die Waage nicht entscheiden, auf welcher Seite sie die Schale senken sollte. Es gab keine weißen Flaggen, diesmal nicht, nicht in Dunkelblum. Dunkelblum ergab sich nicht wie viele andere Orte, es war menschenleer und feindselig. Die Russen hatten keinen Kontakt mit Einheimischen, sie waren wie vom Erdboden verschluckt. Was sich bewegte, darauf wurde geschossen, die Namen der Opfer stehen in der Ortschronik, Theresia Wallnöfer, Aloysia Malnitz, Hubert Gstettner, Eduard Balaskó und ein Kind, die achtjährige Edwine Grubar, mit a. Keiner von ihnen hatte sich ergeben wollen, herauskommen wollen, die leeren Handflächen über dem Kopf. Selbst dabei, beim Sichergeben, waren welche erschossen worden, von den Russen oder von den Eigenen, von hinten in den Rücken. Nicht hier, aber anderswo. Das war alles bekannt. Sterben war derzeit auch für die Zivilbevölkerung in der Wahrscheinlichkeitsrechnung dem Überleben sehr nahe gerückt. Deshalb blieben sie lieber in ihren Verstecken und warteten. Erwischt wurden sie, weil sie herumhuschten, vom Klo zurück in den Heuschober oder aus dem Haus in den Kartoffelkeller. Die Russen erkannten, dass das hier noch nicht zu Ende war, und forderten Verstärkung an.

Stattdessen kamen die Deutschen in unerwarteter Verbandsstärke zurück. Die Waage riss also den rechten Arm noch einmal hoch, sie hatte einen speziellen Humor. Horka hatte endlich einen Ziegel gelöst und zog ihn vorsichtig nach innen. Der Gefechtslärm schwoll an. Die Flak knatterte in den Ort herein, statt auf Flugzeuge zu schießen. Die russischen Panzer begannen sich zurückzuziehen, wohin, konnte man vom Dachboden nicht sehen. Und da kam die Stunde von Horka und Graun, die dem Gegner nun unerwartet im Rücken saßen. Horka riss die Dachluke auf und erledigte die beiden letzten abfahrenden Panzer mit den beiden Panzerfäusten blitzschnell hintereinander, bevor sich der zweite auch nur umdrehen konnte. Das war, aus dieser Position, keine Kleinigkeit, gar keine Kleinigkeit. Danach verließen sie ihr Versteck, liefen im Schutz der ihnen gut bekannten Mauern und Gässchen, nahmen Abkürzungen durch Hauseinfahrten, Höfe und Gemüsegärten. Sie verfolgten die Russen zum Ort hinaus, im Straßenkampf, Haus für Haus, am Ende schreiend und jubelnd, sich mit den erstaunlich großen Verbänden der Waffen-SS *Wiking* vereinigend, die zwar aus fanatischen Deutschen, Österreichern, Niederländern, Flamen und Balten bestand, denen die zwei Dunkelblumer aber wie unbesiegbare Kampfmaschinen erschienen sein mussten, wie sie da herausgekommen und dem Feind in den Rücken gefallen waren. So jedenfalls wurde es später erzählt, denn die Geschichte von der Jagd auf die abziehenden Russen wurde oft hervorgekramt, besonders gern von Ferbenz an den einschlägigen Gedenktagen, die sie im Café Posauner begingen, am dreizehnten Februar, am zwanzigsten April, am ersten Mai und am neunten November, und sie schlugen vertretungsweise dem jungen Graun auf die Schultern, die Heuraffls und der Berneck, der geflickte Schurl und die anderen.

Der Graun und der Horka, das waren zwei Teufelskerle, wiederholte Ferbenz, und je älter er wurde, desto mehr zitterte sein Kinn. Deutsche Helden, sagte Ferbenz und seine geröteten Augenlider wurden feucht. So etwas gibt's ja heute nicht mehr. Aber wir werden wiederkommen. Ich werd's vielleicht nicht mehr erleben, aber ihr, wartets nur, ihr werdet's sehen … wir werden wiederkommen.

Die Heuraffls, Berneck und der geflickte Schurl nickten. Sie wussten, was er als Nächstes sagen würde.

Denn *er* ist für Jahrhunderte, sagte Ferbenz und seine Altmännerstimme wurde dabei hoch, fast wie die von Rehberg: ja für Jahrtausende, eine Gestalt, die einmal die besten Geister, einschließlich der Juden, beschäftigen wird.

Der junge Graun saß unbewegt dabei. Es war ihm nicht peinlich, es war ihm nicht wichtig, es war ihm egal. Es war wie das Wetter, wie die Keppeleien seiner Frau und die

Vollräusche seiner Mutter, es kam und ging, man saß nach Feierabend da und trank seinen Schnaps. Er dachte nicht darüber nach, dass die heroische Vertreibung der Russen nur die eine Hälfte der Geschichte war, nur der eine, vom Ende her gesehen unwesentlichere Teil, da er eine ganze Woche der Wiedereroberung nach sich gezogen hatte, zwanzig tote Dunkelblumer, die meisten davon Frauen, dazu das Kleinkind Fritz Kalmar, das man unter seiner toten Großmutter hervorzog mit einem Granatsplitter im Kopf, über hundert tote Soldaten und Volkssturmmänner und eine unbekannte Zahl an toten Rotarmisten, außerdem zwei Dutzend Häuser in Schutt und Asche gelegt, nicht zu vergessen das Schloss, das von den eigenen Leuten in Brand geschossen worden war, denn die Russen, die auf dem Turm saßen, mussten ja dort erst einmal herunter. Und dann brannte das Schloss, während diese Kämpfe anhielten, es brannte tagelang, eine weithin sichtbare Fackel, weil man es mitten im Gefecht ja leider auch nicht löschen konnte.

Graun und Horka, Horka und Graun, die beiden Helden, die alles gegeben hatten. In dieser Geschichte wurden sie zu besten Freunden, einfach, weil die Kriegsanekdote das Bild wie von alleine malt. Doch die Geschichten passen nicht zusammen, Blödheit und Heldentum, Sichergeben oder blutigste Gegenwehr, Freundschaft, Feindschaft oder bloß das Ausnutzen eines zufälligen Vorteils in aussichtsloser Lage nach dem Ausharren in der geheimen Kammer. Der Letzte, der darüber nachgedacht hätte, war der junge Graun. Sein Nichtdarübernachdenken könnte man beinahe als Leistung bezeichnen. Denn in Dunkelblum, jedenfalls unter den Alten, galt als gesichert, dass es Horka war, der fast genau ein

Jahr später seinen Kombattanten Graun im Wald erschossen und anschließend bis auf wenige Reste verbrannt hat, mitsamt seinem Hund. Es galt als gesichert, obwohl keiner darüber sprach.

10.

Über die Sommerferien war Flocke nach Hause gekommen. Seit zwei Jahren unterrichtete sie an einer hundertfünfzig Kilometer entfernten Volksschule, und jedes Mal, wenn ihre Mutter fragte, ob sie sich nicht lieber in der Nähe bewerben wolle, sagte sie, dass ihr ein bisschen Abstand von Dunkelblum das Jahr über ganz guttue. Und das täte es dir übrigens auch, fügte sie hinzu und lachte.

Malnitz, ihr Vater, liebte sie von allen vier Kindern am meisten, obwohl sie ihm weitgehend unbegreiflich war. Der eigene Kopf, den Flocke hatte, unterschied sich auf eine fundamentale Weise von seinem Sturkopf und auch von dem wunderschönen und vielleicht noch härteren seiner Frau Leonore.

Weil er sie so liebte, ging zwischen Vater und Tochter vieles schief. Er mischte sich zu sehr in ihre Angelegenheiten ein, und wie andere altmodische Väter tarnte er seine Sorgen mit autoritärem Gehabe. In letzter Zeit fragte er sich immer dringlicher, ob mit ihr wirklich alles in Ordnung sei, wobei er dieses *alles in Ordnung* nicht einmal seinem besten Freund, wenn er einen gehabt hätte, genauer erklären hätte mögen. Die Ordnung, die er meinte, war die heterosexuelle. Mit Leonore konnte man darüber nicht sprechen.

Und, hat's endlich an Freund, versuchte er es einmal nebenhin, nachdem Leonore ein längeres Telefonat mit ihr beendet hatte.

Was meinst du mit endlich, fragte Leonore zurück und richtete ihre Augen wie kalte Strahler auf ihn.

Na, wird langsam Zeit, oder, verteidigte er sich und ahnte gleich, dass das ein Fehler gewesen war.

Heute ist nicht mehr jede so deppert wie ich, gab Leonore zurück, und da war er natürlich zornig geworden: Ich red ja nicht gleich vom Heiraten und Kinderkriegen, brüllte er, aber man wird ja wohl noch fragen dürfen, ob sie einen Freund hat, ob sie überhaupt je schon einen Freund gehabt hat und ob man das als Vater vielleicht nicht wissen darf?!

Er hatte türenknallend das Haus verlassen, weil er, wenn er wütend war, zwar die richtigen Fragen stellen, die Antworten aber aus wutdramaturgischen Gründen nicht abwarten konnte.

Seit Flocke wieder zu Hause war, trieb sie sich hauptsächlich auf dem jüdischen Friedhof herum. Dass dort etwas vor sich ging, hatten sie gemeinsam entdeckt. Sie frühstückten wie meistens zu zweit, denn Leonore war dauernd mit dem neuen Mops beschäftigt, in dessen plattgedrücktem Köpfchen eine einzige Überzeugung stur verankert war: dass man als Hund sein Geschäft ausschließlich in geschlossenen Räumen zu verrichten hatte. Darin war er unbelehrbar. Machte hin, wo er ging und stand, groß und klein, es waren deshalb schon Teppiche entfernt worden, nur vorübergehend, wie Leonore beteuerte. Er zerbiss oder versuchte, alles zu zerbeißen, was man ihm nicht entriss, Schuhe, Scheren, Holzscheiteln. Koloman, der alteingesessene Mops, lief hinterher und beschnupperte die Zerstörungen, als könne er nicht glauben, was dieser neue Hund wagte. Leonore war es bisher nicht um die Sachen leid gewesen, sondern nur um die beiden Zähne, die Hilde bereits verloren hatte.

Wenn er so weitermacht, ist er vor seinem ersten Geburtstag zahnlos, sagte Malnitz, aber seine Frau war so ratlos, dass sie sich nicht provozieren ließ.

Man konnte sich ja fragen, warum sie für diese Nervensäge mehr Geduld aufbrachte als für den Rest der Welt.

Mit dem Viecherl kann die Mutti noch einmal neu anfangen, belehrte ihn Flocke, während sie sich eine Marmeladesemmel strich. Schon als Kind hatte sie ihre Meinungen so verkündet, als wären es anerkannte Wahrheiten: Der Hund sagt ihr so etwas nicht, weil er es nicht einmal weiß. Das ist nämlich, was du wahrscheinlich nicht glaubst, auch eine Art Kritik.

Was, fragte er verständnislos.

– Ihr sagen, dass sie mit ihm geduldiger ist als zum Beispiel mit dir.

Ich hab gar nicht ..., setzte Malnitz an, aber Flockes Blick ließ ihn den Satz im Galopp wechseln: Was seids ihr Weiber auch immer empfindlich!

So war es schon beim Frühstück beinahe zum Eklat gekommen. Er fragte nachher nur leise, ob sie in den neuen Weingarten mitfahren wolle. Sie sagte, zu seiner Überraschung, trotzdem Ja und lächelte, als wäre nichts gewesen. Nicht das schweigende Restfrühstück und nicht ihr ostentatives Angebot an ihre bekümmerte Mutter, die beiden Hunde später zu einem Spaziergang mitzunehmen, so lang, *dass die Hilde gar nicht mehr anders kann, als es draußen zu machen.*

Doch waren sie kaum fünf Minuten im Auto gesessen, als

sie schon rief, Vati, bleib stehen, bleib stehen, schau doch, schau!

Die Tore des jüdischen Friedhofs standen weit offen, ein fast erschreckender Anblick. Sie waren viel größer, als man gedacht hätte, zuvor schienen sie mit der Mauer ununterscheidbar verschmolzen. Aber jetzt, jetzt gähnten sie ausgiebig nach jahrzehntelangem Schlaf und gaben eine riesige Lücke frei, aus der der Kopf eines grünen Fabelwesens, etwas mit Zotteln um Nase und Maul, hervorzuquellen schien. Als hätte das Grüne von drinnen mit dem Kopf voran das Tor aufgesprengt. Man hatte vergessen gehabt, dass da noch etwas war. Dass die Mauer irgendeinen Inhalt umschloss. Seit Menschengedenken war der Friedhof nur ein gespenstisches Hindernis gewesen, ein Klotz, um den man herumgehen oder -fahren musste. Ein Stück gestohlene Landschaft. Nun stand er offen und wirkte dadurch gebieterisch, gerade so, als würde er sich noch ausdehnen wie ein neues All, ausfalten wegen potenzieller Begehbarkeit. Und Malnitz' jüngste Tochter, die als Erwachsene zu betrachten ihm so schwer gelang, wollte natürlich nichts als dort hinein, Vati, Vati, bleib sofort stehen, das muss ich mir anschauen.

Drinnen: nicht etwa ein Bautrupp, sondern eine Gruppe inkompetenter Milchgesichter in Jeans und Turnschuhen. Malnitz hatte laut lachen wollen, wie sie da verschwitzt auf Bierkisten saßen und es schafften, gleichzeitig verzweifelt auszusehen, hochmütig und zum Äußersten entschlossen. Sie hatten auch Mädchen dabei. Denen klebten die Kletten schon bis zu den Knien an den Hosen. Eine war zerkratzt im Gesicht, sie hatte wohl nähere Bekanntschaft mit den Brombeerranken gemacht, die das Gestrüpp miteinander verbanden wie Stacheldraht. Immerhin verfügten sie über

Sägen, Gartenscheren in verschiedenen Größen, Schaufeln, Rechen, eine Axt und eine verbeulte Scheibtruhe. Aber das einzig Elektrische war ein kleiner Heckenschneider, mit dem man aus einem Buchsbäumchen eine Kugel schneiden hätte können, eine Spirale oder einen umgedrehten Blumentopf. Zu dem Urwald hier verhielt er sich wie ein Löffel zu einem Bergwerk. Im Blick seiner Tochter las er, dass er lieber nichts in dieser Richtung sagen sollte, um nicht den Anschein eines typischen Provinzmachos zu erwecken, übergriffig, ungastlich, ressentimentgeladen, so, wie sich der Berneck oder die Heuraffls benommen hätten. Also beschränkte er sich auf ein belustigtes *Was habts'n ihr da vor?*

Die fremden jungen Menschen antworteten gar nicht, sie zuckten nur die Schultern.

Aber Deutsch redts ihr schon, fragte er, unsicher geworden.

Fast perfekt, sagte einer in einem roten T-Shirt, der vielleicht der Anführer war, und schaute abschätzig.

Brauchts was, fragte Malnitz daraufhin versöhnlich, ich schätz, a Fichtenmoped könnt net schaden?

Er sah, dass sich Flockes Stirn glättete. Die jungen Leute starrten sie an.

Eine Kettensäge, übersetzte Flocke, wollts ihr unsere Kettensäge ausborgen?

Und so begab Malnitz sich wieder ins Auto, holte eine Kettensäge, Schmieröl, die Arbeitshandschuhe mit Kevlareinlage, den Benzinkanister, eine Kiste Mineralwasser, eine Baumsäge an einem langen Stiel, ein paar Seile und was er sonst an Brauchbarem fand, ließ Flocke bei ihren Altersgenossen und fuhr allein in den neuen Weingarten. Aber als er ein paar Tage später die obligatorische Kiste Wein nach Zwick brachte und seinen Leuten in die Einfahrt stellte, öffnete die Schwägerin, mit der er seit Jahren nicht gesprochen hatte, kurz ein Fenster und zischte etwas heraus. Er hatte es gar nicht verstanden. Er fuhr wieder weg, und erst im Auto wurde ihm bewusst, was das gezischte Wort geheißen haben mochte. Er stieg hart auf die Bremse, wendete mitten auf der Hauptstraße, der junge Graun, der ihm in seinem Lieferwagen entgegenkam, ließ die Hupe gar nicht mehr los und zog den Ton wie eine Empörungsfahne mit sich, bis er außer Sicht war. Malnitz holperte über den Randstein, blieb mit laufendem Motor stehen und lud die Weinkiste wieder in seinen Kofferraum. Hinter den nun geschlossenen Fenstern bewegten sich fast unsichtbar die Vorhänge, wie von leisem Atem getrieben. *Judenfreund.* Von so einem brauchten sie keinen Wein mehr trinken, also nahm er ihn gleich wieder mit.

Mit ihren gerade dreiundzwanzig Jahren hatte Flocke noch nie einen jüdischen Friedhof gesehen. Sie wusste nicht, was sie erwartet hatte, aber sie hatte wohl angenommen, es müsse bei den Juden ähnlich aussehen wie bei ihnen. Sonst hätte sie nicht so gestaunt. Zur Fremdartigkeit der Anlage kam die unendlich langsame Zerstörungskraft der Vegetation – viel langsamer noch als Lava, aber genauso gnadenlos. Sie hatte ihr Werk bereits getan. Wurzeln fressen sich von unten durch, hebeln alles weg, egal, wie schwer es ist. Mit ihren bohrenden Fingern bringen sie die Steine zum Weinen, von ihren unsichtbaren Tränen bersten sie, und die Äste und Blätter von oben tun nur so, als kämen sie zum Trösten. Dabei decken sie das Schlachtfeld bloß zu, diese Kollaborateure. Aber abgesehen von dem Zerbrochenen und Kaputten war alles anders, die Farben und die

Formen. Die Grabsteine, niedrige weiße und hohe, schmale schwarze, standen erschrocken da wie Kinder, in der Bewegung eingefroren beim Donner-Wetter-Blitz-Spielen. Sie warteten auf das Urteil. Wer hat gewackelt? Der ist raus … Es lag daran, dass die meisten Steine schmäler waren als auf den normalen Friedhöfen und enger beieinanderstanden. Viele – die kleinen weißen – hatten die Form von Kirchenfenstern, mit Spitzbögen oben. Etliche waren schon umgefallen und lagen hilflos am Rücken oder Bauch. Weiter hinten, entlang der Außenmauer, gab es kleine Paläste des Andenkens, kitschige Mausoleen mit Säulen und Treppenaufgängen, Kuppeln und Stelen, es gab Pyramiden und Sarkophage. Aber auch diese, unverkennbar die Gräber der Reichen, waren ganz eingesponnen in meterhohe Brennnesseln, Haselsträucher, Feldahorn, Holunder. Dazwischen der sogenannte Hasentod mit seinen klebrigen Blättern. Und überall die Brombeeren.

In Wahrheit hat Dornröschen hundert Jahre lang nicht hinter Rosen, sondern hinter Brombeeren geschlafen. Das hatte Flocke als kleines Kind von der Frau Lowetz erfahren, die neben dem Fritz wohnte. Damals hielt Flocke sie, wegen der Haare, für eine Hexe. Aber später wurden sie Freundinnen, wenn das bei dem Altersunterschied das richtige Wort ist.

Eine Rosenhecke ist nichts, hatte die Frau Lowetz damals gesagt, verglichen mit so einem stahlharten Brombeerzaun. Nur die Brombeeren konnten Dornröschen wirklich beschützen, da kommt nämlich keiner durch. Beschützen oder wegsperren, dachte Flocke, die es mit einem Mal als gewalttätig empfand, wie man diesen von der Natur bereits halb verschlungenen Ort aufriss und bloßlegte.

Warum machts ihr das eigentlich, fragte sie die anderen.

Willst du's so lassen, fragte ein Mädchen mit schwarzen Pumucklhaaren zurück. Sie war Flocke schon aufgefallen, als ihr Vater und sie zum Tor hereinkamen, da hatte sie nämlich ihre Videokamera hochgenommen und auf sie gerichtet.

Die Neuen müssen ja auch irgendwohin, fügte der Bursche in dem roten T-Shirt hinzu.

Was meinst du damit, fragte Flocke.

Na, die Umbettungen, sagte er in einem Ton, der jede weitere Nachfrage als unerträgliche Provinzdummheit hätte erscheinen lassen.

Am nächsten Tag ging Flocke bei Fritz vorbei und fragte ihn, ob er sich mit ihr zusammen anschauen wolle, was am dritten Friedhof geschehe. Der dritte, das sagte sie einfach so, ohne weiter darüber nachzudenken. Und es stimmte ja, es gab insgesamt drei Friedhöfe, an jeder Ortsausfahrt einen, auch wenn dieser dritte aus dem Bewusstsein verschwunden gewesen war. Bald sagten es alle. Es war eine Möglichkeit, das andere Wort zu vermeiden, das niemand gern aussprach, Antal Grün genauso wenig wie die alt gewordenen Halbstarken, die immer noch gelegentlich den Rehberg quälten, den armen feigen Rehberg mit seiner Fistelstimme. Der dritte Friedhof: ein schönes, leeres Wort für einen guten Ort.

Fritz war der Richtige, er half ja immerzu gern. Die Kettensäge konnte er viel besser bedienen als Flocke. Auch in schlecht zugänglichen Winkeln wusste er, wie er sie ansetzte, wusste, welches Gestrüpp man wie wegbekam, und er fällte mehrere junge Akazien so umsichtig, dass er ihr Holz für sich mitnehmen konnte. Sein gutturales Stammeln war kein Problem, die jungen Leute aus der Stadt taten, als bemerkten sie es nicht. *In der Stadt gibt's viel mehr von solchen* – das war ein Satz, der von irgendwoher in Flocke aufstieg, so ein böser alter Dunkelblum-Satz.

Das spröde Mädchen mit der Videokamera jedenfalls war ausgesprochen nett zu Fritz, sie filmte seine Hände, wie er die Kette ölte und spannte und wie er in einer Zigarettenpause aus einer Wurzel ein Figürchen schnitzte. Es sah grantig aus, empört mit seinen gesträubten Wurzelhaaren, Fritz schenkte es dem Kameramädchen und brummelte dazu: Das bist ja eh du.

Mit Fritzens Hilfe gelang es, in wenigen Stunden das erste der großen Grabmäler freizulegen, die der Mauer entlang standen. Es hatte Steinstufen, ein antikisierendes Peristyl davor und eine mit geschmiedeten Bändern verstärkte Tür, die niemand zu öffnen versuchte: das Grabmal der Familie Tüffer, Malwine und Leopold, Hermann und Felix, offenbar deren Kinder, dazu ein Salomon Kalischer, dessen Verwandtschaftsverhältnis zu den Tüffers wohl keinem lebenden Menschen mehr bekannt war. Neben den Namen stand, in Metallbuchstaben, die alles überdauert hatten:

Begrabe dein eigenes Leben
in anderer Herz hinein,
so wirst du, ob auch ein Toter,
ein ewig Lebender sein.

Und als sie so weit waren, als sie einen ersten von tausend Schritten getan, einen ersten winzigen Teil entkrautet hatten, begehbar gemacht und betrachtbar, als sie selbst zerkratzt und zerstochen waren von allen möglichen Dornen, Nesseln und aufgeschreckten Insekten, da kamen die ersten Dunkelblumer vorbei, steckten ihre Nasen herein beim großen, schief in den Angeln hängenden Tor, schüttelten die Köpfe und lachten geniert. Eine Mutter aus der Neubausiedlung bellte ihre Kinder zurück, sie befürchtete, dass Grabsteine auf sie fallen könnten. Manche waren unfreundlich und wollten nur wissen, wer das eigentlich erlaubt habe, andere schauten sich großäugig um und gaben alle möglichen Tipps, die Bewältigung des Dschungels betreffend. Zenzi, die dralle Kellnerin aus dem Hotel, brachte im Auftrag ihrer Chefin ein Blech Zwetschkenfleck vorbei. Nur weil Flocke dabei war, taute sie auf und erzählte, dass am Stammtisch geredet worden und die Chefin dazwischengegangen sei, überraschend heftig, dass sie alle miteinand die Goschn halten sollten, das ist doch schön, dass die jungen Leit was tuan, a bissl Unkraut jäten, nach all den Jahren, im Gegensatz zu eich, wo ihr nur g'soffen habts und eich g'schlogn! Ganz rot im Gesicht sei die Frau Reschen bei ihrem Ausbruch gewesen, und die *Posauner*-Wirtin, die kettenrauchende Gitta, der wieder einmal die Zigaretten ausgegangen waren, die sie üblicherweise im *Tüffer* holte, die sprang ihr auch noch bei und sagte, ja wirklich, also jetzt hört's halt amal auf. Dabei stammte sie aus der Steiermark und hatte eigentlich gar keine Ahnung. Die wusste ja nicht einmal, wo das Schloss früher war.

Jetzt übernehmen hier die Weiber, soll daraufhin der Berneck gesagt haben, weit hammas 'bracht.

Erst danach schaute sich Zenzi den Tempel, wie sie ihn nannte, genauer an. Stumm die Lippen bewegend las sie das Gedicht, seufzte, dass es schön und wahr sei, und entdeckte erst zum Schluss die Namen: Tüffer – hat das was mit uns zu tun, fragte sie und behielt am Ende des Satzes einen Moment lang den Mund offen.

Na, fragst halt die Chefin, sagte Flocke aufmunternd.

Und das waren die Tage, an denen der Bürgermeister Koreny, der so sehr an der Hitze litt, allen, die es wissen wollten – und das waren etliche –, ununterbrochen sagen musste: Nein, das kostet uns gar nichts, das wird alles übernommen. Ist doch egal, von wem, es ist nicht unser Geld. Nein, und es hat auch nichts mit dem Bedenkjahr zu tun, natürlich ist das vorbei, das wissen wir doch alle. Das ist auch kein Steuergeld, sicher nicht!

Das eine oder andere Mal musste er laut werden, obwohl er in der Frage Steuergeld oder nicht gar nicht hundertprozentig sicher war. War denn nicht jedes öffentliche Geld …?

Aber er behauptete es einfach, weil ihn das ganze Gerede und Gefrage ärgerte. Es konnte ihnen wurscht sein! Das kann euch wirklich wurscht sein, sagte er an der Schank im *Tüffer* oder im *Posauner*, jemand zahlt's, ihr seids es nicht. Was machts euch dauernd Sorgen um fremdes Geld?

Üblicherweise wurde hier einem Bürgermeister nicht lang zurückgeredet. Ihm aber schon, dem unsicheren Ersatzmann. Eines Tages tauchte in Korenys Kopf ein gewagtes, aber unwiderlegbares Argument auf. Es mochte der Hitze geschuldet sein, dass es auftauchte, ganz hinten, als Erstes konnte er nur verheißungsvolle Umrisse sehen. Er nahm noch einen Schluck Bier, dann packte er es beherzt an. Er wischte sich mit dem Taschentuch über die schweißnasse Stirn, legte seine Zeche abgezählt auf die Schank, beugte sich vor, zog die Augenbrauen so hoch, wie er nur konnte, senkte die Stimme auf ein verschwörerisches Brummeln ab und tippte mit der Zeigefingerspitze leicht auf einen oberen Hemdknopf seines Gegenübers: Und wenn – ich sage:

wenn! – das Geld aus dem Ausland kamat? No, daran hätt'st halt von selber net 'denkt, gell?

Und damit ging er. Steuergelder! Auf dem Weg zu seinem Auto dachte er, dass man in die Rolle des Bürgermeisters womöglich hineinwachsen konnte, vielleicht sogar er, der dickliche, rothaarige Herbert Koreny, der in diese unbequeme Lage ja nur geraten war, weil er für seinen Freund Balf alles getan hätte. Aber dem Balf, dem ging's ja leider gar nicht mehr gut.

11.

Er fuhr ihn regelmäßig besuchen, den Balf. Wenn er in der Hauptstadt bleiben musste, übernachtete Bürgermeister Koreny in der Pension Baldrian, eine Empfehlung von Rehberg. In den muffigen Räumen, zwischen samtig-grünen Stofftapeten mit goldenen Ranken, traf er meistens andere Gäste aus dem äußersten Südosten an. Im Frühstücksraum, wo es für jeden zwei Semmeln, zwei Stückchen Butter und zwei Plastiknäpfchen mit Marmelade gab, rot und gelb, klang es vertraut, die anderen Unterhaltungen wie gedämpftes Gebell.

Die Pension lag im Schatten eines gigantischen Luftschutzbunkers. In der Hauptstadt waren mehrere Bunker stehengeblieben, weil der dicke Nazibeton fast unzerstörbar war, ein Baumaterial, vergleichbar der Seele vom Ferbenz. Die Bunker zu sprengen hätte bedeutet, die Umgebung in Schutt und Asche zu legen. Merkwürdigerweise waren die Häuser rund um diesen Bunker besonders prächtig, da protzte die Gründerzeit mit ihren vielfach geteilten Oberlichten, halbrunden Erkern, mit Stuck, Zierfriesen, Blumenranken, Engels- und Titanenköpfen nur so vor sich hin. Ebensolche Häuser, ganze Straßenzüge davon, musste man abgerissen haben, um Platz für diese Kolosse zu schaffen, die aussahen wie Elefanten, die sich in eine Spielzeuglandschaft verirrt hatten. Nur den Namen hatten sie gemein mit den Kugelbunkern außerhalb von Dunkelblum, in denen Koreny als Jugendlicher noch gespielt hatte, bevor man die Eingänge zuschüttete. Damals hatten sie überall noch Munition gefunden, Handgranaten ausgegraben, einmal sogar einen Stahlhelm. Um den gab es eine Prügelei, die die Malnitz-Brüder gewannen. An jenem Abend, das Bild vor Augen, wie sich Toni und Mick mit dem Helm unter dem Arm triumphierend trollten, hatte der junge Koreny beim Einschlafen vor Enttäuschung geweint.

Davon waren sie inzwischen alle weit entfernt, vom Jungsein, vom Spielen und Graben, vom Raufen im frisch gemähten Gras. Vor allem der Balf. Er lag in der großen Stadt im größten Krankenhaus, Koreny brach schon der Schweiß aus, wenn er an dieses Gebäude nur dachte. Man hätte ganz Dunkelblum darin unterbringen können. Die zwei Türme glichen durchaus dem Luftschutzbunker bei der Pension Baldrian. Wenn die Bunker klassisch graue Elefanten waren, dann waren die Spitalstürme braune Riesen, Bisons oder Auerochsen. Drinnen gab es drei Zonen, blau, grün und rot, fast so, wie auf medizinischen Schautafeln das Innere des Körpers unterschieden wurde, Arterien, Venen, Organe. Den Zusammenhang der Türme und Farbzonen hatte Koreny noch immer nicht verstanden, er war allerdings zu der Vermutung gelangt, dass der eine Turm innen rot, der andere grün war, dass einem aber Blau, wenn man nicht aufpasste, überall begegnen konnte. Sein Freund Balf lag im roten Turm fast ganz oben. Von dort sah man die Stadt wie auf einem Teller, der Himmel zart darübergespannt wie eine durchsichtige Servierhaube. Der Blick war aufregend, nicht meditativ-grün wie daheim vom Aussichtsturm auf der Hazug-Spitze: wie die Häuser die Straßen bildeten und die Straßen wiederum einzelne, wild gezackte Viertel, wie die Autos dahinhuschten wie Ameisen und sich zusammenklumpten zu einem Stau. Koreny hätte gern länger hinausgeschaut auf diese bewegte Vielfalt, aber er war ja da, den Kranken zu besuchen.

Anfangs hatte Balf so getan, als würde er gezwungen, hier zu liegen, ohne jeden erklärlichen Grund. Anfangs war er in dem kleinen Zimmer herumgetigert, hatte Koreny eine Anweisung nach der anderen gegeben und zur Bekräftigung mit der flachen Hand gegen die Fensterscheiben geschlagen. Später konnte er nicht mehr aus dem Bett heraus, war an allerlei Schläuche angeschlossen, verlor Haare, Wimpern, Augenbrauen. Aber auch da war er noch er selbst, vom Bett her starrte er ihn an, ein geborener Kommandeur und Anführer seit Schulzeiten. Er kannte keine Zweifel. Sein Lieblingswort war Strategie. Die Strategie muss sein … vom strategischen Gesichtspunkt … im schlimmsten Fall: Bertl, das ist total unstrategisch gedacht von dir! Koreny wünschte sich, dass er ihn bald wieder so ausschimpfen möge. Ohne Balfs regelmäßige Anleitung war seine Strategie bestimmt bereits ins hoffnungslos Unstrategische zerfallen. Er hoffte aber, nicht allein schuld daran zu sein. Einige von Balfs Annahmen hatten sich nämlich nicht bewahrheitet, zum Beispiel, dass die Bauern ihren Widerstand gegen den Wasserverband schon aufgeben würden, wenn er, der Bürgermeister, sie sich nur einzeln zur Brust nähme. Er hatte es versucht. Er war von

Hof zu Hof gefahren. Er hatte sich von ihnen über Wiesen und Felder zerren lassen, zu Quellen und feuchten Senken, die sie als Beweise dafür ansahen, dass Wasser genug da sei, man müsste die einzelnen Vorkommen nur sinnvoll verbinden und einspeisen in das Dunkelblumer Netz. Vor allem von ihrem Anführer, dem Faludi-Bauern, hatte er sich mit nationalen und internationalen Statistiken zum Gebrauch von Wasseruhren traktieren lassen. Überall, wo solche Zähler eingebaut worden seien, sei der Verbrauch dramatisch gesunken. Wasseruhren und ein paar neue Leitungen zu den eigenen Quellen – und wir bleiben unabhängig! Eine autarke Kommune! Dunkelblumer Wasser für Dunkelblum! Damit überfiel der Faludi-Bauer jeden, der ihm nicht rechtzeitig aus dem Weg ging. Er hatte einen Informationsabend abgehalten, im Café Posauner. Mit Diaprojektor und einem Grünen aus Niederösterreich, der angeblich Experte war. Einem Grünen! Da waren erstaunlich viele hingegangen, wie es hieß. Nur, um es sich einmal anzuhören, wie deren Frauen Korenys Frau versicherten, wenn sie sich beim Einkaufen trafen: Man will ja alle Argumente kennen, nicht wahr. Seit der Faludi-Bauer mit der Kampagne begonnen hatte, waren die meisten Bauern dagegen. Weil etwas wie der Wasserverband im Grunde eine sozialdemokratische Idee ist, hatte Balf ihm erklärt, als er noch sprechen konnte. Die Bauern wiederum sind die Handlanger einer anderen politischen Strategie, nämlich der von der schwarzen Raiffeisen! Wir müssen die Gegenstrategie fahren! Und so weiter.

Der Bau zusätzlicher Leitungen sowie eines Hochbehälters oder geeigneten Staubeckens würde Geld kosten, die Gebühren an den Wasserverband ebenso. Viel Geld auf einmal oder ein wenig für immer, das war die Wahl, die man hatte, kalte Dusche oder andauerndes Tröpfeln. Denen, die behaupteten, auf lange Sicht wäre der Wasserverband viel teurer, weil man ihm ausgeliefert sei, konnte man glauben oder nicht. Balf hatte ihnen nicht geglaubt. Es seien strategische Behauptungen. Aber Koreny stand aus anderen Gründen stur und verzweifelt hinter Balfs Entscheidung. Nicht, weil es Vorverträge gab, wie seine Gegner im Gemeinderat mutmaßten, nicht, weil diese Vorverträge derartig knebelnd und ungünstig abgefasst waren, dass man am besten gar nicht darüber nachdachte, ob man überhaupt je wieder herauskäme. Das hatte Ferbenz letztens boshaft geflüstert, der sich immer noch Gehör verschaffte, sobald er nur den Mund öffnete. Und wahrscheinlich behauptete längst irgendwer, dass Balf und Koreny vom Wasserverband geschmiert worden seien. Das war der beliebteste Vorwurf, und er konnte Politiker allzeit treffen: Sobald den Bürgern etwas nicht passte, munkelten sie, der oder jener sei bestimmt geschmiert.

Nein, im Grunde war es Koreny völlig egal, wo das zusätzliche Wasser in den heißen Sommern herkam, wenn die Versorgung knapp wurde. Alles, was gut für Dunkelblum war, war es auch für ihn. Allerdings klang in seinen, des Ängstlichen und Überforderten, Ohren der Wasserverband wie ein himmlisches Geschenk: Man trat bei, und das Wasser kam. Über die andere Variante – nein, wir haben die Verträge längst abg'schlossen, rief er sich selbst zur Ordnung, wenn er gedanklich an diesem Punkt angelangt war, und gewählt wird erst in eineinhalb Jahren! – wollte er gar nicht nachdenken. Kommissionen, Probebohrungen, Baupläne, Ausschreibungen, Umwidmungen, störrische Anrainer, die Einfluss nehmen wollten auf die Stellen, wo die neuen Leitungen ihre Grundstücke kreuzten – und so weiter. Riesige Löcher, aufgegrabene Flächen, das Unterste zuoberst, der ganze Ort eine Baustelle, zumindest auf Monate. Er hätte regieren müssen, mit fester Hand, nicht bloß verwalten. Möglicherweise war genau das Balfs Beweggrund gewesen: zu viel Ärger, zu viel Arbeit, zu viele Unwägbarkeiten. Balf hatte die Gemeinderatsentscheidung für den Beitritt zum Wasserverband damals, vor einem knappen Jahr, autoritär durchgesetzt. Er hatte seine Gemeinderäte überrumpelt, indem er den Tagesordnungspunkt verspätet auf die Agenda setzte. Eine strategische Meisterleistung, keiner hatte gemurrt, vor einem Jahr war bereits der Frühling ungewöhnlich trocken gewesen. Nach der Abstimmung hatte Bürgermeister Balf alle in die Bar des *Tüffer* eingeladen und auf die *historische Weichenstellung* ein paar Runden ausgegeben. Kurz darauf waren die Beulen in seinen Achselhöhlen entdeckt worden, vom Doktor Sterkowitz, der ein erfahrener Diagnostiker war. In dessen orangenem Honda war Balf sogleich in das weit entfernte Krankenhaus chauffiert worden. Sein Fall war offenbar so schwer, dass nur die beste Klinik infrage kam. Aber wenn es Koreny nicht gelang, die Balf-Entscheidung zu halten und zu verteidigen, konnte er sich eigentlich gleich dazulegen.

Auch dieses Mal war Balf nicht wach. Das Zimmer war abgedunkelt. Als Koreny den Vorhang wegzog, knallte die Sonne herein. Von der Stadt sah man nicht viel, es war zu hell. Unten waberten die Abgase, graubraun, gemischt mit roten Bremslichtern. Weiter oben wurde der Dunst goldener, sonnenfarben, bis er in den weißblauen Himmel überging. Koreny stellte sich ans Fenster und schaute mit zusammengekniffenen Augen hinaus.

Also, Heinz, begann er, viel Neues gibt's nicht. Ich hab

wieder Wassersparen verordnen müssen. Privates Gießen stark einschränken, haben sie halt keinen schönen Rasen. Für die Landwirtschaft ebenso, wie letztes Jahr. Ein paar regen sich auf wegen den jungen Leuten am Friedhof, aber es wird schon weniger. Ich hab letztens gesagt, das wird vom Ausland bezahlt, ich glaub, Heinz, das war ausnahmsweise eine gute Strategie. Das werdens jetzt überall herumerzählen, und damit hab ich wenigstens das runter vom Fuß. In jedem Fall wär schön, du tätst bald wieder einmal aufwachen. Weil: Etwas tut sich, ich weiß nicht genau, was. Eher nur so ein Gefühl. Aber die Leut reden, und sie stehen auf den Gassen umeinand. Angeblich war der junge Graun letztens mit dem Malnitz oben auf der Rotensteinwiese, eigentlich kaum zu glauben, die zwei plötzlich im Gespräch miteinand, vorher immer wie Hund und Katz, aber grad weil's so unwahrscheinlich ist, halt ich's nicht für erfunden. Eine Begehung sollen die da oben gemacht haben, ob's nicht doch der Faludi war, hab ich eh nachgefragt, natürlich, aber nein, es soll der Graun gewesen sein, ohne jeden Zweifel. Und außerdem, ich weiß nicht, wahrscheinlich ist das nicht wichtig, aber die Tochter vom Malnitz, die jüngste, die goscherte, weißt eh, die fragt jetzt dauernd herum wegen irgendwelchen uralten Geschichten, die will ein Museum machen oder zumindest eine private Ausstellung auf dem Grundstück ihrer Mutter, in Ehrenfeld. Allerdings ist da gerade der Stadel abgebrannt … Unserer Frau Balaskó hat sie gesagt, sie sucht nach Dunkelblumer Kriegsverbrechern, stell dir das vor, Kriegsverbrecher, bei uns! Das Mädel ist Anfang zwanzig, früher haben sich die jungen Leute für was anderes interessiert, für Tanzen und Flirten …

An dieser Stelle stockte Koreny. Man sollte womöglich nicht vom Jungsein reden, hier, vom Tanzen und dem Rest. Warum hatte er das Mädchen überhaupt erwähnt? Weil er sich letztens selbst über sie geärgert hatte, oberg'scheit, wie sie war. Er zog die Vorhänge wieder zu, rückte einen Sessel ans Bett und zwang sich, seinem Freund ins Gesicht zu schauen. Anders als zuvor war nun ein Auge einen Spaltbreit geöffnet.

Die alten Leut sind ein bissl beunruhigt, fuhr er fort, wegen den ganzen Flüchtlingen. Die stauen sich hinter der Grenze. Sie zeigen es jeden Tag im Fernsehen. Man kann unseren noch so oft sagen, dass die gar nicht zu uns wollen, die wollen doch nur raus und durch, nach Deutschland. Der Genscher schickt schon Busse. Aber die alten Leut haben Angst. Die Russen kommen zurück, sagen sie, bald wird wieder g'schossen, ihr werdet's schon sehen.

Aaaah, sagte Balf mühsam, und auch das andere Auge ging einen kleinen Spalt auf.

Heinz, rief Koreny, bist wach?

Wasser, sagte Balf.

Koreny sah sich um. Er entdeckte einen Schnabelbecher, öffnete ihn, roch daran. Kalter Tee, wahrscheinlich. Er hielt ihn Balf wie zur Rückbestätigung vors Gesicht. Willst du was trinken, Heinz, fragte er.

Wasser, sagte Balf.

Ich fürcht, es gibt nur Tee, sagte Koreny.

Balf machte eine Bewegung, die möglicherweise ein angedeutetes Kopfschütteln war.

Soll ich die Schwester rufen, fragte Koreny.

Balf machte wieder die Bewegung.

Koreny war ratlos. Er brachte den Schnabelbecher an Balfs

Mund und kippte ihn vorsichtig, für einen, wie er hoffte, angenehmen kleinen Schluck.

Gut so, fragte er.

Wasser, sagte Balf.

Ich weiß nicht, sagte Koreny unbehaglich und überlegte, ob er einfach aufstehen und gehen sollte.

Heinz, ich hol die Schwester, sagte er schließlich, ich möcht nix falsch machen.

Als er die Tür öffnete, stand davor Sterkowitz. Grüß dich, Herbert, sagte der, das hab ich mir gedacht, dass ich dich hier find.

Er ist wach, sagte Koreny nervös, und er will Wasser trinken, aber ich weiß nicht, ob er das darf.

Sterkowitz trat ans Bett. Nein, Herbert, er ist nicht wach, und das hätt mich auch gewundert.

Er hat gerade zweimal Wasser von mir verlangt, widersprach Koreny.

Es gab eine Pause. Sterkowitz schaute sich Balfs Handrücken an, wo der Schlauch der Infusionsflasche mündete, und zog die Bettdecke zurecht: Ich wollt dir sagen, dass wir gleich heimfahren müssen. Sie haben einen ausgegraben, oben auf der Rotensteinwiese.

Was, fragte Koreny und fasste sich an die Kehle, es war so heiß, und es war so schrecklich eng hier drinnen, in diesem dunklen Zimmer viel zu weit oben, viel weiter oben, als Menschen bauen sollten, rundherum Stahlbeton, siebzehnter Stock, aber vielleicht konnte man nur hier noch atmen, denn was da unten für ein Dreck waberte, das konnte man von hier oben besonders gut sehen: Was haben sie denn um Himmels willen ausgegraben – einen Juden?

Menschliche Überreste, sagte Sterkowitz, das kann natürlich alles sein, Wehrmacht, Russen, alte Römer. Soviel ich hör, jedenfalls nix Frisches. Komm jetzt, da muss der Bürgermeister vor Ort sein.

Ich, fragte Koreny entgeistert zurück, ich? Wie in Trance folgte er dem Gemeindearzt zur Tür. Gerade als er sie schließen wollte, rief Heinz Balf drinnen laut: Wasser! Durchhalten!

Hast du gehört, fragte Koreny, jetzt hat er wieder was gesagt!

Sterkowitz sagte: Er hat gehustet, der arme Kerl.

12.

Seit Lowetz zurück war in Dunkelblum, sah er der Zeit beim Vergehen zu. Er lebte *in den Tag hinein* und fand das mit einem Mal abenteuerlich schön, wie *aufs Meer hinaus*. Jeder Tag war strahlend sonnig, jeder hätte auch erst der vorherige sein können oder schon der nächste. Der Garten summte und brummte in seinem Unterwassergrün und die kleinen Gesichter der Blumen folgten konzentriert dem Lauf der Sonne. Lowetz wollte gar nichts tun, nichts denken. Er ahnte, was seine Exfreundin zum Umzug in Mutters Bett gesagt hätte; gegen Ende war sie vor allem geschliffen ironisch gewesen. Aber Mutters Schlafzimmer sah nach Osten, und er ließ sich gern vom ersten Licht wecken. Vaters Bett war bald nach seinem Tod in das große Zimmer gebracht und an eine Wand gerückt worden. Dort, mit bunten Pölstern und einem Lammfell bedeckt, gab es sich seither als eine Art Sofa aus. Es schien nicht mehr zu wissen, was es einmal gewesen, dass es abgetrennt worden war von seinem Gefährten. Faul und geistig durchlässig, wie Lowetz gerade war, schien ihm die Umwidmung von Vaters Bett ausgesprochen typisch für den Charakter seiner Mutter zu sein: Sie klagte nicht weiter stumm das Schicksal an, wie es andere Witwen taten, indem sie jeden Abend in ein halbleeres Doppelbett krochen. Sie nahm das Bett – und damit irgendwie den Vater, wie Lowetz sich einbildete – und wies ihm seinen neuen Platz zu: im Zentrum ihres Lebens, nicht Trauer, sondern Frieden verbreitend. Also fand er, dass er sich mit seiner Übersiedlung nicht ins Ehebett legte, sondern Eszters Tradition fortführte, alles immer wieder neu zu bewerten. Dazu gehörte auch, dass er gelegentlich versuchte, mit ihr zu sprechen. Leise, im Flüsterton, obwohl ihn niemand hören konnte. Indem er flüsterte, machte er das Peinliche daran vor sich selbst kleiner. Er redete sich nicht ein, dass er etwas bereute. Er wusste, dass er, wenn sie noch leben würde, weder hier wäre noch das Bedürfnis hätte, mit ihr zu sprechen. So war das eben. Die Dinge ändern sich, auch wenn diese spezielle Änderung noch lange nicht vorgesehen gewesen war. Sie war erst vierundsechzig gewesen und trotzdem gegangen, hatte nur ihren Körper zurückgelassen, wie sie selbst wohl gesagt hätte. Und deshalb war das Haus jetzt seins, und es war ihm auf eine Weise neu, wie es das nur ohne sie sein konnte.

Aber wo hast du deine Bücher versteckt, flüsterte er eines Morgens, als er in T-Shirt und Unterhose im großen Zimmer stand, in der Hand das erste Häferl Kaffee. Er war ans Fenster getreten wie jeden Morgen, nicht neugierig, sondern auf Beruhigung aus, dass sich bitteschön nichts verändert haben sollte. Sommer, Sonne, Blumenpracht, unter der Woche oft ein Maschinenkreischen von nebenan, aus der Tischlerei. Auch das gehörte zum Genuss; dass Fritz, jedenfalls an einem *gewöhnlichen Werktag,* an der Arbeit war, während er, Lowetz, hier drinnen Sommerferien spielte. Aber heute war Sonntag. Beim Umdrehen, beim Blick zurück in den Raum, vermisste er auf einmal die Bücher. Sie war eine Leserin gewesen, sie liebte Hesse und Werfel und Stefan Zweig, und wenn ihm gar nichts mehr einfiel, hatte er ihr populärwissenschaftliche Sachbücher geschenkt, Schwerpunkt Geschichte. Über die Jahre hatte sie eine kleine Sammlung von regionalhistorischen Schriften geschaffen, Erster Weltkrieg, Zweiter Weltkrieg, sogar etwas Volkskundliches über die Roma und Sinti. Neben dem Tagesbett war früher ein überquellendes halbhohes Regal gestanden, auf dem die Druckwaren nachts zu wandern und morgens in neuen Gruppierungen wie ertappt stillzustehen schienen. Erst jetzt fiel ihm auf, dass es fehlte, der Holzboden dort war etwas heller. Anstatt des Regals hing eine Zeichnung an der Wand, schmal silbern gerahmt, nur ein paar zittrige Linien aus schwarzer Tinte, Porträt eines melancholischen Mädchenkopfs.

Er wusste nicht, wer es war, ihm schien, er hätte sie kennen sollen. War das seine Mutter als junge Frau? Jemand aus der Familie? Ob es alt oder neu war, interessierte ihn nicht genug, um nachzuforschen.

Vor dem Fenster ein asthmatisches Hupen, so vertraut wie der Geruch, wenn man ins Haus kam. Er schaute hinaus. Die prallen Apfelbaumzweige ächzten vor spinatgrünem Hintergrund. Die Mutter war zurück. Für einen Wimpernschlag geriet er aus dem seelischen Gleichgewicht, ihm war, als wache er aus einem fremdartigen Tagtraum auf, in dem die Mutter fortgegangen sei und er sich Haus und Bett angeeignet habe. Dann wusste er wieder, dass es umgekehrt, dass das Unwahrscheinliche die Wirklichkeit war. Er war zum ersten Mal gern in Dunkelblum, er wollte nirgends anders sein. Er war sich aber auch bewusst, dass er keine Hose trug und keine Zeit haben würde, sie anzuziehen, so, wie die Umgangsformen hier waren. Hupen für: Hier bin ich. Unversperrte Türen für: Kommt jederzeit herein. Also blieb er einfach stehen, innerlich etwas ironisch eingestellt.

Servus, Lowetz, sagte das schmale, stirnfransige Wesen, das im nächsten Moment in der Küche stand: Ich bin die Flocke, ich hoff, ich stör nicht.

Wenn ich mir was anziehen darf, erwiderte er.

Genehmigt, sagte sie und lachte, ich nehm mir derweil einen Kaffee.

Als er zurückkam, stand sie auf einem Sessel, den sie an die Kredenz gerückt hatte, und fingerte, den Ellbogen über dem Kopf, hinter der geschnitzten Schmuckleiste herum. Dabei schaute ihr die Zungenspitze aus dem Mundwinkel. Schließlich förderte sie eine rote Blechdose zum Vorschein, französisch beschriftet, sie schien früher Kekse enthalten zu haben. Die Besucherin stieg wieder herunter, rückte den Sessel an den Tisch, setzte sich und nahm aus der Dose zwei Löffel Zucker in ihren Kaffee.

Warum ..., fragte Lowetz und deutete nach oben.

Sie hat so einen furchtbaren Heißhunger auf Süßes gehabt, sagte das Mädchen. Deshalb hat sie den Zucker da oben versteckt – damit es jedes Mal eine Mühe ist.

Früher hat sie nie Zucker genommen, sagte Lowetz nach einer Pause, auch wenig Süßes gegessen, soviel ich weiß.

Das war von den Tabletten, sagte sie und sah ihn neugierig an.

Was für Tabletten, fragte Lowetz.

Sie zuckte mit den Schultern.

Wenn du dich hier schon so gut auskennst, sagte er, weißt du vielleicht, wo sie ihre Bücher hat?

– Die Bücher hat sie mir gegeben, aber ich wollt dich fragen, ob du die Papiere hast?

Lowetz antwortete, dass er natürlich Testament, Geburtsurkunde, Reisepass und Ähnliches bekommen habe und sie aufbewahre, nicht hier, aber in seiner Wohnung in der Stadt. Flocke schüttelte den Kopf. Sie erzählte von Interviews, die Eszter dem Rehberg gegeben habe, für die Ortschronik. Eszter habe das alles noch einmal durchschauen und korrigieren wollen und deshalb die Abschriften mit nach Hause genommen. Dazu die Sachen, die sie selbst ausgegraben hat ...

Was für Sachen, fragte Lowetz, der langsam den Eindruck bekam, sie sprächen hier nicht über dieselbe Person. Doch dieses Mädchen hatte den Corsa und wusste, wo der Zucker versteckt war.

Vor allem Zeitungsausschnitte, sagte Flocke, wir waren in Kirschenstein in der Bibliothek und sie hat die Zeitungen von damals kopiert. Aber auch anderes, Gerichtsakten und ...

Von wann damals, fragte Lowetz und kam sich wie der Idiot vor, der er in den Augen dieser hübschen jungen Frau vermutlich war.

Na damals, sagte sie und schaute ihn weiterhin so großäugig und offen an, als sei das alles ein sehr freundliches, aber eben doch – ein Examen: sechsundvierzig. Wie der alte Graun im Wald erschossen worden ist und ein paar Wochen später die beiden Zeugen. Aber auch noch von zwanzig Jahre später, wie der Horka verschwunden ist, der das ja alles gewesen sein soll. Darüber wurde ja damals auch in den Zeitungen geschrieben.

Aber das ist nichts Wertvolles, sagte Lowetz, das könnte man jederzeit wieder kopieren?

Wieso wertvoll, fragte Flocke.

Ich dachte, du wolltest sagen, es ist verschwunden?

Nein, korrigierte das Mädchen, ich wollte nur wissen, ob du es hast.

Obwohl sie sogar unters Dach stiegen, fanden sie nichts, keine Mappen, Kuverts oder Kopien. Von ein paar Kochbüchern abgesehen schienen die Wohnräume frei von Papier, was Lowetz in Hinblick auf seine eigene Wohnung und den Büroschreibtisch beneidenswert fand. Aber früher hatte es zumindest Fotos gegeben, ein Album oder zwei, und außerdem alte Briefe vom Vater – er verschob das Nachdenken darüber auf später.

Das Mädchen blieb, auch nachdem sie die Suche aufgegeben hatten. Zum Schlafzimmer sagte sie nichts, obwohl ersichtlich war, dass nun er dort schlief. Sie stellte sich ans Küchenfenster und schaute nach hinten hinaus auf den gemauerten Schuppen, den sich die Familien Lowetz und Kalmar seit jeher teilten. Inzwischen waren nur noch das Brennholz darin und ein paar alte Gartengeräte. Der Schuppen hatte sich schamhaft von Kletterpflanzen überwuchern lassen, darunter fiel ihm schon der Putz ab, und die Ziegel begannen sich gegeneinander zu verschieben wie die Wirbel bei einem Greis. Früher hatten Lowetz' Eltern dort hinten Schnaps gebrannt, und bei warmem Wetter waren sie abends manchmal davorgesessen, auch mit Agnes und Fritz.

Wieso hat der Fritz eigentlich keinen Vater, fragte Lowetz.

– Im Krieg geblieben ... Ich wollt ihn eh besuchen.
– Wenn er das Auto sieht, wird er eh gleich herüberschauen.
Sie kochten zusammen noch einmal Kaffee. Sie nahm in jede Tasse zwei Löffel Zucker, so bedächtig, als sei das eine Regel. Die Keksdose, bis oben hin gefüllt, durfte auf dem Tisch stehenbleiben. Später machte Lowetz Spiegeleier, sie hatte Brot im Auto, das ging sie holen.

Da saßen sie also beisammen, in einem Haus, das beide kannten. Sie hatten Ferien, sie verstanden sich auf Anhieb gut. Die Herkunft war ihnen gemeinsam, ebenso eine mittlere, selbsterworbene Distanz dazu. Sie waren keine sturen Provinzler, aber auch keine Verächter, die sich dafür schämten. Zumindest gelang es Lowetz, diesen Eindruck zu vermitteln, was ihm zweihundert Kilometer weiter nördlich und ein paar Wochen früher weit weniger gut geglückt wäre.

Wie üblich für die Jüngeren in überschaubaren Gemeinschaften wusste Flocke peinliche Details über ihn. Irgendwelche Jugend- oder Maturastreiche, die ihm bereits klangen wie Wandermythen: eine in der legendären Kalschinger *Südsee* gestohlene Discokugel, ein morgens an die Schultafel genageltes Paar Sportschuhe, das dem jungen, verhassten Turnlehrer gehörte, was den alten Lateinlehrer tief verstörte, als er es endlich herausfand. Ein unter einem Geburtstagsgelage zusammengebrochener Hochstand. Nur das Letzte, der Hochstand, verletzter Knöchel (nicht seiner), Krankenhaus, Gips, polizeiliche Ermittlungen, stieß etwas in Lowetz an, er war wohl dabei gewesen, erinnerte sich aber eher wie an eine oft erzählte Geschichte. Manchmal schien es ihm, er habe gar keine Jugend gehabt oder leide unter einer seltenen Form von Gedächtnisverlust, der sich bloß auf alles bezog, was angeblich in Dunkelblum gespielt haben sollte.

Von ihr erfuhr er, dass sie eine Frühgeburt gewesen war, so durchscheinend-winzig, dass ihre Schwester gesagt habe, sie sehe wie ein Schneeflockerl aus. Erst langsam kam er darauf, dass er mit einer ihrer Schwestern in dieselbe Klasse gegangen war. Er hatte keine Ahnung, mit welcher. Andrea, Christl, Barbara? Er konnte sich an keinen Vornamen erinnern, nur, dass es eine Malnitz gewesen war.

Ganz einfach, sagte Flocke, war's eine Streberin mit Zöpfen oder ein verpatzter Bub oder eine, die dauernd geheult hat?

Streberin mit Zöpfen, sagte er, jedes Jahr Klassensprecher.

Das ist die Andrea, rief Flocke, so alt bist du schon?

Ich schau doch viel jünger aus, sagte er und grinste. Bei sich dachte er: So alt bin ich schon. Sind zehn Jahre bereits eine Generation? Er stellte die Frage nicht laut, es war ja auch egal. Und ja, natürlich könnte man einmal schwimmen gehen. Ja, er könnte auch zum Spanferkel auf den Biohof kommen und den Fritz mitbringen. Er stimmte sogar zu, sich den dritten Friedhof zeigen zu lassen, obwohl er da schon in unbehaglichere Gefilde geriet. Seit drei Jahren, seit der sture Lügner als Präsident in der Hofburg saß, kam er an dieser Stelle regelmäßig in Konflikt mit seinen Altersgenossen. Er glaubte nicht, dass Proteste etwas änderten, er glaubte an den Lauf der Geschichte. Sie würden doch alle bald sterben, die Lügner und die Pflichterfüller, aber mit dem Protestgeschrei adelte man sie noch. In der Nähe seiner Wohnung, am Flohmarkt, wurden seit Langem die alten Abzeichen, Ausweise, Orden angeboten. Und so, fand er, gehörte sich das: wegschmeißen, verramschen, ignorieren. Nicht auf ein Podest stellen, und sei es auf das böse Podest. Er fand es schwer zu erklären, und seine Exfreundin, diese großstädtische Bürgerstochter, hatte ihn deswegen indolent genannt, und nicht nur einmal. Aber ihn berührte das Theater seltsam, das zu einem späten Zeitpunkt losbrach, jedenfalls nie zum Anlassfall. Immer erst, wenn es längst zu spät war. Zu seiner Exfreundin hatte er gesagt, genauso gut könnte ein Masernkranker hektisch versuchen, sich die Flecken abzuwaschen. Das würde auch mit Seife und Bürste nicht klappen, nicht einmal mit einem Bimsstein. Er, der Masernkranke, würde nur immer schwächer dabei, auf dem Höhepunkt der Infektion. Sie hatte den Vergleich nicht verstanden, und als er ihn besser zu erklären versuchte, hatte er sich sprachlich und gedanklich verheddert: Ich protestiere gegen meine eigenen Flecken, hatte er schließlich komödiantisch ausgerufen, und Simone hatte sich an die Stirn getippt.

Aber hier und jetzt, nahm er sich vor, würde er das einfach als regionale Besonderheit betrachten, wie die Strauben und den Heidensterz. Etwas mussten sie ja tun. Es gab hier ja nichts zu tun. Sie könnten zum Beispiel die Pestsäule restaurieren und das dreiflügelige Altarbild mit den gefiederten Teufeln, auch das wäre Arbeit an der Geschichte. Stattdessen machten sie eben den dritten Friedhof auf und schafften tonnenweise Biomasse heraus, und ja, das glaubte er dieser aufgeweckten Flocke, dass es dadrin einiges zu entdecken gab.

Aber dass man die Ortschronik komplett umschreiben müsste, das klang ihm etwas übertrieben.

Ich hab geglaubt, er schreibt sie grad erst, der Rehberg?

Ich mein halt, alles, was die Leut immer so geredet haben, sagte Flocke, da stimmt ja, wenn's hochkommt, grad die Hälfte. Nicht einmal die Ortschronik wollen manche haben, du weißt doch, wie die beinand sind, Geschichtsschreibung der Sieger, so reden die am Stammtisch daher.

Die Geschichte schreiben immer die Sieger, sagte Lowetz freundlich, das war schon bei den alten Römern so.

Der Rehberg hat scheinbar eh bei den alten Römern angefangen, sagte Flocke und lachte, deshalb wird er ja auch nie fertig. Aber jetzt hat der Bürgermeister fünftausend Schilling bewilligt, für die Spesen, Recherchen, Kopien, Fotoreproduktionen. Damit ist die Sache offiziell. Und später schnorren wir die Druckkosten in der ganzen Stadt zusammen, von den Geschäften und den Supermärkten und der Versicherung und von allen Fremdenverkehrsbetrieben. Sie kriegen dafür hinten Anzeigen, so macht man das heute!

Flocke stand auf und zupfte Lowetz' Kinderfoto vom Kühlschrank. Eigentlich auch ein schönes Exponat, sagte sie, während sie es betrachtete, schwarz-weiß und in der Tracht ... stellst du es zur Verfügung?

Weiß nicht, sagte Lowetz abwehrend, ist das was Besonderes? Aber in Wirklichkeit war er natürlich bereit. Wenn sie dieses Foto oder etwas anderes haben wollte, würde er es ihr gerne geben. Seine Mutter hatte ihr das Auto und ihre Bücher geschenkt, er konnte nachfühlen, warum. Vielleicht fand er auch die Mappen seiner Mutter für sie. Irgendwo musste das Zeug ja sein, vielleicht hatte es Fritz mit hinübergenommen. Er würde mithelfen, und als Gegenleistung stellte er sich Flocke vorsichtig im Bikini vor, dieses Schlanke, Bräunliche mit den Simpelfransen. Simone, seine Exfreundin, war viel fraulicher gewesen, nicht so sehr von der Figur her, sondern vom Auftreten. Sie trat fest auf, und wenn sie Schuhe mit Absätzen trug, hämmerte sie diese mit Nachdruck in den Boden, als wollte sie testen, ob er hielt. Jetzt war Simone, gerade rechtzeitig, wieder Single, sie studierte auf den Doktor und hatte mithilfe ihrer Eltern eine Eigentumswohnung angezahlt.

Er sah Flocke zu, wie sie das Foto wieder anheften wollte. Die Magneten waren flach und rund wie Knopfbatterien und offenbar ziemlich stark. Sie versuchte, mit dem Zeigefingernagel darunterzukommen. Ihre Zungenspitze schaute beim Mundwinkel heraus. Draußen im Sonnenschein hupte es, nicht asthmatisch, sondern herrisch. Ein großes dunkles Auto fuhr hinter dem Corsa auf den Gehsteig. Mein Vater, murmelte Flocke, ohne den Kopf zu drehen. Sie hatte endlich den Magneten abgelöst. Doch als sie das Kinderbild festklemmen wollte, fiel daneben die Schlosspostkarte zu Boden. Sie bückte sich.

Servus Lowetz, sagte der Malnitz und drückte ihm fest die Hand, ich hab das Auto von meiner Tochter gesehen.

Flocke richtete sich wieder auf. Jetzt schau dir das an, sagte sie und reichte Lowetz die Postkarte. In Großbuchstaben stand quer über der Rückseite: *Hör auf zu lügen.*

Das ist nicht ihre Schrift, oder, fragte Lowetz.

Flocke sah ihn betroffen an.

Ihr Vater ging breitbeinig ein paar Schritte hin und her, als würde er sich umschauen, ohne dass er wirklich etwas sah, dann blieb er stehen und wippte in den Knien, wie ein Boxer vor dem Kampf. Schließlich klatschte er zweimal in die Hände und sagte: Auf der Rotensteinwiese haben sie einen ausgegraben. Ich hab mir gedacht, Flocke, das wird dich interessieren.

13.

An einem Donnerstag, kurz vor sechs Uhr abends, schrieb Rehberg mit Filzstift quer auf ein Blatt Papier: Wir freuen uns, Sie am Montag wieder bei uns zu begrüßen! Daneben zeichnete er einen Dampfer mit einer dicken, lachenden Wolke über dem Schornstein und klebte es innen an die Schaufensterscheibe. Er verriegelte die Ladentür, wechselte oben, in seinen Wohnräumen, das Hemd, legte Weste und Sakko an, griff nach der gepackten Tasche und machte sich auf die Reise. Er fuhr mit dem Auto nach Kirschenstein, nahm den Regionalzug in die große Stadt, verzehrte im Bahnhofsrestaurant eine zu fette Wurst, die er mit Gösserbier hinunterwusch, und richtete sich im Schlafabteil ein. Für seine Oberbekleidung hatte er einen Kleiderhaken mitgebracht. Er legte sich in Unterwäsche zu Bett, und obwohl es schaukelte, schlief er gut. Morgens um neun war er schon in Zürich, der Himmel wie blankgewischt, und das bisschen, was er vom Bahnhof aus sehen konnte, wirkte niedlich, eine Bi-Ba-Butzenscheibenstadt. Als er mittags in Lugano ausstieg, bewunderte er die Palmen, die man hier sogar in Blumenkübeln hielt.

Das, sagte er zu sich selbst, ist halt schon etwas anderes.

Die Menschen, die er nach dem Weg fragte, waren freundlich und verstanden ein bisschen Deutsch. Er aß eine Kleinigkeit in einem Café. Punkt vier Uhr ließ er sich bei der Gräfin melden. Er hatte drei pfirsichfarbene Teerosen gekauft und fragte sich bang, ob das zu wenig sei. Es ließ sich aber nicht mehr ändern, und schon die drei Blümchen hatten zirka viereinhalbmal so viel gekostet wie zu Hause. Das überschlug er nur, er wollte es nicht genau ausrechnen.

Am Tor empfing ihn eine Frau in Faltenrock und Strickjacke. Er hatte mit einem befrackten Butler gerechnet, aber die Zeiten waren wohl wirklich andere geworden. Er musste eine Weile in der Eingangshalle der Villa warten, dann brachte ihn die Frau in einen überdimensionierten Wintergarten. Hinter einer riesigen verglasten Fläche glitzerte der See. Die Gräfin saß vor ihrem Tee und nickte, als er sich verbeugte. Sie sah genauso aus, wie er sie sich vorgestellt hatte, ein trockenes Frauchen mit sehr schön gelegten, silbernen Haaren, das Aderngeflecht auf ihren Handrücken so lila wie ihre Seidenbluse. Er streckte ihr die Blumen hin, die Frau in der Strickjacke griff von schräg hinter ihm danach, nahm sie ihm ab und ging hinaus. Die Gräfin deutete auf den freien Platz.

Er setzte sich. Nun schwiegen sie. Rehberg wartete. Die Gräfin sagte nichts. Rehberg räusperte sich. Sehr geehrte gnädige Frau, begann er schließlich, da ging die weit entfernte Tür wieder auf und die Bedienstete trug seine Teerosen in einer zierlichen Kristallvase herbei. Er war froh, dass er nicht mehr gekauft hatte, denn darin sahen sie einfach wunderbar aus. Die Frau platzierte die Vase genau zwischen ihnen, er konnte die Gräfin nicht mehr richtig sehen. Ihm schien, die Bedienstete habe dabei boshaft gelächelt, blitzschnell, nur mit einem Mundwinkel, der einen schiefen Eckzahn entblößte. Aber er täuschte sich wohl. Als er sie anschaute, sah sie aus wie zuvor, der Mund streng geschlossen. Sie schenkte ihm Tee ein und verschwand wieder. Rehberg rückte mit seinem Sessel ein paar Zentimeter zur Seite, so unauffällig wie möglich. Die Gräfin blickte auf das Wasser hinaus. Boote fuhren vorbei. Man hörte es plätschern und lachen.

Hochverehrte gnädige Frau, begann er wieder, und da sie nichts sagte, weder ein weiteres Mal nickte noch ihm den Blick zuwandte, spulte er sorgfältig seine Rede ab. Während er sprach, versuchte er, sich wenigstens an den eigenen wohlgesetzten Worten zu erfreuen und dabei so tief und sonor wie möglich zu klingen. Man hatte ihm gelegentlich angedeutet, dass er für einen Mann eine ungewöhnlich hohe Stimme habe, und dieses Manko wollte er ausgleichen. Seine Stimme füllte den Raum. Er sprach über die langen, fruchtbaren Beziehungen zwischen der gräflichen Familie und dem Städtchen Dunkelblum, darüber, dass beides ohne einander gar nicht vorstellbar sei. Diese jahrhundertelange Beziehung solle endlich, endlich in angemessenem Rahmen dar- und ausgestellt werden, und zwar in allen Facetten. Er pries die Toleranz, die die Grafschaft von jeher den Minderheiten gegenüber geübt habe, das Patent für die Juden aus dem siebzehnten, das Grundstück in Zwick für die Zigeunersiedlung aus dem neunzehnten Jahrhundert. Bildung und Kultur, Weltoffenheit und Wohlstand hat Ihre Familie in unsere bäuerliche Gegend gebracht, sehr verehrte, liebe gnädige Frau, sagte er, und beinahe stockte ihm vor Ergriffenheit der Atem. Aber ob das wirklich auch für diese Frau galt, fragte er sich mit einem Mal, von ihr hatte man doch anderes gehört. Das durfte jetzt keine Rolle spielen. Er durfte sich und vor allem seiner Stimme keinen Zweifel an dem vollinhaltlich gerechtfertigten Lob der Dunkelblumer Grafen gestatten. Die Gräfin regte sich nicht.

Ihre Beziehung zu unserer Gegend, Ihr Wirken durch die Jahrhunderte, sagte Rehberg, das ist bis heute unser

Alleinstellungsmerkmal. Vielleicht ist es vermessen von mir zu behaupten – einmal mehr bedauerte er, dass man ihn in Dunkelblum mehrfach auf die denkbar hässlichste Art davon abgehalten hatte, für ein öffentliches Amt zu kandidieren, denn kein Bürgermeister, an den er sich erinnerte, konnte ihm rhetorisch das Wasser reichen –, vermessen, gnädige Frau, zu behaupten, dass wir in Dunkelblum über den Verlust Ihres herrlichen Schlosses noch betrübter sind als Sie und Ihre Familie. Er bemerkte, dass die Gräfin ihn anschaute, mit starrem, wässrigem Blick.

Er senkte den seinen. Ich weiß, Sie sind dort geboren und aufgewachsen, sagte er leiser, ich wollte keinesfalls an alte Wunden rühren. Dieser Verlust ist unermesslich, aber glauben Sie mir, das ist er auch für uns.

Der richtige Zeitpunkt schien gekommen, die Schlosspostkarte aus der Sakkotasche zu ziehen. Er legte sie vor sie hin, neben die Blumenvase. Die Teekanne musste er dabei mit dem kleinen Finger etwas zur Seite schieben. So ein Jammer, sagte er, dieses unvergleichliche Prachtstück. Zweihundert Zimmer! Renaissance!

Die Gräfin schaute auf die Postkarte. Draußen auf dem See jauchzten die Wassersportler. Und da hörte Rehberg ein leises, trockenes Zischen, wie von einer Schlange im Herbstlaub. Wo kam es her, von unter dem Tisch? Er sah sich vorsichtig um. Doch es war die Gräfin, die zischte, mit einer tonlosen Stimme, wie ein Fingernagel auf Sandpapier.

Das war der Neulag, dieser verschissene Hurenbock, zischte sie, der hat den Befehl gegeben. Ein paar meiner Zuchthengste sind verbrannt. Es waren nicht die allerbesten, aber trotzdem. Wenn man weiß, wie sehr Pferde das Feuer fürchten … Ich hab sie nicht alle gleichzeitig evakuieren lassen können, ein paar waren noch drin, und dass er das Schloss in Brand hat schießen lassen, hat überhaupt nichts mit den Kämpfen oder den Russen zu tun gehabt, nur damit, dass er mein Herz brechen wollte. An den Eiern gehört er aufgehängt, die Drecksau.

Diese unvorhersehbare Wendung musste Rehberg erst auf sich wirken lassen. Er hoffte, es würde ihm später gelingen, den Faden wieder aufzunehmen, wenn er sich von seiner Neugier mitreißen ließ.

Er flüsterte nun ebenfalls: Der Neulag? Es hat immer geheißen, der Ferbenz …?

Papperlapapp, zischte die Gräfin, der feige Doktor Alois hat die erste Gelegenheit ergriffen, sich Richtung Westen abzusetzen. Der Neulag hat in den letzten Wochen das Kommando gehabt. Für alles.

Für alles, flüsterte Rehberg, auch für …?

Natürlich, zischte die Gräfin, gerade dafür! Aber besonderen Spaß hat ihm gemacht, am Schluss auch noch meine Pferde anzuzünden. Der Hurensohn, der dreckige.

Die Strickjacken-Frau stand mit einem Mal neben Rehberg, als wäre sie aus dem schwarz-weißen Terrazzoboden gewachsen. Gräfin Dunkelblum hat sich gefreut, Ihre Bekanntschaft zu machen, verkündete sie, und ihre große Gestalt schien selbst von dem gleißenden Licht, das vom See kam, einen größeren Teil zu absorbieren.

Rehberg, dem der Schweiß ausbrach, hob abwehrend die Hand: Ich bitte nur noch um ein paar Minuten, liebe verehrte Gräfin, wir planen ein Museum, das ohne Ihre geschätzte Mithilfe …

Er wende sich an die Stiftung, zischte die Gräfin, verantwortlich Herr Gotthelf, Sitz Zürich.

Er sah sie flehentlich an, aber sie schaute wieder zum Fenster hinaus. Es schien ihr letztes Wort gewesen zu sein. Ihm war, als läge das Lila ihrer Bluse und Adern nun auch als Schatten unter den Augen. Die Schlosspostkarte aber war vom Tisch verschwunden. Ihre Bluse hatte keine Taschen, und was sie untenrum trug, Rock oder Hose, war hinter dem Tischchen nicht zu sehen. Rehberg kam zu spät auf den Gedanken, dass er alles, was er mit ihr zu besprechen gewünscht hatte, auf diese Karte schreiben hätte sollen.

Gräfin Dunkelblum hat sich gefreut, Ihre Bekanntschaft zu machen, wiederholte die Strickjacken-Frau und zog an Rehbergs Sessellehne.

Er stand auf. Ich darf mich also an Herrn Gotthelf wenden, für unser Museum, fragte er in Richtung Gräfin, und seine Stimme kam ihm selbst unangemessen schrill und weinerlich vor. Aber es gab keine Antwort mehr.

Er wanderte durch den Ort in Richtung Bahnhof, wo er seine kleine Tasche deponiert hatte. Es war noch Zeit bis zur Abfahrt. In seinem Kopf jagten die Gedanken hin und her. Hatte er sich zum Trottel und nur Spesen gemacht, oder hatte er vielmehr durch seine bescheiden-beherzte Vorsprache Dunkelblums Sache entscheidend vorangetrieben? Und sei es, dass man das Zauberwort kannte (Stiftung, Herr Gotthelf) und mit Fug und Recht behaupten konnte, die Gräfin persönlich habe Unterstützung zugesagt? Man könnte sagen, sie habe es versprochen! Das wäre nur minimal übertrieben, jedenfalls noch lange keine Lüge.

Am Bahnhof lag eine kleine Grünanlage, in der Mitte ein freundlicher Brunnen, Strelitzien, Palmen, ein paar Bänke. Er zog sein Sakko aus, legte es hin und setzte sich.

Natürlich hatte er sich mehr erhofft. Mindestens mit der Zusage, ein paar der gräflichen Kunstschätze ausstellen zu dürfen, hätte er zurückkommen wollen. Die unschätzbar wertvolle Passion Christi – wenigstens kurz, nur für die ersten paar Wochen nach der Eröffnung. Oder der berühmte Figurenautomat aus dem frühen 17. Jahrhundert, ein kleiner goldener Wagen, der, von drei Schlüsseln aufgezogen, unter Glockengeläut eine lange Festtagstafel entlangzufahren vermochte, während sich darauf Adler und Hunde im Kreis drehten und der fette rotbackige Gott aus Emaille, der oben prangte, seinen Becher zum Prosit nach allen Seiten schwenkte. Zumindest ein paar der bekannteren Porträts, Árpád der Große, der Schlosserbauer, als stilisierter Ritter auf seinem Pferd, oder die Gräfin als braungelocktes Kind mit ihren Jagdhunden vor dem Kamin. Ihm fiel auf, dass er sich die Gräfin, obwohl ihr Aussehen so genau seinen Erwartungen entsprochen hatte, dennoch jünger gedacht hatte. Auf den Gesellschaftsseiten der Medien wurde neuerdings von Adligen berichtet, die Partys feierten und wilde Frisuren hatten, die sich mit Sonnenbrille und Zigarette fotografieren ließen, die Popmusik machten oder platzende Farbbeutel gegen Leinwände warfen. Nur ein bisschen in diese Richtung hatte er sich die Gräfin vorgestellt. Dass die Palmen und dieser mondäne See sie zu so etwas Ähnlichem gemacht haben könnten. Die mit wegwerfender Handbewegung sagte, ach, diese Christus-Passion, natürlich könnt ihr die ausstellen, ich habe wirklich gar keine Verwendung dafür. Eine Gräfin, die eine Zitronenscheibe an ihrem Glas stecken hatte.

Jemand sagte neben ihm leise *ciao*. Ein junger Mann hatte sich zu ihm gesetzt und lächelte ihn an. Er war sehr blass, hatte aber dunkle Haare und tiefblaue Augen, dazu Wimpern, für die Mädchen morden würden. Sein Mund dagegen war ein bisschen schief, ein Unfall oder eine schlecht operierte Hasenscharte? Im Priesterseminar hatte es auch so einen gegeben, die kleine Entstellung rührte Rehberg an. Dieser Junge sah – wie der andere, an den er sich erinnerte – so aus, als würde sein Mund gleich zu weinen beginnen, während die Augen lächelten. Rehberg suchte nach einem Gesprächsanfang. Vor allem: Welche Sprache? Aber vielleicht würde ein Ciao genügen.

Er zuckte beinahe zusammen, als er die Hand auf seinem Oberschenkel spürte. Von weiter weg hätte niemand etwas bemerkt, der junge Mann hatte sie geschickt unter Rehbergs Sakko durchgeschoben, das zwischen ihnen lag. Schon zog er sie langsam wieder zurück und stand auf. *Vieni*, fragte er liebenswürdig und ging in Richtung des Bahnhofsgebäudes davon.

Rehberg saß da wie vom Schlag getroffen. War das die Bestimmung dieser Reise gewesen? Würde er einen schrecklichen Fehler begehen, verhöhnt werden, verprügelt, wie es ihm schon einmal passiert war? Oder noch schlimmer: ausgeraubt? War es im Gegenteil eine normale Sache hier, so weit weg von zu Hause? Er hatte nicht sein ganzes Bargeld dabei, der Rest war in der Reisetasche im Schließfach. Diese Augen, die unglaubliche Farbe, und die Wimpern dazu … Und der arme, verletzte Mund.

Rehberg stand langsam auf und ergab sich der Verwegenheit. Egal was geschehen würde, hier lauerten keine Heuraffls und kein Berneck, die ihn in die Falle locken und beschimpfen, die seine Nase einschlagen und ihm Hose und Unterhose wegnehmen würden, sodass er schauen konnte, wie er heimkam, am helllichten Nachmittag. Selbst wenn es solche hier gäbe, wären sie andere und hießen nicht so. Hiesige Heuraffls und Bernecks könnten nur ihn beleidigen, aber nicht gleich auch noch seine ganze Familie, das heißt, vor allem die Tante Elly, die er geliebt hatte und deren Grab er pflegte, so wie die Gräber der anderen auch. Das Risiko war beherrschbar. Und außerdem hatte er ja inzwischen etwas mehr Gespür als damals, vielleicht sogar ein bisschen Menschenkenntnis.

Eine halbe Stunde später stießen Carlo und er in dem Café, in dem er schon mittags, vor seinem Besuch bei der Gräfin, gewesen war, mit knallroten Cocktails an. An deren Rändern steckten Zitronenscheiben. Die Unterhaltung gestaltete sich aufgrund der Sprachbarriere ein wenig mühevoll, aber Carlo hatte eine unkomplizierte Art, darüber hinweg zu lachen und zu gestikulieren. Rehberg, der es mehr oder weniger vergeblich mit Latein versuchte, zeichnete manchmal auf Servietten, was er meinte. Nach dem Digestif war er entschlossen, die Reise umzubuchen. So gingen sie kichernd noch einmal zum Bahnhof und ließen sein Ticket auf den nächsten Tag umschreiben, dann mietete er ein Pensionszimmer in einer stillen Gasse, wo sich niemand darum kümmerte, ob der Gast spätnachts das Haus wirklich allein betrat. Das Ticketumschreiben hatte Geld gekostet, das Zimmer, die Cocktails und das Abendessen, das sie spät, erst gegen zehn, zu sich nahmen, kosteten noch mehr, aber Rehberg hatte endlich einmal Lust und Grund, sein bisschen Geld auszugeben. Alles in allem waren es etwas mehr als vierundzwanzig Stunden. Er genoss jede einzelne davon. Schlafen konnte man später in diesem schaukelnden Zug. Und dort schlief er tatsächlich wie ein Stein, ein sonnenwarmer. Nach diesem ersten richtigen Urlaubstag seit Langem träumte er ganz bestimmt nicht von der vertrockneten, zischelnden Gräfin. Als er wie in Trance am Sonntagnachmittag vor Rehbergs Reisen aus seinem Auto stieg, fiel sein erster Blick auf den Dampfer im Schaufenster. Wie unschuldig er gewesen war, als er den gezeichnet hatte! Wie sinnfällig ihn seine eigene, freundlich lachende Wolke willkommen hieß. Aber keine zehn Minuten, nachdem er eingetroffen war und die Fenster seiner Wohnung zum Lüften geöffnet hatte, kam Flocke Malnitz angefahren, hupte, bis er den Kopf heraussteckte, und rief ihm schon von unten zu, dass oben, auf der Rotensteinwiese, einer ausgegraben worden sei. Und neben Flocke saß Eszters Sohn.

14.

Es war Sonntag, die Kirche und der Frühschoppen waren vorbei, und oben auf der Rotensteinwiese gab es einen Auflauf wie bei einem Volksfest. Jeder, der davon hörte, stieg in sein Auto und fuhr hinauf. Aber heroben taten viele, als seien sie zufällig hier oder als sei das ein althergebrachter Treffpunkt, wo es üblich war, dass man kreuz und quer am Waldrand parkte. Dabei entfernten sie sich kaum von ihren Autos, manche Frauen blieben sogar wie unter Protest darin sitzen, mit mürrischen Gesichtern auf ihren angestammten Beifahrerplätzen. Die Männer lehnten an Kofferräumen und Motorhauben, sie rauchten, manche hatten Bier mitgebracht, Cola oder sogar Sonnenmilch. Als Flocke und Lowetz eintrafen, standen erst zwei Gendarmeriewagen da. Der Gerald und der

Leonhard, die hier jeder kannte, machten ihre berufsmäßig finsteren Gesichter, damit sie bloß keiner etwas fragte. Zusammen mit zwei Kollegen klopften sie Eisenstangen in den Boden, die am oberen Ende zur Schlaufe umgebogen waren. Da hinein würden sie gleich das rot-weiße Absperrband fädeln, einer hatte die Rolle schon in der Hand. Von den Zuschauern trat niemand näher heran. Sie blieben abseits, auf ihrem neugegründeten Parkplatz. Lowetz mischte sich zwischen die Schaulustigen. Wahrscheinlich könne man gar nichts sehen, wurde gemutmaßt, außer ganz nah dran, wenn man selbst in der Grube stünde, denn die Sache habe wohl schon lange die Farbe der Erde angenommen. Lowetz sah dunkles Ocker, wie Lehm, gemischt mit dem fetten Schwarz der Krume, und er stellte sich für einen Moment Knochen im Zebradesign vor. Knochen? Menschliche Überreste, hatten sie gesagt, hatte man gehört, mehr wusste keiner. Aber zumindest das hat jemand ja zweifelsfrei erkennen müssen, sagte einer, also muss da ja noch mehr dran sein, oder? Also nicht gar so alt, denn wenn da nur Knochen sind, weiß man doch gar nicht gleich ... Der Sprecher brach ab. Die Leute sprachen ihre Sätze oft nicht zu Ende, bei solchen Themen eine gute Strategie. Man deutete an, was man dachte, und hatte doch nichts gesagt. Danach gab es einiges Gelächter und ein paar schmutzige Witze, nachdem ein besonders Aufgeweckter die anderen mit der Information beschenkt hatte, dass sich anhand der Beckenform beim Menschen das Geschlecht meist schnell bestimmen ließe.

Es saads so deppert, sagte eine mürrische Frau zum halb heruntergekurbelten Autofenster heraus.

In Wahrheit lauerten sie auf Neuigkeiten und waren ungewiss, ob hier mit etwas Ärgerlichem oder Sensationellem zu rechnen war. Wer da überhaupt gegraben hätte und warum?

Und wem das hier gehörte? Hier stieß, behauptete einer, eine Graun- an eine Malnitzwiese, aber wo, das wüssten nur die Eigentümer. Ein anderer bezweifelte, dass dem Graun seine Wiese noch gehörte: Der hat doch alles verkauft, was kein Weingarten ist. Aber wem, fragte der Erste. Dem Malnitz sicher nicht, antwortete der andere und lachte. Wahrscheinlich dem Dokter Alois, sagte ein Dritter, wem sonst?

Weiter oben begann ein Wald, der den Heuraffls gehörte. Alles unterhalb der Straße war Gemeindeeigentum. Nur eines schien festzustehen: Es war der junge Graun gewesen, der die Gendarmerie gerufen hatte. Sein Lieferwagen stand am nächsten an der Fundstelle, weitab von den anderen, er selbst saß bei geöffneten Türen hinten auf der Ladefläche, die Füße baumelten heraus, und rauchte. Flockes Blick fiel auf ihn, als sie aus dem Corsa stieg, sie beobachtete ihn ein paar Momente lang. Sie ähnelten einander auf eine schwer zu beschreibende Weise. Es war nicht das Gesicht selbst, sondern der Ausdruck: eine angestrengte Stirnrunzelei, eine auf einen inneren Punkt geschnürte Konzentration, die man als abweisenden Grant fehlinterpretieren hätte können.

Der Faludi-Bauer kam den Berg heraufgestapft. Er ökologisierte immer mehr, wenn der Ausdruck erlaubt ist. Sein Bart wuchs seit einer Weile ungehemmt und benetzte inzwischen das Brustbein, und er hatte sich angewöhnt, mit einem langen geschnitzten Stock zu wandern, der größer war als er selbst. Kinder hielten ihn wahrscheinlich für einen Ganzjahres-Nikolaus, und obwohl er, außer wenn es um sein Lieblingsthema, die Wasserbohrungen, ging, nicht allzu viel sprach, machte sein Habitus unmissverständlich klar, was er darstellen wollte: den guten Hirten, der Sorge für Mensch, Tier und Ressourcen trug, unerbittliche, ehrliche Sorge. Sobald er die anderen erreicht hatte, stieß er wie zur Bekräftigung den Stab in den Boden.

Nur zu hoffen, kein alter Römer, drang aus dem Bart hervor. Seit er sich im Streit um die Wasserversorgung von Dunkelblum zum Sprachrohr der Wasserverbandsgegner gemacht hatte, wurde er zunehmend als Anführer anerkannt, ein durchaus andersgearteter Anführer, als es früher der Ferbenz gewesen war. Man konnte sich fragen – und einzelne Gemeinderatsmitglieder wie Toni Malnitz fragten sich das –, was Alois Ferbenz, alt und zittrig, wie er inzwischen war, von der Wassersache hielt. Wann er seine Meinung kundtun würde. Und wer den Krieg, der höchstwahrscheinlich ausbräche, gewinnen würde, die alte braune oder die neue grüne Macht.

Eine Frau begann die sieben Plagen auszumalen, die vom Himmel fallen würden, falls es sich bei dem Fundstück um etwas Archäologisches handeln sollte. Sie sprach nicht laut, aber in einem anklagend leiernden Ton, der sich beinahe verstofflichte; die bürokratischen Hindernisse, an denen bald alles, die ganze Zukunft Dunkelblums, scheitern werde, schienen zwischen den Zuhörern schier aus dem Boden zu wachsen, geformt aus diesem klebrigen dunkelgrauen Material, aus dem alles war, woran *der Staat* schuld war. Sie, die Sprecherin, habe Verwandtschaft in Löwingen, und was da los gewesen sei, seit man auf einem Acker ein paar rostige Münzen und Klingen gefunden habe, gehe ja auf keine Kuhhaut, leierte sie vor sich hin, Straßen verlegt, Baustopps, grenzt an Enteignung. Die Umstehenden nickten. Sie alle wussten etwas über die strengen Regeln der Denkmalschützer, es war ganz erstaunlich. Und wo ist unser Hobbyhistoriker, fragte jemand. Der Rehberg? Ist der Rehberg überhaupt informiert? Lowetz murmelte, der kommt eh gleich, der is grad erst von der Gräfin zurück.

Da fasste ihn einer an der Schulter und schüttelte ihn. Was sagst du da, von der Gräfin? Und wer bist eigentlich du?

Lassen Sie mich sofort los, sagte Lowetz, was fällt Ihnen ein?

Lass ihn, Joschi, sagte ein anderer, das ist der Sohn von der Eszter.

Das macht's grad net besser, murrte Joschi, ließ aber los, zog mit derselben, nun fast elegant-fließenden Bewegung ein Packerl Zigaretten aus der Brusttasche und bot es Lowetz an. So war das hier immer gewesen, fiel diesem ein: Zigaretten wurden benutzt wie winzige weiße Fahnen. Man stänkert einen an, man rempelt ihn an, oder man tritt ihn in den Straßengraben, aber sobald man bemerkt, dass es der Falsche gewesen sein könnte, wird er an der Hemdbrust wieder aufgestellt, wird die Zigarette hervorgezaubert und ihm entgegengereckt. Sie bedeutet nicht etwa Versöhnung oder Entschuldigung. Sie bedeutet: Jetzt stell dich halt nicht an.

Lowetz ignorierte die fremden Zigaretten und rauchte sich stattdessen eine eigene an. Zum anderen, der ihn als Eszters Sohn bezeichnet hatte, sagte er: Die Manieren sind nicht besser geworden, seit ich das letzte Mal da war.

Manieren hat's in Dunkelblum noch nie 'gebn, sagte der andere.

Na, dann fangen wir probeweise damit an, sagte Lowetz und ahmte den Stänkerer, den Joschi, nach, der sich an den Rand der Gruppe zurückgezogen hatte: Wer bist 'n eigentlich du?

Der Farkas-Feri, von der Werkstatt, erwiderte der Mann, kennst mich echt nimmer?

Entschuldige, sagte Lowetz überrascht und hielt ihm seinerseits eine Zigarette hin: S'lang her.

Feri nahm sie und sagte: Kannst laut sagen.

Aber was hat der Rehberg bei der Gräfin gemacht, mischte sich die Frau mit der leiernden Stimme ein. Sie bemühte sich, Lowetz anzulächeln, aber ihm schien es wie eine heimtückische Grimasse. Er schaute sich nach Flocke um, sah sie aber nicht.

Na, für euer Museum, wehrte er ab, das wissts ihr doch besser als ich. Irgendwas ausborgen halt.

Soso, sagte jemand, was ausborgen, von der Gräfin.

Fürs Museum, wiederholte die leiernde Frau.

Die schönsten Stücke hervorholen, sagte eine weitere Frauenstimme.

Nicht immer alles verstecken, sagte ein anderer.

Und endlich einmal zeigen, was man hat, sagte ein Dritter.

Wir haben so viel, auf das wir stolz sein können, fuhr die neue Frauenstimme fort.

Wir müssten uns nur daran erinnern, sagte der zweite Mann.

Ein Schatz, den man nur endlich heben müsste, sagte die leiernde Frau. Und Joschi, während er den Rauch auf aggressive Weise ausstieß: eine strahlende Vergangenheit. Er sah Lowetz aus zusammengekniffenen Augen an, als wollte er ihn prüfen.

Lowetz schaute sich wieder nach Flocke um. Das Auto stand da, aber wo war sie hin?

Wie bitte, sagte er zum Farkas-Feri, mit dem er, wie er vermutete, in den Erstkommunionsunterricht gegangen war. Er erinnerte sich an einen rosigen Knaben, der seinen kleinen Anzug beinahe sprengte. Das gab es also doch, dass sich *die Fett'n auswachst*, wie die Mütter früher wohlwollend gesagt hatten. In Lowetz' Jugend waren dicke Kinder ein Statussymbol, man zwickte sie anerkennend in die Wangen und in die Schenkerln, man freute sich über den festen Speck, den man zwischen Daumen und Zeigefinger genussvoll prüfte. Hopfenstangen, wie er einer war, galten nichts, genauso wenig wie Krispindeln, Zniachterln und Topfenneger, denn an Hunger und Krieg wollte keiner mehr erinnert werden. Beim erwachsenen Feri hatte sich die Fett'n tatsächlich ausgewachsen, er war nicht schlank, aber auch nicht so kegelförmig wie viele andere hier. Und er war der Einzige, der ihm nicht unangenehm war. Der Einzige, mit dem er sich nicht sofort schlagen wollte. War dieses Sich-schlagen-Wollen neurotisch? Oder ein gesunder Selbstverteidigungsreflex? Was hatten diese Leute nur? Was brachte sie so auf? Gegen den Rehberg und sein Museum, gegen die Archäologen, vermutlich gegen alles, was ihre kleinen Kreise störte. In Lowetz stieg ein Ärger hoch, der ihn in Dunkelblum oft überfallen hatte, eine grundlegende Aversion, von der seine Mutter behauptet hatte, sie keineswegs zu verstehen, net amal a bisserl. Das hatte ihn noch mehr geärgert. Denn er glaubte ihr nicht. Sie hatte gewusst, was er meinte. Sie hätte es besser in Worte fassen können als er, wenn sie sich bemühte, wenn sie es nicht immerzu abgestritten hätte. Jedenfalls war das sein Verdacht und sein Vorwurf gewesen: dass sie genau verstand, was er sich nicht richtig erklären konnte.

Aber fielen die Gründe nicht jedem ins Auge? Allein diese grobe Begrüßung, die Art, wie er hier offenbar für dumm verkauft wurde. Vielleicht sollte er den mysteriösen Gast danach fragen, den Schlosspostkartenfan, wie der, als Fremder, als Unbeteiligter, die Atmosphäre hier fand.

Was redets ihr da, fragte er noch einmal, worum geht's, was habts ihr eigentlich alle?

Sie starrten ihn an, reglos wie Reptilien.

No schau, sagte der Joschi schließlich, samma nervös?

Sie machen nur den Rehberg nach, sagte der Farkas-Feri beschwichtigend, er geht etlichen auf die Nerven mit seinem Aktivismus.

Vor allem mit seinem Allein-stellungs-merkmal, sagte Joschi und stieß sich mit dem Zeigefinger mehrmals gegen die Wange, bei leicht geöffnetem Mund. Da lachten sie alle auf, schrill, vor Amüsement scheppernde Krokodile. Joschi sah sich um wie ein Sieger, warf seinen Tschick zu Boden und trat ihn sorgfältig aus.

Ein offiziell wirkender Konvoi fuhr vor. Er bestand aus einem weißen Kleinbus und mehreren dunklen Pkws mit dem Kennzeichen der Landeshauptstadt, mittendrin wie gerahmt der Honda des Doktor Sterkowitz, nur dass darin, und zwar am Steuer und allein, Bürgermeister Koreny saß. Am Ende hoppelte ein alter Fiat, der mit etlichen Anti-Atomkraft-Sonnen beklebt war: Das war der Reporter der Regionalzeitung, der seine Spiegelreflexkamera meistens um den Hals trug, beim Autofahren aber auf jeden Fall. Der Konvoi fuhr an die Fundstelle heran und blieb dort einfach stehen, auf dem Damm, den die Straße hier bildete, alle Wagen hintereinander. Die Dunkelblumer reckten die Hälse. Sie sahen zu, wie ein Dutzend Menschen aus den verschiedenen Fahrzeugen stieg, solche in Uniform und solche ohne. Es gab auch Männer in Anzügen. Sie sahen, dass jemand ihrem stolpernden Bürgermeister auf den tiefergelegenen Acker hinunter und ein paar Schritte hinein in die Grube half. Dort lagen inzwischen Bretter, als Tritte. Sie sahen, dass ein Uniformierter den Reporter ansprach, er beugte sich nah zu ihm hin, die Hand am Trägerband von dessen Kamera. Schließlich stieg der Reporter wieder in seine Rostschüssel und legte den Rückwärtsgang ein, zurück zu ihnen, dem stierenden Volk. Die Dunkelblumer sahen, dass der Konvoi einen eigenen Fotografen mitgebracht hatte, ebenfalls in Uniform, der sich hinkniete und ein paar Bilder machte, mit Blitz, obwohl von oben die Sonne brannte wie nicht gescheit.

Gerichtsmedizin, LKA, Staatsanwalt, zählte der Reporter auf, als er bei ihnen angelangt war, Spurensicherung, Tatortexperten, Fotoreferat, bist du deppert. An einem Sonntag.

Wie viele sind's denn, fragte Joschi.

Na, ich weiß nicht, vielleicht fünfzehn, sagte der Reporter.

Herrschaftszeiten, stieß die leiernde Frau aus, fuchzenn?

Scheiß an Krapfen, fluchte Joschi.

Der Reporter schaute irritiert. Na, wennst die vier Gendarmen dazuzählst, sagte er, sind's …

Er meint die Toten, sagte Feri Farkas. Joschis Kopf hatte sich rot verfärbt.

Ah so, sagte der Reporter und lachte: Da ist bisher nur einer gefunden worden, aber was nicht ist, kann ja noch werden.

Bitte, Herr Reporter, sagte eine hagere Frau, weiß man schon, ob es ein Mann oder eine Frau ist?

Glaub ich nicht, sagte der Reporter, aber warum wollen Sie das wissen?

Es geht noch eine ab, von damals, sagte Feri Farkas. Weißt eh, die Tochter von den Stipsits …

Meine ältere Schwester, erklärte die Frau. Der Reporter zückte seinen Notizblock. Stimmt, sagte er, die Stipsits-Tochter, das wäre natürlich was … Und damit zog er die andere Stipsits-Tochter zur Seite, sozusagen in ein Exklusivinterview.

Von den Russen aus dem Haus gezerrt und nicht zurückgekommen, flüsterte es in Lowetz' Ohr, und er erkannte Flocke an ihrem Seifengeruch.

Wo warst du so lange, zischelte er sie an, ich fühl mich hier wie ein Schaulustiger.

Hab mit dem Graun gesprochen, flüsterte sie zurück, und schaulustig sind wir doch alle.

Können wir fahren, bat er, hier gibt's wirklich nichts zu sehen.

Wer weiß, sagte sie, warten wir noch ein paar Minuten.

Ich setz mich schon ins Auto, sagte Lowetz, ich find das alles komisch hier, der Auflauf, wie das deutsche Geiseldrama letztens.

Jetzt übertreib mal nicht, sagte sie, hier gibt's doch keine schießenden Bankräuber! Was, wenn's ein alter Kelte ist? Mit wertvollen Grabbeigaben, Schwertern, Amuletten?

Das glaubst du nicht im Ernst, sagte er, die alten Kelten haben sie doch garantiert schon damals alle ausgegraben, wie sie den Wall gebaut haben.

Aber damals haben sie sie nicht ins Museum gebracht, kicherte sie, höchstens auf die Seite geworfen. Die ganzen tollen Kelten mit ihren Bernsteinschätzen, die müssten also alle noch hier sein.

15.

Sie brauchen sich gar nicht zu beunruhigen, hatte der diensthabende Staatsanwalt versichert, das hier mag ja alles Mögliche sein, aber bestimmt kein frischer Mord. Eine alte Sache, durch Zufall herausgeapert. Wenn der Herr Graun nur drei Schritte weiter weg gegraben hätte, wäre das nie mehr zum Vorschein gekommen. So gesehen ein Glück, nicht wahr, es will doch keiner von uns irgendwo in der Landschaft verschimmeln. Aber machen Sie sich keine Sorgen!

Jaja, hatte Bürgermeister Koreny gemurmelt, eh kein Problem. Und danke, ja, ihm gehe es gut, ganz sicher, er leide nur seit jeher unter der Hitze, dieses Jahr vielleicht etwas mehr als früher. Der Staatsanwalt behauptete, ihn gut zu verstehen, besser als gut. Dabei hatte er nicht den kleinsten Schweißtropfen auf der Stirn, höchstens, dass es unter seiner Nase ein bisschen glänzte. Koreny bemerkte, dass der Staatsanwalt dort deutlich mehr Platz hatte als andere Leute, zwischen Nase und Oberlippe. Es war gar nicht anders denkbar, als dass ein Karikaturist diesen Staatsanwalt so gezeichnet hätte, das Gesicht in der Mitte auseinandergezogen wie ein Stück Plastilin, Mund und Kinn fast baulich geschieden vom Rest. Für diesen Unort im Gesicht gab es keinen Namen, jedenfalls fiel Koreny keiner ein. Ein gekerbter Steg, die Stelle, wo andere ihren Schnurrbart tragen. Vielleicht hatte der Staatsanwalt, den Koreny zum ersten Mal sah, früher einen Schnurrbart getragen und ihn erst kürzlich abgenommen. Vielleicht hallte in diesem Gesicht die jüngste Vergangenheit optisch nach, weil die Haut da noch unmerklich heller war. Was wusste man schon. Er wusste nur, dass er wie gebannt dahinschauen musste, während ihm der Staatsanwalt alles erklärte, in der Reihenfolge dessen, was jetzt geschehen würde: absperren, bergen, Fundumfeld untersuchen, Gerichtsmedizin, *bedenklicher Todesfall*, möglicherweise historische Recherchen. Aber Koreny schaute dorthin, wo es höchstens ein bisschen glänzte, aber keine Spur von der klebrigen Nässe gab, die ihn selbst überzog, an allen Stellen, auch den intimsten. Und da behauptete der, er würde ihn verstehen.

Koreny nickte schwach. Er wollte nicht noch einmal gefragt werden, ob es ihm auch gut gehe oder ob … Oder ob! Ihm war heiß, und er hatte sich seinen Sonntag wahrlich anders vorgestellt.

Doch ja, er hatte alles verstanden, auch wenn er nicht wusste, ob er es nachher richtig wiedergeben würde, wenn er zu den Leuten sprach. Aber sprechen würde er müssen, sie standen da alle beieinander, sie waren heraufgefahren oder -gewandert, sie waren verständlicherweise beunruhigt, ein Toter hier oben, mitten auf der Wiese, jetzt parkten sie den Waldrand zu, dass sie nichts anderes zu tun hatten, aber gut, am Sonntagnachmittag hatten sie natürlich Zeit. Sogar der Faludi-Bauer war da, der traute sich was. Wenn er richtig verstanden hatte, verdankte man ihm diesen Fund hier. Dem jungen Graun soll etwas versprochen worden sein, wenn er nachschaute, ob ein Bach unterirdisch vorbeilief, so wie es die vom Faludi beauftragten Experten berechnet hatten. Wer das eigentlich zahlte? Arbeiteten diese Experten umsonst? Strategisch denken, würde der Balf sagen, wer hat etwas davon, wenn der Vertrag mit dem Wasserverband kippt? Aber darum ging es jetzt nicht. Trotzdem musste man es im Auge behalten, für später.

Ja, er hatte verstanden, und jetzt würde er es seinen Leuten erklären. Sie zum Verlassen der Fundstelle bewegen. Die Ermittlungen nicht weiter behindern. Die Ergebnisse würden rechtzeitig, sobald sie eben vorlägen ... Verstanden. Natürlich. Keine weiteren Fragen mehr, nein. Vielen Dank, Herr Staatsanwalt, und danke auch, dass Sie sich am Sonntag die Zeit genommen haben.

Nichts zu danken, sagte der schlanke, trockene Herr, und der gekerbte Steg kräuselte sich, spöttisch oder vielleicht nur freundlich: Dienst ist Dienst.

Und Schnaps ist Schnaps, murmelte Koreny, ließ sich vom Gerald wieder hinaufziehen auf die Straße und zwängte sich an dem orangenen Auto vorbei, mit dem er heraufgekommen war. Er würde seinen Bürgern erst Bescheid sagen, zu Fuß. Danach konnte man weitersehen, wie man den Honda aus dieser Autokolonne wieder herausbekam.

Lowetz saß im Auto seiner Mutter und rauchte. Er versuchte die unbeteiligte Außenperspektive einzunehmen – ist ja sonst nichts los in Dunkelblum, da setzt sich logisch der halbe Ort in Bewegung, wenn ein paar Knochen gefunden werden –, aber es gelang ihm nicht recht. Dass auch Flocke, ohne zu zögern, mittat, hatte ihn erst befremdet, so als ob sie von ihm verlangt hätte, gemeinsam bei den Nachbarn unter die Bettdecken zu schauen. Aber so war es nicht, es war etwas anders, auch wenn er es nicht genau begriff. Seit er da in der Gruppe gestanden war, bedrängt von Joschi und der leiernden Frau, vom Gerede der Übrigen ... Da musste man schon irgendwie – dagegenhalten. Am schwersten fiel ihm, sich seine Mutter dazuzudenken. Dass sie mit diesem Mädchen beim Kaffee geplaudert, mit ihr den Zucker oben auf die Kredenz geräumt, mit dem fistelnden Reisebüromenschen Geschichtsforschung betrieben haben sollte? So eine Mutter hatte er nicht in Erinnerung.

Die Mutter in seiner Erinnerung stand am Rand, genau wie er. Sie machte sich nicht gemein mit diesen Bauern. Die sahen teilweise aus wie die Alp-Öhis! Seine Mutter war kein Teil dieser Gemeinschaft, sie war die Frau eines schweigsamen Mannes, sie kam von drüben, sie hatten andere Möbel und andere Ansichten gehabt. Sie hatte, anders als hier üblich, ein weites Herz, für Fritz und den Onkel Grün und auch für ihre Freundin Agnes, die Mutter vom Fritz, die alle paar Jahre zu schreien anfing und für eine Weile in die Klinik kam. Die Familie Lowetz wohnte nur zufällig hier, so hatte er das gesehen, sie hätten genauso gut in Löwingen oder in Mandl oder in der Hauptstadt wohnen können. Hätten sie? Nein, die Großstadt ist nichts für mich, hörte er die Mutter sagen. Und da fiel ihm auf, dass vielleicht nur Dunkelblum nah genug lag, rein geographisch wie eine ausgestreckte Hand Richtung Drüben, woher sie kam und worüber er kaum etwas wusste. Kirschenstein oder Löwingen waren schon mittendrin, da gab es keinen Zweifel mehr, zu welchem Land man dort gehörte. Aber Dunkelblum? Früher, vor dem Ersten Weltkrieg und in den Jahrhunderten davor, war zwar alles eins gewesen, aber strenggenommen hatte es zu Drüben gehört. Danach hatte man nie mehr darüber gesprochen. Abgesehen von Flocke. Die stach gern mitten hinein. So, wie sie ihn gleich nach seiner Freundin, nach seiner Wohnung, nach seiner beruflichen und allgemeinen Zufriedenheit gefragt hatte. Flocke plante eine Ausstellung über die Grenze, das hatte sie ihm am Vormittag erzählt. Sie träumte von alten Familienfotos und den Stammbäumen der letzten hundert Jahre, Ansichten von Ortskernen und Trachten, Listen der Auftrittsorte von Musikkapellen, woran man die engen Verflechtungen sah. Männergesangsverein Cäcilia, Kapelle Pinzker, Judenkapelle Stern, alles längst vergessen. Und deshalb unterstützte sie Rehberg: Wenn der den Grafen ihre Schätze entlockte, wäre für ihr biographisches Projekt auch noch Platz. Und dann könnten die Bauern sogar ihre historische Traubenpresse aufstellen!

Man ist halt von hier, da kann man nichts machen, außer es besser machen. Das hatte sie am Vormittag gesagt, als sie miteinander Spiegeleier und geröstetes Brot aßen. Du bist also so eine Engagierte, hatte er geantwortet, ja, das ist wohl grad modern. Sie hatte nur gelacht, ihn freundlich ausgelacht, mit einer wegwerfenden Bewegung, der aber keine Entgegnung folgte.

Draußen erschien der rothaarige Bürgermeister, der Lowetz, auch wegen seiner putzigen bittenden Handhaltung, an ein Murmeltier erinnerte, und gab irgendwelche Erklärungen ab. Das wollte er doch hören. Also stieg er aus und gesellte sich wieder dazu.

… sieht derzeit nach einem Einzelfund aus, aber die Stelle wird natürlich noch im weiteren Umkreis untersucht werden, sagte Koreny gerade. Der Tote …

Die Tote, rief jemand schrill.

Koreny begann den Satz neu, ohne jede Regung: Der oder die Tote wird geborgen und in die Kirschensteiner Gerichtsmedizin gebracht. Dort wird eine Identifizierung versucht werden, wobei man beim derzeit wahrscheinlichen Alter von mehreren Jahrzehnten …

Des is doch der Neulag, sagte Joschi laut. Koreny brach ab. Joschi schaute den Bürgermeister herausfordernd an, die Zigarette hing ihm im Mundwinkel. Koreny sagte: Über die Identität dieser menschlichen Überreste, die heute hier auf der Rotensteinwiese und damit auf dem Gemeindegebiet von Dunkelblum gefunden worden sind, kann derzeit laut Auskunft der Staatsanwaltschaft noch keine Aussage getroffen werden. Wir werden abwarten müssen, welche Ergebnisse ...

Werdts es scho sehen, rief Joschi, jetzt habts den Neulag ausg'raben. Denkts an mi! Er drehte sich um und ging zu seinem Auto.

Er schlug die Tür zu, manövrierte den Wagen umständlich zwischen den Leuten hindurch und fuhr ab.

Mehr ist derzeit nicht zu sagen, sagte der Bürgermeister Koreny, am besten gehts ihr alle nach Hause, das wird hier noch Tage dauern.

Später erinnerte sich Lowetz daran, dass es ein paar Sekunden gedauert hatte, bis alle, die da versammelt waren, den Ursprung des folgenden Aufruhrs entdeckten. Hilflos drehten sie die Köpfe, auf der Suche nach der Richtung, aus der das Geschrei kam. Kleinkinder müssen das erst mühsam lernen, aber auch später, vor allem im Freien, ist es für Menschen keineswegs leicht, ein Geräusch zu lokalisieren. Und so wenden sie sich suchend hin und her wie der Käfer, der das Ende des Grashalms erreicht hat. Fast komisch sind der Anblick und die Zeit, die es dafür braucht; bestechend der Gedanke, dass sich die meisten Tiere diese Unfähigkeit nicht leisten können. In diesem Fall war es eine den Dunkelblumern vertraute, wenngleich eher unangenehme Gestalt, die einen zerrauften Fremden von weiter oben kommend in Richtung Tal prügelte.

Nur im übertragenen Sinn ist es gelegentlich anders, dachte Lowetz. Manchmal ergeben einander widersprechende Eindrücke keinen Sinn, sosehr man den Kopf auflockernd schüttelt. Wie meinst du das, hätte Simone gefragt, was ist eine Sinneswahrnehmung im übertragenen Sinn? Hatte er Simone geliebt oder sie eher gefürchtet, in den strengen Blusen und mit dem körnigen Make-up, schon damals, als sie erst Mitte zwanzig war? Zum Glück konnte sie ihn nicht sehen, in dem Bauerntheater, in das er geraten war. Oder vielleicht war das Bauerntheater, zu dem er sich von dem Mädchen Flocke mitnehmen hatte lassen, ein weiterer Beweis dafür, dass die Trennung von Simone nicht falsch gewesen war.

Heuraffl jedenfalls rief nicht nach der Gendarmerie, als er den Fremden den Hang heruntertrieb, sondern drohte nur lautstark damit. Hauptsächlich schimpfte er vor sich hin, grob und primitiv, auf die Zeiten, die Politik und darauf, dass man alles selber machen müsse, weil einem keiner helfe, weil einem ja alles überlassen bleibe, Aufgaben, die eigentlich der Staat, und die Polizei, alles g'schissene Großkopferte, die net mehr wissen, wos selber daham sand … geh weiter, du Drecksau, dalli, dalli. Dabei schien ihm völlig zu entgehen, wie der Mann reagierte, den er da sozusagen festgenommen hatte. Und so sahen Lowetz und alle anderen dabei zu, wie ein Mann den Hang herunterstolperte, der ein ums andere Mal versuchte, die Hände zu heben, sie aber immer wieder senken musste, um nicht das Gleichgewicht zu verlieren oder um sich mit ihnen abzustützen, wenn er zwischendurch zu Boden fiel, weil er von hinten getreten und gestoßen wurde.

Ein fremder bärtiger Mann, der ständig versuchte, sich umzudrehen, um seinem Peiniger mit Gesten zu beteuern, dass er ohnehin mitkomme und nicht zu flüchten versuche. Aber der Heuraffl stieß und trat wie entfesselt, und wenn sein Opfer strauchelte, krallte er sich von oben in dessen Hemd, zog ihn wieder hoch und stieß ihn weiter. Vielleicht war sich Heuraffl, anders als sein selbstvergessenes Dreinschlagen vermuten ließ, des Publikums sehr wohl bewusst, und er legte noch einen Gang zu, weil jemand, der besonders schubste und brüllte, damit auch sehen ließ, was für einen spektakulären Fang er gemacht hatte. Oder weil er besondere Angst vor dem anderen vorschützen und damit gleichzeitig sein Verhalten rechtfertigen wollte?

Aus der Gruppe der Zuschauer löste sich der Heuraffl-Zwillingsbruder und stürmte seinem Bruder entgegen. Gleichzeitig begann der Bürgermeister nach den beiden Gendarmen zu rufen, Leonhard, Gerald, los, los, was is denn? Bisher hatten sich die beiden wie Schlafwandler nur aufgerichtet und ein paar Schritte von der gesicherten Fundstelle entfernt, ungewiss, was zu tun sei. Aber sobald der eine Heuraffl den anderen erreicht hatte, kippte das Bild in die Eindeutigkeit. Zwei Heuraffls vermöbelten einen Dritten, ohne Sinn und Verstand, und vor allem ohne ersichtlichen Grund. Die Gendarmen gingen also widerwillig dazwischen, übernahmen den Fremden, hielten ihn links und rechts an den Oberarmen fest, was sie vielleicht besser mit dem ersten Heuraffl getan hätten. Aber man kennt sich halt, nicht wahr? Und den Fremden kennt man nicht.

Heuraffl hatte den Mann in seiner Jagdhütte überrascht. Dort lebte er offenbar seit einigen Tagen, hatte sich an den Keks-, Konserven-, Schnaps- und Wasservorräten bedient, obwohl es ihm, so brav, wie er wirkte, nicht vorrangig um den Schnaps gegangen zu sein schien.

Verstehen Sie Deutsch, fragte Koreny. Nu, sagte der Mann und lächelte ängstlich. Die Dunkelblumer warfen einander Blicke zu. Aber sie bemerkten, dass es durchaus eine Art von Deutsch war, wenn auch mit einem sehr merkwürdigen Akzent, als würden ihm die Vokale an der weit hinten gelegenen Stelle zwischen Rachen und Nase verloren gehen. Er zog sie dahinten irgendwie hoch, die Laute, aus dem Hals weiter nach oben, sie kamen gar nicht richtig zum Vorschein, obwohl man nicht das Gefühl hatte, er würde sie verschlucken.

Überraschenderweise lehnte er es heftig ab, in die Hauptstadt gebracht zu werden, wo, wie ihm Koreny versicherte, Busse und Züge in Richtung Westdeutschland abgingen, kein Problem, schon morgen oder übermorgen können Sie bequem in Nürnberg oder Gießen sein. Vielmehr bat er in seiner komischen Sprache flehentlich darum, zu bleiben, denn er hatte bei der Flucht über die Grenze Frau und Tochter verloren. Die müssten da noch im Wald sein, möglicherweise seien sie umgekehrt und kämen, sobald sich eine nächste Gelegenheit ergäbe. Aber sie würden bestimmt versuchen, da herüberzukommen, wo sie einander verloren hatten, so wie sie umgekehrt von ihm erwarteten, dass er in der Nähe bleibe. So macht man das, wenn man einander verliert, sagte er unglücklich. Ich kann arbeiten, sagte er und streckte Koreny seine Hände hin, ich zahle später auch alles zurück, nur lassen Sie mich bitte bleiben.

Raubersg'schicht, murrte der Heuraffl, der ihn gefunden hatte.

Der bärtige Fremde sah sich Hilfe suchend um.

Da kommen bald sicher noch mehr von der Sorte, sagte

Joschi und blickte misstrauisch in Richtung Wald. Der Fremde beteuerte, dass er sofort verschwinden würde, sobald er Nachricht von seiner Familie hätte. Er bat den Heuraffl, sich das vorzustellen, Frau und Tochter, Silke sei erst sechzehn, aber der schüttelte nur feindselig den Kopf.

Lowetz war weiter hinten gestanden, er hatte den Hals gereckt und versucht, alles zu verstehen. Von irgendwoher trat Flockes Vater nach vorn, legte dem Fremden die Hand auf die Schulter und verdrängte damit einen Gendarmen, der bereitwillig losließ. Also, sagte Toni Malnitz, da hier ja offensichtlich kein gravierendes Verbrechen vorliegt …

Und meine Hütte, fragte Heuraffl, und meine Vorräte?

Malnitz grinste und griff sich langsam mit der Hand an die hintere Hosentasche, wo die meisten Männer ihre Brieftasche trugen.

Echt jetzt, fragte Flocke laut, die mit einem Mal neben ihrem Vater stand.

Die beiden Malnitz lieferten sich mit den Heuraffls ein Blickduell.

Gehts doch scheißen, olle miteinand, sagte schließlich der erste Heuraffl und wandte sich ab.

Vor Lowetz tat sich eine Lücke auf; die, die aufseiten der Heuraffls waren oder deren Bedarf an Sonntagsbelustigung gedeckt war, räumten das Feld. Und so trat er nach vorn, auf Flocke, ihren Vater und den unbeholfenen Flüchtling zu. Der murmeltierartige Bürgermeister hatte ein rotes Gesicht und schwitzte. Was denn jetzt noch, fragte er Lowetz, die bittenden Händchen vor dem Bauch, und schien um seine Fassung zu ringen.

Ich wollt nur sagen, ich hab ein Zimmer frei, sagte Lowetz.

16.

Zu Hause wusste Lowetz nicht gleich, was er tun sollte. Der bärtige Flüchtling, der Reinhold hieß, war erst einmal von Flockes Vater mitgenommen worden, zum Telefonieren. Als Flocke Lowetz vor seinem Haus aussteigen ließ, hatte sie *Bis später* gesagt.

Zuerst hatte er sein altes Zimmer kontrolliert, es ordentlich gefunden, er hatte das Bett frisch bezogen und die Tür so resolut geschlossen, als sei der Gast schon müde und drin. Ihm fiel ein alter Teppich ein, den er vormittags auf dem Dachboden bemerkt hatte. Er holte ihn und breitete ihn draußen vor dem Schuppen aus, im Hof, wie seine Eltern diesen von bewachsenen Mauern umgebenen Ort genannt hatten. Man könnte einen Garten daraus machen, dachte er, und dass sich in solchen Begrifflichkeiten wohl auch die Distanz zwischen der Großstadt und Dunkelblum bemaß. Die Dunkelblumer, jedenfalls die im alten Zentrum wohnenden, hatten für Ziergärten keinen Bedarf. Für sie war alles ein Hof, ein Gemüsebeet oder ein Weingarten. Letztere lagen außerhalb. Reine Gärten waren etwas für G'spritzte.

Lowetz brachte Pölster vom Vater-Tagesbett, ein Tablett mit Gläsern und einem Aschenbecher. Die festeren Halme der wuchernden Wiese ergaben sich der Überwältigung nur langsam. Erst schwebte er zwei, drei Handbreit über dem Grund, wellig, wie auf einem fliegenden Teppich kurz vor der Landung. Wie ein Hund oder Rind wälzte er sich ein paarmal hin und her. Und so lag er mitten im grünen Terrarium, in einem wild getüpfelten, sanft blinkenden Mosaik aus Licht und Schatten. Niemand außer Fritz und Flocke würde ihn finden. Er hätte nicht hinausgehen sollen aus seinem Versteck, schon gar nicht hinauf auf die Rotensteinwiese. In der Erde wühlen, in Gruben stierln! Das tut nicht gut. *Man will halt nirgends hineinkommen, bei allem, was man erlebt hat an der Grenze.* Wer hatte das gesagt? Wieder so ein Satz von früher. Aber etwas war dort oben geschehen; in seinem Kopf geisterte eine Erinnerung herum, die er nicht zu fassen bekam. Rotensteinwiese. Wahrscheinlich vom Kriegsende. Hatte sein Vater das erzählt? Andererseits war hier überall etwas gewesen, am Kriegsende und davor und danach und auch schon vor hundert Jahren. Und in hundert Jahren wird hier auch etwas sein, dachte Lowetz und drehte sich wohlig auf die Seite, mit dem Gesicht in einen heißen Sonnenfleck hinein, wenn sie sich erzählen, wie man an einem sonnigen Sonntag im August den ersten Australopithecus Europas ausgegraben hat, der alle früheren wissenschaftlichen Annahmen über den Haufen geworfen hat, oder irgendeine bisher unbekannte Unterart des Homo sapiens. Vielleicht: den Homo dunkelblumiensis, wie Forschungen seither ergeben haben, ein erstaunliches Lebewesen, sozial, musisch begabt, konnte auf den Händen laufen und mit seinem blondgelockten Schwanz wedeln, lebte vegetarisch in friedlichen matriarchalen Horden. Bis dahin gänzlich unbekannt und zweifellos einzigartig in der Geschichte der Menschheit. Wegen seiner ungeeigneten Merkmale beim ersten Hauch einer Eiszeit oder beim ersten Ansturm der keulenschwingenden Normalo-Brutalos ausgestorben. Seither ist auch hier der Robustus dominant. Nur manchmal, ganz selten, durch unwahrscheinliche genetische Zufälle, mendelt sich so ein zarter, zauberhafter Dunkelblumiensis hindurch, ferner Abkömmling der singenden und auf den Händen tanzenden Schönheiten von damals. Flocke? Äußerlich ja, feenhaft, wie sie war, aber seelisch wahrscheinlich zu durchschlagskräftig. Reinhold könnte einer sein, wie der sich die Augen gewischt hatte beim Einsteigen in den dicken BMW von Toni Malnitz. Allerdings würden sich nach einer Heuraffl-Behandlung wohl die meisten die Augen wischen. Weil Reinhold von weither aus Sachsen kam, schied er auch geographisch aus. Die Heuraffl-Zwillinge dagegen unzweifelhaft: Robustus robustus, mit einem kräftigen Schuss Neandertaler. Lowetz lachte und öffnete die Augen. Flocke kniete vor ihm, mit dem Gesichtsausdruck eines Menschen, der sich hochkonzentriert anschleicht, um ... was zu tun?

Hast du mich erschreckt, log Lowetz.

Du lachst über mich, sagte Flocke.

Ein bisschen, log Lowetz.

Flocke legte ihm ein Buch auf die Brust: Schau, von deiner Mutter.

Stimmt, sagte Lowetz und hob es sich vors Gesicht, das kenn ich.

Die Dunkelblumer Heimatsagen, der Einband mehrfach geklebt. Den handschriftlichen Eintrag auf der ersten Seite kannte er, ohne es aufzuschlagen: Eszter Lowetz, sötét virág, 1944.

Das hat sie mir als Kind vorgelesen, sagte Lowetz.

Mir auch, sagte Flocke.

Wie, dir auch, fragte Lowetz.

Du kannst dich wirklich nicht an mich erinnern, fragte Flocke, wie oft ich früher hier war, bei deiner Mutter, weil meine eigene nie Zeit gehabt hat? Sehr charmant ist das nicht.

Ein dünnes Mädchen, das bei der Mutter in der Küche saß und den Blick senkte, wenn er sich einmal zu Hause sehen ließ. Hätte jemand anderer ihn danach gefragt, er hätte gemutmaßt, es seien mehrere Mädchen gewesen, über die Jahre, möglicherweise saßen alle netten kleinen Mädchen von Dunkelblum irgendwann bei seiner Mutter in der Küche und halfen beim Kochen und Backen. Zumindest die meisten. Zum Dank bekamen sie vorgelesen.

Hundehandschuhe, sagte sie sinnend, Handschuhe aus Hundeleder. Einmal im Jahr, das war der Vertrag.

Auch wenn der Wasenmeister manchmal nicht genug Leder gehabt hat, setzte er fort, er musste dennoch Handschuhe liefern.

Nicht genug feines Leder, korrigierte sie.

Der Graf und der Wasenmeister, das war mein Lieblingsmärchen, sagte er, am Ende hat der Wasenmeister den Grafen hingerichtet und nicht den Durchreisenden, der zum Tod verurteilt war.

Das wird so nicht gesagt, widersprach sie, ich glaube, der Graf wurde vom Teufel geholt.

Weil er dem Verurteilten das Abendessen nicht bringen hat lassen, sagte Lowetz und nickte. Dabei habe ich nie verstanden, warum der Wasenmeister ihm nicht einfach selbst das Essen gebracht hat.

Weil so die Regeln sind, erklärte Flocke. Der Graf spricht das Recht, er hat die Macht über Leben und Tod, aber wie jeder Richter muss er dabei gütig und distanziert sein. Indem er die Henkersmahlzeit gewährt, indem er alle gleich behandelt, zeigt er, dass es nicht um persönliche Rache geht, sondern er nur eine Rolle übernimmt. Wahrscheinlich an Gottes statt. Deshalb muss jeder Verurteilte die letzte Mahlzeit bekommen.

Ich hab geglaubt, er hat's einfach nur vergessen, sagte Lowetz.

Er hat es vergessen, weil er eitel war, sagte sie, genau darum geht's. Seine eigene Bedeutung, seine Pelze und die schönen Möbel im Schloss, wie er seine Töchter am besten verheiratet und vielleicht auch die Handschuhe aus Hundeleder – das alles war ihm wichtiger als das Recht.

Sie schaute auf ihre Finger und sagte: Ich habe niemals Lederhandschuhe besessen.

Wegen dieser Sage, fragte Lowetz. Darauf gab sie keine Antwort.

Sie muss mir sie oft vorgelesen haben, sagte er, jedenfalls hat sie sich mir eingeprägt.

Ich glaube, sie hat damit Deutsch gelernt, sagte Flocke, die neben ihm kniete und in dem Buch blätterte.

Sie konnte es doch schon halbwegs, murmelte Lowetz, früher konnten alle beides. Er fragte sich, ob er Flocke am Handgelenk ziehen durfte, damit sie sich neben ihn in die Sonne legte. Ob der Teppich vielleicht ein winziges bisschen roch, nach Alter und Verwahrlosung, Assoziationen, die er keineswegs wecken wollte. Und ob sie eigentlich rauchte.

Sie schien sich derweil festgelesen zu haben, Lowetz nahm eine abrupte Unerreichbarkeit wahr. Man hörte es sogar am Atem, wenn ein Mensch ganz und gar abgelenkt war. Lowetz schloss wieder die Augen und dachte darüber nach. Etwas stülpte sich über einen solchen Menschen, oder besser, er wird weggezogen, von einem weg. Was konnte es sein?

Sie würde es ihm bestimmt gleich sagen. Ihren dringlichen Unterton kannte er ja schon.

Hat sie sich die Übersetzungen danebengeschrieben, fragte er schließlich: Oder was hast du gefunden?

Sie schlug das Buch zu und schaute ihn an. Erinnerst du dich an das Märchen vom unfruchtbaren Acker?

Ich glaube schon, sagte er, mit der jüngsten Tochter und dem Feld voller Christrosen am Ende? Genau am Weihnachtstag?

Erzähl es mir, forderte sie.

Ach komm schon, wehrte er ab, irgend so etwas Belehrendes wie in der Bibel, mit einem geizigen Bauern und seinem Acker, auf dem einfach nichts wächst, und erst als die jüngste Tochter hinter dem Rücken der Eltern einem armen Hausierer ein Stück Brot … hör mal, kann's sein, dass die Geschichte vom Wasenmeister mit Abstand die anspruchsvollste war? Ich meine: moralisch? Vielleicht haben wir sie uns deshalb so gut gemerkt?

Warum ist auf dem Acker nichts gewachsen, bohrte Flocke, während sie zu seiner Erleichterung nach der Zigarettenschachtel griff, denk nach, weißt du es noch?

Gib mir auch eine, bat er.

Er hatte doch mehrere Äcker, ermunterte sie ihn und verfiel in den nacherzählenden Märchenton, er hatte viele Äcker, der Großbauer, aber auf dem einen wuchs nie etwas Rechtes, obwohl er alles versuchte. In einem Jahr Gerste, im anderen Hanf, im dritten Kartoffeln, aber nichts wollte wachsen, und die Leute sagten …

Und die Leute sagten, dort liegt ein buckliger Hund begraben, ergänzte Lowetz.

Flocke schaute ihn an und nickte langsam.

Er rappelte sich auf und strich ihr über den Oberarm, freundschaftlich, wie er hoffte.

Du hast es also auch nie selbst gelesen, sagte sie.

Keine Ahnung, sagte er, wahrscheinlich nicht. Warum?

Weil hier steht ..., sie nahm das Buch wieder zur Hand, schlug, wie er bemerkte, erst im Inhaltsverzeichnis nach, blätterte herum und streckte ihm das Buch entgegen: Lies selbst.

Lowetz schaute auf die Stelle, die sie ihm bezeichnete. Er las vor: Und die Leute sagten, dort liege ein buckliger Jude begraben.

Verstehe, sagte er, schlug das Buch zu und legte sich wieder auf den Rücken.

Sie legte sich endlich daneben.

Meine Mutter hat uns also aus einem Nazibuch vorgelesen, sagte er schließlich.

So kann man das wahrscheinlich auch nicht sagen, sagte Flocke.

Wie denn, fragte Lowetz.

Flocke rollte sich auf die Seite und stützte sich auf einen Ellbogen. Sie ahmte ironisch den Stil des Buches nach: Und die Leute sagten, man müsse alle Texte aus ihrer Zeit heraus verstehen – vermutlich ist das Buch noch viel älter, von der Jahrhundertwende. Und Eszter hat es beim Vorlesen angepasst.

Sie schwiegen und rauchten.

Als Kind wundert man sich über gar nichts, sagte sie nach einer kleinen Weile, auch nicht darüber, was eigentlich ein buckliger Hund sein soll.

Wahrscheinlich einer, aus dem man besser Handschuhe macht, sagte Lowetz.

Du bist wirklich ein Gemütsmensch, sagte sie. Aber sie lachte.

Sie brach dann bald auf. Etwas war ihr eingefallen, sie erwähnte einen fremdartigen Namen und hatte wieder diesen Konzentrationsknoten im Gesicht, an der Nasenwurzel, etwas oberhalb der Augenbrauen. Lowetz nahm an, dass sie den Touristen meinte, Dunkelblums einzigen Dauergast, der letztens beim Onkel Grün den Stapel Schlosspostkarten gekauft hatte, ohne auch nur eine überzulassen. Aber verschicken wollte er vorerst nur vier davon … War der nicht auf der Suche nach irgendwelchen Gräbern gewesen? Vielleicht hing das mit der Rotensteinwiese zusammen? Hatte der junge Graun womöglich gefunden, was jener gesucht hatte? So kam eins zum anderen.

Die Sonne schien, bei Fritz drüben war es still. Manchmal sang er am Sonntagnachmittag laut, hauptsächlich Beatles-Songs, was man an der Melodie zweifelsfrei erkannte. An den Texten hätte man es nicht erkannt, da waren nur die As und die Os ungefähr am richtigen Platz. Er hätte das gern zusammen mit Flocke gehört, den so melodisch grölenden Fritz. Vielleicht hätten sie mitgesummt. Er mochte Flocke. Er mochte sie wirklich, und es gefiel ihm, wie sie bei jedem Abschied *Bis später* sagte. Bisher schon zweimal, an einem Tag. Ihm schien, das bedeutete etwas, es klang verschwörerisch, beziehungsvoll, denn heute würde man sich wohl kaum mehr sehen. Dafür bestimmt gleich morgen.

Mit seiner Mutter teilte er nun, abgesehen vom halben Gencode, auch die Gefühle für Flocke. Vielleicht war ja in der Mutter eine Spur Dunkelblumiensis gesteckt? Ihm war sehr weh, wenn er an sie dachte. So weh, dass er versuchte, gedanklich gewissermaßen nur Seitenblicke zu werfen, wie auf einzelne scharf begrenzte Teile von ihr. Stark geäderte, kräftige Hände. Der lange graue Zopf und dass sie die Haare bis vor wenigen Jahren offen getragen hatte. Es wirkte ein wenig hexenhaft. Hatte er ihr das gesagt? Hatte sie deshalb damit aufgehört?

Er wollte sich nie wundern, das war eines seiner Lebensprinzipien. Sich über etwas zu wundern, bedeutete, nicht genau geschaut, nicht alle Einzelposten auf der Rechnung gehabt zu haben. Sich wundern war eine Stufe unter der Überraschung, und Überraschungen galt es weiträumig zu vermeiden. Außer in der Kindheit sind sie fast nie schön. Die Trennung von Simone hatte er kommen sehen; als sie ausgesprochen wurde, wunderte er sich nicht, obwohl es schmerzte. Und daher war es vermutlich normal, dass ihm seine Mutter fehlte wie noch nie, während er gleichzeitig jedes Gefühl dafür verloren hatte, wer sie gewesen war. Er hatte ostentativ keinen Anteil genommen. Er wusste nicht das Geringste über ihr Leben in den letzten fünfzehn Jahren, was sie dachte, wofür sie sich interessierte, wie sie mit anderen umging. Es war also kein Wunder, dass er sich wunderte. Er hatte etliche Posten sträflich übersehen. An seinem Wundern war er selber schuld.

Unschlüssig trug er das Sagenbuch ins Haus und suchte einen Platz dafür. Das Regal war nicht mehr da, er stand im Wohnzimmer und sah sich um. Einen Moment lang wollte er das schöne alte Buch ins neu geschaffene Gästezimmer bringen, aber dann standen ihm der bucklige Jude und das Feld voller Christrosen wieder vor Augen. Reinhold aus Sachsen hatte ausreichend Bekanntschaft mit dem Dunkelblumer Charme gemacht, das sollte man ihm ersparen. Er legte das Buch auf den Küchentisch. Es fühlte sich nun an wie ein kontaminierter Gegenstand. Man konnte es nicht einmal verschenken, gar jemandem mit Kindern. Da fiel ihm ein, dass er es dem Rehberg ins Reisebüro bringen könnte. Dem Hobbyhistoriker. Welch Idee! Beinahe bedauerte er, dass er es nicht gleich Flocke erzählen konnte. Er sah das alte Buch schon vor sich, auf Filz unter einem schweren Glassturz, in einer Vitrine, wie sie sich ein Dunkelblumer Museum niemals leisten können würde, es sei denn, die Gräfin vermachte ihnen einen Teil ihres Vermögens. Trotzdem eine amüsante Vorstellung. Das alte Buch war nur noch pädagogisch zu benutzen, als warnendes Beispiel, trotz aller klugen Wasenmeister und Grafen, die zur Hölle fuhren. Das Buch ähnelte im Grunde dem, was es zu erzählen behauptete, denn es verbarg, und nur sehr oberflächlich, etwas Schreckliches. *Und die Leute sagten, dort liege ein buckliger Jude begraben.*

17.

Die alte Reschen schloss die Bar um halb elf, nachdem die letzten Trinker abgetorkelt waren. Die wenigen Hotelgäste waren, wie es sich gehörte, in ihren Zimmern – die Schlüssel hingen jedenfalls allesamt nicht am Brett. Die Zenzi war um sieben heimgeschickt worden. Am Sonntag war üblicherweise wenig los, doch hatte das Theater mehr Leute als sonst in die Bar getrieben. Die Reschen selbst war nicht oben gewesen auf der Rotensteinwiese, das brauchte sie nicht. Sie musste nirgends hingehen, um etwas zu erfahren, denn alles, was in Dunkelblum geschah, fand seinen Weg zu ihr. Sie bewahrte es still auf, behielt das meiste im Gedächtnis, auch das sehr lang Zurückliegende.

Aber nur weil ein Schatz in einen Berg hineingeht, heißt das noch lange nicht, dass er auch wieder herauskommt. Die Geschichten des Ortes sedimentierten in der alten Frau Reschen wie in einer unzugänglichen Mine. Was sie aufnahm, blieb drin, es wurde dort handlich und glänzend und von ihr gelegentlich in Ruhe betrachtet. Wenn jemand – wie es manchmal vorkam – eine Frage zu viel stellte, sagte sie mit ihrem unterwürfig-schiefen Gesicht: Ich komm doch aus dem G'schäft nicht heraus, nie, zu keiner Tages- und Nachtzeit.

Das ganze Leben der Reschen hatte aus Arbeit bestanden. Alles andere wäre ihr gar nicht in den Kopf gegangen. Vielleicht erinnerte sie sich deshalb so gut an das Außergewöhnliche, an bestimmte Gesichtsausdrücke und Dialoge, weil der Rest ein Meer aus Eintönigkeit war, kehren, schrubben, bücken, wischen. Zu Hause die vielen Geschwister, in deren ungefährer Mitte sie geboren und aufgewachsen war, die Großen kümmerten sich um die Kleineren, und sobald eines konnte, musste es mit aufs Feld. Mit vierzehn in die Lehre – und das war der Coup ihres Lebens. Ihre Leute daheim wussten nicht einmal, dass sie sich vorstellen gegangen war. Lehrmädchen im Hotel Tüffer, da hatte eine wie sie mehr Glück als Verstand gehabt. Sie war sich sicher gewesen, dass die fesche Veronika die Stelle bekommen würde. Durch sie hatte sie überhaupt erst von dem Vorstellen erfahren. Der junge Herr hatte dazu eingeladen, er war sehr angetan gewesen von der Vroni, die aber nicht allein gehen wollte und deshalb die Resi mitbrachte. Also standen zwei Mädchen mit rotem Kopf vor der Rezeption. Der junge Herr schien überrascht, schließlich wurde die alte Frau Tüffer geholt. Die Angetanheit des Herrn Tüffer half der Vroni nun gar nicht mehr, vielleicht lag es aber auch daran, dass sie damals noch so geziert sprach. Auf dem Hinweg hatte sie es der Resi beigebracht: Sehr wohl, gnädige Frau, zu Diensten, gnädiger Herr.

Aber die alte Frau Tüffer wählte ohne Zögern Resi aus und sagte zu ihrem Sohn: Das ist ein gutes Kind, hörst du, Wilhelm, ein gutes Kind! Wilhelm Tüffer zog den Mund weit herüber auf die eine Seite seines Gesichts, wodurch sich, wie bei einem Kamel, der gegenüberliegende Nasenflügel vertikal schloss, und antwortete: Ganz wie du meinst, Mamá.

Die Vroni wurde nach Hause geschickt, der junge Herr Tüffer tat von da an so, als habe er sie niemals gekannt, und hatte nur noch Augen für die Resi. Von der Frau Tüffer erhielt sie ihre Kittelschürze und die ersten Anweisungen. Sechs Jahre später – da machte sie schon die Rezeption und gelegentlich sogar die Wochenplanung für die Küche – musste sie der Frau Tüffer beim großen Packen helfen. Und da bekam sie plötzlich den ganzen Schlüsselbund ausgehändigt, an dem alle Schlüssel waren, für alles. Die alte Frau Tüffer hatte ihn noch nie aus der Hand gegeben. Pass gut drauf auf, Resi, sagte sie. Ich verlass mich auf dich.

Bald waren die Tüffers weg, die jungen und die alten, mit ihren Kleidern und Hüten und Mänteln und Stiefeln, und wenn die Resi sich nicht damals schon so gut mit dem Josef Graun und seinen Freunden gestellt hätte, wäre wahrscheinlich weiß Gott was passiert. Aber die jungen, aufstrebenden Burschen, der Graun, der Neulag, der Stipsits und der Ferbenz, saßen jeden Abend in der Bar und lachten sie an und sagten *Frau Chefin* zu ihr. Resi behielt die Angestellten, die ehrlich waren, und holte zwei ihrer jüngeren Schwestern in den Betrieb. Rechnen hatte sie immer gut können, das war ein Glück, und so ging es irgendwie weiter, obwohl das Geschäft schon bald ein anderes war. Es kamen andere Gäste, in den ersten Sommern sogar besonders viele, obwohl diese nicht unbedingt angenehmer waren als die, die sie als Lehrmädchen kennengelernt hatte. Es waren jedenfalls so viele, dass sie in den ersten Sommern sogar etwas zur Seite legen konnte, bevor es abrupt abbrach.

Sie stand am Fenster ihrer Schlafkammer und sah ein Stückchen vom Schlossturm mit seinen beiden lächerlichen Fortsätzen, den kleinen Mauern links und rechts. Man hätte diese Flügelchen niemals bauen oder sie gleich wieder abreißen sollen. Wenn man direkt an den Turm herangebaut hätte, ihn eingegliedert in eine Art neue Straßenfront, wäre er nicht so auffällig gewesen. Dann stünde er nicht in der Gegend herum wie ein Denkmal. Aber nach dem Krieg wollten alle, die es sich leisten konnten, freistehende Häuser haben, weil sie es als Luxus ansahen, Abstand zu halten zu ihren Nachbarn. Das hatten sie nie zuvor gehabt, man war sich in den Jahren davor nahegekommen, näher, als manchen lieb war. Und daran erinnerte sich die alte Reschen sehr gut: wie der Horka-Schorsch, der, nachdem er gerade noch ein Obernazi gewesen, zum Vertrauensmann der russischen Offiziere geworden war, im Auftrag der Gräfin große Teile des Baugrunds teuer verkaufte, an solche, die auch noch Geld genug für große, freistehende Geschäftshäuser hatten. Dort verwirklichten sie ihre Wirtschaftswunderträume: Wallnöfer mit seinem Autohaus, Balf mit seinem Realitätenbüro, Berneck mit dem Versicherungsbüro und Stipsits mit der riesigen Drogerie, die er inzwischen verkleinern hatte müssen, zugunsten eines slowenischstämmigen Friseurs.

Das Schloss war schon so lange verschwunden, aber seit es überall diese Postkarten gab, stand es ihr wieder klar vor

Augen. Sie hatte es nicht brennen sehen, sie war mit ihren Geschwistern in den Wäldern gewesen. Die schwarzen Ruinen dagegen, die stehenblieben, bis die Gräfin aus der Ferne die Genehmigung zum Abriss gab, waren ein erschütterndes Gegenbild zu dem Zustand, in dem sie es fast unmittelbar davor gesehen hatte: Das Gebäude wie eine strahlende Braut, die Arme, die Tore weit offen, erleuchtet, geschmückt, Musik und Tanz. Zwar hatten sie geschuftet, unten in der Küche, alle Frauen, die die Resi noch zusammentrommeln konnte, als die Gräfin es befahl, aber bis hinunter zur letzten Geschirrwäscherin waren sie auch erfüllt gewesen von der Pracht dieses Abends, von dem man hätte ahnen können, dass es der letzte sein würde für lange Zeit. Sie hatten es nicht gewusst. Sie hatten nicht nachgedacht, sondern gehofft, auf ein Wunder, auf die Wunderwaffen. Sie hatten auf Gott vertraut, und zumindest Letzteres war ja nicht falsch. Der Kanonendonner der Front war schon zu hören gewesen. Wer weiß, vielleicht war gerade er das Signal dafür, dass der Neulag auf die Idee kam, noch einmal ein Fest auszurichten.

Die alte Reschen legte sich nieder, in ihrem langen Nachthemd aus Zeug. Solche Nachthemden trug man hier seit Generationen, früher waren sie aus Barchent gewesen. Sie hätte nicht gewusst, was sie sonst tragen sollte fürs Bett, auch wenn es in ihrem Kopf Bilder dieser Nachthemden gab, die es besser nicht gegeben hätte. Von der Agnes Kalmar und den Stipsits-Töchtern, deren eine nicht wiedergekommen war. Wie bleiche Gespenster auf die Straße gezerrt, Schmutz, Erde, Wodka, Blut. Nachthemden, die allein im Wald lagen.

Sie hatte da schon den Reschen gehabt, zehn Jahre älter als sie und einen Arm weniger. Deshalb wurde er nicht erschossen oder verhaftet. Der liegt jetzt bei euch, sagte er zu den sowjetischen Offizieren, als man sich besser kannte, den Arm habe ich bei euch gelassen! Und darauf tranken sie.

Der Reschen war über sie gekommen wie später die Russen über die anderen. Halb wahnsinnig war er zuerst gewesen, von der Front und den Schmerzen im fehlenden Arm, aber nachdem er hatte, was er brauchte, wurde es besser. Am Ende war es noch ein Glück, so blieb es für sie bei dem einen, bei ihm. Der Reschen konnte immer alles besorgen, was gebraucht wurde. Er hatte nicht gewartet, bis die Russen kamen und sich das Hotel nahmen, er war zu ihnen gegangen und hatte es ihnen angeboten. Es gab Leute, die sagten, er sei übergelaufen, schon zehn Tage zuvor, als die Russen zum ersten Mal in Dunkelblum standen. Damals habe er schon alles klargemacht: der Krüppel, der Hauptsturmführer war und nun Hotelchef sein wollte, wie zum Ausgleich für den Arm. Aber die Resi, die seine Frau wurde und, von den brutalen ersten Stunden und Tagen abgesehen, später nicht mehr damit gehadert hat, dachte bei sich, dass das ja wohl kein großer Unterschied sei: ob man sich mit den Russen gleich oder erst zehn Tage später einigte, wo die Deutschen ohnehin längst verloren hatten.

Im Schlaf fiel sie, wie öfter in letzter Zeit, tief in ein verzweigtes Höhlensystem hinein. Der Fall dauerte so lang, dass sie währenddessen genügend Zeit hatte, die Angst zu überwinden und sich zu sagen, dass sie vom Aufprall nichts spüren würde. Auf diese Weise wurde der Sturz nach einigen Augenblicken, die auch Minuten hätten sein können, fast schön, ein rasend schnelles freies Fallen, gegen das man sich nicht wehren konnte und das mit einem blitzartigen, schmerzlosen Tod enden würde. Aber wie die Male zuvor landete sie einfach und befand sich in jener finsteren labyrinthischen Höhle. Sie wusste nicht, wo der Ausgang lag. Sie tastete sich voran, öffnete schwere Türen mit Schwanenhalsklinken, wie es sie auch im Schloss gegeben hatte. Irgendwann drehte sie sich um, weil sie hinter sich etwas hörte, und ihr grinste eine Fratze entgegen, viel größer als ein menschliches Gesicht. Das war der Horka, das Gesicht so groß wie ein Ballon. Da schrie sie auf und erwachte.

Sie lag im Bett und lauschte. Sie meinte ihren eigenen Schrei gehört zu haben. Draußen war es still. Die Höhle in ihrem Traum sah ein wenig aus wie die Stallungen unter dem Schloss, da, wo damals die Zwangsarbeiter untergebracht waren. Ihr schien, sie hätte das schon mehrmals geträumt. Aber das Ende stimmte einfach nicht, denn in Wirklichkeit war es nicht der Horka, sondern ihr ehemaliger Verlobter, der Josef Graun, gewesen, der gänzlich unerwartet hinter einer Tür stand und lachte wie der Teufel selbst.

Ein halbes Jahr davor, im letzten Herbst des Krieges, als die Wallarbeiten ihren Höhepunkt erreichten, war der Josef mit einem Mal verschwunden gewesen. Die Wochenendbesuche blieben aus, er kam nicht mehr aus der Steiermark, wo er stationiert war, zu ihr. Nur einmal war er mitten in der Nacht an der Hintertür aufgetaucht, sie hörte noch immer das Klopfen. Er weigerte sich, hereinzukommen, und sprach gleich auf der Türschwelle von Schwierigkeiten, vom Ferbenz, vom Neulag und von einer Anzeige, die er machen hatte müssen.

Denk dran, Resi, sagte er, wenn sie mich erwischen, ich

war es nicht – es waren die anderen! Ich betrüge nicht und wirtschafte nicht in die eigene Tasche. Solche wie die sind schuld, wenn wir den Krieg verlieren. Heil Hitler.

Sie hatte nicht viel verstanden, sie stand in ihrem Nachthemd an der Hintertür, und er drückte ihr zum Schluss die Hand, als wären sie zwei Männer mit einem Vertrag. Sie fürchtete, sie würde ihn nie wiedersehen. Es waren schreckliche Zeiten. Natürlich hätte sie gewartet. Sie hatte den Josef von Herzen gern. Aber ein paar Wochen später, als sie gerade die Haustür zusperren wollte, sprang jemand aus dem Schatten heraus und gegen die Tür, packte sie, riss sie an den Haaren und warf sie auf den Boden. Das war der Reschen. Er kniete sich auf sie drauf, mit beiden Beinen, und schloss noch die Tür von innen ab, obwohl er nur einen Arm hatte. Und danach floh er nicht etwa, sondern legte sich in ihr Bett und blieb einfach.

Den Josef sah sie erst Ende März wieder, bei jenem Fest im Schloss. Nach Mitternacht ging oben etwas vor, die Mädchen, die bedienten, erzählten es ihr. Eine Gruppe verließ den Tanzsaal. Man hörte sie lärmend die große Treppe herunterkommen. Resi schaute aus der Küchentür heraus, mit einer Neugier, die sie ihren Mädchen untersagt hätte. Da flog direkt gegenüber eine Tür auf, dahinter ein Tisch voller Waffen, aufgereiht wie in einer Auslage, und er stand da, der Graun, hob den Kopf, sah sie und begann zu lachen wie der Teufel. Erst viel später machte sie sich klar, warum sie zu zittern begonnen hatte und zurück in die Küche geflüchtet war. Sie musste gedacht haben, dass sie ihn hier, in dem Raum direkt gegenüber der Großküche, erschießen würden. Dass sie deswegen herunterkamen und dass er sich in sein Schicksal gefügt und die Waffen schon in Reih und Glied gelegt hatte. Das war, aus damaliger Sicht, keine abwegige Vorstellung. Und als es so nicht kam, blockierte die Erleichterung darüber erst einmal alles andere.

Es klopfte noch immer, nicht nur in ihrer Erinnerung. Jemand rief gedämpft: Resi, Frau Reschen, bist du noch wach? Sie erschrak und stand auf. Sie öffnete das Fenster. Da unten stand einer.

Was ist denn, fragte sie misstrauisch.

Hier ist der Toni, sagte der Malnitz, ich muss dringend deinen Gast sprechen.

Um die Zeit, fragte die Resi. Es ist nach Mitternacht!

– Es ist wichtig, Resi, mach auf!

Das hat sicher bis morgen Zeit, sagte die Resi und wollte das Fenster schließen, als sie eine Stimme vom Balkon über sich hörte.

Es ist in Ordnung, Frau Reschen, sagte der Gast aus dem Siebenerzimmer, wären Sie so freundlich, mir unten aufzusperren?

Was blieb ihr da anderes übrig.

Aber dann standen sie nur deshalb zu dritt unten in der Dunkelheit, weil dem Malnitz-Toni seine Tochter abging.

Sie wollte heute Abend zu Ihnen, sagte er erregt zu dem Herrn aus dem Siebenerzimmer, was wollte sie denn?

Über den Fund auf der Rotensteinwiese sprechen, sagte der Gast, sie hat mich gefragt, ob ich Informationen hätte, die dazu passen.

Das war alles, fragte der Malnitz-Toni angespannt, nur diese alten Geschichten? Und sie hat nicht gesagt, wo sie hinwollte?

Tut mir leid, nein, sagte der Gast.

Was soll denn schon sein, fragte die alte Reschen unwillig,

was soll einem jungen Mädchen heutzutag schon passieren? Ist sie halt zu Freunden gefahren.

Das hat sie noch nie gemacht, sagte der Malnitz-Toni, das passt überhaupt nicht zu ihr. Grad erst haben sie unseren Stadel angezündet ... Sie hat nicht nur Freunde im Ort, das weißt du doch, Resi.

Weil sie in alten Geschichten stierlt wie ein paar andere auch, sagte die Reschen.

Der Malnitz-Toni, der seinen Autoschlüssel in der Hand geschupft hatte, schnaubte, drehte sich brüsk um und ging. Ihnen dank ich vielmals, lieber Herr, sagte er über die Schulter zurück, ich such derweil weiter.

Die Resi Reschen in ihrem langen Nachthemd schaute den Gast an, der seit vierzehn Tagen in ihrem schönsten Zimmer wohnte, obwohl er nur mit einer kleinen Ledertasche angekommen war, und von dem man sich ja langsam fragen konnte, was er den ganzen Tag trieb. Der hatte nämlich auch damit zu tun, mit irgendwelchen Nachforschungen, mit einem Mal wurde ihr das klar. Dem, was man direkt unter der Nase hat, schenkt man oft die geringste Aufmerksamkeit. Der ging durch den Ort und fragte die Leute aus, der war auch schon mehrmals am dritten Friedhof gewesen und mit der kleinen Malnitz oben auf der Hazug-Spitze.

Frau Reschen, ich möchte Ihnen etwas zeigen, sagte er, wenn Sie mir bitte auf mein Zimmer folgen würden.

Zu Diensten, der Herr, murmelte sie.

Sein Bett war unberührt, darauf stand ein großer geöffneter Karton. Vor ein paar Tagen hatte er ein Paket bekommen, das recht leicht gewesen war, jedenfalls im Verhältnis zu seiner Größe. Rundherum lagen mehrere kleinere Verpackungen, genauso hellbraun, als hätte der große Karton Junge bekommen. Der Gast reichte ihr eine davon. Sie nahm sie widerstrebend in die Hand und dachte, man macht wirklich etwas mit, mit den Gästen. Überraschenderweise war das Kisterl aus Holz, ganz dünn und fein und leicht, mit einem sorgfältig eingepassten Deckel, den man einfach abheben konnte. Sie zog ihn mit dem Fingernagel hoch, es war leer, darin war nichts. Sie schaute in diese helle, nach Holz duftende Leere, vielleicht ein Hauch von Sägestaub. Und plötzlich grauste ihr.

Wenn wir sie gefunden haben, werden sie darin zur letzten Ruhe gebettet, sagte der Gast, und für den salbungsvollen Tonfall hätte ihm eine geschmiert gehört.

Die Reschen gab ihm das Kisterl zurück, das etwa doppelt so groß war wie eine Schuhschachtel. Ich weiß leider gar nicht, worum es geht, sagte sie mit ihrem schiefen, unterwürfigen Gesicht.

Aber dann – später wollte sie beinahe glauben, sie habe auch das geträumt, in ihrem beunruhigenden, wiederkehrenden Höhlentraum – duzte der Gast sie unversehens.

Geh heast, Resi, sagte er, das glaub ich dir nicht, dass du's nicht ganz genau weißt. Und dass du mich gar nicht mehr kennst?

Ich komm doch aus dem G'schäft nicht heraus, nie, zu keiner Tages- und Nachtzeit, gab die alte Frau Reschen zur Antwort und wandte sich ab.

II.

*An das Sterben ist man auch hierorts gewöhnt,
jedenfalls eher als an das Denken.*

Hans Lebert

1.

In dieser Nacht, kurz nach halb zwei, ging ein Gewitter nieder, wie es die Gegend schon lange nicht mehr erlebt hatte. Es riss viele Dunkelblumer aus dem Schlaf, die einander in den folgenden Tagen immer wieder versicherten, sonst gut zu schlafen, so tief wie die Gerechten. Doch diesmal erwachten sie, vom Donner, der alle Instrumente, die Becken, Pauken, Rasseln und Tschinellen, gleichzeitig schlug und über der Stadt tobte, als wollte er Himmel und Erde zerhauen. Selbst die Schwerhörigsten trieb es aus den Betten, diesfalls von Blitzen, die so schnell aufeinanderfolgten, dass die Schwärze dazwischen wie unauffälliges Flackern wirkte, nicht andersherum. Überall standen die Menschen hinter den Fenstern und schauten hinaus, sie konnten einander nicht sehen, aber vielleicht ahnten manche, dass sie nicht eigentlich allein waren, sondern nur zufällig jeder für sich. Zum ersten Mal seit Langem waren so viele Dunkelblumer gleichzeitig untätig und aufmerksam, das Gegenteil ihres üblichen Verhaltens. *Man hat immer so viel zum Tun g'habt, man hat sich gar nicht kümmern können ...* Wenn Gott oder der Teufel die Dächer abgehoben hätten, hätten sie viele Köpfchen kraulen können. Aber das brauchten sie nicht, sie wussten es ja.

Dabei gab es draußen gar nichts zu sehen, nur ein Schauspiel der Natur. Den Vollzug von physikalischen Abläufen, denen niemand Einhalt gebieten konnte. Die Natur warf sich ins Zeug, damit sie überhaupt noch bemerkt wurde. Diese Nacht war ein Beispiel dafür. Die Menschen hatten sich sichere Behausungen gebaut, und dennoch gab es Momente, in denen sie an ihren fleißigen kleinen Werken zweifeln mussten. Vielleicht will das Gewitter etwas klarstellen, dachte der Gast auf Zimmer sieben, der durch die Balkontüren einen guten Ausblick genoss. Er fragte sich, warum er aufgestanden war. Warum es ihm nicht genügt hatte, im Bett liegend hinzunehmen, dass ein Gewitter niederging. Dieses war aber außergewöhnlich; es war so laut, als wollte es unbedingt bei seinem Höllentanz bewundert werden.

So wachten über jedes Gässchen und jeden Hof etliche Augenpaare, gar nicht zu reden vom Hauptplatz, auf dem ja sechs Gassen zusammenliefen, dort aber ehrerbietig abbremsten und vor Pestsäule und Schlossturm ineinanderflossen. Wenn in dieser Stunde – was allerdings schier undenkbar war – jemand durch Dunkelblum gerannt wäre, und selbst wenn er es noch so heimlich getan hätte, im Zickzack und an den Hauswänden entlang – er wäre dennoch gesehen worden. Und zwar von vielen.

In dem Inferno wirkte der von den Blitzen überbelichtete weiße Turm wie ein Ritter, der einzige aufrechte Verteidiger. Nur seine Größe stand in einem akzeptablen Verhältnis zu den Gewalten, die ihn umtosten. Mit den tief angesetzten Stummelflügelchen sah es aus, als ob er um Einhalt bat. Er streckte sich nicht stolz, er schien in die Knie zu gehen, erschreckend einsam in dem Strahlenkranz aus Blitzen. Und wer ihn genau anschaute, der hätte rundherum das Schloss schimmern sehen können, das sich wie ein Phantom in der elektrisch geladenen Luft materialisierte, quer durch die umstehenden hässlichen Nachkriegsbauten hindurch.

In ihrer billigen Frühstückspension dachten die Studenten aus der Stadt an den Friedhofsurwald, daran, dass alles, was sie mühsam an Überwuchs weggeräumt und an die Seite geschichtet hatten, vom Sturm zurück auf die Gräber geblasen würde. Und dass sich die bereits abgeschnittenen Brombeerzweige umso fester verzwicken und verkrallen würden, wie Stacheldraht. Martha, das kraushaarige Pumucklmädchen, das den Arbeitseinsatz mit der Videokamera dokumentierte, drehte das Wurzelmännchen, das Fritz ihr geschnitzt hatte, in den Händen. Es sah aus wie sie, und es sah aus wie die Stimmung in dieser Stadt. Das Wurzelmännchen war ihr Verbündeter, und es fürchtete sich nicht.

Die dumme Zenzi mit ihrem Hang zu Schauermärchen stand nicht am Fenster, sondern lag zitternd im Bett. Sie dachte an das gewaltige Mausoleum der Familie Tüffer und stellte sich vor, dass ein Blitz das steinerne Dach und alles Darunterliegende durchschlug. In ihrer liegenden Position, mit Blick auf die von Blitzen erhellte Bettdecke, spielten weißgekleidete Gestalten, die sich langsam erhoben, die banale, naheliegende Rolle. Und wohin würden sie sich wohl wenden, wenn sie erst ihrem Marmorgefängnis entkommen wären? Dorthin, wo sie vormals zu Hause gewesen waren. Zenzi hatte die Chefin nicht nach dem Grabmal gefragt, nicht danach, warum der Hotelname so prominent auf dem dritten Friedhof vertreten war; ihr Gespür hatte ihr das geraten, und zumindest ihr Gespür funktionierte ganz gut.

Berneck stand in einem verschwitzten Pyjama am Fenster und fluchte über die Arbeit, die ihm diese Nacht aufbürden würde. Sturmschäden, Blitzschäden, vollgelaufene Keller und ausgefallene Ernten, falls es auch noch hageln sollte, Gutachten, Telefonate, Formulare. Ein Vielfronten-

Papierkrieg bis in den Advent. Dabei war erst vor ein paar Tagen dieser uralte Stadel in Ehrenfeld abgebrannt, ohne jede Mithilfe von Blitzen. Wenn der in der heutigen Nacht in Flammen aufgegangen wäre, hätte es keinen gewundert. Aber hier schien sich die typische Zusammenballung von Unwahrscheinlichkeiten zu vollziehen, etwas, was alle Versicherungsmenschen kannten und worüber sie Stillschweigen bewahrten. Ihr Beruf beruhte auf Wahrscheinlichkeiten. Alles war Mathematik, aber gerade die Mathematiker hatten oft einen Hang zu Religion oder Esoterik, und zwar aus guten Gründen. Wenn ein Flugzeug abstürzte, fiel bekanntlich nur kurz darauf das nächste vom Himmel. Das war eigentlich immer so. Genauso mit Erdbeben und anderen Naturkatastrophen. Eins geschah, und kurz darauf das zweite. Anders als bei Bluttaten konnte man nicht mit dem Nachahmungseffekt argumentieren. Das gibt's doch gar nicht, sagten die Leute bestürzt, und die Versicherer versicherten, dass das nur ein Zufall sei, denn insgesamt geschehe ungefähr gleich viel Gutes und Schlechtes. Dazu lachten sie gekünstelt. Sie lernten das in der Ausbildung. Aber sie wussten es besser. Es gab Zusammenballungen und lange Friedenszeiten. Sobald einem aber auffiel, dass schon lange Zeit nichts mehr passiert war, und man sich innerlich für ein Ereignis wappnete, war sehr wahrscheinlich, dass weiterhin nichts passierte. Es täuschte einen, es hielt einen am Schmäh. Wer? Wer ist *es?* Ja, das hätte Berneck auch gern gewusst, aber er hatte es weder mit Gott noch mit dem Schicksal. Es ist eben so, hätte er gebrummt, wenn er je mit jemandem darüber gesprochen hätte. Und nun also dieser Stadel. Ein Grundstück aus der Familie der Frau Leonore, die Lage so schön wie die Frau, erhöht und mit Rundblick, aber natürlich viel zu nah, nämlich direkt an der Grenze. *Dort wirst als Erstes erschossen, wenn's wieder losgeht* – das waren so Sätze, die normal waren in der Gegend. Also hat auch sie nie etwas mit dem Grundstück gemacht, obwohl sie so geschäftstüchtig ist. Einfach stehen hat's ihn lassen, den antiken Stadel, hellgrau soll er gewesen sein vor Trockenheit, wie ein alter Elefant. Anders als die Besitzerin, die ließ sich mit dem Altern und dem Vertrocknen noch Zeit. Berneck schnalzte. Die Alte hinter ihm rief, komm z'ruck ins Bett. Er stellte sich taub. Man hätte den Stadelbrand als Zeichen erkennen können, denn davor war schon lange nichts Wesentliches mehr passiert. Aber so lief das eben nicht. Die Vorzeichen waren meistens harmlos, sie zeigten sich erst im Nachhinein. Was sollte das schon für ein Schaden sein? Ein ungenutzter Stadel, ein unkrautüberwachsenes Brachgrundstück. Aber die komplett narrischen Malnitz hatten Brandstiftung angezeigt, bei einem dreißig Jahre alten Holzschuppen! Da greift man sich an den Kopf. Gut, was will man von Leuten, die sich die Badewanne mitten ins Zimmer stellen. Zugegeben: Dass die Freiwillige Feuerwehr in derselben Nacht ein Fest gefeiert hat, drei Kilometer weiter, war ein blöder Zufall. Ihm konnte das übrigens egal sein, denn solange ermittelt wurde, war die Versicherung raus. Aber der verfluchte Stadel war das Vorzeichen dieser Gewitternacht gewesen, die ihn Arbeit kosten würde ohne Ende.

Nach mehreren Stunden stupider Selbstbeschäftigung setzte sich Leonore Malnitz in den Kopf, Tonis Lederfauteuil aus dem Wohnzimmer in ihr Schlafzimmer zu hieven, ein Stockwerk höher und zweimal einen langen Gang entlang. Davor hatte sie mehrere Steigen Obst eingekocht und danach die Küche bis in den letzten Winkel geputzt, Backrohr, Eiskasten und Besteckschubladen inklusive. Überall standen kopfüber die Marmeladegläser zum Auskühlen, aber nun war wirklich nichts mehr zu tun. Sie hätte ins Bett gehen müssen, obwohl niemand da war, der es ihr anschaffte. Die letzten Anrufe der großen Töchter hatte sie mit Hinweis auf die Überwachung der Marmeladetöpfe knapp abgefertigt. Es war nicht einmal schwierig gewesen, die Ruhige und Vernünftige zu spielen *(wir warten jetzt erst einmal ab)*, weil sie vor den Kindern niemals Angst gezeigt hätte. Das hielt sie für Mutterpflicht. Und es gelang noch immer, auch wenn die Kinder längst eigene Kinder hatten. Sie hoffte, dass sie es ebenso machten.

Toni war im Auto unterwegs, das waren seine Marmeladegläser. Sie wusste nicht, wo er war und wann er zurückkommen würde; wie sie ihn kannte, wahrscheinlich erst, wenn es wieder hell würde. Dann könnten auch andere sie finden, in der Dunkelheit aber, so bildete er sich ein, konnte das nur er. Zwischendurch rief er bei Leonore an und sie führten mehrmals das Vierwortgespräch: Was Neues? Nein. Okay. Auflegen. Es sollte ja die Leitung frei bleiben, für alle Fälle.

Den Fauteuil aus dem Wohnzimmer heraus und bis zur Stiege zu bringen, war kein Problem. Sie wusste, dass Frauen ihren Mangel an Kraft durch Nachdenken um einiges ausgleichen konnten. Deshalb schob sie einen kleinen Läufer unter seine dicken Holzbeinchen und schleifte das schwere Trumm bis zum Stiegenabsatz. Es gab wohl nur eine einzige Möglichkeit, ihn allein hinaufzuschaffen: indem sie ein Seil darumband und ihn Stufe für Stufe hochzog. Sie wusste, was das bedeutete: Für geraume Zeit wäre sie in fragiler Lage an das Möbelstück gefesselt. Sie könnte nicht mehr zum Telefon, falls es läutete, und wenn sie die Kräfte verließen, müsste sie entweder hilflos warten oder das Ding zurückpoltern lassen, mit ruinösen Folgen für Wände und Boden. Doch darum ging es ja: etwas zu tun, das eigentlich zu schwer war, das eine Weile dauern würde und ihre ganze Konzentration verlangte.

Sie fand in Tonis Garage mehrere Spanngurte und nahm sie alle mit ins Haus. Sie entschied, zwei große Schlingen um das Möbelstück zu binden und diese zu überkreuzen, sodass sie in die Enden wie in die Schlaufen eines Rucksacks hineinschlüpfen könnte. So würde auch das notwendige Hochkippen auf die jeweils nächste Stufe leichter gehen; sie beglückwünschte sich zu dieser Idee. Wenn sie es nicht auf einmal schaffen würde, könnte sie einen Gurt öffnen und die Last vorübergehend ans Geländer binden, ein beruhigender Ausweg.

Es wurde viel weniger schlimm als gedacht. Sie war zwar verschwitzt und zerrauft, aber auch stolz auf sich. In weniger als einer Viertelstunde hatte sie das Lederungetüm oben. Wieder zerrte sie es den Gang entlang, bis in ihr Schlafzimmer hinein. Das Bett würdigte sie keines Blickes, denn was man nicht anschaut, ist gar nicht da. Sie zog den Fauteuil ganz nah ans Fenster, da zackten draußen die ersten Blitze über den Himmel. Im ersten Moment erschreckte es sie tief, zwei ihrer Liebsten da draußen, aber schon im nächsten nahm sie es hin, als hätte sie es längst geahnt, als wär an diesem Abend nur mit dem Schlimmsten zu rechnen gewesen. Eine Decke über sich gebreitet saß sie im schweren, weichen Ledersessel, der früher ihrem Vater gehört hatte. Die Donnerschläge gingen über Dunkelblum nieder wie Bomben, Leonore zog die Beine unter sich. Es begann zu schütten, die Regenrinnen liefen innerhalb von Sekunden über. Sie hatte freien Blick auf eine Ecke des Dachs, wo das Wasser in Wellen über die Ränder geschwappt kam und in die Nacht hinunterstürzte. Sie starrte auf das Wasser, das dort oben einfach herausschoss, so, als würde man eine volle Vase unter einen offenen Hahn stellen. Sie fragte sich, ob dabei nur das Oberste gleich wieder herausgespült wurde oder ob das nachfließende Wasser das Unterste nach oben drückte, sodass jedes Wassermolekül einmal überall war, oben und unten. Ob das jemand wusste oder messen konnte. Ob vielleicht sie selbst es wissen oder sich ableiten können müsste, schließlich war die naturwissenschaftliche Bildung im Kirschensteiner Gymnasium nicht schlecht gewesen. Aber sie wusste es nicht. Sie schaute nur, während ihr die Füße einschliefen. Das Wasser quoll über die Ränder der Regenrinnen, es blieb einfach nicht in seiner zugewiesenen Bahn. Gelegentlich wehte der Sturm es wie ein nasses Tuch gegen die Fensterscheibe, aber Leonore zuckte nicht mehr zusammen. Das schwarze Wasser hätte auch Lava sein können oder Schlamm oder Öl, es war nicht aufzuhalten, sie konnte den Blick nicht davon abwenden. Was haben wir getan, dachte sie in monotoner Schleife und die einzelnen Buchstaben zogen gemächlich vor ihrem inneren Auge vorbei, grell und flackernd, wie auf einem Förderband: Was haben wir nur getan? Es fehlte nur noch, dass sich die Erde öffnete wie am Tag des Jüngsten Gerichts.

2.

Auch Doktor Sterkowitz stand am Fenster, wie so viele andere. Aber anders als die meisten anderen nahm er das Bedrohliche an diesem Gewitter kaum wahr, weder den Lärm noch die Blitze, die herunterfuhren wie Messer. Ihn beschäftigten vor allem die schwarzen Wassermassen, die als harte Segel gegen die Häuser und Bäume schlugen, unaufhörlich knatternd, und die nicht einfach zusammensanken und weggetrieben wurden wie … nasse Kleider oder verklumpte Bündel, flussabwärts in die Dunkelheit und weg.

Er war spät nach Hause gekommen. Seine Frau hatte die Abdeckhauben von den Tellern genommen, auf denen sein kaltes Nachtmahl wartete, Brot, Wurst, Liptauer, saure Gurken, alles wie immer. Obwohl schon im Nachthemd, setzte sie sich dazu und fragte nach seinem Tag. Um abzulenken, sprach er länger als nötig über Balf, den armen Kerl, und darüber, wie nahe dem Koreny das Ganze zu gehen schien.

Er glaubt, der Balf redet noch mit ihm, dabei ist der gar nicht mehr bei Bewusstsein, sagte er mit vollem Mund: Er wollt mir allen Ernstes einreden, dass er von ihm Anweisungen bekommt.

Seine Frau schüttelte bekümmert den Kopf.

Und im Auto zurück hat er nur über den Wasserverband geredet, der Koreny, setzte Sterkowitz fort, er hat panische Angst, dass die ihm den Beschluss noch kippen.

Geht das überhaupt, fragte seine Frau.

Gehen tut vermutlich alles, antwortete er, wenn sich der ganze Gemeinderat dagegenstellt.

Vielleicht is es eh g'scheiter, sagte Sterkowitz' Frau, viele sagen, wir haben genug Wasser, warum sollen wir extra zahlen dafür?

Ich weiß es auch nicht, sagte Sterkowitz, aber genau dafür hat man eigentlich die Politik, dass sie es weiß.

Und dann erzählte er weiter, in dem behaglichen Tempo, das er nur für seine Frau anschlug. Er erzählte, dass der Kalmar-Fritz an der Ortseinfahrt gewartet und sein Auto mit wildem Winken aufgehalten habe – hat ang'rufen, warf Sterkowitz' Frau ein, hab ihm g'sagt, dass d' aus Wien kommst – und ihn inständig zu Antal Grün gebeten habe, obwohl Sonntag war. Sterkowitz überließ daraufhin dem Bürgermeister, der so schnell wie möglich hinauf auf die Rotensteinwiese musste, gleich vor dem Greißlerladen sein Auto.

Ein riesen Hin und Her, erklärte er seiner Frau, ich hab dann die Tasche aus der Ordination gebraucht, alles zu Fuß, und der Antal war so schwach und der Fritz so durcheinand, dass ich lieber noch ein bissel dortgeblieben bin.

Du bist zu gut für diese Welt, sagte seine Frau. Bald stand sie auf und ging schlafen.

Sterkowitz setzte sich, nachdem er seine paar Sachen weggeräumt hatte, wieder an den Tisch und dachte nach. Er schaltete sogar das Licht ab, um seiner Frau, falls sie noch einmal käme, zu beweisen, dass er gerade auf dem Weg gewesen war. Doch er blieb und schaute hinaus. Es donnerte in der Ferne, der Wind wurde stärker. Die Bäume begannen sich hin und her zu wiegen, als hörten sie schon eine leise Musik, jemanden, der ihnen den Takt vorgab.

Ein paar Jahre nach Kriegsende war Antal Grün in Dunkelblum aufgetaucht: ein braungebrannter, tatkräftiger und sehr einnehmender junger Mann, der eines Tages mit seiner Mutter bei den Kalmars, bei der verwitweten Agnes und ihrem behinderten Kind, eingezogen war. Innerhalb einer Woche hatte er eines der beiden straßenseitigen Zimmer zu einem behelfsmäßigen Geschäft umgebaut. In demselben Zimmer, hinter einem unauffälligen Vorhang, schliefen er und seine Mutter auch. In den ersten Jahren verkauften sie einfach aus dem Fenster heraus, Antal zimmerte ein hölzernes Podest mit Stufen, das in der Früh, wenn sie aufsperrten, hinausgetragen und vor das Verkaufsfenster geschoben wurde. Als Lager diente der Schuppen im Innenhof, und irgendwie war es ihm gelungen, von Anfang an die wichtigsten Lebensmittel anzubieten. Grüns Geschäft erleichterte die Versorgung im Stadtzentrum enorm, auch Sterkowitz' Frau machte sogleich davon Gebrauch. Aber noch bevor Sterkowitz selbst – der in den Nachkriegsjahren beinahe rund um die Uhr arbeitete – den neuen Greißler persönlich kennengelernt hatte, erschien dieser eines Abends bei ihm und bat um eine Unterredung. Sterkowitz erinnerte sich genau an dieses Gespräch. Sie saßen im Ordinationszimmer und rauchten. Antal Grün hatte Augen, die ständig zu lächeln schienen, weil er ein bisschen kurzsichtig war. Er war gekommen, um beim Gemeindearzt Fürsprache für Fritz zu erbitten. Sterkowitz fiel auf, wie gut sich dieser Händler ausdrücken konnte, anders als das tastende Herumgerede der einfachen Leute. Fritz sei normal intelligent, sagte Antal, aber weil er wegen seiner Verletzung im Kleinkindalter nicht gut sprechen könne, stelle er sich in der Schule stumm. Dort hielten sie ihn für einen Dodl, er sitze in der letzten Reihe und müsse Blumen und Blätter in Reihen zeichnen, seit einundhalb Jahren nichts anderes. Er, Antal, habe entdeckt, dass er die Buchstaben bereits halbwegs könne. Der Doktor möge ihn begutachten, das sei doch sonst schade.

Sterkowitz, der längst wusste, dass der Arzt in Dunkelblum eine Instanz war wie der Bürgermeister, der Pfarrer und der Polizeichef, schaute sich also eines Nachmittags den kleinen Fritz Kalmar an. Antal hatte recht: Er sprach zwar kein Wort, konnte aber offensichtlich lesen und schreiben. Sterkowitz legte ihm eine Seite aus der Schulfibel vor, Fritz las sie sich aufmerksam durch und beantwortete Fragen dazu schriftlich, wenn sie mehr als ein Kopfschütteln oder -nicken erforderten. Danach betastete Sterkowitz den Kehlkopf des Buben, schaute in seinen Hals, fand keine Auffälligkeiten. Er forderte ihn auf, etwas zu sagen. Fritz schüttelte den Kopf. Agnes, die Mutter, begann zu bitten, und Antal Grün bat auch. Sterkowitz behauptete, er könne ihm vielleicht helfen, aber dazu müsse er wissen, was ihm genau fehle. Der kleine Fritz schaute auf den Boden.

Na komm schon, junger Mann, drängte Sterkowitz, die Mutter knetete Fritzens Schulter und Antal Grün versprach ihm, dass er am nächsten Tag nach der Schule die Kassa bedienen dürfe. Also öffnete er schließlich den Mund, holte tief Luft und heraus kam ein scheußliches Gurgeln, so als ob ein schlammiger Fluss durch einen abrupt freigemachten Abfluss gesaugt würde. Fritz schloss den Mund wieder, Tränen flossen, seine Mutter schlug sich die Hände vors Gesicht. Sogar Antal Grün war bestürzt. Und der Arzt schämte sich, aber nur insgeheim.

Na, das lassen wir mal lieber, sagte er zu dem Buben und nahm sich vor, sich bei Gelegenheit nach Spezialisten in der

Hauptstadt zu erkundigen. Aber gleich am nächsten Tag ging er in der Schule vorbei und sprach mit der Lehrerin, und Fritz musste keine Blumengirlanden mehr zeichnen, sondern durfte schreiben und rechnen wie die anderen auch.

An diesen tatkräftigen und unerschrockenen jungen Antal von damals hatte Sterkowitz am Nachmittag denken müssen, als er von Fritz in ein ungelüftetes Zimmer geführt wurde und Antal dort vorfand wie den sterbenden Schwan. Er wusste natürlich, dass Krankheit und Schwäche Menschen um Jahrzehnte altern lassen konnten, aber von Antal, der zehn Jahre jünger war, wollte er sich das nicht bieten lassen. Der Antal, dachte er abends, als er allein im Finsteren saß, war ihm ein heimliches Vorbild gewesen, mit seiner Energie und seinem unbedingten Wiederaufbauwillen. Antal, der sich ein paar Jahre nach dem Krieg eines angeschossenen Kindes angenommen und den graugesichtigen, verstockten Dunkelblumerinnen eine Art hölzerne Bühne mit Auf- und Abgang gebaut hatte, auf der er sie formvollendet bediente, *stets zu Diensten, gnädige Frau.*

Geh heast, Antal, neckte er ihn also, als er an sein Bett trat, so arg, wie du dreinschaust, wird's schon nicht sein! Und noch bevor er ihn untersuchte, ging er zum Fenster und riss es auf: Niemals vergessen, man erstickt schneller, als dass man erfriert!

Antal reagierte gar nicht, er sah wirklich zum Gott'serbarmen aus. Fritz lehnte im Türrahmen, vor Sorge zerknittert. Sterkowitz, unter vielfältigem gutgelaunten Gemurmel und Geschnaube, das er sich gleich am Anfang seiner Laufbahn angewöhnt hatte, versorgte erst die Platzwunde am Kopf, die Fritz schon provisorisch verpflastert hatte. Er maß Blutdruck und Puls, horchte Antal ab, überprüfte den Blutzucker. Antal hatte die Augen geschlossen. Sterkowitz saß an seinem Bett und hielt eine umschweifige Ansprache über den Körper und die Gesamtverfassung, darüber, dass die gute alte Maschine mit den Jahren gelegentlich bocke und man sie halt ein bisserl schonen und pflegen müsse.

Aber, schwadronierte er weiter, da er langsam den Eindruck bekam, dass Fritz, so, wie er die Tür blockierte, ihn gar nicht mehr hinauslassen wollte, aber jemand wie du, der wenig raucht und nie trinkt, der ist kaum angerostet! Das geht schon vorbei, jetzt lass halt den Kopf nicht so hängen!

Antal flüsterte, mein Kopf liegt sehr aufrecht auf dem Polsterberg, den du mir dahintergestopft hast.

Na schau, rief Sterkowitz, da ist er doch schon wieder, unser alter Antal, zumindest ein Stückerl von ihm ist schon wieder zu hören!

Er stand auf. Fritz stellte sich quer in die Tür, sodass er nicht vorbeikommen würde. Sterkowitz ging unbeirrt, aber mit gehobenen Augenbrauen auf ihn zu, da gurgelte ihm Fritz etwas entgegen, so unverständlich wie schon lange nicht.

Geh heast, Bua, mahnte Sterkowitz, das kannst du doch viel besser. Fang noch einmal an, aber in Ruhe. Fritz gurgelte.

Antal flüsterte, er lädt dich zum Essen ein, er hat für mich gekocht. Sterkowitz lachte und sagte, na sicher, in Ordnung, aber vorher hol ich dir noch ein paar Kreislauftropfen aus der Ordination.

Und also war er geblieben. Fritz hatte ein anständiges Gulasch fabriziert, obwohl es, als Sterkowitz mit der Medizin zurückkehrte, nur noch lauwarm war. Fritz und er aßen an einem Tischchen, das ans Bett gerückt wurde, Antal bekam seinen Teller auf einem Tablett direkt auf die Bettdecke, fast wie im Spital. Nachher, als Fritz mit dem benutzten

Geschirr hinausging, blieb Sterkowitz noch einen Moment sitzen. Antal hielt seit einigen Minuten die Augen wieder geschlossen. Sterkowitz dachte gerade darüber nach, wann er sich hinausschleichen könnte, da begann Antal zu sprechen. Und während er sprach, lächelte er die ganze Zeit, als sei es überaus erfreulich, beim Erzählen die Augen geschlossen zu halten. Ohne ersichtlichen Zusammenhang sagte er, dass die Tüffers seine Mutter damals gern mitgenommen hätten, sie hatte für die alte Frau Tüffer genäht. Auf die Qualität ihrer einzeln mit Stoff bezogenen Knöpfe hätte die alte Tüffer, Chefin des Betriebs, nicht verzichten wollen und nicht auf ihre Korsagen, die wegen der besonderen Maße der Tüfferin schwer anzufertigen waren. Ein breiter Rücken und eine sehr kleine Büste, die optisch daher zu verstärken war, sagte Antal, unten aber eine schmale Taille, diese auf keinen Fall zu betonen. Nur einer Meisterin wie seiner Mutter sei es gelungen, die Chefin nicht wie einen kleinwüchsigen, als Frau verkleideten Ringer oder Schwimmer aussehen zu lassen, sondern wie eine wohlproportionierte, sogar andeutungsweise zarte Dame. Ein guter Schneider kann gut lügen, sagte Antal und lächelte mit geschlossenen Augen.

Aber sie wollten nur die Mutter mitnehmen, sie hatten auf ihrer Schiffspassage einen einzigen Platz übrig. Auch das nur, weil sich die blasse Ehefrau des Tüffer-Sohns plötzlich ihrer arischen Herkunft besonnen und die Scheidung eingereicht hatte. Das Angebot sei für seine Mutter jedoch nicht infrage gekommen. Auf einen Tausch Mutter gegen Sohn seien wiederum die Tüffers nicht eingegangen, und Antals Mutter habe ihnen das nie verziehen, aus prinzipiellen Gründen. Antal war kurz davor sechzehn geworden.

Das sind zwei ganz verschiedene Sachen, habe sie Antal

später entgegnet, wenn dieser argumentierte, dass ihre Trennung ohnehin falsch und schrecklich gewesen wäre: Man sollte halt selbst sagen dürfen, wie man gerettet werden will.

Sie hatten nie erfahren, was aus den Tüffers geworden war, ob sie es nach New York oder Südamerika geschafft hatten. Antals Mutter vergab ihnen nicht. Nachdem die Tüffers fort waren, wusste überhaupt niemand mehr etwas, keiner konnte helfen, sie waren alle in derselben aussichtslosen Lage. Ohne sichere Kontaktperson in der Hauptstadt hatte sich Antals Mutter geweigert, dorthin aufzubrechen, und so waren sie einfach geblieben, zwar beständig nach Auswegen suchend, überallhin telegraphierend, aber sie blieben, über den Stichtag hinaus. Bis der Lastwagen kam. Wir waren einundfünfzig, sagte Antal lächelnd und mit geschlossenen Augen, darunter ein achtzigjähriger Rabbi und mehrere Kinder. Und er erzählte dem Doktor Sterkowitz von seiner Nacht auf dem Wellenbrecher.

Sterkowitz saß im dunklen Zimmer und schaute hinaus ins Gewitter. Die Äste tanzten inzwischen Csardas. Antal hatte die Sache genau beschrieben. Vier Dutzend Menschen wurden auf einen Lastwagen geschafft und eine Dreiviertelstunde nach Norden gebracht, um sie dort auf ein Wehr mitten in der Donau klettern zu lassen. Frauen, Kinder und alte Leute. Auf eine dieser Buhnen, die fast rechtwinklig zum Ufer errichtet sind, weil sie die Fließgeschwindigkeit des Stromes regulieren und die Auswaschung des Ufers verhindern sollen. Sie hatten sie da draufgescheucht wie eine Schar Gänse auf ein langes Sprungbrett, nur dass diese Gänse nicht fortfliegen konnten. Zur Drohung wurde mehrmals in die Luft geschossen. Um viele Menschen auf einen schmalen Grat zu hetzen, brauchte es nur sehr wenige. Hauptsache, die Hetzenden standen richtig, bildeten einen Korridor zwischen Ufer, Wasser und Steg. Da konnten die Menschen kaum anders, als langsam aufs Wasser vorzurücken, einer nach dem anderen, auch als die vordersten schon zurück in die Dunkelheit riefen, dass das Wehr zu Ende sei. Dass sie nicht mehr weiterkönnten. Menschen stauten sich auf einem felsigen Wehr, das den breiten Strom staute. Ob diese Ersten, die es in finsterer Nacht betraten, gehofft haben mochten, dass es hinüberginge, wie auf einer provisorischen, aus riesigen Steinblöcken in den Fluss gewürfelten Brücke? Dass sie auf der anderen Seite, mit nassen Kleidern zwar, in Freiheit kämen, einfach das andere Land betreten und weglaufen könnten? Aber nein, der sogenannte Wellenbrecher ragte nur in Richtung der Strommitte, dorthin, wo er reißend wurde. Dorthin, wo das Wasser die künstliche Barrikade bereits überspülte. Und darauf hockten dann einundfünfzig Menschen, krallten sich fest. Einschlafen wäre tödlich gewesen. Der falsche Nachbar, der ins Straucheln geriet und einen mitriss, wäre tödlich gewesen. Kleinkinder schrien, und ihre Mütter ohrfeigten sie, damit sie nur endlich still wären. Andere jammerten, dass vielleicht auch die Flüsse Gezeiten kannten, dass gegen Morgen bestimmt eine Welle käme, die sie alle mitreißen würde.

Viele Stunden später, als die Sonne aufging, sahen sie auf dem gegenüberliegenden, dem slowakischen Ufer ein paar Häuser. Dort standen Menschen und winkten. Und diese Barmherzigen retteten sie, holten sie, Grüppchen für Grüppchen, mit ihren Booten ab und brachten sie zu sich ins andere Land. Dass sie nicht bleiben konnten, weil sie kein Beispiel machen sollten, dass sie deshalb schon zwei Tage später zurück ins Reich abgeschoben wurden, dass die Sache verworren weiterging und für einen Teil von ihnen tödlich endete, war aber keineswegs die Hauptsache, die Antal dem Sterkowitz hatte sagen wollen. Er wollte ihm sagen, dass er am frühen Nachmittag, bevor er zusammengebrochen war, genau das gleiche Gefühl im Leib gehabt hatte wie damals, als sich vor ihm die Menschen stauten und hinter ihm die nächsten nachdrückten, Hundegebell und Schüsse, als man, wenn man nach links oder rechts hätte ausbrechen wollen, nur ein noch schnelleres Ende im kalten Wasser gefunden hätte, diesem schwarzen Wasser, das einem schon lockend entgegenzüngelte als der einzige freie, ja unendliche Ort. Felsen, Schreie, Schüsse, Nacht. Hinten Stoßen und Schieben, vorne kein Platz. Und weil er dieses Gefühl aus Panik und Enge sofort wiedererkannte, weil sein Körper ihn zurückschickte auf den Wellenbrecher von damals, hielt er es diesmal für den sicheren Tod.

Darauf folgte ein sehr langes Schweigen, währenddessen Sterkowitz sich nicht zu regen, ja kaum zu atmen wagte. Schließlich schlug Antal die Augen auf und schaute ihn an.

Ich verstehe einfach nicht, warum sie das gemacht haben, sagte er.

Natürlich sei es schon bald darauf immer mörderischer geworden. Aber es habe so mörderisch nicht angefangen. Sieben Jahre später, ja, da habe es hier in der Gegend offenbar noch ganz andere Sachen gegeben, da wurde niemand mehr auf Lastwagen transportiert, da bekam jemand wie er höchstens eine Schaufel in die Hand gedrückt, da, wo er gerade stand, eine Schaufel für sich selbst. Davon habe Sterkowitz sicher gehört. Aber seine damalige Geschichte, die auch dank der Hilfe der slowakischen Fischer gut ausgegangen war, die erschien Antal zu grell. Als habe sich jemand einen perversen Scherz erlaubt. Treibt fünfzig Menschen auf eine Buhne im Fluss. Sobald die Sonne aufgeht, werden sie von überallher gesehen. Entweder sinken sie nach einer Weile zusammen aus Müdigkeit und Erschöpfung, fallen hinein, werden weggetrieben wie nasse Kleider, verklumpte Bündel, einfach flussabwärts und weg. Oder jemand rettet sie von drüben. Aber wozu das Ganze? Sei bloß froh, dass du damals noch nicht da warst, sagte Antal.

Ja, sagte Sterkowitz und seufzte, damals habe ich noch studiert.

3.

Fast eine Zirkusnummer von Horka, Neulag und Co war die Geschichte, wie sie den Doktor Bernstein zum Verschwinden brachten, obwohl er noch da war. Oder umgekehrt: wie er bleiben musste, obwohl er bereits vertrieben war. Doch die Geschichte Dunkelblums beginnt für die Dunkelblumer ja seit geraumer Zeit erst viel später, erst an dem Tag, als die Russen kamen. Oder sagen wir so: Wenn es um das *historische Erbe* dieses Landstrichs geht, *wo immer wieder große geistige, nationale und kulturelle Gegensätze aufeinanderprallten,* wie Rehberg tapfer in seinem Manuskript schrieb, wird auf jungsteinzeitliche Funde, auf Kelten und Römer verwiesen, auf die bedeutende Handelsstraße, die, von der Ostsee kommend, direkt an Dunkelblum vorbei in Richtung Adria führte. Auf den steinernen Löwenkopf, der nach einem Gewitter auf dem Malnitz-Hof aus dem Boden gewaschen, später als römisches Kunstwerk erkannt und am Brunnen neben der Pestsäule angebracht wurde. Da, lange zurück, gibt es eine reiche und stolze Geschichte von Dunkelblum. Aber dann, hoppala, ist die Geschichte irgendwie gestolpert und hat sich nur mit einem beherzten Sprung aufrechthalten können.

Und daher geht es quasi direkt nach den alten Römern mit den Russen weiter, mit der erbärmlichen, demütigenden Nachkriegszeit, in der man sich anstrengen musste, um den Unterschied zwischen Deutschen und Österreichern endlich wieder herauszuarbeiten – das war historisch noch nie dasselbe, bittschön! Vom Leid, der Not und den Verbrechen gegen die Mädchen und Frauen erzählten die Alten so bereitwillig, wie sie vom unmittelbaren Davor schwiegen.

Uhra, Uhra, hätten diese primitiven russischen Soldaten dauernd verlangt, und es soll sogar welche gegeben haben, die mit rachitischem Grinsen den Ärmel hochgerollt und gleich vier oder fünf Stück der begehrten Beute herumgezeigt hätten. Von dem, was sie selbst noch kurz zuvor geschrien hatten, sprachen die Dunkelblumer nicht, und das ist nur allzu menschlich. Die allermeisten würden es so halten, würden nach jedem Fetzen Opfertum langen, um es sich vor den Bauch zu halten wie eine weiße Fahne. Weiße Fahnen gleich Kapitulation, Bitte um Verschonung. Weiße Fahnen gleich Unschuld.

Wichtig ist aber, Folgendes zu wissen: In Österreich ist es Brauch, Schulgebäude weiß zu beflaggen, wenn alle angetretenen Schüler die Matura geschafft haben. Und hier kommen wir der Sache näher, der speziellen Bedeutung, welche die weißen Flaggen damals, zur Zeit des *Anschlusses,* bekamen, in Dunkelblum und Kirschenstein und Tellian und Löwingen und Mandl, in der ganzen weiteren Umgebung, in dieser lieblichen, aber recht abgelegenen Landschaft. Wenn alle Schüler durchkommen, hat keiner gepatzt. Dann ist die Schule makellos, unbefleckt von Durchfallern, Faulpelzen und jedwedem nichtsnutzigen *Ruaß*. Und möglicherweise hat diese Parallele dem Horka so gefallen, der ein miserabler Schüler gewesen war und sich nur mithilfe von Ferbenz' weitreichendem System aus Einweimpern bei und Bedrohen von Lehrern bis zum Ende der achtjährigen Schulpflicht durchschleppen konnte. Seit seinem vierzehnten Lebensjahr gab er seinen Beruf als Hilfsarbeiter an und ließ sich gelegentlich bei einer Baustelle oder Weinlese sehen. Nicht allzu oft jedoch. Man wusste schon, er erledigte Aufträge, er machte Botendienste, und ab und zu gehörte eine Schlägerei zu seinem Arbeitstag. Er zettelte sie an, und mitten im Gewühl gab er dem, den es betraf, besonders kräftig auf die Nase. Als Horka, der professionelle, aber unterforderte Handlanger, von den weißen Flaggen hörte, als er erfuhr, dass Kirschenstein angeblich knapp daran war, sie zu hissen, riss er die Sache an sich. Sie war ganz nach seinem Geschmack. Er war es, der erkannte, dass nicht nur die Sache selbst begeisternd war, sondern auch ihr Wettbewerbscharakter. Nun würde er zeigen, was in ihm steckte. Dass auch er Listen schreiben und organisieren konnte. Und somit an die Quelle gewisser frei werdender Liegenschaften gelangte. Noch nie hatte ihm eine Aufgabe so viel Spaß gemacht – bis er auf das Problem mit der ärztlichen Versorgung stieß. Für das er, gemeinsam mit Neulag, aber schnell eine kreative Lösung fand: und was haben sie dabei gelacht.

Doch diese beiden, Neulag und Horka, sind seit Jahrzehnten verschwunden, der alte Graun ist lange tot, der uralte Stipsits erst kürzlich verstorben. Deshalb erinnerte sich keiner mehr dieser Geschichte. Ferbenz hatte so viel anderes, was ihm bewahrenswert erschien, woran er sich mit seinen schwindenden Geisteskräften klammerte – besonders seine persönliche Begegnung mit dem Führer –, dass ihm der Bernstein-Zaubertrick vielleicht nur wieder in den Sinn gekommen wäre, wenn ihn jemand danach gefragt hätte. So funktioniert ja das Gedächtnis: Alles scheint weg, hallende Leere, ein tiefer, dunkler Raum, aber beim Tasten findet man spinnwebfeine Fäden, an denen tatsächlich etwas hängt, sobald man zieht.

Das meiste ist unwiederbringlich verloren. Etwa, warum von den drei Ärzten die Wahl auf Doktor Bernstein fiel. Wahrscheinlich, weil er der älteste war, der erfahrenste und beliebteste, und vielleicht auch, weil man von ihm annahm, dass er als verantwortungsvoller Mensch keinen Ärger machen würde. Wobei die Frage ist, worin der Ärger hätte bestehen können: dass er sich geweigert hätte?

Die anderen beiden waren möglicherweise gar nicht infrage gekommen, der eine, Lazarus, auf Kopf, Zähne, Zunge, Hals und Ohren spezialisiert und mit anderen erkrankten Körperteilen nur widerstrebend belangt, der andere, Spiegel, fachlich zwar tadellos, aber ein unbeliebter, hässlicher Kerl, maulfaul, verklemmt und ungut.

Die Liste, die am Rathaus aufgehängt wurde, hätte in einer Stadt wie Dunkelblum fast jeder aus dem Kopf machen können. Merkwürdig war nur ihre Systematik. Erst ging sie alphabetisch nach Adressen vor: Feldgasse, Hauptplatz, Herrengasse, Karnergasse, Mühlgasse, Neugasse, Reitschulgasse,

Schulgasse, Tempelgasse. Innerhalb dieser Reihung war sie seltsamerweise aber wiederum nach den Namen geordnet, sodass die Hausnummern hin und her sprangen. Am Hauptplatz ging es zum Beispiel von Arnstein, Malwine (Hauptplatz 13) über die fünf Tüffers (Hauptplatz 4) bis Wohlmut, Karoline (Hauptplatz 7), einer Tante von Antal Grün. Er selbst stand vor seiner Mutter Gisella unter Tempelgasse 4. Sein Vater, Salomon Grün, hatte sich rechtzeitig in die andere, die ewige Welt verabschiedet, was Gisella und ihr damals sechzehnjähriger Sohn später für *noch ein Glück* hielten, im Sinn des berühmten Spruchs der Tante Jolesch: Gott soll abhüten von allem, was noch a Glück is. Das Buch über die Tante Jolesch gab es damals noch nicht, aber diese Lebensweisheiten entstanden ja seit Jahrhunderten genau wie Diamanten: unter höchstem Druck.

Es waren insgesamt siebenundachtzig Namen, und der Name von Doktor Bernstein fehlte bereits auf der Liste. Das kann jeder nachprüfen, der sich die Mühe macht, sie aufzutreiben. Denn es gibt sie natürlich noch, wenn man weiß, wo man suchen muss. Unter Herrengasse 3 stand nur Bernsteins Frau Emma, als wäre Paul Bernstein bereits abgereist. Oder gerade noch rechtzeitig verstorben, wie Salomon Grün.

Die Liste war neben dem Eingangstor am Rathaus angeschlagen, und jeder, der wollte, hätte die betroffenen Dunkelblumer unterschreiben sehen können, wie sie hintraten, verstohlen oder aufrecht, mit einem Stift in der Hand: *Über Anordnung der Gestapo werden Sie hiermit in Kenntnis gesetzt, dass Sie das Gemeindegebiet von Dunkelblum bis längstens 30. Mai 1938 verlassen müssen. Dass Sie diesen Auftrag zur Kenntnis genommen haben, bestätigen Sie nachstehend mit Ihrer Unterschrift.*

Immerhin siezten sie sie noch.

Der Ortsgruppenleiter Neulag in seiner neuen Funktion als Bürgermeister suchte in Begleitung von Horka den Doktor Bernstein auf, um ihm zu erklären, was man von ihm erwartete. Bernstein wird nicht viel dazu gesagt haben, vermutlich war seine größte Sorge, dass seine Frau so schnell wie möglich abreisen konnte. Das sicherten ihm die beiden Ganoven zu, aber selbstverständlich, Herrdokter, sie waren beide schon als Kinder von ihm behandelt worden, mit ihren Platzwunden, Fieberschüben, Knochenbrüchen. Und danach packte Bernstein zusammen, vermutlich haben ihm welche von seinesgleichen beim Tragen geholfen, Goldmans, Grüns, Arnsteins oder Wohlmuts. In den späten Abendstunden – wenn in einer von Landwirtschaft geprägten Gemeinde am wenigsten los ist – wurde Doktor Bernstein mitsamt seinen Instrumenten und Medikamenten ins Hotel Tüffer verlegt, durch den Hintereingang in die Nummer 22 im zweiten Stock, abgelegen am Ende des Flurs, ein Zimmer, welches früher nur bei größtem Ansturm von Sommerfrischlern, und selbst da hauptsächlich an die Bediensteten der Gäste, an Kindermädchen, Ammen oder Kammerzofen, vergeben worden war.

Die hantige junge Resi, die mit vor Anstrengung hochrotem Kopf das Hotel seit Kurzem führte, hatte nichts dagegen. Im Gegenteil lag ihr daran, sich mit der neuen Macht gutzustellen. Und so wurden nur ein paar Tage später die weißen Fahnen über Dunkelblum aufgezogen, wurde der Konkurrent, das bürgerliche Kirschenstein, um wenige Stunden geschlagen, und da wehte er nun, der Ausweis einer ganz neuen, besonderen Unschuld und Sauberkeit: *Dunkelblum ist judenfrei! Der Ort, der seiner über hundert ansässigen Juden wegen Jahrhunderte hindurch berüchtigt war, ist somit gänzlich judenfrei! Die meisten sind auch bereits ausgebürgert, da sie das Reichsgebiet verließen. Im Zeichen der Erlösung von der Judenplage ließ der Ortsgruppenleiter und Bürgermeister unter Teilnahme einer jubelnden Menge auf dem ehemaligen Judentempel eine weiße Flagge hissen.*

So stand es in der Zeitung. Und wer keine Wohnung und keine Meldeadresse hatte, der war auch nicht mehr da, nicht wahr? Bis der neue Arzt eintraf, würde es dauern, denn es herrschte gerade überall ein gewisser Ärztemangel. Aber Neulag hatte beste Verbindungen. Er hatte mit Nachdruck jemanden angefordert. Ein junger, guter Arzt war ihm versprochen worden, frisch aus der Ausbildung, moderne Methoden. Endlich kommen die eigenen Leute zum Zug. Das sagte er jedem, der es hören wollte. Wer aber ein akutes Zipperlein verspürte, der erfuhr ohne Weiteres, wohin er sich wenden musste. Die Information wurde mündlich weitergegeben, es gab keine schriftlichen Beweise. Die Kirchensteiner können uns gar nichts, brüllte Horka und lachte, dass man das Gaumenzäpfchen sah.

Doktor Paul Bernstein saß im *Tüffer* im hintersten Zimmer mit der Nummer 22 und ordinierte. Er horchte ab und schaute in die Hälse, er verabreichte Injektionen mit Digitalis und ließ sein Hämmerchen heulenden Kindern unter die Kniescheibe sausen. Resi brachte ihm das Essen hinauf, aus Gewohnheit knicksend. Sehnlicher als irgendjemand wartete Bernstein auf seine Ablöse. Ob seine Frau schon im Ausland war, wusste er nicht. Aber für viele Dunkelblumer, die an ihn gewöhnt waren und ihm vertrauten, hätte alles ruhig so bleiben können, wie es war, es schien sogar elegant, ins Hotel zum Arzt zu gehen.

Nach einer gewissen Weile, als der Wettbewerb um die weißen Flaggen nicht mehr anfechtbar war, als er beinahe schon wieder dem Vergessen anheimfiel, nur ein erster von vielen beherzten Schritten in die glorreiche tausendjährige Zukunft war, da nahm man es auch mit der Tarnung nicht mehr so genau. Da durfte Doktor Bernstein sein Zimmer in Notfällen durchaus verlassen, etwa weil ein Wanderarbeiter namens Miklos Jobbagy in Zwick tot neben seinem Fahrrad lag. Moment, das stimmt nicht ganz: Als Polizei und Arzt eintrafen, hatte sich das Fahrrad ja irgendwie von selbst entfernt.

Auch wenn es dem Doktor Bernstein wie eine Ewigkeit vorgekommen sein mag, verbrachte er nur etwas mehr als zehn Wochen im Hotel Tüffer. Eines Hochsommerabends erschien Horka und teilte ihm mit kreidiger Stimme mit, dass er wieder zurück in die Herrengasse verlegt werde. Der Herr Doktor solle einpacken, in ein paar Stunden würden Helfer kommen und alles hinübertragen. Bernstein fragte nichts, sondern bat nur um Unterstützung durch die Resi. Horka nickte und ging, er schloss diesmal sogar die Tür hinter sich.

Es war spät, als die letzte Kiste in der Ordination abgestellt wurde. Die arischen Helfer verschwanden grußlos. Resi, deren Genauigkeit und Geschick sie auch zu einer guten Arzthilfe gemacht hätten, war mit herübergekommen. Nun erklärte sie, dass alles noch ausgepackt werden und an den alten Platz gestellt werden müsse.

Sie schauen aber sehr müde aus, Fräulein Resi, sagte Bernstein, hat das nicht bis morgen früh Zeit?

Es ist so ang'schafft, murmelte die Resi und öffnete schon vorsichtig die erste Kiste mit den Flaschen und Pipetten.

Der Nachfolger kam am nächsten Tag erst nach Mittag an. Und er kam allein, Bernstein sah vom Fenster aus, wie Horka draußen auf seine Haustür zeigte, abdrehte und wegging. Der Nachfolger war jung, sehr jung, und er schien nicht genau zu wissen, wie er sich in die neue Lage einfinden sollte. Er grüßte zackig mit Heil Hitler, Bernstein sagte, jaja, jetzt kommen S' halt rein, und der junge Mann brach in lautes Lob über das Haus und die Ordination aus.

Er freut sich, dachte Bernstein, das ist gut für die Leut, wenn er sich freut.

Gehen wir es durch, sagte er, und stellte die Schuber mit der Kartei auf den Tisch: Haben Sie Erfahrung in Geburtshilfe?

Der junge Mann sah betreten aus und gab zur Antwort, dass er gehofft habe, *gerade hier auf dem Land* erfahrene Hebammen anzutreffen.

Bernstein nickte. Zahnmedizin, fragte er.

Der junge Mann murmelte etwas, das Bernstein zwar nicht verstand, doch der Sinn war klar.

Jetzt passen Sie einmal auf, Herr Dok-tor Ster-ko-witz, sagte Bernstein und sah ihn streng an, ich schreibe Ihnen hier zwei Namen und Adressen auf, den Zahntechniker und die Hebamme. Da gehn S' gleich als Erstes hin, stellen sich vor und sagen die Wahrheit. Sie verstehen, was ich damit meine?

Der junge Mann nickte beschämt.

Den Rest werden Sie schon schaffen, sagte Bernstein einlenkend, wenn Sie sich nur allezeit gut die Hände waschen.

Und danach, nachdem er noch das schöne alte Ärztehaus vom Keller bis zum Dach gezeigt und alle Schlüssel übergeben hatte, ging Doktor Bernstein einfach aus dem Ort hinaus, wie es später hieß, *mit leichtem Gepäck*. Ja, natürlich ging er zu Fuß, denn er musste erst einmal so weit kommen, dass ihn niemand mehr kannte und ihn daher vielleicht ein Stück mitnehmen würde.

4.

Ein Landstrich, wo immer wieder große geistige, nationale und kulturelle Gegensätze aufeinanderprallten – nachdem Rehberg den Punkt hinter diesen Satz gesetzt hatte, so vorsichtig, als tupfe er ihn auf dünnes Glas, legte er die Füllfeder hin und schaute aus dem Fenster. Obwohl hier in der Gegend schon so vieles zusammengeprallt war – was, nach Rehbergs Ansicht, eigentlich einen gewissen Anlauf erforderte –, waren die Wege kurz. Weit war es nur bis zur sogenannten Zivilisation in Form größerer Städte, weil man sich erst über Hügelketten und durch gewundene Täler hinkämpfen musste, streng nach Südwesten oder Norden. Dunkelblum lag, als wäre es in einem Sack nach unten und an den Rand gerutscht. Das war nicht immer so gewesen. Rehberg hatte eine Landkarte von früher über seinem Tisch hängen, auch sie, wie vieles andere, ein Erbstück seiner Tante Elly. Den Umriss des Sacks hatte er mit einer feinen Bleistiftlinie eingezeichnet, denn auf dieser Karte lag Dunkelblum noch frei und die nächste größere Stadt nur ein Dutzend Kilometer Richtung Osten. Mit dem Auto würde man wohl nicht länger als eine halbe Stunde brauchen, auch wenn niemand mehr wusste, in welchem Zustand die Straßen inzwischen waren.

Ein paar Jahre nach dem Krieg hatte es sie noch gegeben,

die Straßen und Feldwege, Netze des kleinen Grenzverkehrs. Als Volksschüler war Rehberg regelmäßig mit dem Rad über die Hügel gefahren, zwischen den Weingärten hindurch und sogar bis in diese allernächste Stadt, Stoßimhimmel, wo seine Tante eine Bekannte hatte, der er kleine und größere Päckchen brachte, manchmal einen ganzen Korb, die ihm aber im Austausch nur verschlossene Briefkuverts mitgab.

Seit Rehberg sich mit der Geschichte Dunkelblums beschäftigte, zweifelte er nicht nur fast jede Behauptung seiner Mitbürger, sondern sogar seine eigenen Erinnerungen an. Das war ein merkwürdiges Phänomen, gegen das er nichts tun konnte. Etwas sagte ihm, dass man alles infrage stellen musste, besonders das, was am häufigsten wiederholt und für bombensicher erklärt wurde. Durch diese Skrupel wuchs die Recherchearbeit ins Unermessliche, aber ihm blieb nichts anderes übrig, als sie vorerst zu akzeptieren und zu hoffen, dass sie zu professionelleren Ergebnissen führen würden.

Begonnen hatte sein Zweifeln damit, dass ihn seine Erinnerung auf verblüffende Weise getrogen hatte. Es war nicht irgendeine, sondern eine der stärksten Erinnerungen gewesen, die er hatte, wie in Metall geätzt. Doch als er sie überprüfte, stimmte nichts davon.

Damals besaß er ein Fahrrad, der traumhafte Luxus seiner Kindheit. Damit hatte er viele kleine Botendienste ausgeführt. Das Rad kam von der Tante Elly, die es, wie sie ihm sagte, vor vielen Jahren von einer Familie Rosmarin bekommen hatte. Erst durch seine Forschungen begriff er, dass diese Rosmarins es nicht etwa, wie typische Reiche, einfach nicht mehr brauchten, sondern es nicht mitnehmen hatten können. Ein bestürzender Gedanke, aber es gab keine andere Erklärung: Warum sonst hätte man eine solche Kostbarkeit verschenkt? Damals, als Kind, wusste er nichts davon, sondern weidete sich an der Verantwortung, die man ihm übertrug. Für die Tante transportierte er Sachen bis in die andere Stadt und wurde für seine Verlässlichkeit gelobt. Er war ein pedantisches Kind. Er wusste, er durfte nicht brodeln, aber er durfte sich auch nicht zu sehr beeilen, damit es keinen Sturz gab. Nur die Ruhe putzt die Schuhe, wie die Tante sagte, bei der *keine jüdische Hast* nicht gebräuchlich war. Jedenfalls genoss er alles, die Freiheit, die Verantwortung und den Fahrtwind zwischen den Rebstöcken, besonders auf dem windigen Hügelkamm, von dem aus man Dunkelblum auf der einen, Stoßimhimmel auf der anderen Seite liegen sah. Wie auf der Rückenschuppe eines friedlich schlafenden Drachen fuhr er dahin, in sanften Wellen hinauf und hinab, ein kompetenter kleiner Radbote. Links und rechts die traubengesättigten Flanken des Drachen. Aber eben da, auf diesem herrlichen Kamm, war eines Tages etwas Entsetzliches geschehen, er wusste bestimmt, dass seine Mutter in den Tagen danach ungläubig gemurmelt hatte: Unser Bua war noch kurz davor an derselben Stelle! Er sah die Großmutter vor sich, wie sie sich bei diesem Satz bekreuzigte, er hörte den Vater schimpfen, jetzt hörma scho auf damit, seinma froh, dass jetzt a Ruah is! Lange Zeit bildete er sich ein, dass von ihm etwas erwartet wurde, er meinte fragende Blicke der Nachbarn zu bemerken, als ob er etwas gesehen haben könnte, das wichtig wäre für die Aufklärung des Verbrechens. Diese letzten Erinnerungen, das machte er sich klar, waren wohl bereits Phantasien, kindlich-größenwahnsinnige Verfälschungen aus den Jahren danach, als er sich gewünscht haben mochte, dass wie mit fremden Zungen etwas aus ihm spräche, das ihn als Helden dastehen ließ.

Das Ereignis jedenfalls bezeichnete das abrupte Ende seiner grenzüberschreitenden Botendienste. Nie sah er die Frau in dem heruntergekommenen Zinshaus wieder, die ihm, wenn er ehrlich sein sollte, unsympathisch, fast unheimlich gewesen war. Sie roch nach Mottenpulver und hatte oft gezögert, bevor sie ihm die Briefe aushändigte, so, als läge es in seinem Vermögen, ihr noch etwas draufzugeben als Belohnung. Er war ein Kind und hatte nur, was ihm die Tante für sie eingepackt hatte. Waren die beiden nicht befreundet? Und kurz darauf war es ohnehin vorbei mit der Straße und dem Grenzverkehr, sie zogen den Stacheldraht hoch. Alles wurde dicht- und zugemacht. Stoßimhimmel versank in der Vergangenheit, wurde zu einem Phantom, das man sich auch bloß eingebildet haben konnte, während Dunkelblum in den tiefen Sack hineinfiel. Aber wenigstens, so sagten die Erwachsenen, war endlich einmal Ruhe.

Seit Rehberg sich in seiner Freizeit als Chronist versuchte, hatte er zwar gelegentlich an das Ereignis auf dem Hügelkamm gedacht, aber nicht danach geforscht. Wie die Dunkelblumer spotteten, steckte er noch in viel früheren Abschnitten fest, zwischen Ur- und Frühgeschichte und der ersten urkundlichen Erwähnung, und er suchte nach Wegen, die Rolle Dunkelblums in der römischen Zeit aufzuwerten. Wenn man die Fachliteratur las, musste man den Eindruck gewinnen, allein Stoßimhimmel sei damals bedeutsam gewesen, als Festung und als Handelsknotenpunkt, Dunkelblum dagegen nur ein primitives Dorf, wo die Boten sich betranken und ihre Pferde wechselten.

Eines Tages erwähnte er Eszter Lowetz gegenüber eher

zufällig irgendein Verbrechen auf der Grenzstraße. Zu seiner Überraschung wusste sie sofort, was er meinte. Aber das, was sie sagte, konnte wiederum er nicht glauben, beide beharrten auf ihren Versionen, und es war das einzige Mal, dass sie in einem gewissen Unfrieden voneinander schieden. Er sah sie einige Tage nicht, so lange, dass er bereits darüber nachdachte, unter welchem Vorwand er bei ihr zur Versöhnung vorbeischauen konnte. Doch sie kam ihm zuvor, schneite bei seiner Tür herein, Zeitungskopien aus der Bibliothek in Kirschenstein schwenkend: Den Berichten zufolge war ein drüberischer Zahntechniker auf dem Hügelkamm ausgeraubt und erschossen worden, in welcher Reihenfolge auch immer. Er fuhr jeden Tag zur selben Zeit dieselbe Strecke, morgens nach Dunkelblum, abends zurück nach Stoßimhimmel, und hatte meistens Zahngold dabei. Jeder hätte es sein, jeder hätte es tun können, alle hatten es gewusst. Der Lajos mit dem Gold in der Tasche, der fährt Montag bis Freitag hin und her.

Eine riskante Sache, in diesen hungrigen Zeiten, so äußerte sich laut Zeitungsartikel der damalige Leiter der Dunkelblumer Ortspolizei namens G. Horka. Horka ... von denen hatte es früher eine Menge gegeben.

Die Geschichte vom ausgeraubten und ermordeten Zahntechniker auf dem Weingartenweg passte jedenfalls genau, es war, als wäre sie direkt aus Rehbergs Erinnerung herausgekommen. *Und unser Bua war gerade noch vorhin ...*, die eiligen Kreuzzeichen der Großmutter, das Schimpfen des Vaters, der laut wurde, wenn ihm Themen nicht passten. Es gab nur ein Problem, jenes Detail, über das er sich beinahe mit Eszter überworfen hätte: Der Zahntechniker mit den Taschen voller Gold war im zweiten Sommer nach Kriegsende getötet worden, im August 1946. Da aber war Rehberg noch keine sechs Jahre alt. Kein Fahrrad, keine Botendienste, das war zu früh. Von einem zirka drei Jahre späteren Ereignis auf dem Hügelkamm wusste wiederum Eszter nichts, und dass es ein solches auch noch geben hätte sollen, kam Rehberg nun selbst unwahrscheinlich vor. Und seither traute Rehberg nicht einmal mehr den eigenen Erinnerungen.

Vieles wäre einfacher gewesen, wenn die Tante Elly noch gelebt hätte. Schwer zu verstehen, warum er mit der Ortschronik nicht Jahre früher begonnen hatte. Umgekehrt war der Wunsch wohl erst entstanden, als er sie nicht mehr fragen konnte. Tante Elly, die unverheiratete älteste Schwester seines Vaters, geboren kurz nach der Jahrhundertwende, war nach Rehbergs Ansicht eine moralische Autorität in Dunkelblum; alle hatten Respekt vor ihr. Vor vielen Jahren hatte Rehberg etwas in dieser Richtung zu ihr gesagt, aber da lachte sie und sagte, schön wär's, ich fürcht, es ist eher das Gegenteil.

Diesen Satz wollte sie nicht erklären; als er später noch einmal nachfragte, murmelte sie, es sei bloß ein Witz gewesen. Jedenfalls verdankte er ihr den Zugang zu höherer Bildung, sie überredete den Vater, ihn aufs Kirchensteiner Gymnasium gehen zu lassen. Das Priesterseminar später unterstützte sie aber nicht; sie sagte nie etwas dazu, sie schwieg einfach und wechselte das Thema, wenn etwa die tiefgläubige Großmutter zu sehr in der Vorstellung schwelgte, später vom eigen Fleisch und Blut die Letzte Ölung zu empfangen. Dieses Schweigen fiel dem jungen Rehberg stärker auf als jede Gegenrede, denn es war das einzige Mal, dass die Tante nicht auf seiner Seite war. Inzwischen ahnte er, woran das gelegen haben mochte, obwohl sie nie darüber sprachen. Da hatte sie ihn also von Anfang an besser gekannt als er sich selbst. Von diesem Gedanken bekam er immer noch rote Ohren.

Ohne Tante Elly wäre er nicht der geworden, der er war. Da hätte er als einziger Sohn dem Vater nachfolgen müssen, dem Glasermeister. Man gab Betriebe nicht einfach auf, wenn der Meister zu alt war, sondern zwang einen Sohn zur Übernahme. Eine von Rehbergs Schwestern hätte sich für das Handwerk interessiert, aber das hielt man für *a ausg'machte Spinnerei* und brachte sie umso schneller unter die Haube. Nicht einmal Tante Elly konnte helfen, möglicherweise war ihr Einsatz für den jungen Rehberg daran schuld. Zumindest bei den Töchtern musste alles gehen, wie es üblich war, der alte Max Rehberg konnte sein Gesicht nicht ganz verlieren. Aber deshalb fand er viele Jahre später überhaupt keinen Nachfolger und ist vermutlich aus Scham auch darüber bald gestorben. Rehbergs Mutter starb ebenfalls früh, und wenn Rehberg ehrlich gewesen wäre, begann danach seine schönste Zeit. Er unternahm kleine Reisen bis nach Venedig, Triest oder Nizza, zusammen mit seiner Tante Elly, die lange kerngesund blieb, auch im Kopf, und wusste, an welchen Abenden sie sich feinfühlig früher zurückzog, damit ihr Neffe Gelegenheit bekam, Gleichaltrige kennenzulernen.

Als vor einiger Zeit die Sache mit der Geschichtsforschung Gestalt anzunehmen begann und sich immerhin drei, vier Dunkelblumer zur Mitarbeit an Chronik und Museumsplanung überreden ließen, war Rehberg auf die Idee gekommen, einige exemplarische Lebensläufe breiter darzustellen. Das war modern, das würde den Besuchern gefallen, so machte man das neuerdings in den professionellen

Ausstellungen, mit Fotos und persönlichen Gegenständen, in den großen Häusern sogar mit Filmen. Wie konnte man Geschichte besser zeigen als über einzelne Menschen, darunter auch die sogenannten kleinen Leute? Natürlich wurde Árpád der Erste von Dunkelblum als bedeutende Persönlichkeit auf diese vorläufige Liste geschrieben, aber eben auch Hans Balaskó, ein pensionierter Lehrer, der Kommunist und im Widerstand gewesen war, dazu einige verstorbene Honoratioren, frühere Bürgermeister sowie der legendäre Leiter der Musikkapelle Pinzker, der den *Dunkelblumer Marsch* komponiert hatte.

Wieso eigentlich nicht der Ferbenz, hatte Flocke Malnitz bei einer dieser improvisierten Redaktionskonferenzen gefragt, der redet doch so gern über die Vergangenheit?

Aber das hatten alle anderen als zu heikel empfunden, jedenfalls, solange er noch lebte, und überhaupt.

Reden kann man mit ihm ja nur, solange er noch lebt, sagte Flocke.

Du willst also mit dem Tonbandgerät zum Dokter Alois gehen, fragte der junge Farkas polemisch, und dir erzählen lassen, was der Führer für schöne blaue Augen gehabt hat?

Warum nicht, fragte Flocke zurück, das wär jedenfalls interessanter als diese Bürgermeister aus dem 19. Jahrhundert.

Und es wär natürlich super Werbung für Dunkelblum, rief Feri Farkas aus: Schauts alle her, bei uns gibt's sogar noch einen lebenden Gauleiter-Stellvertreter!

Rehberg blieb nichts anderes übrig, als freundlich zu vermitteln: Wir brauchen jedenfalls auch Frauen, du könntest sicher ein schönes Porträt über die Gräfin schreiben, Flocke? Man könnte es von der gräflichen Verwaltung autorisieren lassen …

Aber Flocke saß den Rest des Abends stockstumm da, und Rehberg wollte lieber gar nicht wissen, was ihr durch den Kopf ging und welche Pläne sie fasste.

Über die Frage nach geeigneten Frauen waren sie schließlich auf die Tante Elly gestoßen, worüber – von Flocke abgesehen, die noch schmollte – schnell Einigkeit herrschte: Elly war eine bedeutende Dunkelblumer Persönlichkeit, auch wenn sie nie ein offizielles Amt bekleidet hatte. Vorbildlich sozial, gebildet; und ihr Leben lang hatte sie alles, was sie konnte und wusste, an die Gemeinschaft weitergegeben. Viele Jahre hatte sie ehrenamtlich gearbeitet, sich um Alte, Kranke und besonders um die Wöchnerinnen gekümmert. Vor allem aber hatte sie die Kindermalgruppe geleitet, die sie ins Leben gerufen hatte. Diese bekam inzwischen Zulauf bis aus Kirschenstein. Es war Tante Elly gelungen, die Malgruppe, die sie die *Dunkelblumer Sehschule* genannt hatte, als feste Einrichtung zu etablieren. Es gab sie noch immer; junge Frauen gingen mit den Kindern hinaus an die frische Luft und unterrichteten sie im Zeichnen nach der Natur; es war erstaunlich, was die Kleinen in kurzer Zeit lernten, über Perspektiven, Größenverhältnisse und die verschiedenen Techniken. Es war offenbar sinnvoll, Kinder zuerst Bäume, Steine, Zäune und Häuser zeichnen zu lassen; die Darstellung von Menschen kam später. Bald war die *Sehschule* Teil des Kunstunterrichts geworden; seit einigen Jahren gab es außerdem im Sommer Wochenkurse, die junge, vielbeschäftigte Mütter gern für ihre Kinder in Anspruch nahmen. In manchen Geschäften hingen hinter Glas besonders gelungene Zeichnungen des jeweiligen Hauses, aber zu Postkarteneditionen der besten Werke war es aus Kostengründen nie gekommen. Man war in Dunkelblum jedenfalls stolz auf die Zeichenkinder, spätestens seit der von hier stammende Architekt Zierbusch in einer Zeitung geäußert hatte, dass er ohne Elly Rehbergs Zeichenstunden wahrscheinlich einen anderen Berufsweg eingeschlagen hätte. Und diesen Zierbusch hielt man, auch wegen des Zeitungsinterviews, für bedeutend, obwohl er bisher vorwiegend Autohäuser und Supermärkte gebaut sowie den Bahnhof umgestaltet hatte. Der Bahnhof jedoch war nicht mehr in Betrieb.

Rehberg übergab also alles, was er an Dokumenten, Fotos und Briefen von Elly besaß, an Eszter Lowetz, damit sie dieses Kurzporträt schreiben konnte. Als naher Angehöriger wollte er das nicht selbst machen, aber Eszter würde es übernehmen, mit ihrer Herzenswärme und dem trockenen Humor, der sich in den letzten Jahren so schön zu zeigen begonnen hatte. Doch kurze Zeit später fing sie an, Fragen zu stellen, die völlig verrückt klangen, jedenfalls, wenn man so lange in Dunkelblum lebte und die Leute so gut kannte wie sie beide. Es schien ihr durchaus bewusst zu sein, wie das auf ihn wirken mochte, denn sie stellte ihre Fragen vorsichtig und nach einigen umschweifigen Einleitungen, die Rehberg inzwischen vergessen hatte. Aber trotzdem, sie stellte sie, gegen jede Vernunft, und Rehberg saß der allerpeinlichste Moment immer noch ein wenig in den Knochen, nach allem, was sie schon miteinander erlebt hatten.

Ob er jemals davon gehört habe, dass die Tante Elly früher verheiratet gewesen sei, fragte Eszter, und Rehberg schaute sie perplex an. Ganz früher, fügte sie hinzu, lange vor dem Krieg.

Natürlich nicht, antwortete Rehberg, das müsste ich doch wissen!

Da legte Eszter ein Hochzeitsfoto vor ihn hin, wie sie jeder schon einmal gesehen hat, schwarz-weiß, auf etwas festerem Karton mit weiß gezacktem Schmuckrand, darauf ein junges, nervös lächelndes Paar. Die Braut hatte möglicherweise eine gewisse Ähnlichkeit. Das gab er ja zu! So hätte sie unter Umständen ausschauen können, mit zwanzig, nur hatte Rehberg sie ja da noch lange nicht gekannt. Als Elly zwanzig war, war Rehbergs Vater fünf.

Ich habe keine Ahnung, wer das sein soll, sagte Rehberg, aber aus welchem Grund sollte die Elly mir eine Ehe verheimlicht haben? Das ist lächerlich!

Da wäre schon das eine oder andere denkbar, antwortete Eszter vage, aber Rehberg fiel ihr gleich wieder ins Wort. Bei jeder anderen, aber nicht bei der Tante Elly! Die sprach über alles; anders als die meisten, die dabei gewesen waren, sehr kritisch, besonders auch über die Nazizeit. Er wüsste da übrigens vieles von ihr, er hätte so einiges auspacken können. Wenn es finstere Familiengeheimnisse gab, dann bei den anderen – er könnte da Namen nennen! –, aber bestimmt nicht bei ihr. Sie war jemand, die sich Cartoons aus Zeitschriften ausschnitt und an den Eiskasten hängte, auf einem hielt etwa ein Reporter einer dicken Frau mit Einkaufstasche ein Mikrofon vor. Darunter stand als Dialogzeile: Sex? Aber nein, junger Mann, so etwas hat es doch früher nicht gegeben!

So war die Tante Elly, ein aufgeschlossener Mensch mit Humor. Absolut ungewöhnlich für Dunkelblum. Das war ja das Besondere an ihr. Es gab keine Geheimnisse zwischen ihnen beiden, es bestand das denkbar größte Vertrauen. Sogar die Liedfolge für die Einsegnung und die genaue Bepflanzung des Grabes hatte sie ihm schriftlich hinterlassen. Du musst so weniger nachdenken, hatte sie dazugeschrieben, mit einem Rufzeichen, das er als Augenzwinkern verstand.

Und daher dachte er, als er ein paar Tage nach diesem Gespräch tief erschüttert erfuhr, dass Eszter Lowetz tot in ihrem Bett gefunden worden war, sogar einen Moment darüber nach, ob es vielleicht ein Vorzeichen gewesen sein könnte. Dass etwas in Eszters Kopf nicht mehr stimmte, obwohl es ja das Herz gewesen sein sollte, das einfach stehengeblieben war. Die letzten Sätze, die Eszter zu ihm gesagt hatte, so ruhig und freundlich, wie sie war, die klangen ihm noch im Ohr: Schau dir das Foto halt später noch einmal an. Ich lass es dir da. Schau's dir in Ruhe an. Und schau genau.

5.

Von seiner späteren Frau sah der Hilfsvolksschullehrer Jenő Goldman als Erstes die Beine. Er führte seine Klasse zum ersten Mal hinaus ins Freie, auf eine wilde Blumenwiese, die hinter dem letzten Haus der Reitschulgasse lag. Heute müsste man mindestens noch einen Kilometer weitergehen, am scheußlichen, zu Tode sanierten Bahnhof des Architekten Zierbusch vorbei, bis man eine unverbaute, möglicherweise sogar grüne Fläche gefunden hätte; anstelle der hüfthohen Blumen und Gräser steht an der Stelle der damaligen, für Jenő Goldman schicksalhaften Wiese ein Autohaus. Aber damals herrschte über diesen Ort eine riesige, harmonisch gewachsene Linde, die aussah wie der Baum, den Gott als krönenden Abschluss des dritten Schöpfungstages geschaffen hatte. Und dieser prächtige Lindenbaum sollte das Modell der Freiluftzeichenstunde sein. Als sich Jenő und die Kinder näherten, bewegte sich etwas unter der Baumkrone, nur einen Moment lang, aber es entging Jenő nicht. Zwei Beine wurden nämlich hochgezogen. Er ließ die Kinder in einiger Entfernung Platz nehmen, anstatt sie unter den Baum zu führen und die hoch aufgetürmte, verästelte Kuppel von unten bewundern zu lassen. Er trat allein heran, um eine Handvoll Lindenblätter zu holen, die die Kleineren abzeichnen konnten. Als er den Stamm hinaufschaute, sah von oben ein Mädchen zurück, das sich den Zeigefinger quer über die Lippen hielt. Jenő lächelte und nickte, trotzdem war klar, dass das Mädchen nun so schnell seinen Platz nicht verlassen konnte. Er ging mit seinen Lindenblättern zu den Kindern zurück. Aber als er später, nach Schulschluss, wieder vorbeikam, so, als habe er regelmäßig bei diesem Baum zu tun, saß sie noch oben auf dem Ast und las.

In einer bäuerlich geprägten Kleinstadt, in der die Schulpflicht zur Erntezeit von manchen Eltern noch immer ignoriert wurde, stellten Kunst und Literatur unter den Interessierten eine starke Anziehungskraft her. So geschah es zwischen Jenő und der jungen Frau, die sich zum Lesen in einen Baum zurückzog. Sie war gerade achtzehn, er fünf Jahre älter. Ihr Vater hätte seine älteste Tochter gern mit einem der Weinbauernsöhne verheiratet, von denen zumindest einige aus dem Großen Krieg zurückgekommen waren. Ihr frisches Gesicht nährte diese Hoffnungen, ihr Mundwerk trübte sie ein wenig. Aber einen Lehrer ließ sich der Vater auch einreden, obwohl es ein Drüberischer war. Dass Elisabeth ihre Familie über die Abstammung des Verlobten im Unklaren gelassen hat, wäre ihr zuzutrauen gewesen. Denkbar aber auch, dass sie es gar nicht wusste. Vielleicht besaß Jenő, der außer seiner Eliza nie etwas anderes wollte als selbstbestimmt und unbeschadet durchs Leben zu kommen, längst einen evangelischen Taufschein, der in dieser Region, anders als im Rest des Landes, nichts Besonderes war. Und schließlich spielte der Weltenlauf völlig verrückt, nach dem Tod des alten Kaisers, dem Ende des Großen Krieges und dem katastrophalen Zerfall der Monarchie. Damals wurde hier die Grenze gezogen, die seither wirkt und wirkt, eben damals, als Jenő sich verliebte; eine Grenze mitten durch diese weiten gelbgrünen Landschaften, die seit Jahrhunderten vom Osten her die Hauptstadt nährten, nicht nur die Menschen, sondern auch die unzähligen Pferde der Monarchie. All die *Heanzen und Heidebauern,* also die Geflügelhändler und Heulieferanten – auf einmal waren sie, von der Metropole aus gesehen, Ausländer mit Zollbeschränkungen. Und auch wenn die Hungerepidemien der Hauptstadt in Dunkelblum nur in Gestalt von zwielichtigen Händlern und verzweifelten Hamsterern ankamen, hatte man andere Sorgen als den Taufschein des zukünftigen Schwiegersohns. Die Bauern hier unten im Süden hatten zu essen, aber die Grenzziehung war umstritten, besonders hier bei ihnen. Zweieinhalb Jahre lang wurde verhandelt, abgestimmt, eingeschüchtert, gedroht, geschossen. Mit Mistgabeln gingen Nachbarn aufeinander los, junge Burschen bewaffneten sich mit Schlagstöcken und rissen bereits gesetzte Grenzsteine wieder aus, weil einzelne Wiesen, Felder und Weingärten plötzlich auf der jeweils falschen Seite lagen. Die Hiesigen und die Drüberen schenkten sich nichts, auch wenn in vielen Fällen gar nicht klar war, wer aus welchen Gründen zu welcher Seite gehörte oder nunmehr gehören wollte. Beide Seiten spielten so falsch wie es nur irgendwie ging, so, wie es immer ist, wenn staatliche Autorität außer Kraft gesetzt ist. Es regiert sogleich das Faustrecht, da können wir uns in Friedenszeiten moralisch zu verfeinern glauben, wie wir wollen.

Schon damals tat sich ein Dunkelblumer besonders hervor: Benno B., der Leiter der Grenzpolizeistelle, stellte eine Gruppe Freiwilliger zusammen und benahm sich wie ein marodierender Räuberhauptmann. Er handle im Interesse Österreichs, verkündete er, aber diese amtlich klingende Behauptung änderte nichts an der Widerrechtlichkeit seiner Taten. Dunkelblum selbst war zweifelsfrei Österreich zugeschlagen worden, Stoßimhimmel den Drüberen. Aber alles, was südlicher lag als die beiden Städte, war umkämpft. Und dort im Süden, zwischen den Feldern und Höfen, focht Benno B. mit seinen Freiwilligen um jeden Hosenriemenacker.

Demgegenüber war eine Hochzeit eine rundum gute Nachricht. Sie hatten hier alle nicht viel, aber sie verstanden es, zu feiern. Jenő, der merkwürdigerweise gar keine Familie zu haben schien, schlug sich damit selbst Österreich zu, obwohl das hieß, dass er nicht Lehrer bleiben konnte. Unterrichtet wurde endlich wieder auf Deutsch, frenetisch begrüßt von der Mehrheit, deren Muttersprache es immer gewesen war. Aus manchen von Jenős kindlichen Zeichenschülern, etwa dem Schustersohn Alois Ferbenz, der morgens glänzte wie eine Speckschwarte, wurden damals, im Kindesalter, deutschösterreichische Nationalisten, die sich lebenslang im Abwehrkampf gegen schmutzige, fremde, zerstörerische Elemente befanden.

Für Jenő und Eliza folgten bescheidene, aber friedliche Jahre. Jenő war ein Lebenskünstler, der sich ökonomisch irgendwie durchzuschlagen verstand, und wenn es knapp wurde, arbeitete er ein paar Wochen in der Rosmarin-Fabrik. Im Jahr nach der Hochzeit wurde ihnen ein Sohn geboren, Sascha oder Schani gerufen.

Die Geburt verlief schlimmstmöglich. Nach Tagen in den Wehen war die Gebärende in einer Lage, die Doktor Bernstein für aussichtslos hielt. Man bekam den Knaben, dessen schwarz behaartes Schädeldach schon zu sehen war, einfach nicht aus der Mutter heraus; er steckte im Geburtskanal fest, in den er sich nicht richtig hineingedreht hatte. Paradoxerweise führte gerade Doktor Bernsteins Fatalismus das glückliche Ende herbei: Nachdem er den bedauernswerten Ehemann auf das Schlimmste vorbereitet hatte, trat er aufs Neue an Elizas Bett, griff nach dem Skalpell und gab der Hebamme noch einmal die Zange. Pack an, raunte er ihr zu, so, wie sie jetzt sind, können wir sie nicht einmal begraben.

Sascha trug von alldem nur einen Eierkopf und ein paar Hämatome davon, beides verschwand viel schneller, als sich seine Mutter erholte. Er wuchs in Dunkelblum auf wie alle anderen Kinder, mit dem Unterschied, dass er ein Einzelkind blieb. Sobald er laufen konnte, lief er dem jüngsten Bruder seiner Mutter, der nur fünf Jahre älter war, nach wie ein Hündchen seinem Herrn. Elizas Bruder Max, strenggenommen Saschas Onkel, wollte nichts von ihm wissen. Er rannte vor ihm davon, blieb aber manchmal stehen, als habe er es sich anders überlegt, und stieß den hoffnungsfrohen Kleineren einfach um.

Mit zehn Jahren verehrte Sascha die blonde Vroni, die zwei Klassen über ihm war und so gewählt sprechen konnte.

Mit dreizehn küsste er Agnes, neben der er damals in der Bank saß und die sich danach mit dem Handrücken den Mund abwischte. Auffallend war, dass er, anders als seine Eltern, überhaupt nicht zeichnen konnte und wollte. Mit vierzehn begann er eine Kellnerlehre im Hotel Tüffer, die er zum Entsetzen seiner Großeltern abbrach, um stattdessen bei der Fabrikantin Thea Rosmarin Buchhaltung zu lernen.

Mit achtzehn war er ein selbstbewusster junger Mann, der seinen Charme an den älteren Frauen in der Firma ausprobierte. Dann fand sich sein und seines Vaters Name auf jener Liste, die außen am Rathaus angeschlagen wurde. Sascha hielt es erst für einen schlechten Scherz, und auch als er es mit eigenen Augen gesehen hatte, sprach er so lange von einem Irrtum, bis ihm seine Mutter erklärte, worum es hier vermutlich ging. Eines frühen Morgens machten sich die beiden Goldmans mit zwei Koffern über Kirschenstein und Stoßimhimmel auf den komplizierten Weg nach Budapest, wo Jenő Verwandte und Bekannte hatte oder wiederzufinden hoffte. Sascha klammerte sich an die Worte seiner Mutter, *vorübergehend, zur Sicherheit*. Sie gab ihm eine kleine Zeichnung von ihnen dreien mit, ein selbstgemachtes Familienporträt. Er verlor es in den ersten Wochen. Er verstand nicht, was ihm da geschah. Im Dunkelblumer Tempel war er nie gewesen, er wusste nicht, was sie dort trieben, er stellte sich Hexenmeister mit spitzen schwarzen Hüten vor.

Dass die Mutter mitkäme, war nie zur Debatte gestanden. Der briefliche Kontakt riss fast sofort ab, sie wechselten immer wieder die Adressen. Jenő suchte nach Möglichkeiten, seinen Sohn zu retten, fragte nach falschen Papieren, Schleppern in Richtung Rumänien, nach Versteckmöglichkeiten auf dem

Land, aber Sascha weigerte sich. Er hatte Angst, auf sich allein gestellt zu sein, und er verbarg das hinter der Sorge um den Vater, der ihm ein schutzloser alter Mann schien, dabei war er damals erst Mitte vierzig. Zusammenbleiben um jeden Preis, das gab Sascha, wenn ihm die Argumente ausgingen, als den erklärten Willen der Mutter aus.

Die beiden hielten durch, an Orten, die sie vergaßen, sobald sie sie verlassen hatten: Dachböden, Lagerräume, Sammelwohnungen, einmal sommers sogar ein Friedhof, bis sie in ein Ghetto kamen, das ihre Bewegungsfreiheit stark einschränkte. Sie wurden nicht, wie ein paar Tausend andere, im Winter in die eiskalte Donau geschossen. Aber es fehlte ihnen auch das bisschen Glück, zum richtigen Zeitpunkt auf einen der internationalen Helfer zu stoßen, Schweden, Schweizer, Spanier oder der Apostolische Nuntius, die damals wie Sisyphos' Brüder im Diplomatendienst Schutzpässe über Schutzpässe ausstellten. Es waren nie genug. Als sich die Sowjetarmee Budapest näherte, wurden die Goldmans mit Zehntausenden anderen in Richtung Westen getrieben, dorthin zurück, von wo sie über sechs Jahre zuvor mit zwei Koffern gekommen waren. Die Koffer waren längst verloren, und sie waren wohl auch nicht mehr dieselben.

Sie marschierten und sie wurden in Zügen transportiert, und anhand mancher Bahnhofsschilder erkannten sie, dass sie dem Zuhause näherkamen. Sie sprachen nicht darüber. Die Menschen links und rechts erkrankten an Typhus und Fleckfieber und starben über Nacht, sie erfroren, sie verhungerten. Alle, die nicht starben, schaufelten den ganzen Tag. Sie verscharrten die Toten und sie bauten den Südostwall, das stolze Monument der letzten großen Verteidigung, sie bauten ihn mit Hacken und Schaufeln, vier Meter tief und vier Meter breit, die Wände verschalten sie mit Holz. Der Beton war vielerorts ausgegangen, ausgegangen war auch die Verpflegung der Arbeiter. Nicht ausgegangen, sondern gar nicht erwünscht waren Toiletten und Waschmöglichkeiten, man stellte ihnen ein paar rostige Kübel in die fensterlosen Weinkeller, in die ungeheizten Scheunen, in die Kuh- und Schweineställe, in all diese elenden, eilig beschlagnahmten Räume, in denen sie untergebracht und jede Nacht eingeschlossen wurden, Hunderte, Tausende Menschen überall entlang der Grenze, die sich ihrem Tod widersetzten, solange sie schaufeln konnten. Auch die Kübel in den Ställen sollten den Widerstand gegen das Sterben verkürzen; mit solchen einfachen Techniken lassen sich Darmkrankheiten wunderbar verbreiten, ebenso wie Läuse, die das Fleckfieber übertragen, es ist wirklich eine sehr zielführende Art. Sperrt sie dicht zusammen und mischt sie mit ihren Exkrementen.

Und wenn die verbliebenen Alten, Kriegsinvaliden und Bäuerinnen, die noch ein Heim und eine Waschgelegenheit hatten und sich trotz der herannahenden Front zumindest äußerlich noch zivilisieren konnten, wenn diese gekämmten Einheimischen morgens den Zug der Verdammten sahen, der sich mit Hacken und Schaufeln zu den Schanzarbeiten schleppte, dann konnten sie erkennen, verstehen und bezeugen, dass es sich hierbei nicht um Menschen handelte, sondern um Ungeziefer in Menschenform, dreckig, verlaust, stinkend, jämmerlich, so schauerlich, dass man nur noch wünschte, sie würden schnell der Sicht entzogen und kämen einfach weg, vielleicht gleich in die Gräben, die sie gruben. Allein der Anblick schien Unglück zu bringen. Man wollte das gar nicht sehen, nicht so genau.

Aber die Eisenbahn brachte ständig Nachschub an diesen zerlumpten Gestalten.

Lassen wir die großen Fragen von Menschenwürde und menschlicher Maximalbosheit einmal beiseite. Versuchen wir, eine Strategie zu erkennen, oder sagen wir es viel kleiner: ein Wollen. Was wollten sie eigentlich, die Ferbenz und Neulags, die Horkas und Stipsits, die Podezins, Nickas und Muralters, die diese Zustände verantworteten? Was wollten ihre Vorgesetzten? Wollten sie wirklich einen Wall bauen, der ihnen die Rote Armee vom Hals hielt? Oder wollten sie schnellstmöglich und dennoch Munition sparend eine große Menge an Menschen töten? *Vernichtung durch Arbeit* – wofür ihre Vordenker durchaus einen Begriff hatten, dafür hatte jemand wie Horka vermutlich zumindest ein genaues Gefühl. Jedenfalls scheinen sie sich zwischen diesen beiden Zielen nie so recht entschieden zu haben. Die Ziele widersprachen einander. Halb verhungerte Typhuskranke bauen weder schnell noch gut. Auch das Beseitigen ihrer störenden infektiösen Leichen kostet Zeit und Arbeitskraft. Oh ja, auf diese Weise töteten sie wohl viele Tausende von Zwangsarbeitern, und sie ließen viele Tausende absichtlich sterben. Und ja, sie bauten wohl einen langen, langen Wall, aber an den meisten Stellen wurde er bald darauf überrannt wie eine Barrikade aus Zahnstochern.

Es gab einen, dem fiel die Diskrepanz zwischen den beiden Zielen auf. Das war der Josef Graun aus Dunkelblum, damals dienstzugeteilt in Steinherz, etwa hundertfünfzig Kilometer südwestlich von Löwingen. Deshalb konnte er seine Verlobte, die Resi, spätere Reschen, auch nicht mehr jedes Wochenende besuchen. Es war einfach zu weit. Er befehligte im Steinherzer Abschnitt die Wallarbeiten, und er war stolz darauf, wie gut er sie organisiert hatte. Er ließ die Arbeiter wie üblich von Volkssturm und Hitlerjugend bewachen, setzte sie aber an topographisch sorgfältig ausgewählten Bauabschnitten ein. Jede dieser kleineren und damit handhabbaren Gruppen begann an einem Punkt zu schanzen, von dem sie sich in zwei Richtungen langsam wegbewegte, nach Süden und Norden. Jede Gruppe teilte sich also noch einmal. Nach ein paar Tagen traf im Idealfall der nördliche Teil der Gruppe B auf den südlichen der Gruppe A, und es begann die Verschalung in die jeweils andere Richtung. So ließ sich der Baufortschritt viel besser überwachen, und Bauabschnitte, die nachhinkten, konnten rasch identifiziert und unterstützt werden, durch frische Kräfte oder schärfere Aufseher, je nachdem, woran es lag. Massenbaustellen wie südlich von Dunkelblum, wo der Horka-Schorsch sein chaotisches Unwesen trieb, wollte Graun strikt vermeiden. Dafür hatte er nur die heimliche Verachtung des Pedanten übrig. Wenn man dort hinkam, schwärmten die Arbeiter wie Ameisen durcheinander, keine Ordnung, keine Übersicht, und vermutlich schaufelten sie nur, wenn ein Aufseher genauer hinschaute. Was schwierig war bei dem Hin-und-her-Gerenne. So etwas gab es bei ihm nicht, da war alles Ordnung, Übersicht, Kontrolle.

Als sie an einem Samstagabend in der *Tüffer*-Bar saßen, hatte er dem Horka-Schorsch sein System auf einen Bierdeckel gezeichnet, die einzelnen Abschnitte, das Aufeinander-zu-Schanzen. Aber der Horka starrte ihn nur aus seinen Säuferaugen an und sagte, scho recht, Josef, is scho recht, du auf deine Art, i auf meine.

Die Resi raunte ihm nachher zu, er solle vorsichtig sein

mit dem Horka, der sitze praktisch auf dem Schoß vom Ferbenz, zumindest telefonisch. Über das telefonische Auf-dem-Schoß-Sitzen machte Josef sich lustig und flüsterte der Resi in ihr rosiges Ohr, dass dieser Zigeunerbankert von einem Horka nicht ewig der Arischste unter den Arischen bleiben werde, wirst sehen, wenn der Krieg erst vorbei ist, reden wir einmal über dem seine Abstammung! Aber die Resi hat da nur die Augen aufgerissen und ihn gebeten, das nicht laut zu sagen, bitte Josef, tu's wenigstens für mich.

Kurz danach fielen Grauns Baustellen zurück, eine nach der anderen, es ging stetig langsamer, als würde irgendwo sachte eine Bremse gezogen. Er fuhr die einzelnen Abschnitte ab, schaute sich an, was los war. Dem Graun war klar, dass man die Arbeiter in einer minimalen Grundverfassung halten musste, wenn einem etwas an ihrer Arbeitskraft lag. Man muss sie ja deswegen nicht mögen, sagte er zu seinen Untergebenen, aber wenn sie arbeiten sollen, müssen sie essen. Und nun erfuhr er von einem der Aufseher, dass sie seit Tagen *nichts zum Fressen gehabt haben.* So sahen sie auch aus. Diese Leute konnten einfach nicht mehr, dieselben, die vor einer Woche noch brav geschaufelt hatten, aber auch die, die erst vor einigen Tagen angekommen waren. Es war vorher schon nicht viel gewesen, aber inzwischen bekamen sie buchstäblich nichts mehr. Im Abschnitt C brach vor seinen Augen einer zusammen, knickte einfach auf die Knie und fiel nach vorne in den Schlamm, der wurde gleich nach hinten weggebracht. Ich schick ein paar Neue, versprach er seinen Stellvertretern vor Ort, setzte sich ins Auto und fuhr zurück.

Was Josef Graun in den nächsten Tagen herausfand, war schockierend und gefährlich. Aber nachdem er die Nachschublisten überprüft und mit älteren verglichen, nachdem er telefoniert und direkt mit einigen seiner Leute bei den verschiedenen Unterkünften der Arbeiter gesprochen hatte, waren ausreichend Beweise beisammen: Die Kreisleitung schien Lebensmittel zu unterschlagen, die zur Verpflegung der Schanzarbeiter gedacht waren. Und zwar in einem Ausmaß von vielen Hunderten Kilogramm. Das aber war Sabotage. Möglicherweise fiel dem Josef Graun erst zu diesem Zeitpunkt auf, wie viele Dunkelblumer auf den höchsten Posten der Umgebung saßen, und fast alle davon aus seinem Jahrgang. Neulag und Horka in jener Kreisleitung, und der Ferbenz, der Dokter Alois, auf den alle so stolz waren, ein promovierter Sohn unserer Stadt, sogar unten in Graz. Das, was Graun herausgefunden hatte, musste er einem Vorgesetzten melden. Sein Vorgesetzter war Neulag, eben jener, der vermutlich die Lebensmittel unterschlug. Es blieb nichts, als mehrere Stufen zu überspringen und sich gleich an Ferbenz zu wenden.

Ferbenz empfing ihn beinahe herzlich, an der rechten Brusttasche den Blutorden. Seit er dem Führer persönlich begegnet war, erwähnte er es in jedem Gespräch, davon hatte Graun schon reden hören. Graun lauschte ihm also andächtig, nahm das Wort Führer auf und warf es wie schmeichelndes Konfetti zurück, er bezeichnete den Dunkelblumer Schustersohn, der jetzt Gauleiter-Stellvertreter war, selbst als einen geborenen Führer, vom ersten Schultag an! Wer's nicht gleich kapiert hat, war einzig und allein der Horka. Weißt noch, wie wir uns alle auf ihn gestürzt ham, nachdem er dich angegangen is? Wir ham ihn fast um'bracht damals. Das hat er sich aber g'merkt.

Ferbenz lachte eitel. Als Josef Graun jedoch zur Sache kam, verging es ihm. Schon nach den ersten Sätzen stand er auf und stellte sich ans Fenster. Graun musste alles, was er zusammengetragen hatte, all seine Indizien, Vermutungen und halben Beweise, an den Ferbenz'schen Uniformrücken hinsagen. Weil keine Reaktion kam, eiferte er sich besonders über die Verzögerung des Wallbaus. Obwohl er sich vorgenommen hatte, es zu vermeiden, dürfte ihm das Wort Sabotage entschlüpft sein: Ich mein halt nur, die Front rückt näher, und wir drohen zu versagen, ausgerechnet in dem, was uns der Führer als heilige Aufgabe …

Da drehte sich Ferbenz zu ihm um und schaute ihn aus seinen hellblauen, ein wenig wässrigen Augen an. Es blieb einen Moment still. Dann empfahl der Gauleiter-Stellvertreter mit tonloser Stimme, die Sache zur Anzeige zu bringen. Etwas anderes, Josef, kann ich dir beim besten Willen nicht raten. Aber sei so gut und lass mich raus, ich bin sicher, du hast genug in der Hand.

6.

Der Zug mit den Goldmans fuhr bis Kirschenstein, den Rest des Weges mussten sie wieder marschieren. Kurz vor Dunkelblum fiel Sascha absichtlich hin und grub die Hände tief in den Boden. Beim blitzschnellen Aufstehen fuhr er sich damit durchs Gesicht und wurde schwarz davon. Sein Vater war neben ihm, aber sprach seit ein paar Tagen kaum mehr. Sascha vermutete, dass er dabei war aufzugeben, auch dieser Gedanke kam, wie das meiste, inzwischen aus weiter, fühlloser Ferne. Sie wurden ins Schloss gebracht, in die Stallungen, dorthin, wo früher die Rennpferde der Gräfin gestanden waren. Am nächsten Tag wurden sie an den hiesigen Wall geführt und gruben und schaufelten aufs Neue, so wie sie es schon an den bisherigen Stationen getan hatten. Seine Gedanken kreisten zum ersten Mal seit Langem weniger um Nahrung als um Flucht. Wo, wenn nicht hier? Aber es war aussichtslos. Jeder, der zu rennen begann, wurde erschossen. Das war immer wieder passiert. Vom Schloss aus wären es nur drei, vier Ecken, und er wäre zu Hause. Doch die Mutter würde auch den Vater retten wollen, das wäre gefährlich, ja tödlich, für beide. Insofern musste er bleiben. Zu zweit fliehen wäre unmöglich. Sobald sein Verschwinden auffiele, würde der Vater erschossen. Es gab keinen Ausweg. Er musste bleiben.

Ich muss bleiben, sagte er sich im Takt seiner Schritte, als sie abends zurück zum Schloss gingen, ich muss bleiben. Als sie durch das Tor gingen, stockte es in den Reihen vor ihnen, jemand war gestürzt, andere fielen darüber. Sein Vater gab ihm von der Seite einen heftigen Stoß und nahm gleichzeitig Saschas Schaufel. Ohne schnelle Bewegung, ohne einen letzten Blick zu ihm trat Sascha zur Seite, bog ab, schlenderte locker vor sich hin, als wäre er ein Passant. Er richtete sich ein wenig auf und ging in seinem Rhythmus weiter. Er erwartete den Schuss. Ein Tropfen Schweiß bildete sich zwischen den Schulterblättern und lief die Wirbelsäule entlang, als zeichnete er die unsichtbare Linie, wohin zu zielen wäre. Vor ihm lag der Hauptplatz mit der Pestsäule, zehn Schritte noch, dann wäre er hinter dem Kriegerdenkmal außer Sicht. Zwanzig Schritte bis in die Karnergasse. Sich in einer Ecke verstecken, in einem Schuppen, unter einem Wagen. Warten, bis alles still wäre, vielleicht ein wenig schlafen. Gegen zwei oder drei Uhr nachts nach Hause gehen. Sollten sie ihn dort holen.

Tief in der Nacht fand er die Tür verschlossen. Er streckte sich und klopfte leise an die Fenster. Nichts geschah. Er klopfte lauter. Wo war sie denn, wo waren die Großeltern? Er wartete und klopfte erneut. Da öffnete sich die Tür einen Spalt, dahinter war es dunkel. Mutter, flüsterte Sascha und trat näher. Hinter der Tür stand sein Onkel Max im Pyjama und richtete eine Waffe auf ihn.

Ich bin's, der Schani, flüsterte Sascha, lass mich rein, ich bin abgehaut.

Verschwind, sagte Max so laut, dass Sascha zusammenfuhr, verschwind, die Elisabeth ist tot, hörst du, gestorben, hier will dich keiner mehr, geh weg, du bringst uns alle in Gefahr.

Als er die Tür schloss, begann drinnen im Haus ein Kind zu weinen.

Um halb drei Uhr nachts, zu jener tiefschwarzen Stunde, in der zu allen Zeiten die Alten und Kranken besonders leise und leicht sterben, lief Sascha durch den ältesten Teil von Dunkelblum, er lief im Zickzack über das Kopfsteinpflaster an den Hauswänden entlang, immer dort, wo am wenigsten Licht war. Er wollte nur hinaus aus der Stadt, in die Wälder, er achtete wohl zu wenig auf den Weg, seit dem letzten Mal waren sieben Jahre vergangen. So geriet er in eine Sackgasse. Und hier, wo er sich nach einem Ausweg zwischen den Mauern und Zäunen drehte, entdeckte ihn doch jemand, mitten in der Nacht, eine zutiefst entsetzte und dennoch barmherzige Seele. Eine junge Frau rief ihn leise auf Ungarisch an, er antwortete, Augenblicke später öffnete sich ein Tor, er schlüpfte hinein. Sie wechselten nur wenige Sätze, sie fragte, ob er aus dem Schloss käme, ob er ein Arbeiter sei, er bestätigte, das genügte ihr. Sie führte ihn nach hinten hinaus in den Hof, in einen gemauerten Schuppen. Sie entzündete eine Kerze, und dann verschoben sie gemeinsam in rasender Eile das Brennholz an einer Seite, sodass er dahinterschlüpfen konnte. Sie brachte ihm eine Decke, zwei harte Eier und einen Apfel und ließ ihn in seinem Versteck allein.

Es waren zwei Frauen, die ihn verpflegten, eine davon sah er nie. Mit der, die ihn eingelassen hatte, sprach er Ungarisch, und nur das Allernötigste. Die andere pfiff kurz, wenn sie ihm sein Essen in den Schuppen legte, und er kam erst hinter seinem Holzstoß hervor, wenn sie gegangen war. Das Essen, Eier, gekochte Kartoffeln, ein Kanten Brot, war nur in Papier gewickelt, nichts durfte auf die Hilfe der Frauen hinweisen. Am Anfang war ein winziges Klappmesser dabeigelegen, mit einem Griff aus Horn. Das hatte er behalten, so war es wohl gemeint gewesen. Nachts benutzte er den Abort der Ungarin. Es kann nicht mehr lang dauern, hatte sie zu ihm gesagt. Sie war in seinem Alter. Beide Frauen brachten in den ersten Tagen Heu und Stroh, sodass er hinter seinem Holz nicht erfror. Manchmal hörte er ein Kind schreien oder brabbeln, zum Glück hatten sie keinen Hund. Für jeden Tag, der verging, machte er mit dem Messer eine Kerbe in ein Holzscheit. Es wurde ein wenig wärmer. Zwei Tage lang gab es kein Essen, weil niemand kam. Der Gefechtslärm war so stark, dass Sascha lieber hinter seinem Holzstoß blieb. Auf einmal war seine Retterin wieder da. Sie weinte. Die Russen seien in der Stadt gewesen, aber die Deutschen hätten sie wieder hinausgeworfen, stammelte sie, sie habe keine Ahnung, was als Nächstes geschehen werde, sie schießen alles kaputt. Sie würde mit den anderen Frauen in die Wälder fliehen. Sie gab ihm ein Päckchen mit Essen, vermutlich das Letzte, was sie abzweigen konnte, und wünschte ihm Glück. Er fragte nach den Arbeitern im Schloss. Sie biss sich auf die Lippen. Die sind schon seit einer Weile weg, sagte sie, und das Schloss brennt. Danke für alles, sagte er, als sie sich abwandte, und er ahnte, dass sie noch weinte, als sie ging.

Eliza Goldman hatte bald nach der Flucht ihrer beiden Männer dem Bruder die zwei Zimmer im Elternhaus überlassen und war ausgezogen. Max bejubelte alles, was Neulag und seine Leute als die große neue Zeit anpriesen, die weißen Fahnen, die neue völkische Sauberkeit, den sogenannten wirtschaftlichen Aufbruch, der, wie sie es sah, als Erstes einen Engpass in der medizinischen Versorgung brachte und auf Raub und Diebstahl gegründet war. Aber sie sagte nichts, ihre Lage war fragil genug. Es gelang ihr, sich auf Dauer in Zimmer 22 des Hotels einzumieten, nachdem sogar der alte Doktor Bernstein verjagt worden war. Sie verdingte sich in der Küche, spülte und schälte Kartoffeln, und sie war der hantigen Resi für dieses Arrangement so dankbar, dass sie wortlos akzeptierte, wieder als Fräulein und mit ihrem Mädchennamen angesprochen zu werden.

Gegen Ende des Krieges, als sich alles auflöste, floh sie rechtzeitig mit ihrer Mutter nach Kirschenstein und kam bei Verwandten unter. Im Spätsommer 1945, als das Schlimmste vorbei war, kehrten sie wieder. Max war verhaftet worden und befand sich in einem Lager der Amerikaner. Da das Elternhaus noch stand, schien es das Einfachste und Nächstliegende, zurück in ihr Mädchenzimmer zu ziehen und sich um den kleinen Neffen und die Schwägerin zu kümmern, die wieder schwanger war.

Ein Jahr später – Max war noch inhaftiert, seine Tochter

schon geboren – flüsterte Resi ihr eines Tages zu, dass Jenő am Leben sei. Er warte in Stoßimhimmel darauf, für eine Zeugenaussage nach Dunkelblum gebracht zu werden. Eliza wollte bei den Russen, die im Hotel Tüffer Quartier genommen hatten, mehr in Erfahrung bringen, aber Resi verbot es ihr. Sie werde ihr alles Nötige mitteilen, aber nun solle Eliza still sein, nach Hause gehen und vorläufig mit niemandem darüber sprechen.

Zeuge wofür, fragte Eliza noch, und Resi sagte, ach, diese ganzen Naziverbrechen, wer soll die noch alle auseinanderhalten?

Und nein, von Sascha habe sie nichts gehört, beteuerte Resi, nur von Jenő und einem zweiten Zeugen. Vielleicht sei der zweite Zeuge ja Sascha? Warten wir's einfach ab, beendete Resi das Gespräch, man kann jetzt gar nichts tun. Und damit verabschiedete sie sich eilig und ging wieder zurück in die Bar, um die Russen zu bedienen, mit denen ihr einarmiger Mann so geschickt Karten spielte.

Ein paar Tage später klopfte ein schmutziger Bub an Elizas Tür. Er fragte nach ihrem Namen, sie sagte ihn ihm, er schüttelte den Kopf, die Faust hinter dem Rücken. Eliza fragte, zu wem willst du? Er schüttelte wieder den Kopf und wollte sich zum Gehen wenden. Sie hielt ihn an der Schulter fest und wechselte in die andere Sprache. Goldman, sagte sie, ich heiße Erzsébet Goldman. Da gab er ihr einen Zettel und rannte davon. Auf dem Zettel wurde sie gebeten, mittags mit ihrem Ausweis an die Grenze zu kommen, *nur zur Sicherheit*, wie es hieß. Darunter ein J.

Also ging sie gleich los und stand schon ab halb zwölf Uhr an der Grenze, lange und geduldig. Es war September, nicht mehr heiß und wenig Betrieb. Russische Soldaten, österreichische Zöllner, vor allem militärischer Verkehr. Niemand achtete auf sie. Sie wartete. Sie wusste später nicht mehr, ab wann sie auf das aufmerksam geworden war, was man danach merkwürdigerweise *die Schießerei an der Grenze* nannte, so als ob jemand zurückgeschossen hätte.

Sie hatte fast ununterbrochen die Straße entlanggestarrt, die von drüben auf die Grenzanlage zuführte. Aber da so lange nichts zu sehen gewesen war, erlahmte ihre Aufmerksamkeit. Ab und zu kam ein grüner Militärtransporter. Und schließlich ein weißer Lkw, der taumelnd auf die Grenze zufuhr. Er wirbelte Staub auf und schien dauernd in Gefahr, von der Straße abzukommen, einmal links, einmal rechts. Erst schauten alle auf, dann begannen die Grenzer zu rufen und die roten Kellen hochzuhalten. Der Lkw näherte sich in Schlangenlinien. Ein paar Soldaten liefen los. Jemand schoss zur Warnung in die Luft. Es sah aus, als würde der Lastwagen gleich gegen das Häuschen der Grenzer fahren, die begonnen hatten, den Balken zuzuschieben. Ein gellender Pfiff ertönte und die Grenzer sprangen zurück. Wie durch ein Wunder traf der Lastwagen durch die Lücke, die noch offen war. Eliza fragte sich später oft, ob sie das wirklich gesehen hatte oder ob sie es sich nur einbildete: einen Schemen, der ihr Mann hätte sein können und der versuchte, ans Lenkrad zu gelangen, hinter dem sie niemanden sah. Der kämpfte, das Auto unter Kontrolle zu bringen, dem es aber nicht richtig gelang. Es waren Sekundenbruchteile. Sie konnte es sich eingebildet haben. Durchdringendes Hupen, schon die ganze Zeit oder erst, als der Wagen über die Grenze gerast kam? Drei Zöllner rannten in ihre Richtung. Jemand riss sie von hinten zu Boden. Der Wagen wurde von Kugeln durchsiebt, das wussten später alle, er stand da noch lange wie ein vergessenes Requisit. Viele Dunkelblumer haben ihn in den Wochen danach stehen sehen, sie haben gesehen, dass es da jemand verdammt ernst gemeint hat mit dem Aufhalten. Danach lagen ein Toter und ein Schwerverletzter auf österreichischer Seite im Staub, und die Russen entschieden, den Verletzten zurück nach Ungarn zu schicken. Über dem Toten lag sehr schnell ein graues Tuch, Eliza wusste nicht, wo es hergekommen war. Sie wusste auch nicht, wo Agnes Kalmar hergekommen war, die plötzlich neben ihr stand, sie umarmte, festhielt und ihr verrückte Sachen ins Ohr murmelte. Seit sie vergewaltigt worden war, hatte sie Anfälle, aber Eliza war sich in den Jahren, die folgten, ziemlich sicher, dass sie diesen, an der Grenze, nur vorgespielt hatte.

Jenő lag zerschossen im Staub, aber er schien noch zu leben. Sie durfte nicht zu ihm, jemand hielt sie eisern fest. Es kam ihr vor wie eine Ewigkeit, bis Menschen da waren, die halfen. Doktor Sterkowitz wurde in einem Jeep herangefahren, er sprang herunter und legte dem Verletzten Verbände an. Jenő wandte den Kopf, sie wusste nicht, ob von selbst oder weil er vom Arzt bewegt wurde. Sein Gesicht war voller Blut, sie konnte nicht erkennen, ob er wirklich zu ihr hinsah. Es sah aus, als würde er nur auf ihre Beine schauen. Dann wurde er aufgehoben und auf eine Ladefläche gelegt. Dieser Wagen wendete und fuhr zurück nach drüben. Der Tote blieb liegen. Es kamen mehr Soldaten und es kamen viele Gendarmen. Eliza saß mit Agnes am Straßenrand. Agnes hielt sie fest. Schließlich wurden die Beamten auf die beiden Frauen aufmerksam.

Sie kann ihn identifizieren, rief Agnes und hielt sie fest, sie kann den Mann identifizieren! Der Tote ist ihr Mann! Hören Sie, sie kennt ihn!

Sie deckten ihr kurz den Toten auf, den sie noch nie gesehen hatte, es war irgendjemand, ein älterer Mann, aber weil es nicht Sascha war und weil Agnes so viel daran zu liegen schien, nickte sie schließlich und bestätigte, dass das Jenő Goldman sei, geboren am 16. Jänner 1895. Und als solcher wurde dieser Mann auf dem jüdischen Friedhof in Dunkelblum begraben, und für diese kurze, fremdartige Zeremonie musste extra ein Rabbiner aus Graz geholt werden.

Elisabeth Rehberg, die, wie es Dunkelblum von ihr zu erwarten schien, ihren Ehenamen nie mehr benutzte, korrespondierte noch zehn Jahre mit Jenő, ihrem früheren Mann. Die Briefe liefen aus Sicherheitsgründen über eine dritte Person. Die Mittlerin war eine gierige Frau in Stoßimhimmel, die sich für ihre Dienste bezahlen ließ. In den Briefen ging es vor allem darum, was sie beide in ihren jeweiligen Ländern unternahmen, um nach dem Schicksal ihres Sohnes zu forschen. Im Flüchtlingswinter von 1956, als in Dunkelblum alles drunter und drüber ging, war Eliza einige Tage lang unruhig, weil sie befürchtete, dass Jenő einfach bei ihr auftauchen würde. Doch er meldete sich noch einmal brieflich, bereits aus Wien. Er schrieb, er beabsichtige, nach Israel zu gehen und dort weiterzusuchen. Er versprach, sich zu melden, sobald er etwas erführe. Danach hörte sie nie wieder von ihm. Aber sie wusste, dass er sein Versprechen nicht gebrochen hätte. Sie wusste, wenn sie nichts hörte, gab es nichts mitzuteilen.

7.

In jener Nacht im Sommer 1989, als das Gewitter die Dunkelblumer aus den Betten trieb, war die alte Frau Graun so betrunken, dass sie als Einzige nichts davon mitbekam. Wie gesagt, stieg ihr Alkoholkonsum im Lauf der Woche kontinuierlich an und fand üblicherweise seinen Höhepunkt am Samstagabend. Seit Jahren war es die Aufgabe ihrer Schwiegertochter, sie am Sonntag beim Gottesdienst krankheitshalber zu entschuldigen. Doch es fragte schon lange niemand mehr, höchstens ab und zu ein Spaßvogel.

Und – ist die Vroni wieder einmal nicht aus dem Bett 'kommen, fragte so einer zum Beispiel, und Karin antwortete eisern, dass ihre Schwiegermutter sich leider in der Früh nicht gut gefühlt habe.

Nicht nicht aus'm Bett 'kommen, sondern aus'm Bett g'fallen, wisperte womöglich die Frau des Spaßvogels, und nimmer auf'kommen! Unterdrücktes Grinsen rundum. Aber Frau Karin tat, als habe sie nichts gehört. Sie zog die Kinder weiter, schob sie mit viel Gewese in die Kirchenbank. Sie war stolz darauf, dass ihre Kinder besonders akkurate Kreuzzeichen machten.

An dem betreffenden Sonntag war die alte Graun am frühen Abend in überraschend guter Verfassung erschienen, hatte sich ein großes Glas Apfelsaft mit Wasser eingegossen, es hinuntergestürzt und die Schwiegertochter gefragt, was am Nachmittag draußen los gewesen sei. Sie fragte selten, aber wenn, hatte sich Karin angewöhnt, die Wahrheit zu sagen. Das war eine Art Vertrag zwischen ihnen beiden. Karin suchte den Rat der Alten, sobald sie befürchtete, dass ihr Mann kurz davor stand, den nächsten taktischen oder finanziellen Fehler zu begehen. Sie holte sich von ihr Argumente oder ließ sich beruhigen, je nachdem. Ihm gegenüber gab sie kein Argument je als das seiner Mutter aus, es hätte nur geschadet. Aber Karin hegte die Hoffnung, dass sie durch Aufmerksamkeit sowie Beratung mit der Alten auch in Zukunft das Schlimmste verhindern könnte. Im Grunde konnte sie die Alte nicht leiden, aber sie achtete sie mehr als ihren Mann. Das sind ja zwei verschiedene Sachen. Karin war undeutlich bewusst, dass die Alte eine Art Schutz bildete, dass sie ihnen in Dunkelblum ein Ansehen gab, welches sie ohne sie möglicherweise verlören. Und deshalb wünschte sie ihr keineswegs den Tod. Obwohl sie oft genug etwas in dieser Art zwischen den Zähnen hervorpresste, wenn sie die Alte samt Bett und Zimmer nach einer schlimmen Nacht saubermachte.

Die alte Frau Graun wollte nichts mehr vom Leben, auch keinen Einfluss auf irgendwen, auf Sohn oder Schwiegertochter, sie wollte nur ihre Ruhe. Das jedenfalls hatte sie lange Zeit geglaubt, eigentlich, seit ihr Sohn den Betrieb übernommen hatte. Aber in letzter Zeit wollte sie ab und zu etwas wissen, denn in der Stadt schien sich manches zu rühren. Und deshalb fragte sie gelegentlich. Sie war der Ansicht, dass ihre Schwiegertochter die tiefen Teller wahrlich nicht erfunden hatte und in dieser Hinsicht gut zu ihrem Sohn, diesem dauergekränkten Schwächling, passte. Aber zumindest war Karin verständig genug, sich nicht mit ihr anzulegen. Sie hatte es auch niemals versucht. Das, fand die alte Graun, war ein klarer Nachweis von Minimalintelligenz.

Und so erfuhr sie an diesem Sonntag, der als ruhiger Fernsehabend mit Sohn und Schwiegertochter ausklingen hätte können, dass oben auf der Rotensteinwiese menschliche Überreste gefunden worden waren. Dass eine mittelgroße behördliche Abordnung aus Kirschenstein, bestehend aus Staatsanwalt, Gerichtsmedizin, Tatortfotografen und Spurensicherung, trotz des Wochenendes eingetroffen sei und das Gelände bereits untersucht und abgeriegelt habe. Dass dieser Fund einiges Aufsehen in Dunkelblum erregt habe und viele Leute, weil ja Sonntag war, hinaufgefahren und wild spekulierend herumgestanden seien. Dass, komischer Zufall, der Heuraffl zur gleichen Zeit einen DDR-Flüchtling in seiner Waldhütte ertappt und furchtbar verdroschen habe. Beinahe wäre sogar einer verhaftet worden, der Heuraffl oder der Flüchtling, aber dann sei der Malnitz dazwischengegangen und alles habe sich wieder beruhigt.

Lauter seltsame Sachen, es war wirklich einmal etwas los. Karin lachte, als ihr zum Schluss noch das Missverständnis einfiel: Jemand habe den Lokalreporter gefragt, wie viele es seien, und *vielleicht fünfzehn* zur Antwort bekommen. Die Fragenden hätten die Toten, der Reporter dagegen habe die Untersuchungskommission gemeint …

Jaja, winkte die alte Graun ab, die wie immer schneller verstand, als Karin erzählte, das ist übrigens viel weniger lustig, als du glaubst. Aber sag mir: auf welchem Grundstück? Auf unserem oder dem vom Malnitz?

Auf unserem, sagte Karin, die zu ahnen begann, dass weniger Auskunftsfreudigkeit möglicherweise von Vorteil gewesen wäre. Mit zwei weiteren kurzen, scharfen Fragen fand die Alte heraus, dass ihr eigener Sohn, Karins Mann, dort grub, weil er sich den Wasserrebellen angeschlossen und vom Malnitz-Toni erfahren hatte …

An dieser Stelle unterbrach die Alte mit einer Handbewegung. Sie stemmte sich murmelnd vom Küchentisch auf und verließ den Raum. Aber Vroni, rief Karin ihr nach, es gibt doch gleich Essen?

Die alte Graun, die zurück in ihr Zimmer schlurfte, schickte ihr rostiges Hexenlachen über die Schulter zurück. Ich hab einen Sohn, der, weil's ihm ein Malnitz anschafft, freiwillig die Rotensteinwiese aufgrabt, rief sie, da brauch ich wirklich kein Essen mehr, da wird mir schon ganz ohne schlecht!

Die Tür flog zu. Karin schüttelte den Kopf. Zehn Minuten später kam ihr Mann nach Hause.

Nachdem sie ihm berichtet hatte, stöhnte der junge Graun. Die alten Geschichten, sagte er, die sind alle von irgendwelchen alten Geschichten besessen, die Mama, der Ferbenz, der ganz alte Malnitz, die haben alle miteinand einen Schaden vom Krieg.

Aber weil ihn seine Frau so sehr darum bat, ging er trotzdem zur Tür seiner Mutter, klopfte und regte an, dass sie zum Essen käme. Drinnen war es still, aber als er ein weiteres Mal klopfte, flogen von innen, bumm, schwere Gegenstände gegen die Tür, wahrscheinlich Bücher, bumm, bumm. Da wusste der junge Graun Bescheid. Er trat den Rückzug in die Küche an und dachte einmal mehr darüber nach, wie lange sie das noch überleben konnte. Sie tat das seit Jahrzehnten. Als Kind war er manchmal an ihrem Bett gestanden, es musste tagsüber gewesen sein, so sonnenhell war das Erinnerungsbild, wie sie auf dem Rücken lag mit offenem Mund, ein Speichelfaden floss heraus. Damals hatte er nie gefürchtet, dass sie sterben könnte, weil ihm das gar nicht bewusst gewesen war. Sein kindlicher Wunsch, dass sie aufwachen und wieder normal sein sollte, war quälend genug. Aber möglicherweise gehörte sie zu einer besonderen, andersgearteten Spezies, welche der Schnaps von innen her konservierte, anstatt sie umzubringen. Vielleicht machte der Schnaps es ihr zu Fleiß, indem er eben nicht tat, was sie erhoffte. Vielleicht war das alles eine einzige grausliche Verschwörung. Das dachte der junge Graun nicht zum ersten Mal, und wenn er mit den Gedanken so weit war, wurde ihm klar, dass er sich damit nicht mehr groß von seinen Verwandten und Bekannten unterschied.

Irgendwo tief drin in der bösen, alten, versoffenen Graun steckte noch ein Stück der blonden Veronika, die so schön sprechen konnte und dem dekadenten jungen Tüffer einst so gut gefiel. Mit vierzehn Jahren, unter dem kalten Blick der Hotelchefin, hatte sie begriffen, dass gutes Aussehen allein nicht genügte und das ganze *Küss die Hand* und *zu Diensten* auch nicht.

Alles, was sie damals wollte, hatte ihr die Resi weggeschnappt, die ehemals beste Freundin mit dem dicken, schiefen Bauerngesicht, die tat, als könne sie weder bis drei zählen noch den Unterschied zwischen Männlein und Weiblein annähernd richtig benennen. Mit diesem dummen Gschau, das Vroni unverzeihlicherweise unterschätzt hatte, überlistete Resi sogar die *Tüffer*-Chefin. Und so führte eins zum anderen. Die Resi bekam die Lehrstelle, weil die alte Frau Tüffer zwar sehr vieles wusste, aber offenbar nicht, dass bei dem, worauf ihr Sohn immerzu aus war, das Gesicht noch die geringste Rolle spielte. Und später, als die Tüffers abreisten, war es die Resi, die den Schlüsselbund zum gesamten Hotel bekam. Da die Tüffers nie wiederkehrten, wurde aus dem Lehrmädchen die Chefin. Und da sah sie natürlich gleich viel besser aus, jedenfalls in den Augen all der jungen Männer, die regelmäßig die Bar und den Frühschoppen frequentierten. Die Resi im weißen Kittel der Chefin, die mit fester Stimme ihre Angestellten herumscheuchte und genauso gut rechnen konnte wie ihre Schulfreundin Veronika, die sah automatisch viel besser aus, und Hintern und Busen waren ja wirklich in Ordnung.

Im letzten Kriegswinter, kurz bevor alles zusammenbrach, begegnete Vroni unerwartet dem Josef Graun. Sie hatte ihn seit Langem nicht mehr in Dunkelblum gesehen. Eine Weile hatte es geheißen, die Resi sei mit ihm verlobt, aber im Krieg ver- und entlobten sich die Leute schnell. Die meisten Männer waren weg, die Brüder und Väter an der Front, und Vroni, als die Älteste, musste mit dem Großvater die wenigen Märkte abfahren, die es noch gab.

Und da, weit weg im Süden, schon in Richtung Graz, stand auf einmal der Josef Graun vor ihr, der immer schon so gut ausgeschaut hatte, er zeigte auf den Kartoffelsack und fragte nach dem Preis.

Wie viele wollen S' denn, fragte Vroni, die nicht verstand.

Den ganzen, Madl, antwortete der Graun. Er kaufte tatsächlich den Sack, vom Fleck weg, und Vroni konnte ihr Glück kaum fassen. Der Großvater wollte ihn dem Herrn tragen, aber Vroni sagte, nein, bleib da, das mach ich schon.

Und so trug sie selbst den Sack zum Auto vom Graun, und als er ihn übernahm und hinten hineinlegte, richtete sie sich schnell das Haar, zwickte sich in die Haut an den

Wangenknochen und befeuchtete die Lippen. Als er wieder aufschaute, erkannte er sie endlich. Sie lächelte.

Sagst der Resi einen schönen Gruß, bat der Graun, als er ihr das Geld gab, und die Vroni fasste sich ein Herz und schaute ihm voll ins Gesicht. Die Resi, sagte sie langsam, die hat doch längst einen anderen.

Ist das wahr, fragte er.

Aber ja, versicherte die Vroni, die wusste, dass das nicht die ganze Wahrheit war, und fügte hinzu: Der wohnt auch schon bei ihr und macht mit ihr das Hotel.

Der Graun lehnte sich an sein Auto und suchte nach seinen Zigaretten. Als er sie gefunden hatte, bot er ihr eine an.

Aber nicht der Neulag, fragte er, oder der Horka?

Gott behüte, sagte sie, nein, niemand von hier, ein Invalider, der hat nur noch einen Arm. Reschen heißt er.

Er gab ihr Feuer, seine Finger zitterten. Sie berührte kurz seine Hand. Dann standen sie da und rauchten. Vroni kämpfte gegen den Husten- und den Brechreiz an, hielt die Zigarette aber sehr geschickt. Schließlich seufzte der Graun tief und sagte: Hab ganz vergessen, wie fesch dass du bist.

Wie kann man das vergessen, antwortete sie. Und da fragte er sie, ob sie Lust habe, noch ein Stück mitzukommen, und das hatte sie, und während ihr Großvater auf dem Markt auf sie wartete, wurde sie im Auto herumgefahren und erfreute sich an dem Umstand, dass dieser Mann noch alle beiden Arme hatte, die außerdem schön und kräftig waren, dass das viel besser zu ihr und ihrem berühmten Gesicht passte und dass sich endlich einmal alles so ergab, wie es sich von Natur aus gehörte.

Einige Wochen später, am Tag vor Palmsonntag, arbeitete auch Vroni bei dem Fest im Schloss. Die Resi hatte sie und andere Frauen zum Helfen holen lassen, stand selbst unten in der Küche und befehligte alles. Vroni servierte oben im Saal, zusammen mit Agnes Kalmar und Theresia Wallnöfer, die keine elf Tage später von den Russen erschossen werden würde. Die Hübschen servierten, die weniger Hübschen liefen zwischen Saal und Küche hin und her, die Unhübschen kochten, die Einteilung nahm die Chefin des *Tüffer* vor.

Obwohl sie den Neulag seit jeher kannten, hatten sie alle Angst vor ihm. Seit einiger Zeit ging er im Schloss ein und aus, als wäre es seines. Die Gräfin lachte, wenn sie ihn sah, und der Graf ging weiterhin, wie schon seit Jahren, mit ihm auf die Jagd. Diese beiden Dinge schienen den tratschenden Weibern von Dunkelblum unvereinbar, weil sie dem Grafen so viel Dummheit und Blindheit nicht unterstellen mochten. Nicht einmal, dass die Gräfin wirklich etwas Richtiges, also Falsches, mit dem Neulag tun konnte, mit einem von ihnen, aus dem Volk, nicht einmal das wollten sie sich in ihrem unerschütterlichen Glauben an die gottgegebenen Standesunterschiede vorstellen. Sie verehrten die Gräfin, einfach weil sie die Gräfin war. Sie hatten hier immer eine Gräfin gehabt. Dass die Grafen oder die Grafensöhne gelegentlich von den Bauersfrüchtchen naschten, war nicht so unvorstellbar, es kam vor. Es war die Natur, und es war fast eine Ehre für die Betroffenen. Aber die Gräfinnen? Das waren sozusagen die Statthalterinnen der Heiligen auf Erden. Die Dunkelblumerinnen knicksten beinahe schon, wenn sie nur das Wort hörten. Mehr von solchen ehrfürchtigen Untertanen, und die Monarchie hätte ein reelle Chance auf Wiedererrichtung gehabt, selbst damals noch.

Der Neulag probiert es, schamlos, als wäre die Gräfin ein Barmädchen, und sie amüsiert sich darüber, weil sie ihn auch ganz gern hat, andernfalls müsste sie ihn hart bestrafen – das war ungefähr, was sich die tratschenden jungen Weiber in ihrer Naivität vorstellten, was sie für möglich hielten, was heißt für möglich: Genau das sahen und erlebten sie ja.

Und dass es dem Grafen einfach nur egal sein oder dass er sogar Gründe dafür haben könnte, wenn die Gräfin abgelenkt und bei Laune gehalten wurde, das kam ihnen ebenso wenig in den Sinn. Sie knicksten und erröteten und sahen zu Boden und beglückwünschten sich, dass sie in diesen prächtigen Sälen arbeiten durften statt im Stall, auf dem Feld oder im Laden und dass sie zu Hause davon berichten konnten, von den Lustern und den vergoldeten Sessellehnen, und wenn sie bedienten, versuchten sie fein nur aus den Augenwinkeln oder durch die Wimpern hindurch zu schauen, niemals jemandem direkt ins Gesicht.

Bei Neulags Fest hatten die Serviermädchen alle Hände voll zu tun, es wurde gegessen, getrunken und getanzt, sie bekamen nicht die kleinste Pause. Dass der Neulag zwischendurch zum Telefon gerufen worden sei, sagten später einige aus, aber Vroni hatte es nicht mitbekommen. Und dabei blieb sie auch, obwohl der Beamte, der sie verhörte, ihr dieses kleine Zugeständnis auch noch abpressen wollte.

Wenn alle sagen, dass er zum Telefonieren hinaus ist, sagte der Beamte, können Sie's doch auch zugeben! Was haben Sie denn davon?

Was hab ich davon, wenn ich was sag, was ich nie gewusst hab, widersprach Vroni, damals schon die widerborstige und tief verzweifelte Witwe Graun: Von einem Telefon weiß ich halt nix!

Hingegen war sie mit den Weinflaschen, weiß und rot, gerade zufällig direkt beim Tisch vom Neulag gestanden, als Josef Graun erschien, ihr Josef, wie sie ihn damals schon mit Herzklopfen bei sich nannte. Dass er uneingeladen kam, dass er unerwünscht war, eine böse Überraschung, war nicht zu übersehen, denn an Neulags Tisch verstummte man, und selbst die Gräfin, die direkt neben ihm saß, ihm zugeneigt, hörte für einen Moment mit dem Lachen auf. Aber an den Tischen ringsum ging die Sause ungestört weiter, deshalb war die kleine lokale Stille wahrscheinlich kaum zu bemerken, außer für die, die dabei waren. Das alles hatte den Beamten beim Verhör viel weniger interessiert als das Telefongespräch des Neulag, von dem sie nun einmal wirklich nichts wusste.

Der Neulag sah den Josef, sprang auf, der Sessel fiel hinter ihm um. Du traust dich her, sagte er.

Ein Missverständnis, sagte der Josef, bleich wie ein Forellenbauch, ich bitt dich inständig um fünf Minuten, ich klär das auf.

Und dann standen sie draußen, die beiden, vor dem Saal, und diskutierten erregt, das wusste die Vroni deshalb so gut, weil sie nach einer Weile absichtlich hinunter in die Küche ging, die Arme voller schmutziger Teller und Schüsseln, obwohl das gar nicht ihre Aufgabe war. Die Abräumerinnen waren andere. Sie war ein Serviermädchen, erste Wahl. Sie bekam sogar Schimpf von der Resi, weil sie in der Küche erschien und also oben fehlte, aber da redete sie sich damit heraus, dass sie auch einmal müsse, dass sie schließlich kein Mann sei, der es sich für Stunden verzwicke. Und als sie an den beiden vorbeiging, sehr langsam, weil sie so viel und schwer zu tragen hatte, da habe sie gehört, wie der Neulag zum Graun gesagt habe: Na das kannst gleich heut beweisen, deine Treue und Zuverlässigkeit! Wir brauchen jeden Mann, geh runter in die Waffenkammer und schau, ob alles bereit ist.

Und da habe der Josef Graun, ihr späterer Ehemann, die Hacken zusammengeschlagen und salutiert, als sie, verborgen hinter einem Stoß von Tellern, an ihnen vorbeigegangen sei. Zu Befehl und zu Diensten, Herr Sturmscharführer, habe er geantwortet.

Und nur der letzte Teil war gelogen. Den Satz mit dem Beweisen hatte Vroni nicht selbst gehört, den hatte ihr Josef Graun wenig später, als der Krieg vorbei war, berichtet. Aber sie hatte keinerlei Grund, ihn anzuzweifeln. Im Gegenteil. Das war der Satz, an dem ihre Wahrheit und wenigstens ein Teil ihrer Seelenruhe hing. Indem sie sich als Zeugin für einen Satz ausgab, den sie strenggenommen nicht selbst gehört hatte, der aber hundertprozentig so gefallen war, stützte sie Josefs Version, der bei allem, was er getan haben mochte, geltend machen konnte, dass er gezwungen worden war. Mitmachen oder Standgericht, das bedeutete Neulags Satz, nicht einmal besonders gut verhüllt. Schon bald war sie überzeugt, dass sie den Satz selbst gehört hatte, Wort für Wort, gestochen scharf, wie auf Schallplatte geritzt, spielte ihn ihr Gedächtnis bei Bedarf vor. Josef, ihr Mann und Vater ihres Sohnes, war ein anständiger Nazi gewesen. Als er bemerkte, dass jemand die Rationen für die Wallarbeiter veruntreute, hatte er sich an den Gauleiter-Stellvertreter gewandt und war dessen Rat gefolgt, Anzeige zu erstatten. Da ging es um Hunderte Kilo Lebensmittel! Leider war in diesen letzten Monaten des Krieges alles schon dermaßen durcheinandergegangen, dass das Recht nicht mehr richtig arbeiten konnte. Denn ja, sogar die Nazis hatten eine Art Recht gehabt, auch wenn das inzwischen abgestritten wurde. Die Front kam näher, der Wall wurde gebaut, auch wir Frauen haben schaufeln müssen, und die Alten, wer halt noch da war, und alles war voller Fremdarbeiter, die meisten Männer waren im Krieg, und überall die Juden, diese verlausten, verhungerten Gestalten. Gerade als ihr Josef den Lebensmitteldiebstahl entdeckt und zur Anzeige gebracht hatte, seien die *fliegenden Standgerichte* eingeführt worden. Das hatte ihr der Josef erzählt, und das stimmte auch. Sie, die Veronika Graun, sei nämlich auch nicht auf der Nudelsupp'n daherg'schwommen, nur weil sie aus einer Bauernfamilie stamme. Der Neulag habe mit dem Standgericht für den Josef gedroht, mehrmals, es sei dem Josef hinterbracht worden. Damit es nicht so weit käme, sei der Josef sofort nach Dunkelblum gefahren, um den Neulag von Angesicht zu sprechen. Dabei habe er ihm klargemacht, dass er nur Anzeige gegen unbekannt erstattet habe, dass er den Neulag selbst niemals persönlich für schuldig gehalten habe. Vielmehr wünsche er sich eine Untersuchung, wo der Neulag und er eng zusammenarbeiteten, um die Veruntreuer dingfest zu machen! Das habe nicht so ganz gestimmt, gab die verzweifelte Witwe Graun zu, deren mageres Kind noch nicht einmal laufen konnte, aber so habe er es halt damals gesagt, um Zeit zu gewinnen und um das Standgericht abzuwenden. Und daraufhin habe der Neulag, der damals von allen Seiten unter Druck stand, dem Josef befohlen, seine Treue und Zuverlässigkeit sofort unter Beweis zu stellen, und ihn in die Waffenkammer geschickt, das habe ich selbst gehört, endete die Witwe Graun, so und nicht anders.

Aber womit sollte er seine Treue beweisen, fragte der Beamte, was haben die denn gemacht, mit den ganzen Waffen?

Woher soll ich das wissen, jammerte die Witwe Graun, der Josef hat die Waffen geputzt und kontrolliert und auch geölt, wenn es nötig war, da hat er sich sehr gut ausgekannt.

Wo sind sie danach hingegangen, insistierte der Beamte, ihr Mann, der Neulag und all die anderen?

Der Josef war die ganze Nacht in der Waffenkammer, behauptete die Vroni Graun verstockt, der hat sich dort um die Waffen und die Munition gekümmert. Das hat er immer sehr gut gemacht, wie gesagt, damit hat er sich ausgekannt.

Frau Graun, sagte der Beamte, was ist in dieser Nacht in Dunkelblum geschehen? Was haben Sie von anderen gehört? Was hat Ihr Mann Ihnen darüber erzählt?

Er war in der Waffenkammer, wiederholte die Vroni Graun, die ganze Nacht war er in der Waffenkammer und hat den anderen die Waffen und die Munition ausgegeben, und im Morgengrauen hab ich zu Hause seine Uniform waschen und bügeln müssen, so verschmiert war sie, vom Öl. Das hat sehr lang gedauert, bis ich die Flecken alle heraußen gehabt hab, ein Wahnsinn war das, ich hab gerieben und gerieben, ich hab geglaubt, ich werd nie damit fertig, und alles war waschelnass und ich hab es stundenlang bügeln müssen. Und hören Sie, deswegen hat ihn der Neulag im Wald erschossen und auch noch angezündet, um alle Spuren zu verwischen, alles wegen dieser Anzeige im Krieg, warum kümmern Sie sich nicht endlich einmal darum? Ich steh jetzt da mit dem Hof und dem Kind! Ich weiß nichts von einem Telefon, und ich weiß auch nicht, wer da wann genau im Saal oder kurz einmal draußen gewesen ist, ich weiß nur, dass der Neulag, dieser Verbrecher, einen Grund gehabt hat, meinen Mann umzubringen!

Ihr kamen die Tränen und sie biss sich in die Faust.

Aber Frau Graun, sagte der Beamte, Sie wissen doch bestimmt, dass Sturmscharführer Neulag mit großer Wahrscheinlichkeit das Kriegsende nicht überlebt hat.

Sie schlug mit der flachen Hand auf den Tisch. Der Beamte zuckte zusammen. Haben Sie eine Leiche, schrie sie, zeigen Sie mir die Leiche vom Neulag!

Der Beamte schüttelte resigniert den Kopf. Ihr habts da was beinand, da unten in Dunkelblum, sagte er.

Junger Mann, sagte die Vroni Graun, wischte sich die Tränen ab und versuchte zu lächeln: Sie hätten nicht zufällig einen kleinen Schnaps? Ich bräucht dringend was für den Kreislauf.

8.

Sie hatte schon damals geahnt, dass es nicht der Neulag gewesen sein konnte. Sie wusste fast sicher, dass es der Horka war. Aber das konnte sie nicht sagen, denn der Horka war, im Gegensatz zu ihrem Mann und dem Neulag, ja immer noch da, und wie er da war, schrecklicher und brutaler als je zuvor, entfesselt ohne seine Dompteure, die Freunde und Vorgesetzten. Jahre, Jahrzehnte später dachte sie manchmal darüber nach, ob es nicht falsch gewesen war, den Horka herauszulassen, anstatt dafür zu sorgen, dass er wenigstens in U-Haft gekommen wäre. Wäre er erst einmal in Gewahrsam gewesen, hätten vielleicht ein paar andere auch etwas gesagt. Sie hatte sich damals nicht getraut. Sie wollte nicht die Einzige sein. Sie kannte die Machtverhältnisse, alle kannten sie.

Später dachte sie manchmal, sie hätte es wagen müssen, auch im Fall des Scheiterns wäre es den Versuch wert gewesen, es wäre ja nicht schad gewesen, um sie selbst sowieso nicht, aber rückblickend auch nicht um diesen Schwächling von Sohn. Doch damals war sie jung und verzweifelt, sie hatte ihr Leben noch vor sich und klammerte sich daher an das Wenige, was ihr geblieben war: das Kind und den Hof, von dessen Bewirtschaftung sie anfangs nicht das Mindeste verstand. Das war alles, was sie vom Josef noch hatte, der nach seinem spektakulären Tod für Vroni zu einem riesigen romantischen Helden anschwoll, zum großen Glück ihres Lebens, damals, zwischen Bomben und Granaten, zwischen Nazis und Russen, leider war das Glück verdammt schnell vorbei.

Um Gerechtigkeit oder Sühne war es ihr nicht gegangen, das waren nicht ihre Begriffe. Sie wollte ihren Josef beschützen, tot wie er nun eben war. Gerade deshalb. Das Wort *Hinrichtung*, das in der Zeitung benutzt worden war, nachdem man in der verbrannten Leiche auch ein Projektil gefunden hatte, ging ihr nicht mehr aus dem Kopf. Ihr Josef hatte zu den Guten, den Anständigen gehört, und er war umgebracht worden, nach dem Krieg, nach dem Sieg über die Nazis, im sogenannten Frieden, in einem von Alliierten besetzten Land, in dem, wie die Politiker andauernd behaupteten, eine neue Zeit angebrochen war. Von wegen! Die bösen Nazis brachten weiterhin ungestört die guten Nazis um und alle möglichen anderen auch. Allein im ersten Jahr nach Kriegsende waren es mindestens drei Morde, der Radfahrer in den Weingärten, eine Schießerei an der Grenze, bei der offenbar ein missliebiger Zeuge umgebracht worden war. Und ihr Josef. Die Russen schauten nur zu, beziehungsweise schauten sie den einheimischen Mädchen hinterher, und wenn es beim Schauen blieb, konnte man noch von Glück reden.

Bei der Frage, ob sie den Kampf gegen den übermächtigen Horka aufnehmen oder sich dem Andenken ihres Mannes, des Josef mit den kräftigen Armen, widmen sollte, entschied sich Veronika Graun für den leichteren Weg. Aber was heißt schon: entschied. Sie ging ihn einfach, so wie das Wasser dort entlangläuft, wo es kann. Stell ihm ein Hindernis entgegen, es wird darum herumlaufen, ohne jedwede Anstrengung, ohne Zögern oder Kommentar.

Manchmal, sehr selten, reicht eine winzige individuelle Entscheidung, um die Geschichte in eine andere Richtung zu lenken. Aber in den seltensten Fällen hat jemand genug Überblick, um nachher die anderen möglichen Varianten noch zu erkennen und nicht nur das, was Tatsache geworden ist, für *folgerichtig* zu halten.

Was wäre geschehen, wenn die junge, aber wortgewandte Witwe Veronika Graun diesem auswärtigen Beamten, der sie verhörte, alles gesagt hätte, was sie wusste? Wenn sie verraten hätte, welche umstürzende Aussage ihr Josef zu machen sich vorgenommen hatte? Aus keinem anderen Grund übrigens, als seine eigene Haut zu retten?

Der Erste, der redet, steigt zum Zeugen der Anklage auf. Und alle anderen werden eingetunkt. Wenn es aber, wie in diesem Fall, gelingt, den Ersten, der reden will, aus dem Weg zu schaffen, *hinzurichten,* wie die Zeitung dankenswerterweise allgemein bekanntmachte, hat das nachhaltige Wirkung. Und auf den Zweiten, der reden will, wird man lange warten müssen. Vielleicht kommt dieser Zweite nie.

Ganz Dunkelblum ahnte, was Josef Graun vorhatte, der

offenbar in Panik geraten war, als die Ermittlungen begannen. Er hatte Bemerkungen gemacht, die man in diese Richtung deuten konnte.

Veronika Graun hätte vielleicht gar nicht alles sagen müssen. Vielleicht hätte gereicht zu sagen, dass ihr Mann eine Aussage geplant habe. Dass sie nicht wisse, worüber, aber dass er Angst gehabt habe. Und dass sie den Horka im Verdacht habe, etwas mit seinem Tod zu tun zu haben. Dass Horka bei ihr erschienen sei und sie aufgefordert habe, den Tag in Kirschenstein zu verbringen.

Nimm das Kind und fahr nach Kirschenstein, sofort, auf der Stelle, sagte er, dein Mann und ich, wir müssen heute etwas erledigen, da stören die Weiber nur.

Fährt deine auch, fragte die Vroni, die den Horka verabscheute, aber er riss sie am Arm und tat ihr dabei ziemlich weh.

Verstehma uns, hatte er geknurrt und ihr den Arm verdreht, oder muss ich deutlicher werden?

Und also tat sie, wie ihr geheißen wurde. Josef war schon aus dem Haus gewesen, sie konnte ihn nicht mehr fragen. Sie konnte ihn nie mehr irgendetwas fragen, denn sie hatte ihn nie wieder gesehen. Von der verkohlten Leiche hielt man sie fern.

Wenn Veronika Graun angefangen hätte, wären auch ein paar andere in Bewegung geraten? Hätten sie vielleicht ebenfalls Zeugnis abgelegt, etwa darüber, dass Georg Horka keineswegs ein Verfolgter des Naziregimes war, wie er den Alliierten weisgemacht hatte, sondern im Gegenteil einer seiner glühendsten und brutalsten Verteidiger?

Manchmal reicht eine winzige, individuelle Entscheidung:

Was wäre geschehen, wenn acht, neun Jahre zuvor der schwache, zaghafte Bundeskanzler Schuschnigg doch den Befehl zum militärischen Widerstand an Österreichs Grenzen gegeben hätte? Hätte nicht eines, selbst das kleinste Scharmützel, hätte nicht ein Dutzend abgegebener Schüsse das spätere Bild Österreichs völlig verändert? Oder hätte es mindestens eines Dutzends Toter bedurft, um dem Willen zum Widerstand Nachdruck zu verleihen? Wer kann das schon sagen? Und dieses Dutzend Tote: Wären das zwölf junge Österreicher gewesen, die erst sieben Jahre später mit dem posthumen Orden »für Österreichs Freiheit« ausgezeichnet hätten werden können? Bestimmt haben diese jungen Männer – da sie durch Schuschniggs Zaudern vorläufig nicht gestorben sind – in den Jahren danach etliche Kinder gezeugt, deren zahllose Kindeskinder noch heute die Welt besser oder schlechter machen, jeder auf seine individuelle Weise. Und mit dem Bild Österreichs hat es ja eine Weile lang trotz Schuschniggs Zaudern gut funktioniert. Erst vierzig Jahre nach Kriegsende wurde an dem Ehrentitel *erstes Opfer Nazideutschlands* gerüttelt, aber gleich so heftig, dass er für immer in seine Einzelteile zersprang wie der Handspiegel der bösen Königin. Seither stimmt nur noch das Gegenteil. Alle zeigen auf die Bilder von den jubelnden und winkenden Massen, die die Straßen säumten und den *Führer* willkommen hießen. Aber das stimmt irgendwie auch nicht ganz. Und das ist eben das Problem mit der Wahrheit. Die ganze Wahrheit wird, wie der Name schon sagt, von allen Beteiligten gemeinsam gewusst. Deshalb kriegt man sie nachher nie mehr richtig zusammen. Denn von jenen, die ein Stück von ihr besessen haben, sind dann immer gleich ein paar schon tot. Oder sie lügen, oder sie haben ein schlechtes Gedächtnis.

So war es auch in Dunkelblum. Und es gab einen weiteren Grund, warum, nachdem Josef Graun im Alter von sechsunddreißig Jahren tot im Wald lag, keiner etwas sagte, und zwar über gar nichts. Einen sehr guten Grund, warum für Dunkelblum nach Kriegsende, anders als für Österreich im Anschlussjahr, eben keine anderen Varianten denkmöglich sind. Horka, auf den alles wies, mindestens was den Mord an Josef Graun betraf, aber auch so vieles andere, Horka, der nie ein Ideologe, Planer, Befehlshaber oder Organisator gewesen war, sondern nur ein emsiger Ausführer und blutrünstiger Exekutor jedes schändlichen Befehls, ein Sadist, ein Schläger und ein wollüstiger Mörder, dieser Horka war inzwischen ja beileibe kein einfacher Tagelöhner aus Zwick mehr. Auch nicht mehr der Befehlsempfänger von Ferbenz oder Neulag. Horka war zu dieser Zeit, so unglaublich es klingen mag, mit Billigung und im Auftrag der sowjetischen Besatzer Chef der Dunkelblumer Ortspolizei. Und diesen Horka hätten die Witwe Graun und andere gegenüber den Ermittlungsbeamten aus Wien beschuldigen sollen? Die Ermittlungsbeamten reisten irgendwann ab, aber alle anderen blieben.

Wie das Wasser dort fließt, wo es eben kann, widmete sich die Graun-Vroni daher dem Andenken an ihren Josef. Ihr zufolge war er ein guter Nazi gewesen, weil ihm daran gelegen war, dass seine Arbeiter zu essen hatten. Dass er den Ehrgeiz gehabt hatte, mit dem Fortschritt in seinem Wallabschnitt vor allen anderen zu liegen, also ein noch besserer Nazi zu sein, wusste sie nicht und es hätte für sie nichts geändert. Mit der Anzeige gegen die Lebensmitteldiebe hatte er sich selbst in größte Gefahr gebracht. Und das behauptete nicht nur die Vroni, das war beglaubigt. In einem Brief hatte

Neulag die Absicht kundgetan, Graun vor das Standgericht zu stellen, und als der Krieg zu Ende war, wurde dieser Brief gefunden und führte dazu, dass Josef nach wenigen Wochen aus der Haft entlassen wurde, während zum Beispiel Ferbenz, der Stolz Dunkelblums, verurteilt wurde und zweieinhalb Jährchen absaß.

Veronika Graun tat, was am nächsten lag. Damit Josef Graun, der zur Unkenntlichkeit verbrannt im Wald gefunden worden war und nur aufgrund seiner Stiefel, seines Gewehrs und der Reste seines Hundes identifiziert werden konnte, sein Andenken als guter, von Sorge um die Schanzarbeiter getriebener Mann, ja als Beinahe-schon-Widerstandskämpfer behalten konnte, wollte sie über vieles schweigen. Sie stimmte in das tosende Dunkelblumer Schweigen mit ein.

Davon abgesehen kämpfte sie ums Überleben. Und dieser Kampf forderte alles von ihr. In kürzester Zeit erlernte sie den Weinbau, sie brachte sich Autofahren bei, sie bestach einen Beamten für den Führerschein, sie fand heraus, wo man die besten Saisonarbeiter anheuerte, sie machte auch Fehler, oh ja, natürlich machte sie auch schwere Fehler, aber sie spürte die Fehler meistens schnell wieder auf. Sie lieh sich Geld, überall, sie lernte, mit den reichen Bauern zu sprechen, halb kokett, halb herzzerreißend. Die Bäuerinnen hassten sie, auch weil sie als Frau sich anmaßte, den Betrieb allein weiterzuführen. Inzwischen waren diese Bauern und ihre Frauen allesamt tot. In den ersten Jahren stahl sie auch, hie und da. Das nur, wenn es gar nicht anders ging. Dann zog sie sich fesch an und fuhr weg, nach Graz oder noch weiter, lernte Männer kennen und entwendete ihnen zum geeigneten Zeitpunkt die Brieftasche. Die Männer waren da schon sehr betrunken.

Als die Wirtschaft langsam wieder ansprang, wurde sie Expertin für Kredite. Sie rechnete und verglich. Sie bekam in diesen ersten Jahren nur sehr wenig Schlaf. Sie hielt sich mit Wein und Schnaps wach. Kontrolliert und zum richtigen Zeitpunkt eingesetzt, funktioniert das ja eine schöne Weile lang. Wenn das Kind hinfiel, schrie sie, steh auf. Wenn es weinte, schrie sie, reiß dich zusammen. Als der Bub gestand, dass er in der Schule geschlagen werde, verlangte sie von ihm, er möge auf der Stelle aufhören, sich immerzu zu beklagen. Er müsse jederzeit der Erste sein, der zuschlage, dann werde ihm das einfach nicht mehr passieren.

Als eines Tages – das Kind war in der Volksschule – seine Musiklehrerin bei ihr vorsprach, um ihr die Erlaubnis für Geigenunterricht abzuringen, widersetzte sie sich kaum. In diesen Jahren tat man, was die Lehrer sagten. Sie musste auch gar nichts bezahlen, der Sohn ihres so schmerzlich vermissten Mannes bekam Begabtenförderung.

Dass er mit dem Geigenspiel gar nicht wieder aufhören wollte, überraschte sie. Sie machte ihm klar, dass der Betrieb vorgehe. Wenn er daneben noch Zeit fände zum Fiedeln, sei das seine Sache. Als er mit der Schule fertig war, ließ sie ihm sein Hobby trotzdem noch. Er arbeitete am Hof, er war schweigsam, seine Haare waren zu lang, aber davon abgesehen achtete er darauf, dass sie nichts vorzuwerfen fand. Zum Üben ging er irgendwohin, sie hörte ihn nur selten spielen. Ihr wurde klar, dass dieser Kampf härter wurde als gedacht. Und dass sie ihn mit Klugheit, nicht mit Gewalt gewinnen musste. Ein paarmal war er für einen ganzen Tag verschwunden, wenn sie fragte, murmelte er etwas von Erkundigungen zu einem neuen Lehrer. Er gab jetzt schon viel zu viel Geld für diesen Blödsinn aus, offenbar trug er alles, was er hatte, zu seinen Kirschensteiner Lehrern.

Sie erfuhr, dass er manchmal mit einem Mädchen aus Kalsching gesehen wurde. An einem Samstagabend inszenierte sie einen kompletten Stromausfall auf dem Hof. Sie ging ins Café Posauner, wo die Jungen damals hockten, und holte ihren Sohn. Sie schickte ihn nach Hause, setzte sich selbst aber noch einen Moment zu diesem Mädchen an den Tisch. Das Mädchen schaute unbehaglich. Sobald ihr Sohn zur Tür hinaus war, fragte sie es, ob es plane, als Frau eines brotlosen Musikers nach Wien oder gar ins Ausland zu gehen. Das Mädchen, ein halbes Kind, schüttelte schüchtern den Kopf. Lass mich wissen, wann er sein großes Vorspiel hat, sagte die alte Graun, und ich versprech dir, er wird es nie erfahren.

Und ausgerechnet an diesem Tag war frühmorgens zuerst der Traktor kaputt und musste repariert werden. Und dann wurde Brennholz geliefert und dummerweise so in die Einfahrt gekippt, dass man erst gar nicht daran vorbeikonnte. Er mit seinem Moped wäre natürlich daran vorbeigekommen, aber dass das nicht so liegenbleiben konnte, stand außer Diskussion. Die alte Graun, mit ihrem unvermeidlichen Tschick im Mundwinkel, schaute sich die Bescherung in aller Ruhe an. Es sind heutzutag nur noch Trotteln unterwegs, sagte sie zu ihrem fassungslosen Sohn, aber wenn du das Klumpert jetzt eh wegräumst, kannst du es eigentlich auch gleich hacken.

Die Hochzeit mit dem völlig unmusikalischen Mädchen zögerte er so lange hinaus, als habe er den Verrat gespürt. Ein paar Jahre lang wirkte er wie betäubt. Plötzlich saß er nicht mehr bei den Jungen, sondern am Stammtisch beim Ferbenz, was die alte Graun gar nicht gern sah. Ferbenz, Neulag oder Horka, das war fast dasselbe, sie verabscheute sie alle. Aber ihr Sohn war geblieben, er war nicht, wie manch anderer Junge, eines Tages einfach aus Dunkelblum verschwunden, und endlich heiratete er auch die Kalschinger Karin, die zwar die tiefen Teller nicht erfunden hatte, auf die aber trotzdem Verlass war.

Da löste sich in der alten Graun die Überlebensanspannung endlich auf, und sie begann noch mehr zu trinken, noch viel, viel mehr, so systematisch, wie sie Finanzierungsmodelle durchrechnete. Ihr ehemals schönes Gesicht war schon lange zerstört. Der kleine Lowetz, Sohn der drüberischen Eszter, war nicht das erste und nicht das letzte Dunkelblumer Kind, das auf die Idee kam, die alte Graun könnte Modell für die schauerliche Bettlerin auf der Pestsäule gestanden sein. Die Dunkelblumer Kinder lernten früh, genau hinzuschauen. Sie lernten das besser als sprechen. Und daher gab es immer wieder Kinder, die die Ähnlichkeit bemerkten, das Ausgemergelte, die wie eingefrorene Verzweiflung. Sie fiel aber nur den Kindern auf. Sobald sie erwachsen waren, schienen sie es nicht mehr zu sehen.

9.

Wann der Krieg in Dunkelblum zu Ende war, wussten die Alten, die sich daran erinnerten, nicht so genau, weil es nicht wichtig war. Nachschlagen konnte man, dass am Gründonnerstag, den 29. März 1945 die Rote Armee unter Führung von Marschall Fjodor Tolbuchin im Burgenland die Grenze zwischen Ungarn und dem Deutschen Reich überschritten hatte. Der auf Strömen von Blut erbaute Südostwall, diese letzte hochtrabende Führerbunker-Phantasie, hinderte sie kaum daran. Sie nahmen am selben Tag Dunkelblum ein, flogen zwei Tage später überraschend noch einmal hinaus (besoffen vom Triumph schrien Graun und Horka den abziehenden Panzern hinterher) und kämpften sich in den ersten trüben Apriltagen tagelang wieder hinein, unter erheblichen Opfern auf beiden Seiten, das heißt genau genommen auch auf der dritten Seite, denn es starben über zwanzig Zivilisten, darunter die Großmutter des Kleinkindes Fritz Kalmar, welches bei selber Gelegenheit einen Granatsplitter in den Kopf bekam. Von weißen Fahnen konnte auch diesmal keine Rede sein; es wurde gekämpft, bis es vorbei war. Daraufhin zogen sich die Reste der regulären Verteidigungstruppen zurück, sie flohen Richtung Westen, hauptsächlich sehr junge holländische und ältere deutsche SS-Männer. Der sogenannte Volkssturm, bestehend aus einheimischen Jugendlichen und alten oder invaliden Männern, ergab sich. Die Russen schlugen ihr Hauptquartier im Hotel Tüffer auf, bedient von der Resi und ihrem einarmigen Mann.

Man hatte sie nicht hergebeten. Die da jetzt kamen, von denen in jedes Haus welche zwangseinquartiert wurden, die alle Schulen, den Pfarrhof, die Rosmarin-Villa und die beiden gräflichen Meierhöfe beschlagnahmten, das waren die, von denen man sieben Jahre lang nur gehört hatte, dass sie Ungeziefer, Untermenschen, der bolschewistisch-jüdische Abschaum der Menschheit seien. Anders als die Besatzer im Westen des Landes verteilten sie keine Kaugummis und Cadbury-Riegel, sondern sie rissen den Leuten die Uhren vom Arm. Man freute sich nicht. Man winkte nicht und hieß sie nicht willkommen. Die Dunkelblumer duckten sich und machten weiter, versuchten, sich an den Anblick, den Klang der Sprache und die neuen Regeln zu gewöhnen. Alles war im Fluss, auch die Regeln. In Kirschenstein wollte ein russischer Gardemajor Geburtstag feiern und schickte seine Männer durch die Stadt. Pro Haushalt sollten sie je einen Liter Wein, zwei Kilo Mehl und zwei Eier *einsammeln*. Zwar wurde die Aktion abgebrochen, nachdem der Kirschensteiner Bürgermeister todesmutig beim Kommandanten erschienen war und sich beschwert hatte. Die Einsammler und ihr Auftraggeber wurden bestraft, aber in der weiteren Umgebung diente diese Geschichte noch lange als Beispiel dafür, was alles möglich war, *nur weil a Russ' Geburtstag hat*.

Die Welt stand Kopf und musste dennoch weitergehen. Die Besatzer beschlagnahmten überall und jederzeit Holz, aus dem sie in Windeseile ihre Baracken bauten. Zeitweise waren deutlich mehr Soldaten in der Gegend stationiert, als Dunkelblum Einwohner hatte. Sie brauchten Unterkünfte. Kein Brett war vor ihnen sicher, die Dunkelblumer Heustadel und Schuppen verschwanden allesamt, und selbst aus der Ruine des Schlosses schleppten sie jeden Balken und jedes Stückchen Parkett heraus, das nicht zu Kohle verbrannt war. So schoben sich diese ersten Wochen zu einem grauen Einerlei aus Not, Angst und Überlebenskampf zusammen, im Nachhinein schwer zu überblicken oder zu entziffern.

Doch einen bestimmten Tag aus dieser Zeit hatten die Dunkelblumer Alten im Kopf, ein Tag wie ein Torpfosten, so tief ins Gedächtnis geschlagen wie der andere, der Abend vor Palmsonntag, als im Schloss das rauschende Fest gefeiert wurde, so unmittelbar vor dem Untergang. Eigentlich hätte man das Schloss auch gleich in jener Nacht anzünden können, nachdem der letzte Gast gegangen war.

Der zweite unvergessliche Tag war der Sommertag, an dem Horka zurückkam. In der Zwischenzeit war er genauso vom Erdboden verschwunden gewesen wie Neulag, Ferbenz und all die anderen schneidigen Anführer. Mit dem Tag seiner Rückkehr begann sich die Nachkriegszeit zu verfestigen, die in den Wochen zuvor im unübersichtlichen Fluss gewesen war. Und mit einigem Recht konnten die Dunkelblumer der Meinung sein, dass zwischen vorher und nachher wenig Unterschied bestand. Sie hatten es schwer, man machte es ihnen schwer, als wäre das harte Leben an der Grenze nicht schon genug. *Man will halt nirgends hineinkommen, bei allem, was man schon erlebt hat ...*

Horka tauchte wieder auf, aber nicht etwa gedemütigt, abgemagert und in Ketten wie die Besiegten der römischen Triumphzüge, sondern in einer sauberen Uniform, rauchend, lachend und sich die Schultern klopfend mit den fremdartigen Besatzern. Es wirkte, als sei er schon immer ihr bester Freund gewesen, ein besserer sogar als der einarmige Reschen, von dem man sich ja ebenfalls fragen konnte, was er an den ungehobelten Kerlen aus dem Osten eigentlich fand.

Aber wie war es dazu gekommen? Genau wusste es niemand. Horka war gemeinsam mit den letzten SS-Männern in Richtung Westen geflohen. Sie hatten die Absicht, sich so schnell wie möglich Einheiten, die noch kämpften, anzuschließen. Doch bei erster Gelegenheit verschwand Horka, schlug sich in einem unbeobachteten Moment seitwärts in die Büsche, in die Wälder. Später, sehr viel später erzählte man, er habe unterwegs einen unzureichend verscharrten Zwangsarbeiter ausgegraben und mit der Leiche die Kleider getauscht. Der Wahrheitsgehalt dieser Geschichte ist nicht mehr zu ermitteln. Sie könnte seinen eigenen Prahlereien entstammen, aber wahrscheinlicher ist, dass sie sich deshalb so lange gehalten hat, weil sie das Grauenhafte am Horka so treffend beschreibt. Der Horka war zu allem fähig, und mit den bloßen Händen. *Wart nur, wennst nicht brav bist, dann kommt der Horka.*

Fest steht, dass er weit in den Westen floh, wo ihn niemand mehr kannte, nach Salzburg oder Tirol, und sich Papiere besorgte, die ihn als Verfolgten des NS-Regimes auswiesen. Mit diesen Papieren kam er zurück, erhielt seine saubere Uniform und wurde zum Polizeichef ernannt. Als Ortskundiger half er bei der Ergreifung von Menschen, die im Sinne der Sowjets Verbrecher waren, also etwa jene, die der Kriegsverbrechen gegen sowjetische Armeeangehörige, Kriegsgefangene oder Zwangsarbeiter verdächtigt wurden, außerdem die sogenannten Werwölfe, ungebrochene, heimliche Nazis, die Sabotageakte verübten und Terroranschläge auf die Alliierten planten. In den meisten Fällen lauteten die Anklagen auf Spionage oder unerlaubten Waffenbesitz, Letzteres ein Delikt, das man, zumal hier auf dem Land, fast jedem unterschieben konnte. Wer im Krieg ungarische Juden erschossen, erschlagen oder zu Tode gequält hatte, fiel jedenfalls nicht darunter. Das fand Horka schnell heraus. Das Schicksal irgendwelcher Juden auf deutschem oder österreichischem Gebiet war nichts, was die Sowjets interessierte, es sei denn, es hätte sich dabei um Sowjetbürger gehandelt. So gesehen war es im sowjetischen Sektor für einen wie Horka besser als in denen der moralischeren Westmächte.

Die Besatzer straften vor allem hart, wenn man sich nicht

an ihre Anweisungen hielt. Es ging ihnen nur um sich und die eigenen Leute. In Löwingen hatte ein unglücklicher junger Mann dem Sohn des sowjetischen Kommandanten drei Ohrfeigen verabreicht und verschwand daraufhin für sechs Jahre in Kolyma. Zwei Jahre pro Ohrfeige. Zumindest damit hatte Horka nichts zu tun.

Es reichte, was er in Dunkelblum trieb. Er nannte seinen russischen Freunden Namen, und die Betreffenden wurden abgeholt. Anfangs nannte er auch Namen von solchen, die ihn bloß störten oder weil sie ihn nach seiner Rückkehr schräg angeredet hatten, im Sinne von: *Du traust dich was.* In den ersten Wochen und Monaten, als die Besatzer hochnervös waren und Widerstand, Sabotage und Anschläge fürchteten, war das ein Kinderspiel. Sie verließen sich auf ihre Mittelsmänner, deren hiesiger Horka war. Einige Dunkelblumer wurden abgeholt. Keiner von ihnen kam, wie es an anderen Orten geschah, in den Gulag, aber es genügte, dass man ein paar Wochen lang nicht wusste, wo sie waren und was ihnen vorgeworfen wurde. Horka statuierte Exempel, er zementierte sein Schreckensregime. Danach musste er nur noch drohen und schließlich überhaupt nur die Augenbraue heben, und die Truthähne und Speckschwarten, die Kartoffeln, Eier, das Mehl und die Marmelade kamen wie von selbst zu ihm, als hätten sie Füßchen.

So ging es ein paar Jahre. Langsam entspannte sich die Lage, ein Großteil der fremden Soldaten zog ab und nach Hause. Die neuen österreichischen Institutionen und Behörden nahmen nach und nach die Arbeit auf, mehr und mehr Kompetenzen wurden an sie abgegeben, und eines Tages wurde Horka, erst Anfang vierzig, in Pension geschickt. Es kam überraschend und so abrupt, dass angenommen werden darf, sein Vorleben habe etwas damit zu tun gehabt. Irgendwo war etwas durchgesickert. Wer den entsprechenden Auftrag gab, wer ihn abservierte, wurde nie bekannt. Es musste von oben gekommen sein und von weither.

Immerhin: Pension, das hieß Bezüge. Er war zwar seinen Posten los, aber er wurde vom Staat versorgt. Der den Knopf zu seiner Ablöse gedrückt hatte, wollte offenbar keinen Skandal. Horka mit seiner Familie kam durch, mehr schlecht als recht.

Es kam zu Vorfällen, denn es fiel ihm schwer, sich an die Entmachtung zu gewöhnen. Einmal schob ein Mann Leder und Felle auf einem Karren durch die Tempelgasse. Da trat Horka vor das Haus und fragte ihn, ob er nicht Angst habe, dass ihm sein schönes Leder weggenommen werde. Wer soll es mir denn stehlen, fragte der Mann zurück, es gibt doch inzwischen keine Zigeuner mehr und überhaupt keine Fremden? Da hieb ihm Horka fest auf die Schulter und lachte. Da hast ja so was von recht, rief er und lachte, mit deinem Gottvertrauen in die eigenen Leut!

Aber ein wenig später, nach Einbruch der Dämmerung, wurde dieser Mann von hinten überfallen, niedergeschlagen und seines Leders beraubt. Er glaubte, kurz vor dem Schlag Horkas gedrungene Silhouette erkannt zu haben, aber er weigerte sich, die Tat anzuzeigen, noch unternahm er sonst etwas. Er ließ sich von seiner Frau für seine Dummheit beschimpfen, biss die Zähne zusammen und arbeitete lange und hart, um den schweren finanziellen Verlust auszugleichen. Und er schob nie wieder Ware offen durch die Tempelgasse.

Horka soll auch gelegentlich eine seiner dürren, verängstigten Töchter losgeschickt haben, mit einem Zettel, auf dem stand, er, Horka, müsse dringend eine bestimmte Summe ausborgen, noch heute Abend, es dulde keinen Aufschub. Die Menschen, denen diese Zettel überbracht wurden, kamen dem schriftlichen Befehl umstandslos nach, obwohl sie wussten, dass sie das Geld nie wiedersehen würden. Manche sollen geseufzt und gesagt haben, ein Glück, dass es nicht mehr ist. Aber auch hier hat sich ihm niemand je widersetzt. Niemand wollte ausprobieren, was geschehen würde, wenn das Kind ohne die gewünschte Summe nach Hause in die Tempelgasse 4 käme. Alle wussten, was diese Kinder litten, ebenso die Frau. Das wäre den Dunkelblumern egal gewesen, aber nachdem er seinen Zorn an der Familie ausgelassen hätte, wäre er wohl herausgekommen, der Horka, wie ein wildes Tier aus seiner Höhle, die er ansonsten kaum noch verließ. Er saß dadrinnen und rauchte und soff. Manchmal packte er sein Schießgewehr und ging in die Wälder zum Wildern. Er hatte schon als Polizeichef die Erlaubnis zum Waffenbesitz gehabt – so restriktiv und hysterisch die Russen bei allen anderen damit waren –, und er verlor sie nie. Er schoss in den Wäldern fremdes Wild, er nahm Leuten Geld und manchmal auch die gefüllte Einkaufstasche einfach weg, er misshandelte zu Hause seine Frau und die Kinder, dass es die ganze Gasse hörte. Doch was sollte man machen? So war es eben. *Wennst nicht brav bist, kommt der Horka.* Die Dunkelblumer duckten sich und hofften, dass es sie nicht träfe, oder wenn, dann wenigstens nicht allzu hart.

Weitere fünf Jahre später zogen die Russen ab und Österreich war wieder ein freies Land. Das änderte daran nichts. Horka war Horka, er wurde ansatzlos gewalttätig, und er verfügte über Mittel, mit denen er eine Stadt dazu brachte, stillzuhalten und seinen Terror zu erdulden. Waren es nur Drohungen, oder beruhten sie auf Informationen? Formte er das eine aus dem anderen?

Erst zwanzig Jahre nach Kriegsende, fünfzehn Jahre nach seiner Pensionierung, ging das, was manche später beschönigend den *Horka-Spuk* nannten, zu Ende. Mehrere Faktoren spielten eine Rolle. Erstens wurde Horka älter, und es war bereits vorgekommen, dass ihm eine Gruppe Jugendlicher auf der Straße nicht mehr auswich, sondern im Gegenteil ihn zum Ausweichen zwang. Außerdem hatte Horkas Kopf unter der jahrzehntelangen Sauferei schwer gelitten. Vielleicht hatte er sich sogar eine Art Demenz ersoffen, denn er wurde einerseits vergesslich, andrerseits plauderig bei Themen, wo das wenig ratsam war. Seine Aggressionsschübe wurden noch jäher und unvorhersehbarer, wenn das überhaupt möglich war. Den Halbstarken, die ihm auf der Straße keinen Platz mehr machten, schrie er etwas hinterher von Benzinkanistern, die er für sie in den Wald kippen werde, wie er das schon für andere gemacht habe. Und seine jüngste Tochter, schiach wie der Zins, die außerdem von Geburt an ein Dodl war, erzählte in der mit Kunden vollbesetzten Fleischhauerei, ihr Vater sei ein guter Jäger, er schieße Rehe, Hirsche, Schweine und Juden. Sie wusste offensichtlich nicht, was sie sagte. Die Hand der Fleischhauerin erstarrte einen Moment in der Luft. Sie reichte dem bedauernswerten Mädchen das Packerl mit dem fetten, billigen Beinfleisch hinüber und sagte freundlich und jedes *i* besonders betonend: Wiiildschweine, Schatzerl, du meinst, er schießt Wiiild-schweine und Jung-wiiild.

Und so hat Horka den Bogen schließlich überspannt. Erst fühlte er sich von der Musik einer Hochzeit im *Tüffer* gestört, nahm sein Gewehr, drängte sich bei der Tür herein, mitten zwischen die Hochzeitsgäste, stampfte wie Rumpelstilzchen und schoss ein paarmal in die Decke. Schleichts eich, es G'fraster, es dreckiche, brüllte er, und die Hochzeitsgäste flohen ebenso wie die Servierkräfte der Frau Resi Reschen. Dann schlug er seine Frau noch mehr, als sie es ohnehin seit Jahren gewohnt war, sie kroch blutend über die Straße, klopfte an irgendeine Tür, und nun ging es nicht mehr anders, man musste die Gendarmerie rufen. Es gab eine Untersuchung, es gab Einvernahmen und Zeugenaussagen, obwohl die Frau die Anzeige, zu der sie, umringt von erschrockenen Nachbarn und dem beruhigend murmelnden Doktor Sterkowitz, erst noch tapfer genickt hatte, am nächsten Tag doch wieder zurückzog.

Aber diesmal sprach es sich herum, vermutlich sogar bis nach Graz, wo Alois Ferbenz seit seiner Entlassung aus der Haft ein florierendes Herrenmodengeschäft betrieb und ein angesehener Bürger geworden war. Bisher hatte er Dunkelblum selten besucht, nur aus Anlass von Familienfeiern. Diesmal kam er offenbar ohne Verpflichtungen, und er spazierte durch den Ort wie der reiche Onkel aus Amerika, der endlich Zeit gefunden hat, über den großen Teich nach Hause zu kommen. Er beehrte den Bürgermeister (damals ein Bastl Csarer, über den nicht mehr viel bekannt ist), und rein zufällig war ein Reporter der Lokalredaktion dabei, der Bilder machte. Ferbenz wurde auch, mit bekümmertem Gesicht, vor dem stark renovierungsbedürftigen Bahnhof fotografiert. Er ließ dort den Satz fallen, dass mit den richtigen Verbindungen Investitionen zu erreichen sein müssten, auf der Bezirks- wie auf der Landesebene. Er aß im Hotel Tüffer zu Mittag (die Einschusslöcher in der Decke waren bereits vergipst und überstrichen), küsste der errötenden Resi Reschen die Hand und nahm die Jause im relativ neu eröffneten Café Posauner ein. Er lobte den Nussstrudel und die Somlauer Nockerl, eine Spezialität der Gitta, obwohl sie aus der Steiermark war. Überall traten Dunkelblumer an seinen Tisch, überall schüttelte er Hände, überall erntete er strahlende Gesichter, der so freundliche, gewandte und gut gekleidete Dokter Alois erschien den Leuten hier wie ein Mann von Welt. Und am Ende dieses langen und triumphalen Tages ließ er noch eine andere Bemerkung fallen, hie und da und mit gesenkter Stimme: dass er am Abend, vor seiner Rückfahrt, noch einen Besuch vor sich habe, nicht einfach, aber das müsse jetzt wirklich einmal sein.

10.

Eine Woche später war Horka verschwunden. Man hätte es gar nicht gleich gemerkt, doch Frau und Töchter räumten das Haus aus. Die Fenster und Türen standen zum ersten Mal weit offen, die vergilbten, verqualmten Vorhänge wurden abgenommen und man sah, das war für jüngere Dunkelblumer das Erstaunlichste, den Greißler Antal Grün hinein- und wieder hinausgehen, mit einem Zollstock. Danach stand er lange sinnend davor, in seinem blauen Arbeitsmantel. Die Horka-Frauen trugen, die Augen niedergeschlagen, ihren unbeschreiblichen Ruaß in Körben und Plastiksackerln heraus und verluden ihn auf einen Wagen. Antal Grün und seine Mutter lösten ihren Einzimmerladen bei den Kalmars auf, und der aufgeweckte kleine Sohn der Familie Lowetz, die bisher ihre Nachbarn gewesen waren, half ihnen beim Umzug. Als sie gemeinsam die von den Horkas verlassenen Räume ausmalten – sie *ausweißigten,* wie man auch sagt –, fragte der Bub plötzlich, warum der böse Horka so böse war, dass er jetzt weg habe müssen. Antal Grün legte den Pinsel ab und dachte nach.

Da gibt's eigentlich keinen Grund dafür, sagte er schließlich, der war immer schon so bös wie eine Kreuzspinne beim Ausg'weißigtwerden. Da hörte der kleine Lowetz diesen schönen Ausdruck zum ersten Mal und er merkte sich ihn gut, aber er verstand nicht, was der Onkel Grün ihm damit sagen wollte. Dafür war er noch zu jung, und es wäre wohl auch zu beunruhigend gewesen.

Bald danach begannen überdies umfangreiche Bauarbeiten am alten Ferbenz-Haus. Es war lange unbewohnt gewesen, und Zierbusch, der Baumeister, strahlte vor Stolz. Hier konnte er endlich einmal wieder seine Fähigkeiten entfalten. Der Dokter Alois ließ sich nämlich bei seiner Heimkehr nicht lumpen. Ein Gerüst wurde aufgestellt, der Fassadenstuck renoviert, die Fenster wurden ausgehängt und sorgfältig abgeschliffen. Aber ebenerdig, dort, wo früher der Ferbenz-Vater Schuhe und Stiefel genagelt und besohlt hatte, riss man die Türen und Fenster heraus. Ein Lastwagen mit eingebautem Kran brachte einen rechteckigen Stahlträger und lud ihn ab. So entstand im alten Zentrum von Dunkelblum das erste Schaufenster, und eine weinrote, geschwungene Schrift, die im Ganzen aus gewölbtem Blech geschnitten worden war, verkündete: Modehaus Rosalie. Das war der Vorname der Ferbenz-Frau, und es hat später Fremde manchmal irritiert, dass es bei *Rosalie* ausschließlich Herrenmode zu kaufen gab, Socken, Hemden, Hosen, Sakkos. Für die Dunkelblumer aber war das, wie vieles andere, normal, es war, was sie kannten und woran sie gewöhnt waren.

Eine Gruft, dozierte der Baumeister Zierbusch am Stammtisch beim sonntäglichen Frühschoppen, sei auch einfach nur ein Gebäude, was aber damals, in alten Zeiten, von den gräflichen Grufterbauern leider nicht verstanden worden sei. Sie hätten gedacht, eine Gruft sei bloß ein besseres, schöneres Grab, und daher hätten sie keineswegs dieselben Ansprüche daran gestellt wie etwa an einen Weinkeller.

Die Heuraffl-Zwillinge grölten verständnislos. Wieso sollte man eine Gruft besser bauen als einen Weinkeller?

Es saads solcherne Trotteln, sagte Zierbusch gutmütig, während er bei der Resi noch eine Runde für alle bestellte: Nicht besser, sondern einfach genauso gut! Wenn die die Gruft damals gebaut hätten wie eure Großväter die Weinkeller, gabert's überhaupt ka Problem, aber net amal das mindeste. Den Weinbauern, so fuhr er fort, lag ja an dem, was sie in den Kellern lagerten, sie liebten, pflegten und schätzten es, während man die Toten vergessen wollte, das sei damals auch nicht anders gewesen als heute.

Und er verlor sich in langwierigen Beschreibungen von porös gewordenem Mörtel, Grund- und Regenwasser, Schimmel, kompliziert einzuziehenden Horizontalfolien und Drainagen, die notwendig seien, damit die Gruft der Dunkelblumer Grafen nicht eines Tages einstürze wie ein Kartenhaus. Dann würden die uralten, reich verzierten Stein- und Metallsärge, die darin aufgereiht standen, von alt nach neu und mit Erklärungstafeln, allesamt darunter begraben werden.

Es hörte ihm schon keiner mehr zu. Am Stammtisch redeten alle durcheinander, außer wenn der Dokter Alois sein zartes, aber zwingendes Stimmchen erhob. Dann verstummten sie. Der Baumeister Zierbusch allein war überzeugt, er habe so viel Recht zu reden wie der Dokter Alois, denn genau wie dieser hatte er einen Universitätsabschluss, baute ihm sein Haus um und hielt sich aus beiden Gründen für wichtig. Doktor Alois Ferbenz saß meistens nur dabei und hörte zu. Gelegentlich stellte er Fragen, aber hauptsächlich ließ er die Männer reden. So informierte er sich unauffällig über die Jahre, die er fortgewesen war, er sog auf, was er über Feind- und Freundschaften, über alte Querelen und neue Antipathien herausbekommen konnte. Er musste noch einiges zusammensetzen, wessen Tochter wen geheiratet hatte, wer welchen Acker oder Wald geerbt oder verkauft hatte, wer pleitegegangen und wer fortgezogen war. Ihm war längst klar, dass der Baumeister mit dem Gerede von der feuchten Gruft auf einen Folgeauftrag zielte, ebenso fett wie der, den er gerade für ihn ausführte, mit all dem teuer zu renovierenden Außenstuck und dem modernen, baulich so aufwendigen Schaufenster. Das Haus seiner Ahnen – über seine Vorfahren aus kurz gewachsenen, rundköpfigen Gerbern, Sattlern und Schustern sagte Ferbenz tatsächlich *Ahnen* – sollte *in neuem Glanz* erstrahlen. Ferbenz war außerdem sogleich dem Schützen-, dem Sparkassen- und dem Fremdenverkehrsverein beigetreten. Beim Kameradschaftsbund zögerte er noch, aber natürlich erwarteten die Kameraden das von ihm. Er würde auch dort eintreten, keine Frage, aber lieber erst etwas später, wenn die Aufmerksamkeit abgeflaut war. Es hatte bereits einen unfreundlichen Zeitungsartikel gegeben, in so einer Kummerl-Zeitung, die die Resi Reschen seither nicht mehr ausliegen hatte. Er schätzte das sehr und machte der

Resi viele Komplimente. Nicht dafür – er tat, als habe er das Schmierblatt gar nicht wahrgenommen –, aber für alles andere. Sie hatte den Betrieb fest im Griff. Kein Mensch hätte es ihr damals zugetraut, als sie das Hotel übernehmen hatte müssen, die Arme, von jetzt auf gleich. Eine reife Leistung, da war man wirklich ang'hängt bei Tag und bei Nacht, seit bald dreißig Jahren kam sie aus dem Geschäft ja wirklich kaum heraus. Und durch all die Unbillen von Krieg und Besatzungszeit ... Er sagte allen Ernstes *Unbillen* zur Resi, die andächtig nickte. Der Dokter Alois spricht immer so schön, das erwähnte sie gern gegenüber anderen.

Wenn die Vorfahren safteln, werde der Graf sich bestimmt nicht lumpen lassen, erzählte der Baumeister Zierbusch und haute auf den Tisch vor Vergnügen, das habe er ihm wortwörtlich so gesagt. Und er, Zierbusch, habe deshalb gar keinen Sinn darin gesehen, seine Durchlaucht im Detail aufzuklären. Aber bitte, des müssts euch auf der Zunge zergehen lassen: Die Vorfahren safteln!

Zierbuschs Blick fiel auf Ferbenz, und sein Gelächter brach ab: Loiserl, find'st du, das war nicht in Ordnung? Ich hab mir nur gedacht, wenn er lieber für die Toten zahlt als fürs Gemäuer rundherum, lass ich ihn halt in dem Glauben. G'macht werden muss es auf jeden Fall!

Ferbenz lächelte, aber nicht mit den Augen, und hob begütigend die Hand, zum Zeichen, dass alles in Ordnung sei. Aber nur ein paar Tage später kam es dazu, dass die beiden, Zierbusch und Ferbenz, unter vier Augen aufeinandertrafen. Es war am frühen Nachmittag, und die Bar des *Tüffer* war leer. Zierbusch wollte gerade gehen, Ferbenz trat ein. Aus der Küche kam die Resi gehuscht, die, egal wo sie war, erschnupperte, wenn jemand Wichtiger kam. Ferbenz zwinkerte ihr zu. Sie deutete einen Knicks an und verschwand zurück durch die Schwingtür, so schnell, als sei sie nie da gewesen.

Mit seiner leisen Stimme und der schönen Intonation ließ Ferbenz den Baumeister wissen, dass er in Zukunft gern vorab wüsste, wenn größere Bauvorhaben geplant seien. So, wie er über alles Bescheid bekommen müsse, was letzten Endes die ganze Stadt betreffe. Weißt du, mein Freund, sagte Ferbenz und lächelte wie ein Haifisch, es gilt hier nämlich eine Menge zu beachten, auf der Bezirks- wie auf der Landesebene, und dazu braucht es Verbindungen und Expertise. Zu meinem Glück darf ich sagen, dass ich über all das verfüge.

Zierbusch wollte nicht gleich verstehen. Aber Loiserl, fragte er verblüfft, du meinst, ich soll dich um Erlaubnis fragen, bevor ich einen Auftrag annehme?

Ferbenz tat gekränkt. Papperlapapp, rief er aus, was heißt denn da Erlaubnis? Es geht um Wissen, das wir brüderlich teilen, um das, was uns alle angeht, weil es unserem schönen Städtchen frommt.

Er sagte tatsächlich: *frommt,* während er den Zierbusch um die Schulter nahm und in Richtung Ausgang schob. Wir halten zusammen, wir schließen die Reihen, wir marschieren im Gleichschritt zum neuen Glanz unserer Heimat, tirilierte Ferbenz auf dem Weg nach draußen und noch auf dem Hauptplatz, bis kurz vor der Pestsäule, und Zierbusch nickte benommen dazu: Aber wir haben vor allem keine Geheimnisse voreinander! Sag, wie alt bist du eigentlich genau?

Damit schien er abrupt das Thema zu wechseln, aber natürlich wechselte er es in Wahrheit nicht. Bevor Zierbusch antworten konnte, redete er schon weiter: Du, lieber Zierbusch, schaust so viel jünger aus, beneidenswert, hast dich wirklich gut gehalten, Kompliment, Kompliment, aber in Wahrheit bist du doch sogar noch ein bissel älter als die Heuraffls und gleichalt mit dem Berneck und dem geflickten Schurl, stimmt's? Aber im Häfn warst du als Einziger nicht, damals, kurz danach? Da hast du offenbar ein großes Glück gehabt, jaja, den einen hebt das Schicksal empor, den anderen schleudert es in die Hölle …

Er ließ den Zierbusch los, als wolle er ihn entlassen. Doch als er ihm die Hand entgegenstreckte zu einem letzten, freundschaftlichen Händedruck, fiel ihm noch etwas ein. Während sie sich mitten auf dem Hauptplatz im Sommersonnenschein die Hände schüttelten, gut sichtbar von allen Seiten, aber viel zu weit weg, als dass jemand anderer etwas hören hätte können, sagte Ferbenz mit leiser Stimme und im Dialekt, den er sonst nie benutzte: Und ab sufurt losst du des mit dem Loiserl bleib'n, gell, des mog i nämlich überhaupt net.

Aber dazu strahlte er so begeistert-mokant, und wenn jemand die Szene von fern beobachtet hätte, wäre er überzeugt gewesen, dass sich hier die beiden Honoratioren, die besten Freunde Dunkelblums, kaum voneinander trennen konnten.

Der Baumeister Zierbusch wirkte ab nun in sich gekehrt und führte die notwendigen Telefongespräche mit seinem Auftraggeber, dem in der Schweiz ansässigen Grafen, weit weniger enthusiastisch als zuvor. Von ihm abgesehen ergriff eine freudige Erregung ganz Dunkelblum. Bauarbeiten begannen auch an der gräflichen Gruft. Zierbusch stellte zusätzliche Arbeiter ein, auf Zeit, wie er betonte, nur auf Zeit, solange die Auftragsbücher es hergäben. Aber endlich lagen Wachstum und echter Fortschritt in der Luft, am östlichsten Ende der westlichen Welt, an der verrammelten Grenze nach Drüben. Die Stadt würde endlich aufblühen, wie es ihr Name seit jeher verhieß, denn ein großartiges Kulturdenkmal wurde saniert. Es gab nur ein größeres im Land: Nach der weltberühmten Kapuzinergruft in Wien lag die Dunkelblumer Gruft bereits an zweiter Stelle, was Größe und die Anzahl der *Liegenden* betraf. Was sie sich von der Renovierung erwarteten, machten sich die Dunkelblumer gar nicht so klar. In die Gruft strömenden Fremdenverkehr? Sie hatten Fremde eigentlich nicht gern, aber wenn schon, würden es wohl saubere, zahlende Feriengäste sein, das ginge in Ordnung. Wenn die Gruft endlich fertig abgedichtet wäre, würde jedenfalls der Graf kommen und sie einweihen, es würde gewiss ein Fest geben, zu dem die Kinder Girlanden winden und die alten Frauen ihre Trachten aufbügeln könnten. Darauf konnte man sich wirklich einmal freuen, und die Zukunft, die hinter diesem Neuanfang lag, wirkte heller. Die Frauen schauten weniger verkniffen, wenn sie zum neuen Greißlerladen gingen und einkauften. Sie bestiegen zwar kein bühnenartiges Podest mehr, aber ein freundliches Glöckchen klingelte, sobald sie die Tür öffneten. Gisella Grün, die Mutter, bediente sie mit ausgesuchter Höflichkeit, lächelnd, aber den Blick nie höher hebend als bis zum Schlüsselbein. Sie wusste noch, was sich gehörte. Von den Frauen, die hier einkauften, hatten etliche früher im Schloss bedient, und das war das Erste, was man dort beigebracht bekam. Man schaut den Herrschaften nicht ins Gesicht. Man starrt sie schon gar nicht an. Man senkt den Blick und vergisst alles, was man möglicherweise gehört hat. So macht es ein braver Unterling. Hier im Gemischtwarenladen waren aber wiederum sie die Herrschaften, charmant komplimentiert von Antal, mit dem man sogar ein wenig flirten durfte, weil er ja ganz und gar tabu war.

Antal Grün an seinem neuen alten Standort hatte das Sortiment erweitert. Er führte nun italienische Seifen, solche, die nach Rose, Vanille oder Zitrone rochen, man musste sich die Hände nicht mehr mit Nivea waschen, die die braune Kernseife ersetzt hatte. Auch wenn manche Alten über solche Spompanadeln die Köpfe schüttelten – die Erste, die Rosenseife kaufte, war Leonore Malnitz. Sie war die Königin von Dunkelblum, schön, selbstbewusst und a Goschn wie a Schwert. Zwar hatte sie einen jähzornigen Mann, drei kleine Töchter, einen großen Betrieb und Schwiegereltern, die noch den alten, konservativen Weinbaumethoden anhingen. Aber sie schien sich von all den Pflichten und Belastungen nicht niederringen zu lassen. Werma scho sehen, sagten die Neiderinnen, die wussten, dass der Zahn der Zeit unerbittlich auch die Schönheit der Leo Malnitz anfallen würde. Was sie nicht wussten, war, ob sie selbst es erleben würden. Aber es gab auch Jüngere, die sich die stolze Frau Leonore zum Vorbild wählten und sich vornahmen, Frisur und Gewand nicht zu vernachlässigen, nur weil der Tag lang und die Arbeit endlos war.

11.

Eine merkwürdige kleine Sache begab sich im Sommer nach Ferbenz' Rückkehr und Horkas Verschwinden, in den lichten Monaten, als Dunkelblum vorfreudig schnurrend auf den Tag im September hinlebte, an dem die gräfliche Familie wiederkommen und die Gruft gesegnet werden würde. In diesen luftigen, sonnigen Wochen schien es den Menschen, als würde wirklich alles ausgemistet, frisch gestrichen und neu gemacht, innen wie außen. Die ganz alte Frau Stipsits, die bald den hundertsten Geburtstag feiern würde, saß vor ihrem Haus in der Sonne und verkündete jedem, der stehenblieb und mit ihr plauderte, dass der Zierbusch nun sogar das Schloss renovieren werde, stellts euch das amal vor. Und die Menschen lächelten über diesen herzigen Irrtum, anstatt wie üblich das Gesicht zu verziehen angesichts von Verkalktheiten, Holler, Topfen, Pflanz und Schmarrn. Hast eh recht, stimmte Eszter Lowetz zu, gutmütig und freundlich, wie sie war: Dass er das Schloss auch noch machert, das fehlt jetzt wirklich noch.

Und wer wollte es der Alten verdenken? Sie wurde geboren, als der amerikanische Bürgerkrieg zu Ende ging, als Karl May zum ersten Mal ins Arbeitshaus kam und *Max und Moritz* erschien. Aber solche Verbindungen stellte in Dunkelblum niemand her, noch nicht einmal Rehberg, denn damals war er noch im Priesterseminar; man wusste nur, dass die Frau Stipsits alt war wie die Bäume, und daher hatte sie gewisse Freiheiten.

In diesem Sommer kam an einem Freitag ein Fremder in Dunkelblum an, von dem, wie Antal Grün anschließend feststellte, niemand etwas mitbekommen hatte. Und das war sehr ungewöhnlich hier, wo die Mauern Ohren hatten und alle Blütenstände kleine Äuglein, die sie hin und her drehen konnten nach Bedarf. Doch diesen Mann schien einfach keiner bemerkt zu haben.

Antals Geschäft war leer, es war kurz nach zwölf. Er selbst wollte zur Mittagsruhe schließen, wie es damals noch üblich war, da stand plötzlich dieser Mensch bei ihm vor der Tür und hatte eine Frage. Er sprach gar nicht anders als die Leute aus der Gegend, nicht einmal wie ein Steirer oder ein Großstädter, sondern wie einer von hier, aber er sah anders aus. Vielleicht war es die Art seines Anzugs, der Stoff, dessen modisch helle Farbe oder der Haarschnitt – alles zusammen machte auf Antal den Eindruck, er habe es mit jemandem von weit her zu tun. Er wusste nicht, warum ihm das gleich auffiel, aber er dachte später manchmal darüber nach. Der Fremde stand also da, sagte einen Namen, den Antal sich nicht gleich merkte, und erklärte, er suche zwei Frauen, die ihn im Krieg versteckt hätten. Er wolle sich bei den beiden bedanken, sie hätten ihm zweifellos das Leben gerettet. Er wisse leider nicht mehr genau, wo das Haus gewesen sei, nur, dass es das letzte in einer Sackgasse war.

Antal Grün stand da, mit dem Schlüsselbund in der Hand, und musste sich erst einmal fassen.

Und warum kommen Sie damit ausgerechnet zu mir, fragte er endlich.

Sie sahen einander lange an.

Antal dachte, ich habe ihn schon einmal gesehen. Aber wo?

Der Fremde sagte, der Greißler im Ort wisse doch meistens alles, der Greißler, der Friseur und der Gastwirt. Den Friseur habe er nicht mehr finden können, der sei offenbar nicht mehr, wo er einmal gewesen war. Ins *Tüffer* habe er lieber nicht gehen wollen, da es ja schon lange nicht mehr der namensgebenden Familie gehöre, die wahrscheinlich verstanden hätte, worum es ihm gehe. Da sei er also hier bei ihm gelandet, auch wegen des Namens, *bistu beyz oyf mir?*

Antal schloss einen Moment die Augen, fuhr sich vorne über den Arbeitsmantel, als habe er feuchte Hände, dabei waren sie bloß kalt. Neinneinnein, sagte er schließlich, natürlich nicht, bitte nur einen kleinen Moment Geduld, ich muss erst abschließen.

Danach ging er mit dem Fremden, den er ungefähr auf sein eigenes Alter, damals also Anfang vierzig, schätzte, zur Mittagszeit durch den wie ausgestorbenen Ort. Überall aßen die Menschen zu Mittag oder waren auf den Feldern und in den Weingärten, kein Einziger stand am Fenster und schaute hinaus. Die Vorhänge bewegten sich nur von der leichten Brise, die von der Hazug-Spitze herunterkam und einem das Atmen erleichterte. Ihr Gespür hatte die Dunkelblumer im rechten Moment verlassen oder es bannte sie im Gegenteil erst recht an die Tische, sie aßen Knödel und Hirn mit Ei, und während sie kauten, dachten sie an gar nichts.

Der Weg, den Antal und der Fremde zurückzulegen hatten, war nicht weit, nur ein Stück tiefer in die Tempelgasse hinein, hier ums Eck und dort ums Eck, im Gewirr des alten Dunkelblum musste man sich auskennen. Die Sonne schien direkt von oben, die Schatten, die die beiden Männer warfen, waren noch sehr kurz. Aus den Tontöpfen vor den alten Häusern wucherten die Geranien, der Schnittlauch und die Petersilie, *denn die Pflanzen wissen nichts, die wachsen und gedeihen.* Das Lowetz-Haus präsentierte sich von wildem Wein bedeckt, der kleine Apfelbaum, den das Ehepaar zu seiner Hochzeit gepflanzt hatte, war bereits stattlich, trug seit einigen Jahren und streckte sich schon in Richtung Zaun. Die Blumentöpfe, die Eszter an der Mauer stehen hatte, waren blau glasiert. Antal klopfte und rief über den Gartenzaun. Wie es hier üblich war, öffnete er schließlich sogar die

Eingangstür und rief hinein. Doch es war niemand zu Hause. Der Fremde stand ein paar Schritte hinter ihm, wie fluchtbereit, und schaute mit zusammengekniffenen Augen auf das Haus. Antal schlug vor, es auch nebenan zu versuchen, bei der Agnes, die beiden Häuser hätten hinten hinaus einen gemeinsamen Hof. Und habe er nicht gesagt, zwei Frauen hätten ihn versteckt? Das sei wahrscheinlich in dem gemauerten Schuppen gewesen, in dem sie das Holz aufbewahrten …

Agnes, fragte der Fremde zurück: Agnes Kalmar?

Ja, sagte Antal Grün, so heißt sie.

Vielen Dank, antwortete der Mann, aber ich glaube, lieber nicht, ich habe das Haus ja jetzt gesehen, und ich bin Ihnen sehr dankbar dafür.

Wissen Sie, sagte Antal, bis vor Kurzem habe ich hier nebenan mein Geschäft gehabt, hier, in dem einen Zimmer vorne heraus, sehen Sie? Er stellte sich unter die Fenster und zeigte mit großen Handbewegungen die Ausmaße des Podests, das inzwischen wieder zu Brennholz verwandelt worden war. Ist es denn zu glauben, fragte er, in welchen Umständen man manchmal lebt und arbeitet? Es fällt einem erst auf, wenn es vorbei ist.

Nach dem Krieg haben Sie hier angefangen, fragte der Fremde.

Ja, natürlich, sagte Antal, meine Mutter und ich sind ein paar Jahre nach dem Krieg zurückgekommen.

Auf dem Rückweg in die Tempelgasse bat der Fremde, Antal möge die beiden Frauen bei passender Gelegenheit grüßen und seinen Dank ausrichten. Das werden Sie für mich tun, fragte er, und Sie werden wissen, wie man den richtigen Moment findet?

Natürlich, versicherte Antal Grün, der noch darüber grübelte, ob ihm dieser Mann schon früher einmal begegnet war: Das mache ich – aber sagen Sie, darf ich Sie auch etwas fragen?

Aber gern, sagte der Mann und blieb stehen.

Lassen Sie uns erst zurück zu mir gehen, schlug Antal vor, der seine Frage nicht in aller Öffentlichkeit stellen wollte. Erst in den Tagen danach, als er über diesen Besuch nachdachte, ohne ihn ganz enträtseln zu können, wunderte er sich darüber, dass kein einziger Kopf an einem Fenster, kein Mensch vor einem Haus aufgetaucht war, auf dem Hinweg nicht und nicht auf dem Rückweg. Die Leute mussten alle beim Mittagessen gesessen sein. Und außerdem war es recht heiß. Die Sonne brannte herunter, auch deshalb hatte er den Wunsch, zurück ins Kühlere zu kommen. Im Geschäft ließ er den Mann zuerst Namen und Adresse auf einen Zettel schreiben. Falls sich die Eszter noch einmal melden will, sagte Antal, der diese Möglichkeit für Agnes, bei ihrem fragilen Zustand, gleich bei sich ausschloss. Er würde vorläufig auch nur mit Eszter sprechen, bei Agnes wusste man nie, was den nächsten Anfall auslöste. Gerade mit den alten Sachen musste man aufpassen. Aber solche Details waren für den Fremden nicht interessant.

Doktor Alexander Gellért, stand auf dem Zettel, und eine Adresse in Boston. Antal Grün vergaß den Namen nie, obwohl er den Zettel schon bald darauf Eszter Lowetz übergab, die ein erschrockenes Gesicht machte und ihn in ihrer Schürzentasche verschwinden ließ. Namentlich kannte Antal keinen Doktor Gellért, aber was bedeuteten schon Namen in der Zeit, an die er dachte.

Er hätte seine Frage vielleicht gar nicht mehr gestellt, wenn dieser Gellért nicht beim Abschied darauf zurückgekommen wäre.

Jaa, sagte Antal und wusste gar nicht, wo anzufangen war. Sein Blick fiel auf die Registrierkassa, und während er nachdachte, löste er gedankenverloren die Papierrolle aus ihrer Halterung, da sie ihm schon wieder sehr abgemagert schien. Doch er riss sich zusammen, legte die fast verbrauchte Rolle hin, sah auf und sagte: Es ist eigentlich nur eine einfache, kurze Frage. Waren Sie zufällig auch auf diesem Wellenbrecher?

Der Ventilator drehte sich, eine Fliege brummte durch den Raum. Da die Rollläden noch herunten waren, war das Licht angenehm diffus, ein kühler Raum im Sommer, wie unter Wasser, am Grunde eines heiteren Ozeans voller bunter Fische.

Der Gesichtsausdruck des Mannes veränderte sich nicht. Leider nein, sagte er und es klang wie eine Frage, weil er den Ton am Ende des Satzes leicht hinaufgehen und dort in der Höhe schweben ließ.

Vergessen Sie es am besten gleich wieder, sagte Antal, räusperte sich und streckte ihm die Rechte entgegen: Leben Sie also wohl und Mazel tov.

Auf Wiedersehen, Tolli, sagte der Mann, und sie schüttelten sich die Hände. Antal lächelte: So hat man mich als Bub in der Schule genannt.

Ja eben, sagte der Mann und verließ die Greißlerei, ging davon, den ganzen Weg bis zum Bahnhof. Und wieder schien ihn niemand gesehen oder bemerkt zu haben, es war, als hätte dieser Besuch niemals stattgefunden. Antal hatte den Zettel, immerhin, das war ein vorübergehender physischer Beweis, auch wenn er letztlich zu nichts zu gebrauchen war.

12.

Anfang September 1965 traten die Vorbereitungen für den ersten gräflichen Besuch seit zwei Jahrzehnten in die intensive Phase. Der katholische Kirchenchor übte *Nun danket alle Gott* sowie *Tauet Himmel den Gerechten*, das als Lieblingslied der Gräfin, der Mutter des neuen Familienchefs, galt. Niemand wusste, ob sie kommen würde, aber falls doch, wäre auch musikalisch alles recht. Im *Tüffer* wurden Berge von Grammelpogatscherln geknetet und gebacken, die anschließend an Gottesdienst und Weihezeremonie auf dem Hauptplatz zum Wein gereicht werden würden. Den derzeitigen Grafen hatte niemand mehr gesehen, seit er als Kind mit seiner Mutter und einem Teil der Reitpferde aus Dunkelblum weggebracht wurde, kaum zwölf Stunden vor dem Einmarsch der Russen. Dennoch bewies er das Zartgefühl seiner Vorfahren: Über seinen vorausgesandten Zeremonienmeister ließ er den Wein wie früher bestellen, nämlich gerecht aufgeteilt zwischen den Lokalmatadoren Heuraffl, Malnitz und Graun. Toni Malnitz bot dem Einkäufer an, den Rosé-Sekt zu probieren, mit dem er seit einiger Zeit experimentierte und bereits schöne Ergebnisse erzielt hatte. Doch der Graf würde niemals Rückschlüsse auf die Verteilung seiner Gunst zulassen, wie es geschehen wäre, wenn er dem einen bloß Blaufränkischen und Welschriesling, dem anderen aber rosenfarbenen Perlwein abgenommen hätte. Der Abgesandte erwähnte solche Überlegungen mit keiner Silbe. Er lehnte den Sekt vollendet höflich ab, er sei beauftragt, nur Wein zu bestellen. Durchlaucht werde sich aber freuen zu hören, dass sich sein geliebtes Dunkelblum auch auf diesem Gebiet erfreulich weiterentwickle, und den Malnitz-Sekt zu einem späteren Zeitpunkt gewiss in Erwägung ziehen. Toni Malnitz zuckte die Schultern und nahm die Weinbestellung auf.

Elly Rehberg und die Kinder von der Dunkelblumer Sehschule arbeiteten seit Wochen an einem großformatigen Bild, das dem Grafen zum Willkommen überreicht werden sollte. Über das Sujet war lange keine Einigkeit herzustellen gewesen, denn die Gruft gab von außen ja nicht viel her, und der Eingang war zurzeit eingerüstet. Das Schloss von alten Fotografien abzuzeichnen, wie manche vorgeschlagen hatten, lehnte Elly ab. Ihre Schüler zeichneten nach der Natur, das sei der einzige Sinn der Sache. Abpausen sollten andere, sie lehre die Kinder, das abzubilden, was man angreifen oder bei Bedarf umrunden könne. Aber damit, mit der resolut geäußerten Regel vom Anfassen- und Umrundenkönnen, schoss sich Elly unbedacht auch den eigenen Favoriten ab. Sie hatte – schon weil alle Zeichenkinder an dem großformatigen Bild mitarbeiten sollten – eine Weile darüber nachgedacht, ob eine Gesamtansicht Dunkelblums, etwa von oben, von der Rotensteinwiese auf halber Höhe zur Hazug-Spitze, nicht die beste Idee sei. Die begabten Zeichner könnten die Bildmitte übernehmen, wo die Häuser dicht an dicht standen, wie tektonisch an- und beinahe übereinandergeschoben, wie in der tiefsten Schicht einer vollgepackten Kiste. Die Kleineren und weniger Begabten könnten an den Rändern stricheln und schraffieren, die Wiesen, Wälder, Felder und Weingärten andeuten in vielen schönen Grün-, Braun- und Gelbtönen, die ganze rauh-liebliche Landschaft, die sich erst hier, genau an der Grenze, erhob, vor Urzeiten sozusagen aufgerappelt hatte vom Bauch auf die Knie. Doch was Elly für die elegante Lösung, für eine angenehm distanzierte Vogelperspektive und ein anspruchsvolles Motiv gehalten hatte, wischte die Wirtin Resi Reschen mit dem Totschlagwort *unpersönlich* einfach vom Tisch. Von oben g'sehn könnt's alles sein, keifte sie, von oben schauen auch Kirschenstein und Tellian so ähnlich aus. Was für a Schnapsidee!

In Wahrheit – aber diese Einsicht hatte die Resi nicht selbst – war sie aus einem dumpf verspürten Klassenbewusstsein dagegen. Der Graf, aber auch die gebildete Elly Rehberg und sogar die Malnitzens, die mit ihrem Sekt und allem möglichen Gschisti-Gschasti am Feinerwerden arbeiteten – die waren ihr alle schon genug *von oben*. Da brauchten nicht auch noch die Kinder ein Von-oben-Bild machen.

Eine Ansicht der Kirche schied ebenfalls aus, obwohl sich der Graf, der als sehr gläubig galt, darüber gewiss besonders gefreut hätte. Aber die Malgruppe wurde auch von evangelischen Kindern besucht, die sich am Festtag ohnehin in einer merkwürdigen Rolle befinden würden. Sie sollten erst nach dem katholischen Gottesdienst auf dem Hauptplatz dazustoßen. Dass sie aber kamen, um das Bild gemeinsam zu überreichen, lag der Elly Rehberg besonders am Herzen.

Was's nur hat mit die Protestanten, sagten die jüngeren katholischen Frauen zueinander, als einmal nach der Chorprobe die Rede auf das Bild, die Kinder und den Festakt kam. Die älteren Frauen warfen einander Blicke zu. Was zwinkerst denn so, fragte eine Frau ihre Mutter.

Die Elly Rehberg hat halt immer schon ein Herz für das Andersartige gehabt, antwortete die Mutter mit treuherzigem Ausdruck, und die beiden Sechzigjährigen, die ihren Blick auffingen, lachten, dass es klang wie Husten.

Schlussendlich wurde daher der ältere und unwesentlich schönere von den zwei gräflichen Meierhöfen als Sujet gewählt, ein langweiliges Gebäude, dem man seine landwirtschaftliche Zweckmäßigkeit ansah. Elly skizzierte selbst die Dimensionen des Bildes auf dem großen Kartonbogen, der, auf eine dünne Holzplatte gezogen, jedes Mal von mehreren Kindern hinaus auf die Wiese getragen werden musste: den Umriss des Gebäudes als längliches Rechteck in der Mitte, aber klein genug, damit rundherum noch reichlich Natur Platz fand. Immerhin stand das Gebäude frei in der Landschaft und hatte, trotz zehnjähriger russischer Einquartierung, seine spärlichen Verzierungen über den Fenstern größtenteils bewahrt. So stellte Elly den Zeichenkindern ihre Aufgabe vor: in die Mitte der weiße Riegel, eingebettet ins Grün. Die Jüngeren sollten am Außenrand stricheln und schraffieren, vereinzelte Blumen erlaubt. Die Älteren übernahmen das Haus. Die Söhne von Lowetz und Zierbusch waren die begabtesten Zeichner, außerdem befreundet, sie gaben den Ton an. Aber sie unterschieden sich in ihrem Verhalten: Der Lowetz-Sohn tat meistens wie ihm geheißen, der Zierbusch-Sohn begann fast jedes Mal zu diskutieren. Elly hätte das Haus nicht zentral, sondern versetzt an eine Seite stellen sollen, so sei das Bild einfach fad. Aus größerer Entfernung würde es aussehen wie ein weißes Rechteck in einem grünen, und das Ganze noch in einem Rahmen, wahrscheinlich braun, also echt.

Hast du einen Vorschlag, fragte Elly, die ihre Schüler kannte und wusste, dass hier ein kleiner Chef heranwuchs.

Da fehlt etwas, beharrte der Zierbusch-Sohn, es ist viel zu symmetrisch. Wir sollten da links noch einen großen Baum hinmachen, am besten die alte Linde, die wir alle schon so oft gezeichnet haben.

Aber die Linde steht doch woanders, wandte die Älteste von Toni Malnitz ein, die ihrem Vater vom Aussehen her auf fast komische Weise ähnelte, wie eine kleinere Toni-Karikatur mit Zöpfen. Auch der Einwand war typisch für sie: Sie war ein strenges Kind, das keine Abweichungen tolerierte.

Das weiß der Graf doch nicht, sagte eines der vielen Farkas-Kinder: Er kennt Dunkelblum überhaupt nicht.

Genau, sagte Joschi, der Neffe vom Ferbenz: Der Kerzlschlicker macht sich hier nur wichtig, und dann haut er wieder ab.

Es folgte eine Diskussion unter den Großen, ob man den Grafen belügen dürfe oder vielmehr mit einem besonders schönen, künstlerisch wertvollen Bild erfreuen solle. *Künstlerisch wertvoll* kam vom jungen Zierbusch, der es von seinem Vater haben musste. Aber weil einige der kleineren Kinder von der Vorstellung erleichtert schienen, auf diesem wichtigen Bild etwas zeichnen zu dürfen, das sie schon geübt hatten, gab Elly nach. Vielleicht gab sie auch nach, weil sie einen kleinen Akt der Rebellion darin sah, dem Grafen ein retuschiertes Bild von Dunkelblum zu überreichen, ihm und seiner adeligen Familie, der seit jeher ziemlich egal schien, was in dieser Stadt, nach der sie immerhin hießen, alles geschehen war.

Der Empfang auf dem Hauptplatz war lang und die Rede des Grafen ziemlich eintönig. Aber das störte niemanden, weil alle, die gekommen waren, den historischen Moment auskosten wollten. Der Graf war wieder da! Er hatte seine Frau, seine Geschwister und etliche andere Familienmitglieder mitgebracht! Es gab auch schon wieder eine Schar von Nachwuchs in herzigen kleinen Kleidern und Anzügen, selbstsicher in ihrer Wohlerzogenheit und dadurch von den anwesenden Dunkelblumer Kindern auf eine so tiefgreifende Weise geschieden, wie nur Kinder sie empfinden können.

In drei geschniegelten Reihen wartete der Schulchor neben der Pestsäule, die anderen Kinder bildeten davor ein Spalier. Die Alten, manche mit Tränen in den Augen, waren in ihre Trachten geschnürt, die Servierkräfte der Resi Reschen standen kerzengerade mit weißen Schürzerln hinter den Tischen mit dem Wein und den Grammelpogatschen, es fehlte nur, dass sie andächtig die Hände falteten. Zwei Dutzend Sessel waren aufgestellt, für Honoratioren und die zahlreichen Mitglieder der gräflichen Familie, von denen auffiel, dass sie dauernd miteinander schwatzten, auch während der Bürgermeister redete und der Kinderchor sang. Nur als ihr Chef, das junge Familienoberhaupt, sprach, waren sie still und hörten mit amüsierten Mienen zu. Schaut ihn euch an, unseren Epsi, schienen die Gesichter der unüberschaubaren Onkel und Großtanten, Nichten, Cousins und Schwäger des Grafen zu sagen, schaut euch an, wie groß er geworden ist! Und dass er lispelt, ist fast gar nicht mehr zu hören …

Die Rede des Grafen Paul Edmund von Dunkelblum, in seinen Kreisen mit dem Kinderspitznamen Epsi genannt, bestand im Wesentlichen aus einer biographischen Aufzählung der Toten, die in der renovierten Gruft sicher und trocken auf den Jüngsten Tag und die Wiederkehr des Messias warteten. *Sicher und trocken,* sagte Paul Edmund nicht, das meinte er, denn er hatte es vom Baumeister Zierbusch gehört, doch den Rest vom Jüngsten Tag und der Wiederkehr sagte er wörtlich.

Er sprach über Árpád den Starken, der als Stammvater im engeren Sinne galt und diese kunsthistorisch so bedeutsame Gruft begründet hatte, weit zurück im siebzehnten Jahrhundert. Er lobte dessen Frömmigkeit, Kriegsglück und Kaisertreue. Er erwähnte sogar kurz Árpáds Vater Franz vulgo Ferenc, der zum katholischen Glauben zurückgefunden hatte, nachdem die Familie davor vorübergehend dem Irrweg der Reformation aufgesessen war. Epsi sagte nicht: *Irrweg,* er sagte nicht einmal: *Reformation,* sondern benannte nur den anderen, den angenehmen Teil, *eine echte Bekehrung.* Die Familie verstand schon. Dem Volk stand ohnehin das Maul offen.

So durchschritt der aktuelle Graf bedächtig die vielhundertjährige Familiengeschichte, verlor hier eine Anekdote und da ein farbiges Detail über manche besondere Figur, die in der Gruft lag. Natürlich sprach er über den berühmten Geza von Dunkelblum, einen von den Habsburgern hingerichteten Märtyrer, aber genauso über seine Großmutter Alix und ihren sprechenden Graupapagei, der den damaligen Bürgermeister von Dunkelblum so täuschend habe nachahmen können. Er müsse gestehen, sagte der Graf, und seine Familienmitglieder begannen zu lächeln, weil sie schon wussten, was kam, er müsse zwar gestehen, dass der Papagei auch die ein oder andere scheußliche Ungezogenheit von sich gegeben habe, die hier nicht wiederholt werden möge, aber es sei ein bemerkenswertes Tier gewesen. Zum Schluss flocht er noch die bedeutenden Siege der Rennpferde seiner geliebten Mammi, der Gräfin Margarethe, ein, die es so schrecklich bedauert habe, dass sie aus gesundheitlichen Gründen nicht hierher, in ihr heimatliches Dunkelblum habe reisen können. In ihrem Herzen sei sie aber heute hier, bei ihnen allen.

Die Geschichte Dunkelblums – so schloss er, als die ersten Kinder vom langen Stehen in der Sonne blasse Nasenspitzen bekamen – ist die Geschichte meiner Familie. Für uns alle, meine lieben Dunkelblumerinnen und Dunkelblumer, bleibt die Geschichte allezeit die Wurzel, aus der wir gewachsen sind, an die wir uns dankbar erinnern, weil sie uns hält und sicher verankert in unserer Gegenwart. Nur wer weiß, woher er kommt, weiß auch, wohin er geht. Die Ahnen sind uns allezeit Vorbild und Trost. Ihr Beispiel leuchtet und leitet uns. In unserer Erinnerung bleiben sie lebendig. Es unterscheidet den Menschen vom Tier, seine Verstorbenen zu begraben und ihre Liegestätten zu pflegen. Deshalb bewahren wir wie alle anderen Familien das ehrende Andenken an unsere lieben Verstorbenen, die uns vorangegangen sind in die Ewigkeit des Herrn.

Die ganz alten Dunkelblumer riefen *Vivat*, wie sie es aus ihrer Jugend kannten, einige von den Jüngeren murmelten irrtümlich *Amen*, aber so leise, dass es nicht störte.

Es war ein wunderbarer Tag, über den noch lange gesprochen wurde. Die Grammelpogatschen harmonierten mit dem Graun'schen Blaufränkischen ebenso wie mit dem Heuraffl'schen Welschriesling und besonders mit dem sogenannten *Heanzenwein* vom Weingut Malnitz, der, anders als sein volkstümlicher Name vermuten ließ, ein raffinierter Cuvée war, das erste in einer langen Reihe von Toni-Malnitz'schen Meisterstücken. Die gräfliche Familie mischte sich plaudernd unters Volk, nachdem der Schulchor die Landeshymne gesungen hatte: *Rot-Gold flammt Dir das Fahnentuch, Rot-Gold sind Deine Farben! Rot war der heißen Herzen Spruch, die für die Heimat starben.* Niemand hätte sagen können, wer mit den rotherzigen Gestorbenen eigentlich gemeint war.

Graf Epsi entdeckte die strahlende Frau Leonore, küsste ihr die Hand und fraß sie, ein Pogatscherl zwischen Daumen und Zeigefinger, mit den Augen auf, während er sie in ein Gespräch über Weinbau, Jagd und ihre drei reizenden kleinen Töchter verwickelte, die – hier war ein unverfängliches Kompliment zur Hand – gewiss zu ebensolchen Schönheiten heranreifen und die Frau Leonore sodann umkränzen würden wie die Planeten die Sonne. Da wuchs der junge Graun vor ihnen aus dem Boden und fragte gepresst, ob er noch etwas vom Wein nachschenken dürfe. Der Graf schaute erstaunt. Frau Leonore lächelte und sagte, ja gern, aber von deinem, den vom Heuraffl mag ich nicht und unseren kenn ich ja. Der junge Graun, der der Frau Leonore erst kürzlich so nahegekommen war, dass er wusste, was sich hinter ihrem Halstuch verbarg, war beruhigt und zog sich unter Verbeugungen zurück.

Nur der Baumeister Zierbusch war angespannt. Er suchte nach einem geeigneten Moment, sich zu verabschieden. Als er sich endlich zum Grafen vorgearbeitet hatte, schützte er unbedacht geschäftliche Gründe vor, worauf ihn der Graf eindringlich ermahnte, den Tag des Herrn zu achten. Zierbusch schaute betreten, doch Leonore Malnitz kam ihm zu Hilfe. An Sonntagen, erklärte sie dem Grafen, bestehen hier die Geschäfte einfach darin, am richtigen Stammtisch vorbeizuschauen. Dabei lächelte sie den Zierbusch herausfordernd an, der sich vornahm, ihr diesen Gefallen nie zu vergessen, und ihn doch kurz darauf vergaß.

13.

Zierbusch eilte ins Café Posauner, wo der Ferbenz mit seinen Getreuen saß und es schon hoch herging. Erst wollten sie ihn sich gar nicht dazusetzen lassen. Auf olle Hochzeiten gleichzeitig wüllst tanzen, schrie der Berneck, und der geflickte Schurl schrie: Des geht oba net! Was bleibst net bei deine Adligen und Pfaffen, schrien die Heuraffl-Zwillinge mit ihren rotgetrunkenen Nasen, und einer von ihnen hielt ihm sogar die Faust unters Kinn. Doch nachdem er einige Minuten wie ein Bittsteller vor dem großen Tisch gewartet hatte, dessen Besatzung fast deckungsgleich mit dem Kameradschaftsbund war, gab Ferbenz der *Posauner*-Gitta einen Wink, und sie brachte einen Hocker.

Und hier erfuhr der Baumeister Zierbusch Dinge, von denen er nichts gewusst, die er sich zumindest so noch nicht klargemacht hatte. Während die Bande grölte, schimpfte und schrie und mehrmals die erste Strophe von *Die Fahne hoch, die Reihen fest geschlossen* anstimmte, weil sie sich an die anderen Strophen nicht mehr erinnerte, redete Alois Ferbenz mit seiner leisen Stimme auf Zierbusch ein. Er sagte Sätze, die sich dem Baumeister tief einprägten. Etwa, dass man in Deutschland nach dem Ersten Weltkrieg den Adeligen den Besitz weggenommen und nur die Titel gelassen habe, in Österreich jedoch umgekehrt. Ob das nicht bezeichnend sei? Und dass sie es sich immer schon gerichtet hätten, seit Jahrhunderten, diese Barone und Grafen und Fürsten, nicht wahr? Dass er, Ferbenz, es deshalb für ungeheuerlich halte, wie die Stadt dem dahergelaufenen Buben mit den Hirschhornknöpfen huldige. Wer sei denn der, bitteschön? Ein ahnungsloser Kerzlschlicker, hinter den Ohren noch so grün wie sein Jägerlodensakko. Wahrscheinlich habe der keine Ahnung, wie gern seine geliebte Mammi mit dem Neulag im gräflichen Schlafzimmer Pferdezucht gespielt habe, man wisse nur nicht, ob mit Peitschen oder ohne. Ferbenz erinnerte den Zierbusch eindringlich daran, dass sich die gräfliche Familie selbstverständlich vom Neulag Zwangsarbeiter habe kommen lassen, die im Schloss und auf den Pferdekoppeln beschäftigt wurden. Und der Ball am Tag vor Palmsonntag? Warum denn noch ein Ball so kurz vor dem Ende? Das war doch eine prachtvolle Ablenkung, oder etwa nicht? Was für ein Zufall aber auch, dass gerade in dieser Nacht und nicht in irgendeiner anderen … Ferbenz fixierte den Zierbusch mit seinen wässrigen blauen Augen, die manchmal wirkten wie von hinten beleuchtet.

Zierbusch begann zu schwitzen. Er wusste, was dieser Blick bedeutete. Er, Zierbusch, war dabei gewesen, mit den beiden Heuraffls, dem Berneck und dem geflickten Schurl, Hitlerjungen allesamt, sechzehn, siebzehn Jahre alt. In jener Nacht wurden sie vom Horka aus den Betten geholt, taten, was ihnen angeschafft worden war. Sie kamen erst im Morgengrauen heim zu ihren besorgten Müttern, die das G'wand waschen mussten. Aber er, Zierbusch, war als Einziger nicht verurteilt worden, nicht einmal angeklagt, ja nicht einmal verhört, er hatte bis heute keine Ahnung, warum. Sein Name war nirgends aufgetaucht, entweder hatten die anderen ihn nicht verraten, oder jemand hatte ihn aus den Protokollen gestrichen. Er verstand es nicht, denn damals wusste jeder, dass er dazugehörte. Noch heute, wenn es zur Unzeit an der

Tür läutete, fürchtete er, dass man ihn holen käme, so viele Jahre später. Das amtliche Desinteresse an ihm blieb eine Quelle der Beunruhigung, und er wäre damals lieber mit den Heuraffls, dem Berneck und dem geflickten Schurl im Häfn gesessen, zwölf oder siebzehn Monate lang. Er hatte zu Hause schon im Betrieb mitgearbeitet, als die anderen, seine Haberer, in Wien vor Gericht standen, nur die Hitlerjungen, niemand sonst, weitere Täter wurden ja nicht gefunden oder benannt. Zierbusch hob den Kopf. Ferbenz starrte ihn an, mit einem wilden Ausdruck und gesträubten Haaren. Die Sache zwischen ihnen musste entschieden werden. Zierbusch holte tief Luft. Du hast recht, Alois, sagte er, das kann alles kein Zufall sein. Ich dank dir, du hast mir wirklich die Augen geöffnet.

In jenem sonnigen September, als ihr Sohn und die meisten Verwandten ihre Verbundenheit mit dem Stammsitz noch einmal so feierlich demonstrierten, indem sie anlässlich der Renovierung der Familiengruft eine Messe lesen ließen, verlebte die Gräfin Dunkelblum zu Hause in der Schweiz einige unerfreuliche Tage. Sie hatte ohnehin nicht mitfahren wollen in das Kaff an der Grenze, in dem das einzig Schöne ihr Schloss gewesen war, das es seit zwanzig Jahren nicht mehr gab. Doch stellte sich heraus, dass sie gar nicht fahren konnte, selbst wenn sie gewollt hätte. Sie hatte Wichtigeres und weit Unangenehmeres zu tun.

Ein Mann war im Grandhotel Splendide abgestiegen und so dreist gewesen, eine Karte abgeben zu lassen, wonach sie sich zu einer bestimmten Zeit zum Tee einfinden möge. Die Gräfin ignorierte diese Karte, sie ließ sich von niemandem vorladen, schon gar nicht von einem Unbekannten. Der

Absendername auf dem Kuvert sagte ihr gar nichts. Einen Tag später wurde ihr zur gleichen Zeit ein weiteres Kuvert aus dem *Splendide* gebracht. Es enthielt nichts außer einer Haarlocke, die wiederzuerkennen sie sich unwillig zugeben musste. Sie schickte ihren Rechtsanwalt ins Hotel. Was will er denn, der Falott, fragte sie anschließend den Doktor Lendvai, schon der Dritte in einer Reihe Lendvais, die für ihre Familie arbeiteten. Lendvai nannte ihr die Summe. Als sie nichts sagte, fragte der Anwalt, ob er Anzeige erstatten solle. Aber nicht doch, mein Lieber, sagte die Gräfin, durchaus ein wenig schockiert, und ging erst einmal reiten.

Und damit hatte sie nun zu tun, während ihr Sohn in Dunkelblum vermutlich Somlauer Nockerl mit Schokoladensauce aß und Graf spielte, was mit den devoten Leuten dort, diesen G'scherten und halben Zigeunern, bestimmt fabelhaft zu machen war. Die knicksten dort noch freiwillig, ohne dass man sie dafür bezahlte!

Der andere Anwalt musste gerufen werden, jener, der für das Geld zuständig war. Es gab eine Menge Liegenschaften, Beteiligungen und die Stiftung, doch kaum Gold und Aktien – es war gar nicht einfach, eine solche Summe schnell flüssigzumachen. Sie schaffen das, mein Lieber, schmeichelte die Gräfin, aber der Geldanwalt, dessen Namen sie sich nicht merken konnte, weil er so neu und unsympathisch war, hatte die Stirn, es für unmöglich zu erklären.

Wenn Sie schnell Geld brauchen, würde ich an Ihrer Stelle ein paar Rennpferde verkaufen, riet ihr dieser Parvenü, worauf sie ihm wortlos die Hand zum Abschied reichte. Und daher musste sie noch den Kunsthistoriker kommen lassen, während sie Lendvai wieder ins Hotel schickte, damit er um Aufschub bat. An den Bildern hing sie viel weniger als an den

Rennpferden, und doch war es schwer, sich zu entscheiden. Der Kunsthistoriker schien körperlich zu leiden, als sie ihm befahl, ungefähre Schätzungen abzugeben, während sie gemeinsam an den Bildern vorbeipromenierten. Sie entschied sich für ein kleines, sehr altes niederländisches, das sie nie gemocht hatte und das mit ein wenig Glück drei Viertel der geforderten Summe einbringen würde. Den Rest würde sie vom Geldanwalt zusammenkratzen lassen. Der Kunsthistoriker wurde zum Kunsthändler geschickt. Die Sache lief, aber sie brauchte mehr Zeit. Der Gauner, der bedauerlicherweise im Besitz ihrer Haarlocke gewesen war und bestimmt nicht die ganze übermittelt hatte, schien gerade davon wenig zu haben. Vielleicht mangelte es ihm auch an Geduld. Dass sie selbst hinginge und um Verringerung der Summe bäte, war undenkbar. Möglicherweise hätte sie es sogar in Erwägung gezogen, wenn sie sich geringste Erfolgschancen ausgerechnet hätte. Aber die gab es nicht, sie kannte den Mann. Das Kompromisslose hatte ihr besonders gefallen, als sie jung war. Damals dachte sie, er sei der einzige Mensch, der es an Härte mit ihr selbst aufnahm, und möglicherweise hatte sie damit mehr recht gehabt, als ihr lieb sein konnte.

Sie schickte Lendvai mit dem Angebot ins Hotel, die Reisekosten und die ersten Wochen des Aufenthalts vorzuschießen. Und sie trug ihm auf, ohne es zu erwähnen, schon die laufende Hotelrechnung zu bezahlen. Ohne es zu erwähnen, wiederholte der Anwalt verständnislos. Aber ja, genauso, wie ich es sage, sagte die Gräfin und lächelte versonnen in sich hinein.

Während sie auf seine Rückkehr wartete, las sie die Zeitung genauer als sonst. Sie entdeckte eine kleine Meldung, wonach die Bundesrepublik Deutschland via Interpol nach mehreren NS-Kriegsverbrechern suchen lasse. Die Namen würden aus ermittlungstaktischen Gründen derzeit noch nicht veröffentlicht. Als Lendvai zurückkam und mitteilte, dass das neue Angebot zähneknirschend angenommen worden sei, begleitet von Warnungen über auch die Gräfin betreffende eidesstattliche Aussagen, die bei Schweizer Rechtsanwälten zurückbleiben und jederzeit den Redaktionen zugespielt werden könnten, nickte sie nur. Jaja, sagte sie zu Lendvai, der sein ausdrucksloses Gesicht wieder so selbstverständlich trug wie seine gestreifte Krawatte: Der Falott ist vertragstreu und er weiß, ich bin es auch.

Doch später, beim Reiten, hatte sie noch eine weitere schöne Idee. Es kostete Lendvai einige Zeit, um die richtige Staatsanwaltschaft in Deutschland zu ermitteln. Es war erstaunlich, wie schlecht organisiert und auskunftsunwillig das bundesdeutsche Justizsystem zu jener Zeit war. Lendvai wunderte sich. Als er die richtige Behörde endlich gefunden hatte, rief er dort an, um den Vorschlag zu unterbreiten, dass die Gräfin als Zeugin aussage. Ein Termin wurde vereinbart. Einige Wochen später wurde der Termin storniert. Die Staatsanwaltschaft sagte ab, nicht die Gräfin. Das sollte ihr nur recht sein.

14.

Am frühen Montagmorgen nach dem großen Gewitter verfiel der Faludi-Bauer in Betriebsamkeit. Es nieselte noch, aber der Furor der vergangenen Nacht war vorbei. Dass die Sonne hinter den dicken grauen Regenwolken aufgegangen war, durfte man vermuten, weil es heller geworden war, wenn schon nicht hell. Ein zerlaufener Dotter, weit hinter dickem Milchglas versteckt, das war die Stimmung dieses melancholischen Tages. Aber sie war da oben, die Sonne, so sicher, wie ein kräftiges Netz aus Quellen und Bächlein überall unter dem Gemeindegebiet von Dunkelblum floss. Der Faludi-Bauer packte seinen Stock und suchte, einen nach dem anderen, seine Gefolgsleute auf, alle, die schon bisher seiner Meinung gewesen waren, dass Dunkelblum den schändlichen und überbezahlten Vertrag mit dem Wasserverband sofort kündigen und stattdessen die eigenen Vorräte verfügbar machen müsse. Das Wasser würde man an einem solchen Tag besser sehen können als die Sonne. Sie trat, dem Wasser zuliebe, zurück. Jetzt bekommen wir endlich einen Überblick, sagte er zu jedem Einzelnen seiner Bundesgenossen und stieß zur Bekräftigung seinen mannshohen Stock auf den Boden: Dieser Starkregen nach den langen trockenen Wochen war das Beste, was uns passieren konnte.

Und die anderen Bauern folgten ihm. Sie gingen ihre Felder und Wiesen ab und notierten, wo sich das Wasser sammelte und wohin es rann. Vieles, was der Faludi-Bauer schon vermutet hatte, bewahrheitete sich: etwa, dass sich direkt unterhalb der Rotensteinwiese mehrere unterirdische Bächlein zu einem breiteren bündelten. Deshalb hatte der junge Graun dort auf sein Geheiß eine Probebohrung vorgenommen. Dummerweise war er gleich auf diesen Haufen menschlicher Knochen gestoßen. Aber dass man an der einen Stelle nicht mehr weitergraben konnte, weil sie polizeilich gesperrt war, machte nicht viel aus. Denn weiter unten sah man deutlich, wie durchgeweicht das Erdreich war. Und mit ein wenig Nachdenken und gutem Beobachten würde man herausfinden können, wohin dieser Bach mündete. Alles hing miteinander zusammen, unterirdisch zwar, aber das hieß keineswegs, dass man dem Plan nicht auf die Schliche kommen, dass man den Lauf des Wassers nicht ziemlich exakt beschreiben und für sich nutzen konnte.

Nur beim Toni Malnitz stieß er an diesem Regentag auf taube Ohren. Der vermisste seit dem Vorabend seine jüngste Tochter und war für nichts anderes ansprechbar. Der Scheißregen hat jetzt auch alle Spuren weggewaschen, fluchte er: Und eine Abgängigkeitsanzeige kann man erst nach vierundzwanzig Stunden aufgeben!

Der Faludi-Bauer nahm wahr, dass Tonis Aura, sonst meistens warm und orange-rötlich, glühte wie Feuer und an den Rändern instabil und fleckig geworden war, wie die Sonne, wenn sie ihre Schauer ins All spritzte.

Darf ich mich einen Moment setzen, fragte er unter seinem langen Bart hervor, und Toni musste ihn hereinlassen. Dann saßen sie zu dritt am Küchentisch, die schöne Frau Leonore, die auch nicht geschlafen zu haben schien, war im Gesicht weiß wie Schnee, ihre Aura dagegen von einem zarten, frostigen Lila, schmal und fast unbewegt. Das war ebenso ungewöhnlich wie Tonis Sonneneruptionen.

Im Haus roch es nach Angst und Marmelade. Toni sprang gleich wieder auf und ging hin und her, dabei stampfte er wie ein Pferd kurz vor dem Durchgehen. Der Faludi-Bauer trank das Glas Wasser aus, um das er gebeten hatte, und griff mit einer entschlossenen Bewegung nach Leonores Händen. Aus seinen eigenen Pranken machte er auf der Tischplatte eine warme, sichere Höhle für sie. Er schaute Leonore ins Gesicht, hielt ihren Blick so fest wie die Hände und sagte: Eure Tochter, die Flocke, ist ein g'scheites und starkes

Mädchen, keine Mitläuferin wie so viele hier. Die Flocke, das ist jemand, der selber denkt. Das passt natürlich manchen nicht. Aber wenn sie einer Sache auf der Spur ist, wird sie niemals aufgeben, und die alten Mächte hier in Dunkelblum, die verlieren ihre Kraft, nicht schnell, sondern langsam, aber immerhin. Er drückte Leonore noch einmal beide Hände und stand auf: Habt Vertrauen, sagte er, nicht alles kommt ans Licht, aber das meiste. Hier, in diesem Haus, sehe ich keinen Tod, sondern das Leben.

Und damit setzte er seinen Weg fort, zu den Heuraffls und zum jungen Graun, zu den Vieh- und den Ackerbauern und zum Dunkelblum'schen Forstverwalter. Sie alle, die das ganze Jahr im Freien arbeiteten, verstanden etwas vom Wasser, anders als die Geschäftsleute und Büroangestellten. Sie wussten, dass das Wasser nicht kam, weil man einen Hahn aufdrehte. Sie arbeiteten zusammen an der Katalogisierung des Gebiets. Der große hydrologische Plan, den er zusammengerollt unter dem Mantel trug, erhielt an diesem Tag viele neue Einträge, kleine Kreuzchen und Linien, mit Bleistift gestrichelt oder gepunktet. Der Faludi-Bauer begann klarer zu sehen. Der hilflose Ersatzbürgermeister Koreny, dieses Murmeltier mit seinen bittenden Händchen, würde sich geschlagen geben müssen, und zwar schon sehr bald.

Die Ansprache des Faludi-Bauern hatte das Ehepaar Malnitz nicht beruhigt, im Gegenteil. Seine rätselhaften Worte zogen nun auch Toni, der bisher eher an Autounfälle und Fahrerflucht in einem abgelegenen Waldstück oder, schlimmer, an junge, betrunkene und sexuell bedürftige Männer gedacht hatte, in den schillernden Kosmos von Leonores Phantasien hinein. Beim stundenlangen Warten in Tonis

Lederlehnstuhl, mit Blick auf die überquellenden, geradezu nach oben sprudelnden Regenrinnen, war sie zu der Überzeugung gelangt, dass Flockes beharrliches Nachforschen in der Dunkelblumer Geschichte der Grund für ihr Verschwinden sein müsse. Ihrer Tochter passierte nicht einfach *irgendetwas*. Das konnte nicht sein. Ihrer Tochter lief nicht einfach ein Reh vor den Kühlergrill, sie wich nicht ungeschickt aus und stürzte daher auch nicht in eine Schlucht. Das war viel zu banal. Es passte nicht zu Leonores Bild von sich und ihren Töchtern. Also musste es einen Grund geben, einen Schuldigen, und damit die Möglichkeit für sie und Toni, die Sache aufzudecken, durch Kombinieren Flocke auf die Spur zu kommen. So wie man – eine alte Regel Leonores – etwas Verlorenes nicht durch hektisches Suchen wiederfindet, sondern durch Nachdenken. Und passte nicht alles zusammen? Seit der letzten Gemeinderatssitzung erzählte man sich in der Stadt, wie Flocke mit ihrem Zwischenruf den Bürgermeister Koreny durcheinandergebracht hatte. Die Leute tratschten es schon deshalb überall herum, weil sie Koreny für einen Vollkoffer hielten und vor Schadenfreude schmatzten, wenn ihm jemand etwas antat – beinahe egal, was. Aber natürlich wussten sie alle auch genau, worum es damals gegangen war: nämlich um Flockes Idee von einem Grenzmuseum. Um ihren immer wieder geäußerten Wunsch, sich mit den Drüberischen zu versöhnen und gemeinsam an die Schrecken der Weltkriege zu erinnern. Flocke, die junge Lehrerin, schlug Ungarischkurse ab dem Volksschulalter vor! Man sollte, fand sie – und Frau Leonore konnte ihrer Tochter darin nur recht geben –, mindestens grüßen und Bitte und Danke sagen können, falls man wieder einmal in die Lage käme, hinüberzufahren. Doch das passte den Nazis und Mostschädeln hier überhaupt nicht, auch solchen nicht, die den Koreny, etwa wegen der Wassergeschichte, beinahe mit Hass verfolgten. Diese Provinzler wollten nicht hinüberfahren, sie wollten höchstens irgendwelche Weingärten und Kartoffeläcker zurückhaben, die man ihren Familien bei der Grenzziehung vor siebzig Jahren weggenommen hatte. Die Mostschädel sprachen auch kein Wort Englisch oder sonst etwas, im Grunde war sogar ihr Deutsch für alle unverständlich, die nicht aus der Gegend stammten. Aber in ihrem gebellten Dialekt konnten sie jederzeit die alten Klagen ihrer Eltern und Großeltern anstimmen, die Erinnerung an jene unausdenkbaren Zeiten, als sie alle hier zwangsweise Ungarisch hatten lernen müssen.

Und hatte nicht bald nach der Gemeinderatssitzung der Stadel gebrannt? Die Feuerwehr feierte in Kalsching ein Fest, während Leonores Ehrenfelder Stadel in Flammen aufging. Seit Flocke verschwunden war, brachte sie das in einen Zusammenhang. Inzwischen war ihr unbegreiflich, dass Toni und sie es nicht gleich kapiert hatten. Sie fand verdächtig, wie der Berneck gegrinst hatte, als sie ihm sagte, dass sie Brandstiftung vermute, da nichts Brennbares im Stadel oder in seiner Nähe gewesen sei. Die Hitze der vergangenen Wochen, gut. Aber einfach so, ohne Blitz oder Lagerfeuer in der Nähe? Sie hatte Berneck aufgefordert, dass seine Gutachter die Ruinen besonders daraufhin untersuchen sollten.

Wann Se Brandstiftung unterstellen, gnä' Frau, hatte ihr dieser grapschende Widerling erwidert, warat oba die Polizei Ihr erster Ansprechpartner.

Daraufhin leckte er sich mit der Zungenspitze den Mundwinkel. Als junge Frau hatte sie ihm einmal eine geschmiert, ihm oder seinem Bruder, sicher war sie nicht mehr. Und das hätte sie gleich wieder tun sollen. Stattdessen drehte sie sich auf dem Absatz um und erstattete auf dem Gendarmerieposten Anzeige gegen unbekannt.

Je länger Leonore darüber nachdachte, desto einleuchtender schien ihr, dass jemand, der damals im Krieg in etwas Unaussprechliches verwickelt war, wegen Flockes Forschungen in Panik geriet. Sie wusste zwar nicht, wer das sein könnte, aber Gerüchte hatte es gegeben. Dass die wahren Täter nie bestraft worden seien. Dass es sich die höheren Chargen gerichtet hätten, wie überall.

Flocke hatte ihr erst vor Kurzem erzählt, dass unmittelbar nach dem Krieg mehrere Zeugen umgebracht worden seien, unter anderem der Mann von der besoffenen alten Graun. Das hatte sie, Leonore, gar nicht gewusst oder wieder vergessen, aber gut, sie war ja auch in Kirschenstein aufgewachsen. Nur dreißig Kilometer weg, aber eine andere Welt – sie konnte das alles nicht wissen. Wäre ich nur dortgeblieben, jammerte sie zwischendurch, wie sie all die Jahre gejammert hatte. Toni reagierte diesmal nicht. Er hörte es kaum. Er war vor Sorge aschfahl, er konnte gar nicht denken. Er wollte sich lieber wieder ins Auto setzen und weitersuchen.

Doch Leonore ließ ihn nicht. Sie redete auf ihn ein, leise, aufgeregt und ohne Pause, seitdem er sie im Morgengrauen in seinem Fauteuil gefunden hatte. Warum der nun im Schlafzimmer stand, konnte Toni sich derzeit nicht erklären. Aber als er sie dort fand, waren Leonores Augen so groß gewesen wie die eines erschrockenen Kindes, und einen Moment lang sah er Flockes Ausdruck darin, die sonst keinem von ihnen beiden besonders ähnelte.

Er müsse sich erinnern, verlangte Leo jetzt, erinner dich, du warst doch damals auch schon zwölf oder dreizehn? Du musst etwas wissen, von damals, zumindest, was die Leute geredet haben? Die reden doch, die Dunkelblumer, die haben noch nie ein Geheimnis behalten. Was habts da damals veranstaltet, um Himmels willen, in eurem grauslichen Nazikaff? Und hat der Sterkowitz nach Kriegsende nicht Leichen obduziert, eine ganze Reihe mit Genickschüssen, das hab doch sogar ich gehört, Toni, bitte erinner dich!

Toni stampfte auf und ab und versuchte, seinen Kopf freizubekommen. Er erinnerte sich an die Gerüchte wie an ein rotes Schild auf einer Schachtel, von deren Inhalt er nichts mehr wusste. Das Wort Gerüchte stand für irgendetwas, um das es immer wieder ging, aber er konnte sich einfach nicht erinnern, was.

Er erinnerte sich nur an Folgendes: Er war damals mit dem Sohn eines Gendarmen befreundet gewesen, der wiederum die rechte Hand des Polizeichefs war. Und der Vater seines Freundes hatte einmal zu ihnen beiden gesagt, die Dunkelblumer würden alle miteinander nur Märchen erzählen, da sei nichts dran, alles sei genauestens und sogar mehrmals untersucht worden. Von den Russen und auch von den Beamten aus Wien. Nichts dran, Schwamm drüber, und jetzt, Burschen, vergessts das Ganze ein für alle Mal!

Toni wehrte sich nun wieder dagegen, Leonore zu folgen. Wahrscheinlich war sie vor Sorge verrückt geworden.

Aber die Flocke war doch nicht die Einzige, die sich dafür interessiert hat, widersprach er, angefangen hat der Rehberg mit seiner Ortschronik, zusammen mit der Lowetz-Eszter, inzwischen ist da eine ganze Gruppe entstanden, die …

Da fiel es ihm ein. Er setzte sich wieder.

Was ist, fragte Leonore.

Toni schenkte sich aus dem Krug Wasser ein, er nahm

dazu einfach das Glas des Faludi-Bauern. Dann berichtete er von der Ansichtskarte, die Flocke im Lowetz-Haus vom Eiskasten genommen hatte. Als er Flocke gestern Nachmittag dort gesucht hatte, um ihr zu sagen, dass … du weißt schon, wegen der Rotensteinwiese. Ich hab mir ja denken können, dass sie das interessiert. Und auf der Ansichtskarte dort in der Küche von der Eszter – vorne war das Schloss drauf, weißt du, die Karte, die jetzt alle haben – ist gestanden: *Hör auf zu lügen*. Das hat die Flocke dem Sohn, dem jungen Lowetz, sogar noch laut vorgelesen, aber wir alle haben nicht gewusst, was das heißen soll. Und außerdem war da ja grad die Sache mit der Rotensteinwiese, die war irgendwie wichtiger.

Leonore starrte ihn an. Die Eszter ist doch ganz plötzlich gestorben, fragte sie langsam, die war doch überhaupt nicht krank?

Toni sah ihr an, dass sie das, was sie sagte, lieber selbst nicht glauben wollte.

Die beiden saßen noch ein paar Minuten da und kamen schließlich – wie oftmals Menschen, die, allen sauer gewordenen Gefühlen zum Trotz, seit Jahrzehnten zusammenleben – gleichzeitig auf dieselbe Idee: Sie mussten wohl oder übel zum alten Malnitz fahren, mit dem sie seit Jahren nicht gesprochen hatten. Zum alten Malnitz, der seit Langem so tat, als hätte er nur noch einen Sohn, und zwar den Tankstellenpächter von Zwick.

15.

Lowetz schlief bis tief in den grauen Montagvormittag hinein, er hatte ja keine Termine. Keine Morgensonne weckte ihn durch das ostseitige Fenster im Schlafzimmer seiner Mutter, nicht wie an all den Tagen zuvor. Kein frühmorgendliches Niesen, keine durch die Luft tanzenden Goldflocken, die er bisher jeden Morgen betrachtet hatte, unerwartet nah am Glück. Auch Lowetz war nachts lange wachgehalten und später von Blitz und Donner in unruhige Träume geschickt worden.

Abends gegen acht, lange bevor das Unwetter losbrach, hatte Flockes Vater den blondbärtigen Flüchtling zu ihm gebracht. Dieser bat als Erstes darum, zu duschen, und verschwand im Bad, gerade dass Lowetz ihm noch ein Handtuch suchen und durch die Tür nachwerfen konnte. Dem Malnitz-Toni bot er ein Bier an, was dieser akzeptierte, stehend, wie das hier so üblich war.

Schulter an Schulter schauten sie nebeneinander in den Hof hinaus.

Was willst'n machen mit dem Haus, fragte der Ältere, und Lowetz antwortete, dass er es noch nicht wisse.

Wär schad drum, sagte Toni, und Lowetz nickte und sagte: Eh.

Hinten ging Fritz durch den Garten, er trug ein langes Brett in Richtung Schuppen. Als er wieder herauskam, entdeckte er die beiden und winkte. Lowetz winkte zurück, Toni hob grüßend die Flasche.

Sieht man eigentlich die Agnes noch manchmal, fragte Malnitz.

Lowetz fragte: Die lebt noch? Hier?

Aber ja, sagte Malnitz und drehte sich zu ihm, jetzt sag mir nur, dass du das nicht gewusst hast.

Keine Ahnung, sagte Lowetz, ich hab geglaubt, die ist schon vor Jahren gestorben.

Geh heast, sagte Malnitz und schüttelte den Kopf. Sag, und wo ist die Flocke hin? Ich hätt gewettet, die ist noch hier.

Lowetz wurde redselig, sei es, weil er seine Ahnungslosigkeit ausbügeln wollte oder weil er Flockes Vater gern noch länger bei sich behalten hätte, angesichts eines schwer auszurechnenden Abends mit dem fremden Flüchtling. Bisher hatte Lowetz ein anderes Bild von Toni gehabt, ein Bild noch von früher, das sich angesichts der eigenen Eindrücke aber bereits auflöste. Als Querulant hatte der Malnitz gegolten, als jemand, dem man besser aus dem Weg ging. Das fand Lowetz gar nicht, im Gegenteil. Im Vergleich mit Säufern wie diesen primitiven Heuraffls oder dem fürchterlich vernarbten Schurl, den alle den *Geflickten* nannten, oder auch mit den feindseligen Gestalten, die ihn am Nachmittag oben auf der Rotensteinwiese angegangen waren, war Toni Malnitz fast eine Offenbarung. Seine Tochter sowieso, ohne *fast*. Und daher erzählte Lowetz frei heraus, dass die Flocke im *Tüffer* sei, bei dem älteren Mann, diesem Doktor Irgendwas, der dort seit einiger Zeit abgestiegen war. Der ist so eine Art Historiker, behauptete Lowetz, der weiß alles über unsere Gegend. Er hat auch mit dem jüdischen Friedhof zu tun, da werden ja demnächst irgendwelche Umbettungen vorgenommen, und der Onkel Grün, also der Antal, der kennt den auch noch von früher.

Von wann früher, fragte Toni, noch vor dem Krieg?

Das weiß ich nicht, musste Lowetz zugeben, mir ist nur vorgekommen, schon ziemlich lange. Allerdings war er nicht begeistert, der Antal, wie dieser Doktor ihn letztens ausfragen wollte.

Toni trank sein Bier aus und stellte die Flasche auf den Tisch. Das kann man ja verstehen, sagte er, dass der Antal darüber nicht gern redet. Wohingegen so manch anderer hier ... aber lassma das.

Und damit verabschiedete er sich, zu Lowetz' Bedauern.

Der DDR-Flüchtling rief durch einen Türspalt aus dem Badezimmer heraus. Lowetz verstand ihn nicht, er musste hingehen und es sich zweimal wiederholen lassen. Es lag nicht nur am Akzent, sondern auch daran, dass diesem Mann offenbar jede Bitte unangenehm war. Aber nun, so viel begriff Lowetz endlich, wollte er nicht wieder in sein schmutziges Gewand hinein und fragte umständlich, ob er etwas *leihen* könne. Ausborgen will er sich was, murmelte Lowetz, während er seine eigenen Sachen durchsuchte und ihm schließlich Unterwäsche, ein T-Shirt und eine Jogginghose brachte.

Dann stand er da, mit hängenden Armen in Lowetz' Küche, ein verlorener Reisender ohne Gepäck. Lowetz, den er plötzlich barmte, fand, er brauche zumindest eine eigene Tasche.

Man muss etwas haben, wo man seine Sachen verstaut, auch wenn man gerade keine Sachen hat, sagte er aufmunternd zu seinem Gast: Morgen früh kaufen wir dir das Nötigste, das kannst du da hineingeben. Mit diesen Worten drängte er ihm eine billige Stofftasche auf, die ihm im Kasten seiner Mutter aufgefallen war. Sie war gar nichts Besonderes, ein Werbegeschenk mit dem Slogan einer Glühbirnenfirma, sie hatte einen Zippverschluss, und darin waren nur ein paar Blöcke und Kuverts, Zettel und Stifte. Lowetz leerte das Zeug einfach aus, in den Kasten hinein, so ging es am schnellsten und er hatte die Tasche bereit. Ein kleiner Block verfing sich in einer Ecke, Lowetz schüttelte fester, schließlich rutschte auch dieser heraus. Nimm sie nur, sagte er und drückte dem Flüchtling die lächerliche Tasche in die Hand, und ihm war dabei schon undeutlich klar, dass er ihn mit all seinem burschikosen Aktionismus eigentlich nur um den Gefallen bat, nicht gleich in Tränen auszubrechen.

Danach schmierte er ihm plappernd ein paar Brote.

Reinhold, der mit nassen Haaren und Bart älter aussah als zuvor, sodass Lowetz ihm seine sechzehnjährige Tochter zu glauben begann, bestritt, Schrammen zu haben, um die man sich kümmern müsste. Er schien den narrischen Heuraffls nicht einmal böse zu sein; auch da, wo er herkäme, erhielten Diebe und Einbrecher eine auf die *Gusche,* wenn man sie je erwische. Ansonsten war er wortkarg und sein Dialekt schwer zu verstehen. Die Sorge um Frau und Tochter bedrückte ihn, und die einsamen Tage im Wald hatten an seinen Nerven gezerrt. Während Lowetz sich seiner Ferien und der Alleinherrschaft über Mutters Haus gefreut hatte, war dieser Mann über die Grenze gekommen, hatte den Eisernen Vorhang überwunden, etwas, wofür die Leute früher erschossen worden waren. Hier in der Gegend war so etwas nach Lowetz' Erinnerung zwar fast nie vorgekommen, aber was wusste er schon. Er lebte seit Jahren in der Hauptstadt und hatte sich seine lokale Sprechweise so gut wie möglich abtrainiert. Das ließ er schleifen, seit er zurück war, und es fühlte sich überraschend gut an. Diesbezüglich riss er sich nicht mehr z'samm, also, besser gesagt, z'sammen.

Wir haben das alle irgendwie vergessen, sagte Lowetz fast schuldbewusst: wie es euch da drüben geht.

Reinhold drehte die Handflächen nach außen und sagte, dass sie daran ja auch selbst schuld seien. Danach bat er um Verständnis dafür, dass er früh schlafen gehe, am nächsten Tag wolle er versuchen, etwas über seine beiden Frauen herauszufinden.

Als Lowetz am nächsten Morgen aufstand, war er schon weg. Am Küchentisch lag ein Zettel, wonach er sich hundert Schilling aus Lowetz' Brieftasche genommen habe, zum Telefonieren, kriegst du so schnell wie möglich zurück, drei Rufzeichen. Lowetz dachte, dass Reinholds Angst, irgendein imaginäres Guthaben zu überziehen und doch noch unter Heuraffl-Prügeln aus der Stadt gejagt zu werden, direkt in den Rufzeichen steckte. Zumindest war schriftliche Kommunikation mit ihm einfacher. Lowetz kochte sich Kaffee, die Keksdose mit dem Zucker stand noch vom Vortag auf dem Tisch. Er sollte wohl hinüber in die Tischlerei gehen und Fritz nach seiner Mutter fragen. Er musste Agnes besuchen. War sie wirklich da drüben, versteckt im Haus, kam nie heraus? Von der Kreissäge abgesehen hörte man nichts. Früher hatte sie geschrien, gelegentlich, das wusste er noch, es gehörte fast zu den vertrauten Geräuschen. Wie mochte es ihr gehen? Was um Himmels willen leistete Fritz, ohne dass er es sich anmerken ließ? Wahrscheinlich hatte Eszter da drüben regelmäßig geholfen, gekocht, die Agnes gewaschen und umgezogen oder was da vonnöten war, doch jetzt war seine Mutter seit einigen Wochen tot, und er, Lowetz, hatte nicht einmal geahnt, dass Fritzens Mutter noch lebte.

Er musste eine Runde drehen und über alles nachdenken. Was trieb er hier? Warum kam er nicht weg? Hatte er wirklich vor zu bleiben? Er nahm das alte Buch mit den Dunkelblumer Heimatsagen und ging hinaus zum Auto. Es regnete. Zum Glück lag seine Jacke auf dem Rücksitz. Er war seit Tagen nicht mehr gefahren und bemerkte, dass er Treibstoff brauchte. Die nächste Tankstelle war in Zwick, obwohl es inzwischen auch in Dunkelblum eine gab, doch die lag ungünstig, von ihm aus am entgegengesetzten Ende der Stadt. Also erst einmal nach Zwick, danach zum Rehberg und dann weitersehen.

Die Tankstelle war voll, die Leute standen drinnen zusammen und redeten über die vergangene Nacht, über das Unwetter und die Schäden, die es verursacht hatte. Lowetz überlegte, für Reinhold Chips, Schokoriegel und Bier mitzunehmen, aber das wäre Verrat am Onkel Grün gewesen. Eszter hatte alles, was sie aus seinem Sortiment nur brauchen konnte, bei ihm gekauft, eine Frage der Freundschaft. Also nahm Lowetz stattdessen eine Zeitschrift aus dem Ständer neben der Theke und blätterte darin, er hatte es nicht eilig. Die Leute hatten das Thema gewechselt und sprachen über den Wasserverband, sie nannten es einen Skandal und waren darin offenbar einer Meinung. Der Balf hat sich garantiert schmieren lassen, behauptete jemand schrill, und ein anderer entgegnete, wenn's so ist, hat er aber nix mehr davon gehabt. Aber er lebt doch um Himmels willen noch, fragte eine Frau, aber ja, das hättma doch sicher schon g'hört, wenn's was Neues gabert, lautete die Antwort, gleich von mehreren.

Es waren die typischen Provinzthemen, der Wasserverband, von dem man in größeren Städten nicht einmal wusste, dass er existierte, dazu leicht hingeplauderte üble Nachrede, wer schon tot war und wer erst so halb. Lowetz versuchte, sich das Büro und seine Kollegen vorzustellen. Wie es wäre, ihnen zu sagen, er ziehe zurück nach Dunkelblum. Die Antwort auf die Frage, wovon er leben wollte, übersprang er, der Platzhalter war eine geniale Idee, die er eben noch nicht hatte. Vielleicht konnte er für Toni arbeiten? Vielleicht brauchte der neue Etiketten, Prospekte, Werbematerial? Das wäre zu wenig, um zu überleben. Vielleicht konnte er eine Werbemittlung aufmachen, in seinem eigenen Haus. Werbung Lowetz? Mit einem Schild wie das altvaterische Modehaus Rosalie. Lowetz grinste. Man musste herausfinden, ob es in der Stadt schon etwas in dieser Art gab.

Ihm fiel ein Geruch auf, den er kannte, aber lange nicht mehr gerochen hatte. Was war das? Nicht Lavendel. Mottenpulver? Konnte es Patschuli sein? Was war der Unterschied? Er blickte auf. Eine Frau, die aussah wie ein Geist, nahm neben ihm ein Rätselheft aus dem Ständer, den sie dabei unauffällig ein Stück nach hinten rollte. Lowetz beobachtete sie. Sie war nahezu kahl, fedrige graue Haare standen in schütteren Büscheln vom Kopf ab, und die riesigen Augen wurden von dicken Tränensäcken noch betont. In der Hand hielt sie eine Korbtasche, groß und leicht und praktisch leer, nur ein Stück Stoff, Schal oder Pullover, lag auf dem Grund. Wahrscheinlich hatte die Frau eine verzehrende Krankheit, dürr, wie sie war. Ihre Augen huschten durch den Raum. Lowetz trat zwei Schritte zurück und stellte sich halb abgewandt ans Fenster, als brauche er mehr Licht zum Lesen. Von da aus sah er, dass die Frau immer noch die Hand am Zeitungsständer hatte und ihn langsam näher an die Regalwand hinter der Theke zog. Der Tankwart bemerkte nichts davon, er kassierte und plauderte. Die anderen Kunden diskutierten weiter über Wasserleitungen und Wasseruhren. Als Lowetz sich zu fragen begann, ob er den Vorbereitungen zum Ladendiebstahl beiwohnte, griff die dürre Frau entschlossen in das Regal hinter dem Tankwart, nahm dort zwischen dem Wandkalender mit den nackten Frauen, den Familienfotos, Pokalen und Medaillen etwas Rundes heraus, nicht gerade klein. Fast gleichzeitig stieß sie den Zeitungsständer mit einem heftigen Ruck weg von sich, in den Raum hinein. Es krachte, die Zeitschriften flogen und die Frau lag auf dem Boden neben ihrer Einkaufstasche. Sie weinte und jammerte. Jemand bückte sich und stellte den Zeitungsständer wieder auf, andere kümmerten sich um die Frau. Lowetz stand da, die Zeitschrift, in der er geblättert hatte, vor Schreck an die Brust gepresst. Die Frau kam, unterstützt von anderen, auf die Knie und entschuldigte sich ununterbrochen, ausgerutscht, in letzter Zeit dauernd so patschert, es tut mir furchtbar leid.

Deswegen brauchst jetzt aber wirklich net reehr'n, Inge, sagte der Tankwart, es ist doch nix passiert. Auch Lowetz steckte sein Heft zurück in den Ständer, als würde er beim Aufräumen helfen. Danach beeilte er sich zu bezahlen. Die gruselige Frau hatte gerade vor seinen Augen den Stahlhelm gestohlen, der schon lange im Regal der Tankstelle lag. Jetzt fiel ihm ein, dass der Tankwart wohl Flockes Onkel war. Aber sollte er den Helmdiebstahl verkünden, während alle anderen die gewiss Sterbenskranke trösteten? Er fühlte sich dazu nicht imstande, und in einem höheren Sinn war es ihm eigentlich auch egal.

Als er, das Märchenbuch unter der Jacke, die Tür zum Reisebüro aufstieß, stand Rehberg hinter seiner Auslage und schaute an Sandhaufen, Dampfer und Lederkamel vorbei in den Regen. Gestatten, Herr Rehberg, sagte Lowetz, so wie man das früher, in seiner Kindheit, gesagt hatte: Gestatten, Herr Rehberg, ich bin's, der Sohn von der Eszter, und ich wollt …

Gäh-schtotten, Sie sind mir vor-gäh-schwähbt, unterbrach Rehberg und lachte laut. Lowetz sah ihn ratlos an. Einen Moment lang fügten sich die Erfahrungen der letzten Stunden zu einer Kette des Irrsinns zusammen: Ein ängstlicher, tropfnasser Sachse, der über die ungarische Grenze gekommen und nicht dort erschossen, sondern hier verprügelt worden war, eine nach Patschuli riechende Magerfrau, die in der Tankstelle erfolgreich einen Weltkriegshelm stahl, und nun empfing ihn Rehberg, von dem die Leute behaupteten, dass er schwul sei, mit unverständlichen Sätzen vor einem riesigen aufblasbaren Dampfer.

Entschuldige, sagte Rehberg und grinste immer noch, und wir können gern Du sagen, ich weiß ja, wer du bist.

Und dann erklärte er, dass ihn das altmodische *Gestatten* an eine Anekdote erinnere, die einzige Hollywood-Anekdote, die gewissermaßen in Dunkelblum spielte. Als der später weltberühmte Regisseur Michael Curtiz noch Mihály Kertész hieß und oftmals in dieser Gegend zwischen Wien und Budapest unterwegs war, sah er in der Bar des damals neueröffneten Hotel Tüffer einen gutaussehenden jungen Mann sitzen. Es war offenbar der Typus, den er als Hauptdarsteller für einen neuen Film bisher vergeblich gesucht hatte. Erst habe er aufgeregt auf ihn gedeutet und mit seiner Frau getuschelt, schließlich sei er aufgestanden und habe sich dem Mann mit ebenjenen Worten vorgestellt: Gestatten, Sie sind mir vorgeschwebt!

Lowetz wunderte sich. Schließlich sagte er, ihm hingegen sei vorgeschwebt, dass dieses wertvolle Objekt hier – damit präsentierte er sein abgewetztes Märchenbuch – ein perfektes Ausstellungsstück für das geplante Heimatmuseum sein würde. Es sei ihm eine Freude, es zu spenden, er mache allerdings darauf aufmerksam, dass sich noch gewisse antisemitische Redensarten darin befänden, wie sie zur Entstehungszeit leider üblich waren.

Rehberg nahm das Buch nicht an, es schwebte an Lowetz' ausgestrecktem Arm in der Luft, bis er den Arm samt Buch wieder einzog.

Kannst du nicht darüber schreiben, bat Rehberg, und seine Stimme kiekste, jetzt, wo deine Mutter nicht mehr da ist, hab ich ja überhaupt keine Hilfe mehr, die paar anderen, die kannst ja vergessen … Und dabei habe ich endlich eine Zusage von der Gräfin bekommen, fürs Museum, also, zumindest so halb.

Er bot einen Kaffee an. Weil er so bedrückt schaute, setzte sich Lowetz auf einen der Kundensessel, als wollte er eine Fahrt mit dem Bäderbus nach Lignano buchen. Sie kamen aber schnell ins vertraute Reden. Lowetz tat, als sei er bereits entschieden, das Elternhaus zu behalten und möglicherweise zurück nach Dunkelblum zu ziehen, obwohl ihm die Freude, die Rehberg darüber kundtat, Bauchschmerzen bereitete. Für die Mama zu spät, schränkte er ein, und Rehberg rief: Sie hätte gesagt, besser spät als nie, das weiß ich! Genau das hätte die Eszter gesagt!

Er bat Lowetz eindringlich, die Papiere und Unterlagen zu suchen, die mit der Arbeit an der Ortschronik in Verbindung stünden. Da seien einige unwiederbringliche Stücke seiner Tante Elly dabei, Fotos und Briefe. Lowetz sagte, dass er das schon von Flocke wisse, aber noch nichts gefunden habe. Das ganze Haus sei merkwürdigerweise so gut wie frei von Papier; auch ihre Bücher habe Eszter offenbar alle verschenkt.

Er lächelte unbehaglich. Je länger ich hier bin, desto fremder kommt mir meine eigene Mutter vor, gestand er schließlich dem Rehberg, fast jeden Tag erfahre ich etwas über sie, was ich nicht gewusst habe. Ich höre sogar Sachen, die ich nicht für möglich gehalten hätte.

Das geht nicht nur dir so, sagte Rehberg und knetete seine Hände. Seit ich mit dieser Chronik angefangen habe, passiert es mir eigentlich laufend.

16.

Am Montagmorgen war die Ordination von Sterkowitz so leer, als hätte der Regen auch die Krankheiten weggewaschen. Aber so war es natürlich nicht. Das Gewitter und seine Folgen banden die Kräfte derer, denen nicht viel fehlte, die nur ein Rezept oder eine Impfung gebraucht hätten. Und die anderen blieben, da es noch regnete, lieber daheim und warteten auf den Hausbesuch. Frau Sterkowitz, die als Arzthilfe agierte, kam wieder einmal dazu, die Illustrierten durchzublättern. Sie war ein Fan insbesondere des monegassischen Fürstenhauses und konnte sich an der schönen Caroline und ihrem jungen italienischen Mann gar nicht sattsehen. Den alten Franzosen hatte sie nicht gemocht, obwohl sie die Annullierung dieser ersten Ehe durch den Papst missbilligte. Aber der sportliche Italiener und die drei kleinen Kinder entzückten sie. Das war etwas anderes als diese wenig mondänen Dunkelblums, die sich nur alle heiligen Zeiten blicken ließen. Frau Sterkowitz bedauerte, dass sie kein Französisch konnte, woher denn auch. Aber wenn sie das gelernt hätte, könnte sie sich noch viel weiter wegträumen, bis auf den dichtbebauten Grimaldi-Felsen am azurblauen Meer.

Sterkowitz, ihr Mann, war seit dem Vorabend nachdenklich. Er brummelte und schnaubte weniger, aber es waren auch keine Kinder oder besonders Ängstliche zu beruhigen, daher fiel es nicht sehr auf. Nachdem der letzte Vormittagspatient versorgt war, stieg er in den orangefarbenen Honda und fuhr hinauf zur Rotensteinwiese.

Als er vom Straßenniveau über zwei Bretter hinunter in das weiße Zelt kletterte, war der Regen schwächer geworden. Man hatte hier ein Dach über dem Kopf, dafür war es dampfig. Der Kollege aus Kirschenstein hatte ein tragbares Radio dabei, in dem ständig die Verkehrsbehinderungen durchgesagt wurden, Muren auf der Hazug-Straße, von Blitzen und Sturm gefällte Bäume. Wegen eines Feuerwehreinsatzes war in Tellian die Hauptstraße gesperrt, bitte umfahren Sie weiträumig. Weiter westlich, in Löwingen, waren zwei Menschen von einem herabstürzenden Ast verletzt worden und lagen auf der Intensivstation. Nur unserem Patienten hier hat das Gewitter nix mehr gemacht, kommentierte der Kirschensteiner Kollege, der ist schon seit fünfundvierzig Jahren tot.

Ist es eh ein Soldat, fragte Sterkowitz und nahm prüfend den linken Oberschenkel in die Hand. Die einzelnen Knochen waren vom Kollegen schon ungefähr in Menschenform angeordnet worden, aber es fehlte noch einiges.

Mir schaut das eigentlich wie eine Frau aus, antwortete der Kollege und hob ein Stück von der Hüftschaufel hoch: Vom Becken haben wir bisher nur dieses eine Stückerl. Aber der Rest muss ja noch dadrin sein. Er deutete auf die Grube, in der zwei Gehilfen auf den Knien lagen und sehr behutsam in der Erde kratzten.

Und sonst, fragte Sterkowitz, keine Sachfunde? Keine Knöpfe oder Waffen oder Gürtelschnallen?

Wie gesagt, sagte der Kollege, das könnte eine Frau sein. Es sei denn, es taucht doch noch ein Helm auf! Er lachte: Dann hamma allerdings ein Problem.

Sterkowitz betrachtete die beiden Gehilfen in der Grube. Sie trugen weiße Overalls aus Plastik, dazu Brillen und Mundschutz, sie sahen wie Michelinmännchen aus. Sterkowitz fand das übertrieben, so ein Aufwand bei uralten Knochen auf der Rotensteinwiese. Man war ja nicht im Fernsehkrimi.

Da machte der eine den anderen auf etwas aufmerksam, nicht am Boden der Grube, sondern in der Seitenwand, ziemlich tief unten. Der legte sich daraufhin mit angewinkelten Beinen auf die Seite und begann, dort mit seinem Werkzeug zu bohren. Mehr Licht, sagte er dumpf durch den Mundschutz, er musste es wiederholen, und beide lachten. Der andere legte sich hinter den ersten, sozusagen in Löffelhaltung. Mit einer Taschenlampe leuchtete er dem Kollegen über die Schulter, und Sterkowitz bemerkte, dass der Arm nicht zitterte und nicht wackelte, dass er wie ein Laternenpfahl in der Luft stand, so ruhig, wie sonst nur die Toten sind.

Der Anblick der spitzen Winkel ihrer Knie, wie sie hintereinanderlagen, ineinandergeschoben, warf Sterkowitz jählings zurück, sehr weit zurück in seinem Leben. Menschen sind platzsparend aufgeräumt, wenn sie auf der Seite und in Löffelhaltung liegen. So gleicht man auch Größenunterschiede bestmöglich aus. Nicht, dass es damals so gewesen wäre, in der Szene, die ihn überfiel. Aber zwei von ihnen waren so gelegen, hintereinander, wie aneinandergeschmiegt. Die Gruben, in denen sie lagen, waren keine Vierecke oder Quadrate, wie man es erwartet hätte, sie waren schmal und verliefen im kurzen Zickzack, bildeten also ebenfalls spitze Winkel wie die ineinandergeschobenen Knie. Für die Umstände, durch die sie dort hineingekommen waren, war die Lage dieser beiden absolut unwahrscheinlich. Waren sie so gefallen oder hatte man sie so gelegt? War es das, was ihn so aufwühlte? Die beiden lagen so … friedlich und liebevoll. Damals hatte er noch nicht viel gesehen gehabt, außer natürlich Leichen fast jeden Alters, aber die befanden sich normalerweise auf einem Tisch und hatten einen Zettel am Zeh. Danach war ihm so etwas auch niemals mehr begegnet, zum Glück, zum Glück … Es waren vielleicht zehn oder zwölf pro Grube gewesen, aber zum Zählen war er nicht verpflichtet, das machten die Russen. Er und sein Arzthelfer, der Lajos von drüben, hatten nur zwei oder drei oder vielleicht sogar vier davon genauer untersucht, die hatten ihnen die Soldaten im Ganzen herausgeholt. Bei allen fanden sie fast sofort die Eintrittskanäle, in der Halswirbelsäule oder im Kopf. Danach machten sie es nur noch stichprobenartig, mit der Taschenlampe. So war er auf die zwei gestoßen, die eng beisammenlagen. Vielleicht Brüder, oder Vater und Sohn. Oder bloßer Zufall? Er untersuchte sie nicht, man hätte sie erst auseinanderzerren müssen. Er nahm andere, die leichter erreichbar waren, deren Köpfe und Hälse leichter erreichbar waren. Mehr machte er ja nicht, mehr wurde nicht von ihm verlangt. Er stellte die Todesursache fest, er protokollierte den unnatürlichen Tod. Einmal, als er kein Loch dort fand, wo es bei den anderen war, sagte der Soldat neben ihm etwas. Er verstand es nicht, aber Lajos zeigte auf das, was der junge Bursch offenbar meinte. Die beiden hatten die eingeschlagene Stirn schneller gesehen. Da brauchte man nach keinem Loch mehr zu suchen. Sterkowitz stolperte und hielt sich die Hand vor den Mund. Lajos hatte ihnen beiden Stoffstreifen über Mund und Nase gebunden, aber das nützte gar nichts. Der Gestank war entsetzlich. Das Ausmaß war entsetzlich und gar nicht zu beschreiben. Der russische Befehlshaber redete ununterbrochen von oben herunter, es klang wütend, ein anderer schrieb das Protokoll. Ein Zelt hatten Lajos und er nicht gehabt, sie hatten nichts gehabt, nur ein paar schwarzäugige, ausgehungerte Soldaten mit Schaufeln, die dort hineinstachen, wo sie es ihnen anzeigten, und die oft genug auch mit den Händen buddeln mussten, zwischen den Körpern. Irgendwann hob Sterkowitz den Kopf und sah hinauf zum Kommandanten. Der bellte ihn in seiner Sprache an, obwohl er wusste, dass er nichts verstand. Doch die Handbewegungen waren eindeutig, er durfte aufhören. Er kletterte heraus und sie hielten ihm das Protokoll hin. Die Soldaten standen wieder oben, am Rand, und schütteten zu. Erst auf, dann gleich wieder zu. Man zeigte Lajos und ihm, wo sie unterschreiben sollten. Er wusste gar nicht, was er unterschrieb, aber er nahm an, dass alles rechtens war. Und wenn nicht, konnte er es auch nicht ändern. Er war ein junger Arzt, er hatte von diesen Sachen gehört, aber dass es so viele waren, überraschte ihn. Es waren viele von denen fortgetrieben worden, Hunderte, wahrscheinlich Tausende, auf diesen Märschen, weg von hier. Deshalb hatte er nicht geglaubt, dass so viele in den Gruben waren, nur ein paar, die Kranken, die, die von selbst gestorben waren. Die Löcher, die er protokollierte, erzählten etwas anderes. Er konnte nicht sagen, wie viele es waren. Sie öffneten bei Weitem nicht alles, sie lüpften nur einen Zipfel davon. Es sah so aus, als würden die Zickzackgräben noch endlos weitergehen, bis zum Horizont. Er konnte den Gestank nicht mehr ertragen. Der Gestank war bestialisch. Er presste sich die Hand vor Mund und Nase, er taumelte.

Alles in Ordnung, Herr Kollege, fragte der Kirschensteiner. Die Gehilfen in ihren Raumfahrtanzügen standen links und rechts neben ihm, wie aus der Grube herausgezaubert. Einer der Raumfahrer, der sich, als er Brille und Mundschutz abnahm, als Frau entpuppte, hielt ihn sogar am Ellbogen fest. Einen Moment lang dachte Sterkowitz, er habe ausgesprochen, was er gerade gedacht hatte, und die drei Kollegen schauten ihn so fassungslos an, weil er es erzählt hatte. Dann rastete sein Verstand wieder ein. Er hatte auffällig geschwiegen und sich die Hand vor den Mund gehalten, sie mussten denken, ihm sei schlecht geworden. Sie waren nicht entsetzt, sondern besorgt. Sterkowitz schnaubte und brummelte. Alles in Ordnung, alles in Ordnung, in meinem Alter ist man manchmal schon ein bissel geistesabwesend, wenn einem etwas einfällt, von früher.

Was war es denn, fragte die Frau, etwas Wichtiges? Sie war zierlich und blond und steckte in diesem Anzug. Sterkowitz war sich nicht sicher, ob es wünschenswert sei, dass Frauen Arbeiten machten, die bisher den Männern vorbehalten waren. Wer wollte eine heiraten, die im Dreck nach Knochen grub?

Vor vielen Jahren, kurz nach dem Krieg, habe ich einmal

einen Mitarbeiter von mir obduzieren müssen, sagte Sterkowitz, und dieser Satz, nach dem er sich gestreckt hatte wie nach einem Rettungsring, tat seine Wirkung. Die drei Kollegen vergaßen, was gewesen war, und er selbst vergaß es beinahe auch.

Das ist mir eingefallen, wie ich hier Ihre schönen Knochen so säuberlich hab liegen sehen, log Sterkowitz und schnaubte, natürlich, meiner war frisch, nicht skelettiert, aber gelegen ist er genau so, auf meinem Tisch in der Praxis. Ein Raubmord an meinem Zahntechniker, stellts euch das einmal vor! Und dabei war er ein hervorragender Spezialist, der Lajos, einer von drüben!

Und dann erzählte er. Dass vor über vierzig Jahren der praktische Arzt auch die Zähne mitgemacht hatte, so gut er es eben konnte. Wobei er persönlich es eigentlich gar nicht gekonnt habe, als er hier angefangen habe, wenn die anderen ihn bittschön nicht verraten würden, gäbe er das heute unumwunden zu. Alle lachten. Was hätten sie verraten sollen? Sterkowitz war ein angesehener, erfahrener Arzt. Sein guter Ruf reichte durchaus bis nach Kirschenstein. Dass er früher einmal angewiesen gewesen sein sollte auf den Zahntechniker und die Hebamme, jahrelang, bis er von ihnen alles gelernt hatte, das war nicht mehr als eine sympathische Anekdote, ein grundehrlicher Witz.

Und dann bringen sie mir meinen Zahntechniker einfach um, direkt auf der Grenze, wie der grad mit seinem Fahrrad heimfahrt wie jeden Abend, fuhr Sterkowitz kopfschüttelnd fort. Das Zahngold ist nie gefunden worden und der Mord nie aufgeklärt.

Wie ist er denn gestorben, fragte der Kollege aus Kirschenstein, vermutlich aus professionellem Interesse.

Kopfschuss, aus nächster Nähe, sagte Sterkowitz und seufzte, war so ein netter Kerl, der Lajos.

Als Sterkowitz nach Hause kam, stand das Mittagessen auf dem Tisch. Er berichtete seiner Frau, dass man noch nichts Neues wisse, die Kollegen aber sicher bald den ganzen Fund geborgen haben würden. Dass der Kollege derzeit von einem weiblichen Skelett ausging, sagte er nicht. Das kam ihm ungebührlich vor, dass seine Frau sich eine Geschlechtsgenossin da oben im Gatsch vorstellen sollte. Außerdem war er seit jeher der Auffassung, man teile nur Fakten mit, keine Vermutungen.

Als sie den Kaffee brachte, bemerkte Sterkowitz, dass er heute seit Langem wieder einmal an den Lajos habe denken müssen, daran, dass er damals die Leiche begutachtet habe wie der Kollege da oben dieses neue Skelett.

Eine Schand, dass sie den Mörder nie gefunden haben, sagte er, ich hätt geglaubt, eines Tages taucht wenigstens ein Teil vom Gold wieder auf.

Frau Sterkowitz biss sich auf die Lippen, stand gleich wieder auf und räumte den Tisch ab.

Ich bitt dich, sagte sie auf seinen Scheitel herunter, mit dem Horka und den Russen damals? Die haben doch ihr eigenes Süppchen gekocht.

Hast auch wieder recht, stimmte Sterkowitz zu, die ärztliche Versorgung ist ja oft weit besser als die Polizeiarbeit. Er lachte.

Kommt auch auf deinen Nachfolger an, sagte Frau Sterkowitz gepresst, aber wenn der nicht bald kommt, bist du der älteste Arzt im Bundesland.

Da fiel dem Sterkowitz sein Vorgänger ein, wie der gewartet haben mochte, dass endlich die Ablöse kam. Ein freundlicher Herr mit Goldrandbrille, der ihm uralt erschienen war. Heute könnte er fast sein Sohn sein, der Doktor Bernstein, der Dunkelblum zu Fuß verlassen musste, mit leichtem Gepäck.

Waschen S' Ihnen nur allzeit gut die Händ, hatte er ihm empfohlen, und Sterkowitz hatte diesen Ratschlag für die typische Ironie der Juden gehalten. Inzwischen gab er sich längst zu, welch jämmerliches Bild er geboten hatte, frisch gefangen von der Uni, im Grunde völlig ahnungslos. Und dass man sich wirklich gut die Hände waschen musste, immerzu.

Frau Sterkowitz stapelte energisch das Geschirr aufeinander, innen aber lauschte sie schockiert ihren eigenen Worten nach. *Horka*, sie hatte es laut gesagt, zum ersten Mal seit Jahrzehnten. Denn er war es gewesen, von dem sie erfahren hatte, dass Lajos tot war. Ihrem Mann gegenüber hatte sie später so tun müssen, als wüsste sie es noch nicht. Der Horka war durch den Keller ins Haus geschlichen, hatte sie in der Küche am Hals gepackt und ihr Gewalt angetan. Im Stehen. Sie gab keinen Laut von sich, sie versuchte nur, durch die Hand, die er ihr ins Gesicht presste, genug Luft zu bekommen, bis es vorbei war. Danach sagte er ihr, dass der Lajos tot sei. Weil er zu viel geredet habe, und dass sie dafür sorgen müsse, dass ihrem Mann nicht dasselbe zustoße. Ka Wurt, verstehst mi, hatte er gezischt, und sie war zusammengezuckt und hatte heftig genickt.

Als er ein paar Wochen später wieder in ihrer Küche stand, war sie vor Angst beinahe kollabiert. Der Keller war seither verschlossen, aber vielleicht konnte Horka Schlösser einfach öffnen. Er tat ihr diesmal nichts an, er fing sie sogar auf, bevor sie zu Boden ging, und setzte sie grob auf ihre Küchenbank. Er legte ein paar Scheine auf den Tisch.

Bis jetzt hast es g'macht, wie ich ang'schafft hab, sagte er, schau grad nur, dass es so bleibt. Sie nickte wieder und rang nach Luft. Dann war er weg. Das Geld kam in ihre eiserne Reserve, mit Reißnägeln hinter das Mottenpapier an der Rückwand des Kleiderkastens. Sie hatten es damals dringend gebraucht, in dieser fürchterlichen ersten Nachkriegszeit.

Du bist einfach zu gut für diese Welt, sagte sie zu ihrem Mann und trat, die Arme voller Geschirr, die Tür zur Küche hinter sich zu.

17.

Als Resi Reschen im Morgengrauen aufstand und den kräftigen Regen sah, vermischten sich ihre Träume und die Ereignisse der vergangenen Nacht auf ungute Weise miteinander. Wut stieg in ihr auf, und sie begann sich zu fühlen wie die redensartliche Kreuzspinne beim Ausg'weißigtwerden. Wo immer die Spinne hinrennt – von überallher kommt ihr ein tödlicher weißer Pinsel entgegen. Resi machte sich keineswegs klar, was sie so erboste, aber sie fühlte, wie das formlose Grau von außen durch die Fenster herein bis in ihren Körper kroch, sich durch sie hindurchbewegte und, wie die Bäche und Regenrinnen in der vergangenen Nacht, überallhin schwappte. Grau gegen dieses impertinente Weiß. Verschiedene Leute – sie dachte noch keine Namen, es war zuerst ein blinder Groll, sie sah sozusagen eine gesichtslose feindliche Masse vor sich, die langsam auf sie vorrückte – waren drauf und dran, kaputtzumachen, was man sich in all den Jahren aufgebaut hatte. Sie waren dabei, Fenster, Wunden, Gräben aufzureißen, ohne Not, obwohl nichts davon dem gedeihlichen Zusammenleben diente. Der Dokter Alois sprach oft vom gedeihlichen Zusammenleben, und seit er wieder zurück, der Horka hingegen weg war, hatte sich wirklich alles zum Besseren gewendet. Wussten diese Oberg'scheiten, dass sie mit ihrer Stierlerei Gegenreaktionen provozierten? Man kannte das ja. Am Ende läge wieder irgendwer tot in der Gegend herum. Vielleicht das neugierige Mädchen? Diese Leute, die von Geschichtsaufarbeitung, Museum und Versöhnung mit den Drüberischen redeten, die konnten sich allesamt nicht vorstellen, wie es damals, im Krieg und danach, wirklich gewesen war, sie wussten nicht, was sie riskierten, wenn sie mit ihrem großkopferten Holler nicht aufhörten. Das waren ja teilweise noch Kinder, dieser Flocke Malnitz zum Beispiel hatte man erst vor ein paar Jahren die Zöpfe abgeschnitten! Und der Rehberg, der einzige Sohn des Glasers, der war gerade noch hineingeboren worden in die schlimmste Zeit. Resi erinnerte sich, dass kurz nach Kriegsbeginn einmal einen Tag lang die Hebamme gesucht worden war. Das hatte nicht viel ausgemacht, denn die Geburt dauerte anschließend noch Tage. Aber bei der ersten Geburt sind die Mütter oft hysterisch. Und die Frau vom jungen Glasermeister, fast noch ein Mädchen, war besonders hysterisch gewesen, als ob man nicht andere Sorgen gehabt hätte. Aber dass Rehberg erst im Krieg geboren wurde, das bedeutete ja eben, dass er gar nichts wusste.

Wenn Resi Reschen ehrlich mit sich gewesen wäre – wozu ihre innere Apparatur keineswegs eingerichtet war –, hätte sie bemerkt, dass es ihr gar nicht um die Chronik, das Museum und all die anderen bescheidenen Versuche, Dunkelblum künstlich ein paar Touristenattraktionen aufzudrücken, ging, sondern dass sie Angst hatte. Angst vor dem, was sie nicht verstand und nicht einordnen konnte. Das geschah ihr selten. Aber was fiel dem Gast auf Zimmer sieben auch ein, so zu tun, als ob man einander seit Langem kannte?

Wie ein eiserner Besen wirbelte Resi durch den Betrieb. Sie ließ die Zenzi die Wurst auf der Frühstücksplatte neu auflegen, weil sie sie nicht regelmäßig genug fand. Als das kroatische Zimmermädchen unter den Tischen staubsaugte, trat sie es in den Hintern und tat, als ob es ein Versehen gewesen wäre. So ging es bis nach Mittag. Erst am späten Nachmittag, als sie die Bediensteten genug herumgescheucht hatte und wirklich gar nichts mehr zum Beanstanden fand, zog sie sich grollend in ihre Büroecke zurück. Alle, auch die ältesten Papiere bewahrte sie an einem festen Platz auf, Ordnung ist das halbe Leben, und wenn man sie gefragt hätte, hätte sie wahrscheinlich geantwortet, die andere Hälfte sei der Fleiß. Ausgerüstet mit der Lesebrille des einarmigen Reschen, Gott hab ihn selig, zog sie aus einer alten Ledermappe Unterlagen, von denen sie gehofft hatte, sie nie mehr in die Hand nehmen zu müssen. Sie studierte sie aufmerksam, obwohl sie sie genau kannte. Auf einem kleinen Zettel, den sie sich zurechtgelegt hatte, versuchte sie einen Stammbaum der Tüffers zu erstellen. Doch sie scheiterte. Der junge Herr Tüffer, dem die Vroni so gut gefiel, hatte kleine Kinder gehabt, aber sie wusste deren Namen nicht mehr. Andere Söhne und Töchter der Frau Tüffer waren schon früher ausgewandert, Resi wusste nicht einmal, wie viele es waren. Angenommen, eine Schwester des jungen Herrn hatte irgendwo auf der Welt einen Gellért geheiratet …? Sie konnte das nicht klären.

Deshalb schaute sie sich sogar die Unterschriften auf den Dokumenten an, selbst auf solchen, die noch aus der Monarchie stammten, Landvermessungen oder die Beurkundungen des Grunderwerbs. Ein Beamter oder ein Notar oder ein Zeuge? Gab es einen Hinweis auf jemanden namens Gellért?

Keiner Menschenseele gegenüber hatte sie je durchblicken lassen, wie sehr sie die Rückkehr der Tüffers fürchtete. Wobei das so nicht stimmte. Wenn die alte Frau Tüffer persönlich zurückgekommen wäre, zum Beispiel damals, gleich nach dem Krieg, hätte die Resi wahrscheinlich geknickst und den großen Schlüsselbund geholt. Aber wovon man manchmal hörte, waren Briefe, die Gerichtsstreitigkeiten, Rechtsanwälte, Kosten nach sich zogen. Man hörte von einer Menge unpersönlichem, gesichtslosem Ärger. In Tellian und Kirschenstein gab es eine Handvoll ähnlicher Fälle, wo jemand einen Betrieb übernommen hatte und später zurückgeben hatte müssen oder sehr viel Geld bezahlen, damit er ihm endlich wirklich gehörte. Mindestens eine Familie war darüber bankrottgegangen, das war gar nicht lange her. Nach Resis privater Rechtsauffassung müsste das alles verjährt sein, allerspätestens seit dem Bedenkjahr. Fünfzig Jahre! Oder wie lange sollte sie sich fürchten müssen? Mussten sich noch ihre Erben fürchten?

Ihr einarmiger Mann hatte Resi, wenn er betrunken war, manchmal als *Judenhur* beschimpft. Denn wenn es um die Tüffers ging, beharrte sie darauf, dass die alte Frau Tüffer allezeit anständig zu ihr gewesen sei.

Unter den Juden ist die anständige Frau Tüffer König, brüllte der Reschen und versuchte, sie mit seinem Arm zu erwischen. In den späteren Jahren war er aber nicht mehr sehr flink, ihr Mann, mit seinem großen Bauch. So groß sein

Bauch war, so sehr hasste er die Juden, es kam darüber sogar einmal zu einer gefährlichen Szene mit einem Russen. Denn der Reschen hatte es schlicht für undenkbar gehalten, dass die Russen Juden Offiziere werden ließen. Mit den Jahren ebbte der Hass ihres Mannes langsam ab. Er ebbte ab, je länger der Krieg zurücklag und je länger die Tüffers nicht zurückkamen, ja, je länger man nicht das Geringste mehr von ihnen hörte. Als hätte es sie nie gegeben. Vielleicht hatte der Reschen genaugenommen nur die Tüffers gehasst, obwohl er sie gar nicht kannte.

Dass man das Hotel in *Reschen* umbenannt hätte, kam nicht infrage. Sie hatten kein Geld für solche Äußerlichkeiten und der Name war, wie Resi dem Reschen oft genug erklärte, seit der Kaiserzeit eingeführt. Eingeführt, grölte der Reschen, leck mi im Oarsch. Doch der Name blieb, ebenso wie die Jugendstil-Eleganz, obwohl die beiden Reschens sie mit Unmengen von Bauernkeramik und geflochtenem Stroh so weit wie möglich unkenntlich machten.

Ein Schatten fiel auf Resis Unterlagen, auf ihren kümmerlichen Versuch, sich über die Verzweigungen der Tüffer-Familie zu orientieren. Sie schaute auf, Zenzi stand ängstlich vor ihr. Die alte Graun, flüsterte sie, Verzeihung, die Frau Veronika Graun, sie möchte Sie sprechen.

Resi stand langsam auf und packte die Zenzi, die zur Seite treten wollte, mit beiden Händen an der Hüfte. Sie hielt sie vor sich wie eine Geisel und spähte über Zenzis fleischige Schulter in Richtung Rezeption. Dort stand tatsächlich die Vroni, mit Hut, Mantel und Handtasche angetan, es war kaum zu fassen. Dass sie überhaupt noch Sachen zum Ausgehen besaß, die alte Tschecherantin! Resi schaffte der Zenzi flüsternd an, sie an den Ecktisch in der Bar zu setzen, und ging sich, als die Luft rein war, umziehen. Hier musste Waffengleichheit hergestellt werden.

Der lachsrosa Blazer, den Resi gewählt hatte, spannte in demselben Ausmaß über der Brust, wie der Stehkragen von Vronis geblümter Bluse abgestoßen war. Sie saßen einander gegenüber und nahmen die modischen Unzulänglichkeiten durchaus wahr, und nicht nur an der jeweils anderen. Wäre an diesem regnerischen frühen Abend einer der üblichen Gäste in die Bar des *Tüffer* gekommen, hätte er sich wohl gewundert über die zwei Frauen, die einander angespannt gegenübersaßen wie beim Anwalt oder Notar. Aber es war noch niemand da, Montag war das Geschäft sowieso schwach, und nach dem Gewitter in der vergangenen Nacht war mit den ersten Trinkern erst später zu rechnen. Vroni Graun ließ sich eine Melange bringen, und Zenzi stellte der Chefin unaufgefordert ein großes Glas Leitungswasser hin. Dann wurde sie hinausgewinkt.

Lang nicht gesehen, begann die Vroni Graun mit einem winzigen Hauch von Ironie.

Sehr wohl, gnädige Frau, sagte die Resi mit genau dem gleichen Hauch, womit kann ich dienen?

Die Graun rührte ausführlich in ihrem Kaffee, nachdem sie zwei große Löffel Zucker hineingeschaufelt hatte. Typisches Verhalten von Säufern, vermerkte die Reschen, die auch die süßliche Körperausdünstung wahrnahm, wie eine ranzige Likörkugel. Trotzdem war die Vroni besser beinand, als sie es den Gerüchten zufolge erwartet hätte.

Endlich schaute die Graun auf. Sag, hast du eigentlich mit dem jungen Herrn Tüffer damals was gehabt, fragte sie und zwinkerte.

Resi erstarrte. Was zum Teufel wollte sie? Deshalb war sie doch bestimmt nicht gekommen! Aber so, als wären sie noch vierzehn, gelang es der Vroni, sie mit wenigen Worten in äußerste Verlegenheit zu bringen. Sie überlegte ihre Antwort gut, reckte die Nase in die Luft und sagte: Wie du weißt, hat man mit den Chefitäten nichts *gehabt,* die haben gegeben und genommen.

Ich mein ja nur, sagte die Graun, da ist doch damals ein Bankert in Ehrenfeld vor die Kirche gelegt worden. Und nur einmal angenommen, das wär deins gewesen, dann hättest du eine Art berechtigten Erben.

Draußen schlug die Turmuhr zweimal für die halbe Stunde, und ein Lieferwagen knatterte vorbei. Weil Resi sich bemühte, unhörbar zu atmen, blieb es noch einen Moment still, so lange, bis die alte Graun scheppernd lachte: Blöd halt, dass man gar nicht weiß, was draus geworden ist, aus dem Bankert!

Resi schaute auf die Tischplatte und machte unter dem Tisch eine Faust. Was willst du, fragte sie schließlich, ich hab noch was anderes zu tun, als hier herumzusitzen.

Natürlich, Verzeihung, erwiderte die alte Graun, unsere fleißige Resi, die aus dem G'schäft nicht herauskommt, zu keiner Tages- und Nachtzeit. Aber ich hätt da noch eine andere Frage. Sie änderte den Ton und wurde eindringlich: Sag, Resi, weißt du zufällig, was der Dokter Alois gegen meinen Buben in der Hand hat? Seit Jahren springt der, wenn der alte Nazi nur mit dem Finger schnippt.

Sie schaute wieder auf, freundlich und bittend, und für einen Moment sah Resi ihre beste Freundin, wie sie früher gewesen war, so schön und blond und gerissen, und damals, auf dem Weg zum Vorstellungsgespräch ins *Tüffer,* hatten sie beide nicht gewusst, durch welches Elend und Unglück sie beide hindurchmussten. Und trotzdem hatten sie es bis hierher geschafft, waren nicht von den Russen erschossen worden wie die Theresia Wallnöfer und nicht verschwunden wie die Inge Stipsits, nicht verrückt geworden wie die Agnes Kalmar, sondern waren inzwischen siebzig Jahre alt, hatten beide Kinder und Enkel und einen festen, sicheren Stand in der Stadt.

Und sogar wenn ich's wissert, warum sollert ich's grad dir sagen, gab die Resi zurück, weil sie sich das jetzt schuldig war. Sie sah die Graun wieder an, die kindische Stehkragenbluse, die Brosche aus Bernstein und den tantenhaften Filzhut, mit dem sie offenbar auf herrschaftlich machen wollte. Sie wirkte allerdings nüchtern und etwas angespannt.

Eine Hand wäscht die andere, schlug die Graun vor, ich glaub nämlich, ich weiß, wer dein Gast ist – der die Knochenkisterln in seinem Zimmer hortet.

Knochenkisterln, wiederholte Resi mechanisch, ohne das Wort und seine Bedeutung an sich heranzulassen. Einen Moment schien ihr, als rieche es nach frisch gesägtem Holz.

Sag mir, was der Ferbenz gegen meinen Buben in der Hand hat, drängte die Graun.

Nichts, was noch zählt, wenn du mich fragst, antwortete Resi schließlich. Er hat ihm vor über zwanzig Jahren eine Anzeige erspart, Ladendiebstahl.

Ladendiebstahl, wiederholte die Graun. Sie wirkte überrascht. Die weiß eben auch nicht alles, dachte Resi zufrieden, bevor sie nickte.

Aber das kann es nicht sein, raunzte die Graun unzufrieden, es muss noch was anderes sein, dass mein Bua hupft, wenn der Ferbenz wachelt.

Wahrscheinlich hat er einen Vater gesucht, sagte die Resi kalt, oder einfach *irgendwen,* der nett zu ihm ist.

Die alte Graun starrte sie an. Resi legte nach: Und wen, der sich für Musik interessiert und für was anderes als für Schulden und euren Hof. Hast dir übrigens die Jüngste vom Malnitz einmal ang'schaut? Die schaut nicht grad aus wie der Toni.

Es gab eine lange Pause.

Was hat er gestohlen, fragte die Graun schließlich mit heiserer Stimme.

Irgendwelche Edelsteine, so schön wie die Frau Leonore, sagte die Resi und grinste. So viel zum Thema Bankert, dachte sie.

Der Graun hatte sie ihre Überlegenheit abgeräumt, das war zu sehen. Von Minute zu Minute schien sie zurückzuschrumpfen von einer Beinahedame zu einem faltigen Wrack.

Sag Resi, fing sie noch einmal an und klang nun beinahe weinerlich: Und der Josef damals, in der Nacht, du weißt schon … war der die ganze Nacht in der Waffenkammer, oder ist er auch mitgegangen mit den anderen? Du warst in der Küche bis zum Schluss, du hast es doch gesehen!

Heast, Vroni, jetzt stell dich nicht depperter an, als du bist, sagte die Resi ungeduldig, die waren alle dabei, alle Unsrigen, da hat keiner gefehlt!

Deiner hat gefehlt, sagte die Graun, der hat ja keinen Arm mehr gehabt.

Resi Reschen nickte und zog fröstelnd die Schultern hoch. Aber jetzt sag du mir, was du weißt über meinen Gast!

Und da sagte ihr Veronika Graun, was ihr morgens beim Aufwachen mit einem Mal vor Augen gestanden war. Dabei hatte sie noch gar keinen Blick auf diesen Mann geworfen, der, wie ihre Schwiegertochter erzählte, seit Tagen durch den Ort streifte und die Dunkelblumer in ganz bestimmte Gespräche verwickelte. Aber das brauchte sie auch nicht. Jemand wie sie, jemand ihres Jahrgangs, brauchte nur zwei und zwei zusammenzählen, das hatte sie immer schon gut gekonnt. Dass die Resi nicht selbst daraufgekommen war, konnte nur daran liegen, dass sie den mysteriösen Gast täglich morgens und abends bei den Hotelmahlzeiten vor der Nase hatte. Das lenkte vom Nächstliegenden ab.

Aber er sagt doch, er war schon überall anders, in der ganzen Gegend, widersprach Resi schwach und stellte sich nun ihrerseits depperter an, als sie war: in Löwingen und Mandl, in Kirschenstein und Tellian! Und dort überall hat man sie schon gefunden!

Wenn ich mich hätt rächen wollen, hätt ich's genauso gemacht, sagte die Graun und tippte sich mehrmals an die Schläfe, alles rundherum erledigen und erst zum Schluss ab nach Hause ... und jetzt könntest du mich eigentlich auf einen Schnaps einladen.

Resi stand sofort auf und holte die Flasche, sie war froh, sich endlich wieder bewegen zu können. Sie genehmigte sich selbst auch einen Doppelten, was nur alle heiligen Zeiten einmal vorkam. Die beiden Frauen, die sich ihr Leben lang kannten und die längste Zeit davon nicht miteinander geredet hatten, stießen sogar mit ihren Schnapsgläsern an, allerdings ohne jedes Lächeln: Dass dieses Gespräch niemals stattgefunden hatte, war klar, keine musste das aussprechen. Das war hier alte Tradition, damit waren sie bisher immer gut gefahren.

III.

*Historisch ist das,
was man selbst nicht tun würde.*

Robert Musil

1.

Martha mit dem krausen Schopf passte nicht ganz zu den jungen Leuten, die dem jüdischen Friedhof in Dunkelblum drei Wochen ihrer Sommerferien widmeten. Von den anderen, die allesamt Studenten der Zeitgeschichte waren und sich als links und als Kämpfer gegen die österreichische Geschichtsvergessenheit bezeichneten, hatte sie zuvor nur einen gekannt, Andreas Bart, den alle Bartl nannten. Bartl war groß, blond und redegewandt, er war auftrumpfend selbstbewusst und im Gegensatz zu seinem Namen ohne Gesichtsbehaarung. Er schien seine T-Shirts nach der Farbe zu kaufen (vorwiegend rot) und übernahm meistens die Kommunikation mit der lokalen Bevölkerung. Dass er dabei Ironie und Herablassung nur schlecht verbarg, ging ihr ein wenig auf die Nerven.

Martha wusste nicht, warum Bartl ausgerechnet sie, eine Filmstudentin, auf dem lauten, verrauchten Fest gefragt hatte, ob sie mit zu diesem Friedhofsprojekt kommen wolle. Auch innerhalb dessen, was von der Hauptstadt aus als provinziell betrachtet wurde, gab es Rangordnungen. Es gab die reichen Bundesländer und die anerkannt schönen, es gab die, die in der Welt berühmt waren für ihre Berge oder ihre Seen oder ihre Festspiele. Von allen denkbaren Provinzmöglichkeiten war das schmale östliche Randgebiet, in dem Dunkelblum lag, mit Abstand das unattraktivste. Deutsche oder Schweizer hatten seinen Namen nie gehört, aber die hatten schon Schwierigkeiten, Ober- von Niederösterreich zu unterscheiden. Selbst Österreicher, die die neun Bundesländer aufzählen wollten, vergaßen manchmal das kleine jüngste, jedenfalls, wenn sie aus dem Westen des Landes stammten – vielleicht, weil *Burgenland* ja fast so klang wie Bundesland. Kaum jemand kannte einen Burgenländer persönlich, in größeren Scharen schienen sie nur als Protagonisten von Witzen vorzukommen. Jedes Land hat seine Ostfriesen, in Österreich sind es die Burgenländer. Der kürzeste Witz, den Martha je gehört hatte, ging so: *Zwei Burgenländer unterhalten sich auf der Universität.*

Martha wusste das, denn sie kam von hier. Den überwiegenden Teil ihrer Kindheit und Jugend hatte sie etwas weiter im Norden verbracht, in einem Dorf, das zum Gemeindegebiet von Kirschenstein gehörte. Mit sechzehn, als die Großeltern kurz hintereinander gestorben waren, zog sie zu ihrer verantwortungslosen Mutter in die Metropole. Sie hielt es nur ein paar Monate bei der Frau aus, die ihr fremd und zuwider war. Lieber kroch sie bei falschen Freunden unter, brach die Lehre ab, verdiente Geld als Kellnerin, später als Putzfrau, nahm eine Menge Drogen, wurde mehrmals zusammengeschlagen und, sie wunderte sich fast, nur einmal vergewaltigt. Warum sie wieder auf die Beine gekommen war, wusste sie nicht mehr. Nur, dass sie eines Tages unter einer stinkenden Decke aufgewacht war, im Mund den Geschmack von Blut, und sich schwor, es wenigstens noch einmal zu probieren. Irgendwo runterspringen konnte man immer noch. Die Jahre seit damals, dem Tag eins nach dem absoluten Tiefpunkt, waren hart. So hemmungslos sie sich davor dem freien Fall hingegeben hatte, so unerbittlich zwang sie sich zum Wiederaufstieg. Sie verdiente gerade so viel, um durchzukommen. Sie schaffte die Abendmatura beim ersten, die Aufnahme in die Filmakademie beim zweiten Anlauf. Umgekehrt wäre es ihr lieber gewesen, aber vielleicht hätte sie dann früher aufgegeben.

Sie war dreiundzwanzig Jahre alt und besaß eine erste eigene Videokamera. Sie hatte sich selbst am krausen Schopf wieder in die Spur gestellt, aber manchmal spürte sie, dass sie sich auf einem riesigen Berg aus Kies befand, der unmerklich zu rutschen beginnen könnte. Ein paar Wochen lang in vertrauter Umgebung Unkraut zu vernichten und Bäume umzuschneiden war ihr deshalb vernünftig erschienen, vernünftiger, als in der Stadt zu bleiben, mit all ihren ungesunden Verlockungen.

Am Montagvormittag, als es zu nieseln aufgehört hatte, erklärte sie den anderen, dass sie draußen filmen wollte, einfach so, man wisse nie, wofür man es noch brauchen könne. Was sie mit draußen meinte, verstanden die anderen gut, denn sie waren alle meistens drinnen, innerhalb der hohen Mauern, wie in einem geheimen Garten. Dass sie zum ersten Mal wegging, war den anderen egal, ihre Sonderstellung bestand auch darin, dass sie das Projekt dokumentierte.

Ihr kam vor, dass sie bisher zu nah drangeklebt war. Sie hatte fast nur Nahaufnahmen gemacht, Natur ohne Menschen, höchstens Hände und Arme, aber vor allem abknickende Blüten, stürzende Äste, Dornen und Ranken in dicken stachligen Teppichen, die sich gegen ihre gewaltsame Entfernung sträubten bis aufs Blut. Ihr gefielen diese Sequenzen, es sah aus wie der Kampf, der es ja auch war. Indem sie nie Menschen im Ganzen zeigte, nur Hände oder Füße, die daran rissen oder dagegen traten, wurden die Pflanzen beinahe gleichberechtigte Gegner. Sie leisteten passiven

Widerstand, wie Demonstranten, die weggetragen werden sollten und sich schwer machten. Und so, gewissermaßen personifizierend, hatte sie auch die Gegenseite aufgenommen, von nah dran: Steine, die mühevoll aufgerichtet wurden oder zumindest freigelegt, die zum ersten Mal seit Jahrzehnten das Sonnenlicht sahen, an deren gemeißelten Buchstaben Finger entlangfuhren und Erde abwischten.

Aber nach dem irrwitzigen Unwetter verlangte es Martha nach anderen Bildern. Ihr Gefühl sagte ihr, dass sie Kamerabewegungen brauchte, Umgebung, in die man die Nahaufnahmen einordnen konnte. Nun sollte der Blick schweifen, während die Objekte verharrten und so stumm blieben wie die Menschen dieser Gegend. Sie wollte an intakten Mauern entlangfilmen, Distanzen und Weitläufigkeit zeigen als Gegenpart zu den umgekippten und gesplitterten Steinen. Dunkelblum stand aufrecht, auch wenn manches bröckelte, aber die vergessenen, vermoosten Steine lagen auf dem Rücken oder Bauch.

Martha hatte bisher nicht viel von dem Städtchen gesehen. Die Wege, die sie und ihre Kollegen nahmen, waren immer die gleichen. Mittags gingen ein paar von ihnen zu einem kleinen Geschäft im alten Teil und kauften dort Proviant, Wurstsemmeln, Kekse, Chips und Getränke. Der Mann, der sie bediente, irritierte Martha. In seinem Gesicht bewegten sich mehr Muskeln als in normalen Gesichtern, vor allem um die Augen und auf der Stirn. Und er war so nervös, wischte sich dauernd die Hände an seinem Arbeitsmantel ab und räusperte sich. Er war ihr nicht angenehm, beinahe unheimlich, obwohl er viel lächelte. Dennoch wollte sie ihn fragen, ob sie seinen Ständer mit den Postkarten aufnehmen durfte. Sie stellte sich vor, dass er, mit seiner Hand, die in dem blauen Ärmel steckte, den Ständer in Schwung und zum Drehen brachte. All diese Ansichten der Stadt, der Hauptplatz, die Luftansicht, die Pestsäule, dazu noch ein Schloss, das es offenbar gar nicht mehr gab: Sie würden sich an ihrem Kameraauge vorbeidrehen, verschwimmen und wieder sichtbar werden. Das müsste eine brauchbare Zusammenfassung ergeben. Sie hatte nicht vor, die sogenannten Sehenswürdigkeiten in Wirklichkeit zu filmen.

Doch das Geschäft war zu, die Tür versperrt, an der Glasscheibe klebte ein Schild: *Wegen Krankheit geschlossen.*

Also ging sie weiter und schaute sich die Stadt genauer an. Gasse für Gasse schritt sie die Häuser ab, und wenn sie eine Gasse gesehen hatte, begann sie von vorne und nahm sie auf, langsam an den Fassaden und Mäuerchen und Toren entlang.

Sie war nicht auf Menschen aus, doch bemerkte sie, dass diese sie beobachteten. Das amüsierte sie. Offenes Starren – das war hier fast ein Angebot zum Plauschen. Sie kannte es aus ihrem Dorf: Da man so eng nebeneinander lebte, einander dauernd begegnete und so gut wie alles voneinander wusste, spielte man das Gegenteil vor. Man nickte mürrisch und senkte den Blick, man tat, als würde man einen Bruchteil von dem bemerken, was sich rundherum tat. Das geschah weniger aus Takt denn aus Selbstschutz.

Hingegen stehenbleiben, schauen, das Fenster geräuschvoll öffnen oder sogar vor die Tür treten bedeuteten ungefähr dasselbe, wie wenn in der Großstadt einer die Hand ausstreckte und sich vorstellte. Und Martha ahnte, woran es lag, nämlich an der Kamera. Die Leute, die ihre Gardinen zur Seite zogen und die Nasen aus dem Fenster steckten, dachten nicht als Erstes an etwas Unwillkommenes. Sie hofften, dass dieses fremde Mädchen sie filmen würde. Gefilmt zu werden war eventuell eine Ehre. Hierher nach Dunkelblum war bisher selten eine Kamera gekommen, da war eine filmende Studentin interessant genug.

Martha nickte den Leuten zu, aber sie sprach niemanden an. So legte sie, ohne sich dessen bewusst zu sein, den Köder aus. Sie tat, als wollte sie gar nichts von ihnen. Und viel wollte sie anfangs ohnehin nicht. Einfach in Ruhe die krummen Gassen filmen, Fenster, vor denen Geranien blühten auf ihre ergreifend ungezügelte Art, abgeblätterte Zäune, Torbögen, in die voll beladene Heuwagen einfuhren, und ab und zu eine gebeugte Frau im Blaudruckkittel, die zurück in ihr Haus schlurfte und die Tür hinter sich schloss.

Als sie vor dem Schaufenster eines Bekleidungsgeschäfts stand und aus verschiedenen Positionen auf die weinrote, aus Blech geschnittene Schrift darüber zoomte, trat ein alter Mann aus der Haustür und lief ihr durchs Bild. Sie ließ die Kamera sinken, um ihm Zeit zu geben, wegzugehen, doch er kam auf sie zu.

Na, Fräulein, fragte er, was filmen S' denn da? Ham S' eine Erlaubnis?

Martha runzelte die Stirn. Braucht man eine, fragte sie.

Nur Spaß, sagte der Mann. Mich interessiert halt, was Sie da machen.

Martha murmelte ein paar unverbindliche Sätze, dass sie mit Freunden hier sei und sich ein wenig die Stadt ansehe. Die meisten Besucher haben normale Fotoapparate, sagte sie, aber ich mache Bewegtbild, das ist eigentlich der einzige Unterschied.

Das schien dem Mann zu genügen, trotzdem ging er nicht

weg. Er begann eine kleine Rede, dass Dunkelblum ein Geheimtipp sei, obwohl es die Stadt aufgrund ihrer Lage nicht immer leicht gehabt habe. Aber wenn man sich ein bisschen dafür interessiere, werde man auf unentdeckte Schätze und verborgene Schönheiten stoßen, glauben Sie mir. Hier ist unser Land noch so, wie es jahrhundertelang war, sagte er, darauf können wir stolz sein.

Haben Sie sich schon das Bild mit den gefiederten Teufeln in der Kirche angeschaut, fragte er, und die Pestsäule mit der Bettlerin auf dem Hauptplatz? Unter den Pestsäulen ist sie herausragend, Sie werden wenig Vergleichbares finden, und da sage ich Ihnen: im ganzen Land! Mit der Gruft ist es ja dasselbe … Leider ist unsere Pestsäule sehr renovierungsbedürftig. Es blutet einem wirklich das Herz: Die Figuren haben fast keine Nasen mehr, Wind und Wetter, Sie ahnen es, aber ohne Tourismus kein Geld und ohne Geld keine Renovierung.

Er zwinkerte ihr zu. Der Wein is dagegen b'sonders gut bei uns, fügte er an, den hast aber sicher schon gekostet?

Martha nickte. Auch die Art der Alten, den Jungen gegenüber schnell ins Du zu rutschen, war ihr vertraut. Das galt keineswegs umgekehrt.

Dürfte ich Sie vielleicht von hinten filmen, fragte sie, einfach, wie Sie weggehen? Man wird Sie nicht erkennen, aber es wäre schön, wenn die Straße nicht leer wäre …

Der Mann, der auffallend hellblaue, wässrige Augen hatte, nickte. Aber gern, Fräulein, wenn ich was beitragen kann … und mich kennt hier ohnehin jeder. Wo willst mich denn gehen haben?

Gern da, wo Sie eh hingehen wollten, schlug Martha vor. Und ich geh einfach mit der Kamera hintennach?

Und so ging, am Montagvormittag nach dem großen Gewitter, am Tag nach Flocke Malnitz' Verschwinden, die kraushaarige Studentin Martha mit ihrer Kamera dem Doktor Alois Ferbenz nach, wie er einen seiner mitmenschlichen Besuche machte. Doktor Alois war, und durchaus nicht nur in seiner eigenen unbescheidenen Wahrnehmung, der gute Onkel von Dunkelblum, inzwischen, seinem hohen Alter gemäß, vielleicht eher der gute Opa. Er kannte alle und jeden, er hatte für viele, ja für die meisten ein freundliches Wort. Es gab ein paar strikte Ausnahmen. Doch seit er sich aus allen öffentlichen Ämtern zurückgezogen und auch seine Frau überredet hatte, das Geschäft endlich der nächsten Generation zu übergeben, waren Wohltätigkeit und Nachbarschaftshilfe seine Freude und sein Lebenszweck, noch viel mehr als früher. Ferbenz unterstützte Bedürftige, er schlichtete Streits, er half durch Baubewilligungsverfahren und andere Irrgärten der Bürokratie. Und erst kürzlich hatte er die paar Hundert Schilling Schmerzensgeld, die er für eine mit schweren Mängeln behaftete Fernreise vor Gericht erstritten hatte, öffentlichkeitswirksam einer Mutter von drei Kindern übergeben, deren Mann nach einem tragischen Arbeitsunfall im Rollstuhl saß. Er sorgte außerdem dafür, dass die Gemeinde für die Familie eine langfristige Lösung fand. Nicht, dass Bürgermeister Koreny dabei eine große Hilfe gewesen wäre. Aber zumindest tat er, was Ferbenz ihm vorschlug, und machte eine Erdgeschosswohnung in einem der Dunkelblumer Gemeindebauten frei. Den Koreny – und diese Redewendung wiederholten die Dunkelblumer in der Folge oft und begeistert –, den muss man ja zum Jagen tragen!

Alois Ferbenz in seinem achtzigsten Lebensjahr ging also gemächlich durch die schmalen Gassen von Dunkelblum, wer ihn sah, grüßte oder lüpfte den Hut. Er winkte zurück. Kleine Mädchen, die knicksten, wurden von ihm besonders gelobt. Er schritt die Tempelgasse entlang, vorbei an der Nummer vier, die für ihn, in seiner inneren Beschriftung, immer noch das Horka-Haus war, er schaute da gar nicht erst hin. Das alte Haus stand einfach da, sollte es stehen. Was darin war, ob ein Geschäft offen oder zu war, interessierte ihn nicht. Bei den Ferbenz erledigte die Frau die Einkäufe, und gewiss nicht hier. Er ging weiter, rechts herum und links herum, bis er an das Ende einer Sackgasse kam. An ihrem Ende saß der Dodl Fritz auf einem Hocker vor dem Haus und rauchte.

Als Ferbenz stehenblieb, war Martha noch hinter ihm. Sie ging langsam an seinem Rücken vorbei, schwenkte auf das allerletzte Haus, hielt noch ein paar Sekunden auf das dichte Gezweig eines Apfelbaums, ließ es langsam zu einem grünen Schleier verschwimmen und drehte die Kamera ab.

Fritz war aufgestanden, hatte seine Zigarette ausgetreten und gab dem alten Mann die Hand. Er winkte Martha zu, mit einer einladenden Bewegung. Der Mann, den sie gefilmt hatte, blickte kurz in ihre Richtung. Wahrscheinlich glaubte er, es läge an ihm, dass sie mit hereingebeten wurde.

Hinter der Eingangstür war es dunkel und eng, aber Martha orientierte sich schnell, es war wie bei ihren Großeltern. Vorne hinaus, straßenseitig, lagen die zwei sogenannten guten Zimmer, nach hinten zu, hofseitig, schloss die Küche an. Danach verengte sich das Haus zu einem langen, schmalen Schlauch, eine Abfolge kleiner und kleinster Kammern. Dort hatten spätere Generationen, wenn sie es sich leisten konnten, das Sanitäre eingebaut.

Wollt einmal schauen, wie's bei euch geht, sagte der alte Mann, dem sie gefolgt war, zu Fritz, dem Tischler, der so gut schnitzen konnte. Der brummte und brabbelte etwas, Martha fiel auf, dass sie ihn diesmal sehr schlecht verstand.

Kommts ihr denn halbwegs zurecht, ohne die Eszter, fragte der Mann: Und kann man die Mama überhaupt sehen?

Fritz brabbelte und brummte und ging voran, in das hintere der beiden guten, großen Zimmer. Dort saß eine kleine Frau an einem Tisch und zeichnete. Martha blieb an der Tür stehen und kniff die Augen zusammen. Es war ein Bild wie aus einem Märchenbuch. Die Einrichtung schien niemals verändert worden zu sein, die Luft war verbraucht, der schwere Vorhang zugezogen, das einzige Licht kam von der Lampe auf ihrem Tisch. Die Frau, blass und zart, war ganz in ihre Arbeit versunken. Ihr langer weißer Zopf hing bis auf die Sitzfläche hinab und kringelte sich dort wie eine friedliche Schlange.

Mama, sagte Fritz, und man verstand ihn nun gut, Mama, Besuch, der Dokter Ferbenz.

Die Frau stippte die Feder in ihr Tuschefässchen und zeichnete weiter. Martha dachte, sie sei vielleicht taub und würde womöglich gleich erschrecken.

Der Dokter Ferbenz, wiederholte Fritz, und seine Mutter nickte und rückte ein wenig von ihrem Bild ab, um es zu begutachten.

Agnes, was malst'n da Schönes, fragte Ferbenz und trat einen Schritt näher. Fritz fasste ihn am Ellbogen und zog ihn zurück, zur Seite. Er führte ihn, im größtmöglichen Halbkreis, von vorne an seine Mutter heran.

Doch schwerhörig, dachte Martha, lieber nicht von hinten kommen. Sie hob die Kamera.

Fritz rückte dem Ferbenz einen Sessel hin.

Grüß dich, Agnes, sagte Ferbenz, ich wollt einmal schauen, wie's euch so geht. Ob ihr irgendwas braucherts?

Agnes zeichnete. Martha zoomte, es war das Porträt eines Mädchens, aus vielen feinen Strichen gemacht. Martha fand es ordentlich, aber vor allem gefiel ihr, dass Doktor Ferbenz offenbar nicht mehr wusste, was er sagen sollte.

Machst du immer dasselbe Bild, fragte Ferbenz und deutete auf einen Stoß Blätter, der auf dem Tisch lag. Agnes zeichnete. Fritz schüttelte den Kopf und zählte eine Reihe Namen auf, die Martha nicht kannte oder verstand. Offenbar porträtierte seine Mutter die Frauen der Gemeinde aus dem Gedächtnis.

Ferbenz lachte. So schaut die Stipsits aber schon lang nimmer aus, sagte er, wenn die Weiber das wissterten, würdens dir Geld zahlen für ihre Jugendporträts.

Es blieb einen Moment still.

Heast, Agnes, jetzt geh schon her und red mit mir, sagte Ferbenz und legte ihr die Hand auf den linken Unterarm. Agnes richtete sich auf und erstarrte, sogar ihr Zopf schien steif zu werden vor Angst. Fritz brabbelte etwas, das dringlich klang.

Ich glaub, Sie sollen sie nicht angreifen, sagte Martha.

Wer hat dich denn gefragt, sagte Ferbenz, und in seiner Stimme klirrte es.

Fritz ging dazwischen. Er schob die Hand des Ferbenz weg, legte seine über ihre Linke, streichelte sie und sagte, der Dokter Ferbenz, Mama, Ferbenz.

Agnes Kalmar legte ihren Tuschestift ab. Ferbenz – Szinnyei, sagte sie und schien sich langsam wieder zu entspannen, Fiedler – Fenyö, Fischer – Halász, Follath – Faludi, Freud – Barát, Fuchs – Földes.

Ich heiße Fürst, sagte Martha von der Tür her und schaute hinter ihrer Kamera hervor, die weiterlief.

Agnes drehte sich zu ihr um, strahlte über das ganze Gesicht und sagte: Fürst – Karakay!

Ferbenz stand auf, klopfte sich die Handflächen ab und sagte, Fritz könne sich jederzeit an ihn wenden, wenn etwas gebraucht werde. Er solle nicht stolz sein, die Leute seien allesamt zu stolz. Dabei werde doch gern geholfen in einer Stadt wie ihrer, also wirklich, es sei ihm jederzeit eine Freude. Aber die Eszter sei auch so stur gewesen, die habe nicht hören wollen, immer habe sie beteuert, dass sie nichts brauche, am einen Tag habe sie das noch beteuert, und am nächsten war sie schon tot. Das kann ja so schnell gehen, sagte der Ferbenz und schüttelte den Kopf, man muss sich wirklich vorsehen.

Als er an Martha vorbeiging, nickte er ihr zu und sagte: Hat ganz schön was mitgemacht im Krieg, die Agnes Kalmar, hat sich leider nie mehr recht davon erholt. Das waren aber auch furchtbare Zeiten – was der Russ' hier angerichtet hat, buchstäblich gewütet hat der hier, der Russ'.

Martha warf Fritz einen Blick zu und gab ihm die Kamera zum Halten. Sie lief dem Ferbenz bis vor die Tür nach und fragte: Darf ich denn einmal auch zu Ihnen kommen, Herr Dokter? Und Sie erzählen mir ein bissel was über Dunkelblum?

Aber sicher, sagte der Ferbenz und wirkte plötzlich müde, komm vorbei, wann immer du magst, Madl.

2.

Sehr zeitig am Dienstag, schon um acht Uhr früh, saß Herbert Koreny in seinem Dienstzimmer im Rathaus und hatte die Ordner zum Thema Wasser vor sich aufgestapelt.

Die Vertragstexte zwischen der Gemeinde und dem Wasserverband waren lang und ermüdend, Koreny hatte größte Mühe, sich auf das Juristendeutsch zu konzentrieren, und insgeheim wusste er, dass die Lektüre sinnlos war. Aber er wollte, bevor er den Ordner mit der Aufschrift *Gutachten* zur Hand nahm, alles andere gelesen haben, er erlegte sich das als Pflicht auf. Er wollte sagen können, dass er alles, wirklich alles, noch einmal exakt geprüft habe, von vorne bis hinten.

Schließlich schlug er den letzten Ordner auf und fand zuoberst einen Brief des Faludi-Bauern. Der zählte drei Namen von Gutachtern auf, die angeblich dem Wasserverband nahestanden und auch für andere Gemeinden schon im Sinne des Verbandes begutachtet hatten. In Balfs Handschrift war oben vermerkt: Strategie der Verschwörung!

Koreny blätterte einmal von vorn bis hinten durch. Die Gutachten waren tatsächlich von den drei Erwähnten erstellt, aber wie sollte er überprüfen, ob sie mit dem Wasserverband, nun ja, im Bandl waren? Er wusste nicht einmal, warum ausgerechnet sie mit diesen Gutachten betraut worden waren. Wie viele Gutachter zu solchen Fragen konnte es geben? Im Bundesland? Im ganzen Land? Er begann von vorne zu lesen. Der erste legte sich fest und empfahl den sofortigen Beitritt zum Wasserverband, *um schwerwiegende Engpässe, insbeson-*

dere, aber nicht nur in den trockenen Sommermonaten zu vermeiden. Der zweite war um Neutralität bemüht, er schrieb, dass eine genaue Erhebung unterirdischer Quellen, das Anlegen von Löschteichen sowie der Einbau von Wasseruhren eine Möglichkeit sein könne, zusätzliche Versorgung auch ohne den Verband zu gewährleisten. So wie die Lage war, sei sie aber keineswegs ausreichend. Allerdings erklärte er sich für die Einschätzung der potenziell noch zu erschließenden Wassermengen als nicht kompetent und schlug einen Experten namens Kolonovits vor. Dieser würde gewiss ein Ergebnis präsentieren können, das die Entscheidung erleichtere. Balf hatte den Namen Kolonovits mehrmals unterstrichen.

Das dritte Gutachten schließlich war jenes, an das sich Koreny am besten erinnerte, nicht an die Details, aber an die Stoßrichtung. In jener Gemeinderatssitzung, als Koreny noch ein devoter, ganz und gar unwichtiger Vizebürgermeister war und der richtige Bürgermeister meinungsstark und gesund, hatte Balf mehrfach daraus zitiert. Dieser Gutachter meinte, die Frage, ob Dunkelblum selbst genügend Wasser habe, müsse unbedingt auch unter dem Aspekt der Kosten und Hindernisse auf dem Weg zu dieser autarken Versorgung betrachtet werden. Der Aufwand an Grabungen, neuen Leitungen, Genehmigungen und Einwilligungen von betroffenen Bürgern sei hoch, die Dauer enorm und der Erfolg letztlich nicht garantiert. Katze im Sack, murmelte Koreny, der sich an diese Formulierung aus der erregten Sitzung damals erinnerte, teure, unkalkulierbare Katze im Sack, ohne Garantie, dass es funktioniert. Während man beim Wasserverband wusste, was man bekam: Man zahlte, und sie schlossen das Dunkelblumer Netz an ihre krisensichere Leitung an. Das Wasser kommt von weit her, aus den Bergen, vom

Schneeberg, vom Semmering oder von sonstwo, es konnte einem egal sein. Fertig, aus. Koreny seufzte.

Am Freitag nach Feierabend war er bei Heinz Balf vorbeigefahren, also bei seinem Haus, wo sich Balfs Frau für die schlechte Nachricht wappnete. Weil sie ihm auf sein Läuten nicht öffnete, ging er hinter den Bungalow in den Garten. Da stand sie, mit dem Rücken zu ihm, und wässerte die Beete. Er sah ihr ein paar Momente lang zu. Ein friedliches Bild, eine Frau mit einem Gartenschlauch, der Sprühnebel glitzerte in der Abendsonne. Für ihren prachtvollen Garten war sie bekannt, Balfs Frau. Ob sie sich von einer Wasseruhr beim Gießen eingeschränkt fühlen würde?

Schließlich drehte sie sich um und begrüßte ihn. Es gibt nichts Neues, fügte sie ungefragt hinzu.

Koreny murmelte Worte des Bedauerns. Dann standen sie da. Koreny zeigte auf die Paletten mit Gartensteinen, die am Haus aufgereiht waren, neben einem Kleinbagger, der seinen Grabarm auf Halbmast trug, als habe man ihn mitten in der Bewegung ausgeschaltet. Davor hatte der Bagger schon einen Teil des Rasens weggefressen und auf einen Haufen gespien.

Neue Terrasse, fragte Koreny und versuchte, zukunftsfroh zu klingen.

Scheiß drauf, sagte Balfs Frau, der Heinz hat das veranlasst, jetzt stellt sich heraus, es ist noch nicht einmal bezahlt. Ich wüsst auch nicht, mit welchem Geld. Er muss schon deppert gewesen sein von den Medikamenten. Wie kann er was bestellen, wofür wir gar kein Geld haben? Früher hat er so was nicht gemacht. Und ich kann ihn nicht einmal mehr schimpfen dafür.

Sie lachte übertrieben laut, ihre Augen wurden feucht.

Koreny wurde es noch in der Erinnerung an diese schrillen Töne ungemütlich. Irgendwie gelang es ihm, sich schnell davonzumachen.

Die Leute munkelten, der Balf habe sich schmieren lassen für den Vertrag mit dem Wasserverband. Koreny wusste das, obwohl es ihm niemand direkt gesagt hatte. Doch war er in den vergangenen Wochen oft genug in Wortgefechte mit Wasserverbandsgegnern geraten, wo alle gleichzeitig auf ihn einredeten und am Ende bestimmt einer die Worte *geschmiert, Schmiergeld* ausrief oder zischte. Koreny fragte nie nach. Wenn er gefragt hätte, wer das und auf welcher Grundlage behauptete, wäre er der Erste gewesen, der das Wort offiziell in den Mund nahm. Das hast aber jetzt du gesagt, hätten sie behauptet, es von da an wiederholt und, fest verbunden mit seinem Namen, grinsend weitererzählt.

Auf der letzten Seite des dritten Gutachtens stand handschriftlich eine Adresse in Graz, dazu die Initialen: E.K. Emmerich Kolonovits, ergänzte eine Stimme in Korenys Kopf, die beinahe wie die des Faludi-Bauern klang. Er wunderte sich. Hieß der wirklich so?

Er stand auf und holte den Ordner mit den Korrespondenzen, H-K. Unter Kolonovits fand sich tatsächlich ein Brief, in dem Bürgermeister Balf um einen Kostenvoranschlag zu einem Gutachten über *die natürlichen Dunkelblumer Wasserreserven und ihre mögliche Nutzung* bat. Aber sonst nichts. Keine Antwort. Müsste die Antwort nicht in dem Gutachtenordner sein? Koreny blätterte in dem Korrespondenzordner vor und zurück, während er nachdachte. Würde er selbst sich einer Straftat schuldig machen wegen einer neuen Terrasse? Hatte Heinz damals, als Doktor Sterkowitz die Knoten in seinen Achselhöhlen ertastete, aus irgendwelchen Gründen seine Frau besänftigen wollen? Oder sie beeindrucken? Warum musste es auch unbedingt italienischer Terrazzo sein?

Beim Blättern stieß Koreny auf seinen eigenen Namen, aber es ging nicht um ihn. Sein Cousin zweiten Grades wurde von der Gemeinde brieflich aufgefordert, seine Thujenhecke *um mindestens einen Meter in der Breite* zurückzuschneiden, weil der Mistwagen an seinem Grundstück inzwischen nur noch mit großen Schwierigkeiten wenden könne. *Wir machen Sie darauf aufmerksam, dass Abschnitt von der Thujapflanze giftig ist und als Sondermüll fachgerecht entsorgt werden muss. Eine Bestätigung für die Entsorgung muss zur Vorlage aufgehoben werden. Mit freundlichen Grüßen.*

Kolonovits. Koreny. Sein Cousin hatte keine Terrasse aus Terrazzo, genauso wenig wie er selbst. Der Cousin hatte Thujen, er selbst hatte Buchs, und beide hatten sie Platten aus Waschbeton. Herbert Koreny fühlte sich seltsam, luftiger, und es schien ihm, als würden in der Nähe Stimmen flüstern. Als stünde jemand hinter dem Vorhang, berühre ihn fast am Kragen, sanft, stupsend. Es war lächerlich. Er sollte das Bürgermeisteramt aufgeben, zurücktreten, die Konflikte taten ihm nicht gut. Frau und Söhne hatten ihm von Anfang an abgeraten, obwohl es ihnen gefiel, mehr Verantwortung für die Firma zu übernehmen. Wahrscheinlich brauchten sie ihn dort inzwischen gar nicht mehr, Elektro Koreny lief unverändert gut, ob mit ihm oder ohne. Wofür war er überhaupt zu gebrauchen? Es fiel ihm schon schwer, sich auf die Knie niederzulassen, wenn er an einer Steckdose messen wollte. Noch schwerer fiel ihm, wieder aufzukommen. So war es wohl auch mit dem Bürgermeisteramt. Für Heinz, seinen alten Freund, den Einzigen, der es wert war, hatte er das Knie gebeugt. Jetzt kam er nicht mehr auf.

Koreny, befahl die Stimme in seinem Kopf, die klang wie der Faludi-Bauer: In einem anderen Ordner!

Herbert Koreny ging folgsam auf die Suche. Wo hatte die Frau Balaskó die älteren Korrespondenzen? Er fand sie schließlich in einem Kasten im Vorzimmer. H-K. Er blätterte zu den Kopien der Briefe, die er selbst erhalten hatte, neuer Hebesatz der Grundsteuerbemessung, Bewilligung der Garagenerweiterung. Danach wieder Schreiben an seinen Cousin zweiten Grades. Ha, der hatte einmal ein ganzes Jahr lang keine Abwassergebühren bezahlt, das war ja interessant! Mahnung, und noch eine Mahnung. Und plötzlich hielt Koreny eine Seite in der Hand, die nicht dazugehörte. Es war die letzte Seite von etwas, drangeklammert an das Mahnschreiben an seinen Cousin: gezeichnet Emmerich Kolonovits. Koreny blätterte vor und zurück. Hinter jedem zweiten oder dritten Brief in der Abteilung K befand sich ein falsches Blatt, geschickt zwischen die Briefkopien gefügt. Es waren nur sieben Seiten. Koreny versuchte, die Heftklammern aufzubiegen, aber nachdem er sich gestochen und einen blutigen Fingerabdruck hinterlassen hatte, riss er die Seiten einfach ab. Er war es nicht gewesen, der das versteckt hatte, er hatte bisher keine Geheimnisse gehabt, daher musste er auch keine Spuren verwischen. Sieben Seiten. Er nahm sie alle heraus und stellte die Ordner wieder zurück.

Dann saß er an seinem Schreibtisch und dachte nach. Das Kolonovits-Gutachten mit den zerrissenen oberen Ecken lag vor ihm auf dem Tisch. Frau Balaskó erschien um neun Uhr und rief einen Morgengruß durch die Tür. Sie brachte ihm eine Tasse mit dem bitteren Kaffee, den sie täglich kochte, man sollte es ihr verbieten, das Gschlader riss einem Löcher in den Magen. Er sprach es nicht aus, sondern bedankte sich.

Er saß nur da und bat sie, die Tür zu schließen. Um dreiviertel zehn kam sie wieder und meldete den Faludi-Bauern. Koreny wurde sofort wütend: Hitze an den Schläfen und juckende Handflächen. Jetzt erschien der auch noch in echt! Er schob die Mappe mit den Dokumenten, die er zu unterschreiben hatte, über das Gutachten und stand auf.

Mit seinem mannshohen Gehstock kam der Faludi-Bauer herein wie ein Wanderer im Hochgebirge, und er stieß ihn ins Parkett, als gäbe er einer Blaskapelle den Takt an. Korenys Blick ging an das untere Ende des Stocks.

Ich wisch ihn an den Türmatten ab, genau wie meine Schuh, sagte der Faludi-Bauer. Er wusste oft, was man dachte, das war dem Bürgermeister Koreny schon früher aufgefallen.

Setzen wollte er sich nicht, er bleibe nur ein paar Minuten, sagte er. So standen die beiden einander gegenüber, in Korenys Kniekehlen drückte sich unbequem die Vorderkante seines Schreibtischsessels. Vor ihm lag, unsichtbar, das unterschlagene Gutachten, für das der Faludi-Bauer wahrscheinlich seinen Gehstock gegeben hätte.

Es ist genug Wasser da, Herbert, sagte jener ruhig. Ich kann es jetzt beweisen. Wenn du das nicht prüfst, sondern auf dem Wasserverband beharrst, wäre das Betrug am Steuerzahler.

Und sogar wenn du mit der Wassermenge recht hättest, antwortete Koreny und rieb die juckenden Handflächen gegeneinander, weiß niemand, was das kosten würde! Wie lange das dauern würde! Ob das Wasser reicht!

Er ließ sich zurück in den Sessel fallen und streckte den

Bauch vor. Ihm war fast ein wenig schlecht, in seinem Gedärm rumorte es, er dachte an seinen Freund Balf, wie hilflos er dort lag, mit den Schläuchen, die überall herauskamen, während dieser hier wagte, mit seinem Stock aufzustampfen.

Ich versteh einfach nicht, sagte der Faludi-Bauer, der vor seinem Tisch stand wie ein Chef, so aufrecht und stolz stand er da mit seinem absurd langen Bart: Ich versteh einfach nicht, warum du das so persönlich nimmst. Irren kann sich jeder.

Wir haben Verträge, flüsterte Koreny, wir sind gebunden, sie haben uns in der Hand.

Wer hat uns in der Hand, fragte der Faludi-Bauer und sah von Herzen erstaunt aus.

Alle, rief Koreny, du hast ja keine Ahnung, worum es hier in Wirklichkeit geht! Er donnerte die Faust auf seinen Schreibtisch, dass sich die Dokumentenmappe ein paar Zentimeter verschob. Darunter lugten die zerrissenen Ohren des Gutachtens hervor.

Der Faludi-Bauer sagte: Ich wollt es mit dir im Guten regeln. Aber wenn du stur bleibst, werden wir eine Volksabstimmung herbeiführen. Komm um zwölf rüber ins *Tüffer*, da gibt's eine Bürgerversammlung.

Koreny saß da und schwieg.

Der Faludi-Bauer wartete noch einen Moment, schüttelte den Kopf, tippte sich an den Filzhut und ging.

Koreny saß noch weitere zehn Minuten einfach so da, während derer sich die einzig sinnvolle Strategie vor seinem inneren Auge entspann, langsam und klar. Zusammengefasst bestand diese Strategie aus einer Kombination von Asche und Zeitgewinn. Sobald man den Faludi aus dem Zimmer und dem Kopf hatte, konnte man nämlich wieder selbstständig denken. Es war eigentlich gar nicht so schwer.

Schließlich stand er auf, schob die sieben Seiten des Emmerich Kolonovits in die Sakkoinnentasche, ging an der Frau Balaskó vorbei in den Waschraum, sperrte sich ein und verbrannte das Papier in der Kloschüssel. Danach erleichterte er sein unruhiges Gedärm, mit Wonne gab er einen Riesenhaufen, fast den halben Hazug, von sich, obenauf auf die Asche, er öffnete das Fenster, rauchte sich noch in der Kabine eine an und sagte, während er rauchend an der Balaskó vorbei in sein Zimmer ging: Ich hab irgendwas Falsches gegessen. Wahrscheinlich war's der Eiersalat bei der Posaunerin, das soll man eh nicht, im Sommer.

Die Frau Balaskó schüttelte mitfühlend den Kopf und bestätigte, nein, fremde Eier soll man wirklich nicht, im Sommer.

Es hatte hell und schnell gebrannt, das Gutachten. Die Doppelseite mit dem Bauplan zündete er als Letztes an; während alles andere schon zerfiel, starrte er noch darauf, als müsste er ihn auswendig lernen. Neben den erforderlichen Leitungen und Pumpsystemen hatte dieser Kolonovits den Bau von mehreren höher gelegenen Wassertürmen und Hochbehältern projektiert. Er hatte alles eingezeichnet. Der größte und wichtigste befand sich auf der Rotensteinwiese. Nun fraßen ihn die Flammen auf, diesen gezeichneten Hochbehälter, dessen Fundamente bestimmt viele Meter hinab in die Erde reichen müssten, schon war er weg, verschwunden, vergessen, ausgelöscht und verbrannt, zusammen mit dem ungeheuerlichen Ansinnen, dass auf der Rotensteinwiese in großem Ausmaß gebaggert und gegraben werden sollte. Herbert Koreny fragte sich, wieso nicht bereits sein Freund Heinz dieses Gutachten einfach beseitigt hatte, Balf, der Oberstratege.

3.

Was sich an diesem Dienstag im August 1989 ab dem Zwölf-Uhr-Läuten im Hotel Tüffer abspielte, wird in seiner Gänze nie mehr zu rekonstruieren sein. Die Aussage ist banal, denn sie gilt für alle Ereignisse, an denen viele Menschen mit verschiedenen Wünschen, Absichten und Gefühlen beteiligt waren. Dem Gedächtnis Einzelner ist nur in begrenztem Ausmaß zu trauen, die meisten erinnern sich lediglich an das, was ihnen selbst in den Kram passt, ihre eigene Rolle in ein besseres Licht rückt oder ihre Gefühle schont.

Die groben Fakten stehen ungefähr fest, obwohl es sogar da Abweichler gibt. Die Heuraffl-Zwillinge zum Beispiel sollen immer noch eine andere, völlig unlogische Reihenfolge der Ereignisse behaupten. Aber was von den Heuraffls zu halten ist, weiß man ja. Mit einem Wort, auf das sich die Dunkelblumer auch in Bezug auf viele andere einigen könnten: weichg'soffen.

Wenn man ihn dazu gefragt hätte, wäre Alexander Gellért wahrscheinlich etwas anderer Meinung gewesen. Aus seiner Dunkelblumer Jugend hatte er zwar keine Erinnerungen an die aktuellen Heuraffls, den Berneck und den geflickten Schurl, sie waren, als er seinen Koffer zur Stadt hinaustragen musste, Kinder gewesen. Aber seit er als aufmerksamer Gast im Hotel Tüffer, Zimmer sieben, Quartier genommen und alle möglichen Nachforschungen durchgeführt hatte, waren sie ihm natürlich untergekommen. Seine Erklärung hätte nicht auf den lebenslangen Weinkonsum gezielt, dem hier ja fast alle frönten, sondern dahin: keine besonders ausgeprägte Intelligenz, verschärft – also noch weiter herabgesetzt – von der Angst und Aggressivität geprügelter Hunde. Davon verstand Gellért einiges, er hatte in seinem Leben genug Gelegenheit gehabt, die Mischung zu studieren.

An diesem Dienstag hatte er spät gefrühstückt und ausführlich die Zeitungen gelesen. In der bundesdeutschen Botschaft in Prag befanden sich schon mehr als hundert DDR-Bürger, und täglich kletterten weitere über den Zaun. Gellért fragte sich, wo sie sie unterbrachten. Eine Botschaft war schließlich kein Hotel, wo einem Frau Resi Reschen rund um die Uhr zu Diensten war, auch wenn sie ihn seit Sonntagnacht misstrauisch musterte. Die Lage an der ungarischen Grenze, also einmal um die Ecke und dreimal gen Osten gespuckt, geriet ebenfalls langsam außer Kontrolle, wenn er die Andeutungen der hiesigen Zeitungen richtig verstand. Die Zeitungskommentatoren befanden sich – Gellért gestand ihnen das durchaus zu – in einer absurden Lage: Einerseits verdammten sie seit jeher den kommunistischen, seine eigenen Einwohner einsperrenden Ostblock mit allem verfügbaren Abscheu, andererseits misstrauten sie zutiefst den Aktivitäten Otto von Habsburgs. Und plötzlich schienen die beiden zusammenzuarbeiten! Gemeinsam mit dem neuen ungarischen Ministerpräsidenten, einem sogenannten Reformer, warb ausgerechnet der Sohn des letzten Kaisers, der auch König von Ungarn gewesen war, für ein paneuropäisches Picknick direkt an der Grenze. Manche Österreicher, die aufgrund der wenig ruhmreichen Geschichte des letzten Jahrhunderts ihrem Land ein nationales Talent zum Vermasseln unterstellten, wurden bereits vom Verdacht beschlichen, dass das Fell des Bären wieder aufgeteilt wurde, ohne dass es jemand bemerkte. Oder was hatten die Gulaschkommunisten mit den Habsburgern zu tun, dass sie auf einmal gemeinsam picknicken wollten? Gellért amüsierte sich, auf diese paradoxe Art, mit der ihn, seit er zurück war, vieles gleichzeitig befriedigte und empörte.

Erst im März war Ottos uralte Mutter, die letzte Kaiserin Zita, gestorben, und darüber, wie man die mehrtägigen Begräbnisfeierlichkeiten beurteilen sollte, war das Land wieder einmal beinahe zerfallen. Die einen zeterten und konnten nicht fassen, mit welch anachronistischem Kitsch und Pomp noch einmal Monarchie gespielt wurde, so als wären der Kaiser Franz Joseph und seine Sisi mit den bodenlangen Haaren noch einmal und gleichzeitig verblichen. Die anderen machten das Spektakel erst möglich. Die Untertanennasen schaulustig in die Luft gereckt und die Rechte dauerbereit zum Kreuzzeichen, bildeten sie die Warteschlange der Kondolierenden, die den Dom siebenmal umrundete, standen kilometerlang Spalier für den Hofleichenwagen von 1876 und drückten sich die Taschentücher an die Augenwinkel, als der Sarg mit der haltbar gemachten Leiche in die Kapuzinergruft gebracht wurde, in die einzige Gruft des Landes, die größer war als die in Dunkelblum, viel größer zwar und weltberühmt, aber trotzdem: Danach kam schon gleich Dunkelblum, im Wettbewerb der Grüfte.

Zenzi räumte den Tisch ab. Wenn sich Herrdokter bitte an einen seitlichen Tisch setzen würden, bat sie, wir haben hier gleich eine Versammlung. Gellért nickte und bestellte noch eine Melange.

Es erschien der junge Mann, den er hergebeten hatte. Er sah aus, als habe er nicht geschlafen, oder umgekehrt, als sei er direkt aus dem Bett, ohne Umweg über ein Badezimmer, in die Gaststube des *Tüffer* gekommen. Er streckte ihm die Hand hin, murmelte seinen Namen, den Gellért schon kannte, und fragte: Sie wollten mich sprechen?

Gellért bat ihn, Platz zu nehmen. Ich habe, begann er vorsichtig, Ihre Mutter ein wenig gekannt, jedenfalls haben wir letzthin korrespondiert. Sie hat mich eingeladen, sie zu besuchen, aber ich bin ja leider zu spät gekommen.

Der junge Mann nickte abwesend.

Gellért wartete eine Weile, dann fragte er: Darf ich fragen, wie Ihre Mutter gestorben ist?

Der Mann, der wohl doch schon in seinen Dreißigern sein musste, hob den Kopf und sah Gellért an, mit rotgeränderten Augen, wie ein verstörtes Kind. Er sagte: Ich weiß es nicht. Ich weiß eigentlich gar nichts, ich meine, so, dass ich wirklich sicher wäre, dass ich es vor Gericht oder sonst jemandem bezeugen könnte, aber wahrscheinlich bin ich einfach zu, zu …

Gellért wartete.

Der junge Lowetz fasste sich langsam. Entschuldigen Sie bitte, also, meine Mutter ist im Schlaf gestorben, sie ist eines Tages nicht mehr aufgewacht, unser Nachbar hat sie gefunden … Der Arzt hat gesagt, manchmal hält das Herz halt nicht länger, man kann es leider nicht voraussehen, manchmal bleibt es einfach stehen.

Gellért sagte: Mein Beileid.

Lowetz nickte und es war wieder still, so lange, bis Zenzi von der Ferne demonstrativ mit dem Geschirr zu klappern begann.

Gellért streckte seine Handfläche in ihre Richtung, um sie um Geduld zu bitten. Ich möchte, sagte er leise, Sie nicht erschrecken mit dem, was ich jetzt sage.

Nun schaute Lowetz ihn an.

Gellért sagte: Ihre Mutter hat mir im Krieg das Leben gerettet, ich weiß nicht, ob Sie das wissen. Sie hat mich zwei Wochen lang versteckt.

Lowetz starrte ihn an und sagte nichts.

Gellért sagte: Ich weiß eben auch gar nicht, ob sonst noch jemand davon weiß. Außer der zweiten Frau, die Ihrer Mutter dabei geholfen hat.

Lowetz wiederholte: Der zweiten Frau?

Aus dem Nebenhaus, sagte Gellért, die Familie, mit der Sie sich offenbar den Hof teilen.

Agnes, sagte Lowetz leise und nickte so langsam, als habe er den Kopf unter Wasser: Agnes Kalmar.

Geräuschvoll näherte sich Resi Reschen. Die Herren, bitte, es wird gleich eine Bürgerversammlung stattfinden, Sie sind herzlich eingeladen, zu bleiben, aber ein ruhiges Gespräch werden S' hier nicht mehr führen können. Wie wär's mit einem Wechsel in unsere gemütliche Bar?

Danke, Resi, sagte Gellért freundlich und bemerkte, wie sie sich über das angedeutete Duzen ärgerte: Wir sind gleich so weit, das zahlt sich schon gar nicht mehr aus.

Resi zog sich wieder zurück.

Deswegen wollten Sie mich sprechen, fragte Lowetz, der aufzuwachen schien.

Nun ja, sagte Gellért, eigentlich noch wegen etwas anderem.

Er legte eine Postkarte mit der historischen Ansicht des Schlosses vor sich auf den Tisch.

Überall fliegen die jetzt herum, sagte der junge Lowetz und wirkte mit einem Mal verärgert, überall, die Stadt ist voll davon, ich weiß gar nicht, warum. Haben nicht Sie letztens ein ganzes Packerl davon gekauft?

Doch, ja, sagte Gellért und dachte nach, ich weiß aber gar nicht, warum, vielleicht wollte ich sie aus dem Verkehr ziehen. Diese hier ist jedenfalls von Ihrer Mutter.

Er drehte die Karte um und schob sie näher.

Lowetz erkannte Eszters kindlich-runde Schrift. Vor vielen Jahren ... Ihre Adresse bei unserem Greißler ... etwas über Ihre Familie ... vielleicht besser, wenn Sie uns persönlich besuchen ... falls Ihre Gesundheit diese Reise erlaubt ... Mit freundlichen Grüßen, E. Lowetz.

Lowetz sagte: Und? Ich verstehe nicht.

Gellért seufzte. Ich wollte Sie fragen, ob Ihre Mutter irgendetwas hinterlassen hat, Aufzeichnungen, Papiere, woraus hervorgehen könnte, was sie mir sagen wollte? Der Herr vom Reisebüro hat mir gesagt, dass sie alles Mögliche zusammengetragen hat. Die beiden haben offenbar gemeinsam ...

Ich weiß schon, unterbrach Lowetz, die Ortschronik. Das Museum. Die Interviews. Ihre verschwundenen Notizen. Ich muss Ihnen leider sagen, dass ich nichts weiß, nichts finde und das Haus deswegen praktisch schon zweimal auf den Kopf gestellt habe. Es ist wie verhext.

Wie verhext, wiederholte Gellért. Er schob seine Visitenkarte über den Tisch: Nur für den Fall, dass noch etwas auftaucht ...

Lowetz steckte die Karte in seine Brusttasche. Haben Sie gehört, dass das Mädchen verschwunden ist, fragte er übergangslos.

Gellért nickte. Ja, natürlich, sagte er, ihre Eltern waren bei mir. Aber von den damaligen Tätern ist niemand mehr ... Er schaute auf.

Lowetz fragte: Ist niemand mehr was? Am Leben? Das stimmt doch nicht!

Schauen Sie, sagte Gellért, hier kommt die Armada gegen den Wasserverband.

Herr Gellért, fragte Lowetz, sagen Sie mir bitte noch, ob ...

Aber da kamen sie schon herein, alle auf einmal, und der geräumige Gastraum des *Tüffer* füllte sich bis auf den letzten Platz.

Weil mitten im Sommer, in dieser toten Zeit, fast alle die Mittagspause problemlos verlängern konnten, waren sehr viele gekommen, die kleinen Geschäftsinhaber und die größeren Unternehmer, das Architekturbüro Zierbusch, die Belegschaft von Wallnöfers Autohaus und von Stipsits' Drogerie, Balfs angestellte Immobilienmakler, diejenigen, die auf der Bank und auf der Post arbeiteten, Rehberg vom Reisebüro, seine jüngeren Schwestern und deren Ehemänner, die Gitta, Wirtin vom Café Posauner, und ihr Mann, der slowenische Friseur, Pensionisten und junge Menschen und die Landwirte sowieso, die Wein- und die Vieh- und die Getreidebauern, angeführt vom Faludi-Bauern mit seinem hohen Stock und seinem langen schwarzen Bart. Auch Doktor Ferbenz stahl sich herein und nahm in der Nähe des Ausgangs Platz. Wer fehlte, war Doktor Sterkowitz, der bei seinen Patienten war, und Antal Grün, der in der Tempelgasse 4 im Bett lag und sich weiterhin mies fühlte, kalt, feucht und beklommen von den Füßen aufsteigend bis zum Hals. Und natürlich fehlte auch Agnes Kalmar, von der kaum jemand wusste, dass sie noch lebte, aber Fritz, ihr Sohn, war gekommen, weil er zwar nicht gut sprechen konnte, aber immens neugierig war.

Ganz zum Schluss trippelte die Gemeindesekretärin Frau Balaskó herein, von drüben, aus dem Rathaus. Sie war eine kurze, kugelförmige Person, die auf maximalen Absätzen einherschwebte, ein staunenswertes Beispiel fast artistischer Balance. Sie hielt diese Schuhe bei ihrer Position für geboten, zog sie sich aber nach Dienstschluss gleich auf dem Parkplatz aus und vertauschte sie mit Schlapfen, die sie unter dem Beifahrersitz verwahrte. Doch hier kam sie in ihrer amtlichen Funktion und also auf den schmalen, gefährlichen Nadeln. Den Blick fest vor sich, auf mögliche Hindernisse gerichtet, zwängte sie sich zu einem freien Platz hindurch, und erst als sie glücklich saß und wieder ein wenig Blut die zusammengequetschten Zehen erreichte, sah sie auf. Von allen Seiten starrte man sie an, als vorläufiges Zentrum dieser murmelnden Versammlung. Sie schaute auf die Uhr und deutete zur Tür. Sie war nicht verantwortlich für ihren Chef, aber sie ging davon aus, dass er käme. Draußen schlug der Kirchturm die volle Stunde, viermal die helle Glocke, danach zwölfmal die dunkle. Erst mit dem letzten Schlag kam er herein, der Ersatzbürgermeister Koreny, und anders als seine schwebende Sekretärin wirkte er, als seien ihm die Beine zum Heben zu schwer. Sein Ausdruck dagegen war entschlossen, beinahe herrisch, und sein Gesicht gegenüber dem Normalzustand beinahe trocken und blass.

Ein einsamer Sessel war für ihn frei geblieben, vorn in der Mitte, als würde das alles nur dazu dienen, dem Bürgermeister eine Nachhilfestunde zu geben, unter Beobachtung all seiner Bürger.

Der Faludi-Bauer entrollte bedächtig seinen Plan, er entrollte seine Argumentation. Er wusste, wovon er sprach. Für manche weiter außen liegende Abschnitte von Dunkelblum und Zwick ließ er, dieser auch zum Politiker begabte Autodidakt, andere Bauern vortreten, die mehr oder weniger gewandt über Wasservorkommen sprachen, die sie entdeckt und gemessen hätten.

Am Ende fasste der Faludi-Bauer alles noch einmal zusammen. Er sagte, dass kein Zweifel mehr darüber bestehe, dass sich die Gemeinde autark, und ohne die überhöhten Gebühren des Verbands zu bezahlen, mit Wasser versorgen könne. Es sei die vernünftigste, wirtschaftlichste und nicht zuletzt auch umweltschonendste Methode. Koreny verzog den Mund. Das mit der Umwelt war eine neue Mode geworden, und wie alle Moden würde sie vorübergehen. Doch der Faludi-Bauer erhielt tosenden Applaus; als Koreny sich umblickte, gab es keinen, der nicht klatschte.

Also musste er aufstehen, und er hielt, wie viele nachher zugeben würden, die beste Rede seines Lebens. Er brauchte nicht einmal einen Zettel, er sprach frei, so frei, wie er sich fühlte, nachdem er mit sich übereingekommen war, etwas aus anderen Gründen als den üblichen, sozusagen aus einer anderen Anständigkeit heraus, zu tun. Erst sprach er vom Rechtsstaat, von Verträgen und Vertragstreue, von Verlässlichkeit und Verbindlichkeit, von den vielen Ebenen der Politik, die miteinander unauflöslich verzahnt seien, die kommunale, die bezirkliche, die Landesebene und von dieser noch einmal hinauf zum Bund. Er fand ein allgemein verständliches, einprägsames Bild für diese Verflechtungen: Jeder solle einmal zu Hause an seine Fernsehkommode denken. Erst seien da nur ein oder zwei Kabel gewesen, später auch das vom Videorekorder, das von der Lampe, und schließlich kam vielleicht noch die Stereoanlage samt Boxen dazu. Bald habe man mehrere Verteiler und einen rechten Kabelsalat, und es sei manchmal schwer zu entscheiden, welches Kabel man ziehen könne, ohne alle Geräte auf einmal abzuschalten.

Und ähnlich verhalte es sich mit den großen und wohl abzuwägenden wirtschaftlichen Entscheidungen, die weit komplizierter seien als die Frage, ob es unter der Erde genug oder zu wenig Wasser gebe.

Ein paar Sätze lang tat er so, als würde er auf die Argumentation des Faludi-Bauern eingehen, und schilderte ausführlich, was er aus dem Gutachten des Emmerich Kolonovits erinnerte – ohne dessen Namen je zu nennen und indem er alles, was dieser vorgeschlagen hatte, übertrieb und in schwärzesten Farben darstellte. Er stellte monate-, wahrscheinlich jahrelange Grabungen und Bohrungen in Aussicht, aufgerissene Grundstücke, zerstörte Gärten und gesperrte Zufahrtsstraßen, er malte Überschwemmungen in den tieferen Lagen der Altstadt und irrtümliche Trockenlegungen von unterirdischen Quellen an die Wand, beides Nebeneffekte, die bei einer so grundlegenden Neugestaltung der Wasserflüsse kaum zu vermeiden seien. Das wird ein Abenteuer, rief er aus, aber keines, das gut ausgeht. Die Natur, deren Schutz der Faludi-Bauer so vollmundig behaupte, sei in Wahrheit wild und grausam, und schon die Vorfahren hätten recht daran getan, ihr den gebührenden Respekt zu erweisen.

An dieser Stelle erwarb sich Koreny sogar die Hochachtung Rehbergs, der sich erstaunt fragte, ob der Bürgermeister neuerdings einen Redenschreiber beschäftige und wer um alles in der Welt das sein könnte. Mindestens einer aus Kirschenstein oder Löwingen, dachte Rehberg, denn näher dran fiel ihm, von sich selbst abgesehen, keiner ein.

Erst am Ende seiner Rede kam Koreny auf den Bürgermeister Heinz Balf zu sprechen, einer der besten Bürgermeister, die wir je gehabt haben.

Wohl wahr, rief jemand von hinten aus, aber niemand lachte.

Heinz Balf, dessen Freund er, Koreny, sich voller Stolz nennen dürfe, habe, wie hier alle wüssten, diese Angelegenheit zur Chefsache erklärt, er habe Gutachten über Gutachten erstellen lassen und sich sorgfältig mit allen Argumenten dafür und dagegen vertraut gemacht.

Der Faludi-Bauer schüttelte den Kopf.

Vor ein paar Tagen erst sei er, Koreny, den Balf besuchen gefahren, im Allgemeinen Krankenhaus in Wien, oben im siebzehnten Stock. Koreny machte eine Pause und schluckte. Im Raum war es still.

Koreny senkte die Stimme und sagte: Ihr könnts euch alle net vorstellen, wie der Heinz beinand is. Wie viel Schlaucherl dass dem überall heraushängen tun. Wie schwach dass der schon is. Und trotzdem hat ihn nix anderes interessiert, als wie's bei uns geht, in seinem Dunkelblum. Die Hand hat er mir no' 'druckt, und an Auftrag hat er mir no' 'geben: Beim Wasser net nachlassen, hat er g'sagt, stark bleiben, durchhalten.

Koreny machte eine Pause und schnäuzte sich. Der Faludi-Bauer verzog abschätzig den Mundwinkel, was aber niemand bemerkte und auch niemand gutgeheißen hätte. Der restliche Saal hing an Korenys Lippen und Augenwinkeln.

Und daher sage ich euch: Aus Respekt und Anerkennung für den Heinzi Balf und seine lebenslange Leistung werde ich diese Verträge nicht stornieren, schloss Koreny mit donnernder Stimme, denn ich habe noch keinen guten Grund dafür gehört! Alles, was behauptet wird, wird seit Jahren behauptet, es ist nichts Neues, und niemand weiß, ob es funktioniert. Was ich aber weiß, ist das hier: Der Heinzi Balf wollt nicht, dass die Rotensteinwiese aufgegraben wird, dass dort oben, mitten in unserer schönen Natur, alles um- und umgedreht wird, nur damit ein riesiger Hochbehälter metertief in die Erde versenkt werden kann! Der Heinzi wollt nicht, dass unsere Landschaft mit solchen Betonbauten verschandelt wird, und ich spreche für ihn und bin auf seiner Seite, auch wenn er heut leider nicht hier sein kann.

Korenys Blick schweifte über die Reihen, auf der Suche nach den Alten, die die Botschaft verstanden hätten. Einige schauten zurück, mit Entsetzen in den Augen. Von Wasserspeichern, Hochbehältern und deren geplanten Standorten hatten sie nichts gewusst, das war offensichtlich. Er nickte ihnen unmerklich zu, denjenigen, die ihn besser verstanden als die anderen.

Daraufhin setzte er sich, und obwohl es die beste Rede seines Lebens gewesen war und sich niemand erinnern konnte, dass überhaupt je jemand so staatsmännisch, verantwortungsvoll und dennoch menschlich bewegend gesprochen hatte, kein Balf und kein Pfarrer und schon gar kein Graf und auch sonst niemand in der langen, schmerzvollen Dunkelblumer Geschichte, wurde nicht geklatscht. Es blieb einfach still, die Dunkelblumer schienen ein paar Atemzüge lang ratlos, was sie denken sollten oder tun.

4.

An der Tür, wo sich die drängten, die keinen Platz mehr gefunden hatten, entstand Bewegung. Herein und gleich nach vorne traten Toni und Leonore Malnitz, und viele Anwesende empfanden es als peinlich, übertrieben und theatralisch, dass sie einander an den Händen hielten wie Kinder oder Jungverliebte.

Gut g'sprochen, Herbert, sagte der Malnitz laut, aber nicht gut genug.

Korenys Schläfen wurden heiß und seine Handflächen juckten. Er war kein Freund des Malnitz, dieses nicht und nicht des anderen, der in Zwick die Tankstelle betrieb, aber gemeinsam mit dem Alten, der ein *Politischer* gewesen war, und der schönen, goscherten Frau Leonore waren sie eine unleugbare Größe in Dunkelblum, wirtschaftlich wie gesellschaftlich gesehen. Niemand mochte sie besonders, man hielt sie für welche, die sich für Bessere hielten, aber gerade deshalb wurde, was sie sagten, gehört. Außerdem reichten ihre Kunst- und Kulturbeziehungen bis in die Hauptstadt. Dass Balf allein liegen konnte, im siebzehnten Stock, dass er vom Professor persönlich operiert worden war, schrieb man den Verbindungen der Frau Leonore zu. Die Malnitzens waren allesamt Sozialdemokraten. Dass ihm mit dem Toni einer von den eigenen Gemeinderäten als Erstes in den Rücken fiel, verhieß nichts Gutes.

Mit seiner Frau an der Hand stand der Malnitz breitbeinig da und sagte, er sei fünfundfünfzig Jahre alt und könne diese typische Dunkelblumer Verlogenheit keinen Tag länger mehr ertragen. Die Wassergeschichte sei abgelaufen wie alles andere auch und zu allen Zeiten: Ein paar Großkopferte mauschelten sich hintenrum alles aus, und ganz Dunkelblum müsse jahrzehntelang die Folgen tragen. Wer nicht zu den Mauschlern gehöre, werde miesgemacht, genau wie es Koreny schon wieder hinterfotzig habe durchblicken lassen: als jemand, der sich nicht auskennt, der zu blöd ist, seine Fernsehkabel zu sortieren! Und wem das noch nicht reicht, der ist einer, der, pfui Teufel, zum Vertragsbruch aufruft.

Wenn ihr nicht schon Verträge geschlossen hättets, um die euch keiner gebeten hat, standerten wir anders da, rief Toni Malnitz, aber jetzt muss man alles noch einmal aufreißen und auseinandernehmen und die Spuren suchen, die ihr schon fleißig verwischt habts.

Einige Zuhörer grölten, andere trommelten auf die Tische, aber es verebbte schnell, weil sie hören wollten, was er noch zu sagen hatte.

Dagegen habts ihr nämlich immer schon was gehabt, rief Toni Malnitz: gegen Klarheit, Offenheit, Menschlichkeit, Ehrlichkeit, das hat hier halt leider überhaupt keine Tradition.

Du hast doch selber mitgestimmt, Toni, brüllte Koreny dazwischen.

Auf der Basis von Lug und Betrug, brüllte Toni zurück: Wo man in Dunkelblum mit dem Fingernagel kratzt, kommt einem eine Schandtat entgegen.

Jetzt übertreib mal nicht, brüllte Koreny, das ist üble Nachrede!

Hörts ihr, wie er schon wieder droht, sagte Toni etwas leiser, aber es klang noch gefährlicher als das Bullengebrüll: Wir sollten die Gebarung unserer sogenannten Volksvertreter in dieser Angelegenheit wirklich genau untersuchen.

Das Publikum murrte und knurrte.

Der Faludi-Bauer stand auf und klopfte zweimal mit seinem Stock auf den Boden. Meine Herrschaften, sagte er, es handelt sich hier um eine Meinungsverschiedenheit zum Thema der Dunkelblumer Wasserversorgung, und wir sollten wieder etwas sachlicher werden. Ich möchte einen Vorschlag machen. Soweit ich sehe, ist der Gemeinderat von Dunkelblum vollzählig versammelt. Ich bitte die Gemeinderäte darum, für eine kleine Probeabstimmung zur Verfügung zu stehen. Dadurch bekommen wir alle einen Eindruck, was möglich ist, um die bereits getroffene Entscheidung, die so viele von uns für falsch halten, doch noch rückgängig zu machen. Eine relative Mehrheit des Gemeinderats würde ausreichen, um eine Volksabstimmung für das Gemeindegebiet von Dunkelblum zu beschließen. Bitte, liebe Gemeinderäte, stehts jetzt auf, wenn ihr euren Mitbürgern die Möglichkeit geben wollts, über diese wichtige Frage abzustimmen.

Der Faludi-Bauer klopfte noch einmal mit dem Stock auf den Boden und sah sich erwartungsvoll um. Toni Malnitz ließ endlich seine Frau los, hob die Hand, da er schon stand, und stellte sich zu ihm. Überall im Raum kämpften sich schwitzende Männer in die Höhe. Einige blieben auch sitzen, mit rotem Kopf. Sitzen blieben drei alte Räte von den Bürgerlichen, alle über siebzig und eigentlich seit Langem Befürworter der autarken Wasserversorgung. Sitzen blieb außerdem Joschi, der Neffe des Dokter Alois, der einen Blick seines Onkels aufgefangen hatte und sich lieber daran hielt. Und weil Joschi sitzenblieb, rührte sich auch der andere Freiheitliche vorerst nicht und hoffte, dass man ihn gar nicht besonders bemerkte. Dafür erhoben sich etliche jüngere Sozialdemokraten, die beim ersten Mal brav für den Wasserverband gestimmt hatten. Sie erhoben sich mit dem warmen Gefühl in der Brust, auf diese Weise dem Volkswillen zum Durchbruch zu verhelfen, auch wenn das ihrem Chef, dem Koreny, womöglich nicht passte. Sie hätten nicht mehr zu sagen gewagt, was in der Sache richtig war, aber sie spürten die Feindseligkeit der Leute. Und daher war ihnen wohler, wenn diese Entscheidung, die ja wirklich alle Dunkelblumer betraf, auch von allen gemeinsam getroffen wurde. Das war das Demokratischste, was sich überhaupt nur denken ließ. Und da gab es auch beim Dokter Alois eine kleine Bewegung. Als die jungen Sozis aufgestanden waren, deutete er kurz mit beiden nach oben geöffneten Handflächen eine Geste an, als würde er ein Tablett stemmen. Also sprang auch der Joschi auf, und der zweite freiheitliche Gemeinderat ebenso, mit zähnefletschendem Lächeln, das dasselbe heißen sollte wie auf den Wahlplakaten: Wir sind für die Leute da, wir verstehen euch, wir kämpfen mit euch gegen alle Bonzen, auch wenn es gar nicht so viele davon gibt.

Die Abstimmung, obwohl sie nur zur Probe war, verlief also anders als beim ersten Mal, geradezu umgekehrt. Kein Fraktionszwang, sondern eine Gewissensentscheidung. Sie wissen nicht, was sie tun, dachte Koreny mit Blick auf seine jungen, irregeführten, vor demokratischem Stolz glühenden Gemeinderäte. Sie handeln für ein Gewissen, von dem sie nicht wissen, wie weit es in Wahrheit reichen muss. Vor seinem inneren Auge erschien ein weißes Leintuch, das zu kurz war. Es ging dem Schläfer nur bis knapp über die Knie, höchstens bis zur halben Wade, oder schlief er gar nicht, dieser magere, braune, schemenhafte Mensch, war er gar schon tot? Gibt es zu kurze Leichentücher? Gibt es zu kurze Gewissen?

Koreny wurde schwindlig, und er drehte sich dorthin um, wo er die Chefin vermutete, um sie mit einem Handzeichen um ein Glas Wasser zu bitten. Sie brachte bereits einen halben Liter Soda-Zitron, die Aufmerksamkeit der Resi Reschen war unbezahlbar.

Sechzehn Stimmen für eine Volksabstimmung, verkündete der Faludi-Bauer, bei Anwesenheit aller dreiundzwanzig Gemeinderäte. Der ganze Saal brach in Gebrüll und Jubel aus. Koreny stürzte sein Getränk hinunter, die Sodaperlen aber fuhren in die entgegensetzte Richtung, wie eine Klinge hinauf in seine Stirnhöhlen. Mich jetzt noch verschlucken, husten und spucken, dachte er, und ich kann nach Vorarlberg auswandern.

Während er um Luft rang, wurde es wieder still. Er schaute auf. Toni Malnitz bat mit ausgestreckten Armen um Ruhe, und Frau Leonore neben ihm war von einer fast überirdischen Schönheit.

Am Sonntagabend, sagte sie, als man sie gut hören konnte, ist unsere Tochter Flocke nicht nach Hause gekommen. Sie ist seit drei Tagen verschwunden. Wir wissen nicht, was passiert ist ...

Leonore schaute ein paar Sekunden lang ins Leere, als habe sie den Faden verloren. Toni Malnitz trat einen Schritt näher zu ihr, da erwachte sie und sprach weiter: Wir wissen nicht, was passiert ist. Zuerst ist unser Stadel in Ehrenfeld angezündet worden, ausgerechnet, wie grad die Freiwillige Feuerwehr nebenan in Kalsching gefeiert hat. Das war schon wie ein Symbol. Die Flocke interessiert sich ja für Geschichte, auch für die Verbrechen, die im Zweiten Weltkrieg hier bei uns stattgefunden haben und über die wir alle immer so schön schweigen. Die Eszter Lowetz, die auch mitgemacht hat bei der Geschichtsaufarbeitung, die hat Drohbriefe bekommen, die hängen noch bei ihr am Eiskasten. Ich frag mich inzwischen, ob sie wirklich einfach im Schlaf gestorben ist ...

An dieser Stelle begann es, unruhig zu werden.

Leonore Malnitz erhob die Stimme, obwohl es ihr schwerfiel: Seit zwei Wochen ist der Herr Gellért hier bei uns in Dunkelblum unterwegs. Sicher haben ihn schon viele von euch gesehen. Er hat schon in der ganzen Umgebung nach Weltkriegsopfern gesucht, ihr wissts ja, was ich meine – sie hüstelte, hielt sich die Hand vor den Mund und schaute zu Boden –, nach Arbeitern aus dem Osten, die hier gestorben sind, zum Kriegsende, also ermordet. In Tellian und Kirschenstein, in Löwingen und Mandl wurden solche Gräber bereits gefunden. Herr Doktor Gellért sorgt dafür, dass die … die sterblichen Überreste nach dem richtigen … Ritus bestattet werden können. Aber hier bei uns hat ihm noch niemand helfen können! Es wird so getan, als gäb's so was gar nicht, hier bei uns. Aber der Herr Gellért weiß doch, wie viele ungefähr fehlen. Und die müssen ja irgendwo sein!

Es gab eine lange Pause und es war so still, dass man nur die Stubenfliegen hörte, wie sie kamikazegleich gegen die Fensterscheiben donnerten, ein ums andere Mal, in der unerschütterlichen Hoffnung, eines Tages durchzukommen zu Sonne und Licht.

Leonore setzte fort: Und die Flocke muss ja auch irgendwo sein. Bitte sagts uns, was ihr wissts, auch wenn ihr es nur für Gerüchte haltets. Jeder kleine Hinweis kann helfen. Man kann das auch anonym machen. Man könnte bei uns einfach einen Zettel einwerfen oder hier im *Tüffer* etwas abgeben oder abgeben lassen. Bitte … ich bitt euch herzlich darum. Wenn ihr schon sonst alle nix wissts und nix tun könnts, ihr habts ja immer so viel zu tun gehabt, da habts ihr euch ja nicht kümmern können, um gar nix … Sie begann zu weinen.

Da ging Toni endlich zu ihr hin, legte ihr den Arm um die Schulter und zog sie zur Seite, auf eine Bank nieder.

Es brach ein Geschrei aus, das sich beim besten Willen nicht mehr entwirren und in eine vernünftige Ordnung bringen ließ, nicht einmal vom Faludi-Bauern und seinem Stock. Die einen schrien, was das eine mit dem anderen zu tun habe, bitteschön, und ob die Leonore jetzt schon ganz deppert geworden sei und ob ihr Mann sie nicht zu Hause lassen könne, wenn sie so spinne. Die anderen schrien, dass man um Himmels willen einmal fünfe grade sein lassen und nicht alles auf die Goldwaage legen solle, immerhin sei ein junges Mädchen verschwunden, da müsse man doch verstehen, dass nach jedem Strohhalm gegriffen werde. Und eine dritte, auffallend große Gruppe von Jüngeren versuchte herauszufinden, um was es eigentlich ging, worauf sich diese Andeutungen von Verbrechen und Kriegsende, von Gräbern und Arbeitern und fremden Riten überhaupt beziehen sollten. Mit erschrockenen, erhitzten Gesichtern redeten sie auf die Älteren ein, die sich wanden, die schwiegen, schimpften und teilweise eilig davonhumpelten. Je länger halbwegs unbeteiligte Beobachter wie Gellért und Lowetz dabeisaßen und die Satzfetzen aufschnappten, die durch den Raum flogen, desto deutlicher wurde, dass die Stadt in zwei Gruppen zerfiel: in die einen, die nichts sagten, und die anderen, die allen Ernstes, *ich schwöre bei Gott und meinen Kindern,* noch nie, nie, nie etwas davon gehört haben wollten. Dass es da etwas geben sollte, worüber nie geredet worden war? Ein Geheimnis, ein Verbrechen, eine Untat, eine Leiche im Keller? Ja, was heißt denn eine, wie jener mit überkippender Stimme rief, der, den es immer und überall gibt und der sich keinen Witz verkneifen kann.

Wer, wann, warum, wie viele, fragten die Jungen ihre Angehörigen, ihre Eltern, Großeltern, Nachbarn und Bekannten, am liebsten hätten sie sie geschüttelt, doch die Alten schüttelten schon von selbst ihre Köpfe, redeten vom Hörensagen, wichen aus oder nannten Namen, die keiner mehr kannte und die nach Ausreden, nach Sagen und Märchen klangen, der Schwarze Mann und der andere, dieser Teufel zu Pferde, der Geliebte der Gräfin, und so weiter, wer sollte denn das alles sein? Am Ende schoben sie es wieder auf die Malnitzens, die narrisch geworden seien, noch narrischer, als sie eh schon waren, der Biobauer und Sektkelterer und seine feine Dame aus Kirschenstein, die sich die Badewanne neben das Bett stellen lässt. Gefaltetes Klopapier, eh scho wissen. Die haben alle einen Schuss, zerstritten untereinander wie die Rastelbinder, aber trotzdem alle einen Schuss, wahrscheinlich denselben, immer ein Theater machen, immer den Schädel herausstrecken für die ganze Aufmerksamkeit.

An seinem Tisch saß still der Doktor Gellért, mit dem Lowetz-Sohn neben sich. Schließlich spülte es noch den Rehberg vorbei, er rettete sich auf den freien Platz neben Lowetz wie auf ein Floß der Ruhe und Vernunft.

Gellért schaute sich aufmerksam die Gewalten an, die entfesselt worden waren. Er hatte vorgehabt, selbst von seiner Arbeit zu erzählen, da so viele Dunkelblumer an einem Ort versammelt waren. Aber daran war gar nicht zu denken, dazu kam es in dem Tumult nicht mehr.

Am Vorabend war das Ehepaar Malnitz bei ihm im *Tüffer* erschienen. Sie hatten noch einmal über ihre Tochter sprechen wollen, was sie von ihm gewollt habe, und Gellért sagte ihnen alles, was er auch Flocke schon gesagt hatte. Er erklärte ihnen seine schwere, aber für ihn selbst so befriedigende Tätigkeit, der er nachging, seitdem er pensioniert worden und zurück nach Europa gekommen war. Er verschwieg allerdings auch diesen beiden, dass er aus Dunkelblum gebürtig war. Das ging ihm zu weit. Er fürchtete, dass es seine Position beschädigen würde, als käme er, um sich zu rächen. Er kannte die Menschen, sie warfen einem wie ihm das auch an anderen Orten vor. Als sie sich verabschiedeten, kündigte Toni Malnitz an, die Wasserversammlung am kommenden Tag zu nutzen, um maximal viele Dunkelblumer von Flockes Verschwinden in Kenntnis zu setzen. Toni sagte: Es hilft ja alles nichts, wir müssen die ganze Stadt um Hilfe bitten, dieser Meinung ist sogar mein Vater. Und da war aus der Frau Leonore der Wunsch hervorgebrochen, dass auch Gellért etwas sagen sollte, über seine Suche, die andere Suche, die auf eine andere Weise wichtig war und die Flocke so sehr unterstützte.

Aber nun hatte sie ihm in ihrer Verzweiflung und Verwirrung gewissermaßen seinen Teil gestohlen. Sie hatte die Geschichten auf eine Weise vermischt, die unsinnig war und die Menschen aufbrachte. Gellért hatte das nicht beabsichtigt, keineswegs. Er war sich sicher, auch Leonore nicht. Er hatte es sanft und freundlich machen wollen, so, wie er es an allen anderen Orten tat. Überall warb er um Kooperation, er versuchte, die Menschen beim Ehrgeiz, bei ihrer Kombinationsgabe und Ortskenntnis zu packen: Wo könnte es denn sein, hier bei Ihnen? Sie kennen Ihre lokalen Gegebenheiten am besten, denn es gibt für so etwas nicht unendlich viele Möglichkeiten. Wir sprechen hier schon von einer größeren Fläche.

Das waren die Sätze, die er überall sagte. Er wusste, sie würden ihm hier schwerer fallen, aber das ginge niemanden etwas an. Er hatte allerdings eins seiner Gebeinkistchen vom Zimmer mit heruntergenommen, wie einen Talisman, das tat er sonst nie. Dunkelblum. Er war hier in Dunkelblum. Das war der Unterschied. Hatte er wirklich geglaubt, dass diese harmlose kleine, sauber gefertigte Box den Menschen ihre Widerstände gegen das unerfreuliche Thema nehmen würde? Dass die Dunkelblumer sich darum reißen würden, jedem der damals eilig verscharrten Toten zu solch einer appetitlichen Box zu verhelfen?

5.

Schon am selben Nachmittag trafen ORF-Journalisten aus der Landeshauptstadt ein. Der Kleinbus mit dem bekannten Symbol, dem stilisierten roten Auge, parkte mitten auf dem Hauptplatz an einer Stelle, an der seit Menschengedenken kein Fahrzeug gestanden war, genauer gesagt seit dem ersten Vorstoß der Roten Armee zu Kriegsende. Eben hier hatte der erste Sowjetpanzer seine Panzerfaust empfangen, und von hier erledigte der zweite, direkt dahinterfahrende Panzer jenen Volkssturmmann, der sie abgeschossen hatte, erledigte ihn gemeinsam mit dem Kriegerdenkmal und der Ecke des Hauses hin zur Karnergasse. Sozusagen in einem Aufwaschen, wie man mit einer beliebten Formulierung in dieser Gegend sagt.

Erst zwei Stunden später fuhr einer der Herren den friedlichen Bus in dieser friedlichen Zeit ein wenig an die Seite, aber weiterhin wirkte das Fahrzeug auf dem Hauptplatz wie ein Ausrufezeichen: Hallihallo, das Fernsehen ist da!

Die Passagiere nahmen Quartier im *Tüffer*, und Resi Reschen scharwenzelte sogleich um sie herum, unsicher, wie sie zu titulieren seien. Einer steckte in Sakko und Krawatte, da entschied sie sich nach einigem Grübeln für *Herr Redakteur*. Da niemand sie korrigierte, schien sie es richtig getroffen zu haben. Bei den beiden anderen flüchtete sie sich vorerst in die dritte Person. Sie waren legerer gekleidet, in sogenannten Sporthemden, wahrscheinlich bedienten sie die verschiedenen Apparaturen, Resi verstand nichts davon. Ein dünner kleiner Schammes war auch dabei, den scheuchten sie mit dem Gepäck herum. Sie nahmen Kuchen und Kaffee in der Bar ein und glaubten wohl, bereits mit ihrer Arbeit begonnen zu haben, indem sie die Wirtin in ein Gespräch verwickelten. Aber sie war bekanntlich nicht auf der Nudelsupp'n dahergeschwommen. Mit hochrot gefleckten Wangen, mit denen sie auf Fremde ein wenig beschränkt wirkte, lächelte sie starr und schilderte umständlich die Genese des sogenannten Wasserstreits, womit sie, wie der Redakteur nachher zum Kameramann sagte, zirka kurz nach Christi Geburt begann. Bald unterbrach der Redakteur und fragte direkt nach den Naziverbrechen von Dunkelblum.

Resi wehrte ab. Es sei heute Mittag um die Wasserversorgung gegangen.

Aber es ist ein junges Mädchen abgängig, fragte der Redakteur und nestelte in der Innentasche nach seinem Notizbuch, das Mädchen, das diese Verbrechen aufgedeckt hat? Und ihre Ziehmutter ist unter ungeklärten Umständen verstorben?

Resi Reschen stemmte die Hände in die Hüften: Was sind denn das für Raubersg'schichten, fragte sie, die kleine Malnitz hat eine sehr lebendige Mutter, also jetzt glauben S' halt nicht gleich jeden Blödsinn, Herr Redakteur! Und wie ich schon g'sagt hab, da war heut eine Versammlung punkto

Wasserversorgung, da ist es hoch her'gangen. Ich habe weit über hundert Getränke serviert, immer rein, raus, man kommt ja kaum zum Schnaufen.

Aber verschwunden ist das Mädchen doch, insistierte der Redakteur.

Du liebe Zeit, sagte die Resi, so was hat meistens ganz banale Gründe.

Zum Beispiel, fragte einer der beiden Legeren.

Ein junger Mann zum Beispiel, sagte sie und zog ihre borstenblonde, kaum sichtbare Augenbraue hoch, oder wie ist der Herr selbst auf die Welt gekommen?

Da lachte der Redakteur, und der zweite Legere lachte auch, und dann standen sie endlich auf und gingen ihrer Wege. Resi schaute ihnen misstrauisch nach und ahnte, dass es dabei nicht bleiben würde.

Zur gleichen Zeit, als der ORF mit Aplomb und für alle sichtbar in Dunkelblum einfiel, sickerten auch Reporterteams der beiden Boulevardblätter ein. Das war einerseits die Groschenzeitung, gemessen an der Gesamtbevölkerung die größte Tageszeitung der Welt, andererseits ihre erbitterte Konkurrenz, ein Blättchen, das noch billiger aussah, obwohl es von der ersten bis zur letzten Seite in Farbe gedruckt war. Die durchgehende Farbe sollte eine neue Zeit symbolisieren, aber wegen der billigen Machart lagen die blauen, gelben und magentaroten Druckstöcke nicht präzise übereinander, sodass die Bilder an den Rändern psychedelisch schillerten. Wegen der Farbe wickelten die sparsamen Dunkelblumer Hausfrauen übrigens nicht einmal ihre Küchenabfälle gern darin ein, vielleicht war das ein zu wenig berücksichtigter Grund für den ewigen zweiten Platz.

Anders als der staatliche Sender verhielten sich diese Teams viel unauffälliger. Die Reporter traten meist einzeln, selten zusammen auf, schon weil sie vor den Konkurrenten verbergen wollten, wer und wie viele sie waren und mit wem sie bereits gesprochen hatten. Dass sie auch weibliche Praktikanten hatten, war beinahe infam. Junge Frauen wurden damals noch kaum für voll genommen, und ältere Männer erklärten ihnen gern und ausführlich die Welt, sobald sie nur fragend schauten. Dieser Trick scheint einigen Reporterinnen ermöglicht zu haben, ihre Informationen inkognito zu erhalten – wenn einem jemand ungefragt etwas erzählt, muss man nicht unbedingt sagen, dass man von der Zeitung ist. Man muss gar nichts sagen, sich nur alles gut merken, gell. Es wurde auch später nie klar, wie viele es insgesamt gewesen waren und wer mit ihnen worüber gesprochen hatte. Die einzig Identifizierbaren unter ihnen waren die Fotografen, aber auch sie arbeiteten schnell und unauffällig. Manch ein Dunkelblumer wollte sich später gar nicht daran erinnern, fotografiert worden zu sein, obwohl er unzweifelhaft vor seinem Haus oder Gartenzaun abgebildet war. Aber dass man dagegen Rechtsmittel einlegen konnte, dass es ein Recht am eigenen Bild gab, das blieb noch lange Zeit unbekannt, hier vielleicht länger als anderswo.

Seit Tagen befand sich der junge Lowetz in einer merkwürdigen Verfassung. Sein dumpf-genussvolles Feriengefühl war endgültig dahin. Weder gefiel ihm, dass die Rätsel so schnell hintereinander auftauchten wie die Stammtrinker abends im *Tüffer*, noch, dass sie überdies zusammenklumpten wie jene, wenn es spät wurde. Er war bestrebt, die Dinge säuberlich auseinanderzuhalten, er fand seit jeher unglücklich,

Verschiedenes zu vermischen und sich dem Aberglauben auszuliefern, dass alles untergründig zusammenhänge. Wenn schon, glaubte er an den Zufall, daran, dass manches eben zufällig gleichzeitig geschehe. Aber das wurde ihm gerade sehr schwer gemacht.

Die erregten Ausbrüche der Menschen nach der Wasserversammlung und die entsetzlichen Neuigkeiten, die in Wahrheit ja keine Neuigkeiten, sondern lange vertuschte Verbrechen waren, wunderten ihn wenig. Ihm war vielmehr, als hätte er das alles schon gewusst, obwohl er nur einen Tag früher auf keine diesbezügliche Frage – etwa vom Doktor Gellért – Antwort geben hätte können. Aber untergründig war alles da gewesen, und er war fast erleichtert, dass es nicht an ihm lag, dass das Misstrauen und Unbehagen, das er all die Jahre in Dunkelblum verspürt hatte, eine benennbare Ursache hatte. Es machte ihm die Dunkelblumer mit einem Schlag sympathischer. Es gab eine Begründung für ihr verstocktes Gehabe, es war nicht nur, wie sie üblicherweise beteuerten, die Grenze allein, die Grenzlage, dass die Geschichte sie mit dem Rücken zur Wand gestellt hatte: Hinter uns beginnt Asien. Wenig überraschend kam heraus: Sie waren nicht besser als alle anderen. Was hier in der Gegend am Kriegsende geschehen war, hatte Lowetz ungefähr gewusst, wenn auch nicht im Detail. Zwangsarbeiter, Kriegsverbrechen, das Übliche halt, es waren schreckliche Zeiten. Also eben auch hier, kaum verwunderlich, es war fast befreiend in seiner Eindeutigkeit. Es war so lange her. Und es wurde schließlich auch anderswo aufgearbeitet, in Mandl und in Kirschenstein. Also könnten in Gottes Namen auch die Dunkelblumer endlich damit beginnen. Das sah er ein. Nun verstand er Flocke. Er verstand sie ganz genau. Dass sie immer noch bockten und schwiegen und logen, darüber konnte man wahrscheinlich wirklich verständnislos sein, wenn man hier lebte. Wie gern hätte er ihr das gesagt, seine Ignoranz eingestanden. Sie hätte die Stirnfransen hinaufgeblasen, an der Zigarette gezogen und gegrinst, mit einer winzigen Falte auf der Nase. Was heißt Falte, ihre Nase schoppte sich nur ein bisschen beim Grinsen, so zart wie ihre Handgelenke ... Aber hier stieß er auf einen der beiden wunden Punkte. Flocke war weg, sie war inzwischen als abgängig gemeldet und wurde von der Polizei gesucht. Ihr Verschwinden konnte auf keine unglückliche Verkettung von Pannen mehr zurückgeführt werden, wie er bisher noch gehofft hatte. Das Gesicht ihrer Mutter ging ihm nicht aus dem Sinn. Diese Mischung aus Angst, Liebe und Hoffnung, dazu Ungläubigkeit. Vielleicht war ja alles ganz einfach? Warum kam sie nicht darauf, wo ihre Tochter war? Musste sie es nicht wissen, da sie sie geboren hatte? Dieses Gesicht und seine Qualen quälten auch ihn. Wer Leonore Malnitz gesehen hatte, der musste sich sofort abwenden oder er litt mit, eine dritte Möglichkeit gab es nicht. In dem Tumult am Ende der Versammlung hatte er sich zu den Eltern vorgedrängt und seine Hilfe angeboten, bitte sagts mir, was ich tun kann, ich möcht gern helfen. Der Sohn von der Eszter, hatte Toni Malnitz zur Erklärung gesagt, und Frau Leonore wandte den Kopf und sah ihn mit diesem zersplitterten Blick an.

Was ist mit deiner Mutter passiert, fragte sie, kannst du das nicht herausfinden?

Toni zog sie fort.

Und an dem Haken hing er nun. Jemand war gestorben, und jemand war verschwunden. Beides konnte die banalsten Ursachen haben, beides sehr schwerwiegende. Es konnte Zufall sein, oder es konnte zusammenhängen. Allerdings war sterben normaler als verschwinden. Im zweiteren Fall – den Lowetz weiterhin für höchst unwahrscheinlich halten wollte – wären die Implikationen schwindelerregend.

Simone, seine Exfreundin, hatte ihm am Ende ihrer Beziehung vorgeworfen, indolent zu sein. Als sie das sagte, hatte er ihren Mund zum ersten Mal hässlich gefunden, fast abstoßend. Nur für einen Augenblick, aber er vergaß es nicht. Das, was sie indolent nannte, wollte er lieber Bedachtsamkeit nennen. Und mit deren Hilfe wollte er vorgehen. Es nützte nichts, sich von Möglichkeiten und Vermutungen verrückt machen zu lassen, deren Tendenz es war, hemmungslos zu wuchern. Aber es gab Wege, denen er folgen konnte, und es gab andere, die viel zu fern lagen. Er würde Flocke nicht finden, wenn er sich ins Auto setzte und ziellos durch die Gegend fuhr, wie es ihr Vater seit Tagen tat. Aber er konnte mit Doktor Sterkowitz sprechen, der der Hausarzt seiner Mutter gewesen war und wissen musste, von welchen Medikamenten sie so viel Lust auf Süßes bekommen hatte. Sterkowitz hatte vermutlich den Totenschein ausgestellt, und er würde wissen, was zu tun war, wenn aus irgendeinem Grund Zweifel am plötzlichen Herztod berechtigt wären. Sie war erst fünfundsechzig gewesen, das war wirklich kein Alter. Trotzdem kam es vor. Ausschlussverfahren, Schritt für Schritt, systematisch. Und dennoch war Lowetz nicht ganz wohl bei dieser Entscheidung. Seine Mutter war tot und begraben. Was auch geschehen war, es konnte warten. Während Flocke wahrscheinlich dringend Hilfe brauchte.

Lowetz stand auf, nahm seine Jacke von der Lehne, öffnete die Tür und prallte zurück. Direkt davor stand eine junge Frau mit einem Notizblock, in den sie rätselhafterweise eifrig schrieb.

Ab Donnerstagfrüh war Dunkelblum auf eher unangenehme Weise berühmt, im ganzen Land, vom Neusiedler- bis zum Bodensee. Und das würde eine Weile so bleiben. Die beiden konkurrierenden Zeitungen waren schon am Vormittag ausverkauft, und wer keine mehr bekam, ging sie beim Nachbarn lesen. Im *Tüffer* und im Café Posauner wurden sie gestohlen, und als Gitta ihr privates Exemplar der Groschenzeitung in den Bambushalter spannte, fehlten, kaum hatte sie sich einmal umgedreht, schon wieder die entsprechenden Seiten. Zu Mittag hieß es, Antal Grün, der wieder so halbwegs auf den Beinen war, habe noch Exemplare, aber das stimmte nicht, und an diesem Vormittag wünschte er sich, der harte Kaugummi mit dem Steinchen drin würde noch seine Türglocke verstopfen. So oft und so durchdringend schrillte sie.

Stadt der Angst, titelte die Groschenzeitung, die eine Artikelserie ankündigte und mit dem großen Interview begann, das Baumeister Zierbusch, der Vater des Architekten Zierbusch, gegeben hatte. Dieser angesehene Bürger Dunkelblums habe sich durchgerungen, zum allerersten Mal über die Ereignisse vor fast fünfundvierzig Jahren zu sprechen. Denn als Zeitzeuge fühle er sich verpflichtet, falschen Gerüchten entgegenzutreten, auch, um den Frieden in seiner Gemeinde wiederherzustellen.

So weit ist es also gekommen, klagte Rehberg gegenüber dem Doktor Gellért, dass die, die nie die Goschn aufgebracht haben, sich jetzt als Friedensstifter aufspielen können.

Und jeden, der sich nicht schnell genug abwandte, überfiel Rehberg mit der Anklage, dass man das Niveau dieses

Blattes schon daran erkennen könne, dass es Formulierungen wie *falsche Gerüchte* verwende. Er hörte damit erst auf, als er von der *Tüffer*-Wirtin zurechtgewiesen wurde: Ich weiß nicht, was Sie damit eigentlich sagen wollen, Herr Rehberg, aber die sind ja wirklich falsch, die Gerüchte.

Zierbusch jedenfalls gab der Groschenzeitung ausführlich Einblick über seine Tätigkeit als Hitlerjunge. Er sagte, dass man als Jugendlicher gar keine andere Wahl gehabt habe, als mitzumachen, egal, wie man politisch eingestellt gewesen sei. Der Interviewer fragte nicht nach Zierbuschs damaliger oder heutiger Einstellung. Er fragte stattdessen nach der Ballnacht, so kurz vor dem Kriegsende. Zierbusch leitete die Antwort mit den bedeutungsschweren Sätzen ein, dass er noch nie über diese Nacht gesprochen habe, mit niemandem, nicht einmal mit seiner Frau oder seinen Kindern. Der Interviewer fragte, warum er diese Regel nun breche. Zierbusch sagte: Die jungen Leute können sich gar nicht vorstellen, wie das damals war. Unter welchem Zwang und welcher Bedrohung man gestanden ist. Es ist leicht, sagte er, mit dem Finger zu zeigen, wenn man das selber nicht erlebt hat, die Gewalt und die Unterdrückung. Das hat man auch bei der Wahl vom Herrn Bundespräsidenten Waldheim gesehen. Bei uns in Dunkelblum wird jetzt der jüdische Friedhof renoviert, übrigens mit ausländischem Geld, das kann ja nur wieder bedeuten, aus Israel und von der Ostküste. Und auch bei uns gibt's welche, die wollen dauernd ein Museum machen und sich erinnern, gedenken, was weiß denn ich. Ich hab da ja prinzipiell gar nichts dagegen. Aber sich erinnern, das können eigentlich nur die, die dabei gewesen sind!

Und danach schilderte er die Nacht, in der er und die anderen Hitlerjungen aus den Betten geholt worden seien, von einem gewissen Horka, der später von den Kommunisten sogar zum Polizeichef gemacht worden sei. Die Russen, sagte Zierbusch, die wären ja noch eine eigene Geschichte wert, aber lassen wir das.

Sie können hier frei sprechen, versicherte ihm die Groschenzeitung, was wäre denn zur sowjetischen Besatzung zu sagen?

Geplündert und vergewaltigt haben die, sagte Zierbusch, in der ganzen Gegend gewütet wie die Schweine. Und niemand hat sie zur Rechenschaft gezogen, man war doch genauso machtlos wie unter den Nazis.

Über jene bestimmte Nacht erzählte er nur Folgendes: Sie, die Hitlerjungen, hätten die Zwangsarbeiter das letzte Stück in den Wald geführt, von dort wo die Lastwagen sie abgesetzt hatten. Nur hingeführt, am Ende seien sie wieder von den SS-Männern übernommen worden. Und ja, sie hätten wohl die Schüsse gehört, seien aber nicht direkt dabeigestanden. Das wisse er nicht mehr genau, aber nein, er glaube, nicht. Die Gräber zuschaufeln, das hätten wieder sie, die Jungen, machen müssen, die ganze Nacht lang. Er habe nicht hingeschaut, nur geschaufelt. Als er nach Hause kam, sei es schon hell geworden, die Mutter habe die Hände über dem Kopf zusammengeschlagen, weil er so voller Erde und Blut gewesen sei.

Wurden die Verantwortlichen für diese Tat zur Rechenschaft gezogen, lautete die vorletzte Frage.

Kein Einziger, sagte Zierbusch, die haben sich ja allesamt abgesetzt, die feinen Herren. Angeklagt und verurteilt sind nur die Buben worden, wir Sechzehnjährigen, weil niemand anderer zur Hand war. Aber was hätten wir denn tun können? Wir haben am Kriegsende nicht abhauen können! Wir waren minderjährig. Ich bin der Meinung, dass auch wir Opfer dieser Verbrecher waren.

Aber Sie selbst sind nicht verurteilt worden?

Nein, lautete Zierbuschs letzte Antwort, und ich weiß bis heute nicht, warum. Damals war ich natürlich froh. Aber glauben Sie mir, inzwischen ist es das, was ich am allermeisten in meinem Leben bereue. Das Interview endete mit einem kursiv gesetzten Wort, das zudem in Klammern stand: *weint*.

6.

Am Donnerstag gegen Mittag trafen Gellért und der junge Lowetz zufällig vor Rehbergs Reisen zusammen und beschlossen nach einigem höflichen Hin und Her, gemeinsam einzutreten. Rehberg saß an seinem Schreibtisch, einen Haufen Papiere vor sich. Er sah ihnen hohläugig entgegen, stand auf und holte zwei Kaffeehäferln.

Na, jetzt schauma lieb aus, sagte er.

Heut Abend kommt noch was im Fernsehen, sagte Lowetz.

Rehberg nickte und sagte, auch er habe mit den Fernsehleuten gesprochen, er habe keine andere Möglichkeit gesehen.

Warum auch nicht, fragte Lowetz, du bist doch genau der Richtige dafür!

Weil jetzt wieder Kadavergehorsam ausgerufen wird, rief Rehberg, wirst schon sehen – und Kadaver sprechen nicht!

Wer ruft den aus, fragte Lowetz, aber als Antwort bekam er nur eine ungenaue Handbewegung, die vermutlich *alle* meinte, oder *irgendjemand*.

Doktor Gellért, den Lowetz bei sich noch vor Kurzem den mysteriösen Gast genannt hatte, bevor er ihm sympathisch geworden war wie ein entferntes Familienmitglied, Doktor Gellért also hielt plötzlich *Die Dunkelblumer Heimatsagen* in der Hand.

Lowetz erschrak. Er streckte die Hand danach aus und sagte: Das ist mein altes Märchenbuch, ich wollte es dem Museum spendieren. Aber geben Sie es mir bitte einmal her, ich wollt noch was nachschauen.

Gellért reichte es ihm, Lowetz blätterte fahrig hin und her und überlegte, wie er es wieder an sich bringen könnte. Als Bub hatte er dieses Buch geliebt, und es war gar nicht leicht, sich davon und von der Sehnsucht nach früher zu verabschieden. Er war davon nicht vergiftet worden, dafür hatte seine Mutter gesorgt, indem sie es beim Vorlesen zensurierte. Nun wollte er es wiederhaben, wollte herausfinden, was sie noch alles geändert hatte. Das wäre schon interessant, er würde es von vorn bis hinten lesen und hoffte, dass er dabei ihre Stimme im Kopf hören würde. Es abzugeben, loswerden zu wollen, war übereilt gewesen. Und auf gar keinen Fall durfte es Doktor Gellért bekommen, er sollte nicht auf die braunen Teile darin stoßen, auf den vergrabenen buckligen Juden und den anderen einschlägigen, erzkatholischen Mist, die Christrosen am Weihnachtstag. Dieser Gellért hatte eine gute Meinung von seiner Mutter, wohl eine weitaus bessere als über den Rest von Dunkelblum, und er hatte wirklich schon genug mitgemacht. Lowetz wollte ihm zumindest diese trübe Folklore ersparen.

Da kommen noch Teufel und Grafen und Wasenmeister drin vor, sagte er und tat, als ob ihn das amüsiere: Haben Sie gewusst, was ein Wasenmeister ist?

Gellért drehte sich zu ihm und öffnete den Mund. Er schloss ihn wieder, seufzte, setzte sich und trank einen Schluck Kaffee.

Lowetz ergriff die Gelegenheit, das Thema zu wechseln. Du, Rehberg, fragte er, was ich nicht versteh, ist, warum du jetzt so, so … ang'fressen bist. Es ist doch eigentlich das, was ihr alle wolltets, die Flocke, die Mama und du, jetzt kommt endlich einmal alles heraus.

Rehberg schüttelte den Kopf. Du bist schon viel zu lang weg, sagte er, du hast keine Ahnung. So hätte das nicht passieren dürfen, so nicht. Das geht alles nach hinten los.

Glaub ich nicht, sagte Lowetz und merkte, dass er einen Zorn bekam, obwohl Rehberg offenkundig der falsche Adressat dafür war: Diese Sachen lassen sich nicht mehr unter den Teppich kehren. Die Macht hat niemand! Denk an den Waldheim! Was sagen Sie dazu, Herr Doktor Gellért?

Gellért seufzte wieder. Er griff in seine Hosentasche und holte einen zusammengefalteten Zettel hervor. Er legte ihn vor sich auf den Tisch und sagte: Das habe ich heute in meinem Fach im Hotel gefunden.

Lowetz machte einen heftigen Schritt auf den Tisch zu, er wollte Rehberg zuvorkommen, der sich aber gar nicht rührte und weiter nur dasaß, müde und grau. Wenigstens ist es einmal keine Postkarte vom Schloss, murmelte Lowetz, während er nach dem Zettel griff und ihn auffaltete.

Fast sofort warf er ihn wieder hin, drehte sich zu Gellért und sagte, die Hotelchefin müsse Rede und Antwort stehen, wer an seinem Schlüsselfach gewesen sei. Wer wisse denn überhaupt seine Zimmernummer? Sie hat doch mehr als ein Zimmer, diese hinterfotzige Reschen, verdammt noch einmal! Da müssen zumindest die Hotelangestellten mitgeholfen haben, Herrgottsakra! Er an Gellérts Stelle würde mit einer Anzeige bei der Polizei drohen. Das muss aufgeklärt werden, so ein lächerlicher Zettel, damit kommen die nicht davon! Heute nicht mehr!

Rehberg hustete, es hätte auch ein Lachen sein können. Er beugte sich vor und nahm den Zettel. Er legte ihn auf den Papierstapel vor sich und strich ihn glatt, hin und her, als wollte er ihn mit den Händen bügeln. Lowetz wurde an den Onkel Grün erinnert, wie der sich über den Arbeitsmantel fuhr, rauf und runter. Er hatte den Antal seit Tagen nicht besucht, jemand hatte sogar behauptet, er sei krank. Oder bildete er sich das nur ein? Ihm schien, als habe er manches nur geträumt. Oder alles. Diese Geisterbahnfrau, die letztens in der Tankstelle mit großem Aufwand den Stahlhelm aus dem Regal gefladert hatte? Hatte er diesen Stahlhelm wirklich gesehen? War das nicht einfach nur Einbildung, weil da früher einmal ein Stahlhelm gelegen war? War die Frau nicht einfach nur hingefallen, unglücklich über den Drehständer mit den Zeitungen gestürzt, von ihrer Krankheit ausgehöhlt, wie sie war? Und hatte nur zufällig eine große leere Tasche dabei? Wenn er anschließend den Tankwart gefragt hätte, ob ihm ein Stahlhelm fehle, hätte der wahrscheinlich den Irrenarzt gerufen. Denselben Irrenarzt, der kam, wenn die Agnes zu schreien anfing, und den er, wenn er es recht bedachte, nie gesehen, sondern sich nur vorgestellt hatte. Wie sieht ein Irrenarzt aus? Hat er Helfer, die ihn begleiten und die gebügelte Zwangsjacke tragen? Die Agnes, die ist wieder in der Anstalt, hatte es jedes Mal geheißen. Die Agnes, die noch gar nicht tot war wie die meisten anderen, obwohl sie sich das, im Gegensatz zu seiner Mutter, wahrscheinlich oft genug gewünscht hatte. Die Agnes, vor der er sich langsam zu fürchten begann wie vor einem Geist, obwohl er wusste, dass das lächerlich war. Wahrscheinlich war sie nur ein verwirrter alter Mensch wie viele andere – ein bequemer Sessel, Sonne und Kakao, mehr brauchen die doch nicht mehr. Aber ebenso gut könnte sie die sein, die alles wusste. Statt es auszusprechen, hatte sie geschrien, so wie die betrunkenen und bekifften Orakel in der Antike, Delphi, Olympia, Cumae, so wie Kassandra, den Wissenden ist ihr Wissen oft zu viel. Darüber verlieren sie den Verstand. So wie ich, wenn ich noch länger hierbleibe, dachte Lowetz, oder bin ich schon verrückt geworden? Das wiederum fand er sofort abstoßend, so über sich zu denken, dramatisch und selbstmitleidig, und deshalb wollte er sich ablenken, zwängte sich also ein Grinsen ins Gesicht und fragte: Gäh-schtot-tän, verehrter Rehberg, kann ich noch einen Kaffee haben?

Aber als Rehberg aufstand, begann Gellért zu sprechen, wie ein leiser, silbriger Faden kam es aus ihm heraus, und daher wurde es erst einmal nichts mit dem Kaffee, denn Rehberg blieb stehen, wo er war.

Vor zwei Jahren habe ich einen französischen Priester kennengelernt, sagte Gellért, einen Mann, der damals schon das gemacht hat, was ich heute tue. Ich habe ihn auf einer Reise begleitet, um zu verstehen, wie das geht, diese Arbeit. In einem kleinen Dorf auf dem Balkan haben wir fast jeden einzelnen Bewohner befragt, denn dass es irgendwo dort gewesen sein muss, war klar. Teilweise kann man es ja direkt aus den Wehrmachtsunterlagen lesen. Aber niemand wusste etwas, oder es wollte keiner etwas sagen. Wahrscheinlich, wie überall, eine Mischung von beidem. Man macht sich auch nicht klar, wie sehr sich die Landschaften verändern in gar nicht langer Zeit.

Er lachte und sagte, manche Menschen, zum Beispiel ich selbst, verirren sich schon nach sieben Jahren Absenz in ihrer Heimatstadt!

Bitte, ja, mischte sich Rehberg ein, wenn man das im Wald macht, glaube ich das ja, aber nach allem, was man weiß, haben sie sich diese Mühe gar nicht gemacht, es musste schnell gehen, alle Hinweise sprechen davon, dass es nicht besonders weit weg war, am Ortsrand, etwas außerhalb, nur ein bisschen, es kann wirklich nicht sein, dass … es ist mir unbegreiflich … es muss doch noch einer, ach, was heißt einer …

Lowetz machte heftige Bewegungen mit beiden Armen, Rehberg verstummte.

Gellért sagte: Es gibt schnellwachsende Pflanzen, Lupinen, Kiefern, Hundsrosen, das ist den Ortskundigen ja bekannt. An vielen Stellen, wo sich so etwas zugetragen hat, hat man anschließend aufgeforstet. Man hat das genau so genannt: aufforsten. Diese Leute, die Täter, sind anschließend auch noch zu Landschaftsgärtnern geworden, sozusagen.

Er sprach langsam weiter, fast so, als erzähle er das alles nur sich selbst. Dass sie damals, auf seiner ersten Reise, schon aufgeben wollten, da sei ihnen ein alter Mann auf einem Fahrrad entgegengekommen. Sie hielten ihn an und fragten auch ihn, ob er etwas wisse, gesehen habe oder gehört, damals. Und dieser alte Mann mit dem Fahrrad war ganz freundlich. Zu antworten und Auskunft zu geben war für ihn so natürlich, wie es für alle anderen davor war, nichts gewusst zu haben und schon wegen der Fragen böse zu werden. Möglicherweise war er nicht ganz richtig im Kopf, dieser Mann, sagte Gellért, ein bissl so wie euer Fritz.

Rehberg hob abwehrend die Hand, sagte aber nichts.

Er hat uns zu einem tiefen Loch im Boden geführt, sagte

Gellért. Dort hat er erzählt, dass der letzte Wasenmeister gestorben sei, als er noch ein Kind war. Man habe danach keinen Ersatz mehr für ihn gefunden, deshalb sei dieses Loch angelegt worden. Vielleicht war das Loch schon immer da, inzwischen, sagte Gellért, scheint mir das wahrscheinlicher, eine geologische Besonderheit, eine tiefe Spalte im Gestein. Jedenfalls wurde es als Luderplatz benutzt, so etwas hat es früher öfter gegeben. Man hat dort die toten Tiere hineingeworfen, die keiner mehr verarbeiten wollte oder konnte. Und später im Krieg ist es die logische Stelle gewesen, ein tiefes Loch, und aus und weg. Nah an ihrem Dorf, von überall gut erreichbar. Sozusagen in ihrer aller Mitte. Später, als alles vorbei war, sind wieder die Tiere hineingekommen, die an Alter oder Krankheit gestorben waren, erst Tiere, dann Menschen, dann Tiere. Daran, sagte Gellért, muss ich oft denken, es ist mein Anfang mit diesen ganzen Sachen gewesen. Wenn es dort damals noch einen Wasenmeister gegeben hätte, hätten sie es anders machen müssen. Dann hätten sie dieses Loch vielleicht nie entdeckt. Womöglich hätte man noch etwas zu bergen gehabt. Aber man versteht es ja auch, ein unbeliebter, verschriener Beruf.

Bitte verzeihen Sie mir, piepste Rehberg hinter seinem Tisch.

Was denn, um Himmels willen, fragte Gellért.

Dass ich vorhin Kadavergehorsam gesagt habe, flüsterte Rehberg.

Sie sind sehr freundlich und sensibel, sagte Gellért, es gibt wirklich nichts zu verzeihen.

Aber die Wasenmeister, sagte Lowetz und er sah dabei verzweifelt aus, das Gesicht in Falten und mit geröteten Augen, wie ein Kind, das gleich zu weinen beginnen wird: Die

Wasenmeister waren doch auch meistens die Henker in Personalunion, die Scharfrichter, was weiß denn ich.

Das stimmt, sagte Gellért, aber das war viel früher. In der Zeit, von der wir sprechen, war dieser Aspekt längst vergessen. Das hat damit wirklich nichts mehr zu tun, lieber Herr Lowetz. Er streckte die Hand aus und berührte Lowetz am Oberarm, worauf dieser aufsprang und sagte, ich geh jetzt nach Hause und such die Papiere meiner Mutter. Die müssen doch irgendwo sein. Und er stürmte hinaus, und als er dabei noch sein abgeschabtes Märchenbuch schnappte, wirkte das gedankenlos. Aber Rehberg und Gellért achteten gar nicht darauf.

Schon auf dem Weg ging Lowetz sein Elternhaus im Kopf durch, noch einmal von vorn. Es war ein kleines Haus, es gab nicht viele Orte, an denen Papiere aufbewahrt worden wären, aber falls Eszter sie versteckt haben sollte, musste man vielleicht noch einmal anders darüber nachdenken. Sie war eine phantasievolle Frau gewesen, seine Mutter, auch wenn sie an diesem Ort, in ihrer Ehe und in ihrem Leben nicht allzu viel daraus machen hatte können. Lowetz stellte sich vor, dass er einen gedanklichen Weg hin zu ihr fände, beinahe übersinnlich, telepathisch oder wie man das nannte, er hatte sie ja gut genug gekannt. Wenn er sich nur bemühte, würde er sich in sie hineinfühlen können. Wenn ich etwas verstecke, das nur mein Sohn finden soll, wo gebe ich es hin? Würde er auch den baufälligen Schuppen im Hof auseinandernehmen müssen, jenen Ort, an dem ein junger, unvorstellbar junger Gellért zwei Wochen lang hinter dem Brennholz gekauert war? Nein, das ginge sicher zu weit. Er würde sich in die gute Stube setzen, nahm sich Lowetz vor, dorthin, wo nachmittags der Sonnenfinger über das Parkett kroch, als wollte er ihm etwas zeigen. Er würde warten, sie sich vorstellen, wie sie früher war, mit den Haaren bis an den Schürzenbund, wie sie Äpfel schnitt und sich zu ihm umdrehte: *Kisfiam,* bring mir das große Reindl. Und dann lachte sie. Jedes Mal, wenn sie ihn um etwas schickte, verlangte sie etwas Großes, auch wenn die jeweilige Sache gar nicht besonders groß war oder es nur ein einzelnes Stück davon gab. Aber so war es gewesen, das machte ihr Spaß, und wie lange hatte er nicht mehr daran gedacht. *Kisfiam,* die große Schere, die große Rolle Spagat, die große Schaufel, da drüben, sperr die Augen auf. Deshalb brauchte er keinen Vornamen beziehungsweise hatte er zu dem Namen, der in seinen Papieren stand, keinen Bezug. Der in den Papieren, der war ihm fremd. In seinem Leben hatte Lowetz noch nie einen Vornamen gewollt oder gebraucht, in der Schule ohnehin nicht, und danach hatte er sich nur als Lowetz vorgestellt. Wenn jemand insistierte, sagte er abwehrend, jeder nenne ihn so, Lowetz, mehr nicht, das reicht. Und wahrscheinlich war seine Beziehung zu Simone auch daran gescheitert, dass sie sich weigerte, ihn einfach zu nennen wie alle anderen, und ihn zwang, mit ihr ein Fremder zu sein.

Als er die Spiegelgasse überquerte, blieb er stehen. Eine Ecke weiter, und er wäre beim Onkel Grün. Der war angeblich krank gewesen, der hatte das ganze Theater versäumt. Er musste nach ihm schauen, er musste ihm alles erzählen, und vielleicht begänne eine sinnvolle Suche genau dort. Sie waren so vertraut gewesen, seine Mutter und der Onkel Grün, die ehemaligen Nachbarn … und wenn er es recht bedachte, war Antal Grüns Position in Dunkelblum ziemlich besonders. Was war mit ihm eigentlich gewesen, *in der schrecklichen Zeit?* Hatte der Doktor Gellért nicht, damals, als Lowetz noch nicht gewusst hatte, wer der überhaupt war, davon gesprochen, dass Antal das Haus *zurückbekommen* habe? Vom Horka? Horka, der Schwarze Mann Dunkelblums, von dem es jetzt hieß, dass er ...

Ja: Der Onkel Grün und er selbst waren auf den Stiegen vor dem Geschäft gesessen und hatten geraucht.

– Mit dem Horka hat man uns Kindern immer gedroht ...
– Das kann ich mir vorstellen.

Das kann ich mir vorstellen. Das war erst vor ungefähr einer Woche gewesen, Lowetz erschienen es Jahre. Er stand noch an der kleinen, geschwungenen Kreuzung und beschloss, sofort zu ihm zu gehen.

Der Greißlerladen war offen, aber die Türglocke funktionierte schon wieder nicht. Antal stand nicht, sondern saß hinter seiner Budel, auf einem Hocker oder Tritt, man sah ihn erst ab der Brust, und er schaute ihm so rätselhaft entgegen wie eine alte Eule. Onkel Grün, sagte Lowetz, um Gottes willen, was ist mit dir? Ich hab's erst jetzt erfahren ... Er wurde rot und hoffte, dass die Lüge nicht bemerkt wurde.

Nur ein kleiner Schwächeanfall, sagte Antal und sah ihn ironisch an, das sagt jedenfalls der Sterko und dass ich mich schonen soll und immer schön lüften. Leider werd nicht einmal ich jünger, obwohl ich es von allen am meisten verdient hätt.

Hast du gehört, was hier los ist, fragte Lowetz, die Flocke Malnitz ist verschwunden und der Koreny überstimmt, und jetzt schwärmen überall die Reporter aus ...

Antal Grün deutete auf seinen Zeitungsständer, oben steckten die Postkarten, unten war er halb leer. Er kicherte: Die Leut kaufen sogar die Presse und die Arbeiterzeitung, obwohl die beide noch nichts drin haben. Bald ist die Reschen so voll, dass sie auch das Zimmer 22 noch herrichten muss, wirst schon sehen!

Lowetz holte für sie beide ein Bier, obwohl Antal fast nie trank. Doch er war in merkwürdiger Stimmung, wie ein ausgelassener Greis, der nichts mehr zu bereuen hat.

Auf den Körper ist kein Verlass mehr, von einem Tag auf den anderen, sagte er zu Lowetz, und mit dieser Einsicht muss man erst leben lernen.

Hast du das gewusst, Onkel Grün, fragte Lowetz, als sie wieder gemeinsam auf den Stufen saßen, diese Sache mit den Zwangsarbeitern?

Man hat so einiges gehört, sagte Antal.

Ja, aber, sagte Lowetz.

Ich war zu der Zeit gar nicht da, sagte Antal mit Nachdruck, ich kann dazu gar nichts sagen. Ich weiß, so gesehen, darüber genauso viel wie du.

Ja, aber, wiederholte Lowetz, und du? Du hast doch, du warst doch ...

Ich war sechzehn Jahre alt und bin rausgeschmissen worden wie die ganzen anderen auch, sagte Antal mit leicht erhobener Stimme, nur dass die Mama und ich nachher wieder zurückgekommen sind, das ist der einzige Unterschied.

Warum ..., fragte Lowetz, wie konntet ihr ... ich meine, entschuldige, hast du das aus, aus ... mit Absicht gemacht? Zurückkommen?

Antal fing an zu lachen und hörte eine Weile nicht mehr auf. Lowetz schämte sich in alle Richtungen. Er fand die Worte einfach nicht, alles, was er wusste, und auch das, was er nicht wusste, umstand ihn wie eine feindliche Macht, die alles verdarb, was er fragte. Nachdem Antal zu Ende gelacht und sich die Handflächen ausgiebig am Arbeitsmantel abgewischt hatte, sagte er: Heast, Bua, du bist mir aber einer! Aber nein, ehrlich, das war gar nicht mit Absicht, es war nur so, dass uns einfach nichts Besseres eingefallen ist. Hier hat man wenigstens die Landschaft und die Sprache gekannt. Und in die Leut kann man eh nicht reinschauen, hier genauso wenig wie woanders.

Lowetz schüttelte den Kopf. Wo seids ihr dazwischen überhaupt gewesen, fragte er schließlich, du und deine Mama?

Aber Antal sagte, heast, bitte, lassma das.

7.

Derweil sagte Rehberg zum Doktor Gellért, dass das mit der Vergangenheit ja so eine Sache sei. Seit er mit dem Erstellen der Ortschronik begonnen habe, würden ihm die Dinge nur unsicherer, die Fakten lösten sich einem schier in den Händen auf, und das sei das Gegenteil dessen, was man mit einer solchen Arbeit beabsichtige. Inzwischen sei er sogar den professionellen Historikern gegenüber misstrauisch, von denen er einfach, das wolle er durchaus zugeben, mehr oder weniger abgeschrieben habe, wenn es etwa um die Ur- und Frühgeschichte oder um die römische Zeit ging. Diese Wissenschaftler, sagte er und lachte unfroh, die haben wenigstens den Vorteil, dass keine Zeitzeugen daherkommen und sich beschweren, so nach dem Motto, erinnern kann sich nur der, der dabeigewesen ist. Thema falsche Gerüchte. Und so stimmt es eben auf eine andere Weise, was die schreiben, sogar wenn es nicht gestimmt haben sollte. Sie hingegen, Herr Doktor Gellért, haben sich auf ein so kleines, scharf umgrenztes Detail spezialisiert, dass alles, was Sie herausfinden, stimmt. Entweder Sie finden die Toten, oder Sie finden sie nicht. A oder B. Wenn Sie welche finden, ist das der Beweis für ein Verbrechen, und aus. Ich hoffe, ich sage nichts Falsches?

Gellért seufzte. Nein, nein, sagte er, ich versteh ja, was Sie meinen. Aber mir geht es ja auch nicht um Wahrheiten, sondern um die Totenruhe. Und außerdem ist meine Erfahrung: Sobald meine Arbeit getan ist, geht das Theater bei der Bevölkerung erst richtig los.

Inzwischen waren sie beide aufgestanden und schauten nebeneinander aus dem Schaufenster hinaus, am Lederkamel, der Palme und dem wunderschönen, verlockenden Dampfer vorbei, den Dingen, die sie erst vor Kurzem gemeinsam arrangiert hatten, vor ein paar Tagen, aber in einer anderen Zeit. Draußen lag Dunkelblum im Sommersonnenschein. Schon bald würde man nicht nur nach Jesolo und Lignano fahren können, sondern auch wieder nach Prag, Budapest und zum Plattensee, nach Czernowitz, Lemberg und Tarnopol. Am nächsten lag jedoch Stoßimhimmel, ganz nah, und dazu würde man gar kein Reisebüro brauchen, sondern nur ein Fahrrad. Aber all das wussten die beiden nicht, obwohl Gellért es vielleicht ahnte.

Von Anfang an, sagte Rehberg schließlich, habe ich das Gefühl, ich kann mit Ihnen offen sprechen. Immerhin gehören wir beide verfolgten Minderheiten an, nicht wahr?

Gellért drehte ihm erstaunt den Kopf zu.

Naja, sagte Rehberg und errötete ein wenig, ich … bin

nicht verheiratet und wollte das auch nie, wenn Sie verstehen. Ich bin …

Gellért nickte: Ich versteh schon. Da wäre ich gar nicht draufgekommen.

Vielen Dank, sagte Rehberg erleichtert, das ist wirklich nett von Ihnen, aber heutzutage kommen die Leute schneller drauf als früher, ich weiß auch gar nicht, woran das liegt.

Und dann erzählte er dem Doktor Gellért von seiner stärksten Kindheitserinnerung, dem Tag, als etwas auf der Weinstraße passiert war. Er beschrieb seine kindlichen Botenfahrten, dass er für seine Tante regelmäßig Briefe und Päckchen nach Stoßimhimmel gebracht habe, zu einer unangenehmen, fast unheimlichen Frau. Sie habe ihn einmal unerwartet beschimpft, auf Ungarisch, er habe kein Wort verstanden, nur geahnt, dass es um Nazis und Juden ging, er wusste sich nicht zu helfen und stand mit eingezogenem Kopf da, bis es vorbei war. Seiner Tante habe er nichts von dieser Szene erzählt, die Briefe, die er ihr mit seinen Fahrten holte, die hätten ihr viel bedeutet. Bis heute verstehe er nicht, was seine Tante an dieser Frau gefunden habe, sie habe nicht freundlich, nicht einmal besonders intelligent gewirkt, sondern verbittert, bösartig, in keiner Weise zu seiner Tante passend.

Wahrscheinlich waren auch die Briefe mit dabei, in dem Haufen, den ich damals der Eszter Lowetz mitgegeben hab, sagte Rehberg verzagt, mit einiger Sicherheit waren sie dabei. Die Eszter hätte die Briefe jedenfalls verstanden. Sprechen Sie eigentlich Ungarisch, Herr Doktor Gellért?

Ja, sagte Gellért und lächelte unbestimmt, von der Vaterseite her.

Entschuldigen Sie, dass ich frag, sagte Rehberg, aber die

Leut hier haben ja oft Namen von drüben und sprechen trotzdem kein Wort. Gellért machte eine Handbewegung, dass es nichts zu entschuldigen gebe.

Aber ich schweife ab, sagte Rehberg.

Er erzählte, wie diese Ausflüge eines Tages abrupt beendet waren, wie er als Kind nicht verstanden habe, warum, wie seine Eltern und seine Großmutter reagiert hätten – dass ihm das alles so überdeutlich vor Augen stehe, eine seiner klarsten Erinnerungen überhaupt. Dass er selbst immer an ein Verbrechen geglaubt habe, an etwas wirklich Schlimmes, dass ein Mord genau dort aber viel früher stattgefunden habe, zu früh, 1946, da sei er noch zu jung für Fahrradtouren ins Ausland gewesen. All das habe ihm die Eszter zweifelsfrei belegt.

Sie war eine wirklich begabte Rechercheurin, sagte Rehberg und sah dabei sehr traurig aus.

Ich habe mir jedenfalls seither Folgendes gedacht, fuhr er fort: Dieser Mord an dem Zahntechniker vom Doktor Sterkowitz war noch jahrelang Gesprächsthema, und wahrscheinlich habe ich das als Kind mit mir selbst in Verbindung gebracht. Damit ich eine Begründung hab, warum ich nicht mehr rüberfahren hab dürfen. Typische Größenphantasie.

Erscheint mir nicht unlogisch, stimmte Gellért zu, man zieht die Dinge gern zusammen, und schon bald hält man sie für die Wahrheit.

Ja, rief Rehberg entrüstet, und seine Stimme kippte wieder nach oben um: Aber so ist es eben auch nicht gewesen! Und das meine ich damit, dass es mit der Wahrheit so eine Sache ist. Ich werd noch verrückt! Nichts, aber wirklich gar nichts ist so, wie man es sich vorher gedacht hat! Das Skelett auf der Rotensteinwiese wird sich am Schluss noch als Indianer herausstellen oder als – wie hat der Lowetz letztens gesagt – Homo dunkelblumiensis!

Gellért lachte.

Rehberg rief, ja, Sie lachen, aber das ist gar nicht lustig. Das ist alles ein Wahnsinn! Und die Flocke Malnitz ist wahrscheinlich rüber über die Grenze gefahren und kommt nicht zurück, weil sie sie dort für eine Ostdeutsche halten, bei ihrer Opel-Kraxn wär's auch gar kein Wunder! Ich sag's Ihnen, Herr Doktor Gellért, das ist dermaßen verdreht hier, wirklich alles, da brauchen Sie zum Beweis nur die Zeitung aufschlagen.

Rehberg sprang auf und ging hin und her, öffnete schließlich die Tür seines Geschäfts und hängte sie ein. Ein heißer Wind streifte einen Moment herein, als sei er neugierig, dann zog er lieber draußen weiter. Auf der gegenüberliegenden Straßenseite ging Leonore Malnitz vorbei, einen Mops unter dem Arm, den anderen an der Leine hinter sich herziehend. Rehberg winkte ihr zu, aber sie schaute starr geradeaus und hatte es offenbar eilig. Davon abgesehen war es ausgestorben, August eben. Nur gelegentlich knatterte ein Traktor vorbei, selten ein Auto. Die Angestellten, die es sich leisten konnten, sonnten sich allesamt an der Adria – Rehberg hätte sagen können, wer und wo –, aber die Bauern waren auf den Feldern und alle anderen an ihren Plätzen, hinter den Registrierkassen und Theken und der Hotelrezeption, an der Tankstelle, in den Betrieben namens Elektro Koreny, Bauen und Wohnen Zierbusch, Modehaus Rosalie, Berneck Versicherungen. Bloß Kinder sah man häufiger, in kleinen Gruppen streunten sie herum, auch Jugendliche hie und da. Nur ein paar Meter weiter, an der nächsten Ecke, saßen welche auf einer halbhohen

Mauer und rauchten. Rehberg trat einen Schritt aus seinem Geschäft heraus und schrie: Und die Tschick net wieder am Boden hauen, wenn ich bitten darf!

Die Jugendlichen machten obszöne Gesten und lachten. Einer ließ seine Zigarette auf die Straße fallen und breitete die Arme aus, als wisse er nicht, wie das habe geschehen können. Dann stieg er von der Mauer und drehte sich, hinternwackelnd, im Kreis.

Rehberg ging zurück in sein Reisebüro, setzte sich wieder und stöhnte.

Ich hätt Sie auch noch gern etwas gefragt, begann nun seinerseits Gellért und erkundigte sich nach Rehbergs Familiengeschichte, nach dem Familiennamen und seiner Verbreitung. Ob Rehberg je so etwas wie eine Ahnentafel erstellt habe?

Dieser war sogleich in seinem Element. Er eilte nach oben in seine Wohnung und holte den großen Stammbaum, den er vor Jahren gezeichnet hatte. Eigentlich hat damit alles angefangen, erklärte er, während er den Plan entrollte, damals ist mir nämlich die Idee gekommen, die Chronik des Ortes zu schreiben – wie ich bemerkt hab, dass man wirklich überall auf Rehbergs stößt. Einerseits. Er sah Gellért an: Und ich hab mir gedacht, es geht auch nicht nur um einen selbst, verstehen Sie? Man ist doch das Produkt seiner Umgebung, nicht bloß der eigenen Familie.

Er dozierte ein wenig über den ersten Rehberg, und der Stolz über seine Entdeckungen war unverkennbar. Er hatte diesen Ersten schon Ende des siebzehnten Jahrhunderts nachweisen können, einen Sattlermeister aus Stuhlweißenburg, der sich nach den Türkenkriegen in Dunkelblum niedergelassen hatte, vielleicht, weil er hier geheiratet hat, vielleicht, weil er günstig ein Grundstück erwerben konnte – die Faktenlage aus so früher Zeit ist natürlich schütter. Und dieser Sattlermeister begründete die Sippe in der Gegend, er hatte sieben Kinder, und diese hatten wiederum zehn oder noch mehr, Rehberg hatte es so gut wie möglich aufgezeichnet.

Gellért fuhr mit seinem Zeigefinger an den unteren Rand des Plans, wo die vielen verschiedenen Stränge schon fast unleserlich eng nebeneinanderstanden: Aloys Rehberg, las er vor, gestorben und begraben 1863 in Löwingen, Ortsteil Deutsch-Gollubits?

Ja, sagte Rehberg, interessiert Sie der aus einem bestimmten Grund? Ich müsst irgendwo noch ein paar mehr Informationen über ihn haben …

Nein, nicht dieser speziell, sagte Gellért, ich wollte nur wissen, was danach kommt? Hat der Stammbaum eine Rückseite, oder wo geht es weiter?

Es sind mir einfach zu viele geworden, sagte Rehberg, wir sind in der ganzen Gegend verteilt, auf den Friedhöfen ist alles voll von Rehbergs, bis hinunter nach Steinherz und Löwingen. Ich wollte sozusagen den Eintrag ins Gelände dokumentieren, und der beginnt eben mit unserem fabelhaften Sattlermeister hier. Man kann sich recht sicher sein, dass er der Erste war.

Gellért holte Luft. Ich interessiere mich für eine Elisabeth Rehberg, die einen Jenő Goldman geheiratet hat, brachte er schließlich hervor, die Hochzeit etwa um das Jahr 1918 herum.

Verstehe, sagte Rehberg, aber das ist ja einer der allerhäufigsten Vornamen, auch meine liebe Tante Elly hat so geheißen. In den Tauf- und Sterberegistern könnten Sie gezielt nach ihr suchen, ich helfe Ihnen gern dabei. Ich stehe zu Ihrer Verfügung!

Gellért schwieg und schien weiter den Stammbaum zu betrachten.

Nach einer längeren Pause fragte Rehberg: Darf ich Ihnen trotzdem meine Geschichte noch zu Ende erzählen?

Gellért schaute auf.

Ist Ihnen nicht gut, fragte Rehberg erschrocken, möchten Sie ein Glas Wasser?

Sehr gern, sagte Gellért, und vielleicht auch etwas von dem Schnaps, den Sie mir letztens offeriert haben. Aber welche Geschichte wollten Sie fertig erzählen, ich bin jetzt gar nicht sicher, ob ich verstehe, was Sie meinen?

Na, die mit dem Vorfall auf der Weinstraße, rief Rehberg aus, als ich ein Kind war und mit dem Fahrrad rübergefahren bin!

Da kommt noch was, fragte Gellért und wirkte überfordert, die war noch gar nicht zu Ende?

Nein, war sie nicht, sagte Rehberg unglücklich, und dafür brauch ich jetzt auch einen Schnaps.

Sie saßen wieder da wie vor einer Woche, an den Regalen hinter ihnen die Kataloge voller Meer- und Himmelsblau, zwei Herren im leeren Reisebüro, nur in Gesellschaft eines aufblasbaren Dampfers, einer Zimmerpalme und eines verdrossen blickenden Lederkamels. Seit dem letzten Mal war die Sonne auf ihrer Jahresbahn achtzehn Millionen Kilometer weitergewandert, abends wurde es langsam früher dunkel, aber die Hitze des Sommers, die schweren Gerüche und die Süße der Früchte, besonders der Trauben, schienen auf ihrem Höhepunkt verharren zu wollen, stemmten sich gegen den vorgezeichneten Abstieg in den Herbst und zogen die Zeit in die Länge. Rehberg nahm ein kopiertes Blatt aus einem Briefumschlag und legte es auf den Tisch, eine Seite der Groschenzeitung vom Juni 1954. Der Artikel trug die Überschrift *Nackter Mann aufgegriffen*. Darin wurde berichtet, dass auf der Straße, die früher von Dunkelblum nach Stoßimhimmel geführt hatte, ein Mann nur mit einem Hemd bekleidet von einer Streife entdeckt und mitgenommen wurde, ein Mann, gegen den, als die Gendarmen ihn auf den Posten brachten, bereits eine anonyme Anzeige wegen *gleichgeschlechtlicher Unzucht* vorlag. Er selbst verweigerte jede Aussage darüber, wie er in diese beschämende Lage geraten war, und hatte außer seinem Namen nichts gesagt. Falls es Zeugen gäbe, würden Hinweise erbeten an die Gendarmerie-Dienststellen.

Gellért fragte Rehberg, wo das herkam.

War heute in der Post, antwortete Rehberg, ohne Briefmarke und Absender, wie der Zettel in Ihrem Hotel. Und ich glaube, es bedeutet etwas Ähnliches.

Er beugte sich vor, seinem Gesprächspartner entgegen: Ich muss Ihnen gestehen, dass mir genau dasselbe passiert ist – allerdings wiederum zirka vier Jahre später als dieser Vorfall. Da haben mich die Heuraffls und ihre Freunde mit jemandem erwischt, der aber zum Glück entkommen ist. Mich haben sie zusammengeschlagen und mir alles, bis auf ein Unterhemd, weggenommen. So hab ich nach Hause rennen müssen, und ich hab es geschafft, ohne dass mich jemand gesehen hat. Aber jetzt frage ich mich natürlich, ob ich mit diesem früheren Mal auch etwas zu tun hatte, verstehen Sie? Ob ich es vielleicht beobachtet habe? Oder gar beteiligt war? Aber ich erinnere mich an nichts, an gar nichts, so sehr ich es versuche, da ist nur eine schwarze Wand in meinem Kopf.

Gellért sagte, die Ereignisse seien wohl zu ähnlich, da könne man wahrscheinlich die Erinnerungen nicht mehr scharf voneinander trennen, vor allem nicht, wenn man beim ersten Mal noch sehr jung gewesen sei. Die Heuraffls nach damals zu fragen, nach dem ersten Mal, käme wahrscheinlich nicht infrage?

Sie haben sie ja gesehen, stöhnte Rehberg, die hängen das sicher an die große Glocke, jetzt, mit den Reportern im Ort, das würde mich ruinieren. Vielleicht haben sie es eh schon weitergetragen, wahrscheinlich haben original die mir das in den Briefkasten gesteckt!

Gellért stand mühsam auf. Bittschön, mit Verlaub, sagte er, ich werd mich jetzt ein bissl ausrasten müssen.

Natürlich, sagte Rehberg, rasten Sie sich aus, Sie schauen aus, als könnten Sie es brauchen.

So verließ Gellért das Reisebüro, ging langsam durch die engen Gassen, kreuz und quer übers bucklige Kopfsteinpflaster und an üppigen Blumenkübeln vorbei, in Richtung des Hotel Tüffer, Zimmer sieben. Etliche sahen ihn auf seinem schleppenden Weg, so mancher Vorhang bewegte sich ein wenig hin und her, wie von einem leisen Atem getrieben. Die Dunkelblumer, die Gellért gehen sahen, als habe er Gewichte an den Füßen, die schickten ihm nicht nur ihre Blicke hinterher, sondern ebenso ihre Sorgen und Ängste, Flüche und Wut. Als er um die erste Ecke gebogen war und Rehberg ihn aus den Augen verloren hatte, kam diesem aufs Neue der kleine, zerknitterte Zettel unter, der an Doktor Gellért adressiert war, sogar mit dem Akzent an der richtigen Stelle. Rehberg strich ihn noch einmal glatt, aber nur an den Rändern, die Schrift wollte er nicht mehr berühren. *Wenn du nicht aufhörst, wirst du bald dort liegen, wo die anderen sind.*

8.

Den geflickten Schurl zog es an diesen glühenden Spätsommerabenden unwiderstehlich an seine südwestliche Grundstücksgrenze, wo er auf und ab ging und rauchte. Hier standen die schönsten Obstbäume Dunkelblums, uralte Majestäten, die seit vielen Jahrzehnten trugen und seiner Familie aus Handlangern und Hilfsarbeitern ein dringend benötigtes Zusatzeinkommen bescherten. Das Leben war von diesem Obstgarten geprägt, seit sein Vater ihn an sich gerissen hatte, seit damals kümmerten er und seine Geschwister sich um Pflege, Ernte, Lagerung und Verkauf. Er erinnerte sich gut an die Tage, als die Mauer gebaut wurde, mit der die eindrucksvollen Baumreihen – fast hätte man es eine Plantage nennen können – baulich dem Besitz seiner Familie zugeschlagen wurden. Schurls Vater und Großvater hatten schnell und beherzt gehandelt. Während andere noch dem Horka zur Hand gingen, indem sie Türen eintraten und Lastwagen besorgten für die, die nicht sofort gingen, während sie Listen schrieben und den Tempel verwüsteten, organisierten Schurls Altvordere fieberhaft Ziegel und Mörtel, so viel sie nur kriegen und mit Müh und Not transportieren konnten. Als der kleine Schurl, verschwitzt vom Ziegelschupfen, fragte, ob endlich das Haus vergrößert werde, weil ja schon wieder ein Butzerl komme, lachte der Vater nur. Wirst schon sehen, Bua, sagte er und warf dem Großvater Blicke zu. Der erste Ziegelstein für die Mauer wurde fast im selben Augenblick gesetzt, in dem der letzte Angehörige des Haushalts derer von Rosmarin über die Türschwelle der Villa trat – die Rosmarins schlossen sozusagen vorne die Tür, und hinten, hinter dem kleinen, aber geschmackvollen Park, wurde begonnen, die Mauer hochzuziehen. Was kurz davor geschehen war, hatte sich herumgesprochen: dass nämlich die Fabrikantin Frau Thea Rosmarin zum Ferbenz gegangen war. Unangemessenes Auftreten, nannte die Frau Ferbenz später, was dort geschehen war, und der Begriff wurde weitergetragen, Schurls Mutter übersetzte es ihrem ältesten Sohn mit: Frech is halt g'worden und hat sich beschwert, mit einer Anzeige und mit ihren Verbindungen hat's gedroht, aber da war nix mehr zum Beschweren für so eine, die Zeiten san nämlich vorbei. Damals hatte Schurls Vater bereits begonnen, die Ziegel zu besorgen, das war nicht leicht, er konnte sie recht eigentlich nicht bezahlen. Die größte Bestellung gab er bei einem Kirschensteiner Ziegelfabrikanten auf, so groß, dass es zum Streit zwischen den Eltern kam. Erst als der Großvater ins Haus trat, war Ruhe: Des is scho in Ordnung, sagte er zu seiner Schwiegertochter, und du halt's Maul.

Eines frühen Morgens stand der Ziegelfabrikant persönlich vor der Tür, der kleine Schurl kam gerade aus dem Hühnerstall. Der Herr war so fein gekleidet, wie man es sich für Kirschenstein vorstellte, und er bat höflich um das ausstehende Geld für die gelieferten Ziegel. Schurls Mutter wusste nicht, was tun. Doch als der Vater dazukam, schmiss er einfach die Tür zu und schrie, der Herr solle im nächsten Monat wiederkommen, da würde er bezahlt werden. Und dazu lachte er.

Es mochte ja sein, dachte der geflickte Schurl nun, drei Monate vor seinem einundsechzigsten Geburtstag, dass das nicht ganz in Ordnung war – die alle einfach rausschmeißen. So war die Zeit eben, verboten war es nicht, eher ausdrücklich erwünscht. Aber die Rosmarins waren ihnen dankbar, dass sie die Bäume zu sich herüberholten, das hatte Schurls Mutter später oft betont. Wer hätte sich darum kümmern sollen? Wenn nicht wir, dann ein anderer! Das konnte man schlecht abstreiten. Schurls Eltern aber wussten, wie man sie pflegen musste, denn sie hatten es jahrelang unter der Aufsicht des Rosmarin'schen Gärtners getan. Ein Unglück, wenn ein Ungeübter sich daran vergriffen hätte, an den Aufbau- und Erziehungsschnitten der jüngeren Bäume, am Rückschnitt der älteren und der Vermehrung der Weingartenpfirsiche. Wenn dieser Ungeübte die Wiese öfter gemäht hätte als zweimal im Jahr. Nach ein paar Jahren kamen Rosen von der anderen, der Parkseite über die neue, weiß gekalkte Mauer geklettert, als ob sie Sehnsucht nach ihren Obstbäumen hätten.

Und so hatte die Kleinhäuslerkate von Schurls Familie, die im Lauf der Jahre, auch dank der Obsteinkünfte, Stück für Stück vergrößert wurde wie eine kindliche Sandburg, den riesigen ummauerten Obstgarten im Rücken dazubekommen, einen Hain, der in der Gegend seinesgleichen suchte. Früher war es andersherum gewesen. Da leuchtete die Rosmarin-Villa nach vorne zur Reitschulgasse hinaus, dahinter lag der parkähnliche Garten, in dem vor Weihnachten die armen Kinder des Ortes mit Kleidung und Schuhen bedacht wurden, und noch dahinter, in der Tiefe des Raums, wie verwunschen der Obstgarten, den die Frau Thea als junge Frau anlegen hatte lassen. Es war eine lange Blickachse, aus den Fenstern der Villa über die Buchsbäume und Rosen bis hin zu den Äpfeln und Birnen, den Zwetschken, Kriecherln und Mirabellen am hinteren Bildrand. Diese Raumtiefe gab es nicht mehr, denn da war die Mauer, und der kleine Park war zerstört, neuerdings mit Waschbetonplatten belegt als Pausenauslauf für die Gehilfen der Steuerberater, die in der *historischen Rosmarin-Villa* arbeiteten, gedankenlos stolz auf ihr *seltenes Jugendstiljuwel*. Die Achsen hatten sich, wie alles andere auch, damals um hundertachtzig Grad gedreht.

So sah der geflickte Schurl die Welt natürlich nicht. Er sah nur seine Bäume, die er ein Leben lang gepflegt hatte, so gut er konnte, und die er mehr liebte als seine Kinder und seine Frau. Eine innere Unruhe hatte ihn seit einiger Zeit befallen, durch dieses Gerede von Gedenken und Trauern und Versöhnung, das es früher nicht gegeben hatte und das nichts Gutes bedeuten konnte. Ein unersetzlicher Verlust solle betrauert werden, das sagten die Politiker im Bedenkjahr, aber er hatte damals nichts verloren, sondern nur gewonnen. Dass etwas in Bewegung kommen müsse, sich lösen und verändern, wie diese vorlaute junge Malnitz dauernd predigte, das war ihm bedrohlich. Was wusste die denn. Wenn sich etwas bewegte, geschah nur, was immer geschehen war: Den Armen wurde genommen, und die Reichen blieben reich. Ihm war die Welt recht, wie sie seit seinem zehnten Lebensjahr war, von den paar Kriegsjahren abgesehen. Endlich hatten sie ein Auskommen gehabt, endlich reichte es auch für den kleinsten Schreihals, meistens, manchmal nur knapp, je nachdem, ob die bösen Spätfröste ausblieben und es genug regnete oder nicht. Der geflickte Schurl war gegen Bewegung, auch körperlich, sein Rücken und seine Knie machten ihm seit Jahren zu schaffen. Aber jetzt bewegte sich sogar die Grenze, er hatte es im Fernsehen gesehen, die picknickten da und dann rannten sie herüber, wie die Hasen.

Ein einziges Mal hatte er selbst sich bewegt, anders als die anderen, und was hatte er davon gehabt? Ein zerschnittenes Gesicht. Die gezackten roten Narben, die seither wie ein Netz darüberliefen, hatten ihm den Spitznamen *der Geflickte* eingetragen, und der Name war auf seine Sippe übergegangen. Einer von den G'flickten – so sprach man im Ort über sie, über ihn, seine Geschwister, Kinder und Kindeskinder, und vielleicht war es auch ein versteckter Kommentar zu der Sache mit der Mauer und dem Obstgarten. Er selbst dachte nur mehr selten daran, ebenso wenig wie an den Tag, als man ihm das Gesicht in Fetzen geschnitten hatte – all diese Gedanken schob er üblicherweise weg wie die Krabbelviecher, die auf ihn herunterfielen, wenn er in den Bäumen war.

Die Frau Thea aber war eine angenehme Erinnerung, ein Bild wie aus einem Traum. Sie war schön und gütig, und als sie ihm die gefütterten Stiefel gab, zog sie ein Tuch aus ihrer Tasche und wischte ihm den Rotz ab. Er schämte sich, das Tuch roch gut, und es war weich. Er war noch keine sechs Jahre alt, die Stiefel trugen später alle seine Geschwister, bis hinunter zum letzten Nachkömmling, der ein Zniachterl war und ein Dodl. Aber er trug sie als Erster, er trug sie ein. Nur Wochen später begann der Bürgerkrieg, und ihm war nicht bekannt, ob die Rosmarins ihre weihnachtliche Wohltätigkeit in den vier Jahren danach noch fortgeführt hatten, in dem von Eiszapfen schimmernden Park, wo die Kinder angestellt waren in zitternden Reihen, wo sie knicksten und sich verbeugten, wie es ihnen ihre Mütter eingeschärft hatten.

Vielleicht war er deshalb in die Villa geschlichen, an den Tagen des Mauerbaus, in einer Arbeitspause weg und von hinten, durch den Wintergarten, in das Haus hinein. Er wusste, dass sie alle fort waren, dass er der königlichen Frau Thea nicht wiederbegegnen und sie ihm nicht mehr die Nase putzen würde, aber eine kitzlige Neugier zog ihn hinein. Er sah Bilder und Figürchen und glänzend lackierte Möbel und bestickte Wandteppiche, er hatte keine Worte dafür und verstand nicht, wofür das alles gut sein sollte: Ihr Bett hatte einen Vorhang mit Fransen. Er zog ihn zurück, aber da fuhr ihm der Horka wie ein kreischender Teufel entgegen und trug ihn am Schlafittel hinaus zum Vater, der ihm gab, was er verdiente. Der Horka sagte, wenn was fehlt, seids ihr dran, weil ihr kriegts nämlich nur die Bäume, das muss ja wohl reichen, und der Vater verprügelte den Schurl an Ort und Stelle, noch fester als gewöhnlich, damit es dem Horka genügte.

Von da an glaubte der junge Schurl, dass der Horka alles wisse und sehe, dass er überall dort warte, wo man selbst nicht hindürfe, und dass man, wenn man ihm etwas verschweige, entsetzlich bestraft werde. Nach außen versuchte er ihn zu imitieren, sobald er bei der Hitlerjugend war, und gleichzeitig zitterte er vor ihm. Damals dachte er noch manchmal an den Moment, als ihn der Horka erwischt hatte, im Schlafzimmer der Fabrikantin, und manchmal bedrängte ihn die rätselhafte Einbildung, der Horka habe das Hosentürl offen gehabt, bevor er ihn packte und hinausschleifte. Inzwischen war das alles vergessen, die Jahrzehnte waren darüber hinweggegangen, aber wenn er den Namen Rosmarin-Villa hörte, hatte er ein säuerliches Gefühl, wie Sodbrennen.

Später, als der Krieg vorbei war, stand er vor Gericht, zusammen mit den Heuraffls und dem Berneck. Wie es ihnen ihr gemeinsamer Anwalt geraten hatte, gaben sie alles zu, dass sie die Leute vom Lastwagen in Empfang genommen und in den Wald begleitet hatten, beriefen sich allesamt auf *unwiderstehlichen Zwang* und wiederholten mit betretenen Gesichtern ihre Reue. Der Richter schüttelte immer nur den Kopf, schließlich fragte er, ob sie die Männer denn auch eigenhändig erschossen hätten, wenn es ihnen angeschafft worden wäre. Der Anwalt machte die Handbewegung für Schweigen, die vorher vereinbart worden war, beide Hände mit gespreizten Fingern flach auf dem Tisch. Sie schwiegen. Danach sagte der Richter etwas, was der Schurl nicht recht verstand, was aber der alte Balaskó nachher so oft im *Tüffer* herumbrüllte, dass er schließlich verprügelt und hinausgeschmissen wurde: *Es kann sich der nicht auf unwiderstehlichen Zwang berufen, der niemals den leisesten Versuch gemacht hat, sich diesem Zwange zu entziehen.*

Das waren so Dunkelblumer Geschichten. Der alte Balaskó setzte nie wieder einen Fuß ins *Tüffer*, wegen einem Satz, den der Richter im Prozess gegen Schurl, Berneck und die Heuraffls gesagt hatte, den Schurl aber weder verstanden hatte noch wiedergeben konnte. Als er sechzehn Monate später nach Hause kam, ging er als Erstes in den Obstgarten.

Es war Mitte Februar, der Frost hatte alles im eisigen Griff und die Wintersonne mühte sich durch den Nebel. Schurl sah sich seine Bäume an, das Okuliermesser in der Hand. Die Stämme leuchteten in diesem Licht wie dunkles Silber. Bald tauchten die anderen drei zwischen den Bäumen auf. Die Heuraffls waren schon heraußen, weil ihnen ihre längere Untersuchungshaft angerechnet worden war, und der Berneck hatte nur zwölf Monate gekriegt, er war zur Tatzeit jünger gewesen. Schurl ahnte schon, weshalb sie kamen. Etwas war mit dem fünften, dem Zierbusch, der nicht vor Gericht gestanden war wie sie, obwohl er genauso oben im Wald gewesen war, damals, in der Ballnacht. Schurl fand das eine Sauerei. Aber die Gründe dafür, die konnte er sich schon denken. Ihre Väter waren Bauern und Tagelöhner, der Vater vom Zierbusch hingegen war ein Baumeister, im Krieg hatte er einen hohen Rang gehabt. Der Zierbusch-Vater war nur ein paar Jahre älter als der Ferbenz, sie saßen jetzt beide irgendwo ein, in einem Entnazifizierungslager im Westen, vielleicht kämen sie beide auf diese Weise sogar noch nach Amerika.

Im Häfn schon hatte Schurl aus seinem Zorn kein Geheimnis gemacht, seinen Zellengenossen gegenüber und anderen, die aus ähnlichen Gründen saßen: dass die kleinen Chargen immer vor den Kadi gebracht würden, die großen hingegen kämen davon, zu allen Zeiten, egal ob Kaiser oder Führer oder Volksgerichtshof. Einmal war Schurls Mutter zu Besuch gekommen, der Vater kam nie. Selbst im Besucherraum des Gefängnisses sah man ihr die Tagelöhnerin aus der tiefsten Provinz an. Mit ihren roten Händen knetete sie an ihrer Schürze herum und flüsterte, dass man zu Hause verlange, er möge weniger reden. Seine Haberer würden ihm später alles erklären, er solle nur unbedingt endlich die Pappn halten, und vor allem: keine Namen. Die Mutter sah sich ängstlich um. Schurl stand wütend auf und schob ihr dabei den Tisch ein paar Zentimeter entgegen. Die Wachen schauten auf. Halt's Maul und misch di' net ein, sagte er zu ihr, es Weiber habts mir grad no' g'fehlt.

Und da standen sie jetzt wieder alle zusammen, die Heuraffls und der Berneck, so wie sie nebeneinander vor Gericht gestanden waren. Die anderen drei grinsten und fragten, wie es so gehe, und er, der Schurl, hätte speiben können vor so viel Falschheit. Wos is mi'm Zierbusch, stieß er hervor, wieso is der heraußen und wir war'n olle drin?

Die drei anderen grinsten weiter und sagten, das habe schon seine Gründe, aber er solle nur die Goschn halten, dafür werde er auch etwas bekommen, und er hatte das Messer in der Hand und roch zum ersten Mal wieder die Obstbäume, obwohl es Winter war. Endlich konnte er schreien und toben, und niemand außer seinen Freunden würde ihn hören, und so ließ er alles heraus, die Scham der sechzehn Monate und die Angst der Jahre davor, auch die, als sie am Waldrand standen und die Schüsse hörten, mit den Schaufeln in der Hand. Das waren ja nicht nur ein paar Schüsse, das war wie eine Wand, eine dicke schwarze Fläche aus Schüssen, die ineinanderhallten und nicht aufhören wollten. Genug sei es jetzt, schrie der Schurl, Österreich sei doch angeblich frei, oder etwa nicht, und jetzt müsse einmal Schluss sein, und nur die Armen und die Kleinen, und die Großen und Reichen nie, und niemand werde ihn aufhalten, wenn er auch den Zierbusch, so wie es nur gerecht sei … Er meinte das gar nicht so, er wollte nur ein bisschen schreien, und vielleicht wollte er auch eine Erklärung, die er sich noch nicht vorstellen konnte, dumm, wie er damals war, aber im Häfn wird jeder dumm. Dass es einfach nur um Geld ging, dass sie sich alle hatten kaufen lassen und dass auch er jetzt seinen Anteil kriegen sollte, das hatte er nicht gleich verstanden, und wie ungewohnt und bedrohlich sein Toben auf sie wirkte, verstand er auch nicht. Er hatte immer nur die Pappn gehalten, der kleine Schurl, war mitgelaufen, hatte mitgemacht und höchstens mitgeschrien, und jetzt wollte er wenigstens einmal so tun, als wäre das anders, als wäre er erwachsen und könnte für sich selbst einstehen. Er war zwanzig Jahre alt, in einem Jahr würde er volljährig, aber was hatte er, eine Vorstrafe wegen Beihilfe zum Mord, ein paar Obstbäume und acht Geschwister. Das geht sich nicht aus, dachte er, das geht sich alles nicht aus. Und am wenigsten geht sich aus, dass der Zierbusch herumrennt und der nächste Baumeister wird.

Aber als er das Messer sinken ließ, mit dem er gefuchtelt hatte, sprangen ihn seine Freunde alle gleichzeitig an, drei gegen einen, sie warfen ihn nieder, er wehrte sich mit allen seinen Kräften, aber wieder einmal war das nicht genug.

Am schwierigsten, sagte der Doktor Sterkowitz später, sei es, den Schnitt zu nähen, der vom Augenwinkel bis zur Schläfe reiche, da habe er nicht mehr viel Haut zur Verfügung. Obwohl der Schurl gleich zweifach Glück gehabt habe – weder das Auge noch die wichtigen Nerven an der Schläfe seien verletzt worden. So viel Glück auf einmal, Bua, sagte der Doktor Sterkowitz mahnend, als er ihn nähte, aber du solltest wirklich sagen, wer dir das angetan hat.

Schurl schwieg und biss die Zähne zusammen.

Das hat doch keinen Sinn, sagte der Doktor Sterkowitz und schnaubte ermunternd, wenn alle immer die Pappn halten, macht's gar nix besser. Einer muss einmal anfangen, hm, Schurl?

Doch von nun an schwieg der Schurl wieder.

Diese schwierigste Naht, die man gar nicht so deutlich sah wie manche der anderen, die wie rote Zippverschlüsse kreuz und quer über sein Gesicht liefen, gab ihm etwas Schiefes, Verschlagenes, was dem Schurl gar nicht entsprach. Doch das Äußere bestimmt die Wirkung, das ist so wahr wie ungerecht. Die kleinen Kinder fürchteten sich vor dem Schurl, so wie er sich vor dem Horka gefürchtet hatte, und bald nannte man seine ganze unüberschaubare Familie *die Geflickten*.

Der Frau Thea Rosmarin war ihre Wohltätigkeit in all den Jahrzehnten davor nicht vergolten worden. Zu Weihnachten verteilte sie warme Schuhe und Gewand unter den bedürftigen Kindern, und selbstverständlich beschenkte sie im

Sommer ihre Bediensteten, nicht nur die Hilfsgärtner und Erntehelfer, mit Körben voller Obst. Sie hätte aber wohltätig und demütig zugleich sein müssen, die stolze Frau Rosmarin, als wäre das eine übliche, sinnvolle Kombination. Dass eine demütige Fabrikantin nicht erfolgreich und eine erfolglose nicht freigiebig wäre, das ging den Dunkelblumern nicht ein. Vielleicht dachten sie auch nie darüber nach. Fest steht, dass Frau Thea zum Ferbenz bitten ging, als ihr irgendetwas von den neuen Bestimmungen unerfüllbar erschien, ob es der ruinöse Zwangsverkauf der Fabrik war, die kurze Frist, in der sie ihr Zuhause räumen sollten, oder das winzige bisschen Gepäck, das mitzunehmen ihnen gestattet war. Sie ging zu ihm und bat um Erleichterung, um Entgegenkommen, er gewährte es nicht, und da nannte sie ihn ein *primitives Schwein*, einen Schusterbuben, der halt eben auch nicht mehr sei als *ein primitives Schwein*. Unangemessenes Verhalten, wie die Frau Ferbenz später mit gespitztem Mündchen sagte, und darauf stand damals als Strafe der Horka. Dem Horka wurde also zugenickt, und der Horka erledigte das, der schlug auf Befehl ja alles, ob Mann oder Frau oder Kind, ob Wanderarbeiter oder Fabrikantin, und kurz darauf verließen die Rosmarins allesamt den Ort, mit dem, was von der stolzen Frau Thea noch übrig war, und als sie die Tür vorne raus zur Reitschulgasse schlossen, da begannen hinten Schurls Leute aufzumauern, Ziegelstein auf Ziegelstein, und holten die Obstbäume herüber zu sich.

Was machst'n da, Opa, sagte sein Enkelsohn Karli, der auf einmal neben dem rauchenden Schurl stand, als dieser, kurz vor seinem einundsechzigsten Geburtstag, mit Unruhe im Blut an seiner südwestlichen Grundstücksgrenze entlangpatrouillierte. Karli würde bald siebzehn werden, sein ältester Enkel, ein wilder Bub mit schönen glatten Zügen. Schurl gab erst keine Antwort und ging weiter, langsam entlang der rosenbedeckten Mauer auf und ab. Karli blieb neben ihm. Und als sie so gingen, da sagte der geflickte Schurl nach einer Weile: Weißt, Karli, diese alten Sachen aufreißen, des is net recht. Des is a G'fahr. Des muass ma' verhindern, des geht auch gegen uns, da muass bald einer was tun.

Karli nickte, und seine Augen glänzten.

9.

Beschämt schlich Lowetz nach Hause, seinen Besuch beim Onkel Grün empfand er als missglückt und peinlich. Er war fehl am Platz, er hatte nie aufgepasst, worum es eigentlich ging, was hinter der altbekannten, scheinbar provinziellen Kulisse von Dunkelblum alles steckte. Er hatte wohl einiges aufgeschnappt, aber nie verstanden, dass es wichtig war. Auch nicht, wie es zusammenhing. Nun griffen die möglichen Theorien mit derartiger Wucht ineinander, dass er erst recht den Überblick verlor. Er ermahnte sich, sich auf das zu konzentrieren, was in seiner Reichweite lag. Er musste unbedingt diese Papiere finden, die Recherchen seiner Mutter zur Ortschronik, die weiß Gott was enthalten mochten, über das Schicksal von Doktor Gellérts Familie ebenso wie über die Hintergründe des großen Dunkelblumer Verbrechens. Etwas über die Täter? Die Namen waren mehr oder weniger bekannt, Horka, Neulag und Konsorten, die meisten tot oder verschwunden, aber natürlich, ein paar andere, von denen man nichts wusste, lebten womöglich noch, und zwar praktisch nebenan. Vieles andere fehlte, der genaue Ablauf, eine Befehlskette, vor allem der Tatort.

Aber im ganzen Haus gab es keine Akten oder Unterlagen, er hatte alles durchsucht, zusammen mit Flocke, bis auf den Dachboden hinauf … und da hatte Lowetz einen Geistesblitz. Zuerst schien es ihm verrückt, doch mit jedem Schritt überzeugte er sich selbst ein Stückchen mehr. Wenn er auf dem sogenannten Sofa saß, in Wirklichkeit das umdekorierte Bett seines Vaters, und wenn er von dort die Sonnenstrahlen beobachtete, wie sie durch den Raum wanderten, endeten sie genau in der Ecke, in der das unordentliche halbhohe Bücherregal seiner Mutter gestanden war. Das Regal, auf dem früher nachts die Drucksachen zu wandern schienen. Wandernde Drucksachen … Warum wanderten die eigentlich? Las Eszter nachts, weil sie nicht schlafen konnte? Warum konnte sie nicht schlafen? Da war doch etwas mit der Zuckerdose, das er noch klären wollte. Jedenfalls – dorthin, in die Ecke, zeigten die längsten und dünnsten Sonnenfinger, auf die Bodendielen, die heller waren als der Rest. Es klang ein wenig überspannt, aber sollte man nicht eine davon abheben und schauen, was darunter war? Warum sonst hätte sie das Regal entfernt? Es könnte eine Nachricht sein: Schau, hier fehlen meine Bücher, aber ein bissl Papier ist noch da – die Sonne zeigt dir, wo. Lowetz drückte die Schultern zurück und ging schneller.

Zu Hause holte er die Werkzeugkiste seines Vaters und fand auch Feilen, eine Säge und eine kleine Brechstange. Man kam aber nicht so leicht zwischen die Bretter. Alles war fest gefügt und dicht, als hätte es immer schon eine Fläche gebildet, glatt und undurchdringlich, vom Anbeginn der Welt.

Wenn sie es hier versteckt hätte, hätte man das sehen müssen, oder nicht? Aber wenn man es gleich gesehen hätte, wäre es kein Versteck gewesen. Er beschwichtigte seine Zweifel und machte weiter. Er schlug sich zweimal schmerzhaft auf den Daumen und ermahnte sich zur Konzentration, er rutschte mit dem Spalteisen ab und verfehlte nur knapp seinen Oberschenkel. Dabei fiel ihm ein, dass dort eine Hauptschlagader verlief, er wusste allerdings nicht mehr, wo genau. Die sollte man besser nicht treffen, mit dem Spalteisen; im Erste-Hilfe-Kurs hatten sie in einem Film gezeigt, wie man so einen sprudelnden Oberschenkel mit einem Gürtel abband. Danach drohte wohl die Amputation. Wie alle unerfahrenen Handwerker versuchte er, desto schneller ans Ziel zu kommen, je inkompetenter er sich fühlte. Kraft anwenden statt nachdenken. Immerhin kam er nach einer Weile auf die Idee, die Sesselleisten zu entfernen und das Brett vom kurzen Ende her von der Wand zu lockern. Der erste Nagelkopf schmiegte sich ihm verführerisch in die Kneifzange und ließ sich mit einem Ruck herausziehen. Es war das erste Erfolgserlebnis, einen Moment lang hielt er es für den metaphysischen Durchbruch. Jetzt würden die Nägel herausrutschen wie Butter, die Sesselleiste würde sich lösen, danach das Brett, und darunter läge flach, wie mit angehaltenem Atem, eine Mappe aus Karton, verpackt in Seidenpapier, verschnürt mit Küchenspagat, die beinahe seufzen würde, wenn er sie endlich fand: Gut gemacht, *kisfiam!*

Doch der Nagel blieb der einzige, der tat, was Lowetz wollte. Bei den anderen konnte er nicht einmal die Köpfe greifen, so tief waren sie eingeschlagen. Man kommt in Dunkelblum nicht an die Köpfe heran, dachte Lowetz und nickte sich innerlich ironisch zu, die stecken einfach zu fest im Holz. Er schwitzte und wechselte inzwischen planlos zwischen seinen beiden Angriffsorten, versuchte, die Bodendielen zu spalten, versuchte, die Sesselleiste abzumontieren.

Er hörte die Tür schlagen, und da stand der sächsische Reinhold im Zimmer und grüßte. Lowetz hatte eine Sekunde lang erwogen, die Werkzeuge blitzartig unter Vaters Bett zu schieben, aber er wollte sich nicht noch lächerlicher machen, als er schon war. Wie hätte er erklären sollen, dass er auf dem Boden saß? Kann ich helfen, fragte Reinhold, der bestimmt ein erfahrener Handwerker war, und Lowetz, der endgültig in eine schiefe innere Lage rutschte, antwortete: Nu.

Reinhold lachte und wollte nur wissen, was zu tun sei. Keine Frage nach dem Warum, das gebot offenbar seine überschäumende Zurückhaltung. Lowetz fragte sich, ob das vielleicht ein Kennzeichen der DDR-Bürger sei – sie fragten niemals nach dem Warum. Für diese Verallgemeinerung hätte ihm Flocke einen Klaps gegeben, ach, würde sie nur! Reinhold fragte, ob er das Brett opfern dürfe, Lowetz bejahte enthusiastisch. Das Brett ist zu opfern, unbedingt, wenn die Köpfe hier schon alle so tief im Holz stecken! Reinhold wollte nicht wissen, was er damit meinte, vielleicht hatte er es nicht richtig verstanden, vom Dialekt her. Es vergingen ein paar stille Minuten, in denen scheinbar nicht mehr geschah, als dass Reinhold mit dem Schlitzschraubenzieher zwischen Wand und Sesselleiste herumstocherte. Durch gefühlvolles Rütteln gelang es ihm, einen zweiten Nagel herauszubugsieren. Er zog die Leiste vor, sägte vorsichtig ein kleines Stück heraus, nur etwas breiter als das Brett. Lowetz begann sich zu langweilen. Vielleicht könnte er inzwischen hinüber zu Fritz gehen und dessen Mutter besuchen? Da setzte Reinhold ohne Vorwarnung das Spalteisen an, holte mit dem Hammer aus und schlug zu. Einmal, zweimal, dreimal, er drückte es nieder, Hebelwirkung. Das Krachen und Splittern, das Lowetz hörte, erfüllte ihn mit panischem Schrecken, kurz versuchte er, sich die Schatzkiste vorzustellen, die sie gleich finden würden, dann überwältigte ihn der Horror, der aus den Schlägen drang. Es war eine Gewalttat. Was dieser Mann tat, war nicht mehr gutzumachen. Was um Himmels willen geschah hier? Warum ließ er freiwillig sein Zuhause zerstören?

Er schrie, *Halt* und *Nein,* als habe man ihm ins Bein geschnitten, bis an den Knochen oder tief in die Hauptschlagader, Reinhold hielt sich erschrocken das Bodenbrett vor die Brust, das er endlich herausgerissen hatte, so wie es ihm sein Gastgeber aufgetragen hatte, und als wäre das noch nicht genug, stand nun auch Fritz mitten im Zimmer, der Tischler mit dem Granatsplitter im Kopf, schaute verwirrt auf das Loch im Holzboden und gurgelte los. Lowetz kniete auf dem Boden, wie erstarrt, aus einem Alptraum erwacht, in dem seine Mutter und der gesichtslose Horka um ein Bündel Papiere kämpften, in dem der alte Dokter Alois, merkwürdigerweise zu Pferd, den Onkel Grün jagte und mit einer Reitgerte schlug, jeder Schlag knallte wie ein Schuss. Es gelang ihm, die Bilder abzuschütteln, als er Fritzens Anstrengungen sah, seinen Mund, dieses verzweifelte schwarze Loch, das mühsam auf- und zuklappte im Bemühen, die Konsonanten richtig zu formen. Lowetz sprach ruhig mit ihm, fragte nach, ließ sich das Wichtigste wiederholen, stand auf, klopfte sich die Hose ab und übersetzte dem Reinhold, dass seine beiden Frauen, die Frau und die Tochter, angekommen seien. Offenbar seien sie am Hauptplatz, beim oder im Hotel Tüffer, der Fritz begleite ihn gern hin, er selbst werde nachkommen.

Reinhold ließ das Brett fallen und sprang auf, fasste Fritz am Arm und schüttelte ihn, dieser lachte und umarmte ihn, und schon waren sie weg. Zurück blieb die Tasche, die Lowetz seinem Gast, dem ostdeutschen Flüchtling, geschenkt hatte, eine fadenscheinige Stofftasche, kaum besser als ein Plastiksackerl, immerhin mit zwei Trageschlaufen und einem Zippverschluss, darauf der bekannte Schriftzug: *Besser sehen und besser hören – Philips Lampen, Philips Röhren.*

Lowetz zog sie zu sich her, darin waren Zigaretten, eine Tageszeitung, aufgeschlagen bei den neuesten Dunkelblumer Enthüllungen, und ein kleiner Schreibblock mit ein paar Namen und Telefonnummern. Wie wenig man haben konnte, in so einer schäbigen Tasche. Er hatte sie, mit irgendwelchem Klumpert drin, im Kasten seiner Mutter gefunden und gemeint, sie gleich Reinhold aufdrängen zu müssen. Wie demütigend! Lowetz fielen Szenen aus seinen Anfängen in der Hauptstadt ein, wo man auch ihn mit billigen, überflüssigen Werbegeschenken abgespeist hatte, damals, als Praktikant bei einer Tageszeitung, als er noch *Zeitungsschmierer* werden wollte, wie man das in Dunkelblum nannte. Womöglich hatte ihn der Beruf gereizt, weil sich die Dunkelblumer von *Zeitungsschmierern* bedroht fühlten, aber schon bald war er im Vertrieb gelandet und später in die Werbung gewechselt – vergleichbares Gehalt bei viel weniger Ethos. In der Werbung war er noch, aber schon lange nicht mehr bei der Zeitung. Werben konnte man schließlich für alles, möglicherweise sogar für Dunkelblum.

Die Geste mit der Tasche musste auf Reinhold herablassend gewirkt haben oder hätte zumindest wirken müssen, wenn Reinhold nicht so ein feiner, unverdorbener Mensch gewesen wäre. Das wurde ihm nun klar. Lowetz schüttelte den Kopf über sich und beschloss, Reinhold und seiner glücklich wiedergefundenen Familie seine eigene Reisetasche zu schenken, die neu war, hochwertig und geräumig. Die würden sie gut gebrauchen können, für die Fahrt nach Westdeutschland, mindestens bis zum ersten Aufnahmelager, wenn nicht sogar darüber hinaus. Er würde sich großzügig zeigen, die Frau und die Tochter noch mit dem Nötigsten ausstatten, vielleicht Kosmetik und Drogeriebedarf, nach all den Tagen im Wald. Er schaute auf den zerstörten Fußboden, auf das sinnlose Loch. Darunter nur Kieselsteine und gestampfter Lehm, nicht einmal ein bisschen zerrissenes Papier als Dämmmaterial, um Lowetz noch auf den letzten Metern in die Irre zu führen. Er legte die gesplitterte Diele wieder zurück an ihren früheren Ort, lehnte sogar das abgesägte Stück Sesselleiste an die Wand und räumte das Werkzeug weg.

Er saß da und dachte nach, obwohl er wusste, dass er zum *Tüffer* gehen hätte sollen. Er musste auch die Reinhold-Damen zu sich einladen, obwohl es eng werden würde. Aber es war eine Frage der Ehre. Er war vorgetreten, um Reinhold aufzunehmen, er würde sich nicht lumpen lassen. Sie blieben bestimmt nicht mehr lange. Er griff noch einmal nach der Philips-Tasche und holte die Tageszeitung heraus. Ihm war so, als habe er … ja, richtig: Auch Reinhold war abgebildet, wie einige andere, obwohl das Foto klein und schlecht war. Zur Fahndung hätte man ihn damit nicht ausschreiben können. Reinhold hatte auch mit den Reportern gesprochen, voll des Lobes. Er wurde als *DDR-Bürger mit unstillbarem Freiheitsdrang* bezeichnet. Über die Vergangenheit könne er nichts sagen, aber er sei freundlich aufgenommen worden, mehrere Dunkelblumer hätten sich um ihn gekümmert, er habe sich willkommen und beschützt gefühlt. Kein Wort von den Heuraffl-Prügeln – der Mann wusste, was sich gehörte. Da er nicht da war, konnte Lowetz ihn nicht fragen, ob er das Zitat, das die Zeitung als fett gedruckten Zwischentitel benutzt hatte, wirklich so gesagt hatte: *Herzliche Leute – sicher keine Nazis.* Vielleicht war das auch nur die Zusammenfassung der Zeitung, absichtlich unpräzise gelöst.

Lowetz steckte das Blättchen zurück, das sich seiner bescheidenen Meinung nach nicht einmal zum Fischeinwickeln eignete, stand auf, ging aber nicht zur Tür hinaus, sondern über die Küche in den Hof, am altersschwachen Schuppen vorbei – in seiner Kindheit hatten seine Eltern darin Schnaps gebrannt, und er fragte sich, ob Eszter je an den dort versteckten jungen Mann gedacht hatte – und bei der Küchentür des Kalmar-Hauses wieder hinein. Sobald er das andere Haus betreten hatte, begann er laut zu rufen, vor allem als Mittel gegen die eigene Beklommenheit. Agnes, bist du da, hier ist der Lowetz von drüben, weißt eh, der Sohn von der Eszter, ich wollt einmal vorbeischauen, Agnes, nicht erschrecken, der Lowetz von drüben ist da!

Es war still. Agnes, rief Lowetz mit einem Fragezeichen, und er rang seinen Fluchtinstinkt nieder und öffnete das eine und das andere Zimmer. Er nahm sich vor, nicht in die kleinen Schlafkammern zu gehen, wo sie im Bett liegen mochte. Doch sie saß gleich im hinteren der großen Zimmer an einem Schreibtisch, halb zu ihm gedreht, und lächelte ihm entgegen. Er ging auf sie zu und kniete sich hin, sie streckte die Hand aus, er küsste sie. Dann legte sie sie ihm einen Moment auf den Kopf.

Agnes, sagte Lowetz, ich hab dich so lang nicht gesehen, bitte sei nicht bös, dass ich nicht früher gekommen bin …

Sie sagte nichts. Er zog sich einen Hocker heran und setzte sich zu ihr. Sie zeichnete mit Tusche Frauenporträts. Damit war die Frage des silbergerahmten Bildes im Lowetz-Wohnzimmer geklärt. Schön, sagte Lowetz, der gegen sein Unbehagen anplauderte, als ihm langsam aufging, dass hier kein Wort zurückkommen würde, zeichnest du immer nur Mädchen?

Sie runzelte die Stirn und zog ein Bild aus dem Stoß vor ihr. Nein, nicht nur Mädchen, korrigierte sich Lowetz, das ist die alte Graun. Sie schaut wirklich aus wie die Bettlerin auf der Pestsäule!

Agnes lächelte. Sie zog noch ein Bild heraus und legte es daneben. Ein Mädchen, sehr hübsch, mit einem kecken Zug um den Mund, Lowetz kannte sie nicht. Ich hab nicht gewusst, dass du so eine große Künstlerin bist, sagte er.

Da sagte Agnes: Elly.

Das ist die Elly, fragte Lowetz, und ihm wollte nicht einfallen, wer das war, obwohl er wusste, dass es eine Elly gab oder gegeben hatte.

Agnes schüttelte stirnrunzelnd den Kopf.

Die Elly hat es dir beigebracht, riet Lowetz, die Elly hat entdeckt, wie gut du das kannst?

Agnes lächelte.

Bei uns drüben hängt eins von deinen Bildern an der Wand, sagte Lowetz, ein besonders schönes. Ich glaub, es ist meine Mutter als junges Mädchen.

Agnes griff wieder nach der Tuschefeder.

Ich werde es das nächste Mal mit herüberbringen und du sagst mir, wer das ist, sagte Lowetz hilflos. Agnes zeichnete weiter, Lowetz begriff, dass es nur eine Handvoll Motive gab, die Bilder ähnelten einander. Er hielt für möglich, dass sie sich selbst zeichnete, als junges Mädchen, mit dem langen Zopf, den sie noch immer hatte. Das Bild gab es schon mehrmals, besser und schlechter. Auf dem Boden lagen halbfertige Blätter, die sie mit wilden Kritzelstrichen verworfen hatte.

Agnes, ich werd jetzt wieder gehen, sagte Lowetz und griff noch einmal nach ihr, erwischte den Unterarm. Sie erstarrte vor Schreck, als wäre er jemand anderer, er nahm seine Hand weg. Der Fritz kommt sicher gleich zurück, sagte er, jetzt ist er ins *Tüffer* gegangen, dort wohnt neuerdings ein Doktor Gellért, der ...

Gellért – Goldman, sagte Agnes und entspannte sich wieder, Gergely – Grünbaum, Gödrössy – Gruber, György – Gschwandtner.

Lowetz war erschüttert. Agnes sah im gedämpften Licht aus wie ein verrückter Engel. Und wieder schnürte ihm die Sehnsucht nach seiner Mutter beinahe die Luft ab. Sie war die Einzige, die ihm das vielleicht erklären hätte können. Früher hatte Agnes geschrien, Tag und Nacht. Und nun benutzte sie ihre Stimme nur noch für sinnlose Namensreihen, während ihr Sohn sich gurgelnd zu verständigen suchte. Schön machst du das, Agnes, sagte er, bevor er die Tür leise schloss, bis bald.

10.

Der alte Malnitz, Vater von Toni und Mick, war in der Jugend Kommunist gewesen und trug das Schimpfwort *Kummerl* wie einen Ehrentitel. Inzwischen war er politisch weiter in die Mitte, zu den Sozis, gerückt, aber über *damals* hätte er Auskunft geben können, wenn er gewollt hätte, er hatte Widerstand und Lagerhaft hinter sich. Die Nazis, pflegte er zu sagen, waren ein *politischer* Gegner, sie wollten am Anfang etwas Ähnliches wie wir, aber auf andere Weise. In den Dreißigerjahren hatte man gemeinsam gegen die Sozialgesetze der Austrofaschisten demonstriert; gemeinsam mit den Nazis war man in den austrofaschistischen Anhaltelagern gesessen, und letztlich war es nur Pech, dass sie an die Macht gekommen waren und nicht die eigenen Leute. In der Sowjetunion war es andersherum ausgegangen, nicht wahr? Gegen den Krieg in Europa, also gegen das, was die Nazis danach entfesselt hatten, setzte der alte Malnitz sein Leben ein, damals, als er noch ein junger Malnitz war. Denn die Revolution hätte von unten kommen müssen, dann hätte man mit den kommunistisch befreiten Nachbarländern ein ewiges Fest der Völkerfreundschaft feiern können. Stattdessen führten die Nazis Angriffskriege nach allen Richtungen und scheiterten: Übernommen haben die sich, pflegte er zu sagen, einfach übernommen.

Von alldem unabhängig war er lebenslang Antisemit. Die Juden waren seiner Meinung nach ein *natürlicher* Gegner, der Gegner schlechthin, sozusagen von Anbeginn der Welt. Der Vater des alten Malnitz war von einem jüdischen Wein- und Spirituosenhändler beinahe um alles gebracht worden, von einem, wie sich zu spät herausstellte, spielsüchtigen Mann, der mit Geldern jonglierte, bis ihm alles entglitt. Aber auf den Einkaufsreisen zu den Winzern hatte er einen Dreiteiler mit Seidenkrawatte getragen. Der Vater des alten Malnitz fühlte sich bereits unterlegen, wenn der Händler so vorsichtig zum Tor hereintrat, als habe er Angst um seine Schuhe.

Das hatte auch sein halbwüchsiger Sohn gespürt, und dieses Gefühl blieb ihm in Knochen und Gedächtnis stecken. Wie hätten sie ahnen sollen, dass der Anzug alles war, was der Mann noch besaß? Eines Tages war der Jude im Häfn und sie schauten durch die Finger. Niemand wusste, wo ihr Wein geblieben war. Typisch, sagten die Leute. Schön blöd, sagten die anderen Winzer, die mit anderen Händlern gehandelt hatten. Und das war die erste Lebenskatastrophe des alten Malnitz. Über dieses frühe Gefühl von Scham und Demütigung kam er nicht hinweg. Deswegen murrte er zu später Stunde über die Juden, von denen zwar ein paar umgebracht worden seien, aber in den internationalen Banken, Regierungen, Konzernen säße doch noch der viel größere Rest, und auch die Thea Rosmarin, die habe ihnen damals in der Not einen alten Weingarten abgekauft und die schönen Stöcke abgeholzt, weil ein Grundstück für die Fabrik natürlich wichtiger war als die wertvollen Weinstöcke, diese brutalen Kapitalisten, er murrte so lange, bis sein älterer Sohn, der Toni, sagte: Jetzt hör scho auf, Vatta, mit die oiden G'schichten, gib's Glasl her und geh schloff'n.

Die Juden waren aber keineswegs die Ursache ihres Zerfalls, jenes seit vielen Jahren andauernden Unfriedens zwischen Vater und Sohn. Dazu waren sie nicht wichtig genug. Die Ursache waren die spinnerten Ideen vom Toni, mit teurem Wein und Sekt und Flaschengärung, nichts, was seinen Vorfahren je in den Sinn gekommen wäre. Dem alten Malnitz schien sich die Geschichte zu wiederholen, als sein Sohn Kredite aufnehmen wollte, um den Umstieg ins *Hochpreissegment* zu schaffen, bevor es noch jemand so nannte. Kredite? Schulden? Bei den Banken? Bei den Juden? Das wird nicht gut gehen! Sie hauen uns wieder übers Ohr! Und wofür? Um alles anders zu machen, als wie wir's seit immer scho g'macht hab'n?

Doch der Toni hatte eine Frau geheiratet, die sich für etwas Besseres hielt. Die brachte ein Klavier mit in die Ehe! Und die wollte allen Ernstes mitreden. Die Weiber beim G'schäft mitreden lassen, a Wahnsinn. Weil sie höher hinauswollte, die Schwiegertochter, das sah man ja gleich. Eines Abends wurde der alte Malnitz so wütend, dass er alles auf eine Karte setzte, auf jene, die immer gestochen hatte, auf den spielentscheidenden Joker des Familienoberhaupts. Er hieb auf den Tisch, dass die Teller sprangen, und schrie: Entweder es bleibt alles, wie es war, oder du hast einen Vater g'habt, Toni!

Seine Frau, die alte Malnitz, die ergebene Mutter seiner Söhne, ließ die Schüssel fallen, die sie abräumte. Seine Schwiegertochter, die viel zu schöne Leonore, zog die Luft ein, dass es klang wie Pfeifen. Die kleinen Enkeltöchter begannen zu weinen. Sein Sohn, der Hundsfott, blieb als Einziger ruhig. Nur die Hand zitterte ihm ein wenig, als er zum Weinglas griff, einen Schluck trank und sagte: Vatta, das hätt ich dir auch schon vorschlagen wollen – dass wir uns einfach trennen. Dann kann jeder so tun, wie er's für richtig hält.

Und so war es zu dem Skandal gekommen, dass ein eingesessener Weinbauer nicht auf seinem Hof alt werden und die Früchte seines Schaffens, die von den folgenden Generationen eingebracht wurden, genießen konnte, sondern sich trollen musste zum anderen Sohn. Dass er für Haus und Betrieb ausgezahlt wurde, fand niemand der Erwähnung wert, auch nicht, wie riskant sich Toni dafür verschuldete. Der junge Malnitz habe den alten rausgeworfen, raunten die Dunkelblumer einander sensationslüstern zu, obwohl alle so ungefähr wussten, wie es wirklich gewesen war.

Er selbst sprach auch nicht darüber, der alte Malnitz. Er zog zum anderen Sohn nach Zwick und musste dort zusehen, wie der Jüngere auf keinen grünen Zweig kam, während Toni und Leonore wohlhabend wurden. Schließlich sorgte der Weinskandal für ein abruptes Ende, denn auch Micks Wein war gepantscht, alles ging verloren, mit letzter Kraft erwarben Vater und Sohn die Tankstelle. Mick schien es wenig auszumachen, er war faul, und der Weinbau war ihm immer anstrengend gewesen. Jetzt stand er zwischen Zeitungen und Zigaretten, zwischen Chips und Motoröl, plauderte den ganzen Tag und wurde fett. Toni war der strahlende Gewinner, so empfand es sein Vater, Toni, in dessen Flaschen nichts Verbotenes gefunden wurde, sondern nur Prämiertes, er hatte so etwas nie getan, er gab öffentlich nicht einmal zu, dass er von den Praktiken der Konkurrenz gewusst hatte, so sehr war das unter seinem Niveau. Ich habe mich schon vor vielen Jahren auf das Hochpreissegment spezialisiert, sagte er ein wenig blasiert in einem Interview, und da haben künstliche Zusätze bekanntlich noch nie etwas verloren gehabt.

Seit vier Jahren, seit Mick und der Alte ihr Gut verkaufen mussten, kam Toni jede Woche und stellte wortlos eine Kiste Wein vors Haus. Zuletzt war drei Wochen lang keine Kiste mehr gekommen, es hatte irgendetwas gegeben, bei der Übergabe des Weins, mit Micks Frau. Der alte Malnitz fragte nicht. Er brauchte nicht mehr viel Wein, bei ihm ging es ans Sterben. Man sah es ihm nicht an, aber er spürte es tief unten, in seinen Knochen und im Gedärm. Er wollte nur noch seine Ruhe, einen bequemen Sessel und ein paar Sonnenstrahlen auf den Bauch. Doch am Montag nach dem großen Gewitter stand sein Ältester, der preisgekrönte Herr Spitzenwinzer, vor der Tür. Er hatte nicht nur eine Kiste Wein mitgebracht, sondern auch die großkopferte Leonore. Reden will er, sagte fragend die alte Malnitz und knetete ihre dünnen grauen Finger, die vor vielen Jahren die Schüssel fallen hatten lassen, und der Alte seufzte und willigte ein.

Dass etwas mit dem jüngsten Mädel war, war ihm schon zu Ohren gekommen. Ihm lag nicht viel an ihr, er hatte sie nicht, wie die anderen drei, ein paar Jahre lang aufwachsen sehen, sie war anders, wilder, weniger normal, und manchmal hatte ihn sogar der Gedanke gestreift, es sei vielleicht ein Kuckuckskind. Und wenn dieses jüngste Mädel zu einem seltenen Anstandsbesuch kam, tat sie in letzter Zeit zwar so, als wolle sie Sachen von ihm wissen, aber in Wahrheit wollte sie ihn nur belehren.

Nun kamen also auch sie wieder zu ihm, die stolzen Inhaber des Biohof Malnitz, eines g'spritzten Hotels für drogensüchtige Künstler aus der Großstadt, wo, wie man hörte, die Badewannen direkt in den Zimmern standen. Er, der alte Malnitz, hatte nach dem Umbau auf eine Besichtigung seines Elternhauses verzichtet, und zwar dankend. Das brauchte er nicht. Er hatte im Kopf, wie es gewesen war, die niedrigen Decken, die kleinen Fenster, die gekalkten Wände, bescheiden, aber sauber, und so hätte es bleiben sollen, so blieb es in seinem Kopf.

Nun weinte sie, die Frau Leonore, und der Toni schaute drein wie früher als Kind, wenn er den Hosenboden vollgekriegt hatte. Plötzlich bestürmten sie ihn, dass er erzählen sollte, was damals geschehen war, zu Ostern fünfundvierzig, du weißt, Vatta, das Fest im Schloss, mit der Gräfin, und die Hinrichtungen in der Nacht. Wer war verantwortlich, wer hat den Befehl gegeben, wo hat man sie hingebracht, wer hat geschossen, was hat der Ferbenz damit zu tun, der Ferbenz hat sicher was damit zu tun, der war doch der Bürgermeister oder Gauleiter, was war er denn, was weißt du denn, warum hat's da eigentlich nie eine Untersuchung gegeben?

Was das alles mit dem Mädel zu tun haben sollte, mit seiner allzu kecken Enkelin, das mussten sie ihm erst einmal erklären. Es gelang ihnen nicht gut, sie fielen einander dauernd ins Wort. Aufarbeitung, Ortschronik, der Rehberg plant ein Museum, Drohbriefe, unser Stadel in Ehrenfeld ist letztens abgebrannt, und die Eszter Lowetz ist gestorben, obwohl sie keine Sekunde krank war, die Flocke hat erzählt, dass der Vater vom Graun erschossen worden ist, damals, gleich nach dem Krieg, stimmt das denn?

Der alte Malnitz schüttelte nur den Kopf und konnte gar nicht mehr damit aufhören. Was für ein Durcheinander. Meine spinnerte Enkelin und der Warme vom Reisebüro schreiben also gemeinsam die Geschichte Dunkelblums. Das kann ja was werden. Und da haben sie also schon einiges herausgefunden. Und mit diesen Bruchstücken ohne Ordnung und Zusammenhang machen sie alle anderen narrisch. Aber das hat trotzdem alles nichts damit zu tun, dass das Kind nicht nach Hause gekommen ist?

Vatta, sag's uns, brüllte da der Toni wie ein verwundetes Tier, und Leonore packte ihren Mann an beiden Schultern und schrie, Toni, halt die Pappn, so wird das nix.

In der Tür erschien die Frau, die alte Malnitz, wie ein grauer Schatten. Sie hatte ihren Ältesten brüllen gehört. Nun war er still, Leonore hielt ihn noch fest, auf Armeslänge, als wollte sie sich vergewissern, dass er sich wirklich beruhigte. Der alte Malnitz schüttelte wieder den Kopf. Einen

Antisemiten hat s' mich letztes Mal genannt, eure Tochter, sagte er schließlich.

Die beiden schauten ihn entgeistert an.

Oder ist es nur deine Tochter, fragte der Alte und hielt listig Leonores Blick.

Was …, fragte Toni, doch da begann unter dem Türrahmen der graue Mutterschatten zu sprechen, leise und monoton, so wie die alten Frauen in der Kirche das Vaterunser und das Gegrüßet-seist-du-Maria leierten, seit Hunderten Jahren und in hundert Jahren vermutlich immer noch.

Im Rausch …, leierte sie, … die hab'n ja nicht einmal g'schaut, ob's wirklich tot sind, die Juden …. die waren alle so besoffen … das Jammern hab ich gehört … die Nacht ist still, da hört man weiter … ich hab die Fenster zugemacht, die Ohren verstopft, damit ich es nicht hören muss … das Jammern, diese, diese … Todesschreie.

Leonore ließ Toni los, ging zu ihr und berührte sie am Arm. Wer, Mutter, fragte sie, wer hat das getan? Aber die Alte hob kraftlos die Hände und flüsterte: Ich weiß es nicht, und ich weiß auch nicht, ob's irgendwer noch weiß. Und er war noch im Lager.

Mit dem Kinn deutete sie auf ihren Mann und war im nächsten Augenblick verschwunden.

Also, Kinder, sagte der alte Malnitz und räusperte sich, ich weiß nicht, wofür's gut ist, aber verantwortlich dafür war ein gewisser Neulag, der war ein Freund vom Ferbenz, vom Graun und vom Stipsits, das war die ganze Nazipartie. Dazu noch der halbdebile Horka aus der Zwicker Siedlung, das war der Schläger vom Dienst, den haben die Russen nachher zum Polizeichef gemacht, es ist ja wirklich alles nicht zum Glauben gewesen. Aber der Ferbenz war damals nicht hier, der war ja in Graz oder sonstwo, der hat vermutlich zumindest damit nix zu tun gehabt. Der war immer nur a Schreibtischtäter. Der Neulag jedenfalls ist seit damals verschwunden, erst hat's geheißen, im Endkampf gefallen, später, dass er mithilfe der Gräfin geflüchtet ist, angeblich nach Südafrika.

Der alte Malnitz lachte: Vielleicht sitzt der ja weiterhin noch dort, bei den Negern! Recht g'schechat ihm! Aber eine Untersuchung hat's gegeben, da irrts ihr euch, sogar einen Prozess, da sind die Hitlerbuben vor Gericht gekommen, die Heuraffls und der Geflickte und weiß ich noch wer. Die waren auch im Häfn dafür. Du warst ja zum Glück noch zu klein, sagte er zu seinem Sohn. Nach einer Pause sagte er: Ihr könntets auch noch den Balaskó-Hans fragen, der hat das alles einmal aufgeschrieben. Aber mit dem red ich nicht mehr.

Wieso eigentlich, fragte Leonore.

Der hat mich auch einen Antisemiten genannt, sagte der alte Malnitz, genau wie eure Tochter.

Aber du bist ja einer, sagte Toni.

Leonore stieß ihn an.

Das mag schon stimmen, sagte der alte Malnitz, aber sagen tut man es trotzdem nicht.

11.

Am Donnerstagnachmittag, als in ganz Dunkelblum die Tageszeitungen ausverkauft waren, saß Bürgermeister Koreny in seinem Dienstzimmer und staunte. Wie sich alles ändern konnte, von einem Tag auf den anderen! Nicht nur ein bisschen, sondern komplett. Es war wie eine Naturkatastrophe, ein Schneesturm im Hochsommer. Er hatte seine Mitarbeiterin Frau Balaskó gebeten, eine halbe Stunde lang keine Besucher durchzulassen und keine Anrufe durchzustellen, aber es nützte wenig, er hörte das Telefon draußen ununterbrochen läuten. Manchmal erhaschte er Satzfetzen, und er bewunderte die Balaskó. Sie blieb immer gleich. Ihre Stimme änderte sich nie, sie sagte, was sie sagen sollte, freundlich und ruhig, denn es war nicht ihre Sache und nicht ihre Verantwortung, sie führte nur Aufträge aus. Und wenn man ihn eines Tages aus dem Amt gejagt und einen Nachfolger installiert hätte, würde sie genauso ruhig da draußen sitzen, ab und zu einen Fuß aus diesen Foltergeräten von Schuhen ziehen und gegen den anderen Knöchel reiben und möglicherweise das Gegenteil von allem sagen, was sie jetzt sagte. Und eben deshalb musste man sie sich zum Vorbild nehmen, denn ihr ging es nicht um Strategie, es ging nicht um ihren Ruf und ihr Gesicht, sondern nur um Abwehr. Ohne Anstrengung retournierte sie die Bälle, die auf sie zuflogen, und gar nicht mit der Absicht, sie in Punkte zu verwandeln. Einfach zurückgeben, weich, unaggressiv, die Kraft des Gegners ausnutzend.

Vor Koreny auf dem Schreibtisch lag ein Blatt Papier, er hatte es quer gelegt und vier Spalten gemacht: Wasserversorgung / histor. Fund Rotensteinwiese / F. Malnitz, abgängig / allgem. Fragen zur Geschichte, Klammer auf, Kriegsverbrechen, Fragezeichen, Klammer zu. An den Rand hatte er mit dünnem Strich, nur für sich, geschrieben: Grenzsicherheit, polit. Entwicklung Ungarn. Danach fragten die Reporter bisher nicht, aber darum musste er sich schleunigst kümmern, denn seine Bürger, die an der Grenze wohnten, wurden nervös.

Er hatte jeden einzelnen der Journalisten streng auffordern müssen, die Dinge getrennt zu halten, weil sie nichts miteinander zu tun hatten. Reporter, die bis vor zwei Tagen nicht einmal wussten, wo Dunkelblum lag, vermischten hier auf verantwortungslose Weise Sachen miteinander, sagte er, er bitte um Verständnis, dass er solchen Raubersg'schichten mit aller Deutlichkeit entgegenzutreten wünsche.

Nach jedem Gespräch notierte er in den Spalten, wofür sich die einzelnen Gesprächspartner interessiert hatten. Die erste Spalte, die er mit Abstand für die wichtigste hielt, blieb schütter. Alle Zeitungsmenschen brachten es zu Mehrfachnennungen in den hinteren Spalten, weil sie eben alles durcheinanderbrachten, hierhin sprangen und dorthin. In einem Fall, als die Fragen zu haarsträubend wurden, log Koreny am Ende des Gesprächs ganz bewusst. Die Redaktion hieß *Wiener*. Koreny hatte das Druckwerk in der Trafik gesehen, eine Art Illustrierte, aber er glaubte nicht, dass das hier jemand las. Er tat so, als hätte er keine Ahnung, was der gelegentlich schrill kichernde, fast verrückt klingende Anrufer wollte. Nein, sagte Koreny mit fester Stimme, in Dunkelblum habe es seit vielen Jahren keinen Mord mehr gegeben, nicht einmal Totschlag, der Herr müsse da etwas verwechseln. Und eine Erika Lohritz oder auch Lohrmann sei ihm nicht bekannt. Als er auflegte, spürte er sein Herz schlagen wie die Kirchturmglocke, aber er hätte nicht sagen können, ob aus Angst oder Wut.

Die Parteifreunde, die sich meldeten, fragten fast nur nach der *schlechten Presse*. Ein Genosse aus dem Landesverband, Gemeinderat in Löwingen, versuchte ihn zu trösten: Jetzt werdets ihr auch braun lackiert, sagte er, aber mach dir nix draus, wenn bald alle braun lackiert sind, schauen am End' wieder alle gleich aus.

Auch der Vertriebsleiter aus dem Wasserverband rief an. Ihn interessierte vor allem der Fund auf der Rotensteinwiese – er war offenbar im Bilde darüber, dass bei einer Entscheidung gegen den Verband dort oben ein enormer Wasserspeicher gebaut werden müsste. Koreny wehrte aufs Neue das Gefühl ab, er sei in allem der Letzte, der es erfuhr und kapierte. Wieder einmal war er froh, dass man beim Telefonieren das Gesicht nicht kontrollieren musste. Bei schwierigen Gesprächen wie diesem zog er Grimassen, zum Ausgleich für die entspannt-verbindliche Stimmlage, die einzuhalten war. Gegen Ende sagte der Mann mit einem unangenehmen Unterton, einer der Verbandsjustiziare werde sich demnächst melden, um die Ausstiegsklauseln durchzugehen, zumindest theoretisch. Stehe jederzeit zu Diensten, sagte Koreny und schnitt die Grimasse eines mordlüsternen Gorillas: und wünsche noch einen angenehmen Tag.

So saß er da und das Telefon läutete draußen weiter. Die rettende Balaskó stellte nichts durch. Er schaute auf sein Blatt mit den Spalten. Er hatte nicht geahnt, wie wenig es brauchte, um alles miteinander zu verknüpfen. Nur ein bisschen Phantasie und es pickte zusammen, Phantasie funktionierte offenbar wie Mörtel oder Montagekleber, sogar das Abgelegenste fügte sich ein. Wo hinein? In eine jahrzehntelange Verschwörung des Grauens. Koreny verzog das Gesicht. Wenn er aus dem Fenster schaute, sah er Dunkelblum, wie es immer gewesen war, an manchen Ecken schön altmodisch, an anderen hässlich, aber überall ruhig, mit hoher Lebensqualität, provinziell nur für solche, die etwas gegen Provinz hatten. Er hatte nichts dagegen. Er konnte sich nicht vorstellen, woanders zu leben, größere Orte, gar Städte machten ihn nervös. Spitäler mit zwanzig Stockwerken! Aber wenn er, statt nach draußen, auf seinen Notizzettel schaute und sich an die Fragen und Anklagen, Behauptungen und Unterstellungen der letzten Stunden und Tage erinnerte, müsste er ja glauben, er sei mitten in einem Kinofilm, mit Mafia und Explosionen und so.

Mit ein bisschen Anstrengung könnte man aus denselben oder anderen Zutaten eine andere Geschichte erzählen. Wenn es gar nicht um die Wahrheit ging, sondern nur um die Machart? Vielleicht brauchte der, der sich wehrte, sogar weniger Phantasie als der Ankläger. Ihm war ja schon etwas präsentiert worden, die Geschichte von Dunkelblum, dem unbelehrbaren Nazi- und Mördernest. Man musste dagegenhalten. Nach alldem, was die Zeitungen an verrücktem Zeug schrieben! Ich habe jedes Recht, dachte er, ohne den Satz beenden zu können, wir Dunkelblumer haben jedes Recht ...

Er nahm ein zweites Blatt. Faludi-Bauer, schrieb er drauf und seufzte. Der könnte die lebendige Demokratie bezeugen, so viel Lokalpatriotismus würde man von ihm ja wohl erwarten dürfen, in einer solchen Lage. *Der Bürgermeister war immer gesprächsbereit.* Dafür sollte er in Gottes Namen seine offizielle Wasserabstimmung bekommen, Koreny könnte später zurücktreten, und jemand anderer würde sich mit dem Verbandsjustiziar herumschlagen müssen. Warum nicht gleich der Faludi-Bauer selbst, als neuer Bürgermeister?

Als Nächstes schrieb er, schon mit mehr Selbstbewusstsein: Rehberg. Der hatte eine großzügige Förderung für seine Geschichtsforschung bekommen. Das konnte er ja wohl öffentlich bestätigen und seinethalben auch gleich von den alten Römern oder Kelten erzählen oder besser gesagt quietschen. Weiter war der zum Glück eh noch nicht. Wir arbeiten unsere Vergangenheit längst aktiv auf! Koreny nickte und schrieb: Lowetz. Der junge Mann schien ja ein bisschen verloren nach dem Tod seiner Mutter, aber nun hatte er offenbar Gefallen an Dunkelblum gefunden. Der junge Lowetz wolle zurückkommen, hatte seine Frau ihm erzählt, das Haus behalten, es renovieren. Lebenswertes Dunkelblum! Zurück zur Natur! Und war nicht die Mutter Eszter damals, als sie den seligen Lowetz heiratete, mit offenen Armen aufgenommen worden, ein schönes Beispiel für die historische Verbundenheit zwischen hüben und drüben, sogar über den menschenverachtenden Eisernen Vorhang hinweg?

Koreny wurde mutiger. Er schrieb: Malnitz. Sie waren mit ihrer verschwundenen Tochter beschäftigt, schon wahr. Sie waren gewissermaßen die Ankläger, ihnen hatte man einen Teil dieses Schlamassels wohl überhaupt erst zu verdanken. Aber das müsste niemanden hindern, von ihrem gutgehenden Betrieb zu erzählen, von den zahllosen Künstlern und Prominenten, die seit vielen Jahren Erholung in der lieblichen Landschaft suchten, die den prämierten Wein tranken, den der Toni, ein Vorreiter in der ökologischen Landwirtschaft … Koreny grinste. Den Gegner umarmen. Die Malnitzens loben, wo es ging! Die Sache begann ihm zu gefallen. Es ist nicht nur Strategie, lieber Heinz, sagte er zum armen Balf in seinem Kopf, man braucht schon auch ein Gespür.

Als sie eine Minute lang nicht telefonierte, riss Koreny die Tür zum Vorzimmer auf und winkte die Frau Balaskó herein. Sie stand auf und rieb sich das Ohr. Sie leisten Gigantisches, sagte Koreny zu ihr, Sie wissen gar nicht, wie dankbar ich Ihnen bin!

Die Balaskó errötete vor Überraschung und Freude.

Ihr Telefon läutete schon wieder.

Lassen Sie es läuten, sagte Koreny, nehmen Sie einen Moment bei mir Platz. Die werden schon noch einmal anrufen. Und jetzt sagen Sie mir, wie es Ihrem Vater geht. Ist er noch gesund? Wäre ihm eventuell ein Zeitungsinterview zuzumuten?

An das Gespräch mit der Tochter schloss sich ein heiteres Telefonat mit dem alten Balaskó an, und es fiel Koreny gar nicht schwer, vor dem Auflegen mit *Freundschaft* zurückzugrüßen. Da die Tochter Balaskó einen flinken Verstand hatte, wusste sie gleich, womit sie außerdem helfen könnte. Sie berichtete, dass vorhin jemand von diesem eher linken Nachrichtenmagazin angerufen und Name und Nummer hinterlassen habe. Der *Wiener*, fragte Koreny widerstrebend, aber sie lachte und sagte: Das ist eine Illustrierte. Nein, ich meine das *Profil*.

Koreny stimmte zu und ließ sich verbinden. Das Gespräch mit der Redakteurin verlief sehr gut. Sie hörte erst einmal ruhig zu, und das war schon angenehmer und vertrauenswürdiger als manche aufgeregten Ankläger des Vormittags. Koreny erzählte ihr einiges Wissenswerte über die Gegend, über die nahe Grenze, er sprach von unerfreulichen und irreführenden Zuspitzungen der gnadenlosen Boulevardpresse, wie man das so kenne, er glaubte zu spüren, dass die Redakteurin seiner Meinung war, auch wenn sie es nicht aussprach. Ich werde Ihnen bestimmt nicht diktieren, was Sie schreiben sollen, gnädige Frau, sagte Koreny und schlug mit der Faust in die Luft wie auf den Solarplexus eines unsichtbaren Gegners: Aber ich möchte Sie einladen, viele verschiedene Dunkelblumer kennenzulernen, um ein möglichst vollständiges Bild zu bekommen – auch von den historischen Gegebenheiten. Und dafür biete ich Ihnen, als Vertreterin der Qualitätspresse, meine umfassende Hilfe an.

Als er auflegte, fühlte er sich befreit. Er würde nicht zurücktreten, nicht in dieser schwierigen Lage. Er würde seine Dunkelblumer nicht im Stich lassen. Ruhige Führung war gefragt, Amtserfahrung, Gespür und strategisches Denken. Scheiß auf den Wasserverband, dann eben nicht. Es gab andere Justiziare, die den Wasserverbandsjustiziaren die Stirn bieten könnten. Man musste sie nur finden. Die Balaskó sollte sich schon vorsichtig erkundigen. Denn er, er begann seine Fähigkeiten als Bürgermeister erst zu entdecken. Man musste sich locker machen, so tun, als ob man tanze. Alles über Bord schmeißen, was man bisher geglaubt und wovor man sich gefürchtet hatte. Wie die Balaskó die Verantwortung abgeben, an eine höhere Instanz. Seine Instanz war das Wohl Dunkelblums. Er würde, so gut er konnte, Schaden von seiner Heimatstadt abwenden. Darum ging es. Und wie es ging.

Als der Kirschensteiner Staatsanwalt anrief, erreichte er einen heiteren Koreny. Der Staatsanwalt sprach die Veränderung sogar an: Letztens auf der Wiese oben war es Ihnen wirklich zu heiß, nicht wahr? Koreny sagte, er wisse ja nicht, wie es derzeit in Kirschenstein sei, hier sei es noch genauso, Hundstage halt, aber er habe sich inzwischen besser daran gewöhnt – es bleibt einem ja gar nichts anderes übrig, nicht wahr? Er lachte zufrieden und dachte an den überlangen Steg, den der Staatsanwalt zwischen Nase und Oberlippe hatte, diesen hochmütigen Zug. Ob sich heute, wenigstens heute, dort ein dicker Schweißtropfen bildete, der sich bald losreißen und abwärtsbewegen würde wie auf einer dieser modernen Wasserrutschen? Koreny hoffte es und glaubte, durch seinen Wunsch allein würde es geschehen.

Er konzentrierte sich auf diesen Steg, ballte seine telepathische Kraft zusammen, sah den Schweiß sich förmlich sammeln …

Der Staatsanwalt berichtete derweil über die vorläufigen Ergebnisse des Fundes auf der Rotensteinwiese. Wie schon vermutet, handle es sich um menschliche Überreste, die mindestens vierzig Jahre alt seien, also vermutlich ein Weltkriegsopfer. Bis auf den größten Teil des Beckens und die linke Hand sei das Skelett komplett. Das Fehlen des Beckens erschwere die Geschlechtsbestimmung, aber da in der Nähe ein Helm gefunden worden sei, dürfte es sich mit hoher Wahrscheinlichkeit um einen Soldaten handeln. Der Helm sei zur näheren Bestimmung nach Wien an das Heeresgeschichtliche Institut geschickt worden, und sobald das Ergebnis vorläge, werde die jeweilige Kriegsgräberfürsorge verständigt. Wobei ich nicht weiß, ob zum Beispiel die Russen nicht grad andere Sorgen haben, sagte der Staatsanwalt und lachte. Bauarbeiten oder geologische Grabungen oder was immer der Besitzer da gemacht hat, dürfen jedenfalls an der betreffenden Stelle ab sofort wieder aufgenommen werden.

Da wird sich der Herr Graun aber freuen, sagte Koreny und schnitt eine Grimasse. Er bedankte sich beim *Herrn Kollegen* für die *gute Zusammenarbeit*, sagte beinahe übermütig: *Bis zum nächsten Mal,* und legte auf. Einen Moment lang dachte er über die fehlende linke Hand nach – der Staatsanwalt hatte, anders als zum unvollständigen Becken, dazu nichts gesagt. Was konnte damit geschehen sein? Vielleicht war sie schon damals von einem Tier geholt worden, da oben, am Waldrand? Es war halt wirklich alles ein bissl grauslich, was aus dieser Zeit herausaperte. Er war zehn Jahre alt gewesen, er war gerade erst ein Pimpf geworden, er hatte damals noch hauptberuflich mit den Malnitz-Brüdern gerauft und wusste nichts, er konnte nichts dafür. Von seinen vier Spalten jedenfalls durfte er eine als erledigt betrachten.

Und schon läutete das Telefon wieder. Würde er je aufstehen und nach Hause gehen können? Er seufzte. Die Balaskó sagte, der Leonhard ist dran, von der Gendarmerie, er sagt, es ist dringend. Mehr hat er nicht gesagt, fragte Koreny. Nein, hat er nicht, sagte die Balaskó, darf ich durchstellen?

Na, geben Sie schon her, sagte Koreny. Es war heiß, auch bei ihm brummten die monströsen Stubenfliegen im Zimmer herum, von denen man nie wusste, wie sie eigentlich hereingekommen waren. Sein Schreibtischsessel war mit Kunstleder bezogen, bei diesem Wetter schwitzte man sogar am Hintern. Er bekam einen dieser braven Burschen von der Gendarmerie ans Ohr, allesamt hervorragende junge Männer, die sich so wie er nicht vor der Verantwortung drückten. Dieser nun musste ihm berichten, was geschehen war. Man hörte dem jungen Mann an, dass er lieber woanders gewesen wäre, zum Beispiel im Bäderbus auf dem Weg an die Adria.

Die Fliege raste mit Anlauf gegen das Fenster hinter ihm, wie ein Rammbock. Der junge Mann sprach. Die Balaskó riss auf einmal die Tür auf und kam zwei, drei Schritte herein, über das ganze Gesicht strahlend, die Faust gereckt wie nach einem Sieg. Die Fliege raste erneut gegen die Scheibe, als ob sie sie durchbrechen wollte. Die Balaskó jubelte lautlos. Worüber nur? Der Gerald oder der Leonhard an seinem Ohr erklärte ihm in gewundenen Sätzen, dass auf dem jüdischen Friedhof Schmierereien entdeckt worden seien, Schmierereien und Beschädigungen; die jungen Leute aus der Stadt, die dort renovierten, hätten soeben

Anzeige erstattet. Ob der Herr Bürgermeister vielleicht vorbeischauen könne? Bitte?

Was meinst du denn mit Schmierereien, Bua, fragte Koreny und fiel unwillkürlich ins Du.

Hakenkreuze, Herr Bürgermeister, sagte der Gendarm. Unter anderem.

Jessas, sagte Koreny, ich komme, und schmiss den Hörer auf die Gabel: Hearn S', Frau Balaskó, was tanzen S' denn da umadum?

Das Mädel ist wieder da, rief die Balaskó und klatschte sogar in die Hände, die Flocke Malnitz, gesund und munter!

Aber den Bürgermeister Koreny tröstete das in diesem Augenblick wenig. Wahrscheinlich stand sie schon dort auf dem Friedhof bei den anderen Vergangenheitsbewältigern und machte einen Wirbel. Woran lag es eigentlich, dass der neue Ärger immer größer wirkte als der alte?

12.

Nach seinem Besuch im Reisebüro schlief Alexander Gellért tief ein. Er träumte nie, zumindest konnte er sich nach dem Aufwachen an nichts erinnern, und wenn man bedachte, was andere Menschen im Schlaf zu erleben und erleiden behaupteten, war das wohl von Vorteil. Üblicherweise konnte er tagsüber nicht schlafen, aber die Hitze und die Ereignisse der vergangenen Tage hatten ihn mehr als sonst erschöpft. Hier zu sein und zu suchen war etwas anderes als an all den anderen Orten zuvor, anders auch als in Mandl und Tellian, in Kirschenstein und Löwingen. Hier wartete sein eigenes altes

Grauen, er spürte es manchmal in seinen Nacken atmen. Er wollte dem etwas entgegensetzen: eine andere, harmlosere Suche, nach seiner Mutter, die an einer banalen Krankheit gestorben sein und bestimmt ein anständiges Begräbnis bekommen haben mochte, Kriegszeiten hin oder her. Aber er konnte sich nicht aufraffen, auch sein Vorstoß heute bei Rehberg war kaum halbherzig gewesen. Wahrscheinlich, gab er sich zu, während er sich auf das gestärkte Bettzeug flüchtete wie auf eine unschuldig weiße, kühlere Insel – gleich zu Beginn der großen Hitze waren im Hotel umsichtig die Tuchenten entfernt worden –, wahrscheinlich fürchtete er sich vor etwas Unerwartetem. Dabei wäre es keineswegs schwierig: Geburts- und Sterberegister, dafür brauchte er den Reisen-Rehberg nicht. Man fände sie bestimmt recht schnell, samt Todesursache und Bestattungsort. Seit er wieder hier war, war er auch über die Friedhöfe geschlendert, in einer selbst verordneten Halbblindheit. Er wollte weniger die Grabsteine lesen als die Orte auf sich wirken lassen. Und bisher hatte er das junge Mädchen dabeigehabt, dem wollte er nichts erklären. Bald müsste er sich der Frage stellen, ob er es wirklich wissen wollte. Einerseits hielt er für undenkbar, aus Dunkelblum abzureisen, ohne nur den Versuch unternommen zu haben. Gleichzeitig gelang ihm nicht, damit zu beginnen, denn jemand schlug ihm immer wieder mit einem hölzernen Hämmerchen auf den Kopf, sobald er darüber nachdachte, das war recht schmerzhaft und störte ihn sehr … Ihm wurde klar, dass es an der Tür klopfte. Gellért befreite sich aus den Tiefen des Schlafes wie aus einem klebrigen Gestrüpp. Er musste sich erst orientieren, es roch nach Sauberkeit und Stärke, die Vorhänge waren halb zugezogen und vor den Fenstern stand die Hitze über dem Hauptplatz wie eine flirrende Wand. Es klopfte.

Ja, ich komm schon, rief er mit pelziger Zunge, noch einen Moment bitte, und als er sich aufrichtete, waren seine Glieder so schwer, als wäre er in voller Montur im Fluss baden gewesen. Er hatte erfahren, dass es seit einigen Jahren einen Stausee mit Freibad gab, zwischen Kalsching und Ehrenfeld, dorthin sollte man sich an diesen Hundstagen vielleicht begeben. Aber wie käme er hin? Das nette Mädchen, das ihn mit seinem spinatgrünen Auto bereitwillig chauffiert hatte, blieb verschwunden.

Vor der Tür stand Resi Reschen und sah fremd aus, da sie ihren weißen Arbeitskittel nicht trug. Sogar die knöchelhohen Kellnerinnenschuhe mit den kreuzweise geschnürten Bändern, zwischen denen sich das Fleisch am Rist karoförmig herausdrängte, waren durch etwas Gewöhnliches ersetzt. Ist was passiert, Resi, fragte Gellért.

Ich hab unten grad ein bissel Zeit, Schani, sagte Resi grimmig, und da hab ich mir gedacht, ich zeig dir jetzt dein Grab!

Gellért atmete tief aus. Jetzt, dachte er, endlich, und war aufgeregt wie damals, als der alte Mann mit dem Fahrrad dem Priester und ihm durch das Lupinenfeld voranstapfte. Die Resi selbst also, er hatte so etwas gehofft. Es waren oft die Frauen, die den entscheidenden Hinweis gaben, sie waren möglicherweise leichter zu rühren, weil sie über die Generationen so oft zu Müttern von gefallenen Söhnen geworden waren. Und denen war nicht egal, wo die Toten lagen. Tot ist tot – so etwas Rohes sagten eher Männer.

Einen Augenblick, bat Gellért, ich zieh mir nur schnell die Schuhe an.

Und so gingen sie gemeinsam durch Dunkelblum, die fleißige Chefin des Hotel Tüffer, die sich langsam um ihre Nachfolge kümmern musste, und der pensionierte Herr Doktor Gellért aus den Vereinigten Staaten, den – außer der versoffenen alten Graun, die ihm nicht einmal persönlich begegnet war – niemand erkannt hatte. Resi legte ein strammes Tempo vor, das Kinn als vorderster Punkt ihres Körpers, und ihr Ausdruck blieb grimmig. Sie war so wütend auf sich selbst wie auf den Schani, dass er nicht dort geblieben war, wo er bestimmt ein komfortableres Leben gehabt hatte als sie, die hatten dort drüben sogar elektrische Müllschlucker. Er aber hatte unbedingt zurückkommen müssen und Unruhe verbreiten, alles aufstierln, wofür und warum, sich diese ekelhaften frisch gesägten Holzkisterln in ihr Hotel liefern lassen, mit denen er – egal. Aber sie würde ihm zeigen, dass es mehr gab, was er nicht wusste. Außerdem, redete sie sich ein, gebot es das Mitleid. Und vielleicht wäre er dann zufrieden und reiste ab? In der Schule war er zwei Klassen unter ihr gewesen, aber dass er fesch und lustig gewesen war, das wusste sie schon noch. Sie glaubte sich zu erinnern, er habe damals die Agnes geküsst.

Goldman hat mir eigentlich besser gefallen, sagte sie schnippisch über die Schulter zu ihm, der einen halben Schritt hinter ihr ging, warum hast das denn geändert?

Zu jüdisch, sagte er einfach, und nach einem Moment der Überraschung lachte sie trocken auf und nickte, als hätte sie es sich wirklich denken können.

Als er begriff, dass sie dem erst kürzlich geöffneten jüdischen Friedhof zustrebte, blieb er stehen. Sie drehte sich um und sagte, komm schon, Schani, glaub mir, ich zeig dir etwas, was wichtig ist für dich. Gellért setzte sich wieder in Bewegung, aber er fiel zurück. Etwas blies warnend in seinen Nacken. Direkt vor dem Tor stand ein Gendarmerieauto, als warte es auf ihn, der sich damals entzogen hatte.

Drinnen gab es einen kleinen Auflauf, die Studenten, die den Sommer über das Unkraut zurückdrängen und erste Grabsteine renovieren wollten, redeten alle gleichzeitig auf einen der beiden Gendarmen ein, der zwar einen Notizblock in der Hand hatte, aber nicht schrieb, sondern nur hilflos nickte. Der andere Gendarm versteckte sich hinter einem Fotoapparat und fotografierte, konzentriert und umständlich, Grabsteine, die mit weißer Farbe beschmiert waren. Das schmale Mädchen mit den krausen Haaren verfolgte ihn hartnäckig mit ihrer Videokamera, bis er seinen Fotoapparat sinken ließ, direkt in ihre Linse schaute und unglücklich sagte: Bitte lassen Sie mich meine Arbeit machen.

Das Mädchen fragte: Ist es verboten, dass ich Ihre Arbeit dokumentiere?

Der Gendarm schaute unglücklich und machte weiter.

Resi in ihrem Resolutheitsrausch tat, als würde sie das alles gar nicht kümmern. Sie musste weitersegeln, weil sie einmal begonnen hatte, sie konnte sich nicht aus ihrer persönlichen Kurve tragen lassen. Und daher war sie auch für Leonhard und Gerald zu schnell.

Jetzt komm halt her, feuerte sie den Gellért an, es ist da hinten, glaub ich, gleich sind wir da. Sie stapfte um die verschiedenen Haufen mit Gartenabschnitten und Gezweig herum, um die Werkzeuge, um die Grabsteine, die auf dem Boden lagen. Gellért folgte ihr bis an eine Stelle an der Außenmauer, wo sie ein paar Ranken abriss, Halme zu Boden trat und schließlich auf einen Grabstein zeigte: *Jenő Goldman*, stand da, *16. Jänner 1895 – 12. September 1946, tief betrauert von seiner Eliza.*

Das kann nicht sein, sagte Alexander Gellért, das kann nicht stimmen.

Weil du geglaubt hast, dass er bei den Arbeitern dabei war, oben im Wald, sagte Resi Reschen und machte ein vorwitziges Gesicht: Aber die Dinge sind halt nicht so einfach. Das mit den Arbeitern hat dein Vater zum Glück überlebt, aber er ist leider kurz darauf bei einem Autounfall umgekommen. Es tut mir wirklich leid, Schani.

Da endlich hatte einer der beiden Gendarmen sie eingeholt und erklärte, dass es sich um einen Tatort handle, der zu verlassen sei und den man nicht verändern dürfe. Resi hielt noch die Ranke in der Hand.

Ein Streich von dummen Buben, sagte der schweißüberströmte Bürgermeister Koreny zu den aufgebrachten Studenten aus der Hauptstadt, er sagte es zu den Reportern, dem ORF-Kamerateam, zu den Gendarmen und den neugierigen Dunkelblumern, die eintröpfelten, weil sich herumsprach, dass schon wieder etwas geschehen sei: Eine Jugendtorheit, eine b'soffene G'schicht, etwas, dessen Konsequenzen nicht bedacht und nicht beabsichtigt gewesen sein können. Ganz sicher nicht! So sind die Leut hier nicht! Er wischte sich mit einem großen Taschentuch das Gesicht ab. Aber wir werden die Übeltäter finden, sagte er mit Nachdruck, wir haben hier eine tüchtige Gendarmerie. Und wir dulden keine Sachbeschädigung.

Sachbeschädigung, rief der Anführer der freiwilligen Friedhofsgärtner aus, die von jüdischen Vereinigungen geschickt und bezahlt worden waren, ein großer, respektloser Bursche in einem roten T-Shirt: *Juda verrecke* ist mehr als Sachbeschädigung, Herr Bürgermeister!

Der Tatzeitpunkt, fiel ihm einer von der Groschenzeitung ins Wort, können Sie schon etwas über den Tatzeitpunkt sagen? Koreny schaute die Gendarmen an. Leonhard blätterte in seinen Notizen und sah schließlich wieder auf den Wortführer der Studenten. Alles zwischen gestern achtzehn und heute vierzehn Uhr, sagte Leonhard schließlich, laut den Zeugenaussagen hier. Der rote Bursche nickte, ein paar der Mädchen sahen zu Boden.

Vierzehn Uhr, fragte der Reporter, es könnte also auch heute gewesen sein?

Theoretisch ja, stieß der junge Mann, der Wortführer, widerstrebend hervor, wir waren vor der Arbeit schwimmen. Er schlug sich mit der Faust mehrmals in die andere Handfläche, dass es klatschte: Verdammt, zum allerersten Mal!

Koreny sagte, das wird euch niemand vorwerfen, so brav wie ihr bisher gearbeitet habts. Er schaute sich um, während er sich die Stirn trocknete. Richtig wohnlich haben sie es hier wieder gemacht, die jungen Leute. Daran können wir uns alle ein Beispiel nehmen.

An dieser Stelle, bei *richtig wohnlich,* schwenkte Martha mit ihrer Kamera ab. Sie ging langsam an den Grabsteinen entlang, was erst möglich war, seit der schweigsame Tischler Fritz eines Tages mit einem Balkenmäher erschienen war. Die hüfthohen Gräser auf den Freiflächen wurden damit beseitigt, die frühere Anlage wurde teilweise sichtbar. In den ältesten Abschnitten, wo die Grabsteine am engsten standen, herrschte noch Chaos, regierten noch Brombeersträucher, Brennnessel, Gundermann und Hasentod, die die Steine unter sich begruben oder sie überwuchert hatten in ihrer gefühllosen, chlorophyllsüchtigen Wucht. Niemand wusste, was darunter war, wie viele und welche Namen, wie viel Zerstörung. An manchen Stellen standen die Grabsteine unversehrt, andere musste man nur aufrichten, nachdem das Unkraut entfernt war. Wieder andere waren zerbrochen, die Schriftseite von Schimmel und anderen Sporen zerfressen. Ob das mit dem Verhalten der Verstorbenen auf Erden zusammenhing? So hätte es Marthas tiefkatholische Großmutter gesehen, die Katholiken waren abergläubischer als alle anderen. Doch hing es nur vom Standort ab. Je nach Standort, je nach Sonneneinstrahlung und Bodenbeschaffenheit, vermehrten sich die Pflanzen mehr oder weniger, wuchsen dieselben oder andere – es gab sogar Ecken ganz ohne Brombeeren. In manchen Teilen war die Erde feuchter als in anderen. Die Wunder der Natur, die dem Wissenden keine Rätsel waren: Humus- und Gesteinsschichten, Ablagerungen, Neigungswinkel.

Es war eine langsame Arbeit, die sie hier verrichteten, und trotzdem änderte sich viel, jeden Tag, Martha machte täglich morgens und abends ein Foto. Unverändert, wie Leuchttürme, ragten auf jedem Bild die Grabstelen der Reichen empor, zweieinhalb Meter hohe, sich nach oben verjüngende Granitblöcke, die dastanden wie Wächter und die Unordnung ringsum höflich überblickten. Auch nach dem Tod waren die Spuren der Reichen markanter, herrischer, haltbarer. Ich war David Rosmarin und ich Leopold Tüffer, gedenket unser, wir konnten uns einen riesigen schwarzen Granitblock oder gleich ein Mausoleum leisten, die anderen aber nicht, die Grüns, Arnsteins und Spiegels haben nur die kleinen weißen, die so leicht umfallen, zersplittern und unleserlich werden.

Martha und ihren Freunden war es in den vergangenen

Wochen gelungen, Wege und Korridore zu schaffen, die auch tief in die überwucherten Bereiche führten. Mit vereinten Kräften hatten sie wenigstens ein paar Schneisen der Zivilisation und Ordnung geschlagen. Das hatten sich die Attentäter zunutze gemacht. Nun konnten auch sie dieses Revier markieren. Während Martha die weiße Farbe filmte, die an vielen Stellen so eilig hingepinselt worden war, dass manche Buchstaben nach unten ausrannen wie die Lettern der Rocky Horror Picture Show, stellte sie sich die Frage, ob man nicht doch alles so lassen hätte sollen, wie es gewesen war. Das Tor zu, die Steinmauer von außen umschlösse weiterhin einen verschwundenen Raum wie eine Exklave, drinnen die Toten in Ruhe unter ihren Grabsteinen, und auch die Grabsteine, umgekippt oder nicht, würden in Frieden gelassen, bis in alle Ewigkeit beziehungsweise bis der Messias kam. Es gab niemanden mehr, der Gräber von Menschen besuchte, die 1888 beerdigt worden waren oder 1912. Man hätte den Friedhof nicht öffnen müssen. War es nicht das, was Flocke gesagt hatte, als sie einander kennenlernten? Aber die Ranken und Kletten waren von den Steinen in der Überzeugung gezerrt worden, Gutes zu tun. Manch Gutes schien ja auch zu geschehen. Der nette Herr Gellért, der seit Wochen in der Umgebung das Massengrab suchte, schien stattdessen zumindest das Grab seines Vaters gefunden zu haben, gegen seine Erwartung. Man hatte ihn auf einen ihrer Plastiksessel gesetzt, jemand hatte ihm einen Becher mit Wasser in die Hand gedrückt, und da schaute er vor sich hin. Vermutlich musste er das erst einmal verkraften. Aber wer konnte entscheiden, ob Gutes oder Schlechtes überwog? Die Gräber standen nicht nur zum Besuch, sondern auch zur Schändung frei. Das hatten Martha und ihre Freunde möglich gemacht.

Martha blieb vor einem der beschmierten Grabsteine stehen. Man hatte offenbar versucht, ihn auch noch umzutreten. Es war misslungen, der Stein hatte sich nur etwas nach hinten gelehnt wie eine bequemer gestellte Sessellehne. *Heil Haider*, stand darauf, dazu ein verschmiertes Hakenkreuz. Konnte es sein, dass der Täter erst geschmiert und dann getreten hatte? Es sah beinahe so aus. Das wäre dumm gewesen, denn er hätte jetzt Farbe an Schuhen und Kleidung. Immerhin hatte dieses Hakenkreuz die Laufbeinchen in die richtige Richtung, es gab auch andere, wo nicht einmal das stimmte. Sprachen solche unbedarften Hakenkreuze für jugendliche Täter? Hatte der Bürgermeister recht? Martha erinnerte sich an ein Besäufnis in ihrer Jugend, in jenem großelterlichen Dorf nordwestlich von Kirschenstein. Bierflaschen, Bratwürste an Holzstecken, über dem Feuer geröstetes Brot. Im Morgengrauen malte sich einer mit zwei Fingern aus der Asche des Lagerfeuers ein Hitlerbärtchen unter die Nase, stolzierte hin und her mit ausgestreckter rechter Hand und schnarrte dazu im Befehlston irgendeinen Blödsinn. Andere sprangen auf und benahmen sich militärisch, rissen die Arme hoch und salutierten. Danach riefen sie im Chor: Heil, Heil, Heil! Es war ein Spaß, nicht mehr, alle brüllten mit und lachten, auch Martha. Aber hätte sie noch gelacht, wenn man damals mit Farbkübeln zum Friedhof aufgebrochen wäre?

13.

Nachdem der erschöpfte Doktor Gellért das Reisebüro verlassen hatte und im Gewirr der Dunkelblumer Gässchen außer Sicht geraten war, drehte Rehberg den Zettel noch eine Weile hin und her. Er würde ihn aufheben, auch so etwas gehörte schließlich zu Dunkelblum. Er fand den Gedanken gewagt, einen unbestreitbaren Drohbrief in eine Ausstellung zu integrieren, aber vielleicht wäre das die richtige Antwort? Wovon sich die Leute eigentlich so bedroht fühlten, dass sie anderen drohten! Es waren Einzelne, die sich benahmen wie bissige Hunde, das durfte man nicht vergessen, und vermutlich waren es solche, die die tiefen Teller nicht erfunden hatten. Davon gab es ja einige. Ein Drohbrief ist etwas ganz Dummes, sagte sich Rehberg und spürte, dass er gegen eine Art von Furcht anredete, womöglich wäre der Absender durch eine Schriftprobe oder seine Fingerabdrücke zu überführen. Man hatte inzwischen modernste Methoden …

Er schob die Papiere zusammen, den Rehberg-Stammbaum, die Zeitungsartikel vom Tag, die er schon ausgeschnitten, aufgeklebt und beschriftet hatte. Und jenen alten Bericht über den nackten Mann auf der Weinstraße, den man ihm in den Briefkasten gesteckt hatte und der ihm solches Unbehagen verursachte, weil er ihn an sein eigenes Unterhemdenmartyrium erinnerte, Schläge, Quetschungen, Hämatome, blaues Aug. Danach noch die Schläge des Vaters, weil er sich weigerte zu sagen, was geschehen war. Die Mutter, die dahinter stand und bettelte, der Vater möge aufhören, er blutet doch schon. Die Großmutter, die sagte, da trifft's sicher kan Falschen, der braucht eh einmal eine Abhärtung.

Es war still. Das Geschäft lief im Hochsommer traditionell schlecht; wer noch keine Reise gebucht hatte, wollte wohl keine mehr. Er sollte wieder ein Prospekt für *goldene Herbstreisen* zusammenstellen und an die Kunden verschicken, das hatte sich in den Vorjahren bewährt. Einmal durfte er diese Angebote sogar bei einer Tupperware-Party präsentieren, die bei Balfs Frau stattfand – als einziger Mann. Die vom Sekt beschickerten Damen entschlossen sich stante pede zu einer gemeinsamen Fahrt nach Triest. Das war zwei Jahre her. Im Herbst verkaufte er vor allem Städtereisen, wobei seine Kundschaft nicht sehr experimentierfreudig war: Viele wollten einfach einmal zum Oktoberfest.

Etwas begann in seinem Kopf herumzukrabbeln wie ein Insekt unter einem Seidentuch, es bewegte sich hin und her, um auf sich aufmerksam zu machen. Aber Rehberg kam nicht darauf, was es war, es blieb unter dem Tuch verborgen. Er stöhnte. Etwas hatte er vergessen, das hierzu gehörte, etwas Wichtiges. Als er merkte, dass er nur noch mechanisch im Kreis dachte – es fällt mir nicht ein, es fällt mir nicht ein –, stand er auf, drehte das Schild *Bin gleich zurück* nach außen und brachte die Unterlagen hinauf in seine Wohnung. Er trat an die Kommode und zog eine Schublade auf, um die Papiere zurückzulegen, und da sprang es ihn an, wie mit einem schrillen Pfiff. Er taumelte und setzte sich vor Schreck hin, und vor Ergriffenheit. Aus der Kommode kam ihm dieses melancholische Hochzeitsbild entgegen, das Eszter Lowetz gebracht hatte: sepiabraun, mit weiß gezacktem Schmuckrand. *Schau es dir genau an.* Die Brautleute lächelten scheu. Eine Ähnlichkeit der jungen Frau zur Tante Elly konnte man sich zwar mit Gewalt herbeiphantasieren – die jungen Frauen damals ähnelten einander allesamt –, aber dass der fremde junge Mann dem Doktor Gellért ähnlich sah, die Augenbrauen, die Nase, das war überhaupt nicht zu bestreiten. Elisabeth Rehberg! Nach einer solchen hatte Gellért gefragt, wahrscheinlich war es diese hier. Wegen der Namensgleichheit musste wiederum die gute Eszter angenommen haben, es handle sich um seine Tante! Da war dieser geschickten Rechercheurin einmal ein Fehler unterlaufen. Zu dumm, dass er es ihr nicht mehr sagen konnte. Beinahe gestritten hatten sie sich deswegen, er bedauerte die Auseinandersetzung bis heute. Dabei musste man doch zusammenhalten, Eszter, Flocke und er, der harte Kern, die paar fortschrittlich denkenden, an Geschichte und echter Aufarbeitung interessierten Dunkelblumer. Von den dreien war nur er übriggeblieben. Zu viel durfte man darüber gar nicht nachdenken. Vielleicht würde zumindest der Farkas-Feri nicht abspringen, und dem jungen Lowetz hatte er ja schon gesagt, wie sehr er ihn brauche. Aber wenn das schon wieder so anfing, mit Drohbriefen? Dass er kein Held war, wusste Rehberg schon lange.

Fememorde, hatte die Tante Elly bei jenem denkwürdigen Gespräch gesagt, wenige Wochen vor ihrem Tod, es waren *Fememorde:* Unmittelbar nach dem Krieg seien die Zeugen umgebracht worden, einer nach dem anderen. Und dass er das nicht vergessen, aber vorläufig mit niemandem besprechen solle. Merk es dir nur, hatte ihm die Tante Elly aufgetragen, merk es dir gut, und wenn jemand kommt, dem das nützen könnte, sag es ihm. Jemandem von außen, niemandem von hier. Du wirst wissen, wann.

Und das hatte er getan, vor etwas über einer Woche. Als sie gemütlich beim Schnaps zusammengesessen waren, hatte er dem Doktor Gellért im Vertrauen mitgeteilt, dass es nach dem Krieg eine Reihe von Fememorden gegeben hatte, um die Bevölkerung einzuschüchtern. Seine Tante sei selbst Zeugin gewesen, bei mindestens einem davon, der berühmten Schießerei an der Grenze. Er sagte, was sie ihm zu sagen aufgetragen hatte: Man war jedes Mal mit äußerster Kaltblütigkeit vorgegangen, am helllichten Tag. Auch als sie zufällig dabei gewesen sei: Erst hatte vermutlich ein Scharfschütze den Fahrer erledigt, dann hatten die Grenzer und russischen Soldaten das schlingernde Auto unter Trommelfeuer gesetzt. Die Verschwörer mussten gewusst haben, dass ihnen nichts geschehen konnte. Sie wurden von oben beschützt, vom damaligen Polizeichef unter anderem. Die genauen Namen und Umstände fände man in jedem Archiv, die Zeitungen hätten darüber berichtet. Rehberg gab dem Gellért zu, dass er selbst es bisher nicht nachgeschlagen habe, er habe es zu gruselig gefunden.

Gellért aber maß dem eindringlichen Auftrag der Tante Elly kaum Bedeutung bei, er erwiderte, geradezu begütigend: Jaja, das sagen sie immer, das ist eine Geschichte, die mir bisher an jedem Ort begegnet ist, an dem ich gesucht habe.

Vielleicht war er nicht der richtige Adressat gewesen. Wenn Rehberg es recht bedachte, stammte ja auch Gellért offensichtlich von hier. Und nicht von außerhalb. Vor einer Woche hatte er das allerdings noch nicht gewusst.

Nach allem, was der Mann mitgemacht hatte, konnte man ihm immerhin das Jugendbildnis seiner Eltern zum Geschenk machen. Mochten die anderen Papiere der Eszter

Lowetz verschwunden sein – zumindest das schöne Foto konnte ihm Rehberg übergeben, das war doch eine glückliche Fügung. Und also steckte er das Bild in die Brusttasche und machte sich auf zum Hotel Tüffer.

Am selben Nachmittag, ungefähr zu der Zeit, als Bürgermeister Koreny zum jüdischen Friedhof gerufen wurde und Resi Reschen ihren Gast, den Doktor Gellért, eben dorthin schleppte, kamen die beiden Stipsits-Frauen zur Jause ins Café Posauner. Seit Wochen waren sie weggeblieben und Gitta, die *Posauner*-Wirtin, hatte eigentlich gehofft, für immer. Aber nun nahmen sie den üblichen Tisch in Beschlag, einen der beiden hinter den großen Fenstern. Und garantiert würden sie sich zum Kuchen einen Früchtetee teilen, und ein Glas Leitungswasser. Sie schwiegen meistens. Die Stipsits-Tochter, das arme Hascherl, war schon lange kein appetitlicher Anblick mehr, und Gitta verstand nicht, warum man sich unbedingt in die Auslage setzen musste. Dass die beiden gar nicht selbst gesehen werden, sondern, anstelle eines Gesprächs, beobachten wollten, was draußen vor sich ging, war eine Gedankenoperation, die Gitta nicht gelang. Sonst saßen da im Fenster vor allem die rosigen jungen Mädchen, die ihre Lippenstifte oder Dekolletés zeigen und von ihren Freundinnen oder Burschen schnell gefunden werden wollten. Alle anderen, die Stammtischbesucher, die Arbeiter, die den Mittagstisch konsumierten, die Pensionisten, die zur Jause kamen, bevorzugten das gemütlichere, dunkle Innere des Lokals, wo man mit Gitta hinter der Espressomaschine im Gespräch bleiben konnte.

Die eine krank, die andere depressiv, das waren die beiden Stipsits-Frauen, eine traurige Sackgasse des weitverzweigten

Clans. Sie waren aufeinander angewiesen, Mutter und Tochter, beide unverheiratet und bis auf das eine fatale Mal unberührt. Dass die Tochter das Souvenir eines russischen Soldaten war, wussten alle älteren Dunkelblumer, nur die Tochter selbst schien es nicht zu wissen. Sobald das Gespräch in die Nähe ihrer Herkunft kam – üblicherweise reichte, dass es allgemein um *die Russen* ging und wie sie nach dem Krieg gewütet hatten –, sagte sie mit einem merkwürdigen, beinahe verklärten Gesichtsausdruck: Mein Vater war damals auf der Durchreise.

Einmal saß jemand dabei, der nichts von alldem wusste und die Bemerkung nicht einordnen konnte. Als dieser Fremde fragte, was sie damit meine, und alle anderen, auch Gitta hinter der Espressomaschine, den Atem anhielten, antwortete die Stipsits-Tochter leichthin: Ich frage mich halt, ob er das damals mitbekommen hat, diese Verbrechen der Roten Armee.

An dieser Stelle sagte ihre Mutter mit unbewegtem Gesicht: Mitbekommen haben es vor allem die Frauen.

Irgendwann hatte die Mutter Stipsits die schlimme Geschichte zur Gänze auf ihre Schwester Inge verschoben, die mit den Russen hatte mitgehen müssen und die nicht wiedergekommen war. Agnes Kalmar war zurückgekommen, sie selbst war zurückgekommen (aber das verschwieg sie), die Nachthemden waren zerfetzt, sie lebten, aber ihre Schwester blieb verschwunden. Darüber kam sie nicht hinweg. Sie benannte ihre unehelich geborene Tochter nach ihr, als ob sie eine Wiedergängerin sei, und sie widerstand allen Versuchen ihrer Familie, sie noch während der Schwangerschaft zu verheiraten. Die Stipsits gehörten seit jeher zu den reichen Bauern, bis in den Fünfzigerjahren einer ihrer Brüder, und wiederum erfolgreich, die Drogistenlinie begründete.

Es wäre ihren Leuten ein Leichtes gewesen, einen Knecht oder Handlanger, zum Beispiel aus der Familie der Geflickten, aufzutreiben, der ihre Ehre wiederherstellte. Aber sie weigerte sich. Sie lebte fortan mit ihrer Tochter, die so hieß wie ihre Schwester und die, bis sie krank wurde, in einer der Drogerien gearbeitet hatte. Seither wurde auch die Tochter merkwürdiger, man schob es auf die Krankheit, die sie von innen zu verbrennen schien.

Am vergangenen Sonntag, als sich die Dunkelblumer auf die Rotensteinwiese begaben, um zu schauen, was es dort zu sehen gab, war die Tochter nicht dabei gewesen. Und vielleicht hatte sich die Mutter nur deshalb auf ein Gespräch mit dem Lokalreporter eingelassen, das bereits am Dienstag, vor den anderen Aufregungen, in der Zeitung erschienen war. Sie erzählte darin noch einmal, was sie wusste, ließ von ihren eigenen Erlebnissen aber keine Silbe verlauten. Seit damals, sagte sie dem Lokalreporter, sei ihr größter Wunsch, dass das Schicksal ihrer Schwester endlich aufgeklärt werde. Und wenn vielleicht dieser Fund zu ihrer Schwester gehöre, wäre das zwar furchtbar, doch die Ungewissheit hätte endlich ein Ende: Ich könnte sie zu den Eltern legen lassen, in unser schönes Familiengrab!

Gibt es eine andere Erklärung, was mit der Inge geschehen sein könnte, fragte der allseits bekannte Lokalreporter mit der Kamera um den Hals, der mehrere Anti-Atomkraft-Sonnen auf seinem Auto picken hatte. Die Mutter Stipsits antwortete zögernd: Sie könnte natürlich auch freiwillig mit einem mitgegangen sein, dort rüber in den Osten. Davon ist meine Tochter überzeugt – dass sie am Leben ist und es gut hat.

Und jetzt saßen sie wieder da, diese beiden, und würden

gleich gemeinsam im Mohnkuchen stochern. Wie jedes Mal bestellten sie einen Tee, ein Glas Leitungswasser und *einen Kuchen mit zwei Gabeln,* und die Frage nach dem Schlagobers hätte sich die Gitta sparen können, aber sie stellte sie jedem, der Mehlspeise verlangte, aus Gewohnheit. Sie nicht zu stellen, wäre gedanklicher Mehraufwand gewesen. Um Gottes willen, nein, sagten die Stipsitsens beinahe gleichzeitig, und die Gitta nickte, zog sich aus der Auslage nach hinten zurück und suchte in der Lade nach dem Früchtetee, den bei ihr nur die beiden bestellten.

Draußen fuhr das Gendarmerieauto vorbei. Schau, der Gerald und der Leonhard, sagte die Tochter. Die Mutter nickte. Vielleicht haben sie noch wen ausgegraben, sagte sie. Aber sicher nicht, widersprach die Tochter mit der geduldigen Strenge einer Krankenschwester: So was passiert nur alle heiligen Zeiten.

Als Gitta die Bestellungen brachte, blieb sie einen Moment am Tisch stehen. Von euerm Skelett noch nichts Neues, fragte sie. Die Mutter Stipsits schüttelte den Kopf. Es könnt die Inge sein, sagte sie leise.

Es ist nicht die Inge, widersprach die Tochter, das ist hundertprozentig ein Soldat. Ihr werdet's schon sehen, als Nächstes finden sie einen Helm oder eine Waffe, bei den Soldaten gibt's meistens Beifunde.

Aber wo ist die Inge, fragte die Mutter mit tonloser Stimme.

Die Inge ist im Ural, sagte die Tochter, die hat dort viele Kinder und Enkel, und einen Garten mit Äpfeln und Kartoffeln.

Aber warum hat sie nie geschrieben, fragte die Mutter.

Mit einem zärtlichen Ausdruck in ihrem brauen- und wimpernlosen Gesicht sagte die Tochter: Aus Liebe, Mama, aus Liebe zu ihrem Mann hat sie das halt vergessen. Vielleicht hat sie sich auch ein bissel geschämt, dass sie einfach so weggelaufen ist.

Das wär eine Möglichkeit, sagte die Mutter nachdenklich, und Gitta ahnte, dass die beiden dieses Gespräch schon oft geführt hatten, vielleicht führten sie es jeden Tag: Es könnt wirklich sein, dass sie sich so geschämt hat.

Gitta sah unter der fahlen Kopfhaut der Tochter, zwischen den kargen, grauen Flaumbüscheln, die Äderchen blau durchschimmern. Inge, sagte sie streng, ich bring dir jetzt doch noch ein Schlagobers, du musst wirklich schauen, dass du ein bissel was zunimmst, das ist ja kein Zustand mehr.

14.

Weder das ORF-Team noch die Filmstudentin Martha hatten Bilder davon, wie Flocke Malnitz in ihrem spinatgrünen Corsa vor dem Hotel Tüffer vorfuhr, nur der kleine dünne Schammes, der normalerweise den Herren Redakteuren und Technikern helfend zur Hand ging. Denn er war aus unbekannten Gründen nicht mit zum Friedhof gegangen. Es stimmt übrigens nicht, dass Flocke erst den Hauptplatz umrundet und dabei mehrmals gehupt hat; das sind nachträgliche Erfindungen von Menschen, die ihr den Ruhm nicht gönnten, den sie ein paar Tage lang genoss. Flocke steuerte automatisch das *Tüffer* an, weil es zentral lag und es neben der Rezeption einen Münzfernsprecher gab. Anders als später behauptet wurde, rief sie von dort als Erstes ihre Eltern an, sie gab keineswegs lange Interviews oder ließ sich filmen, bevor sie einen Gedanken an ihre gramerfüllte Mutter verschwendete. So war es nicht, aber manche Dunkelblumer behaupteten böswillig dieses und jenes, weil sie gegen Geschichten, die gut ausgingen, seit unvordenklichen Zeiten ein tief eingewurzeltes Misstrauen hegten.

Als Zweites rief sie bei Lowetz an, weil sie Reinhold erreichen wollte. Dort hob niemand ab, möglicherweise übertönten die Hammerschläge, mit denen der Boden in Eszters Wohnzimmer aufgebrochen wurde, das Läuten. Die Dunkelblumer Telefonnummern waren damals noch dreistellig, und jeder wusste eine Menge davon auswendig. Flocke rief also als Drittes bei Fritz an und schickte ihn mit der Nachricht an Reinhold über den Hof.

Die beiden Frauen, Vera und Silke, saßen derweil verschüchtert in der Gaststube und tranken, weil man es ihnen aufdrängte, Soda-Zitron. Auch dieses, wie alle Spektakel, baute sich langsam auf. In der ersten halben Stunde geschah kaum etwas. Der spinatgrüne Corsa stand vor dem *Tüffer*. Flocke erledigte die Telefonate, was insgesamt nicht mehr als zehn Minuten gedauert haben mochte, dann setzte sie sich zu den Frauen und ermunterte sie, die Grammelpogatschen zu probieren, die Zenzi auf den Tisch gestellt hatte. Worum es sich dabei handelte, blieb vorerst unübersetzbar. Vera fragte, ob diese Dinger *herzhaft* seien, Flocke sagte, sie seien schon *ein bissel fett,* was die Frage nicht genau beantwortete. Mutter und Tochter lächelten unsicher. *Grammeln* waren in Sachsen unbekannt und Flocke wusste nicht, dass es auch ein deutsches Wort dafür gab. Pogatschen, sagte sie, bezeichnet vermutlich nur die Form. Vielleicht heißt das so etwas wie Klumpen? Ehrlich gesagt weiß ich es auch nicht genau.

Und hier schlug die Stunde des unauffälligen Schammes,

der im Hotel geblieben war und handelte, als er die Zusammenhänge begriff. Er lief nach der kleinen Kamera oben im Zimmer, rutschte damit zu den Frauen in die Bank, stellte erste Fragen und bat schließlich schüchtern darum, ein bisschen mitdrehen zu dürfen. So entstand die Idee, die Sache nachzustellen. Der junge Mann tat nämlich, als könnte er gar nicht glauben, dass die beiden Frauen miteinander in den Kofferraum gepasst, dass sie dort wirklich genug Luft bekommen hatten, und so gingen sie schließlich alle hinaus und zeigten es ihm. Die Zenzi kam mit vors Haus, da traf gerade Rehberg ein, der eigentlich den Doktor Gellért besuchen wollte. Er war außer sich vor Freude, Flocke gesund wiederzusehen, und wollte alles wissen. Flocke erzählte: wie sie Campingplätze und Pensionen abgeklappert und nach den beiden Frauen gefragt hatte, die ihren Mann im Wald verloren hatten. Wie sie bei anderen Deutschen im Zelt geschlafen hatte und wie sie ihnen ihrerseits Tipps geben konnte: Bei ihnen hier unten im Süden, am Grenzübergang Zwick, hatten die Ungarn ja um vier Uhr nachmittags Wachablöse, da war das Häuschen eine knappe Viertelstunde unbesetzt. Sie erzählte, dass sie nach zwei Tagen beinahe aufgeben und zurückkehren wollte, aber dann habe doch jemand etwas gewusst ... Auf ihrer Suche sei sie an einer Landstraße voller verlassener Trabis vorbeigekommen, die standen da in allen Spielzeugfarben aufgereiht, blau, grün, weiß, gelb, rot, ein Gespensterstau ohne Menschen und Motorengebrumm. Ihre Besitzer mussten jene sein, die vor ein paar Tagen das paneuropäische Picknick genutzt und herübergestürmt waren, aber seither war die Grenze ja wieder zu. Und wenn man sich vorstellt, wie lange die ursprünglich auf ihre Autos gewartet haben! Das bestätigten ihre blinden Passagierinnen, während sie sich noch einmal zu Dokumentationszwecken in den Kofferraum falteten: Manchmal habe man zehn Jahre oder mehr gewartet! Am liebsten, sagte Flocke, hätte ich einen mitgenommen. Einen was, fragte Rehberg, der mit all den Informationen durcheinanderkam. Na, so einen herzigen kleinen Trabi, sagte sie und kicherte, einen feuerroten, der farblich zu meinem Corsa passt. Aber mein Kofferraum war ja schon voll!

Erst waren es also, vom jugendlichen Hilfskameramann abgesehen, nur Rehberg, Flocke und die beiden Frauen, die sie unter abenteuerlichen Umständen von drüben geholt hatte, später traten auch Zenzi, Küchenhilfen, Zimmermädchen und sogar der Hausmeister vors Hotel. Wenn der König nicht da ist, tanzen die Mäuse Kirtag, würde Resi Reschen später sagen, aber die war zu diesem Zeitpunkt noch auf dem Friedhof und riss resolut Ranken ab. Weil der junge Mann so nett darum bat, machte Flocke sogar einen Moment lang den Kofferraum zu, ganz vorsichtig, und drehte sich zu ihm um: Siehst du, natürlich geht sich das aus. Bequem ist es halt nicht, aber sie waren auch nicht lang drin, nur das letzte Stück über die Grenze. Mit diesen Worten wollte sie wieder aufmachen.

Der junge Mann, mit dem Schweiß der einmaligen Gelegenheit auf der Stirn, rief: Stopp, bat Flocke darum, einen Schritt zurück- und wieder vorzutreten – Bitte nicht sprechen! – und danach erst zu öffnen: Und bitte nicht in die Kamera schauen, ich bin gar nicht da!

Flocke zog eine Augenbraue in die Höhe, tat aber wie geheißen. Sie machte ihren Kofferraum auf, Silke und Vera streckten ein wenig übertrieben ihre Arme nach oben, wie schläfrige Meerjungfrauen, wenn sich morgens die Muschel öffnet, sie richteten sich auf, Flocke half ihnen heraus, Vera, die Mutter, stolperte und verknöchelte sich, der Schammes filmte. Er bat darum, dass Flocke mit dem Auto noch einmal heranführe. Ohne die beiden hinten drin, aber dass sie die Anfahrt vors Hotel noch einmal für die Kamera nachspielte? Ginge das? Und den Kofferraum öffnen? Man könne das später in die richtige Reihenfolge schneiden. Vera hüpfte auf einem Bein herum und beteuerte mit schmerzverzerrtem Gesicht, es tue gar nicht weh. Ihre Tochter Silke stützte sie.

Und da traf vor dem Hotel Tüffer überdies die Abordnung vom jüdischen Friedhof ein, etliche Mann hoch, denn man ließ nicht vom Bürgermeister Koreny ab, obwohl dieser seinen Lokalaugenschein für beendet erklärt hatte. Schaulustige hatten sich angehängt wie Beifang im Schleppnetz. Dass Koreny beständig wiederholte, er müsse sich auf den Rückweg ins Rathaus machen, zurück an seinen Arbeitsplatz, nützte ihm gar nichts. Es wurde einfach weitergefilmt und -fotografiert, und alle spitzten die Ohren, wie der junge Mann im roten T-Shirt, der neben ihm herging, auf ihn einteufelte. Solange man nicht anerkenne, dass sich der Sumpf überall halte, wo nicht offen darüber gesprochen werde, solange brauche der Bürgermeister sich nicht darüber zu wundern, wenn Hakenkreuze geschmiert würden. Jugendliche kommen normalerweise nicht von selbst auf solche Ideen! Da muss es ein Umfeld geben, einen Bodensatz, auf dem so was erst gedeiht! Warum sprayen die überhaupt auf dem jüdischen Friedhof, Herr Bürgermeister Koreny? Warum nicht das Antifa-Zeichen auf die Sparkasse? Ist das wirklich Zufall oder hoffen Sie das nur?

Schauen Sie, wehrte sich Koreny, der wieder stark gerötet

war, schauen Sie, das werden wir zwei im Detail jetzt bestimmt nicht klären.

Ich verlange von Ihnen, dass Sie das mit der Sachbeschädigung zurücknehmen, rief der junge Mann.

Koreny blieb stehen. Mit welchem Recht verlangen Sie eigentlich irgendetwas von mir, junger Mann, fragte er. Einige Umstehende nickten und rückten grollend näher.

Koreny wurde lauter. Wer glauben Sie denn, dass Sie sind? Ich werd Ihnen sagen, wie das hier läuft: Jetzt wird erst einmal in Ruhe ermittelt, von unseren jungen, tüchtigen Gendarmen, und dann sehen wir weiter. Man nennt das nämlich Rechtsstaat. Hast du davon schon was gehört, auf deiner Uni da draußen?

Sie können es sich ja grad leisten, Sie Ersatzbürgermeister, zischte der junge Mann und wandte sich denen zu, die er für zugereiste Reporter hielt: In allen Zeitungen steht inzwischen, was das für ein braunes Kaff ist. Übrigens lebt hier auch noch der letzte Gauleiter, rief er anklagend: gesund und munter! Und wie man hört, ist er ein allseits respektierter Bürger!

Bei ebendiesem, dem allseits respektierten Bürger und – in seiner eigenen, unbescheidenen Wahrnehmung – guten Onkel von Dunkelblum, sprach in diesen Minuten die kraushaarige Filmstudentin Martha vor. Frau Ferbenz öffnete, Martha aktivierte alle verfügbaren Ressourcen an Wohlerzogenheit und behauptete inhaltlich dreist, jedoch im Ton samtiger Unterwürfigkeit, dass sie mit dem Herrn Doktor Ferbenz ein Interview vereinbart habe. Es geht nicht um die aktuellen Streitereien, sagte sie, als sie das Zögern der Frau Ferbenz bemerkte, überhaupt nicht, ich habe bittschön gar nichts mit den

Reportern im Ort zu tun! Ich mach einen Film über Dunkelblum und seine bewegte Geschichte – seit Wochen schon. Martha schaute sittlich zu Boden, die Frau Ferbenz ließ sie ein.

Dass Martha so schnell handelte, war Gellért zu verdanken. Auf dem Friedhof hatte sie sich zu ihm gesetzt, als Bartl und die anderen Studenten noch mit dem Bürgermeister, den Gendarmen und einigen Dunkelblumern diskutierten. Die einen sagten, man müsse um Himmels willen Spuren sichern, Fingerabdrücke suchen in der weißen Farbe, die kaum trocken sei, die anderen sagten, das sei wie mit den Leuten, die beim nächtlichen Vorbeigehen an Angeberautos mal eben kurz ihren eigenen Autoschlüssel aus der Tasche heraustehen ließen: Und schon ist die Seitentür zerkratzt. Solche Bagatelldelikte – Autos zerkratzen, Friedhöfe schänden – seien so gut wie unaufklärbar, sehr ärgerlich, aber nicht zu ändern. Das war der Moment, als Bartl wütend wurde. Es geht ums Wollen, schrie er, und das Nichtwollen beginnt schon, wenn Sie zerkratzte Autos und *Heil Hitler* für ein und dieselbe Bagatelle halten wollen!

Heil Hitler steht zum Glück nirgends, sagte Koreny, und jetzt mäßigen Sie sich, junger Mann!

Martha setzte sich auf den Boden neben Gellért, der gar nicht zuzuhören schien. Er trank vorsichtig ein bisschen Wasser aus einem Plastikbecher, mit winzigen Schlucken, wie ein Vogel an einer Wasserlacke. Ist alles in Ordnung mit Ihnen, fragte Martha. Da schaute Gellért auf, und anders als sie erwartet hatte, sah er glücklich aus.

Ja, mein liebes Fräulein, sagte er, und ich glaube, ich habe etwas für Sie. Damit sollten Sie zum Ferbenz gehen und ihn interviewen, mit Ihrer Kamera da. Da ist jetzt keine Zeit zu verlieren!

Und er steckte ihr einen Fetzen Papier zu, eine Seite aus der Regionalzeitung, die er offenbar herausgerissen hatte. Sie faltete sie auf und las. Gellért drängte. Gehen Sie lieber gleich. Bringen Sie ihn zum Reden. Und fangen Sie am besten damit an, das wäre mein Rat!

Als Martha in die Stube geführt wurde, saß der Doktor Ferbenz im Halbschatten in einem Lehnstuhl, sie konnte sein Gesicht nicht richtig erkennen. Sie setzte sich ihm einfach gegenüber, als sei sie nur gekommen, um ein wenig zu plaudern. Ich hab da ja letztens in der Zeitung über Sie gelesen …, sagte sie, wie man ihr geraten hatte, und er biss sofort an und begann zu erzählen. Er war stolz auf sich, er unterbrach sich selbst mehrmals, um noch weiter zurück in der Chronologie zu springen, damit *das Fräulein* auch den richtigen Eindruck von allem bekäme.

Herr Doktor Ferbenz, warf sie ein: Darf ich aber vorher noch ein bissel mehr Licht machen? Das möchte ich aufzeichnen, wie Sie diese herrliche Geschichte erzählen!

Und sie machte Licht, und geschickt baute sie sich aus ein paar Bänden der Meyer'schen Enzyklopädie, Ausgabe 1939, ein kleines Stativ auf dem Tischchen, neben dem sie saß. Sie konnte so die Kamera unauffällig adjustieren, ohne sie vor dem Gesicht zu haben. Sie hoffte, dass das Bild scharf sein und er das Gerät dort vergessen würde, und so entstand in den folgenden Stunden das Interview, das schon bald weite Kreise ziehen würde. Ausschnitte davon würden auch im Ausland gezeigt werden, und nicht nur im deutschsprachigen; Doktor Alois Ferbenz mit seinen wässrigen hellblauen Augen, vormals stellvertretender Gauleiter der Steiermark, wurde in seinen zentralen Passagen sogar auf Englisch untertitelt. Im österreichischen Fernsehen stritt man in einer bekannten Diskussionssendung darüber, ob man dieses Interview überhaupt ausstrahlen hätte dürfen. Oder ob es nicht besser sofort in eine Art Giftschrank nur für ausgewiesene Experten gesteckt hätte werden müssen.

Die Leut sind viel weniger blöd, als Sie glauben, sagte in dieser Sendung ein Befürworter der Ausstrahlung: Denen muss man nicht erklären, was ein alter Nazi ist.

Sie erweisen sich als vollkommen unfähig, Ihre eigene Bildungsperspektive auch nur einen Moment zu verlassen, entgegnete erregt sein Widerpart: *Sie* wissen vielleicht, wie das zu bewerten ist. Aber junge Menschen oder solche mit rechtslastiger Weltanschauung könnten den netten alten Opa doch überzeugend finden!

Und das war nur eine der geringeren Folgen der späten Offenherzigkeit des Dokter Alois.

Als der Dunkelblumer Gemeindearzt Doktor Sterkowitz mit seiner Frau vor dem Fernseher saß und das Ferbenz-Interview sah, schlug ein Blitz der Erkenntnis in ihn ein. Es fühlte sich wirklich so an, als habe er, gemeinsam mit einer körperlichen Empfindung wie ein Schlag oder Stoß, etwas verstanden, was ihm vorher nicht klar gewesen war. In den Tagen, die folgten, dachte er darüber nach, ob er so eine plötzliche Erkenntnis schon jemals zuvor im Leben gehabt hatte, und kam zu dem Schluss, dass nicht. Auch das machte ihn nachdenklich. Aber am nachdenklichsten machte ihn, dass er das, was da buchstäblich in ihn eingeschlagen war, nicht einmal seiner Frau erklären konnte, als sie beide, ihre Teller mit den Aufschnittbroten vor sich, vor dem Fernseher saßen. Sterkowitz wollte das Ende der Sendung abwarten und nicht mitten hineinreden, das tat man damals nicht. Damals wurden

Fernsehsendungen noch als kostbar empfunden, unmittelbar wie Theaterstücke. Aber als das Interview zu Ende war, da platzte er sofort damit heraus. Jetzt hab ich es verstanden, Hertha, rief er aufgeregt: Er sagt dasselbe wie immer, aber das Fernsehen macht es schlimmer! Weißt du, was ich meine? Diesen alten Blödsinn, den kennen wir doch alle von ihm, das hat er schon oft … aber indem es ausgestrahlt wird, kriegt es eine andere Bedeutung! Als ob das Kastl damit irgendetwas macht … Wie ist das nur zu erklären?

Seine Frau sah ihn an. Ich weiß nicht, was du meinst, sagte sie, das ist doch klar.

Was ist klar, fragte er.

Dass man so was nicht in der Öffentlichkeit sagt. Der muss ja schon ganz senil sein, der Ferbenz. Das kann er sich doch denken!

Aber das war Tage später. Jetzt saß erst einmal die Martha dem Dokter Alois gegenüber und brachte ihn zum Reden. Gellérts Hinweis war Goldes wert gewesen. Ferbenz ließ sich über Ägypten aus, auch so eine alte Hochkultur, die völlig auf den Hund gekommen sei, nur Fellachen, keine Pharaonen mehr, schmierige Händler, Krankheiten, Ungeziefer: Wer dort keinen Darmkatarrh bekommt, muss innen aus Teflon sein. Das darf uns nicht passieren, so ein Abstieg. Aber seine Frau hatte ja unbedingt die Pyramiden sehen wollen, und nach einem Leben voller Arbeit und Entbehrungen wollte er ihr diesen Wunsch erfüllen. Dass man zur Volksbelustigung den Hitlergruß aufgeführt habe, dort, das habe er nachher als Reisemangel reklamiert, jaja, das sei richtig. Warum? Was meinen Sie damit, Fräulein – warum?

Marthas Hände wurden feucht, sie verschränkte sie auf

dem Schoß. Gleich würde sich entscheiden, ob sie hinausgeworfen würde. Sie entschied sich für ein freches Lächeln und die Offensive.

Naja, Herr Doktor, sagte sie, ich hab nur gedacht, Sie hätten eigentlich gar nicht so viel gegen den Hitlergruß, ich mein, rein weltanschaulich.

Ferbenz sagte: Da hast du recht, Madl, nichts gegen den Gruß an sich. Aber von diesen mohammedanischen Schwuchteln? Und die Amis und die Franzosen machen sich einen Spaß daraus? Nein, nein, da habe ich mir die Verbotsgesetze zunutze gemacht, für irgendwas müssen die ja gut sein. Und der Richter in München hat mir recht gegeben!

Und danach erzählte er ihr alles, ließ sich hinwegtragen von seinen Erinnerungen, schwelgte in seiner schneidigen Vergangenheit, ging offenherzig auf jede Frage ein, die es Martha zu stellen gelang. Ihre Reaktionen wären sichtbar gewesen, schon bald konnte sie ihre Miene nicht mehr beherrschen, sie fragte mit scharfem Ton dazwischen, aber er bemerkte es nicht, wieso sollte er etwas auf die Bewertung eines dahergelaufenen jungen Mädchens geben? Er war woanders, in schöneren Zeiten. Er würde ihr jetzt einmal erklären, wie das damals alles war. Ein Damm brach, der in der Vergangenheit schon gelegentlich von kleineren Schaumkronen überwunden worden war. Er war wieder frei wie damals, als er in der Schule endlich seine Muttersprache sprechen durfte und nicht mehr zu dem unerträglichen Ungarisch gezwungen wurde. Köszönöm! Frei wie damals, als der blödsinnige Zeichenlehrer verjagt wurde, der später die Tochter vom Glaser heiratete, weil selbst so einer lieber herüben blieb, als dass er dorthin zurückgegangen wäre, wo er herkam. Weil ihn endlich jemand fragte, war Ferbenz für zwei Stunden wieder jung. Er wähnte sich vom Stoff seiner neuen Uniform umhüllt, mit glänzenden Knöpfen, er sah seine Leute marschieren und das Blumenmeer im März. So viele Blumen wurden in Österreich noch nie gespendet, rief er, das nennt man nicht Krieg, das nennt man Heimkehr, Befreiung!

Und so kamen sie in die Welt, all die Ferbenz-Sätze, die man noch viele Jahre später für eine furchtbare, geisteskranke und senile Totalausnahme halten würde, sozusagen eine singuläre Verirrung, der von den bösen Medien viel zu viel Gewicht beigemessen wurde, Verrückte gibt's halt überall, bis man langsam erkannte, wie viele andere sie ebenfalls im Herzen bewegten, diese und andere Sätze, und die mussten nicht einmal dabei gewesen sein, die sehnten sich nur nach niemals verspürter Größe, die waren nur von solchen wie dem Dokter Alois angezündet worden wie die Fackeln, von denen er immer noch träumte. Die Ferbenz-Sätze handelten auch von Schmarotzern, die in der Natur eben allezeit bekämpft würden, selbst wenn sie Menschen seien. Sie sind keine Menschen, sie sind Schmarotzer, und weil sie das sind, rottet man sie aus! Es waren diese und ähnliche Sätze, die sogar in andere Sprachen übersetzt wurden. Aber vor allem handelte seine entfesselte Rede von den schmalen Händen Adolf Hitlers, Künstlerhände seien das gewesen, Hände ersten Ranges. Ferbenz schwärmte von Hitlers erstrangigen Händen, vergoss ein paar Altmännertränen über seine blauen Augen, die schönsten, die er je gesehen, es war wie eine Zeitschleife. Während er von den schönen blauen Augen sprach, wurden ihm die eigenen feucht, sein Kinn zitterte, der Kummer um den Führer lief ihm bei den Augenwinkeln heraus, machte ihm die Nase nass, und wenn man so genau schaute wie Martha, konnte man bemerken, dass er nicht mehr gut rasiert war, weil diese feuchten Augen nicht mehr gut sahen, schon gar nicht in der Frühe, wenn es darauf ankam. Am zitternden Kinn ragten ein paar weiße Barthaare hilf- und ratlos in die Luft, im borstigen Gegensatz zu den seidenzarten Künstlerhänden, die er sich herbeiphantasierte. Der alte, schlecht rasierte Ferbenz seierte und jeierte und war sich nicht bewusst, was er seiner Stadt damit antat, und zwar noch auf viele Jahre hinaus. Dunkelblum, würde man ab nun fragen, jedenfalls, wenn man nicht von hier, sondern von woanders war: Kam von dort nicht dieses gestörte alte Nazischwein?

Fraglich, ob ihn das gebremst hätte. Viele Dunkelblumer verteidigten ihn anschließend, denn sie kannten ihn ja. Dieses Interview ungeschehen zu machen, dafür hätten sie einiges gegeben, vielleicht sogar den Rest vom Schloss, den sinnlosen, einsamen Turm mit seinen Stummelflügelchen. Aber gleichzeitig konnten sie es besser einordnen, es verhielt sich nämlich anders, als die Leute glaubten. Je weiter einer weg war, desto falscher schätzte er es ein. Dieser sogenannte Skandal, der als typisch österreichischer Skandal ein paar Tage lang sogar durch die internationalen Zeitungen lief, verhielt sich wie ein Scheinriese. Je näher man Dunkelblum kam, desto kleiner wurde er. Von weiter weg war er sehr groß, weil die Leute, die das skandalisierten, so überschäumend froh waren, in keiner Weise zu sein wie die Dunkelblumer. Froh und sicher waren sie, ganz und gar überzeugt.

In Dunkelblum hingegen hieß es bald nur: die *ungeschickten Formulierungen* vom Dokter Alois, man kennt ihn ja.

Wir haben ihm viel zu verdanken, sagten alte Bäuerinnen anfangs trotzig in die Mikrofone der Journalisten. Was er damals genau gemacht hat, kann ich nicht sagen, sagten anfangs Gemeinderäte, Weinbauern, Geschäftsinhaber mit spitzen Mündern, denn damals war ich noch gar nicht geboren. Aber er war immer ein Wohltäter und eine wahre Stütze unserer Stadt – und das wird man ja wohl auch noch sagen dürfen.

Später sagten sie gar nichts mehr, sie schimpften, drehten sich weg und schlugen ihre Fensterläden zu. Im Modehaus Rosalie jagte der Schwiegersohn ein Kamerateam aus dem Geschäft. Ein Reporter erstattete Anzeige, weil auf dem Heuraffl-Hof ein Hund auf ihn gehetzt worden sei. Aber da er nicht gebissen worden war, legte man die Sache zu den Akten und dem Zeitungsmann nahe, Privatgrundstücke nur mit ausdrücklicher Einladung zu betreten – unsere Leut hier, erklärten Gerald und Leonhard, die sind im Moment ein bissel empfindlich.

Es ist auch kein Wunder, regte sich Joschi, der Neffe vom Ferbenz, auf: Sein halbes Leben hat das eine gegolten, jetzt gilt halt was anderes, Herrgottsakrament, man kann ihm doch wenigstens die Erinnerungen lassen! Er tut doch nix Böses! Seit er wieder darf, seit über dreißig Jahren, geht er jedes Mal *demokratisch* wählen und hängt Ende Oktober die Fahne hinaus! Was will man noch von dem alten Mann?

Gib du mal lieber auch kein Fernsehinterview, empfahl ihm einer von den Spaßvögeln im *Posauner* oder in der *Tüffer*-Bar, Spaßvögel, wie es sie überall gibt. Aber insgeheim gaben sie ihm eigentlich recht, auch wenn sie vor Vergnügen johlten, als Joschi schrie, in Dunkelblum gebe ganz sicher niemand mehr ein Interview, nie wieder, dafür werde er persönlich sorgen! Auch wenn sie den Joschi verspotteten und in seinem Furor lächerlich machten, gaben sie ihm insgeheim doch recht.

15.

Fast eine Zirkusnummer von Heuraffl, Berneck und Co war die Geschichte, wie sie den Bürgern der Deutschen Demokratischen Republik, die direkt hinter der Grenze seit Tagen zu einem diplomatischen Problem anschwollen, zur Flucht verhalfen. Oder besser gesagt: wie sie mit der Unerschrockenheit von wahrhaft Einheimischen, die sich also von ihrem Staat ausreichend geschützt fühlen, die Ostdeutschen einfach herüberwinkten, ohne dabei die ungarischen Grenzer in Rage zu bringen. Sie gingen dabei mit so frecher Lässigkeit vor, dass die Ungarn nicht zu schießen brauchten, jedenfalls nicht, um ihre Ehre wiederherzustellen. Die in die Jahre gekommene Dunkelblum-Gang war ursprünglich nur aus Neugier an die Grenze nach Zwick gefahren. Sie hatten ein paar ihrer Söhne, Enkel und Neffen mitgebracht, und ihre Schaulustigkeit war deutlich schadenfroh grundiert: Na siehst es, der Ostblock zerfällt! Jener Ostblock, der bisher andauernden Schrecken und Bedrohung bedeutet hatte, besonders hier, wo die Menschen seit Jahrzehnten buchstäblich mit dem Rücken zur kommunistischen Wand standen.

Da standen sie und schauten, und drüben, jenseits des betonierten Niemandslandes, das zwischen dem österreichischen und dem ungarischen Grenzhäuschen lag, schauten Menschen mit komischen Frisuren sehnsüchtig zurück. Die meisten, die sich da drüben drängten, waren jung, es waren viele Familien darunter, Eltern trugen Kinder auf dem Arm oder hielten sie an der Hand, und diese Kinder waren vermutlich der Grund, warum sie nicht einfach losrannten. Die Situation schien auf eine unbefriedigende Weise gestockt, der Lauf in die Freiheit jäh abgebremst, und das kitzelte den Spieltrieb der Hiesigen, die ja nichts zu verlieren hatten.

Die ungarischen Grenzer liefen angespannt hinter ihrem Balken hin und her, ihre Holster so klar erkennbar wie ihre Minderzahl. Autos aus dem Grenzgebiet wurden seit Tagen nicht mehr abgefertigt, in keine Richtung. Um in diesen Tagen hinüberzugelangen, hätte man von Dunkelblum weit hinauf in den Norden, an einen größeren Grenzübergang, fahren müssen. Der ungarische Balken blieb zu, die vom Brudervolk der Ostdeutschen stumm belagerten ungarischen Grenzer warteten dringend auf telefonische Anweisungen und bekamen keine.

Die Heuraffl-Zwillinge gingen zu Fuß an den ersten Balken und plauderten mit den österreichischen Beamten, man kannte sich ja.

Und wenn wir uns ein paar herüberholen, fragte der eine Heuraffl, während er dem Grenzer eine Zigarette anbot, wenn wir sagen, wir kennen die, wir hab'n die eingeladen? Der Grenzer nahm sich auch Feuer. Schwer zu sagen, antwortete er. Beim Picknick ist nix passiert, aber vor ein paar Tagen erst haben s' einen erschossen.

Aber das waren nicht unsere hier, sagte der Heuraffl, und es war mitten in der Nacht!

Naja, sagte der Grenzer, wissen tut man's halt nie.

Haben die noch um vier Ablöse, fragte der Heuraffl, wie gewohnt?

Der Grenzer nickte.

Und so fuhren sie noch einmal weg, die Heuraffls und ihre Haberer, und holten von zu Hause die größten verfügbaren

Fahrzeuge mit Ladeflächen oder Anhängern und sogar einen VW-Bus. Kurz vor vier kamen sie damit wieder, Punkt vier würden die ungarischen Grenzer geschlossen in die Baracke marschieren, in der die Wachablöse stattfand, die Fahrzeuge der nächsten Schicht näherten sich bereits von der Ferne. Die Sache hatte immer ungefähr eine Viertelstunde gedauert, und selbst an diesem Tag schien niemand etwas beschleunigen zu wollen. Vielleicht hofften die Ungarn auf die konservierende Wirkung des Rituals.

Na, jetzt schauma amal, sagten die Heuraffls, warfen ihre halbgerauchten Tschick aus den Autofenstern, nickten einander zu, stiegen aus und gingen, den österreichischen Grenzbalken hinter sich lassend, näher auf die ungarische Seite zu. Dort begannen sie zu winken, mit beiden Armen, in großen Kreisen wie die Windmühlen, die es in der nahen ungarischen Tiefebene traditionell gab: *Kummts umme,* schrien sie im Dialekt, *kummts umme, hier herüben is Österreich.*

Und dann schrien auch die anderen, der Berneck, der junge Graun und der geflickte Schurl und dessen Enkel, der aufgeweckte Karli, sie winkten und wachelten, *kummts umme, kummts umme,* und ein Schauer lief durch den gedrängten Block aus Menschen auf der anderen Seite, wie ein einziger großer Körper gerieten sie in Bewegung, rückten geräuschlos in Richtung Balken vor, sich vorsichtig nach den Grenzern umblickend, doch die gingen weiter auf ihre Wachablösebaracke zu und wirkten mit einem Mal wie Zinnsoldaten.

Die Mutigsten drangen in das Zwischenreich zwischen den beiden Ländern ein, auf die Betonfläche, die neutral in der Septembersonne lag, und begannen zu rennen. Der Block verflüssigte sich.

Na schau her, murmelte der geflickte Schurl befriedigt,

geht doch. Binnen anderthalb Minuten kamen die Ostdeutschen herüber, alle, die da gewartet hatten, etwas mehr als hundert Menschen, fast so stumm, elegant und kollisionsfrei wie ein Fisch- oder Vogelschwarm, der spektakulär die Richtung wechselt. Nur einmal quer über diese Betonfläche, an deren Stelle vor genau dreiundvierzig Jahren ein toter, von Eliza Goldman falsch identifizierter Zeuge gelegen war, und schon hatten sie ihr politisches System überwunden, schon machten sie rüber, schon ließen sie mit ein paar Schritten alles zurück, selbst ihre teuren, so lange erwarteten Trabis. Jenseits der österreichischen Grenze jubelten die Ersten, aber manche brachen auch in Tränen aus, als sich die Anspannung löste. Sie erkletterten die Ladeflächen der landwirtschaftlichen Fahrzeuge, bestiegen die Anhänger. Mit diesem provisorischen Fahrdienst wurden sie in mehreren Tranchen nach Dunkelblum gebracht, genau wie vor vierundvierzigeinhalb Jahren die Zwangsarbeiter aus dem Schloss in den Wald gebracht worden waren, ängstlich bewacht von denselben, die diesmal die Retter waren. Aber daran dachte an diesem frohen Tag niemand. Als freundliche, tatkräftige Chauffeure teilten sie sich die Flüchtlinge untereinander auf, die Heuraffls, der Berneck und der geflickte Schurl, schließlich hatten sie alle auf ihren Höfen ein paar Fremdenzimmer oder es gab Verwandte und Bekannte, die welche feilboten. Erst als ihre Zimmer voll belegt waren, stellten sie die restlichen Menschen auf dem Hauptplatz vor dem Hotel Tüffer ab und steckten der Resi Reschen, was sie herausgefunden hatten: Denen gibst morgen einfach a Rechnung mit, das wird von der deutschen Botschaft überwiesen.

Morgen, fragte Resi misstrauisch, was is morgen?

Morgen kommen die Busse vom Genscher, jubelte Berneck, und sobald die alle weg sind, fahren wir an die Grenze und holen uns neue!

Und so geschah es, denn die Bonner Vertretungen im Ausland arbeiteten in diesem Herbst so effizient und unbürokratisch wie nie zuvor.

Da kannst nix sagen, sagten die eilfertigen Ersthelfer zufrieden zueinander: Bei den Piefkes läuft halt immer alles wie geschmiert.

Natürlich schlugen sie auf; sie berechneten zehn, zwanzig oder sogar fünfundzwanzig Schilling mehr als den üblichen Preis für Zimmer mit Frühstück, die armen Teufel mussten es ja weder selbst bezahlen, noch hatten sie einen Schimmer, wie der Schilling zur D-Mark stand. Die Pensionswirtinnen – traditionell waren die Frauen für die Fremdenzimmer zuständig – fühlten sich beim Schreiben der Rechnungen schon ein bisschen schummrig. Aber man hat halt auch dauernd müssen die Bettwäsche waschen, rechtfertigten sie sich: jeden Tag! Sie, die selbst nie gereist und also in gnädiger Unkenntnis der internationalen Übernachtungspreise waren, erfuhren niemals, dass ihr Aufschlag niemandem wehtat oder auch nur auffiel. Der Aufschlag, für den sich die eine oder andere Dunkelblumerin insgeheim ein wenig genierte, zählte in dieser Ausnahmesituation nicht mehr als der Fliegenschiss auf dem sprichwörtlichen chinesischen Reissack. Die Scham aber war mehr als gerecht.

Und so kam es, dass Flockes tagelange Such- und Rettungsfahrt und die Aktion der Heuraffls, die die ostdeutschen Flüchtlinge einfach herüberwinkten und mit öligem Lachen und überhöhten Rechnungen weiterschleusten, gemeinsam dafür sorgten, dass Dunkelblum wieder in ein vorteilhaftes

Licht geriet. Es war, als hätten die Gegner unwillkürlich an einem Strang gezogen, ein Gedanke, der Flocke, wenn sie ihn je gehabt haben sollte, bestimmt sauer aufgestoßen wäre. Der Maßstab der Ereignisse war zwar viel größer als diese Dunkelblumer Grenzpossen, aber auch im Herbst 1989 galt, einmal mehr, dass alle im Fluss und Atem der Geschichte handelten. Jeder machte seins daraus, je nach dem Ort, an dem er eben stand, je nach seiner individuellen Moral und Möglichkeit: blieb also im Haus bei den Tuschebildern und zog die schweren, staubigen Vorhänge zu wie Agnes Kalmar, der man jeden Bericht über offene Grenzen vorsorglich verheimlichte.

Beschwerte sich zum ersten Mal bitter und per eingeschriebenem Brief bei der Krankenkassa, dass man endlich und verdientermaßen in Pension gehen wolle und müsse, wie Doktor Sterkowitz. Und wo der lang versprochene Nachfolger bliebe?

Oder prüfte intensiv die Möglichkeiten und Kosten israelischer Altersheime für Holocaustüberlebende, wie Antal Grün. Er trug dafür Sorge, dass niemand von seinen Erkundigungen erfuhr, obwohl ihn die Heimlichtuerei zumindest in Hinblick auf Eszters Sohn, seinen naiven, hilfsbereiten jungen Freund, ein wenig schmerzte. Und dennoch verriet er nicht einmal diesem etwas, kein Sterbenswörtchen, bis eines Tages die gemütliche Greißlerei im alten Ortskern einfach geschlossen blieb, zugesperrt und dunkel, als wäre nie etwas gewesen. Auch das Ladenschild sowie jeden Hinweis auf seinen und seiner Mutter Namen entfernte Antal, er ließ nur das unpersönliche Schild von A&O zurück, das so viele andere kleine Geschäfte im Land zierte. Aber das war Monate später.

Vorerst überschlugen sich die Ereignisse: Nachdem die Ungarn, entnervt von Vorfällen wie dem paneuropäischen Picknick und dem mehrtägigen Leck in Zwick, erklärten, ausreisewillige DDR-Bürger nicht mehr in ihr Heimatland auszuliefern, spitzte sich die Situation in der Tschechoslowakei zu. Nachdem auch das diplomatisch gelöst werden konnte und Hunderte Menschen, die über den Zaun in die Prager Botschaft geklettert waren, in Sonderzügen nach Westdeutschland saßen, fiel erst auf, dass in Leipzig seit Kurzem jeden Montag Demonstrationen stattfanden und dass deren Teilnehmerzahlen anschwollen, so beständig wie zuvor die der Ungarn-Camper und Botschaftskletterer.

Dem Bürgermeister Koreny, der sich nun allabendlich mit neuerworbener Amtswürde und einem dazugehörigen, ein wenig koketten Seufzer vor den Fernsehnachrichten niederließ, kam es vor, als gäbe es eine hintergründige physiognomische Ähnlichkeit zwischen der tschechoslowakischen und der ostdeutschen Nomenklatura. Im Vergleich zu den Ungarn und Jugoslawen, im Vergleich auch zum neuen sowjetischen Generalsekretär sahen die aus, als meinten sie es immer noch ernst.

Ich glaub, die sind g'fährlicher, sagte Koreny zu seiner Frau, ich kann dir nicht sagen, warum, aber das hab ich im Urin. Die würden ganz gern immer noch schießen und die Panzer rollen lassen, wie ihre Genossen in Peking.

Was du immer g'scheit bist, sagte seine Frau.

Aber die Widerrede führte dazu, dass Koreny sich mehr als üblich für die Weltpolitik zu interessieren begann. Einmal sah er spätnachts ein Interview mit einem ostdeutschen Schriftsteller, das ihn sehr aufwühlte, was er ebenso wenig erklären hätte können wie die zwingende Vision, die Prager und Ostberliner Staatsmänner seien in ihrer Unerbittlichkeit verwandt. Dieser angeblich hochberühmte Mann – Koreny hatte noch nie etwas von ihm gehört, aber er las ja auch keine Romane – äußerte sich abfällig über die eigenen Landsleute, über dieselben glücklichen und dankbaren Menschen, denen Koreny im Dutzend die Hände geschüttelt hatte, bevor sie auf dem Hauptplatz neben der Pestsäule in die von Genscher geschickten Reisebusse stiegen.

Bei seiner eigenen Flucht, sagte der Schriftsteller, der Koreny sofort von oben herab erschienen war, sei es ums schiere Überleben gegangen, denn ihm waren die Nazis auf den Fersen: Aber bei den guten Menschen an der österreichisch-ungarischen Grenze lägen ja wirklich weniger dramatische Gründe vor.

Koreny schüttelte den Kopf und mochte diesen Satz erst gar nicht glauben. Aber wenn einer auch schon wieder bei den Nazis anfing!

Viele von diesen jüngeren Leuten, die da jeden Abend samt ihrer Fluchtstory im Westfernsehen gezeigt werden, fuhr der Mann fort, seien im Grunde genommen Spießbürger: Ihre Vorstellungen von Demokratie sind primitiv!

Das ist ein echter Dreckskerl, sagte Koreny zu seiner Frau, die im Nachthemd hereinkam und ihn aufforderte, endlich abzudrehen. Er zeigte auf den Bildschirm: Hör dir an, was der sagt!

Was sagt er denn Furchtbares, fragte Korenys Frau, und wie zur Antwort sagte der Mann im Fernsehen: Die DDR-Führung besteht nicht aus Barbaren.

Da hast du es, rief Koreny, keine Barbaren, nein? Die eine Mauer bauen und auf ihre eigenen Leute schießen? Nein? Was sind dann, bittschön, Barbaren? Nur unser alter Ferbenz, weil der damals irgendein Amt gehabt hat!? Auf den können sich alle einigen!

Wenn du nicht ins Bett kommst, lass ich mich scheiden, sagte Frau Koreny, die die Erschütterungen der Zeit ebenfalls verspürte, was bei ihr nun manchmal zu solch exaltierten Bemerkungen führte. Ihr Mann stand widerstrebend auf und redete halblaut mit sich selbst. Er war so aufgebracht, dass er nicht mehr hörte, was der berühmte Schriftsteller am Ende sagte, und selbst wenn er es vernommen hätte, hätte er sich nur bestätigt gefühlt. Der Schriftsteller führte seine Einschätzung der DDR-Führung genauer aus. Ihre Kampferfahrung während des Faschismus, als viele von ihnen im Untergrund, im KZ, im Exil gelitten haben, hat sie geprägt, sagte er: Sie glauben, wenn sie ihre Abwehrhaltung aufgeben, werde ihre Lebensleistung vernichtet.

Aber da zog sich Koreny schon ächzend – diese elenden Knie – im Badezimmer sein Pyjama an und murmelte, dass halt wirklich etwas dran sei: Die Juden sind immer so oberg'scheit, dass es nicht zum Aushalten ist.

16.

Nachdem sie sich alles erzählt hatten, saßen Flocke und Lowetz auf dem fliegenden Teppich im Hof und rauchten Ringe in die Luft. Die Nachmittagssonne hatte bereits jene winzige Veränderung durchgemacht, die man nicht voraussehen und nachher nie genau festlegen kann: Vom grell gegenwärtigen, alle Formen ausstanzenden Sommerlicht hin zu jenem anderen, das an goldenen Rändern langsam zu fließen und sie zu verklären beginnt. War es am Tag zuvor noch anders gewesen? Oder geht die Verschiebung unmerklich über mehrere Tage, bis man seufzend anerkennen muss: Nun wird es Herbst?

Lowetz war seit Tagen damit beschäftigt, Ordnung in seinen Kopf zu bringen. Zu vieles war fast gleichzeitig geschehen, manche Aufregungswellen rollten noch aus, Gutes und Schlechtes wurde aufgewirbelt und unbegreiflich vermischt. Die Knochen auf der Rotensteinwiese gehörten angeblich einem Weltkriegssoldaten und waren nicht der schaurige Vorbote dessen, wonach Doktor Gellért seit Wochen suchte. War das gut oder schlecht? Falls in der Nähe noch die Metallmarke gefunden wurde, würden demnächst irgendwo auf der Welt, in Kiel oder Kamtschatka, überraschte Enkel oder Großnichten davon verständigt werden, dass ihr fast vergessener Vorfahr offiziell vom Status *vermisst* zu *gefallen* übergegangen war. Eventuell könnte es auch ein hiesiger Volkssturmmann gewesen sein, die hatten zwar Helme, aber nicht mehr in jedem Fall Marken bekommen.

Irgendwelche Verrückten hatten den Friedhof beschmiert und Lowetz fragte sich, ob er wirklich wissen wollte, wer das gewesen war. Er stellte sich vor, dass er demjenigen auflauern und ihn so lange schlagen müsste, bis er zugäbe, auch den Drohbrief an Gellért geschrieben zu haben und möglicherweise sogar die Postkarte an seine Mutter. Einer musste es ja sein. Einer ging freundlich grüßend da draußen herum und war in Wirklichkeit so ein krankes Arschloch. Es war der Postkartentext, den Lowetz schrie, wenn er in Gedanken diesen schwarzen Schatten gegen eine Mauer drängte und mit unhörbaren, unspürbaren Schlägen traktierte: Hör auf zu lügen! Die Phantasie war hochgradig lächerlich, er war kein

Raufer. Die echten Einheimischen waren ihm auch darin um Klassen überlegen.

Die Grenze war inzwischen offen und Fritz weiterhin sehr nervös, dass seine Mutter davon erführe. Seit vielen Tagen hatte man ihn nicht mehr singen gehört. Lowetz bezweifelte, dass noch etwas zu Agnes durchdrang, sie schien sich mit ihren Vorhängen, Zeichnungen und Namensreihen endlich ausreichend gepolstert zu haben gegen alle Erinnerungen. Außerdem war es bereits stiller geworden. Es kam hier ja kaum jemand mehr durch, seit die Ostdeutschen bequem weiter oben im Norden einreisen konnten, in ihren Plastikautos über Wien und Linz weiter nach Westen in Richtung Passau. Gelegentlich standen Ungarn in Dunkelblum herum und schauten sich um, gingen in die beiden Kirchen oder waren in die Betrachtung der üppig verzierten Pestsäule vertieft. Sie nickten und grüßten, und manchmal lasen sie sich vor dem *Tüffer* die Speisekarte im Aushang durch. Man sah sie dort nie hineingehen, sie betraten bloß Geschäfte, in denen es Elektrogeräte gab. Es schien, als habe ganz Ungarn einen unstillbaren Hunger nach Waschmaschinen, Fernsehern und Stereoanlagen.

Ob sie wohl dableiben, fragte Flocke.

Was, fragte Lowetz und kehrte aus seinem Kopfdurcheinander zurück: Wer bleibt wo?

Flocke meinte Reinhold und seine Familie, die in zwei Gästezimmer auf dem Malnitz-Hof übersiedelt waren. Leonore Malnitz hatte darauf bestanden, die Frauen, die ihre Tochter herübergeholt hatte, bei sich unterzubringen. Der blondbärtige Reinhold half inzwischen bei der Weinlese mit und machte keine Anstalten zu entscheiden, was weiter mit ihnen geschehen solle. Leonore beteuerte mehrmals am Tag, sie seien eingeladen, so lange sie wollten. Silke, die Tochter, hatte einen Narren an dem Mops namens Hildegard gefressen und war den ganzen Tag mit seiner Erziehung beschäftigt. Offenbar gab es keine westdeutsche Verwandtschaft, die die drei sehnlich erwartete.

Aber diese neue Wendung war Lowetz bisher entgangen: dass Bürgermeister Koreny im Fernsehen gefordert hatte, man solle die ostdeutschen Flüchtlinge von offizieller Stelle einladen, im Burgenland zu bleiben. Das Bundesland leide doch schon lange unter Abwanderung, Berechnungen zufolge werde es in den kommenden Jahrzehnten über fünf Prozent seiner Bevölkerung verlieren, und dagegen hätte man nach Korenys Meinung ohnehin längst eine Strategie entwickeln müssen – warum also, fragte er, sollten wir uns nicht um diese Menschen bemühen? Das sind lauter Leistungswillige, die sich eine Existenz aufbauen wollen, das hat ihr Entschluss zur Flucht schon gezeigt! Und überdies sind sie der deutschen Sprache mächtig!

Hätt ich dem Koreny gar nicht zugetraut, sagte Lowetz, und Flocke sagte, das hätte sich der selbst nicht zugetraut, noch vor zwei Wochen.

Und warum jetzt, fragte Lowetz.

Flocke blies sich die Stirnfransen in die Höhe: Vielleicht wächst er an seinen Aufgaben – genau wie du?

Lowetz schaute sie auf eine Weise an, die ihm ungehörig vorkam. Es schien sie nicht zu stören. Er war mit sich übereingekommen, dass sie doch von der seltenen Art des Homo dunkelblumiensis sein musste, vielleicht das letzte Exemplar vor dem Aussterben. Sie war anders als die anderen hier, gleichzeitig ernsthafter und witziger. Mit den leicht schrägen Augen, Haaren, die man am ehesten als karamellfarben bezeichnen konnte, und mit ihren filigranen Fingern und Gliedmaßen ähnelte sie nicht einmal ihren Eltern besonders. Vielleicht machte auch das die Besonderheit aus: dass sie einerseits wie ein seltenes Insekt wirkte, andererseits so sehr in diesen Landstrich verbohrt war, mit dem deftig-patriotischen Wunsch, ihn zu verbessern.

Und hast du gesehen, mit was für einer Tasche der Reinhold herumrennt, fragte sie und lachte: *Besser sehen und besser hören?* Als wär er waschecht von hier!

Lowetz lachte mit. Die hab ich ihm letztens gegeben, sagte er, nur das *Nu* müsste man ihm abgewöhnen, zum Thema *Beherrscht die deutsche Sprache,* das versteht man hier genau verkehrt herum ... Er brach ab.

Nu, rief Flocke, recht begabt im Nachahmen: Nu-nu, da hast du wirklich recht! Sie wollte weiterblödeln, doch Lowetz hob die Hand.

Was ist, fragte sie.

Er rappelte sich auf. Scheiße, sagte er, scheiße, scheiße, scheiße ... und ich Vollkoffer hab den Fußboden aufgebrochen!

Die Papiere seiner Mutter befanden sich nämlich keineswegs in einer vergilbten Flügelmappe mit dem handschriftlichen Vermerk *Geheim,* sie waren nicht, wie in schlechten Filmen, kunstvoll mit Spagat verschnürt oder an einer Ecke verkohlt, als wären sie nur knapp einem Feuer entgangen. Die sogenannten Papiere seiner Mutter bestanden aus drei oder vier banalen orangenen A4-Kuverts sowie zwei karierten Abreißblöcken mit dem eckigen Logo von Libro vorne drauf, und sie waren da, wo Lowetz selbst sie am

Abend vor Flockes Verschwinden hingekippt hatte: einfach verstreut auf dem dunklen Grund von Eszters Kleiderkasten, zwischen Lurch, Einzelsocken, Haargummis, Reißnägeln, einem löchrigen Wollschal, einem Paar Plastikbadeschlapfen und einem Kleiderbügel, dem der Haken abgebrochen war. In einer hinteren Ecke gab es noch ein zusammengeknülltes Stück Leinen, das sich als Zwilling der Philips-Tasche entpuppte, staubig, leer, aber sogar in besserem Zustand.

Flocke strich die zweite Tasche mit beiden Händen auf dem Fußboden glatt, so nachdrücklich, als würde sie sie mit den Händen bügeln.

Lowetz bat sie, damit aufzuhören: Sei mir nicht bös, aber das macht mich schon beim Onkel Grün ganz narrisch.

Sie nahm es hin, obwohl sie Zurechtweisungen nicht mochte. Sie saß im Türkensitz auf dem Boden und ließ den Blick durch das Zimmer schweifen, während er neben ihr kniete und alles durchblätterte, aus den Kuverts kopierte Seiten schüttelte und durch die Blöcke wie durch Daumenkinos raste, als müssten sie ihre Tricks preisgeben.

Als er durch war, fing er, mit etwas mehr Ruhe, noch einmal von vorne an. Flocke saß da und beobachtete ihn. Nach einer Weile schob er alles zusammen und sah sie ratlos an. Er verstand nicht, was daran wichtig sein könnte. Es gab eine Handvoll kopierter Zeitungsartikel zu verschiedenen Vorfällen aus der Nachkriegszeit: ein Gerichtsprozess gegen ein paar Buben aus der Dunkelblumer Hitlerjugend, die Nachnamen allesamt abgekürzt. Ein Grenzzwischenfall mit Autounfall und Schießerei. Ein Raubmord an einem Fahrradfahrer. Und schließlich der Bericht über den Tod eines Winzers namens Graun – wahrscheinlich der Vater des aktuellen –, der sich bei einem ungeschickt entzündeten Feuer im Wald offenbar selbst verbrannt hatte. Was es auch für Sachen gab. Dann war da noch eine dreiseitige, zusammengeheftete Adressliste, die aussah wie ein Auszug aus einem alten Melderegister, weiters ein Stammbaum der Familie Rehberg mit vielen, zum Teil durchgestrichenen und später verbesserten Geburts- und Todesdaten. In immer neuen Anläufen hatte Eszter diesen Stammbaum handschriftlich gezeichnet, einen Notizblock nur mit zahllosen uninteressanten Rehbergs gefüllt, die zusammen- oder voneinander abhingen. Lowetz stieß mehrmals auf den Namen des Reisebürochefs, der offenbar wie dessen Vater Max, ein Glasermeister, nur Schwestern hatte, allesamt verheiratet und daher anders heißend. Lowetz kannte die meisten Familien, in die die weiblichen Rehbergs eingeheiratet hatten, ganz Dunkelblum war ja miteinander verwandt und verschwägert, auch wenn das ein Fremder nicht gleich gemerkt hätte. Eine von Rehbergs Tanten schien nach drüben geheiratet zu haben, wenn man von einem Vornamen wie Jenő rückschließen durfte. Oder war dieser Mann genauso herübergekommen wie Lowetz' Mutter, bloß eine Generation früher?

Am interessantesten fand Lowetz ein mit Schreibmaschine getipptes, seitenlanges Interview, worin Eszter ihre Lebensgeschichte erzählte. Das könnte man später noch einmal genau lesen, aber beim Überfliegen entdeckte er weder Bemerkungen zur Ballnacht im März 1945 noch zur Familie Gellért.

Und schließlich gab es noch ein Briefkuvert mit mehreren Blättern in einem merkwürdigen Quartformat, dünn wie Luftpostpapier, auf die mit feinem Bleistift geschrieben war, nur ein paar Worte pro Blatt, der Text in die Mitte gerückt, als wären es kleine Schilder. Diese Zettel waren auf Ungarisch. Es konnten Einkaufslisten sein oder bloße Notizen oder kurze Briefe ohne Anrede und Grußformel, die Eszter von ihren Verwandten drüben erhalten haben mochte. Es sah nicht wichtig aus, aber natürlich könnte man jemanden fragen, der die Sprache verstand.

Jetzt bist du enttäuscht, stellte Flocke fest: Was hast du erwartet?

Lowetz dachte nach. Weißt du, Flocke, sagte er, in den Tagen, wo du weg warst, da war hier eine komische Stimmung, als wäre die ganze Stadt verwunschen oder verflucht. Es waren die Tage nach diesem Gewitter, alles war so nass und heiß und hat sich angefühlt, als würde es ins Rutschen kommen. Ganz Dunkelblum eine Mure. In der Tankstelle bei deinem Onkel zum Beispiel – aber egal, das war wahrscheinlich nur Einbildung … Jedenfalls, nach dieser Wasserversammlung im *Tüffer*, wo es hoch hergegangen ist, wo deine Mutter darum gebeten hat, dass die Leute bei der Suche helfen sollen …

Bei der Suche nach mir, fragte Flocke beklommen.

Das wollte ich eben sagen, sagte Lowetz, sie hat natürlich die Suche nach dir gemeint, aber irgendwie war auch das Thema mit den Kriegsverbrechen plötzlich da, ich weiß gar nicht mehr, wieso, und da hat das Wort Suche so eine Doppelbedeutung bekommen …

Und dann, fragte Flocke, als er nicht weitersprach.

Es ist schwer zu beschreiben, setzte Lowetz zögernd fort, aber obwohl ich für so etwas wirklich nicht anfällig bin, war ich davon überzeugt, dass die Dinge zusammenhängen oder dass zumindest vieles untergründig verbunden ist, wie die Wasseradern vom Faludi.

Flocke lachte.

Du lachst, sagte er, aber dieses Gefühl hat mich tagelang beherrscht: der Tod meiner Mutter, so unerwartet, dass es mir schon verdächtig vorgekommen ist, dazu der Doktor Gellért, den sie damals vor den Nazis versteckt hat – wovon sie mir nie ein Wort gesagt hat! –, dein Verschwinden, gleich nachdem du mit ihm geredet hast, das Skelett auf der Rotensteinwiese, das die Leute so nervös gemacht hat, sogar das Märchenbuch, sogar der Reinhold, der aus dem Wald von drüben gekommen ist, und dieses Theater um die Wasserleitungen. Ich weiß, es ist verrückt, aber ich war mir sicher – da gibt es einen Schlüssel, einen Code. Und ich wollte ihn unbedingt finden – vielleicht bin ich der Einzige, der ihn finden kann? Und dann hab ich gedacht, er könnte in den Aufzeichnungen meiner Mutter sein.

Du hast den Boden aufgebrochen, fragte Flocke, weil du mich finden wolltest?!

Da lachte Lowetz laut. Das habe ich so doch nicht ... aber eigentlich hast du recht. Genau: Ich hab den Boden aufgebrochen, weil ich dich finden wollte! Und das hat ja auch fast auf die Minute hingehaut!

Aber dieses Gefühl mit dem inneren Zusammenhang, fragte Flocke weiter, das hast du jetzt nicht mehr? Seit wann ist es weg?

Seitdem du zurück bist, sagte Lowetz sehr bedächtig und machte große Augen, weil er innen drin einen stillen, tintenblauen See des Wunderns sich ausbreiten fühlte, undurchdringlich blau, aber warm, schützend und keineswegs unangenehm: Ja – seit du wieder da bist, da weiß ich, ich hab einfach nur gesponnen.

Vielleicht hat es ja umgekehrt funktioniert, sagte Flocke

und sah ihn belustigt an, schob die Unterlippe vor und blies die Stirnfransen in die Höhe: Erst bin ich zurückgekommen, dann hast du dich an die Papiere erinnert, und ob es diesen Schlüssel gibt, das müssen wir halt noch herausfinden.

Ja, das müssen wir wirklich, sagte Lowetz und schaute ihr geradeaus ins Gesicht, mitten hinein in die schrägen, spöttischen Augen direkt vor ihm, die nicht tintenblau waren, es aber seiner Überzeugung nach in diesem Moment hätten werden müssen. Er holte Luft und spannte ein wenig die Lippen an, doch Flocke stand mit überkreuzten Gazellenbeinen direkt aus dem Sitzen auf, ging zum Fenster, öffnete es und rauchte. Lowetz schämte sich. Etwas lief schon wieder falsch, obwohl er einfach nicht erkannte, was. Wahllos griff er noch einmal nach den Papieren. Er erwischte die Liste mit den Namen und Adressen. Sie begann bei Arnstein, Malwine, Hauptplatz 13, gefolgt von Bernstein, Emma, Herrengasse 3, ging weiter über Eisenstädter, Engel, Glück, dann kamen Antal und Gisella Grün, Tempelgasse 4, weiter ging es mit Hirschler, Holzer, Pimper, Rosenberg an verschiedenen Adressen im Zentrum. Es gab zwei große Familien namens Rosmarin und Tüffer, und so lief die Namensreihe insgesamt über zweieinhalb Seiten weiter, bis sie mit einer Wohlmut, Karoline, Hauptplatz 7, endete. Lowetz starrte auf diese Liste, ohne etwas zu sehen. Ihm brannten die Wangen, als hätte Flocke ihn geohrfeigt. Was hat die Mutter vom Onkel Grün aber auch für einen kuriosen Vornamen gehabt, dachte er so stockend, wie ein Betrunkener ein Gedicht aufsagt: und wie interessant, dass es wirklich einmal Leute namens Tüffer gegeben hat. Die restlichen Familiennamen waren ihm, anders als die Adressen, unbekannt. Es musste eine sehr alte Liste sein.

17.

Rund um Dunkelblum übersteigt die Anzahl der Geheimnisse seit jeher die der aufgeklärten Fälle um ein Vielfaches. Es ist, als ob die Landschaft, die hier erst noch wie eine saftiggrün bestickte Samtborte aufgeschoppt und gekräuselt wurde, bevor sie abstürzt ins Flache, Gelbe und Endlose, sich grundsätzlich verwahrt gegen das Durchschautwerden. Und als ob das auch ihre Einwohner beträfe, die sich ähnlich disparat verhalten, alles beobachtend, nichts verstehend. Alles kommentierend, nichts erklärend. Die Köpfchen der Blumen drehen sich zwar emsig hin und her, und die Mauern spitzen ihre grauen, bröseligen Ohren, aber sie nehmen nur auf, sie geben nichts wieder heraus.

Und so wurde auch nie richtig aufgeklärt, warum man vergessen hatte, den Doktor Sterkowitz abzulösen. Sein eingeschriebener Brief löste in der entsprechenden Abteilung der Krankenkasse einen Skandal aus, einen typisch burgenländischen Skandal: Jemand brüllte, dieser Jemand drohte brüllend mehrere fristlose Kündigungen an, eine Tür wurde geschmettert, Kaffeetassen und Kakteenuntersetzer klirrten indigniert, und danach arbeiteten alle, besonders der Türenschmetterer, verbissen und vereint daran, den Fehler auszubügeln, auf dass er niemals ruchbar werde. Es stellte sich heraus, dass in Sterkowitz' Personalakte das Geburtsjahr falsch eingetragen und er daher für ein Jahrzehnt jünger gehalten worden war. Aber dass das so lange nicht aufgefallen war! Pünktlich zur Pensionierung alterte der gute Doktor zumindest in den Akten enorm, die hektisch korrigiert wurden. Und niemand fühlte sich schuldig: Der tüchtige und allezeit vitale Kollege habe doch seinen Dienst angetreten, als es Österreich gerade gar nicht gab, nicht wahr, da könne so ein Abschreibfehler schon einmal passiert sein, quer durch die verschiedenen Staatsformen, den Krieg nicht zu vergessen, ich bitte! Aber es war gar nicht notwendig, den Fehler zu begründen, denn auch in der Regionalzeitung bemerkte niemand etwas, als sie den großen Abschiedsartikel schrieben.

Nach außen setzte die Bürokratie ihre undurchdringliche Miene auf. Als müsste sich Sterkowitz noch dafür bedanken, teilte man ihm brieflich mit, dass ein geeigneter Nachfolger schneller als geplant gefunden hatte werden können. Wenn Sterkowitz es wünsche, könne er mit Quartalsende in Pension gehen, also per dreißigsten September. Das schroffe Schreiben ließ ihn befürchten, er habe zu heftig gedrängt. Als er versuchte, telefonisch nachzufühlen, waren alle entsprechenden Sachbearbeiter krank, zu Tisch, außer Haus oder nicht auffindbar. Immerhin meldete sich der Nachfolger selbst telefonisch bei ihm und sie konnten alles Notwendige besprechen. Bevor sie auflegten, bat Sterkowitz ihn darum, seinen Namen noch einmal zu buchstabieren. Mein Gehör lässt leider langsam nach, sagte er entschuldigend.

Bello, wiederholte der junge Arzt am anderen Ende, Bello, wie man es spricht.

Bello, wie der Hund, fragte Sterkowitz.

Bello, wie der Schöne, sagte der Nachfolger und lachte.

Na Hauptsache nicht wie der Krieg, sagte Sterkowitz, wir sehen uns am Monatsende, Herr Doktor Bello!

Und wie klingt er, fragte Sterkowitz' Frau.

Angenehm und nett, antwortete Sterkowitz: Die haben

heutzutage ja wirklich eine Spitzenausbildung, also wo der schon überall famuliert hat ... Ich glaub aber, er ist groß und sehr dick.

Wie kommst du darauf, fragte seine Frau.

Weil seine Stimme so dröhnt und hallt, sagte Sterkowitz, wie eine Glocke im Turm.

Sterkowitz begab sich in seinem orangenen Honda auf Abschiedstour. Er arbeitete fast so viel wie in den ersten Jahren seiner Karriere, er wünschte sich, alle seine Patienten noch einmal zu sehen. Außerdem wollte er, wie der Doktor Bernstein damals, dem Nachfolger eine perfekte Kartei hinterlassen. Kein späterer Behandlungsfehler sollte auf unvollständige Krankengeschichten zurückgeführt werden können. Was wohl aus dem Bernstein damals geworden war? Ob er es noch geschafft hatte?

Die aktuellen Fälle, Krankheiten und Verletzungen taten Sterkowitz nicht den Gefallen, ihm mehr Zeit zu verschaffen. Im Gegenteil: Nach dem heißen Sommer und den Aufregungen rund um die Grenzöffnungen schien jetzt nachzuläppern, was davor unterdrückt oder einfach nicht ausgebrochen war. Es gab einiges an Herz-Kreislauf-Beschwerden, auch bei Jüngeren. Die Älteren wollten mehr reden als sonst, auch über die neue Zeit, die da jetzt offenbar anbrach. Werden meine Enkel bald nach Ungarn arbeiten fahren, fragte ihn ein alter Rübenbauer, wird sich jetzt wieder alles umdrehen? Und eines von den Hutzlweiblein, die Tracht trugen und an die hundert Jahre sein mussten – es gab deren mehrere –, fragte ihn mit verklärtem Blick, ob jetzt endlich die Frau Gräfin zurückkäme. Sterkowitz pumpte die Blutdruckmanschette auf und sagte: Wer weiß? Alles ist möglich.

Andere schienen überhaupt erst nach seiner Expertise zu verlangen, weil sich herumsprach, dass er aufhörte. Die Frau Leonore Malnitz zum Beispiel, die er noch nie behandelt hatte, weil sie, wenn ihr etwas fehlte, nach Kirschenstein fuhr – aus Gewohnheit, wie sie nun beteuerte, aus uralter Gewohnheit –, erschien in der Sprechstunde und wollte ein Mittel gegen ihre quälenden Schlafstörungen. Sterkowitz untersuchte sie gründlich, veranlasste ein großes Blutbild und fand nichts Beunruhigenderes als das Klimakterium. Er verschrieb Agnus Castus. Während er das Rezept ausstellte, begann die Malnitz leise zu sprechen. Ob zu den Wechseljahren auch gehöre, dass man sich dringend von altem Ballast befreien wolle, fragte sie. Ihr sei so. Und wenn sie nachts stundenlang wachliege, gewinne sie den Eindruck, dass reiner Tisch gemacht werden müsse, auch bei ihr selbst, dass sie es nicht nur von allen anderen verlangen könne. Sterkowitz stempelte das Rezept und legte beide Hände auf den Schreibtisch. Sie war noch immer, ihrem Ruf entsprechend, eine schöne Frau; die Luft um sie herum schien zu leuchten. Aber nun nahm er auch etwas anderes wahr, einen überspannten Mut, ein Gift, das nach oben drängte.

Ist es wirklich nur Ballast, fragte er, oder sind es unentdeckte Sünden?

Ihr Gesichtsausdruck verriet es ihm.

Liebe Frau Leonore, sagte er, was so lange nicht gestört hat, sollte es auch weiterhin nicht tun. Und je länger etwas her ist, desto weniger spielt es eine Rolle. Die Zeit, die vergeht, verändert die Dinge, das wissen Sie doch selbst.

Sie halten also nichts von Beichte, Sühne und Vergebung, Herr Doktor, fragte sie.

Davon versteh ich zu wenig, sagte Sterkowitz. Aber

einen schief verheilten Bruch, mit dem einer schon jahrelang herumgelaufen ist – den kriegt man nicht wieder gerade. Wenn man es unbedingt will, muss man neu brechen. Das müsste dann ein zweites Mal verheilen.

Als Sterkowitz das Haus der Obstbauern betrat, die alle die Geflickten nannten, riss er erst einmal ein paar Fenster auf. Du liebe Zeit, rief er, jetzt grabts euch halt nicht so ein! Wie ich immer sag: Man erstickt schneller, als dass man erfriert! Und es ist doch noch so schön warm heraußen!

Keiner sagte etwas. Die Geflickten-Familie erschien dem Sterkowitz seit jeher wie eine Versammlung von Augentierchen, Menschen mit Blicken wie dunkle Scheinwerfer, die alles ringsum aufmerksam musterten, dabei aber weitgehend stumm blieben. Sterkowitz wusste, dass die Intelligenz nicht gerecht verteilt war auf der Welt, genauso wenig wie alles andere. Aber weil die Natur statistisch zur Mitte strebt, gab es selbst in diesem Haus gelegentlich Kinder, die mehr verstanden als die Alten und die zumindest lesen, schreiben und das große Einmaleins lernten. Ausgerechnet diesen Karli, einen Enkel des ursprünglichen Geflickten, hatte Sterkowitz für einen der Begabtesten gehalten. Noch vor ein paar Jahren, als Kind, hatte Karli Kleintierskelette präpariert, eine Taube, einen Marder, ein Eichhörnchen. Er hatte den Arzt manchmal um Rat gefragt, ein wissbegieriger, aufgeweckter Bub von zehn oder zwölf Jahren. Und daraus war jetzt das geworden? Wieso musste es eigentlich immer schlecht ausgehen? Karli war wirklich nicht dumm. Aber vielleicht, überlegte Sterkowitz, kann einen die Aufgabe, immer für alle anderen mitdenken zu müssen, erst recht auf die falschen Wege führen?

Die Frau, die ihm geöffnet hatte, brachte ihn zum Krankenzimmer, etliche stumm glurende Kinder wurden von ihr dabei aus dem Weg gescheucht. Karli lag in einer Bettwäsche von undefinierbarer Farbe und war genauso wie zwei Tage zuvor, als man ihn mit der tiefen Stichwunde im Oberschenkel in die Ordination gebracht hatte: bleich, düster und ungewaschen. Auf dem Fensterbrett stand ein auf Draht gezogenes Skelettmodell einer menschlichen Hand, keine Spur mehr von den Eichhörnchen und Tauben. Sterkowitz nahm die Hand näher in Anschein, sie sah verblüffend echt aus. Das hast aber nicht selbst erlegt, wie die Tiere früher, fragte er scherzend.

Karli starrte ihn an und murmelte etwas von *gekauft*.

Das letzte Glied vom kleinen Finger fehlt, stellte Sterkowitz fest und berührte den überstehenden Draht: Und du weißt, wie das fehlende Stückerl ausschaut? Hat fast die Form einer Spielfigur, ein Kegel mit Kopferl, wie beim *Mensch ärgere Dich nicht*.

Karli räusperte sich mehrmals. Das war schon so, sagte er schließlich mit belegter Stimme, deshalb war's billiger.

Sterkowitz fühlte ihm die Stirn, der Junge schwitzte. Ich lass dir ein Antibiotikum da, sagte er, zur Sicherheit. Dreimal täglich eins davon, verstanden? Und auch bei dir ist es stickig, stell die Hand woanders hin und lass Luft herein!

Er versorgte die Wunde und wechselte den Verband. Zum Schluss setzte er sich auf ein ungemachtes Bett – es gab derer drei in dem winzigen Raum – und fragte Karli, ob er nicht doch noch etwas zu dem Vorfall sagen wolle. Sei g'scheit, bat der Arzt, wenn du mir sagst, wie es war, kann ich dir vielleicht helfen.

Aber Karli schaute ihn nur wieder so dunkel an, sonst nichts.

Augentierchen, dachte Sterkowitz und ärgerte sich. Er hatte dem jungen Burschen bereits vorgestern zugesetzt, während er die Wunde nähte. Er hatte ihm auf den Kopf zugesagt, dass die beiden Dinge doch garantiert zusammenhingen, Karlis Verhaftung und Verhör am Tag davor und nun, am Folgetag, diese Verletzung im Oberschenkel. So einen Zufall gibt's gar nicht! Denn selbst wenn Karli getan haben sollte, was man ihm vorwarf – Sterkowitz hatte gehört, dass die Indizien keinen anderen Schluss zuließen, obwohl er nicht gestanden hatte –, dürfe ihn trotzdem niemand mit einem Messer verletzen. Das eine hat mit dem anderen gar nichts zu tun, sagte Sterkowitz streng, wir haben hier noch lange keine Selbstjustiz! Und ich möchte mal schwer davon ausgehen, dass du dir nicht selbst das Messer ins Bein gerammt hast.

Karli schwieg. Er hatte vor zwei Tagen geschwiegen und vor drei Tagen beim Verhör, er schwieg auch jetzt, mit einer vom Jod gefärbten Linie von sechs sauberen Nähten im Oberschenkel. Sterkowitz stand mühsam auf. Ihr seids alle die Gleichen, sagte er, wann werdets ihr lernen, dass es nix besser macht, immer nur die Goschn zu halten?

Vor dem Haus stieß er auf den Großvater, dem er vor Jahrzehnten das Gesicht zusammennähen hatte müssen. Damals gab es die ganz feinen Fäden noch nicht und auch nicht die praktischen zuschneidbaren Klebestreifen. Ein paar Jahre später wäre die Gesichtsbastelei also vermutlich besser ausgefallen. Und inzwischen wieder schlechter, Sterkowitz' Feinmotorik war längst nicht mehr die alte. Für einen Schnitt im Bein reichte sie noch.

Ihr habts es aber auch mit den Messern, sagte Sterkowitz und deutete mit dem Daumen hinter sich, auf das Haus: Kannst du dir da einen Reim drauf machen?

Der geflickte Schurl schüttelte unglücklich den Kopf. Er schaute drein, als habe er selbst Schmerzen, ein zuckendes, ziehendes Leiden in seinem vernarbten Gesicht.

Ich mein, Schurl, schimpfte Sterkowitz, was fällt ihm denn mit dem Friedhof ein? Wie kommt er auf so eine Idee? Die wissen doch gar nicht, was Juden sind, diese jungen Leute!

Schurl flüsterte, ich versteh's auch net, gar net, was ihm da eing'fallen is. Wird er in den Häfn kommen? Er is doch noch a Kind!

Also Kind is er wirklich keins mehr, brummte Sterkowitz, aber in den Häfn kommt er, glaub ich, auch nicht. Sozialstunden wird er halt kriegen oder eine Vorstraf', aber trotzdem, das war doch wirklich nicht nötig. Wie haben sie ihn überhaupt so schnell erwischt?

Er hat die restliche Farbe wieder nach Haus 'bracht, flüsterte Schurl, es war ein Topf von der teuren.

Mit solchen Geschichten liefen die letzten Arbeitstage des Doktor Sterkowitz dahin. Es war wie in all den vielen Jahren, manchmal zum Weinen, manchmal zum Lachen und oft genug beides zugleich. Alois Ferbenz begann ihm Sorgen zu machen, der baute rasch ab, seit dem Theater mit seinem Fernsehinterview. Anders als Sterkowitz vermutet hatte, konnte er seine neue Berühmtheit, in Wahrheit die zur Schau gestellte Narrenfreiheit eines alten Mannes, nicht mehr genießen. Er erschien verwirrt, redete unverständlich, aber umso dringlicher auf ihn ein, irgendetwas von Grundstücken an der Grenze in Ehrenfeld, wo nicht gebaut werden dürfe, niemals, sonst fängt das alles wieder von vorne an. Herr Doktor, wenn ich das nicht mehr schaff, müssen Sie dafür sorgen!

Sterkowitz sagte: Aber Herr Doktor, ich bin doch nur ein paar Jahre jünger als Sie.

Sie müssen es einem Geeigneten weitersagen, drängte Ferbenz, einem von unseren, nicht den anderen! Dass dort niemals gebaut werden darf!

Sterkowitz fragte: Wen meinen Sie denn mit den anderen?

Na, die Juden und ihre Helfershelfer, sagte Ferbenz.

Sterkowitz überlegte, ob man den ständig geröteten Augen des Patienten medizinische Beachtung schenken müsste. War das die übliche Keratokonjunktivitis sicca oder lag hier eine Allergie vor?

Lieber Herr Doktor Ferbenz, brummelte er beruhigend, diese Sachen sind doch schon wirklich lang vorbei.

Nichts ist vorbei, sagte Ferbenz und weinte.

Sterkowitz gab auf, die Geschichte verstehen zu wollen, dem Patienten gerieten offensichtlich die Erinnerungen durcheinander. Vor allem stolperte sein Herz. Sterkowitz vermerkte auf der Karteikarte, dass ein Herzschrittmacher zu überlegen sei, Kardio in Kirschenstein, Fragezeichen.

Die Hotelchefin Resi Reschen dagegen war pumperlgesund, abgesehen von ihrem üblichen Bluthochdruck. Sterkowitz fragte sie, ob sie nicht auch langsam an den Ruhestand denken wolle.

An den Ruhestand denk ich schon mein ganzes Leben, gab die hantige Person zurück.

Sie saßen noch ein paar Minuten zusammen, Resi offerierte einen Kaffee. Sie setzte ihm auseinander, dass die gesamte Lage, wie so oft im Leben, unübersichtlich sei. Falls die Grenzöffnung auf Dauer sei, würde es die Gegend vielleicht beleben; dann wäre es blöd, das Hotel zu verkaufen, wie sie es vorgehabt hatte. Als Hotel wäre es derzeit eh nicht anzubringen, nur als Immobilie, sagte sie. Aber so, wie die Dinge lägen, würde sie versuchen, noch ein, zwei Jahre durchzuhalten. Vielleicht würden hier wieder Hotels gebraucht, vielleicht würde es jemand bewahren, es wäre doch schad um den schönen Jugendstil. Vielleicht könnte es wieder ein bisserl so werden wie vor dem Krieg, als die Menschen wegen der guten Luft, dem Wein und der sanft geschwungenen Landschaft hierherkamen. Und nicht von Wachtürmen, Grenzanlagen und Stacheldraht abgeschreckt wurden.

Ich hab dich immer für eine eingefleischte Pessimistin gehalten, sagte Sterkowitz anerkennend, als er sich verabschiedete, aber vor allem bist du eine Geschäftsfrau durch und durch. Und das machte die Resi stolz und glücklich wie ein junges Mädchen, beinahe wie damals, als sie von der Frau Tüffer den riesigen Schlüsselbund bekommen hatte.

Als Sterkowitz über den Hauptplatz zu seinem Honda ging, winkte ihm der Faludi-Bauer zu. So kamen die beiden ins Gespräch. Sterkowitz fragte, ob es stimme, dass Faludi als Bürgermeister kandidieren wolle.

Wollen ist das falsche Wort, sagte der Faludi-Bauer, bei aller Kritik am Koreny, ich find eigentlich, er ist in letzter Zeit immer besser geworden.

Aber, fragte Sterkowitz.

Aber jetzt hat er halt politischen Selbstmord begangen, sagte Faludi kühl, mit dieser Einladung an die Flüchtlinge, im Burgenland zu bleiben.

Glaubst wirklich, fragte Sterkowitz, das war doch als Idee gar nicht dumm?

Ich hätt eh nix dagegen, sagte der Faludi-Bauer, aber die Rechten schießen sich von überall auf ihn ein. Hast nicht gelesen? Sogar der Fraktionschef der Blauen im Parlament hat gesagt, er fühlt sich wohl in der soziokulturellen Sphäre, die wir heute haben, die soll bittschön so bleiben, wie sie ist. Und unser Ferbenz-Joschi wiederholt diesen Satz, wo er nur kann.

Sterkowitz sagte, der Joschi kann doch *soziokulturelle Sphäre* gar nicht aussprechen!

Faludi sagte, das stimmt, aber in seiner Version klingt es noch schlimmer, Umvolkung und so. Mit Ostdeutschen!

Faludi hatte einen anderen Grund, seine Kandidatur zu erwägen. Wenn der Anschluss Dunkelblums an den Wasserverband, wie zu erwarten, durch die Volksabstimmung verhindert würde, sollte jemand den Umbau zur alternativen Wasserversorgung begleiten, der wirklich etwas davon verstand.

Allein die Baustelle oben auf der Rotensteinwiese, sagte er, dieser Wasserspeicher wird enorm sein, da sind noch eine Menge anderer Umweltfragen zu berücksichtigen.

Ein Wasserspeicher auf der Rotensteinwiese, fragte Sterkowitz entgeistert, mit Fundamenten und so?

Der wird ganz tief in die Erde versenkt, bestätigte der Faludi-Bauer, der wird riesige Mengen Wasser speichern können.

Sterkowitz hielt sich die Hand vor Nase und Mund.

Ist dir nicht gut, fragte Faludi.

Nein, nein, geht schon, sagte Sterkowitz und hustete.

Sicher, fragte der Faludi-Bauer zweifelnd.

Ganz sicher, sagte Sterkowitz, mir ist nur etwas in die Nase gekommen, irgendein ekelhafter Geruch.

Und daraufhin verabschiedete er sich eilig, unter Hinweis auf einen wichtigen Termin: Der Nachfolger, der Doktor

Bello, habe sich nämlich angesagt. Er wolle sich die Ausstattung der Ordination vorab einmal anschauen.

Zu Hause ließ sich Sterkowitz auf einen Sessel fallen und sagte zu seiner Frau, das sei genau, wie im Urlaub krank zu werden. Erst wenn man den Entschluss gefasst habe, in Pension zu gehen, bemerke man deutlich, dass man wirklich nicht mehr könne. Seine Frau schaute ihn an. Nicht, dass du jetzt was ausbrütest, fragte sie.

Da kann mich der neue Herr Doktor gleich untersuchen, sagte Sterkowitz und versuchte zu lächeln: Und wir beide überprüfen ihn.

Er hatte das Gefühl, dass sein Blutdruck absackte. Ein schlechter Zeitpunkt, aber was sollte er tun? Gerade als er seine Frau um einen starken Kaffee mit viel Zucker bitten wollte, läutete es an der Tür. Sterkowitz hielt sich die Hand vor Nase und Mund. Kannst du bitte aufmachen, fragte er, ich muss noch einen Moment verschnaufen.

Seine Frau schaute besorgt, ging aber hinaus. Als sie wiederkam, sah sie aus wie vom Donner gerührt. Sterkowitz befürchtete, dass ihm schon alles Blut aus dem Gesicht gewichen sei, dass der klassische kalte Schweiß auf seiner Stirn stehe. Zwar spürte er ihn nicht. Aber vielleicht würde er gleich vom Sessel gleiten, lautlos wie ein Handtuch? Der neue Arzt würde ihm die Beine heben und halten müssen. Eine ausgemacht peinliche Situation. Was schaust du denn so, fragte er grimmig seine Frau, die sich doch sonst zu benehmen wusste: Ist irgendetwas nicht in Ordnung?

Nein, stammelte sie, nein, nein, ich … ich … hier ist der Herr Doktor …

Und hinter ihr federte der neue Arzt herein, ein leuchtend weißes Hemd, ein mitternachtsblaues Sakko, alles hochelegant, eine schmale, drahtige Erscheinung, keineswegs groß und dick. Das Lächeln fast wie im Kinderbuch, von einem Ohr zum anderen. Ich freue mich sehr, sagte der Mann und streckte seine Hand aus, und seine Stimme hallte wie eine Glocke im Turm: Mein Name ist Alphonse Bello.

Der neue Arzt war schwarz.

Nach dem Gespräch mit dem feinen alten Doktor Sterkowitz zog es den Faludi-Bauern wie an einer Schnur in die Kirche. Seit langer Zeit war er gewohnt, auf solche Rufe zu achten, er lebte im harmonischen Einklang mit den Kräften der Natur, die nicht alle gleichermaßen zu messen und zu erklären waren. Als er merkte, wohin ihn seine Schritte lenkten, nickte er im Einverständnis. Er war lange nicht einfach so in der Kirche gewesen, und welche Kraft oder Macht immer ihn darum bat, sie hatte recht. Leere Kirchen waren Kathedralen der Besinnung, vergleichbar nur mit dem Wald bei Sonnenaufgang. Der Geist konnte schweifen und schwingen, der eigene sowieso, aber es war auch möglich, andere Schwingungen aufzunehmen, sogar Stimmen von früher. Sich leer und rein machen, nichts erwarten, nur offen und freundlich empfangen, was einem beschieden war: So sollte man, nach Auffassung des Faludi-Bauern, Kirchen betreten. Dann war man geborgen in Gottes Haus und Hand. Wer sich nur am Sonntag dazu zwang, inmitten der zischelnden, murmelnden Gemeinde dem Ritus zu folgen, dem entging etwas. Auch wenn die anderen, bei der Andacht oder beim Lauschen der Predigt, allesamt still waren: Das Getöse der Gefühle und Gedanken, all dies gestaute Gemenschel, rauschte über die Köpfe dahin und drückte einem auf die Schläfen. Die leere oder fast leere Kirche dagegen bot spirituelle Erholung, ein Bad in Licht und Raum.

Er umrundete im Eingangsbereich die Marmorplatten, unter denen ein paar Grafen Dunkelblum beerdigt lagen, außerdem ein Bischof. Er hatte vor, sich mittendrin in eine der Bänke zu setzen und die Stille auf sich wirken zu lassen, aber es zog ihn weiter, bis nach vorne, vor das Altarbild mit dem Letzten Abendmahl. Da saßen die Apostel und aßen, sie becherten den roten und den weißen Wein nicht anders als die Dunkelblumer. Waren sie sich im Klaren, dass schon am nächsten Tag alles vorbei sein würde? Manche ahnten es wohl, die anderen feierten, als gäbe es weder ein Morgen noch später ein Jüngstes Gericht. An der Seite stand ein Mann, er war gerade hereingekommen. Blass und verstört schaute er auf Jesus, der sich bereits erhoben hatte. Dieser Mann war Judas, natürlich, aber er sah gar nicht böse aus, nur unendlich verzweifelt. Unter seiner Kutte war ein Stück vom Pferdehuf zu erkennen, sowie ein kleines bisschen borstiges Bein. Und hinter ihm standen die berühmten gefiederten Teufelchen, kleiner als Kinder, aber in hübschen Wämsern und mit nackten, menschlichen Gesichtern, trotz all der Federn und der Hörner. Der Verräter schien in Not, er wollte vielleicht gar nicht verraten, womöglich wollte er nur warnen, aber die ununterscheidbaren kleinen Teufelchen trieben ihn unerbittlich vor sich her. Die Gruppe ist stärker als ein einzelnes Gewissen, aber vielleicht ist es auch andersherum: Der große, aufrechte, komplexe Mensch, die Krone der Schöpfung, ist so entsetzlich schwach im Gegensatz zur Gruppe, wehrlos ist er, wie ein vom Baum abgefallenes Blatt.

Als der Faludi-Bauer auf den Messias schaute und dessen Gesichtsausdruck zu ergründen suchte, begannen sich die kleinen Teufel am Rand seines Gesichtsfelds zu bewegen. Und er hörte sie flüstern. Der Faludi-Bauer ahnte, er durfte nicht zurück zu ihnen blicken, dann würden sie verstummen und versteinern. Nur wenn sie sich unbeobachtet wähnten, konnte man sie belauschen. Er vertiefte sich also in das Gesicht des Messias. Der Messias litt, und er schwieg so dröhnend wie die leere Kirche. Immerzu litt der Messias schweigend, immerzu schwieg er leidend, ganz egal, was um ihn herum geschah. Aber die Teufelchen waren unentwegt im Gespräch, sie wisperten und lachten. *Ist es nicht,* glaubte der Faludi-Bauer zu verstehen, *Geschichte, ist nicht, das.* Der Faludi-Bauer hielt den Atem an, schloss die Augen und bekreuzigte sich. Und nun hörte er es klar, im Chor gesprochen von vielen boshaften Stimmen, die zwischendrin metallisch kicherten. Sie wiederholten es immer wieder, es kam ihnen unendlich lustig vor, den kleinen gefiederten Teufeln auf dem dreiflügeligen Altarbild der Kirche von Dunkelblum: Das ist nicht das Ende der Geschichte.

Dank

Für historische, kriminalistische, medizinische, botanische, architektonische, dialektale, technische und sonstige Detailhilfe bedanke ich mich herzlich bei

Manfred Eder, Christoph Gerstgraser, Barbara Glück, Rudolf Gollia, Karl-Heinz Grundböck, Paul Gulda, Nikolaus Heidelbach, Ursula Hellerich, Günter Kaindlstorfer, Gerald Krieghofer, Walter Manoschek, Agnes Meisinger, Ulrich Moritz, Judith Schalansky, Alexander von Schönburg, Ingo Schulze, Walter Ulreich, Mona Willi, Ute Woltron und Christa Zöchling.

An einigen wenigen Stellen wurden in der Art einer Collage Originalsätze aus den Filmen »Totschweigen« von Eduard Erne und Margareta Heinrich, »Schuld und Gedächtnis« von Egon Humer sowie aus dem Buch »Kontaminierte Landschaften« von Martin Pollack in den fiktiven Text eingebaut. Die Rechteinhaber haben diesem Verfahren zugestimmt, dafür danke ich ihnen sehr.

Dank an Michael Maar für alles.

Glossar der Austriazismen

altvaterisch: altmodisch

apern: tauen, in der Bedeutung, dass etwas anderes darunter hervorkommt, wenn der Schnee zu schmelzen beginnt

ausg'steckt: siehe Heuriger, Zeichen, ob der H. geöffnet hat

ausrasten, sich: sich ausruhen, vgl. die Rast, also das glatte Gegenteil der nicht reflexiven hochdeutschen Bedeutung. Als bilingualer Deutschsprecher könnte man theoretisch sagen: Nachdem ich ausgerastet bin, musste ich mich ausrasten.

im Bandl sein: unter einer Decke stecken, klüngeln

Bankert, der: uneheliches Kind

brodeln: köcheln, aber auch: trödeln

Budel, die: Theke, Tresen

Butzerl, das: Baby, Säugling

Dodl, der: Trottel, Depp, Minderbegabter

durchfretten, sich: sich auf erbärmliche Art durchschlagen, mit Müh und Not überleben

einweimpern, sich: sich anbiedern, einschleimen, wohl von der Weinbeere/Rosine

Falott, der: Gauner, Betrüger, Halunke

fladern: stehlen, klauen

Gatsch, der: Schlamm

geht sich (nicht) aus: geniale österreichische Allzweckformulierung, in der Vielfalt ihrer Anwendung letztlich unübersetzbar. Daher Beispiele. Räumlich: Wenn etwa ein Parkplatz nur knapp groß genug ist – das geht sich schon aus! Zeitlich: Ich habe zwar gleich einen Termin, aber ein schneller Kaffee geht sich noch aus. Und schließlich, als Krönung, emotional/zwischenmenschlich: Du hast dich von deinem Mann getrennt? – Ja, das ist sich einfach nicht mehr ausgegangen!

Gelse, die: Stechmücke

G'frast, das (sprich langes a): Biest, Miststück; Schimpfwort, besonders gern, aber nicht nur für Kinder, Jugendliche und Frauen – auch für korrupte Politiker

gluren: starren, glotzen

Goschn, die: Mund, Maul

goschert: vorlaut, frech

Grammelpogatschen, die (Pl.): traditionelles Hefegebäck mit Grieben = Grammeln, das Wort *Pogatschen* kommt von lat. *focus*, Herd, vgl. *focaccia*

Greißler, der: kleiner lokaler Gemischtwarenhändler

Greißlerei, die: Gemischtwarenhandlung, Tante-Emma-Laden

Gschau, das: Gesichtsausdruck

G'scherten, die (Pl.): Schimpfwort für die Landbevölkerung

Gschisti-Gschasti, das: Schnickschnack, Chichi, geziertes, übertriebenes Getue

Gschlader, das: abwertend für eine Flüssigkeit, Gesöff, Gebräu

g'spritzt, G'spritzter: meistens eine Getränkeschorle (spritzen = mit Wasser verdünnen), bedeutet aber auch: dekadent-übertrieben, überfeinert, überkandidelt. Jemand, der sich g'spritzt benimmt, wäre also wohl auch für sein Gschisti-Gschasti zu kritisieren.

G'stettn, die: von Stätte, ungepflegtes Grundstück, verwilderte Wiese, Baugrund o. Ä.

Haberer, der: Kumpel, von hebr. *chaver* = Freund

Häfn, der: Gefängnis

hantig: eine Spur mehr als resolut, nämlich kratzbürstig, bitter (in dieser Bedeutung auch für Speisen und Getränke)

heast: wörtl. »hörst du«, Laut der Aufforderung oder Zurechtweisung, z. B. in »geh heast« – »also hör mal!«

Heidensterz, der: traditionelle Beilage und Suppeneinlage, kleine Nocken aus Buchweizenmehl

Hendl, das: Huhn, Hühnchen (das Tier ebenso wie das Gericht)

Hetz, die: Gaudi, großer Spaß

Heurige, der: traditionelles Lokal, angeschlossen an den Weinbauer, wo der neue Wein ausgeschenkt wird. Ob ein Heuriger offen hat oder nicht, erkennt man am »Buschen«, der am Eingang hängt oder eben nicht. Demnach ist entweder »ausg'steckt« oder nicht.

Holler, der: ugs. für Holunder, auch in der Bedeutung von Unsinn, Blödsinn, Bsp.: »Red net so an Holler!«

Holzpyjama, das od. der: sarkastisch für Sarg

Hosentürl, das: Hosenschlitz, Hosenstall

Kasten, der: bedeutet ausnahmslos immer Schrank. Was wiederum in Deutschland ein »Kasten Bier« ist, heißt auf Ö. »Kiste«.

Keppelei, die: Gezänk, Keiferei

keppeln: keifen, zetern

Kerzlschlicker, der: Kerzenschlucker, abwertend für gläubige Katholiken

Klumpert, das: Plunder, wertloses Zeug, Unordnung

Kraxn, die: hier unzureichendes Gefährt, altes Auto, Rostschüssel, aber auch: Rückentragekorb (etwa zum Ernten der Weintrauben)

Kriecherln, die: Kriechen-Pflaumen, Haferpflaumen

Krispindel, das: kleine, schlecht ernährte Gestalt, besonders dünner, noch nicht ausgewachsener Mensch oder kleinwüchsiges Lebewesen

Kummerl, der: liebevoll abwertend für Kommunist

Lackerl, das: Pfützchen

Lurch, der: nicht nur Tiergattung, sondern auch Bezeichnung für das Gemisch aus Haaren, Flusen (ö: Flankerln) und Staub, das sich in und unter Möbeln sammelt, Wollmäuse

Nudelsuppe, nicht auf der N. dahergeschwommen: immer in der Verneinung gebraucht, wer nicht auf der N. geschwommen kam, ist kein Depp, kein Trottel, sondern hat seine Sinne beisammen

Pappn, die: Mund, Maul, Synonym zu Goschn

patschert: ungeschickt, tollpatschig

Pflanz, der: Substantiv zu »pflanzen«; betrügen, veräppeln, täuschen, aufs Glatteis oder hinters Licht führen, provozieren, also: die Veräppelung, das Schauspiel, auch der Betrug, Bsp.: »Der Untersuchungsausschuss war nur a Riesenpflanz!«

picken: kleben; auch als Adj.: pickert, klebrig

Rastelbinder, der: Kesselflicker

reehren: wörtl. »röhren« – heulen, weinen

Reindl, das: ovaler Topf, Bräter

Rotzpipn, die: Rotznasen, Bezeichnung für Kinder, nicht nur als Schimpfwort, auch zärtlich-ironisch

Ruaß, der: Ruß, aber auch: Abfall, Müll. In Bezug auf Menschen besonders pejorativ: Abschaum

Sackerl, das: Tüte, Beutel

safteln: feucht/undicht werden, feindosiert Flüssigkeit absondern (etwa überreifes Obst), verwesen

Schammes, der: jiddisch für Diener, Synagogendiener, hat sich als liebevoll abwertender Begriff für einen ungelernten Handlanger im Ö. gelegentlich erhalten

Scheibtruhe, die: Schubkarre

schiach: hässlich, unschön, »schiach wie der Zins« – feste Redensart, wörtl.: »so unschön, wie Miete zahlen zu müssen«

Schmäh, der (sprich ein langes, geschlossenes e wie in Schnee): Witz, typischer Wiener Humor, aber auch: Trick, Bsp.: »am Schmäh halten« – »zum Besten halten«

Sessel, der: bedeutet auf Ö. ausnahmslos immer Stuhl. Das, was im Deutschen ein »Sessel« ist, heißt hier »Fauteuil« oder »Lehnstuhl«.

Somlauer Nockerl, die (Pl., sprich: Schomlauer): aufwendiges, üppiges Dessert ungarischen Ursprungs. Bestandteile: Biskuit, Schokoladensauce und Schlagobers (= Sahne)

Spagat, der: Küchenbindfaden, Zwirn, vgl. ital. *spago di cucina*

Spompanadeln, die (Pl.): Fisimatenten, Umstände, überflüssiger Unsinn

Steige, die: Obst- oder Gemüsekiste, wie sie auf Märkten üblich ist *stierln:* wühlen, kramen – auf eine suchende, spionierende Weise

Strauben, die (Pl.): traditionelle Süßspeise, in Fett gebacken

Tachtel, die: leichter Schlag, Klaps

Topfen, der: eigentlich bloß »Quark«, aber genau wie dieser auch in der Bedeutung Unsinn, Blödsinn, Quatsch; vgl. Holler

Topfenneger, der: auffallend weißhäutiger Mensch, auch »blasse Semmel« genannt

tschechern: Alkohol trinken im Sinne von bechern (also in größeren Mengen), kommt wohl über das Jiddische von hebr. *schochar* (= trinken) und nicht, wie gern behauptet, von den benachbarten Tschechen, welche die Österreicher traditionell für noch hemmungslosere Trinker als sich selbst halten

Tschecherant, -in: Trinker, Trinkerin. Ebenso existiert der schöne Ausdruck »Tschecherl« (N., das) für eine kleine, billige oder evtl. auch nicht ganz saubere Weinstube

Tschick, der: wörtlich eigentlich »Kippe«, Pars pro Toto auch für die ganze Zigarette benutzt

Tschopperl, das: naives, gutgläubiges, in keiner Weise ernst zu nehmendes Wesen

Tuchent, die (sprich sehr kurzes u, nicht wie das Tuch): Federbett, Inlett

umadum: rundherum

Vollkoffer, der: Vollidiot, Steigerung von Koffer im Sinne von Idiot, im Deutschen vergleichbar mit Vollpfosten

wacheln: winken

waschelnass: tropfnass

Wasenmeister, der: altes Wort für Abdecker und Henker

zernepft: zerrupft, zerrauft

Zinshaus, das: Mietshaus

Zippverschluss, der, auch nur Zipp: Reißverschluss

Zniachterl, das: sehr ähnlich dem Krispindel, mageres, kleinwüchsiges, evtl. auch verwachsenes Wesen, zusätzlich im Sinne von »nicht gutaussehend«

Zwetschkenfleck, der: traditioneller Kuchen aus Hefeteig, dicht mit Zwetschken belegt, wie der bayerische »Zwetschkendatschi«

Zitatnachweise

S. 7 »Die Österreicher sind ein Volk ...«, seit Jahren offenbar fälschlich Alfred Polgar zugeschrieben, gelegentlich auch Karl Kraus. Am ehesten scheint es in abgewandelter Form von Karl Farkas zu stammen. Siehe auch https://falschzitate.blogspot.com/2020/04/der-osterreicher-blickt-voller.html

S. 175 Hans Lebert: Die Wolfshaut, Europa Verlag GmbH 1991

S. 335 Robert Musil: Das hilflose Europa oder Reise vom Hundertsten ins Tausendste, in: Das hilflose Europa: Drei Essays, Piper 1961

Aus Verantwortung für die Umwelt hat sich der *Verlag Kiepenheuer & Witsch* zu einer nachhaltigen Buchproduktion verpflichtet. Der bewusste Umgang mit unseren Ressourcen, der Schutz unseres Klimas und der Natur gehören zu unseren obersten Unternehmenszielen.

Gemeinsam mit unseren Partnern und Lieferanten setzen wir uns für eine klimaneutrale Buchproduktion ein, die den Erwerb von Klimazertifikaten zur Kompensation des CO_2-Ausstoßes einschließt.

Weitere Informationen finden Sie unter:
www.klimaneutralerverlag.de

Verlag Kiepenheuer & Witsch, FSC® N001512

1. Auflage 2021

© 2021, Verlag Kiepenheuer & Witsch, Köln
Alle Rechte vorbehalten
Covergestaltung: Barbara Thoben, Köln
Covermotiv: © the lightwriter/Alamy Stock Foto
Vor- und Nachsatz: Illustration von Nikolaus Heidelbach
Gesetzt aus der Adobe Calson Pro
Satz: Buch-Werkstatt GmbH, Bad Aibling
Druck und Bindung: CPI books GmbH, Leck
ISBN 978-3-462-04790-5

Weitere Titel von Eva Menasse bei Kiepenheuer & Witsch

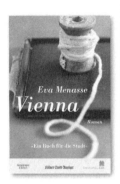

Leseproben und mehr unter www.kiwi-verlag.de

Kiepenheuer & Witsch

1 Schlossturm
2 Hotel Tüffer, Resi Reschen
3 Rathaus, BM Koreny
4 Kirche und Gruft
5 Rehbergs Reisen
6 Alois Ferbenz, Modehaus Rosalie
7 Weingut Graun
8 Dr. Sterkowitz (vormals Bernstein)
9 Lowetz
10 Kalmar, Agnes und Fritz